**Lidando com
o passado e
outros lugares**

CONTOS

Lidando com o passado e outros lugares

Introdução:
Weydson Barros Leal

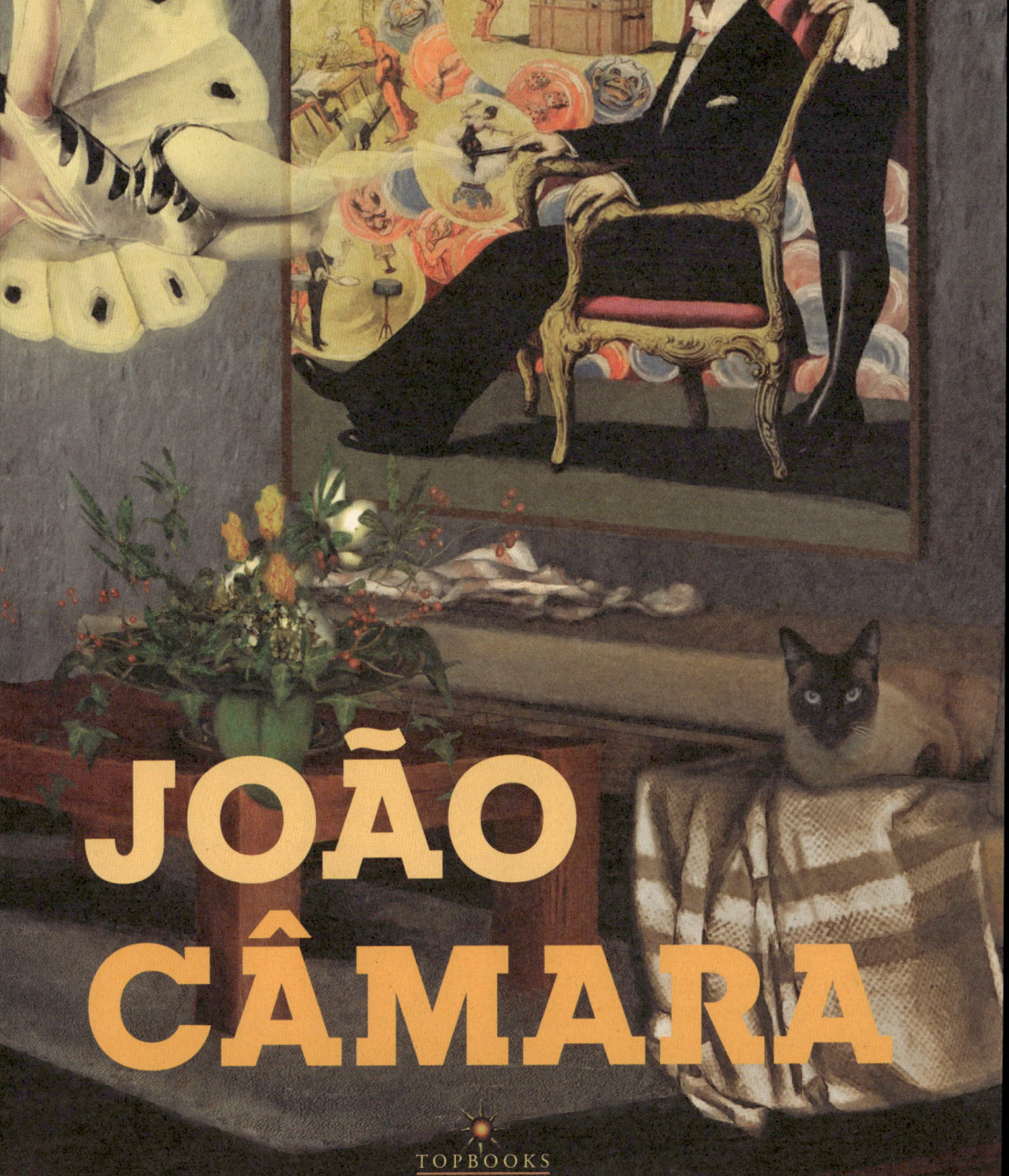

JOÃO CÂMARA

Copyright © João Câmara, 2022

EDITOR
José Mario Pereira

EDITORA ASSISTENTE
Christine Ajuz

REVISÃO
Maria Helena Pôrto

PRODUÇÃO
Mariângela Felix

CAPA, PROJETO GRÁFICO E DIAGRAMAÇÃO
Miriam Lerner | Equatorium Design

DADOS INTERNACIONAIS DE CATALOGAÇÃO NA PUBLICAÇÃO (CIP)
(CÂMARA BRASILEIRA DO LIVRO, SP, BRASIL)

Filho, João Câmara
   Lidando com o passado e outros lugares : contos /
João Câmara Filho ; ilustração João Câmara Filho. --
1. ed. -- Rio de Janeiro : Topbooks Editora, 2022. Bibliografia.

   Bibliografia.
   ISBN 978-65-5897-015-6

   1. Contos brasileiros 2. Ilustrações, imagens etc
I. Filho, João Câmara. II. Título.

22-114725   CDD-B869.3

Índices para catálogo sistemático:
1. Contos : Literatura brasileira   B869.3
Aline Graziele Benitez - Bibliotecária - CRB-1/3129

Todos os direitos reservados por
Topbooks Editora e Distribuidora de Livros Ltda.
Rua Visconde de Inhaúma, 58 / gr. 203 – Centro
Rio de Janeiro – CEP: 20091-007
Tels.: (21) 2233-8718 e 2283-1039
topbooks@topbooks.com.br/www.topbooks.com.br
Estamos também no Facebook e Instagram.

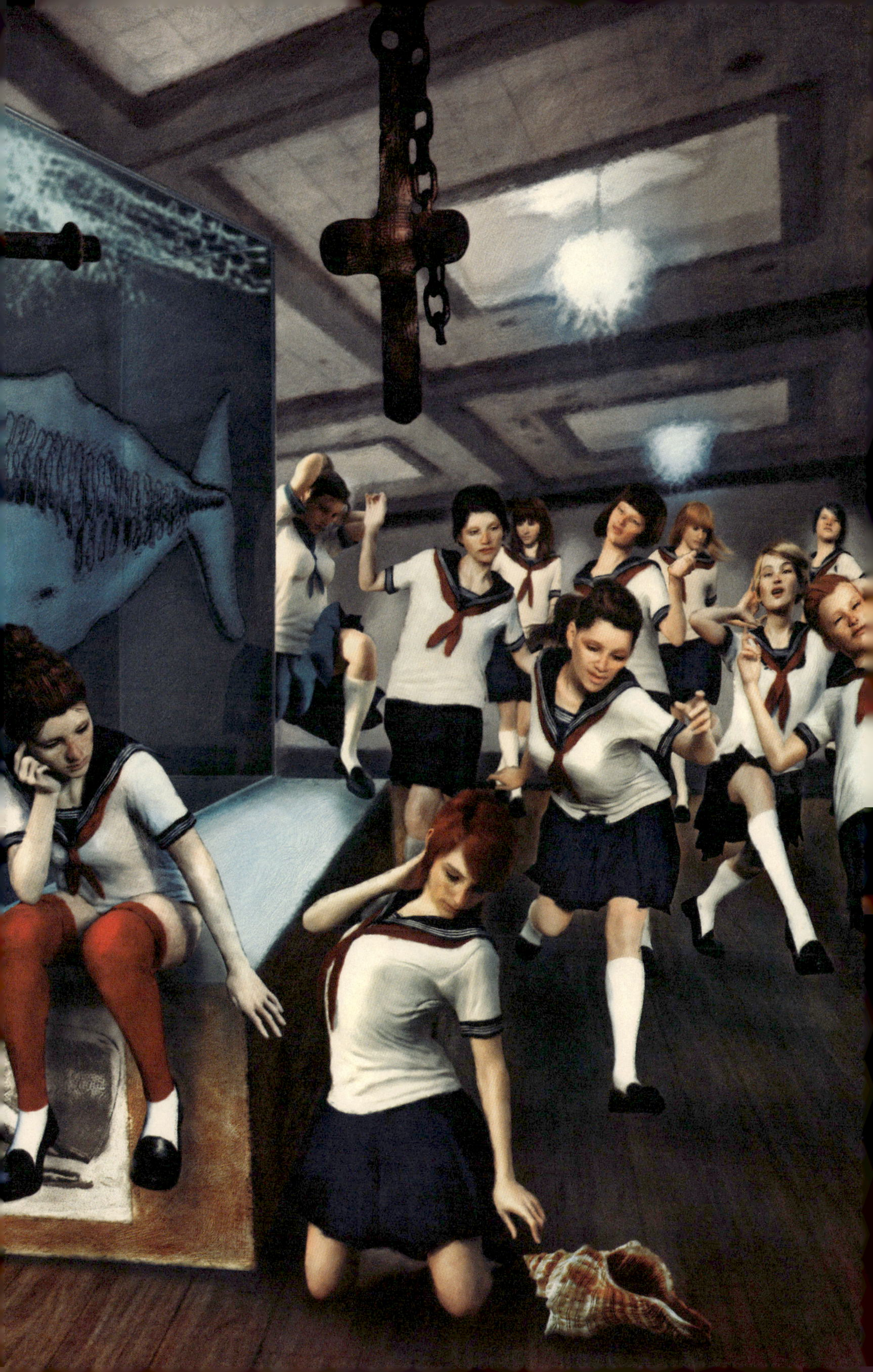

Sumário

Introdução - O lugar da palavra, 9
Weydson Barros Leal

Indústria do movimento, 36
Uma visita à rua Clichy, 51
SSK, 61
Isle of spice, 78
Diana, 92
Quinta do Monteiro, 109
Achados, perdidos, 127
Estúdios, 144
Canais, 160
Rua São Clemente, 172
Lidando com o passado, 188
Olimpo, 202
Notas da Itália I, 211
Notas da Itália II, 220
Notas da Itália III, 231
Notas da Itália IV, 246
Pequenas e grandes guerras, 256
Aruba, 276
Dana em seu guinhol, 297
Kiev / Odessa, 311

Moscou / São Petersburgo, 327
Minsk e aquém, 348
Dissensão no plano piloto, 358
Dra. Maya, 374
Scheria, 392
Nihonyouri, 402
Amenidad, 407
Verão insano, 424
Viaud, o cisne, as colônias, 442
Neves: edifício Júpiter, 452
Sarah e Marcel, 469
Prestidigitações do cotidiano, 479
Porto da Armada, 489
O anel de ferro, 502
Vrlina, 513
Maratona, 524
Itararé, 535
Terpsicore, 546
Faca, punhal, faca, 562
Províncias, 577
Rapto de Europa, 596
Um dia na caça, 610
Clube dos canibais, 630
Pedro Pedro, 645

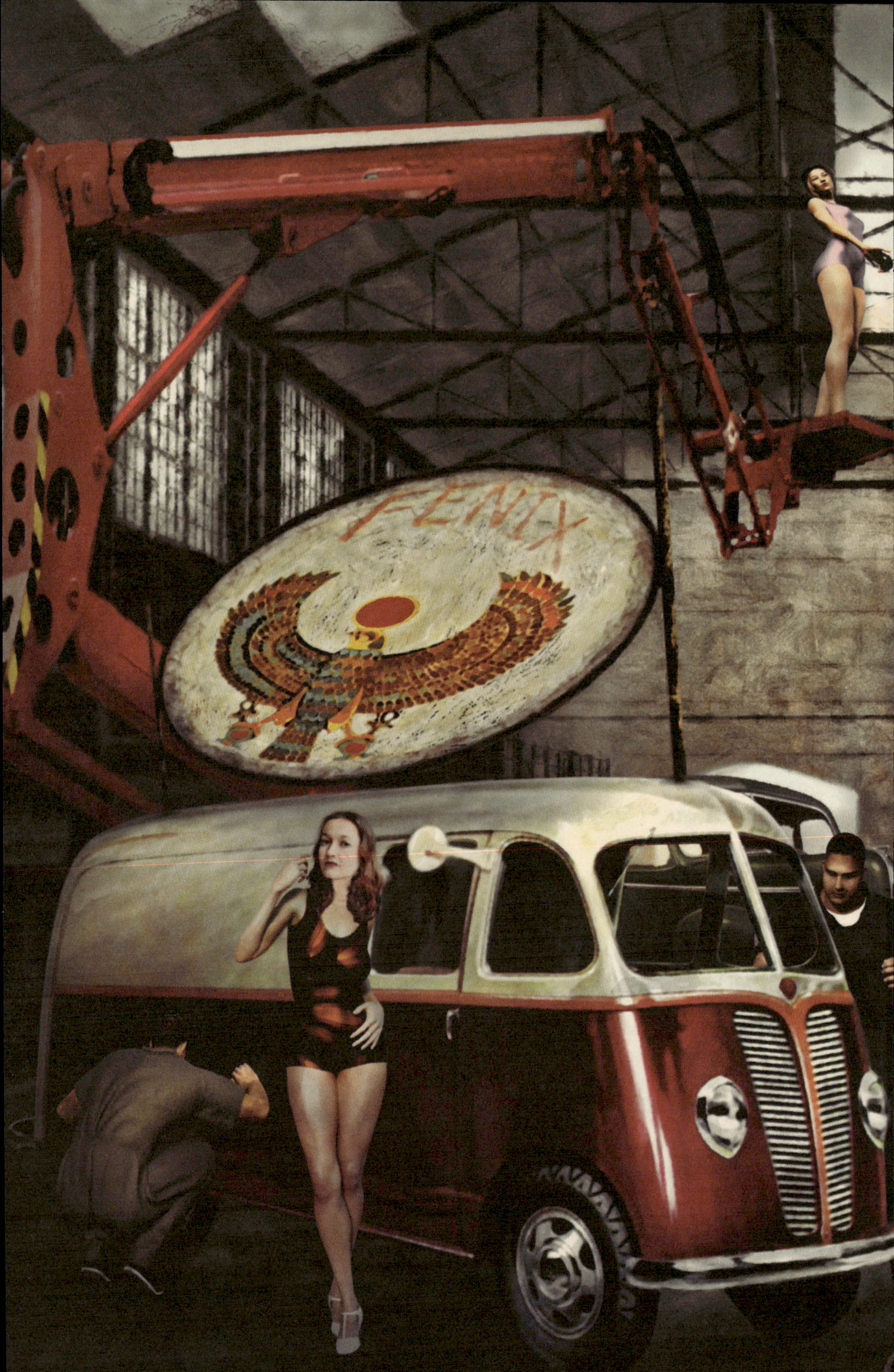
FENIX

O lugar da palavra
Weydson Barros Leal

*Como vocês estão se saindo com a encruzilhada de coincidências?'
'Difícil, mas divertido. Mais fácil para nós botarmos em texto do que para
você fixar em imagens. Pelo menos, de um jeito que não aumente a confusão.'*

Dana em seu guinhol, João Câmara

OUTRA MANEIRA DE COMEÇAR SERIA depois do começo. Ou, antes, lembrar a afirmação *Ceci n'est pas une pipe*[1], inscrita em um quadro[2] de René Magritte, para então concluir, com a clareza de todas as dúvidas, que este não é um livro de arte ou que isto é um livro de contos. Também poderíamos acordar o Coelho de Alice e ouvir: "Isso é um livro de arte do conto". E quem sabe a arte, como o amor ou as fábulas, seja uma outra possibilidade de formas, enredos, enganos: uma outra resposta para sua infinita pergunta.

A ironia, filha mais velha da inteligência e do humor, é uma das lâminas que dormem em cada página de *Lidando com o passado e outros lugares*. Acesas em imagem pictórica ou em palavra, uma e outra são como uma mulher que se olha no espelho. Eis a intrigante arquitetura deste livro, de suas escadas e janelas que se abrem para a imaginação, sendo a arte o nosso alento para a fatalidade da vida – seu percurso sem outro destino que não seja sabido –, e quem sabe diante de sua porta só haja esse sentido de interpretação, como um quadro que relembra um conto ou uma verdade histórica, e então saberemos que será o riso a nossa salvação.

---

1. "Isto não é um cachimbo."

2. *La trahison des images* (A traição das imagens), 1929.

João Câmara é um dos pintores pensantes da arte moderna e contemporânea brasileira. Um artista que conhece os meios da ideia através das formas plásticas e sua transmutação em palavras. Não é uma operação simples – antes, é uma rara possibilidade. Por isso não se trata apenas de um pintor que escreve ou de um escritor que pinta, como um ilustrador de seus próprios contos ou um narrador de suas pinturas, porque em seus contos e pinturas tudo está em seu devido lugar de reverberação. Aqui um grande artista é dotado dos talentos que domina em suas relações com a forma e a palavra. Um escritor que elabora o que o pintor traduz (ou vice-versa) e o mesmo artista, esse homem em seu espelho, diante de seu outro, soluciona enredos paralelos, dissonantes, congruentes, plenos de graça e poesia que provêm da mesma fonte humana, iluminando e erguendo o balão do nosso encantamento. Eis o sentido de nossa busca pela permanência, um dos caminhos da infinita pergunta, aquela pergunta que é a escada e a janela.

Neste livro, João Câmara enfrenta um dos grandes problemas da filosofia da arte, que é o trânsito entre a ideia e a multiplicidade de possibilidades de traduções pictóricas. Alguns pintores, como William Blake, Dante Gabriel Rossetti, Paul Klee, navegaram esse desafio, embora, no caso da poesia, algo de outro mar se erga sobre o mar da pintura. Nesses e em outros casos, pintores-escritores ou pintores-poetas encontraram-se diante do dilema e precisaram, talvez secretamente, decidir se determinada ideia seria melhor solucionada como palavra, desenho ou pintura partindo da raiz da poesia. Mas aqui, lendo este livro e paralelamente observando as imagens construídas por João Câmara, o que se dá é uma multiplicação de sentidos, como se as imagens (pictóricas) fossem expansões ou olhares microscópicos sobre personagens, objetos, gestos imaginados, intenções subtraídas, articulações dramatúrgicas ou ramificações factuais de uma realidade não mais factível no texto ou na pintura, mas sobressaltada pelo narrador/pintor que também é o construtor de um teatro onde títeres, cordões, bonecos e cenários podem propor situações que irão muito além das imaginações, e, ainda, enredos cujas deambulações estão concentradas como uma tinta antes da mágica diluição em formas, na paleta imagética de seu criador. Das margens dessa correnteza, diante dos fatos e personagens (imaginários ou históricos) que passam diante de nós, não podemos precisar onde estão o real e a invenção, como se um fosse o barco onde vai o outro. Essa é a grande arte da ficção narrativa de João Câmara.

Sua habilidade para criação de cenários quase sempre oníricos, surreais – notadamente em composições e convivências entre personagens, lugares, mobiliário, objetos e animais deslocados de sua lógica usual, e, mais que tudo, entre mulheres vestidas ou nuas cuja beleza plástica acende gestos e posições num silêncio teatral (aqui um paradoxo, porque o silêncio teatral também fala) –, essa habilidade pontua as cenas com um mistério inquietante. – Que estranhos sonhos produziram essas imagens, perguntamo-nos, quem sobreviveria a tais sonhos para contar? No plano dessas construções pictóricas, precisamos ter em mente que são pinturas realizadas em outro suporte, com ferramentas e raciocínios em uma dimensão paralela (ou diversa) daquela usada por um pintor com tintas e pincéis: estamos diante de criações virtuais, eletrônicas, computacionais, uma *pintura com pixels*, resultado de anos de pesquisas e experimentações de João Câmara com programas de arte gráfica, mas que só é possível – e tenhamos isso sempre em mente – porque é um trabalho realizado por um artista que é pintor. A arte, sem imaginação, assim como a técnica sem talento, em nada resultaria.

Nos quadros onde vemos *personagens em movimento*, é a nossa capacidade de sonho o que vemos em ação. E assim, como nos contos a ação é uma descrição da memória, uma memória em ação, descrição da imaginação da memória. O que faz da pintura de figuras e paisagens uma arte que difere da arte fotográfica é um acréscimo de mimese, um assomo de outra poesia, que na pintura é marcada pelo estilo, pela mão do pintor. O que João Câmara faz nessas pinturas, em que faz uso de recursos eletrônicos, é um acréscimo às artes da fotografia e da pintura – esta última, onde exerce absoluto domínio – somando, nessa equação, um ritmo próprio, sua caligrafia, obtendo como resultado uma nova e pessoal linguagem. Algo como um diretor de cinema que assinasse seus roteiros, falas e trilhas sonoras – e em sua música, falas e gestos, será reconhecível a marca de seu ritmo, seu tom, sua assinatura indelével. Talvez o desenvolvimento das técnicas de computação gráfica e a emulação de ferramentas para a pintura nos permita avistar, como vemos, uma pintura *après la peinture*, ou antevermos, como testemunhas do tempo, que já somos parte e plateia de novos métodos e ofícios das artes plásticas. O que temos aqui é ideação e concretização de uma habilidade gestual que poderia muito bem – e Câmara já o fez – ter sido realizada com materiais e suportes tradicionais (tinta a óleo, acrílica, tela, madeira) mas que foram transformados em nova arte, ressignificando-os como arte.

Há na pintura, na música, na poesia e na narrativa ficcional o cumprimento de um destino irrepetível, a necessidade de ancoramento de um instante que pede para ser fixado por alguma linguagem, como a necessidade de se perpetuar: uma outra maneira de frear o tempo. Pois o tempo escorre, e aquilo que não registramos em arte esvai-se em sua própria fugacidade, evola-se com a impermanência da vida. Para o artista, o músico, o pintor, o poeta, a arte é a única maneira de se manter vivo por mais tempo ou pela duração que imaginamos alcançar.

Quando observamos uma obra pictórica ou lemos um conto deste livro, somos acompanhados, sem que nos apercebamos conscientemente disso, por um guia que, com sua lanterna de sinais por trás do palco de nossa inteligência, faz-nos perceber que no percurso do texto ou da pintura algo começa a nos abrir janelas. Mas certo estranhamento sempre irá perdurar. A mente de João Câmara não depende de uma lógica meramente erudita para percorrer seus enredos ou amarrar a um porto previsível os cordames de sua invenção: melhor, seus estranhos enlaces são os sopros criativos que desfraldam suas velas. E a cada passo de sua invenção ou a cada cena ou personagem que se acende em insólita aparição, outra vez é a agulha da bússola que se move. Trata-se, portanto, em cada texto ou imagem, de tramas assentadas numa imaginação potente, que é transfusão entre o real e o imaginário, entre o fato histórico e o relato ficcional, o ritualístico sagrado dos fatos e a profanação enriquecedora do historicismo. O conto *SSK*, por exemplo, cujas linhas reconstroem a tapeçaria dos bichos do jogo popular brasileiro – contravenção imagética e real – é um caso dessa habilidade do prestidigitador João Câmara.

O paradoxo que se dá é a dúvida filosófica de qual das duas construções – a literária ou a visual – é a decifradora de seu reflexo: não se pode chegar a essa decifração sem que a parte vencedora perca algo do que foi ganho pela vencida – sim, a frase é estranha, eis o paradoxo –, numa elaboração de andaimes cognitivos cuja ascensão está na própria obra de onde não se pode perder um degrau sem o risco de perder todo edifício. O conjunto de textos e pinturas é um jogo de corpos e espelhos onde os reflexos se subtraem em seu brilho de suprarrealidade se os signos refletidos ou os textos referentes forem alterados: à subtração da imagem ou da palavra ocorreria o desmantelamento da ideia, o trincar do vidro onde a ideia está multiplicada em uma potência que macularia o conjunto se uma delas fosse trocada.

A capacidade narrativa de João Câmara para enredos com encadeamento histórico, político, com traços de suspense, remete-nos, por vezes, a narrativas modernas à maneira de um André Malraux de *A condição humana*, onde um andamento rápido, com os tempos de roteiro de ação, parece conduzir – como não poderia deixar de ser num criador de avassaladores cenários e personagens fantásticos – um filme que se desenrola à nossa frente, no texto, na imagem impressa, e finalmente nas nossas cabeças como uma cena de cinema. Aqui há humor, mitologia, história, em engenhosas construções narrativas, como no conto *Diana*. Essa construção também pode variar a argamassa verbal, como ocorre em *Quinta do Monteiro*, este sobre a Revolução dos Cravos, em que o narrador utiliza uma curiosa sintaxe lusitana. Neste último caso, a elaboração de um conceito de ruínas é clássico e exemplar: "Quando apearam da caminhonete, perceberam que não estavam diante de uma Quinta arruinada, uma construção apenas estragada, decaída. Nada havia de fotogenia romântica nas ruínas. O que viram – o que Cezar registrou – foi uma ausência do feito, um estado de rasura como se aqueles restos indicassem o prospecto de uma construção. Ninguém de bom juízo construiria ruínas predeterminadas, por certo, mas o sítio lá estava como um indício convincente disto, uma aparência de lógica latente a pedir que se elevassem paredes sobre alicerces arrasados, se erguessem colunas sobre as pedras cariadas".

Também por isso a escrita de João Câmara requer um leitor experimentado em narrativas de alta velocidade, de raciocínios tão agudos quanto férteis em mudanças de registro que por vezes podem parecer com perder-se para o leitor comum, acostumado às facilidades dos textos bem-comportados, sem oferecer riscos ao olho preguiçoso ou simplesmente seguidor. Aqui, a narrativa é um convite e um desafio a acompanhá-la em tempos e searas quase incompatíveis com a acomodação, diríamos, uma linguagem de diálogos, descrições, reflexões, cortes e continuidades que são a própria ação da velocidade, um jogo cuja regra depende da inteligência de quem joga, pois seguir ou transgredir a regra é um segundo jogo, segundo enredo, onde o raciocínio da imagem é engrenagem e combustível: imagem do próprio raciocínio. Nos momentos em que uma personagem – a arquiteta Brígida, por exemplo – decide realizar o esboço de um desenho para pintura de uma paisagem, somos guiados por um narrador que domina o assunto, que sabe mais do que Brígida e do que o leitor. E eis o labirinto. Noutro momento, o estilo da escrita marca o tom e abre espaço ao roteiro do personagem-cineasta Cezar, e então entramos no roteiro dentro de um roteiro, num exercício habilidoso de um olhar de pintor na condução de um olhar literário. Percebemos a transubstanciação da palavra em imagem, como em sinédoque, e temos a multiplicação da cena pictórica, exercício incomum, pois o narrador é dotado dos dois talentos para essa solução.

Mas texto e cena – em suas multiplicações e derivações – confirmam também as fronteiras diluídas e os territórios ilimitados da escrita e da pintura, onde ao traduzirem-se ou refletirem-se mutuamente – sem jamais serem descrição da pintura nem ilustração da narrativa – texto e cena criam espaços que o observador, sozinho, dificilmente poderia alcançar. Pois só o espaço recriador da imaginação, guiado e estimulado por texto e imagem (que serão sempre uma versão – ainda que a versão do autor das obras) encontra no leitor preparado para essa aventura novas encenações para múltiplas versões. Seria, trazendo esse exemplo para o universo das adaptações de romance para cinema ou das encenações de um texto para teatro, como as diferentes possibilidades de cada diretor criar uma nova forma de encenação para um mesmo texto. E nesses casos, mesmo os autores-encenadores das próprias obras realizam espetáculos diferentes em cada remontagem – assim como os diretores subsequentes–, e então cada espectador também cria, a partir dessas encenações, outras possibilidades dentro de suas próprias cabeças. A múltipla criação em João Câmara é a do autor-roteirista-encenador em uso de suas habilidades, como em *Achados, perdidos*, conto narrado por uma mulher em primeira pessoa, numa escrita, poderíamos dizer, com traços de um Graciliano, ou talvez com algo de Raduan Nassar na forma e personalização das figuras femininas. Mas esses contos também são um meio de entendermos como um pintor constrói ou descreve seus quadros e nos faz conhecer a engenharia de seu olho sensível, seu processo de percepção e transição da cena imaginada para a tela, para o que ficará em nós como quadro. Por isso apontam para maneiras diferentes de captar esses detalhes, recriando ou decodificando as pinturas de forma diferente do que poderia ser interpretado por nós, o que nos faz sentir, mais do que espectadores, como criadores coadjuvantes no ato da leitura. Somos privilegiados por intuir, nesse exercício, que algo se move, seja na tela, seja no texto, mas sempre partindo de nossa fantasia. Por um minuto somos pintores, contistas ou roteiristas, criadores da invenção.

Acredito que assim como para a escrita de excelência é preciso um raciocínio plástico, cenográfico, uma percepção de volume e profundidade, um olhar que observa ângulos de descuido e calcula distâncias para o salto, também na grande pintura há um sentido que pensa cores e formas como frases, palavras, silêncios, sussurros, luzes e sombras regentes de ritmos – inclusive, o que não é este caso, nas pinturas ditas "abstratas". Porque tudo é olho e harmonia, ideia e (in)definição. Mas em João Câmara há ainda o olhar e o instinto do crítico de pintura e do leitor erudito. Um exemplo é, neste livro, sua observação sobre Gustave Doré: crítica sobre crítica, sobre os críticos, crítica melhor porque é de um pintor que escreve e traduz em palavra o pensamento de quem conhece os dois lados do espelho, das cortinas do palco, dos silêncios e melodias da pintura: "A crítica erudita rebaixou as gravuras do artista aos degraus da arte menor, às fantasias que apelam a emoções populares, mas o cinema as vem apreciando como um antigo manual de usuário bem provado e evocativo" (*Estúdios*). Há ainda, em textos como *Estúdios*, um conhecimento de história, política e estratégia que não é artificial, mas fruto daquele olhar argutíssimo sobre a realidade circundante, de suas leituras contemporâneas realizadas sob a ótica crítica que resultaram em personagens e figuras que são ao mesmo tempo reais e fictícios, ou reais duplamente, pois renascem de suas existências passadas para servir ao escritor que os reanima como veículos de seu olhar perscrutador, pacificador e habilmente corretivo, sugerindo possibilidades ou versões que são ao mesmo tempo sugestão (desejo) e proposição para que os equívocos daqueles personagens não se repitam (se isso fosse possível) nos erros que figuras políticas contemporâneas repetem cansativamente, revelando-se, até hoje, incapazes de um comportamento crítico, corretivo de si mesmos, de seus pares e da História.

Disso decorre que temas aparentemente *apenas* literários tornam-se motivos sofisticados para uma reflexão/recriação pictórica, servindo para desenvolvimentos de análises que vão além de mera digressão ontológica, semiótica ou interdisciplinar, como no caso de *Estúdios*, onde a abordagem reabre eventos históricos para deles redesenhar caminhos em que antigos personagens são confrontados por uma nova inteligência. E ao falar de inteligência, falamos também de humor. Assim, o "cineasta" protagonista/narrador de *Estúdios* – sob um roteiro meio louco, tendo como origem um romance de Théophile Gautier – é cômico e impagável. A linha fina da ironia e do humor de João Câmara está, por isso mesmo, na abordagem de fatos, cenas e diálogos imaginados, transcritos ou teatralizados, em que o escritor de hoje é o titereiro daqueles personagens, e comenta-os com termos insuspeitados pelos comentados. É o que ocorre nesse *Estúdios,* cujo "texto original" com seus exageros românticos de uma linguagem empolada e empoada, é ressignificado por João Câmara.

Ao leitor que se proporcione o prazer dessa leitura, o que se oferece é um desafio e uma descoberta a cada página, a cada parágrafo. Diria que os textos aqui reunidos pela primeira vez são o desenvolvimento sofisticado, em escala de alta densidade, de todos os pensamentos, tiradas espirituosas e sempre intrigantes que foram revelados microscopicamente por João Câmara em seus livros de arte propriamente ditos, quase sempre em frases breves, legendas bem-humoradas, frisos e rodapés onde já se revela o criador literário, muito além do pintor, com uma linguagem muito própria.[3] A ampliação dessa microscopia é o que se desenvolve neste *Lidando com o passado e outros lugares* em escala

---

3. O conto *Abishag – hóspede inevitável* (J.J. Carol Editora, 2012), publicado em livro, é uma exceção de maior fôlego.

ilimitada, com alcance amplo, em espaços onde quadros e narrativas se completam ou se povoam, sendo estes quadros e textos organismos independentes que se potencializam, ainda que pudessem existir independentemente, mas cuja reunião é um desses raríssimos encontros de lembrança inesquecível.

Ainda sobre o universalismo da grande arte, poderíamos dizer que o que nos faz sentir próximos de uma personagem de Guimarães Rosa ou de Tolstói é que nos reconhecemos neles como humanos. Assim, nos contos de Câmara, ambientados no leste europeu ou numa cidade brasileira, no Caribe ou nos Estados Unidos, o que vemos são nossas mesmas angústias, alegrias, enganos e confirmações. Um homem no trem, seja em São Petersburgo ou na Central do Brasil, atravessando a Rua do Ouvidor ou a Avenida Névski, é sempre o mesmo homem. A arte também é uma angústia que se traduz. E é nessa fronteira onde transitam os personagens deste livro, onde se nutrem mutuamente criando uma literatura e uma pintura que se enriquecem, permitindo que vidas independentes possam fruir e usufruir de seus caminhos. Isso se dá porque o grande cenário em que se desenvolvem esses textos e pinturas é a liberdade, o que também poderíamos chamar de uma saudável transgressão à ortodoxia histórica, no sentido de uma outra possibilidade ou conjugação da arte, e disso podemos inferir que o pintor que escreve está (duplamente) iluminando o silêncio através de uma dupla reflexão, de sua múltipla capacidade de decodificar o que o habita e o circunda. Em tempo: Courbet e Ingres gostavam de música e tocavam violino – o pintor, às vezes, não apenas também escreve.

Lembranças de Courbet, Ingres, Delacroix, Chardin, Fragonard, em cenários que também podiam ter sido imaginados por um Tiepolo ou um Veronese contemporâneo, são algumas referências que um leitor curioso poderia considerar ao estudar os quadros realizados por João Câmara para estes contos. Se a mim fosse dado o capricho de escrever uma carta ao leitor deste livro, eu provavelmente escreveria: "Caro leitor, você está diante do que não procura, do que não sabe que suspeita, do improvável desvio no qual sua busca se encontra". E continuaria: "Permita-se, a partir daqui, ao saber perder-se ao encontrar, descobrir e reinventar o prazer do que talvez lhe pareça, por vezes, um desconforto, e descortinar um palco". Então, a partir daí, abrir-se-ia o labirinto, luzes seriam avistadas. Mas o labirinto é todo o acaso.

Como o Coelho de Alice afirmaria desde o começo, este é um livro de arte do conto. Há que se observar, por isso, as várias camadas da leitura. Quando Câmara narra o encontro do Imperador Pedro II com o escritor Victor Hugo, ressoa sobre a cena uma luz não só superlativa das habilidades do narrador/

inventor, mas também uma novidade melancólica, um *spleen* baudelairiano que os personagens Hugo e Pedro não sabiam mas que representavam como personagens do passado no futuro de agora, como as pontas de um laço que, guiadas e aproximadas por um pintor 200 anos depois, refletem o que nós, em qualquer tempo, também somos enquanto personagens em permanente reencontro. Somos, hoje e em qualquer lugar, como Hugo e Pedro, nosso eterno passar e nossa admiração pelo outro.

Em um conto como *Canais* tem-se o deslocamento geográfico da paisagem e uma descrição detalhada do progresso urbano e seus avanços sobre rios ou mangues emporcalhados de toda metrópole do que se chama Terceiro Mundo. A revelação, então, do que poderia ser uma Londres ou uma Amsterdam do século 18, surge na descrição crítica, sensível, aguda, de bairros da cidade do Recife de hoje, com seus rios e canais maculados através da cidade e dos séculos, atulhados de lixo, esgoto e indiferença. Um conto especialmente notável é *Indústria do Movimento*, onde enredo, personagens, ambientes e situações inóspitas são de uma lógica que roça permanentemente o absurdo, algo atravessado – como quase todo o livro – pelo riso de um Beckett ou pelo humor kafkiano: iguaria para poucos. Aqui a ironia, uma graça obtusa, subcutânea nos jogos e tramas, nos leva desde o início à dúvida se os personagens Profeta e Mike são pessoas ou robôs, agentes ou simplesmente dois cachorros perdigueiros de um serviço secreto numa comédia inspirada em Ray Bradbury, em Orwell ou em Esopo. Aliás, nesse quesito de um raciocínio de ficção científica, de uma vocação para o entendimento desses mundos imaginários, há sempre traços e sinais de um Julio Verne, um H.G.Wells, um Arthur Clarke, um John Steinbeck, assim como nos contos em que o nosso autor, tecendo tramas policiais, nos faz chegar até o mestre Rudyard Kipling. Os personagens Profeta e Mike conversam, falam – ou talvez simplesmente se imaginem assim –, e eis a habilidade de seu criador em fazer com que a nossa imaginação seja também dona da invenção. *Indústria do Movimento*, afinal, será uma bela metonímia para a própria escrita do conto que intitula ou da própria escrita de seu autor.

As conexões são conclusões rápidas ou induções lógicas de uma narrativa que, muitas vezes, parece seguir à frente do leitor, independente de seu entendimento, indiferente se pode ser acompanhada, percebida em sua fruição de estâncias, tempos e personagens, todos cúmplices do narrador, transformando-nos, a nós leitores – e talvez esse seja o objetivo, sua arte – em coadjuvantes privilegiados por assistirmos a tudo no palco, atordoados dentro da trama, enquanto a plateia comum apenas se sentirá apta a aplaudir sem muito entendimento, mas com espanto. Isto porque o nível de tensão narrativa, uma pressurização de conteúdos de informações e referências infinitamente vastos, desenvolve-se numa atmosfera muito particular, uma esfera de criação que tampouco pode ser "traduzida" pelas pinturas, e nessa realidade tudo é parte de um contrato narrativo, tem algo de um afastamento do real, distância que possibilita uma melhor – e maravilhada – audiência. Essa distância é a mesma de que necessitamos diante dos grandes palcos de teatro ou das grande pinturas em museus, cuja aproximação excessiva nos faz perder o esplendor do conjunto, e cujo afastamento permite o vislumbre da iluminação do caos primordial. Também por isso, repito, a escrita de Câmara por vezes se aproxima da de um roteirista que pede, além de uma sensibilidade cognitiva, um apurado senso de imaginação e de abstração: "Aquilo foi plágio? Não achava. Seria como acreditar que pessoas padecem de doenças pessoais, exclusivas". O leitor precisa estar atento para as mudanças de planos, de tempos e figuras que se intercalam e se observam, muitas vezes tendo suas falas misturadas como transcrições de pensamentos ou locuções imaginadas, intuições, instintos, especificamente nos diálogos dos cachorros. Por isso, uma conversa entre Mike e Profeta pode revelar mais sobre o fluxo caótico de uma mente criativa do que balizar uma cena do conto. Alguns desses diálogos, outras vezes, podem remeter-nos a deliciosas relembranças beckettianas de diálogos entre seus personagens limítrofes dos desertos da espera e dos quartos trancados de uma esquizofrenia genial: "Venha, chegue perto, concentre-se, ajude-me a emitir um espectro desse registro". E esse "registro" será a fumaça de um cachimbo que se confunde com radiação.

Em alguns pontos as observações analíticas do narrador sobre comportamentos psíquicos dos personagens revelam-se em níveis tão sutis, tão especificamente detalhados, que chegamos a considerar – não sem um alto nível de probabilidade – que os conhecimentos e a sensibilidade do psicólogo João Câmara – pois essa foi a primeira experiência universitária do autor, além de ser casado com uma psicóloga e psicanalista – corroboram e colaboram para a investigação narrativa. Por outro lado, *Indústria do Movimento* é sobre a engenharia invisível da criação cinematográfica, trabalho de uma indústria muito particular: afinal, ideia e texto, imagem e movimento, ali, também são a narrativa do funcionamento do pensamento criador, numa palavra, de um roteirista imaginando um outro e mesmo mundo. Tudo como a radiografia de uma explosão. Mas há, e disso sucede, um pré-requisito para o entendimento da leitura: uma suposição ou hipótese – e o leitor necessita dessa sublimação – de que conhecemos a *história* que serve de pano de fundo dessas histórias – apenas uma hipótese – e ao sublimar-se essa angústia do entendimento depreender disso o prazer de uma leitura que, então, revelará uma cena sob névoa, em que não sabemos a origem da luz, mas que está lá, e essa é a verdadeira fruição. Aqui, a claridade avassaladora de uma explosão atômica num atol do Pacífico ou sobre o Japão pode estar metaforizada pela aparição de um Dragão Nuclear que dormia numa caverna, que bate sua cauda como um Minos dantesco à entrada do Inferno, e tudo se depreende em átomos luminescentes de reverberação poética.

Um exemplo do domínio da arte narrativa em João Câmara está no conto *Rua São Clemente*. Quando falamos do que conhecemos como vivência, a verdade parece mais verdadeira do que quando a imaginamos em ficção. Mas tudo pode ser verdade, mesmo na ficção. Talvez isso forneça às cenas e ofícios de um personagem pintor, como Eliseu, uma veracidade que ultrapassa a narrativa ficcional e transita deliberadamente no campo da recordação, esse sofisticado dom humano, como diário íntimo de um pintor que empresta ao seu personagem – como numa autobiografia – uma veracidade que outro autor, apenas imaginativo, não saberia recriar. Em *Rua São Clemente* há mais que os bastidores de um ateliê, trata-se do pensamento por trás da tela, uma ação do pensamento antes e durante o cotidiano da pintura, relato do ofício, retrato das hesitações e caminhos de um trabalho não só de pintor, posto que é o percorrer um labirinto de sensações que atravessam também suas modelos, caminhos da mente de mulheres que se desnudam além do corpo, desnudamento dos instintos, de secretos pensamentos, a nudez de um segredo. Principalmente na personagem-modelo Francisca. Há em *Rua São Clemente* a descrição não só de detalhes técnicos em que tintas e pincéis comungam da luz para alcançar a elevação dos tons da pele em penumbra ou exposta ao sol, mas principalmente das reentrâncias mais claras (e por isso mais inacessíveis) do pensamento do pintor. O movimento da luz, que altera os mínimos matizes, traduz-se aqui como movimento do pensamento, que desvela os relevos de sua percepção. Neste conto, a arte da descrição soma-se a uma outra arte: a narração de uma arquitetura do pensamento. Um impulso que lembra e que descreve, ou que se descreve ao lembrar, criando no texto a tessitura de um narrador do próprio engenho. No decorrer da leitura, deparamos com o que podemos chamar de a poesia do passar, ou uma poética da descrição do passar da vida, uma engrenagem que marca, mói ou dilui sentimentos, relações, e assinala, ao passar, os seus desenhos na pele, nas rugas, na prata dos grisalhos, e então o narrador, ao discorrer sobre esse delicado abismo, também nos revela os resquícios e tesouros que são melhor percebidos por um olhar que é ao mesmo tempo do pensamento e da luz, tradução que um olhar de pintor alcança ao encontrar a palavra.

Não há que se estranhar a fertilidade de personagens ingleses, franceses, alemães, às vezes em aparente conflito com as locações em que sucedem as histórias, como cidades brasileiras identificáveis, como o Rio de Janeiro, suas ruas e bairros. Essa reunião de nomes e lugares, de personagens estrangeiros e brasileiros, também é reflexo das leituras e reminiscências literárias de seu autor, sendo João Câmara um experimentado leitor de prosa narrativa, notadamente em língua inglesa, o que faz do receptáculo de sua sensibilidade um celeiro para o trânsito de nacionalidades digno das grandes metrópoles. É como se essas histórias aqui reunidas tivessem sido ouvidas por um visitante atento que, sentado numa mesa de Café parisiense ou numa esquina de Copacabana, anotasse falas para a criação de cenas. E os conhecedores da obra pictórica de João Câmara sabem que suas citações de autores, personagens e lugares relacionados a obras e estâncias de além-mar, como Joyce ou Conrad, África, Europa ou Américas, são também sua experiência, como se agora parte daquelas figuras que já habitavam seus quadros apenas retornassem aos seus contos para reafirmar uma convivência com o autor. Descrições de alguns desses lugares – leia-se o conto *Lidando com o passado* – alcançam uma visualidade corpórea, paisagística, arquitetural, que nos faz entrever o pintor como protagonista secreto a serviço do escritor, que de forma muito hábil recebe a imagem e a transforma em texto. O exercício de uma literatura memorialista, em alguns casos, procede do recolhimento e reativação de um passado que se reconstrói. Isso acontece, por exemplo, no passeio por cidades alemães recuperadas após os bombardeios da Segunda Guerra, renascidas na reconstrução visual do olhar do narrador. Somos, então, levados a um vaguear pelo cenário, o que faz parecer o escorrer de um filme diante de nós. Há sempre um sentido de cinema nessas passagens. Mas a ironia persiste em pequenos detalhes, como nos jarros de vidro de uma padaria onde o proprietário expunha – numa cena-paráfrase inspirada em W.G. Sebald – "biscoitos de canela em forma de suástica, apreciados em toda região". Em cenas como essa, é inevitável lembrar autores como Gunter Grass, Herman Hesse, Sándor Márai, ou ainda ambiências muito caras a um Robert Musil, em *Um homem sem qualidades*, ou um Alfred Döblin, de *Berlin Alexanderplatz*, autores que transitaram por semelhantes lugares.

Por estarmos diante de um escritor-pintor, explica-se, portanto, depararmos com cenas não apenas pictóricas, mas notadamente do gesto, de entendimento cinético, e por isso a sensação de algo cinematográfico. Assim, muito além da paisagem e do personagem – um homem com um cajado – há a iminência do movimento, a hesitação, a possibilidade do passo ou do salto. Mas o que é iminência ou ato, congelado no quadro, dessa propulsão de movimento, transformando a cena num instante que se move infinitamente através da percepção da intenção, transfere-se e é factual através da arte da palavra. Não se espere dessa operação, como consequência, uma narrativa linear, fácil, digressiva ou apenas descritiva dos contos comuns. Em muitos momentos, sentimos a compressão alucinatória de uma poesia hermética, como passagens não de cenas, mas de estados poéticos, retratos de sensações, quadros de poesia. Nesses momentos é preciso que o leitor não procure o corrimão fácil do entendimento comum – *Ceci n'est pas une pipe*, lembremos –, mas entregue-se a uma aparente incompreensão, a um estado de perdição diante do texto, idêntico ao que se dá diante de uma pintura em que sentimos a força, a luz, a imagem que grita, mas para a qual não conseguimos ou não sabemos responder.

Por outro lado, o conto *Lidando com o passado* é uma narrativa fluida e tranquila sobre dois irmãos – Georg e Max – sobreviventes das perseguições da Guerra, que migram para os Estados Unidos e para Londres, respectivamente, e cujas relações com a memória histórica e com lembranças de família criam um ambiente de raízes ancestrais, de amor por suas ascendências, como um traço de resistência emotiva e espiritual, que é o sentimento de uma eterna *Aliá* (imigração), sendo os dois personagens, também eles, eternos *Yordim* (emigrantes). *Lidando com o passado* é, por isso, um libelo, um conto-símbolo, metáfora e afirmação poética (aliás, com humor judaico) de um povo representado por dois personagens que simbolizam a força e a coragem contra os horrores históricos – *pogrom*, extermínio, êxodo, diáspora – que de alguma forma também são nossos, humanos, todos vítimas. Esses personagens – história que se olha no espelho e somos nós – talvez tenham se acostumado a passar e ver, indiferentes, o sofrimento do outro nas ruas das cidades, nas calçadas dos grandes centros das metrópoles, "programados para a economia psíquica do egoísmo".

Em vários momentos do livro, um fluxo narrativo em longos períodos, algo proustiano, remete a uma literatura portuguesa contemporânea, também herdeira de Proust e Saramago, criando, esse fluxo, uma sintaxe muito própria, um ritmo de pontuação particular, que requer a cumplicidade daquele leitor superior, afeito a experimentos de desafios, levando-o a sentir-se, nesses períodos, dentro de um novo idioma. São períodos-parágrafos que exigem atenção, concessão, rendição e cumplicidade de quem lê. Muitas vezes o olhar do narrador e o olhar do pintor – que se mostra e se insinua – revelam, no texto, essa dupla condição: "De fora, de seu ângulo favorável, o pintor da cena poderia representar aquelas lembranças como uma névoa (…)". (*Lidando com o passado*) Nesse universo de relações tem-se sempre o cruzamento inusitado da comicidade e da tragédia, da ficção e da história, da fábula e da mitologia. O desfile desses protagonistas e coadjuvantes envolve Castor e *Polito*, Homero e Nossa Senhora de Delfos, Dona Leda, Sulamita e o macaco Ticotico, Hermes, Dafne, Heitor e companhia.

Nesse conjunto de textos, eis o poder da palavra que traduz mais que a palavra. Há o traço de um espírito que se diverte ao percorrer searas de um erotismo às vezes mundano, muitas vezes cerebral. Mesmo assim ainda é o humor cortante, característico de João Câmara, alimentado por uma intelectualidade de traço culto, que debocha de seus personagens como um observador que assiste ao lupanar em polvorosa, enquanto maridos e amantes voam pelas janelas. E eis que um amor visceral pela forma feminina aproxima João Câmara de um Ingres, aquele mesmo Ingres de quem Baudelaire um dia afirmou que "sua libertinagem é séria e cheia de convicção". Se há muito da beleza clássica nas obras aqui apresentadas, também há muito de Courbet no que é sensualmente definido nas cenas com personagens femininas. A diferença da contemporaneidade de Câmara – sinais de um tempo definido entre os séculos 20 e 21 – é a silhueta feminina quase sempre delineada, menos volumosa do que nas pinturas de Ingres ou Courbet – o que reflete um *modelo ideal* dos últimos 50 anos – tudo muito polêmico e relativo nos tempos atuais – ou o que foi idealizado como *forma perfeita*, sempre uma idealização, onde curvas, músculos e volumetria reverberam e discutem, em qualquer século, o sensual e o erótico. De qualquer maneira, sabemos, quando abordamos conceitos como *Beleza*, estamos sempre em águas perigosas. Nademos.

EXISTEM DOIS TIPOS DE PINTORES. Os que habitam exclusivamente o universo das tintas e pincéis e aqueles que transitam com desenvoltura entre as linguagens do desenho, da gravura e das muitas técnicas da pintura propriamente dita. Porém, de forma mais rara, há os que frequentam a literatura, que alimentam sua criação plástica na foz literária. Esses, sempre bons leitores, por vezes também escrevem. João Câmara está nesse segundo grupo. Um caso incomum de pintor-escritor. Escritor que tem, como o pintor de mesmo nome, uma linguagem muito própria, um modo de escrever com dicção bem particular. Em suas narrativas, há sempre *heróis* que oscilam entre mártires, vítimas, pândegos, numa iminência permanente de riso do leitor. O desenrolar de algumas de suas histórias, conduzidas com a ironia divertida de que falamos, por vezes se assemelha aos roteiros rocambolescos de um Stendhal de *A Cartuxa de Parma*. Por isso alguns personagens de Câmara poderiam ser primos, parentes ou assemelhados de um Fabrício preso numa torre ou perdido num campo de batalha sem saber que está a poucos metros de Napoleão. Nas narrativas de Câmara podemos encontrar, como em nenhum outro escritor-pintor, uma aventura emoldurada com tanta graça e engenho, que sempre lamentamos terminar. Aqui, o pêndulo entre verdade e invenção oscila muito rápido. Fatos da História, como a morte em naufrágio do poeta inglês P.B. Shelley (1792-1822), são entrelaçados de tal forma numa tessitura narrativa inventiva, de recriação literária – como ocorre em toda boa ficção baseada em fatos –, que nos questionamos se a história que lemos ou vivemos é real ou se nós, leitores, é que somos a ficção romanceada de nós mesmos, um feitiço quase borgiano. E assim recordamos, naquela escadaria de espelhos, personagens como um Tristram Shandy[4], um Oliver Twist, um Pickwick, desconfiando de que todos poderiam ser reais. Isto porque a escrita de Câmara às vezes é paródica, burlesca, em tons de um teatro elisabetano sempre grácil.

Para o leitor desses contos – assim como de todos os outros textos de João Câmara –, o melhor aviso é: resista à busca de certos entendimentos, abstenha-se de referências remissivas sobre tantos nomes de personagens e lugares, renuncie a buscas e pesquisas em bibliotecas reais ou virtuais, permita-se fluir sobre as ondas de cada epifania que uma pletora de personagens, referências, citações, fazem por vezes até o mais experimentado *scholar* se sentir como o tripulante de um barquinho de papel em desabalada corredeira. Não estamos em águas que tenham atracadouros seguros em autores e leituras comuns. Entretanto, alguns desses portos, de profundidade filosófica, de um peso espiritual às vezes dilacerante como o de um Dostoiévski, um Tolstói, um Gógol em seus momentos graves, também nos lembram seus momentos de graça reflexiva – como em *O Duplo* e *Bobók*, de Dostoiévski, *O Nariz* e *O Capote*, de Gógol, ou de tantos momentos do inesquecível Pierre de *Guerra e Paz*. Ou seja, o emaranhado é grande, e talvez por isso vale tanto se perder nessa floresta de referências e novos caminhos.

Disto decorre, ou para isso concorre, o vasto vocabulário e a fertilidade vernacular que permitem a João Câmara o uso de termos raros em adjetivações inusuais, incluindo uma capacidade muito própria para a tradução do inglês e de percepções de estados anímicos que dificilmente seriam alcançados sem a estranha palavra usada por ele. Essa prodigalidade léxica permite-lhe, como divertimento, o uso da aliteração, que em prosa é um recurso para certa ênfase sofisticada. No conto *Notas da Itália*[5], a graça e o humor da história

---

4. J.C. cita e de certa forma analisa aspectos de Tristram Shandy ao abordar criticamente Laurence Sterne, no conto *Notas da Itália*.

5. No segmento final do conto – *Notas da Itália 4* – os personagens estão em outro plano, ausentes, etéreos como uma memória. Há algo de Beckett nessa fantasmagoria de erma encruzilhada, algo

de Giacomo se devem também – ou principalmente – à linguagem utilizada pelo narrador, sua vertente jocosa, falsamente pudica, quase encarnando um Boccaccio contemporâneo, zeloso por seus personagens virgens e nobres. Por isso os modos de um contista com forte veia para o teatro burlesco, de *commedia dell'arte*. E por citarmos o termo *comédia*, numa referência completamente invertida, aqui também gira a metáfora dos círculos dantescos, graciosamente definindo personagens que ardem de ciúmes. Não é à toa que o personagem Guido, do conto de Câmara, talvez preste homenagem ao Guido Cavalcanti que habita o inferno florentino. E assim, nessa corrente de citações, personagens como Guido e Sandro são reverências subliminares também a Botticelli e, por extensão, a Proust, que fez do pintor citação e metáfora em sua *Recherche*. A escrita, algumas vezes, como um Zelig de Woody Allen, assume a personalidade da época em que o conto se passa, seja na maneira de falar, de escrever, de vestir chapéus, bengalas, numa Europa do século 19 ou na Rua do Ouvidor, na Rua da Quitanda, no Rio de Janeiro da Primeira República. E eis que surgem, neste Rio de Janeiro, personagens ilustres da história de Pernambuco, como o senador Rosa e Silva e o empresário Delmiro Gouveia.

O leitor pode supor que a desenvoltura com que Câmara escreve sobre um Rio de Janeiro nostálgico, com algo dos anos 1950, é mero talento ficcional, descritivo de memórias alheias, emuladas de outras leituras. Mas, não. O fato é que tais reminiscências também nasceram da memória afetiva do menino João Câmara que viveu na cidade em sua primeira adolescência[6]. Por isso, o personagem vendedor da loja de chapéus no conto *Pequenas Grandes Guerras* é ou poderia ser parte dos registros visuais do nosso autor e agora ser recriado, cruzando-se com informações da época e de outros personagens históricos.

---

de pândego, comédia sem espera, mas isso, como todo engenho deste livro, também é graça de um matiz onde diálogos ou a confissão de algum defunto bem informado relembra um Brás Cubas que soubesse coisas da história italiana. Tudo é paradoxo de comédia. E por isso ressoam lembranças dos dois ajudantes de K. em *O Castelo* – comédia paradoxal, aliás. Mas em Câmara tudo está em outra nota, escala, registro, e como num sonho nem sempre se tem a certeza de que se é ouvido. Por fim, um traço de calores dantescos. No belo final de *Notas da Itália 4*, Pasolini, o poeta e cineasta, relembra sua vocação de escritor, e como o próprio João Câmara, sabe-se um homem da imagem da palavra. Nessa relação entre cinema, teatro e pintura, observamos nos quadros do livro os sentidos da perspectiva, os pontos de fuga, ambientes em caixas como palcos teatrais, uma marca da pintura de Câmara desde obras anteriores.

6. J.C. viveu no Rio de Janeiro em 1954, aos 10 anos de idade, em virtude do trabalho dos pais, funcionários públicos.

Isso explicaria, ainda sobre *Pequenas Grandes Guerras*, uma pacífica fluidez de breves informações autobiográficas, de uma infância mítica, à maneira de um Bruno Schulz e, por isso, também proustiana. Este conto revisita fatos da história de Delmiro no Recife, sua ida para Alagoas, mistérios entrelaçados como pontes sobre verdades sabidas e habilmente guardadas em bastidores de peripécias, espertezas, intimidades espirituais e carnais entre protagonistas e coadjuvantes, detentores de poder econômico e político, fútil e sofisticado como sempre parecem, permanentes em sua volatilidade de espíritos às vezes pequenos, tão frágeis quanto o caráter de certas fortunas, mas tudo em épocas e lugares distantes e já adormecidos, todos, agora, proprietários apenas de dois metros de terra nos cemitérios onde descansam de nossa invenção, ou nem isso. Tudo como metáfora, ficção, alegoria invertida e passada.

Em outros momentos do livro, nomes de lugares ou personagens, como o mar de Aruba ou o médico Bentley, são símbolos dessa fictícia riqueza: ironicamente, o senhor Bentley desloca-se sobre um cavalo. Por vezes, os nomes ingleses, alemães, italianos, assim como as locações onde se desenvolvem as ações, podem dar a impressão de um conto traduzido de uma língua estranha, mas tudo é apenas um truque, uma transubstanciação de verdades que, humanas, demasiado humanas, como as verdadeiras e as falsas fortunas, podem coexistir. Ressurgem então as engenharias políticas e as artimanhas financeiras dignas de personagens de um F. Scott Fitzgerald. E cada personagem que sabe os caminhos do dinheiro tem a ciência intuitiva de um Gatsby.

Então alguém poderá perguntar-se: como o autor, tendo nascido e vivido no Brasil, pode narrar e reproduzir com tanta exatidão as nuanças de climas distantes, como os apuros de um furacão? Ora, muito provavelmente, Homero não precisou viver as aventuras de Odisseu para narrá-las – elas vivem na imaginação da poesia. Ainda assim, as ligações e relações que criamos em nossa própria imaginação durante a aventura da leitura são enriquecedoras e inevitáveis. É impossível, num conto sobre estratégias e artimanhas políticas com um personagem chamado *Howel*, não lembrarmos do autor Orwell e suas obras *1984* ou *A revolução dos bichos*. Ao leitor, proponho então descobrir ou adivinhar, nos contos e nas pinturas que se seguem, os personagens históricos ou de ficção escondidos ou disfarçados.

Mas, previno: João Câmara é um sofisticado leitor e, por isso, um hábil criador. O conto *Dana em seu guinhol*, de onde tiramos nossa epígrafe, é um curioso exemplo de sua engenhosa mecânica. Alguns diálogos em sequência – sem indicação de quem fala – têm as identidades dos falantes intuídas pelo leitor apenas em virtude de sabermos que ali há quatro interlocutores com traços distintos, mas que podem se cruzar. O texto se torna, assim, uma história da história. A temática da Segunda Guerra – tema muito caro ao narrador – é um norte. Mas tudo se mistura entre História e ficção, teatro e realidade, ensaio e ação. O conto alterna falas entre um roteirista, um diretor, um produtor, sendo tudo a própria aventura da narrativa. Já em *Kiev/Odessa* a escrita apresenta cortes que remetem a grandes escritores como Isaac Bábel em suas lembranças de guerra, Gyulia Krúdy, com seus personagens em estações de trem[7], mas, principalmente, a W. G. Sebald – até pela introdução das imagens que dialogam com os textos – sendo este último homenageado com sua própria figura na pintura que dá nome a este livro. Nesse clima do Leste, há em *Kiev/Odessa*, também, muito do clima criativo de um Gógol da *Avenida Névski*, principalmente no passeio dos personagens de Câmara que procuram a casa de Pushkin na rua de mesmo nome. (Em tempo: A sequência de narrativas com temática e personagens da história russa e soviética é primorosa.)

AS PINTURAS QUE ACOMPANHAM os contos deste livro quase sempre apresentam cenários teatrais em palco italiano: o leitor está diante da boca de cena. E talvez isto seja uma pista, como um segredo, por trás desses cenários. Sim, as pinturas descrevem um aparente tablado, uma versão do que é dito. Mas o leitor atento saberá que tudo é teatro, tudo se passa não apenas no palco, ou não somente onde é visível, pois narrativa e pintura são possibilidades do que está sendo lido e visto, do que é sabido pelo narrador/pintor por trás da cena como por trás das cortinas da imaginação. E mesmo observando da plateia ou das coxias, sempre serão, os leitores mais atentos, cúmplices ou testemunhas desse jogo de teatro e história. Nesse sentido, um conto como *Dissensão no plano piloto* tem o tom de teatro grego – certa linguagem pindárica, épica, às vezes se insinua em curiosa locação, curiosa relação – nos labirintos e intrigas de uma política romana. E outra vez temos a tradução da psique política, na mistura de tempos clássico e contemporâneo, em exercícios de franqueza máxima.

Sabemos que nada pode ser mais fatal e avassalador do que a verdade. Mas a verdade, quando traduzida das reais intenções de suas entranhas, pode soar tão absurda quanto hipócrita, tão monstruosa quanto reveladora, como

---

7. Assim como em Krúdy (*O companheiro de viagem*) e em Proust (*Em busca do tempo perdido*), o universo do trem – estações ferroviárias e estradas de ferro – desempenha papel fundamental em grandes obras da literatura, como no caso de *O Idiota* (Dostoiévski), *Anna Kariênina* (Tolstói) e *A Montanha Mágica* (Thomas Mann), sendo cenário para momentos cruciais dessas narrativas.

na fala do personagem Póstumus, um provável governante, que num acesso de franqueza, diz: "... temo, sim, a proximidade dos homens, o vício gregário que alimenta a conspiração, a inveja, a usurpação. Temo a hipocrisia dos códigos de ética, estes estatutos de estreita política, códices de aliança e represália dos incompetentes". E aqui o próprio personagem se defende dos julgamentos da história afirmando que não cometeu "a estupidez do suicídio" em provável alusão a figuras mais nobres. A inteligência prescinde de explicações, prefere o exercício de si mesma, em si mesma prática, como uma dedução. Por isso, aqui, no alicerce visível do teatro grego, como na cena em que os filhos da personagem são colocados para dormir com o uso de uma poção, entrevemos algo de Medeia, de Antígona. Mas a teia de referências continua complexa, e nessa costura percebe-se também, neste *Dissensão no plano piloto*, algum traço de Hamlet na relação da personagem Pródiga com o poder político e os filhos.

Talvez algum leitor considere exageradas as referências, citações explícitas ou intuídas nesta apresentação ou em um ou outro conto de João Câmara. Sucede que em literatura e arte as influências e citações também são homenagens. O crítico Harold Bloom abordou o tema a vida inteira, considerando Shakespeare como lastro de toda literatura e teatro modernos. As artes plásticas também têm seus nortes, seus gigantes sagrados, e na história da pintura não faltam exemplos, como um Velásquez. É impossível, por exemplo, não perceber em quadros como *Música nas Tulherias* (1862) de Édouard Manet ou *Enterro em Ornans* (1849-50) de Gustave Courbet, uma explícita influência de Velásquez. A verticalidade de lanças e armas de *A rendição de Breda* (1635) de Velásquez, é reverenciada na profusão de personagens, árvores ou cartolas em Manet e Courbet[8] – declarados admiradores do gigante espanhol. E por falar em espanhóis, talvez nenhum outro pintor tenha feito tantas homenagens a Velásquez quanto Picasso. Sabemos que Courbet descobriu a pintura de Velásquez, Zurbarán e Murillo logo após sua chegada para estudos em Paris, assim como, depois, o próprio Courbet seria uma referência para a pintura de impressionistas e pós-impressionistas: e por esta última ser uma nomenclatura muito vaga, melhor dizer para a pintura contemporânea. João Câmara, portanto, está inserido nessa corrente de influências.

O que João Câmara realiza neste livro com incontestável mestria é o que podemos chamar de um novo Ecletismo, misturando o rigor clássico da pintu-

---

8. Assim como há muito de Ingres em alguns quadros do jovem Courbet, a força avassaladora de Courbet pode ser notada também em Balthus. No retrato que fez de sua irmã Juliette, em 1844, Courbet realiza um *Balthus avant la lettre*, um *Balthus avant Balthus*.

ra, a fantasia romântica, as técnicas modernas e suas novas possibilidades eletrônicas e digitais: um amálgama de conhecimentos de programas de computação gráfica, cinema, teatro, tendo como suporte um profundo conhecimento de história da arte e, principalmente, de literatura. (Aliás, não esqueçamos que Courbet, como leitor assíduo, tinha grande admiração por Shakespeare, Goethe, George Sand e Victor Hugo.).

O conto *Dra. Maya* – como o quadro que o conto ilustra – é uma homenagem a Joseph Conrad e ao livro *Heart of Darkness*[9]. Em seu texto, Câmara faz contextualizações sobre uma versão cinematográfica do livro e sobre críticas da época. O pintor Câmara une a essa homenagem a figura de uma mulher, adicionando o improvável e talvez inesperado elemento feminino à lembrança de Conrad: a arte do contista e a fantasia do observador crítico estão mutuamente em ação. Um outro exemplo dessa sintonia é o conto *Scheria*. Nele alcançamos, ainda que tangencialmente, o fato de o nosso autor conhecer Psicologia e divertir-se com fundamentos dessa ciência ao introduzir em seu texto elementos de um sonho, sendo esse sonho "uma construção corriqueira, de fundo analítico simples..." A desconstrução do sonho pelo narrador é um exercício do pintor/psicólogo que transita, outra vez, nas margens do teatro grego – que, como sabemos, é fonte de teorias psicanalíticas e suas implicações eróticas, principalmente freudianas. João Câmara se diverte – e nos diverte – com essas pontes e referências, pois no sonho de sua personagem Gerty uma outra figura "teria recebido a visita do pai – o desembargador Alcino – travestido em algum tipo de antigo personagem grego, acompanhado de uma mulher jovem que não era sua mãe". Nesse momento, quase ouvimos o riso de Freud e Jocasta como se fossem leitores do conto.

Por razões como essa, o teatro, seja o grego, o chinês ou o Kabuki japonês são sempre lembrados pelo leitor através de textos com estrutura ou marcações de teatro (*Dissensão no plano piloto*, *Dana em seu guinhol*). Em *Nihonyouri* o tema oscila entre a narrativa fantástica, histórica, a pintura surrealista e o universo do sonho. A variedade de temas, tempos e lugares, lembremos, é uma das riquezas desse livro. Em *Amenidad*, outro exemplo, estamos no mundo social e político da Guerra Fria entre os Estados Unidos e Cuba, numa escrita vertiginosa, quase jornalística, que nos remete às ambiências de um Pedro Juan Gutiérrez (*Trilogia Suja de Havana*) ou de um Fernando Morais de *A Ilha*

---

9. Há algo de Kurtz em Klamm, ou muito de Klamm em Kurtz (Kafka/Conrad). A ideia do homem isolado, inacessível, despótico, metáfora de (quase) todo poder ou de todo cume é um simulacro do desejo de potência mas também de inacessibilidade, uma lógica obtusa do poder.

ou *Os últimos soldados da Guerra Fria*. Quanto ao uso das falas como texto de teatro, parece-nos não apenas uma opção estilística, mas um recurso literário, usado também por Joyce em *Ulysses*, um recurso que é parte da estrutura e modifica a leitura como ação. Essa intimidade de Câmara com a palavra, podemos dizer, existe provavelmente desde a sua infância na convivência com o pai poeta, e, claro, em muitas de suas pinturas de grandes dimensões onde a própria palavra é pintada, inscrita, inserida na pintura (*Cidade Verde* – 1987/2001, *Estação* – 1987/2001, *Silos* – 1987/2001, *Embarque para Citera* – 1993, *Dallas* – 1994/5, *A fronteira da Dalmácia* – 2003, *Teorema de Talou-Roussel* – 2006, *Las Ilusiones* (painel 10 da série *Dez casos de amor e uma pintura de Câmara* – 1977/83), sempre como parte da narrativa ou de uma ação pictórica. E assim, nas pinturas deste *Lidando com o passado e outros lugares* somos tentados permanentemente a identificar personagens e temas históricos, reais, fictícios, relacionados ou não aos contos de mesmo nome, num exercício, aliás, bem proustiano, como um Swann, grande conhecedor de obras de arte e que muito amiúde vê semelhanças de traços faciais, gestos, vestimentas entre as pessoas que encontra (ou com as quais convive) e os personagens da grande pintura: fantasia e ficção, arte dentro da arte.

Mais do que contos, peças ou narrativas, esses textos de João Câmara ainda podem ser lidos sob uma ótica diversa, não catalogada, como diários de um narrador, supostamente fictícios, ou mais do que enredos de roteiros para *thrillers* policiais. De forma inversa, também podem ser lidos como diários dos próprios personagens, como se em cada página o narrador, como um pintor, relembrasse imagens por sua plasticidade única, o que justificaria seus finais inusitados. O percurso dos textos, portanto, é tão valioso quanto chegar ao seu fim. Mas entendemos que é quase inevitável, para o leitor curioso e atento, intercalar a leitura com os quadros que os seguem ou antecedem, numa busca sempre enriquecedora de elementos visuais que surgem, iluminam ou se renovam: sejam as palavras pelas imagens plásticas, sejam os quadros que se abrem em possibilidades descritas.

Em *Viaud, o cisne, as colônias*, Câmara retorna a um tema muito caro a Proust, o caso Dreyfus, a questão Zola, o famoso "Affaire", e um de seus personagens, aqui, se diz acusado "de ser contra Dreyfus, de ser nacionalista boulangista, até de precursor fascista", fazendo um laço contemporâneo, costurando essa aparente extemporaneidade num tecido atualíssimo deste século 21. A questão política persiste e o autor revela o conhecimento de sua engrenagem. Mas o humor e a ironia de Câmara são os salva-vidas dessas tempestades. Em *Neves: Edifício Júpiter*, conto ambientado em João Pessoa, capital da Paraíba, um prédio com inspirações arquitetônicas ao gosto de Miami é o cenário de um conto que poderia ser assinado pelos melhores criadores brasileiros dessa arte, como um João do Rio ou um Lima Barreto. Mas o pintor está em cada palavra, em cada traço: o conto *Sarah e Marcel*, nesse prisma, é o diário de um pescador que, numa ilha, serve de guia a pintores, mas o olhar do pescador é de pintor. Homenagens a Conrad são ainda visíveis, e o "Coração da Escuridão", aqui, é o coração do mar, um olhar sobre o mar, visão de um pintor cuja linguagem tem pinceladas de Hemingway, de Melville, homens que como escritores eram conhecedores das selvas e dos mistérios desse organismo selvagem, desconhecido, multicor. *Sarah e Marcel*, é claro, faz a costura entre a biografia e a arte ficcional de Proust, entrelaçando personagens e lugares reais e fictícios com a habilidade culta do narrador. A ambientação do conto – ilha, praia, oceano, ar marinho – não deixa de ser uma recriação de fatos da *Recherche* proustiana, assim como alguns personagens em transmutação, como Madame Verdurin (Recherche) é inspirada na pintora Madeleine Lemaire (1845-1928), amiga de Proust e ilustradora de seu primeiro livro, *Os prazeres e os dias* (*Les Plaisirs et les Jours*, 1896).

Não são incomuns, na história da arte, exemplos de artistas a quem foram solicitados textos e ilustrações (embora possamos citar dois cujos trabalhos não chegaram a ser concluídos: Courbet, a quem foram solicitados textos e ilustrações para um livro de caça; e Degas, a quem foram encomendadas ilustrações para um romance – caso curioso, pois os trabalhos, a despeito de terem sido considerados primorosos, embora feitos a contragosto, não foram aprovados pelo autor do livro, que preferiu buscar outro ilustrador.), e, por isso, assim como Courbet renovou a pintura de paisagens com figuras em meados do século 19, o que João Câmara faz aqui é uma renovação de sua própria pintura ao incorporar um recurso não apenas técnico – o uso, como dissemos acima, de ferramentas tecnológicas (pincéis e telas em pixels) – para cenários imaginados, mas a criação de novos seres com a inserção de corpos, cabeças e movimentos *nascidos* de fotografias, cinema e arquivos eletrônicos como fontes de reinvenção. Por outro lado, em seus textos, o humor e a ironia, de forma bastante original, sustentam essas construções, cruzando suas linhas com artimanhas políticas, fazendo de narrativas como *Porto da Armada* – novo exemplo – lugares amenos e divertidíssimos, onde a política se desenvolve em torno de shows de *pole dance*.

Em um conto como *VRLINA* – começando pelo título quase impronunciável – temos uma amostra do êxito da despersonalização da escrita: a sensação, aqui, é de estarmos lendo um texto escrito por um personagem realmente estrangeiro. E o nosso autor-camaleão, no controle de sua fortuna criativa, quase uma metempsicose, imprime um tom de confidência com o leitor – "vamos trabalhar com a hipótese...", "consideremos duas instâncias figuradas..." – que desde o começo do conto torna-se cúmplice e coadjuvante da trama. Este é um conto que requer do leitor sua capacidade imaginativa e espacial para acompanhar a aventura em que é guiado. Parte da diversão é este exercício imaginativo. Não à toa, o personagem (do conto e da ilustração) é o inventor Nikola Tesla em moção de movimento, onde ele e algumas pombas são quadros congelados de cinema. Tudo mantém um ambiente de estranheza, seja nos lugares, seja na linguagem, mas que se traduz, como não poderia deixar de ser, em extrema visualidade plástica, que é a autenticação de um escrito de pintor. Há aqui elementos de *realismo fantástico* e *ficção científica*, com a graça e o humor que esses conceitos já trazem em sua essência etimológica.

Mas que o leitor deste livro não se incomode com isso: haverá sempre algo secreto no olhar dessas cenas, algo que talvez não ocorra quando examinamos pinturas comuns, retratos de figuras, paisagens ou naturezas-mortas. Uma coisa além ou anterior à decodificação desse segredo, que se percebe no campo do congelamento de sua teatralidade, como no instantâneo de uma fotografia ou na pausa de quadros cinematográficos sobrepostos, ocorre especialmente nas cenas em que pessoas, objetos ou animais se repetem em imagens de deslocamento. Esse estranhamento, algumas vezes, dilui-se em áreas de uma mesma cena, onde não há "movimento": e eis que essa frase é tão estranha quanto a percepção que acode. Isso se dá porque o que João Câmara alcança aqui, sem prejuízo da pintura, é a apreensão do movimento que em retratos posados – e isto em qualquer exemplo da história da arte, desde autorretratos até as grandes cenas, por exemplo em *Las Meninas*, de Velásquez – exprime a ideia de uma arquitetura preconcebida ou aceita em nosso cérebro no momento em que olhamos para aquela cena. (Nesse sentido, o que tendemos a *intuir* quando olhamos para qualquer das figuras da grande cena de *Las Meninas*, é que aquelas figuras se moviam antes e se moverão depois da organização da pose, e, nesse caso específico, a figura que ao fundo abre a porta e deixa a luz entrar ainda guarda um átimo de movimento, enquanto todos os outros estão na inércia do repouso ou na iminência de algum deslocamento.) Em João Câmara, o que temos em grande escala – quase diria pela primeira vez – é uma *apreensão seriada de cenas*, como um instantâneo pictórico que, talvez, em nossa fantasia, realmente se mova na fração de segundo em que piscamos os olhos.

Para o leitor que se apressar em nomear as pinturas deste livro apenas como *ilustrações*, cuidado! Tal julgamento, além de uma redução, pode ser temporal. Lembremos que quando a pintura a óleo começou a ser ladeada por telas em acrílico em museus e galerias, os puristas incorreram nos mesmos pecadilhos. E o que os puristas, aqui, chamariam *apenas* de ilustração – talvez, ainda, pelo fato dessas pinturas acompanharem os textos do livro ou serem realizadas com recursos de computação –, são trabalhos em que o talento não dispensa o pintor, o desenhista, o pensador que empunha o pincel (mesmo eletrônico), o artista que cria cenas, recria personagens, elabora composições. Estamos, na verdade, e isso é o grande desafio dessas pinturas, diante de capítulos à parte, não apenas de obras híbridas, realizadas em técnica ainda sem nome definido, mas diante de uma obra em que somos testemunhas oculares de sua gênese: e testemunhas nem sempre se dão conta da importância do que veem nascer ou de sua revolução.

Ainda sobre ilustrações (ou livros ilustrados por grandes mestres da pintura) poderíamos lembrar nomes como Picasso, Degas e, mais perto de nós, Portinari, Di Cavalcanti ou Brennand. Em resumo, convenhamos que, *lato sensu*, todo catálogo de exposição ou enciclopédia de arte é um livro ilustrado. Ainda: se outras vezes os livros de arte podem ser apresentados por escritores e poetas ou se, mesmo as igrejas, desde antes da Idade Média, têm a História Sagrada contada em afrescos e vitrais, por que um livro de contos não poderia ser ilustrado pelas pinturas do autor ou essas pinturas iluminadas por seus textos? Não seria um livro ilustrado uma pequena catedral com vitrais? Uma outra questão: além das técnicas computacionais usadas por João Câmara nos quadros aqui reunidos, há a diversidade enriquecedora de temas e personagens. E essa diversidade confirma-o, ainda mais, como um artista de criações humanísticas. O mesmo humanismo que faz com que as histórias de Conrad, Tolstói, Dickens ou Shakespeare, ambientadas em Londres, em Verona ou num rio do Congo, se passem também dentro de nós. Neste quesito, João Câmara realiza sempre uma costura ousada. No conto *Terpsicore*[10], a aventura de um dançarino brasileiro em San Francisco, Las Vegas e Nova York é o pano de fundo para debater sociologicamente costumes canibais e danças de índios do Xingu. A salvação de todos está em jejuns e os personagens encontram uma revelação no deserto de Nevada: o homem ou a mulher que ama, sofre ou sente fome, seja numa estepe russa ou nas plantações da América, padece por todos os homens.

---

10. Terpsícore é musa da dança na mitologia grega.

No campo das referências mitológicas, o conto *Rapto de Europa*, como o título indica, é outro exemplo. Aqui estamos sob enredos entrecruzados no universo da fantasia, mas sempre referentes ao mundo real, como toda metáfora do humano, o que nos faz lembrar o Homero da *Odisseia*[11], o seminal *Gilgamesh*, ou, mais próximo de nós, um sabor das *Vidas Imaginárias* de Marcel Schwob. No que se refere especificamente à ilustração deste conto, as simbologias entre Zeus-Touro e Hera recuperam um tema clássico da história da arte. (Em tempo: um touro com guirlanda sempre lembrará o quadro *Sabbath das Bruxas*, de Goya, uma curiosa abordagem do sagrado mitológico.) Mas o texto de Câmara tem, por contraste, o tom da ficção moderna, algo que, no fim das contas, através da descrição da deusa Europa agarrada ao dorso do touro Zeus voando, remete também ao voo espetacular de *O Mestre e Margarida*, de Bulgákov. Tudo levando àquela ancestralidade grega ou latina de onde toda cultura ocidental provém. A cena do voo, incluindo um gesto do deus que "faz escurecer o orbe", sugere a criação do mundo a partir de um sonho dentro de um sonho. E nessa belíssima cena da gênese do universo, onde "desenhou-se um touro feito de estrelas", vislumbramos as sementes da Astrologia que no céu desenha coisas, bichos, centauros, numa apoteose da criação. Mas resta, definitivamente – mesmo que não tenha sido a intenção de Câmara –, algo de Schwob no espírito desse *Rapto de Europa*, o que nos leva, por extensão, também a vislumbrar luzes borgianas, uma vez que Borges, o argentino, foi um leitor assíduo de Schwob, o que marcou indelevelmente sua obra. O fato é: sendo João Câmara um grande leitor, toda reminiscência – ou apenas uma – pode estar contida em seus contos, carregando uma corrente de grandes autores-leitores que se reencontram em seu semelhante.

O conto *Um dia na caça* é uma dessas sensíveis homenagens aos livros, aos alfarrabistas, aos peregrinos de livrarias, aos encadernadores de edições raras. Eis que o humor volta a ser a melhor forma de crítica política, e os passeios e segredos do Kaiser Guilherme e seus seguidores másculos são postos em evidência quando descobrimos que um desses seguidores está "fantasiado de cão *poodle* de circo". Ficamos sabendo de particularidades dos personagens Guilherme e Göring, pois este, além de gostar de caçar e de se vestir

---

11. Em *Rapto de Europa*, as remissões e homenagens à *Odisseia*, de Homero, revelam-se, principalmente, nesta cena da personagem Europa, que acordou na praia, como náufraga, e "vagou pela ilha, ouviu o balir de cabras, desceu uma ravina, encontrou pastores que muito se surpreenderam com a beleza da moça e mais ainda com o que ela lhes contou do Touro, da viagem sobre o Mar, do templo na colina, do nascimento da Constelação".

bem, também gostava "de usar um tantinho a mais de maquilagem…" Ainda assim, a picardia afiada de Câmara não perde de vista a análise histórica, e seus comentários sobre os contextos políticos em que se veem seus personagens também estão nos cenários fantásticos de sua pintura. Depois de tudo, concluímos que nunca se sabe ao certo as razões secretas que fazem um país entrar numa guerra.

E uma vez que citamos, logo acima, o termo "canibais", que se lê em *Terpsicore*, e voltando ao tema do que chamamos de despersonalização do narrador, um outro exemplo notável é *Clube dos canibais*. Neste conto, reconhece-se uma sensualidade muito afeita à pintura de João Câmara desde a opção por uma narradora mulher, em um roteiro kafkiano que se revela lentamente, como o *striptease* que a personagem realiza para os amigos. A linguagem, por isso, é coloquial, como num diário da jovem que sabe gostar ou incomodar-se com a variedade de ritmos (*jazz*, *techno*, afro) que se misturam durante o seu número. O conto nos prova que escrever literatura é recriar mundos e *personas*, encarnar vidas e percorrer tempos como uma projeção de paráfrases, então, iluminadas pela pintura. E outra vez, em João Câmara, sob uma narrativa aparentemente linear, reside uma percepção multifacetada do mundo, em análises de economia, política e estratégias diplomáticas. E em virtude disso, assim como seu arsenal pictórico, o vocabulário do escritor João Câmara é vasto, incluindo termos de uso raro. E eu poderia apostar que pelo menos um leitor encontrará neste livro alguma palavra cujo significado desvendará pela primeira vez: algo como avantesmas léxicos.

O ATO DA PINTURA É MUITO PRÓXIMO do ato da escrita. O silêncio é matéria para ambos, e quase sempre a solidão é acompanhante e guia. O leitor de um livro e o observador de um quadro leem palavras e imagens; o pintor recria seu objeto, seu modelo, sua ideia, e o escritor, talvez, as multiplique. Assim, a escrita é um ato de solidão, e por isso, para um pintor, será tão natural trabalhar com palavras. O ofício do pintor também é um ofício de leitor e escritor, e o ofício da escrita é uma símile do desenho do pensamento: em um e outro, às vezes, há o encontro com a poesia. Melhor, então, pular essa introdução: começar depois do começo. No fim, o livro terminaria com o Baile da Ilha Fiscal, uma última homenagem ao Imperador Pedro II, ao homem de Estado ou ao Estado perdido, seu brilho e seu ocaso. O texto seria um apagar de luzes suave, terno, mantendo o conhecimento histórico que situaria o narrador como uma testemunha da queda, do apagamento de um baile político. O dia começaria em nova realidade como mais um golpe na história de um sebastianismo que atravessa conselheiros, marechais, e sempre foi uma espécie de relato oficial de nossa alucinada crônica histórica, com inteligência e humor.

Sabemos que a arte pode ampliar a realidade. Para quem pensa ser impossível reproduzir uma montanha, Cézanne multiplicou as visões do Monte Sainte-Victoire. Mesmo na realidade palpável, quando estamos diante de um Monte Santa Vitória ou de um Pão de Açúcar, o olho que avista necessita de uma distância para ver, e toda distância é uma alteração do real. Dessa forma, a criação artística será sempre uma recriação, e não importando a técnica – tela, papel, tinta a óleo ou pixels –, a alegria do olho será a revelação da arte, sua percepção e sua decodificação. Assim chegamos a um novo cruzamento nas leituras de palavras e imagens, seja em museus, livros ou telas retroiluminadas. E os mesmos olhos acostumados a certa quantidade de luz desde o advento das televisões no século passado, aos poucos foram se acostumando a ler livros e ver pinturas em computadores e celulares. Para os mais jovens, até o uso desses equipamentos é algo mais natural do que ir a bibliotecas, galerias e museus. Então, quem sabe, um livro de contos com pinturas realizadas por meios eletrônicos – uma técnica quase óbvia para os nascidos no século 21 – seria uma das últimas fronteiras dessas linhas do tempo. Estamos diante do passado, do presente e do futuro. Um ponto de luz (ou de papel) como um Aleph borgiano em que se encontram a pintura e a palavra escrita. Os grandes pintores são descobridores de silêncios. O ofício de escritor, para João Câmara, é iluminação da palavra. *Lidando com o passado e outros lugares* é um título que guarda, para além de seus valores de face e nominais, os sentidos do verbo *lidar* como ideia de lida, ofício e, em *continuum*, de trabalho com imagens e palavras. O Tempo como *lugar de antes e de depois* ainda será, em última instância, o lugar da imaginação. Esse lugar conforma a obra narrativa que aqui se alcança.

Indústria do movimento

Vestido em roupas de turista, o homem chegou ao prédio do governo em Majuro, portando uma pasta de couro esquisita. Ela estava prenhe, era gasta, idosa, viajada. Sua carga, qual fosse, imaginava-se ter sido mais incrementada ao longo de sua vida do que classificada e depurada.

Já o homem, um sujeito grande, com um penacho volumoso de cabelos brancos coroando a carantonha, parecia mais moço que a pasta. O fato de estar de bermudas e camisa de seda havaiana, um *straight gringo*, queria lhe emprestar algum tipo de pose juvenil, uma licença para informalidade.

Os funcionários estavam habituados a estes americanos, viajantes ou burocratas. Quando não fardados – agora eram colaboradores e associados – sempre posavam de cidadãos em férias, com as prerrogativas destes e a franquia para estarem à vontade na antiga casa.

Seria este homem diferente do clichê? Tinha esta dúvida o jovem funcionário que o atendeu na sala do mezanino, janelas abertas para o coqueiral. Olhou a pasta, olhou o homem, não extraiu juízo exato do paradoxo. Foi preciso que o homem abrisse a pasta, sacasse papéis, os colocasse sobre o tampo do birô, deixasse o funcionário armar a equação de sua demanda, pleito ou comando – o jovem não sabia do que se tratava, nem o homem explicou. Pelo contrário, como se satisfeito com o que já havia fornecido, levantou-se, foi à janela, respirou pela boca uma golfada de ar quente e salino e soprou-a de volta, como uma invisível baforada de cachimbo.

O rapaz desembaralhou e ordenou os papéis procurando sintaxe nos itens. No organograma obtido, encabeçou o ofício do Departamento de Estado que solicitava a colaboração das autoridades locais para acesso ilimitado e ingresso de pessoal e equipamentos nas áreas e instalações, etc.

"E para quando seria isso, senhor?"

"De início, agora. Preciso de passes para mim e acompanhante. Dependendo da visita, seguiremos com o processo. Mas, então, já não será comigo. Virá uma equipe de produção, o jurídico, esses caras."

"Certamente. E, será um prazer colaborar. De minha parte, de imediato, posso fornecer os passes. Para algum atol determinado, senhor?"

"Ah... Para todos, talvez?"

"Bem... são muitos, estão em uma área considerável."

"Não pretendo visitar todos, é claro, mas quero ter liberdade de escolha."

"Sim, claro. É natural. Está alojado na Vila, senhor?"

"Não. Estamos ao largo, em um iate."

"Aguarde aqui, por favor. Trarei os passes. Precisam ser preenchidos em duplicata. E, bem, há algumas questões. De segurança e de saúde, entenda..."

"Estou ciente. Já enfrentei coisas piores. Vivi na Califórnia, trabalhei em Hollywood..."

O moço riu, apenas educadamente:

"Um momento, volto logo."

A MULHER NÃO QUIS acompanhar o homem ao prédio do governo. Passeou pelas ruas no entorno da praça, entrou em lojinhas de suvenir. Arriscou comprar um colar de conchas: "Mando passar pelo *Geiger*, depois." Não estava segura para botá-lo logo no pescoço, embora visse que a vendedora usava um torcido com vários deles e, também, pulseiras multicores de coral e madrepérolas. Sentou-se num banco, sob um coqueiro-anão podado, os cachos de frutos luzidios, alaranjados. Tudo tinha aparência higiênica, embora um tanto gasta. A praça estava varrida, mas o banco precisava ser raspado e pintado de novo. O ar salgado atacava e descascava as tintas plásticas, a cal parecia resistir melhor. Ou era reposta com mais frequência. Havia barras de cal em tudo. No rés das paredes, nos troncos dos coqueiros, nos meios-fios, em pedras que demarcavam gramados. O aspecto de base naval persistia como uma espécie de herança ou dependência.

O homem chegou, com sua pasta. Arrumou-se, calorento, num canto do banco.

"Foi às compras?"

"Colarzinho de conchas."

Ela o verteu do saquinho para a palma da mãozorra dele.

"Bonitinho. Não quis usar?"

"Ainda não."

"Foi caro?"

"Preço para turista. Era de esperar. Nada de mais. Como foi com você?"

"Tudo certo. O moço que me atendeu acordou, à vista dos papéis. Creio que eles tiveram notícias, paralelamente. O funcionário esperava algum executivo da Indústria. Mediu-me e avaliou-me, até tomar pé na papelada."

"Você gostou disso, não?"

"Muito. Não causa danos, é divertido."

Ele levantou-se, coreográfico, girou abrindo os braços, tomando os pontos cardeais.

"Você sabe, a leste daqui tem um vilarejo chamado Rita. E a oeste, no ponto mais extremo da ilha, tem outro chamado Laura."

"Laura? Não diga..."

Homenagem dos soldadinhos, na Segunda Guerra. Para as meninas Hayworth e Bacall.

"Laureen, Laura? Coincidência."

"Não acredito em coincidências. Você também não devia acreditar."

PROFETA E IVY MIKE estavam caçando, em espreita sob uma moita de pandano. O capim alto completava o esconderijo. A caça eram caranguejos eremitas na troca de casa e que se aventuravam na zona limite entre a areia molhada e a borda de vegetação da orla da praia. Os caçadores tinham vantagem na camuflagem. A concorrência, espalhafatosa, de gaivotas e outros bichos alados, pegava uma presa fácil a cada dez tentativas. Eles acertavam duas em três, Profeta sendo o mais ágil.

Profeta, o nome enganava, era fêmea. Colocaram este nome na sua gaiolinha, para os experimentos *Crossroads*. Veio da Costa Rica, numa partida grande de outros espécimes. Só depois dos testes *Greenhouse*, de volta ao atol, cresceu em tamanho e dom. Ivy Mike era um macho, desenvolveu-se também, mas era limitado em capacidades. Mike era nascido nos atóis, mas chegou em ovo. Herdou o nome do teste. Poucos do casulo vingaram em Enewetak e muitos dos que viveram foram sacrificados por terem defeitos genéticos acentuados. Mike tinha ainda irmãos desta ninhada. Todos foram transferidos para Enyu. Alguns só se desenvolveram plenamente depois do Grande Erro do Lítio. Menos de uma dezena tinha o dom. Profeta achava que a matriz de Ivy Mike seria de Madagascar, mas não tinha como afirmar. Os visitantes do atol, de gerações mais novas, não tinham registro, nem deles, nem do processo.

Outros elementos, abandonados, desenvolveram-se fora do controle dos experimentos. Cresceram e só isso. Comiam folhas, frutos podres, roíam raízes, enxergavam mal e dependiam das antenas, quase exclusivamente.

Ivy Mike avistou quando a lancha encostou no extremo da praia e viu os dois vultos que desceram dela. Girou a cabeça para Profeta, bem mais para trás, à sua direita.

"Dois. Vindo pela areia. Para cá."

"Vejo. Volte para o mato. Mude-se."

Profeta e Mike retraíram-se sob a moita e se mudaram, quietos. Mike emitiu:

"São conhecidos? Já vieram aqui?"

"Não sei. Estão fora de alcance. Mas, vêm para cá... vamos ver."

O homem e a mulher vinham pela praia, fotogênicos como dois veranistas. Ele ensaiou uma corrida cômica pela areia, ela veio atrás tentando copiar as pegadas dele com passadas insuficientes. Riam. Chegaram perto do pés de pandano e saíram da areia para dentro do capinzal. Pararam para uma inspeção panorâmica. O homem calcou o tênis molhado no terreno, escavou, prospectivo.

Mike consultou Profeta:

"São corpóreos?"

"Ele, sim. Ela, não tenho certeza. Oscila."

"Como?"

"Parecem duas no mesmo registro, com frequência sobreposta. O corpóreo prevalece. Espere um pouco... Ele... O nome dele é David."

"E ela?"

"Ela... Palm... não. Estão olhando os coqueiros. Confunde. Agora vem. Sheryl, é o nome. Outro nome emana dele... Laurie... não. O outro nome é Laura."

Mike vibrou os dois nomes, antes que Profeta o pudesse impedir:

"David! Sheeerylll!"

"Ouviu que nos chamaram?", Sheryl alertou-se.

"Pode ser o marinheiro da lancha. Esquecemos algo?"

David voltou à areia, viu a lancha se afastando, longe, mais perto do iate que da ilha. Voltou, coçando a cabeça, os dedos enfiados em garfo no penacho branco.

"Não foi da lancha."

PROFETA IRRITOU-SE COM MIKE. O outro era chegado a brincadeiras. Era defeito de formação e convívio. Mike foi cuidado e acompanhado por um soldado jovem, "Turnpike" Jeff. Impregnou-se com o temperamento do rapaz, um texano brincalhão. O convívio dos dois durou até Jeff ser transferido para os testes em Enewetak, quase no fim do Ciclo.

Era comum um padrão de imitação, não fosse isso mesmo, a essência do projeto. Os louva-a-deus têm padrões miméticos um tanto ou quanto lentos, mas têm prontidão e singular fixação visual estereoscópica. A resistência à radiação também contava. Profeta foi exposta em todas as fases, excetuando-se Trinity, naturalmente. Nesta, usaram-se mamíferos, com total fracasso. No teste que resultou no Grande Erro do Lítio, Profeta já estava desenvolvida e foi a grande vedete do segmento biológico. Foi levada para Namu e encerrada em uma caixa de berílio na instalação Krause-Ogle. A câmara dispunha de um obturador eletrônico de fase. O feixe de nêutrons do sistema do Dr. Stirling varou a caixa por décimos de milionésimos de segundo. Profeta foi exposta com sucesso, sobreviveu incólume. Foi retirada da caixa depois de três dias. Estava faminta e luminescente. Alimentaram-na e a deixaram em repouso até checar sua performance em reconhecimento e memória visual. Houve enorme salto. O coronel Hadley exultou.

Era com o coronel e sua equipe que Profeta ficava mais tempo. Sua capacidade de sincronia e captação das frequências aprimorou-se no ambiente do laboratório. Com o tempo, discernia impulsos biológicos dos que eram emitidos pelos aparelhos. Chegou a 80% de retenção memorizável e quase 60% de transmissão sensível à captação biológica.

Ao mesmo tempo, a capacidade mimética incrementou-se a tal ponto, que um dia, tendo escapado do laboratório – uma porta fora deixada aberta, por negligência – foi difícil localizá-la na mata. Curiosamente, foi descoberta graças à insistência de um caranguejo dos coqueiros em atacar uma presa invisível. Lançada uma rede sobre o capim, Profeta foi pescada, sem resistência. Este episódio perigoso preveniu Hadley. Mandou que afastassem os caranguejos do terreno do laboratório.

Profeta e os outros mantêm ojeriza aos caranguejos de coqueiro e também desprezo. "São estúpidos, pervertidos", concordam. Mas, os temem. Esses bichos comem a polpa dos cocos, altamente contaminada por césio. Profeta apreendeu certa vez, de um dos pesquisadores, algo sobre o efeito deletério do césio. Os louva-a-deus ficaram imunes, não se sabe a razão.

Foi Profeta também, ao término dos testes *Castle*, quem sintonizou por acaso e decifrou a Ordem para Conclusão e Abandono, que significava, em suma, o extermínio radical dos indivíduos e destruição das instalações e registros.

Na noite da ordem telegráfica, o coronel Hadley trancou-se no seu quarto de alojamento, pegou uma garrafa de burbom e começou a encher a cara. Profeta arranhou a porta até que Hadley a abriu, de muitos maus bofes. Ele surpreendeu-se com a presença de Profeta erguida em sua postura de prece, mais espigada que o normal, quase bípede. Fê-la entrar, com um gesto urbano de cerimônia:

"Entre, por favor, *milady*. Acomode-se."

Profeta entrou e manteve a mesma postura, erguida, no meio do quarto. Hadley sentiu uma vibração crescente que ia dos tímpanos até o topo do crânio. Fechou os olhos com força, como para expelir o ruído e então, dentro da abóbada escura do campo de visão, nasceram luminosas as palavras: NÃO CUMPRA.

O CORONEL JÁ ESTAVA mesmo propenso a desobedecer a ordem, cansado de ver seus experimentos descambarem para objetivos táticos. Havia sido assim em Los Alamos, continuara nos Atóis. Não queria seguir transformando besouros em munição radiativa. Havia topado com uma descoberta importante. Não o levavam a sério. Cortaram-lhe verbas e pessoal, lutava batalhas diárias para inserir os experimentos no processamento dos testes. Com os níveis de estrôncio e césio em montante, o atol iria para quarentena, zerariam o projeto.

"Muito bem, que fosse assim."

Hadley foi o último a sair. Dispensou seu pessoal, checou a posição de dispositivos e cargas com o grupo de demolições.

"Assumo daqui em diante", ordenou, tirando o detonador remoto das mãos do capitão. "Vão para as barcas, quero ter a honra."

Liberou todos os espécimes, deu-lhes tempo para que entrassem no mato, caminhou pela areia da praia sentindo-se como um capitão pirata que acabara de esconder seus tesouros. Entrou na lancha, zarpou para leste buscando a passagem ao sul de Enyu, para o mar aberto. A uma milha, disparou o remoto e esperou as detonações. Elas vieram, tímidas, quase como fogos de artifício longínquos. Ele pensou, com um travo de autoironia e tristeza: "Isto é meu *Castle Bravo*, tudo que consegui em dez anos..."

Ele ainda não sabia, e, quem saberia? Iria largar a Marinha, trabalhar civil e pacificamente em engenharia genética para controle de pragas, iria divorciar-se, casar de novo. Iria morar em Los Angeles, passar mal enquanto dirigia pela Mulholland Drive, morrer antes mesmo que seu carro completasse um périplo catastrófico, barranca abaixo.

A LANCHA FOI BUSCAR David e Sheryl para um almoço tardio, no iate. Um coquetel, servido desde cedo, já exercia seus efeitos nos convivas. Gente da Indústria, em férias, parceiros ricos, investidores, celebridades de todos os sexos com ofícios imprecisos. Muito alegres.

Ofereceram drinques aos reembarcados. David recusou, pediu água. Sheryl, mais sedenta, sorveu algo geladíssimo e colorido e depois, instalada no deque, emborcou outra taça.

Nenhum dos passageiros quis ir a terra. Também, não entendiam o desejo de David de visitar as ilhotas, para eles todas iguais, com os mesmos coqueiros, faixas de praias desertas, construções e palhoças abandonadas.

"Alguma descoberta surpreendente, Mestre David?", alguém provocou.

"Nada. Só o de sempre. Uma pele trocada de Godzilla, um dente de King Kong, um brinco da Amelia Earhart. Perda de tempo."

DAVID TINHA UMA IDEIA que ainda não se formara. Havia um projeto, uma forma embutida na compulsão de viajar para aqueles pagos, arrastando uma corte pândega, mas nem um pouco idiota ou perdulária. Algo queria se materializar. Não. Não era essa a palavra. Refez: algo queria se condensar a partir dos fragmentos do último filme. Uma conclusão? Isto também não. Desistira de fechar silogismos, havia outros mais capazes que ele para manufaturar esses *scripts*. Se fosse religioso – coisa que estava além de suas posses – preferiria como diriam os especialistas, algo como o casamento feliz entre memória e percepção, uma epifania agostiniana, quem sabe.

Lembrou que Dennis o havia introduzido a Bruce Conner, um sujeito mais maluco que os dois. Viu o *Crossroads* dele sem atinar para a extensão da coisa. Só o invejou quando desejou usar o mesmo tipo de sequência. Aquilo foi plágio? Não achava. Seria como acreditar que pessoas padecem de doenças pessoais, exclusivas.

Incomodava-o a imprecisão, contudo. Se não tinha o roteiro acabado, queria ter a imagem exata e unívoca. Estava por ali, em algum canto, ele pressentia.

Para ele, quando criança, a exatidão estava na surpresa, na singularidade. Por exemplo, descobrir, sob a casca de uma árvore, em seu bairro idílico e americano, um reduto de formigas vermelhas, um universo diferente, contrastante com a felicidade prosaica e segura da vizinhança.

Mas, qual era a infância daquela América, qual seu grau de certeza, sua crença inequívoca? Algo como a proclamação do Sr. Arthur Compton, aquilo que lera em uma manhã no jornal dominical de Milwaukee, a convicção de que "o Poder Atômico é nosso e quem poderia negar que foi a vontade de Deus que o deu a nós?".

É certo que tal infância pressupõe este tipo de Pai, capaz de partilhar e transferir poder, reconhecer que os Filhos têm razão e direito de usar a quota a eles cedida, seja para si mesmos ou em Seu nome.

David tinha dificuldades em aceitar pacificamente essas ideias de Povo escolhido e de Pai generoso. Pelo contrário, imaginava, não, ele tinha certeza de que a ciência porventura outorgada resultava sempre em desastre e que os homens, mesmo os homens felizes da América, incrementavam defeitos invisíveis no sistema ou o arruinavam por incapacidade, por destino. Temia o positivismo tanto quanto os sonhos da razão.

Não tinha outra escolha, porém, senão aceitar esta ruptura, este ponto fraco no solo e no fundamento da América, de onde emergiam todas as quimeras, fantasias monstruosas, terrores pueris. Sequer escapara disso, mesmo no recôndito de seus processos, seus trabalhos e temas. Fora arrastado fatalmente a essa causalidade, à teratologia dos apocalipses circunstanciais, colapsos de personagens, crimes dentro de almas mortas.

No interior da nuvem radiativa não esplende a Glória do Senhor, mas o fulgor mortiço e fuliginoso da Besta. E quem é ela? Algo majestoso, simbólico, bíblico, messiânico? David não a enxerga assim. Está mais presente nas coisas banais, comezinhas, que produzem defeitos espetaculares e inesperados, falhas pontuais no tecido do universo e que denunciam falência e precariedade.

Aplaudem-no, por assim ver as coisas, apreciam a habilidade com que ele as mostra. Gosta disso, mas também se desespera, navega essa sensação duvidando se vive ou não uma traição inconfessável, uma quebra de confiança.

De qualquer modo, pairando de volta e indo ao bufê fazer seu prato, considerou que se contasse tudo, avançasse no roteiro, revelasse dúvidas ou se ditasse certezas a seus simpáticos amigos do iate, eles, mesmo bêbedos, sabia, iriam trinchá-lo e atirar seus pedaços às goelas dos tubarões das Marshall.

Sheryl recusou o convite para voltar à ilha. "Ressaca brutal", alegou.

"Drinques coloridos atraem radiação, foi comprovado", ele brincou. Muniu-se de água, sanduíches, verificou as pilhas do rádio transmissor, enfiou tudo num saco impermeável, a tiracolo. Combinou com o marinheiro a hora de resgate.

A lancha o deixou perto da praia, ele molhou-se somente até as canelas. Havia pendurado os tênis no pescoço, atados pelos cadarços. Calçou-os, espanando a areia das solas dos pés, sentado em um toco de coqueiro. A água na laguna estava quieta e soprava pouco vento. O céu, porém, estava nublado, e o calor era um mormaço difuso. Caminhou para dentro da ilha por um trato de mato ralo, pontuado por coqueiros e moitas de pandano. Buscava a casa de controle dos disparos, o *bunker* de Enyu, aquém da pista de pouso. "No mapa e nas fotografias é mais fácil localizá-la", pensou. Na época dos testes, a haviam coberto com areia, para proteção. Provavelmente o mato cresceu na areia, camuflando a construção. Deu com uma casinha de tijolos com porta de ferro desconjuntada e oxidada. Era mais recente, "dos anos 70'", considerou. No chão havia uma placa, emborcada. "Cuidado, explosivos". "Grande ironia", riu sozinho. "Deve ser da época da segunda evacuação. Explodiram tudo que foi reconstruído, para desencorajar a volta dos habitantes. A casinha seria um paiol", calculou. Olhou pela fresta da porta. A luz, vazando pelas telhas de flandres, mostrou um interior oco, somente com tábuas de caixotes desfeitos, o chão de terra batida. "Foi isso", concluiu.

Profeta e Mike vigiaram o iate até que, naquela manhã, viram a lancha despregar-se do seu costado e vir corcoveando para a praia. Meteram-se dentro do mato, mudando-se, quando passavam pelo capim ralo.

"Veio só."

Profeta corrigiu Mike:

"Sem a mulher. Mas não está só. Há alguém com ele. Há uma emissão que não distingo bem. Mas, a frequência é conhecida. Preciso chegar mais perto e... Também que ele pare um pouco..."

"Parar? Não é preciso que parem..."

"Parar de pensar... Ele pensa desordenadamente, muitas imagens embaralhadas, ele combate isso, o que só piora a projeção."

"É doente?"

"Não creio. Deve ser da constituição dele. Estar sozinho aumenta a voltagem interna. Quando esteve aqui com a mulher, senti que o fluxo era mais direcionado, apesar do ruído de fundo. Veja. Ele achou a placa de explosivos. Grande emissão."

"Senti. Lembrou um dos picos do Jeff. Ocorria muito, nele."

"Aposto que sim. Ele vai em direção à casa dos disparos, mas só vai encontrá-la se for pelo lado leste. Acho que ele percebeu isso. Há uma iteração de imagens. Areia, areia. Ele mudou o caminho. Espere! Está vindo agora um sinal mais forte. Reconheço."

"Não é corpóreo, não vejo."

"Nem um pouco corpóreo, mas intenso."

Quem estava na cabeça de David, convocado como personagem principal para o roteiro que ele, impaciente e confuso, estava urdindo, era o Dr. John Clark, o homem que montava os circuitos das bombas e as disparava de dentro do *bunker*, trabalhando com outros nove sujeitos, cientistas civis e militares. O homem havia desarmado, manualmente, dois dispositivos que não detonaram. O Comandante em Chefe da força tarefa disse que as bolas de Clark deveriam ser mandadas para o Smithsonian, como memória e relicário da Coragem.

O que também rodava na cabeça de David era o fantasma de Buñuel, com seu "Anjo Exterminador", o filme dos encarcerados compulsórios, a vertente surreal que tanto apreciava, o gosto europeu com o qual, ele, David, gostava de afrontar a pragmática e os ditames da Indústria.

"Vou lhes dar um final europeu, entendam isso."

"Ah, bom...", diziam, satisfeitos.

Achou, enfim, a casa dos disparos. O lado leste estava razoavelmente descoberto de vegetação e a abertura da porta, livre de empecilhos. O que foi a vedação de outrora, avaliava-se pelos grossos gonzos de latão, chumbados no concreto. Porta mesmo, nenhuma. Ele buscou um graveto, algo para afugentar escorpiões, aranhas. Armou-se com um resto de folha de coqueiro, improvisou-a como uma vassoura. Entrou no *bunker*, cautelosamente. Não estava muito escuro. Duas aberturas no teto, com grades enferrujadas, estavam livres da cobertura de areia. Também não havia portas para os outros compartimentos. A parede maior da sala principal mostrava indícios de condutos elétricos, nichos vazios de painéis de instrumentos. "O diretor de arte não faria melhor", ponderou.

Sua ideia era um contínuo em tempo real, o dia e meio em que a equipe de disparo ficou presa no *bunker*, após o Grande Erro do Lítio – a detonação de *Castle Bravo*. A precipitação radiativa passara o limite para sobrevivência, embora a construção e os equipamentos tivessem resistido.

Pensava em um prolongamento – um alongamento no tempo – do que fora enunciado no episódio oitavo do *"Retorno"*. A sala de disparos transformando-se na sala de rádio, a emissão do Mal dando-se invertida, de fora para dentro: *"Isto é a água, isto é o poço, bebam tudo e desçam."* Eles saíram cobertos com lençóis, buracos feitos para os olhos, fantasmas patéticos, recolhidos pelo helicóptero – o gafanhoto gigante...

Iria deixá-los sair? Ainda não sabia.

PROFETA E MIKE O seguiram, viram que entrou no *bunker*, subiram no teto, poderiam observá-lo pelas grades dos respiradouros. Profeta lembrava os dias da segunda evacuação, o ataque dos moradores a tudo que podia ser levado das instalações, restos do que haviam precariamente construído. Os militares tentavam impedir que levassem coisas, advertiam sobre o estrôncio, terminavam por desistir, dando-se os ombros. As tampas dos respiradouros, feitas de chumbo espesso, foram arrancadas a marretadas. Bom material para pesos nas redes de pesca.

PODIAM VER O HOMEM explorando os cômodos, tomando as medidas com passos largos de um metro. Em um ou outro momento, o vulto que o acompanhava ficava mais nítido, desfazia-se, voltava. Em um instante, porém, tornou-se completamente definido.

"É o Dr. Clark, Mike. O amigo do coronel Hadley. O homem das detonações..."

"Lembro dele, bebiam juntos, ele e o coronel. Ia nos ver no laboratório. Soprava fumaça do cachimbo em nós. O coronel dizia que a fumaça nos mataria, que só aguentávamos radiação. Ele vive?"

"Pelo tipo de emissão, parece que não... E os impulsos são de outro tipo. Mas o homem, este David, não esteve pessoalmente com ele. A imagem é fixa, uma representação imóvel. É nítida, mas imóvel. Venha, chegue perto, concentre-se, ajude-me a emitir um espectro desse registro."

"Qual?"

"O sopro da fumaça. O cachimbo..."

ABAIXO, NA PENUMBRA DA sala de instrumentos, David viu surgir uma névoa na parede de concreto escalavrado, uma projeção como de um filme.

As nuvens da explosão do filme de Conner, não, não era isso. Comprimiu os olhos e os abriu para renovar a visão. A nuvem lá estava e, por trás dela, uma boca soprava mais fumo, mais fumo, até que a nuvem encheu seu campo de visão e ele ouviu claramente, enquanto sua nuca se eriçava, elétrica:

"Pare, homem! Você quer matá-los?"

DAVID SAIU À LUZ, tentando dissipar a visão da nuvem. Ela persistia, uma aura que diminuía em tamanho, mas mantinha a imagem, já mais distante. O rosto por trás da nuvem era do Dr. John Clark, mas não correspondia às fotos que David colecionara. O rosto se movia.

A luz cumpriu sua tarefa, aos poucos limpou a visão de David, apagou a nuvem, devolveu-o à realidade do atol.

Haviam-lhe dito que a pista de pouso de Enyu seria operacional pelo dia, para pequenas aeronaves. Quis verificar. Seria útil, fosse verdade. Resolvesse fazer locações, seria de grande ajuda. Poderia mandar checar com precisão quando a produção estivesse montada, mas, naquele momento, andar até ela, entrar pelo mato, explorar o terreno emaranhado, pareceu-lhe remédio para acalmá-lo, varrer da sua mente o que poderia ter sido uma alucinação, um sintoma de estafa, ou, algo pior.

David sempre considerou desprezível a afirmação de que o maior medo do homem seria perder o juízo. Foi educado em um meio que associava a loucura a intuições geniais, criativas. Todos os seus amigos cultivavam amores a essa ideia. Mas, quase nenhum era doido de fato, embora uns tentassem, com ajuda de química variada. Um psiquiatra disse-lhe, um dia, que os pacientes sofriam com a percepção da própria loucura, que eram infelizes com isso. Os amigos de David, e ele mesmo, um pouco, consideravam que a alteração dos estados da mente era uma ferramenta de trabalho e que seus empregadores e clientes esperavam deles a máxima eficiência no manuseio dela. Ele, David, nunca sofreu de suas ideias, nunca achou que elas o haviam levado a limites de perigo. Temia muito mais a entropia, a trivialidade. A cara dentro da fumaça, ele queria entender, parecia-lhe uma coisa do domínio físico, não um fantasma do cinema.

CHEGOU À PISTA DE pouso. Ela estava em petição de miséria. Havia que trazer tratores, mandar terraplanar, tirar dela o mato que parecia já vitorioso em vários trechos, crescendo para repor com verde a feia cicatriz rasgada com precisão humana.

Ele voltou à praia, rodeando a ilha, pelo sul. Foi uma caminhada mais longa que o calculado. Encostou-se em um coqueiro para comer os sanduíches e beber quase toda a água do cantil. Teve sono.

Acordou de supetão, sendo arrastado de dentro dos sonhos para a areia.

Era Sheryl, que o puxava pelos pés. Viera buscá-lo com o marinheiro.

"O QUE ELE BALBUCIOU antes de dormir? Você captou?", Mike queria saber.

"Algo como: 'o mundo está mais barulhento a cada dia... sentar e sonhar é uma coisa bela', algo assim", Profeta respondeu.

Haviam seguido os passos de David e quando ele dormiu, chegaram bem perto, quase dentro do campo de emissão do seu corpo.

"Sonha?"

Profeta assentiu:

"Está no interior da casa dos disparos, mas a casa está limpa, iluminada, cheia de aparelhos. Há gente. Conheço alguns. São da equipe do Dr. Clark. Reconheço O'Keefe, Grier... talvez Scarpino e Sanderson. Eles se movem, não são recortes planos como na vigília. Ele está no meio deles. Não se representa com fidelidade. Não se parece sempre com ele mesmo."

"Muda-se, como nós?"

"Quase isso. Mas não se funde com as coisas. É ele, mas não é. É outro, mas é ele mesmo..."

"E dentro do sonho, ele pensa?"

"Não sei se é pensamento. É um ruído com palavras, imagens embutidas nas palavras, algumas não harmonizam..."

"E você diz que ele não está doente..."

"Não está. Não há sinais de colapso nem arritmia no fluxo. Tem um tipo de febre..."

"Radiação?"

"Não parece. Não do atol."

Mike acercou-se mais. Queria ter a percepção de Profeta, mas não conseguia penetrar além do flagrante corpóreo. Pescou algumas cintilações e vultos fugazes. Profeta afastou-o.

"Cuidado. Não o toque com as antenas. Ele pode acordar. Há outras coisas surgindo. Está em uma sala, está lendo um livro e fazendo anotações num caderninho."

"Consegue ler o que ele escreve?"

"Não. Escreve a lápis, letras cursivas, rápidas. Mas... Está virando a página do livro. Há fotos. Grande carga, agora. Confusa. Um homem e uma mulher. Há legendas. Está inquieto. Vejo as letras com nitidez. Ele vai circundar o texto com o lápis. Leio. 'Julius e Ethel Rosenberg, junho, 19, 1953.'"

O rosnar do motor da lancha fez com que saltassem para dentro dos arbustos. Quietos, viram Sheryl pular para a água, vir para a praia, vencer os marulhos, flutuar sobre a lâmina brilhante da maré rasa.

A TARDE IA TERMINANDO com um crepúsculo espetacular. As nuvens do dia, fossem fiapos esgarçados, grandes flocos ou cúmulos ambiciosos, juntavam-se em congresso acima e além do atol. O sol as tingia, a gosto. Um tufão fazia curso a sudoeste e o capitão do iate, por precaução, ancorou em uma boca do atol, pronto a abrigar-se na laguna. Temia entrar de vez no atol. As explosões mudaram a bacia, criaram crateras nos corais e formaram bancos de areia. Havia destroços submersos, nada era mapeado. Entraria na laguna somente sob ameaça real, mas confiava ser a Grande Área dos atóis isenta de temporais fortes e ciclones.

No convés inferior, no salão do bar e jogos, rolava um pôquer intenso, as vozes das mulheres sobrepondo-se ao tilintar de copos e à música de fundo. Acima, tudo chegava filtrado, a música reduzida a ritmos surdos, as vozes em minuendos e crescendos, regidas pela brisa morna que varria o convés, sem direção precisa.

David esticou-se em uma espreguiçadeira, evitou o poente, voltou-se para a monocromia azulada do leste, computou mentalmente o gradiente progressivo da noite, esperou as primeiras estrelas.

Detestava as dúvidas e, mais ainda, o lugar-comum de considerá-las sintomas de desafios, estímulo para descobertas, essas coisas. Estava irritado. Desde que entrara na casa dos disparos – que ironia, pensou – desde que lá entrou, suas ideias, o corpo delas, suas articulações, o jogo de relações e até as incongruências necessárias, haviam explodido e se dispersado, haviam voltado aos pontos de inércia, congelados em uma imobilidade doentia.

Persistiam, naturalmente, os personagens. Afixados com alfinetes em um quadro de cortiça, longe, em seu estúdio, eram, contudo, espécimes silenciados e estanques. Sentia-se como autor da morte deles, em lugar de ser o mestre da ressurreição.

A quem? A quem e a que serviria dar-lhes vida? Seu Ego sedento e faminto provavelmente gostaria do prêmio, mas, para isso teria ele mesmo de operar a demiurgia e os milagres técnicos da Indústria. Não há almoço grátis neste ramo. "Há, em algum outro?", remoeu.

"Ok", quis recapitular: "Eles são dez, presos no *bunker*. A cronologia se comprime neste espaço como os átomos rompidos sob a força da implosão, dentro das bombas. Não resta tempo determinado no interior do *bunker*, embora o relógio siga em tique-taque. Este é o tempo exterior, do espectador e da câmera. Na verdade, o espaço do *bunker* também se comprime, torna próximo o que é tematicamente afim, une tudo por atração e coesão, isto num átimo, entre a formação da massa crítica e a fissão, a eclosão impositiva do drama, a coerção biográfica."

Seria fácil assim? Um trânsito cômodo entre artifício e artefato, não fosse isto a própria passagem entre pretérito e presente, entre conceito e objeto, a sequência às avessas da Bomba, sua volta à matéria e à vida narrável, vinda da agonia informe do plasma? Seria a Indústria não só do movimento, mas da matéria, da substância de coisas e gente? Haveria esse poder?

Qual o trânsito, pelo corpo de Julius e Ethel, dos elétrons que os mataram? Como fundiram seu curso célere com as últimas ondas de pensamento deles? O que atraiu Slotin e Daghlian à armadilha onde o Dragão dormitava? Que impulso, que morte queriam, que os fez atiçar-lhe a cauda? Por onde vagavam as ondas do rádio do operador Kuboyama, enquanto desciam sobre outro pequeno dragão, o barquinho – o Dragão Afortunado –, os raios de veneno aperfeiçoados depois de Hiroshima e Nagasaki? Que miséria passou a habitar e roer as mentes de Oppenheimer e Fermi?

"Pergunte aos astros", David obrigou-se, adiando as difíceis respostas. As estrelas estavam começando a cintilar, renascidas, organizando-se para atender o vocativo de David.

"Não tão rápidas, meninas. Ainda não estou pronto", ele murmurou.

"Que meninas, senhor fauno?", veio a voz de Sheryl, às suas costas.

"Não sei os nomes. Precisaria de um mapa cosmográfico. Um daqueles com figuras de constelações... Diga-me uma coisa. Nossos gentis argonautas, nossos patrocinadores, qual o plano deles?"

"Ouvi uma conversa sobre a Nova Guiné. Um dos *tycoons* encasquetou a ideia de um filme sobre o filho perdido de Rockfeller, o que foi comido pelos nativos..."

"Meu Deus! Preciso escapar disso. Sabe se vamos parar antes em alguma ilha grande, que tenha aeroporto?"

"É provável. As bebidas estão acabando. Precisam reabastecer."

"Você segue, vai a Guiné com eles?"

"Não. Vou pular fora também. Já cumpri meu papel. Primeiro papel em que saio viva. Espero continuar assim, não quero arriscar."

Uma visita à rua Clichy

Pedro dispensou o coche, seu pessoal o seguiu de alguma distância. Ele procurou o número 21, correndo os olhos pelas fachadas. Sobraçava um portfólio e poderia passar por um vendedor, um notário. Queria apresentar-se só, sem pompa nem cortejo. Temia uma recusa, passar por um vexame? Talvez. Deveria ter trazido o Pedreira, por amparo. Imaginou: "Sou Pedro, este é Pedreira." Forneceria chance a uma pilhéria. Talvez dissesse: "Sou Pedro, este é o Visconde do Bom Retiro." "Bom Retiro é título agourento, ruim para velhos", refletiu.

Bateu na porta e esperou. A mulher que lhe abriu a porta, Pedro sabia ser a Juliette de outrora. Ele sabia a vida do poeta. Olhou-a com simpatia, como se a visse desde sempre. Apresentou-se.

"Sou Pedro, do Brasil. Imperador."

Era uma apresentação arrevesada, flagrou. Tentara diminuir o efeito monárquico da frase, dar-lhe feição mais paisana. O "Imperador", isolado, ficou atrozmente cômico, percebeu.

"Gostaria de ver o mestre..."

Juliette Drouet o fez entrar. Ele ficou de pé no vestíbulo, esperou na penumbra. Depois que a porta se cerrou às suas costas, parecia haver entardecido, começado uma noite romanesca. Eram ainda 9 horas da manhã de 22 de maio de 1877.

Victor Hugo aproximou-se, curioso. Havia recusado o convite para visitar o Imperador do Brasil, não tinha espírito nem inclinação política para tais visitas. Agora, estava ali o homem, em sua casa, pedestre e cidadão, a vê-lo.

Brasil. Antes de Jersey e Guernsey, Hugo o imaginara como terra de exílio. Charles Ribeyrolles para lá fora, fugindo da mesma perseguição que ele. Morreu ainda moço. Gostavam dele, fizeram-lhe um monumento, pediram a Hugo um poema epitáfio: "Aceitou o exílio, amou o sofrimento...", havia escrito, lembrou.

Hugo estava com 75 anos, Pedro, 55. O Imperador parecia velho – sempre pareceu – e esta tendência à senectude do corpo igualava a idade dos dois, embora Pedro fosse aprumado, com uma postura mais para o sóbrio, mais para o contido, nada mundana. Hugo, velho, engrossara em um volume de merceeiro.

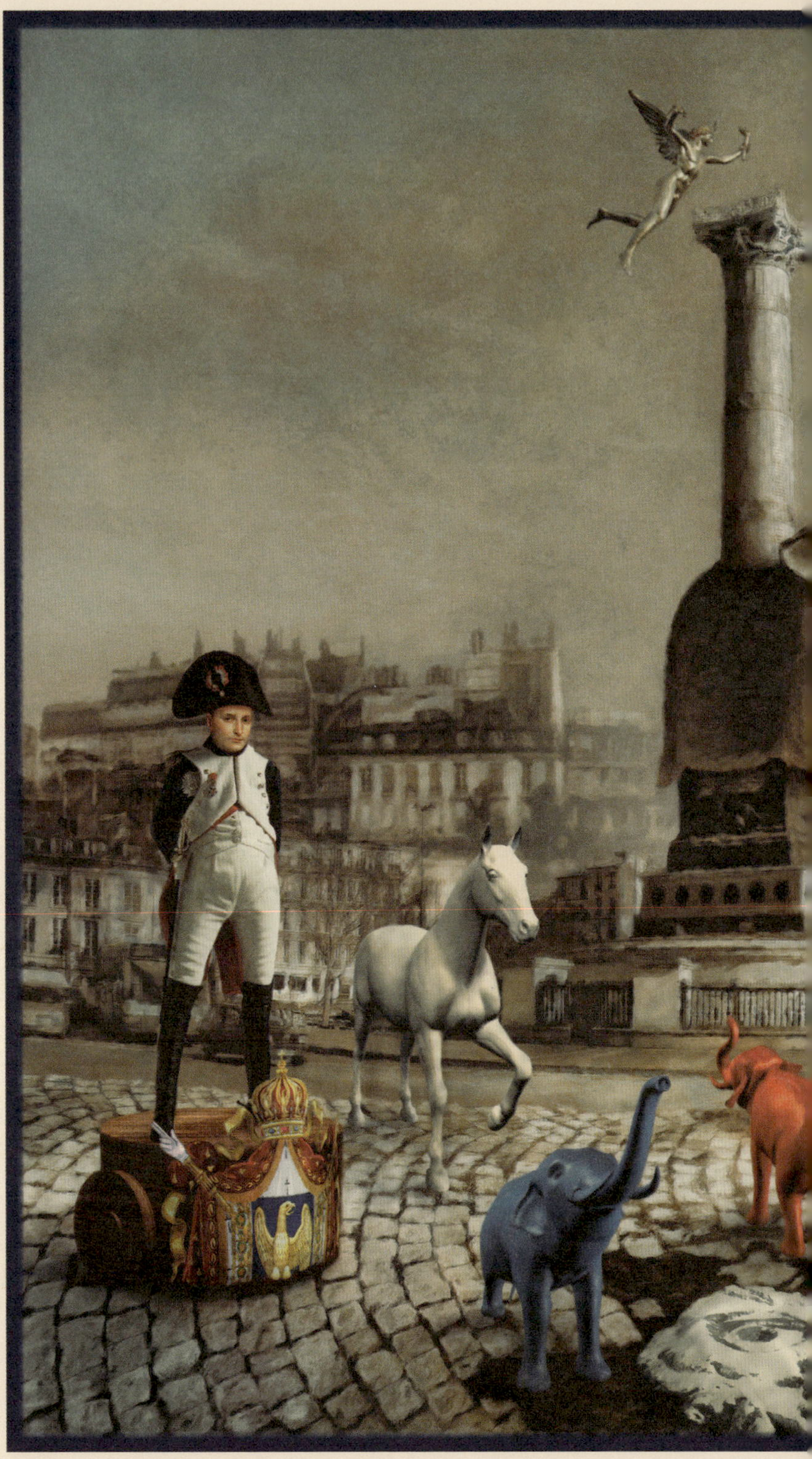

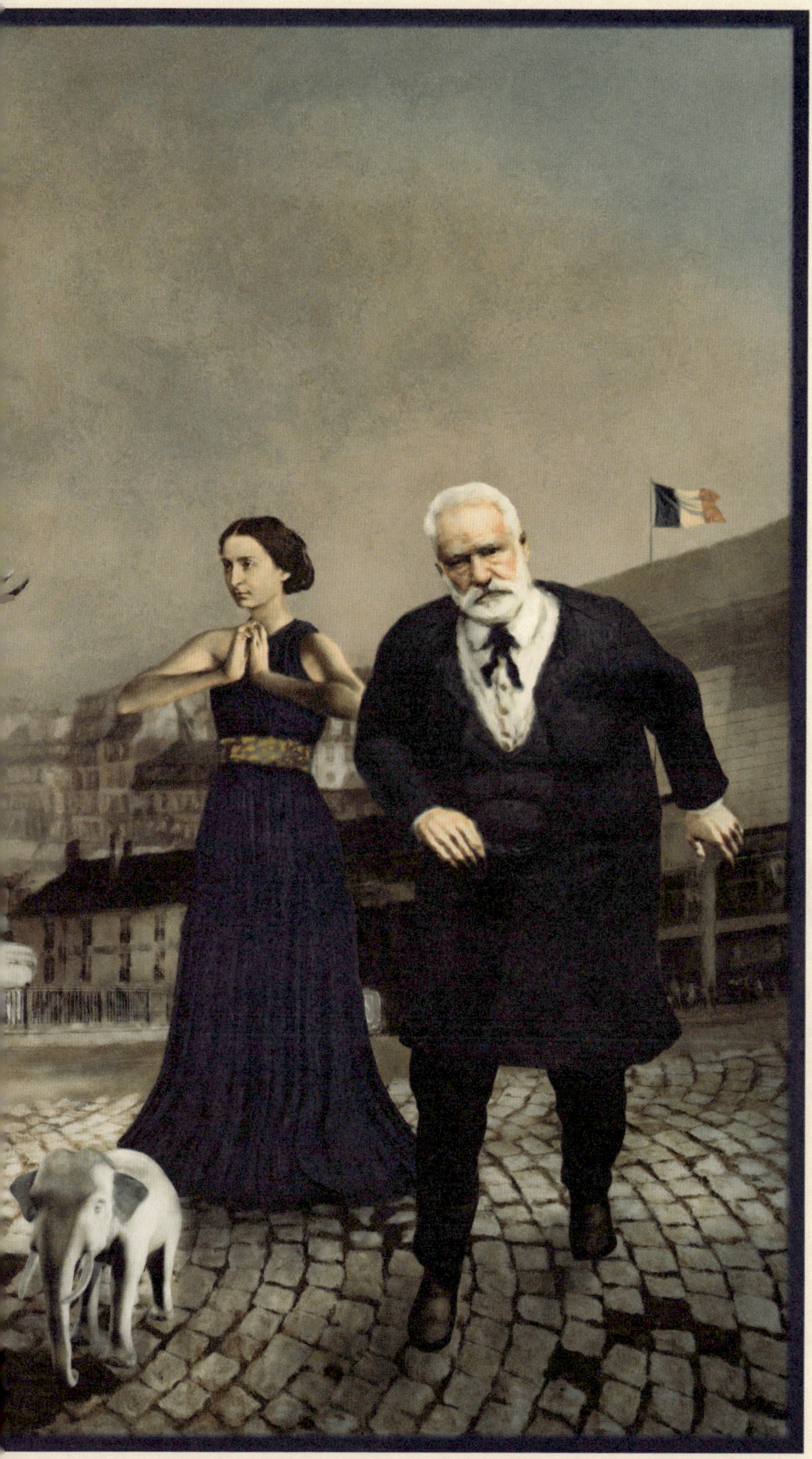

Apertaram-se as mãos, Pedro, muito sinceramente, disse:

"Devo vos assegurar, M. Hugo, que sou um pouco tímido."

Hugo o levou, andares acima, a uma sala confortável, ofereceu-lhe um sofá. Pedro armou uma frase de adulação e a reteve, ela quis escapulir, ele a segurou de novo:

"É a primeira vez que um sofá parece-me um trono."

Ficou feliz por não ter proferido a palavra "trono" em casa de um republicano. Sobretudo na semana em que a República estava ameaçada por dentro. O próprio presidente Mac-Mahon tinha sentimentos monárquicos e muitos encaravam aquela fase da República como um estado provisório, uma transição para a volta de uma Coroa. Desde o dia 16, a agitação dos espíritos atritava ideias nostálgicas e desejos revolucionários. Pedro sabia dos anseios orleanistas, sopesava o poder do verbo de Gambetta. Moía com desgosto este trigo vencido. Gostaria que o tumulto – das ruas ou de sua alma – não se avolumasse, não viesse perturbar o prazer de encontro tão esperado. Ele sabia que o poeta, uma hora, teria talvez que ir ao Senado, a palavra dele seria ali requisitada. Pedro temeu que chegasse delegação para requestar o mestre a uma intervenção urgente. Temeu ainda que Hugo o imaginasse em Paris por ter parte em alguma conspiração realista, supusesse que ele, Pedro, tivesse uma flor de lis oculta sob lapela de sobretudo burguês.

Pedro não sabia como abrir a conversação. Esperou que Hugo o fizesse. Ao cabo de segundos, falaram ambos ao mesmo tempo. Calaram-se. Pedro retomou a fala, abriu o portfólio, retirou uma estampa, estendeu-a ao poeta.

"Esta é uma gravura do elefante da Bastilha. Sempre tive grande curiosidade sobre este, digamos, monumento. O mestre o descreve, pôs o menino Gavroche a morar nele..."

Hugo olhou a estampa.

"De fato. O animal foi um projeto de Bonaparte. Deveria ter sido fundido do bronze de canhões tomados na batalha de Friedland. Visitantes poderiam entrar no corpo dele por uma das pernas, subiriam até um mirante construído sobre seu dorso."

"E tinha que altura?"

"Quase 25 metros, mas nunca chegou a ser feito em bronze. Foi construído em estuque e terminou demolido em 1846. Estava em ruínas, cheio de ratos. Ironia. Um elefante enorme prenhe de ratos. Tiram-se boas alegorias napoleônicas disso..."

Pedro esboçou um leve sorriso.

"A sombra de Bonaparte pesa ainda sobre a França, mestre Hugo...", Pedro relutou dar ênfase à frase com uma interrogação explícita.

"Tanto quanto pese uma sombra, Imperador. Esbateu-se em sombras menores com o Pequeno Napoleão, aquele Terceiro, um arremedo de Presidente, um rei falsificado, bobeche."

Hugo, porém, não quis alongar imprecações sobre um inimigo. Buscou uma amenidade, uma diversão.

"O senhor leu Courier?"

"Quem?"

"Paul-Louis Courier... Um panfletário espirituoso. Foi assassinado. Nada político. Questões domésticas, acredita-se."

"Ah, bem..."

"Courier fez um comentário delicioso sobre a compulsão de Bonaparte para tornar-se Imperador. Disse numa carta: 'Bonaparte, General do Mundo, desejar passar a Majestade... isto é querer ser rebaixado!'"

Com satisfação, Hugo viu Pedro rir.

"Sim, meu caro Imperador. A sombra de Bonaparte pesa sobre todos nós. Meu pai fez a campanha da Espanha, aquele grande equívoco. Após uma batalha, ele foi com um hussardo ver os estragos. No meio dos mortos do inimigo, estava um tipo mouro, agonizando. O homem pediu de beber. Meu pai mandou o soldado servir um pouco de rum ao infeliz. Este, reunindo forças, disparou um tiro de garrucha contra meu pai. A bala varou seu chapéu. O cavalo, com o susto, recuou, quase arrojando meu pai ao chão. Ele controlou a montaria e disse ao hussardo: "Dê-lhe de beber, mesmo assim.""

Pedro não gostava de guerras. Havia vencido uma que poderia ter sido evitada. Não houve ganhos efetivos a não ser para homens de negócio e militares. Criara uma quimera, mudara um corpo apascentado em inquieto dragão? A filha regia angustiada, enquanto ele viajava. Caxias comandava. Havia paz? Havia fome? Falavam de uma seca que se anunciava sinistra. Seria verdade?

Foi resgatado desses fantasmas pela voz de Hugo. Retornou no meio do que ele dizia.

"Exilados eu e ele, enfim. Ele, para a morte, eu, para a sobrevivência dolorosa. Terrível coisa é viver, uma soma de perdas..."

Pedro sentiu-se incomodado. Não apreciava ver seus ídolos artísticos em fraquezas de alma. Podia tolerar que adoecessem, morressem, heroicos a seu modo. Preferiu considerar que as queixas de Hugo eram construções poéticas, artefatos para um diálogo civilizado.

Pedro tinha uma sensação confirmada ali: Hugo era naturalmente passional e suas aversões e simpatias eram avivadas por febre romântica, por uma fantasia similar aos próprios escritos. Esta não era uma percepção original,

Pedro tinha consciência disso, era um clichê do poeta. À frente do homem, porém, Pedro percebia traços curiosos que afloravam. O ódio a Napoleão Terceiro tinha suas claras justificativas. Eram inimigos. Mas, quanto ao corso Bonaparte, a quem o pai de Hugo servira até os Cem Dias? Por que a bílis?

Comentava-se que Hugo seria, verdadeiramente, filho de Victor La Horie, seu padrinho e mentor, fuzilado depois da falhada Conspiração Malet.

Sujeito curioso aquele La Horie, sempre suspeito de *complôs* sempre livrando-se, sendo preso, escapando, escondendo-se. Ajudou na carreira militar de Léopold, pai de Hugo. Viveu escondido em Paris, no fundo do quintal de Sophie, mãe do poeta. Brincava com o menino Hugo, atirando-o ao ar...

Ao ar...

Pedro lera num trecho da carta do General Léopold Hugo ao filho. "Foste concebido em um dos picos mais altos dos Vosges. Esta origem quase aérea explica por que tua Musa é permanentemente sublime."

Sim. Hugo devia zelo e enlevo filial ao pai Léopold e ódio e desprezo ao corso, matador de seu amado padrinho Victor.

Teria Victor Hugo ciência de sua volátil, imprecisa e rarefeita semente paterna? Talvez, sim. A resposta poderia estar em alguma frase perdida em seus livros, em uma estrofe de seus poemas, mas, afinal, que importância teria isso? Seria um "*rebus*", um enigma da última Revista *Ilustrada*? Um jogo de sociedade?

De Napoleão Terceiro, o Charles-Louis, também se duvidava o pai. Na Corte e na Serra, Pedro ouvia a cantilena que acompanhava a contradança dos mexericos: "Hortênsia, filha de Josefina, viúva Beauharnais, primeira mulher do Corso, mãe de Charles-Louis, não com Louis Napoleão de Holanda, irmão de Bonaparte, mas com outro Charles, Conde de Flahaut, este, filho de mais um Charles, de Talleyrand, dizem, cochicham."

E, também:

"Eugênio de Beauharnais, irmão de Hortênsia, pai de Amélia, segunda mulher de Pedro, o Primeiro e também Quarto, pai do Pedro, este, a partir de agora, o sucessor."

"Minha madrasta, Amélia, querida *mamã*", Pedro trancou o rosário de nomes, acasos, coincidências, amores ilícitos, compromissos lícitos, descendências cruzadas. Ele tinha a seu dispor uma lista e uma cadeia de personagens tão reais quanto possíveis para um romance... mas que, ele sabia, viveriam apenas nas dobras da pequena história. Efígies de tédio. Alvos, talvez, da curiosidade burguesa, logo satisfeita e abandonada. Cumpria aos livros da Grande História dar-lhes escala e colorido para que andassem ao lado dos Escolhidos.

Pedro sentia enjoo ao navegar nestes mares. Rondava-lhe a sensação de que o tempo da nobreza se extinguira e que gostaria de agarrar este sentimento, exibi-lo ao povo e ao Gabinete como um espécime nem tão surpreendente e dizer: "Vejam isso!"

Como mostrar esta situação intangível? Era um prestidigitador, um fenômeno de palco? Não era. Era fraco, indiferente? Seriam estes os sinais que emitia a seus chamados súditos, a oficiais inquietos, soldados displicentes, inimigos oportunistas, jornalistas venenosos? Nem fraco, nem indiferente, pensava. "Sou as duas coisas, imerso em um estado de espírito que não tem nome, mas que é fatal como uma doença crônica, perniciosamente vagarosa."

Hugo despertou-o.

"O senhor não se inquieta em deixar o Brasil por tanto tempo?"

"Ah, não. Há, a cuidá-lo, gente mais capaz do que eu. Minhas viagens são úteis a uma nação jovem que quero instruir, esclarecer..."

Pedro queria muito acreditar nesse motivo. Artes, ciências, técnica, filosofia ao atacado e despejadas no varejo. Era este seu programa de governo ou um paliativo a si próprio? A juventude do país não seria um desejo dele, Pedro? Um anseio de que a imaturidade perdurasse, fosse desculpa para sua atitude de alto preceptor, rei esclarecido e benigno? Era possível. Mas Pedro sabia também que o Brasil tinha suas próprias pernas incontroláveis, imunes a regras platônicas. Em um tempo, haveria, jovem ou não, de distanciar-se da Arcádia mirífica que ele queria construir, iria afastar-se, sem olhar para trás.

Seria ele um bom presidente? Sabia que não. Seria arcaico, um corpo estranho em um organismo selvagem de negócios, encarniçadas lutas no Congresso, conciliábulos nos quartéis e guarnições. Estava velho para isso. Não, não. Sempre esteve velho, mesmo quando criança, sob a Regência. Fora moldado para ser velho, como se aquilo fosse um trunfo e uma virtude do Império. Estranho tipo, era. Um europeu idoso carregado de mitologias e fábulas, vestindo uma capa nativista de papo de tucano. Montezuma convertido, Atahualpa da *Comédie*, filho de um Guatemozin libertino.

A palavra exílio assomou. Estava diante de um homem que fizera do exílio uma fortaleza. Pedro sabia que, ao chegar a sua vez, não teria a substância nem o fogo que Victor Hugo mantivera em Guernsey. Provavelmente, Pedro se extinguiria com seu Império, seus livros, seus amigos próximos, suas limitadas glórias, seus aduladores iludidos.

"Falam-me maravilhas de sua casa, seu refúgio em Guernsey, senhor Hugo..."

"Ah, meu caro senhor, apreciei brincar de arquiteto, ou melhor, de uma espécie de escultor de salas, espaços. Foi como uma segunda arte para mim. Não.

Não quero ser ingrato com minhas pinturas, elas são a minha segunda arte, de verdade. Satisfazem-me até mais que a primeira, de que vivo, aliás, e que me permite a infidelidade e a diversão com as outras duas."

Pedro não percebeu se ruborizou à licença das palavras infidelidade e diversão. Hugo não lhe devia modéstia de súdito, era um escritor fogoso e republicano a quem admirava. Pagava o preço dessa franquia.

"Tenho visto algumas aquarelas suas. Acho-as formidáveis. Gostaria de ter uma delas."

Hugo foi a uma cômoda, tirou uma pilha de papéis de uma gaveta. Pedro a tomou, a dispôs no colo. Hugo puxou a cortina de uma janela:

"São algo lunares, noturnas, chuvosas. Precisam de luz."

Pedro folheou as pinturas. Quase todas eram perfis de castelos sob temporais e noites tumultuosas, paisagens com relâmpagos e pinceladas fugazes que passaram pelo papel como presságios de desastres.

"São muito belas, fogem do convencional no registro destas construções antigas. Dir-se-ia que estão animadas..."

"Obrigado. O senhor é generoso."

Pedro ergueu uma das folhas:

"Este castelo, qual é?"

"É um castelo em uma cidade do Sena Marítimo, perto de Le Tréport. Passei por ele, escondido, fugindo, vinha da Bélgica, já exilado. Fazia o caminho para Jersey."

"Ele me parece familiar... O senhor me venderia esta pintura?"

"De modo nenhum. Ela é sua. Por favor, aceite-a. Ficarei honrado."

"Muitíssimo obrigado. É um tesouro que exibirei a alguns amigos que frequentam meu gabinete de leitura."

Pedro guardou a pintura no portfólio. De certo modo, sentia-se feliz em tê-la, mas a preferia guardada, no momento. Ela tinha um natural tenebroso, cativante, também, mas incorporava todas as perigosas tintas da angústia e do fatídico em suas cores. Era, ela e as outras, um anúncio da ruína dos castelos, um aviso sobre a queda das casas dos Senhores? Teria Hugo tal intenção quando escolhia a noite e a procela como habitação para aqueles espectros do poder?

Houve barulho nas escadas, vozes agudas se aproximaram, passos rápidos sapatearam o assoalho. Entraram duas crianças.

"Estes são Georges e Jeanne, meus netos, meus preciosos autores..."

"Escrevem, é claro..."

"Pela minha pena. Acabaram de publicar *A arte de ser avô*. São os autores verdadeiros."

"São encantadores..."

"Venham. Cumprimentem Pedro, Imperador do Brasil."

As crianças se acercaram. Jeanne ofereceu o rosto. Pedro a beijou, afagou os cabelos do menino Georges.

Jeanne abraçou Pedro com vivacidade. Hugo brincou:

"Não com tanta força, minha querida. Não vais querer estrangular um Imperador, não é?"

Pedro ensaiou um sorriso condescendente.

"A propósito, tenho aqui o livro. Comprei-o ontem. Posso ter a honra de um autógrafo?"

Pedro tirou o livro da pasta. Hugo foi até um birô. Escrevinhou uma dedicatória sucinta.

"Poderia ter mais um regalo? Um retrato do mestre com as crianças?"

"Farei com que chegue às suas mãos. Será um prazer para mim e uma aventura para elas."

Pedro sentiu que era hora de despedir-se, mas queria tentar a delonga do convívio. Podia permitir-se uma afoiteza, afinal era um Imperador no castelo de um Republicano. Tudo ficaria em território ambíguo, entre uma adulação e uma ordem.

"A que horas o mestre costuma jantar?"

"Não muito tarde, pelas 19 horas..."

"Posso convidar-me a um jantar, num dia próximo?"

"Terei enorme satisfação de que o faça, senhor."

Novos passos se anunciaram na escadaria. Juliette introduziu dois cavalheiros graves. Hugo os acolheu, foi com eles a um canto da sala, junto à janela. Não os apresentou a Pedro. Conferenciaram em voz baixa. Pedro pôs-se de pé, devendo partir, aproveitando-se da deixa. Hugo foi até ele.

"Desculpe, caro amigo. Coisas do Estado... Sei que compreende."

Falou baixinho, cedendo a uma cumplicidade apenas educada:

"Tenta-se um meio-golpe, isto nunca é novidade aqui."

Pedro percebeu que o Grande Autor e o Poeta se esvaíram, deram lugar ao Senador prosaico, rebaixados a um Luzia ou a um Saquarema, pouco importava. Apressou-se.

"Até breve, mestre."

"Até breve, senhor Pedro."

Hugo tinha urgência em voltar à conversa com os dois cavalheiros.

Pedro desceu as escadas, seguindo a claudicante Juliette.

Na rua, sua comitiva aguardava-o em um semicírculo inquieto. Pedro acenou ao Visconde do Bom Retiro, chamou-o. Queria caminhar de volta ao hotel, ver o que havia mudado na cidade desde a sua última visita, em 1871. Havia obras ao longo do caminho, iriam demorar, contornando quarteirões. Pedro não se importava. Não estava exatamente animado, mas parecia sentir-se menos melancólico que o habitual. Voltou-se para o companheiro:

"Diga-me, Pedreira, você gostaria de morar em Paris?"

"Sim, gostaria, mas devo esperar que cresçam as árvores plantadas na Tijuca."

"Ah! É verdade. Teremos tempo?"

"Quem sabe?"

SSK

Meus Caros,

Para quem ainda não sabe, admiradores, amigos, curiosos apenas, Carlos SSK dormiu para sempre, em sua cama de solteiro, em um canto do quarto da frente do apartamento em que viveu nos últimos 30 anos, em Copacabana.

Adormeceu apenas. Vestia um pijama de listas, largo. Havia tomado banho, seu pouco cabelo estava composto, os óculos com as hastes dobradas também dormiam na mesa de cabeceira, os chinelos postos em perfeito paralelo no pequeno tapete, o lençol da cama e o travesseiro minimamente perturbados. Dormiu logo ao deitar-se.

Tudo estava perfeitamente arrumado no apartamento, da sala à cozinha. A mesinha com os remédios em suas caixas, alinhadas. Pia limpa, pratos lavados, no escorredor, panelas guardadas. No banheiro, escova de dentes em um copo, as toalhas de banho e de rosto dobradas como as de um hotel. Na área de serviço, a lixeira tinha um novo saco plástico, vazio.

Não estivesse Carlos ali, adormecido e imóvel, o apartamento estaria como se intocado, desabitado há dias, seria esta a impressão de quem lá entrasse.

Esta notícia, por triste que seja aos que conheciam Carlos, mostra um cenário coerente com sua figura, sua imagem exterior de concreta limpidez e simplicidade.

A mansuetude, a redondez pacífica de sua calma, a pausa reflexiva dos gestos, a ordem e sintaxe de suas falas, econômicas até o silêncio, sua bonomia tímida, tudo se espelhava nas paredes, piso e teto do apartamento, diedros nos quais, no entanto, se alguém se concentrasse, apurasse a atenção... neles poderia ouvir a ressonância surda, o ruído de fundo quase imperceptível, o rumor de pensamentos em processos estranhos, moendo a realidade em outras matérias-primas.

Carlos não fez a crônica exata de sua cidade. Ao menos, não o que se espera de uma crônica urbana, um instantâneo deflagrado em um tempo fugazmente pretérito, coisa que os mineiros Drummond, Sabino, Paulo Mendes, souberam fazer quase tão bem quanto o capixaba Rubem Braga. Nada o aproxima do gênio escandaloso do recifense Nelson Rodrigues ou do amargor carioca (um incômodo no balneário feliz) de Otávio de Faria. Sua crônica está no que a cidade deixa nos habitantes, em seus epifenômenos. Não há distorção de seres, objetos, pessoas, por mais singulares e até bizarros que pareçam. Eles se mostram assim por méritos próprios.

Os escritos de Carlos falam de uma cidade cuja topografia parece mais psíquica que geográfica e sua pintura de costumes tem todos os estereótipos cobertos por grossa e opaca tinta de vergonha, dissimulação ou contrariada omissão. Sabe-se que tudo lá está, mas sabe-se que tudo se oculta, e assim se denuncia, se manifesta.

Nunca se trata de um julgamento moral, nem político, nem ideológico, nem pedagógico. Há sexo e abnormalidades, é claro, mas nada é declaradamente genital. Lendo Carlos, estamos menos próximos da literatura – questões como técnica, apuro do discurso, estas pacíficas coisas. Lendo-o, estamos como que roçando um território sensível e doloroso, o material de que a alma é feita: menos o que escreveu Maupassant e mais o que o atormentava, garroteava-lhe a mente; longe da pública paisagem americana e perto dos paradoxos mentais de Foster Wallace, de sua agonia irônica; à margem das viagens remissivas de Max Sebald e mais próximos da Dor incurável com a qual os caminhos foram pavimentados.

Na sala, os livros estavam quietos nas estantes, os objetos de física divertida em suas prateleiras, a televisão com sua arcaica antena em V sobre um retraço de crochê, pequenas fotos nas paredes, quadros simples, despretensiosos presentes de amigos.

E, sobre a mesa grande de pés torneados, três cadernos em cartolina dobrada, cartolina comum, dessas que se compram em bazares, rosa, azul e verde, as cores ordinárias e baratas dos cadernos, melhor dizendo, das pastas, pois, folheando-os (impossível reter a curiosidade, a intrusão), via-se que serviam mais como álbuns que para escrita sistemática. Nas folhas estavam colados recortes de jornais e de revistas, pequenas fotos, volantes, tíquetes, bilhetes de loteria, recibos e, nos espaços vazios, notas manuscritas com setas indicando a qual recorte se referiam ou, mais de uma seta, duas, três, quatro, ligando os assuntos com entrecruzamentos de lógica interna e associações. Retas que passavam sobre um recorte para alcançar outro, no topo da folha, não raro produzindo novas linhas a partir deste, para baixo, para os lados, até mesmo desbordando a margem da página, indo com um "segue" à próxima página, em linha ascendente, transversal ou arborizada, no rumo de outros recortes, de onde também brotavam vetores e setas.

Carlos estava no meio do trabalho nestes álbuns pois, no assento de uma das cadeiras recolhida sob a mesa, havia uma caixa de sapatos com muitos outros recortes, tubinhos de cola, régua, tesoura e canetas esferográficas de várias cores.

O álbum rosa tem as fotos e colagens mais antigas, identificadas pelo amarelado, pelo estilo da tipografia. Muitos recortes deste álbum foram feitos com uma tesoura de picote, de corte em serra, coisa ausente nos cadernos azul e verde. Nestes, o corte é reto, os jornais e revistas são mais recentes, de uns 40 anos para cá.

É muito provável que as fotos e recortes mais antigos fossem de acervo da família, muito certamente do pai, dada a fixação deste em classificar, anotar, lavrar diários, gravar eventos por banais que fossem ou que, mais raramente, lhe causassem espécie.

Carlos exteriorizou em sua econômica produção o pródigo, volumoso registro paterno, grande parcela de seu gênio e invenção fluindo daquelas sensaborias rotineiras, desenvolvendo-se em construções de fantasia a partir do ordinário e do insignificante, de minudências familiares e políticas irrelevantes, mas que destacadas, pinçadas do fundo do prosaico, tornavam-se estranhas epifanias do cotidiano, desconcertantes quimeras.

Esta propensão e atração pelos resíduos e vestígios paternos, seriam fatores determinantes para a criação dos álbuns? Tudo indica que Carlos trabalhava neles, reservadamente, há algum tempo, mas não há tanto tempo que coincidisse com os períodos de internação ou tratamento. Não há relato clínico ou terapêutico desta atividade e, mesmo seu analista, o bom amigo e co-autor Dr. Drault, desconhecia os cadernos, compulsando-os durante o velório, sinceramente sentido, olhos úmidos, muito emocionado.

FOI DO PRÓPRIO DR. Drault a ideia de publicar os três álbuns em fac-símile. Logo foi apoiado no projeto pelo Prof. Luís Costa-Andrade e pelo teórico neozelandês, Prof. John Boyd, dois notáveis estudiosos da obra de SSK, sobretudo o Prof. Boyd, que quis aprender português apenas para melhor aprofundar-se nas construções verbais e enredos temáticos de Carlos.

Naturalmente, há empecilhos legais imediatos para a publicação. Ainda não está clara a questão dos direitos de autor e até mesmo quem é herdeiro, quem é sucessor legal. O pequeno apartamento, único bem imóvel de Carlos, por exemplo, quem o receberá?

Por outro lado, o público leitor de Carlos é muito restrito, dado o caráter singular e pessoal de sua obra e, até mesmo, pelo seu perfil de homem, um perfil recatado, quase de recluso. Uma edição regular não seria comercialmente viável. Sugestão prática foi dada pelo livreiro Dionísio Pereyra, um editor diferenciado e erudito. Ele aventou uma edição digital em tiragem limitada, por subscrição. Ela serviria de piloto para uma publicação-padrão, posterior, quando a repercussão acadêmica da obra viesse a estimular a curiosidade de público mais amplo. Embora persista a questão legal dos direitos de reprodução, esta parece ser uma solução promissora.

Poucos tivemos acesso aos álbuns, à sua complexa tessitura, aos silogismos e sorites gráficos, por assim dizer, que os constituem. Provavelmente nunca serão decifrados e, talvez, não estivessem sendo construídos como enigmas, mas como processos fractais de linguagem e pensamento. Talvez de nada valham, talvez fossem apenas um passatempo para Carlos, mas, conhecendo-o e à sua obra, melhor desconfiar dessa suposição.

Sem ferir aspectos legais, meus caros, permito-me transcrever e partilhar com vocês alguns trechos, fatias dos cadernos, vertidas para letras, apenas. Claro está que, nessa forma, sem a fisionomia física dos álbuns – sem fotos, recortes, blocos de texto, sem a "guerra de setas" cruzando as colagens, tudo fica muito sem graça. Mas é o possível, por enquanto.

Atenção. Os textos dos recortes vão em negrito. As notas de Carlos, em itálico. Alguns comentários meus, entre parênteses.

O ÁLBUM ROSA

(O álbum rosa tem quatro folhas dobradas ao meio, i.é., 14 páginas com colagens e textos; capa e verso, lisos. Seguem extratos.)

"Vai acabar em passeio de elefantes, sempre termina. Veja esta noite, prima Kate, imagine, prima Kate. Mas, aonde você foi? Viu a lua no Ganges?"

(Recorte, uma tirinha datilografada, frase em *Passagem para a Índia* de E. M. Forster)

Tudo indica que a foto V-J Day, foi encenada. O fato de haver outra foto, de outro ângulo, prova apenas que a cena não foi instantânea, houve um tempo para armar a cena. O fotógrafo número dois aproveitou o quadro feito. Reconstituindo a ação com dois esqueletos, vê-se que a postura do casal não é espontânea, tem algo de fixo, congelado, como se o marinheiro e a atendente de dentista fossem atores que esperavam o clique da câmera.

(Refere-se à famosa foto de rua do beijo que celebra o término da Segunda Guerra)

Um abastado comerciante desta praça, que tudo fez para não manter o anonimato, promoveu uma corrida com elefantes nas pistas do Jóquei Clube, na noite da última quarta-feira. Os animais foram alugados de circo que se apresentava no Rio Comprido e foram introduzidos no elegante clube por seu treinador e dono, o Sr. Kanak Singh. Os jóqueis dos paquidermes foram rapazes da nossa mais fina sociedade. Muitos estavam em costumes de marajás. Por muita sorte, não houve acidentes e o maior transtorno foi o estrago feito na areia e na pista de grama pelas pesadas patas e pelo grande volume de excrementos elefantinos ali deixados.

As fotos em sequência ultrarrápida de Muybridge servem para revelar que as esculturas equestres falseiam a andadura dos cavalos. As patas dos bichos, estivessem na posição artística em que são modeladas, provocariam a queda do animal e do cavaleiro. Reis e guerreiros, esculturados nessas condições, vivem instabilidade memorial.

O Duque de Gales e seu irmão George estiveram hospedados no Gran Palácio Copacabana. Houve ali enorme constrangimento quando o Duque assediou insistentemente a jovem Nigra Bernhardt, chegando inclusive a propor-lhe ida à Inglaterra, com insinuação de casamento. Grande esforço foi feito pelos assessores, para dissuadir o herdeiro do trono de fazer montar um aeroplano experimental trazido no iate imperial. O Duque queria sobrevoar a casa da jovem ambicionada para lançar-lhe flores. Mais tarde, certamente frustrado no assédio e peripécia aérea, embriagou-se e se jogou, inteiramente fardado, na piscina do Country Club de Ipanema.

"You English are mad, mad as March hares" - Wilhelm II

A *Manhã*, por determinação da gerência desta casa, resolveu offerecer um prêmio ao jockey vencedor da maior corrida de hoje no hipódromo da Gávea.

O prêmio, que ficará exposto durante o dia numa das montras do nosso alteroso edifício, constará de uma rica brochura encadernada em *chagrin* com lombada de couro de porco, contendo uma possibilidade de renovação do contrato da Railway e do arrendamento da Sorocabana, com prefácio do notável polygrapho monarchista Conde de Affonso Celso, autor da celebrada obra "Por que me ufano do meu País".

Lá pelas 11 horas, chegou o trem especial da Sorocabana, com a comitiva visitante. Os trens utilizados pela Estrada de Ferro São Paulo–Paraná eram bem menores, pois a estrutura dos trilhos não suportava excesso de peso. O trem especial entrou apitando, lento, no pátio da estação. O agente comandou a parada do trem, enquanto a comitiva de recepção, formada por ingleses, técnicos e poucos empregados da Companhia, preparava-se para receber o Príncipe de Gales.

Depois de duas horas, retornaram à estação. Decidiram ir a pé até à ponta da linha, que estava no Catupiri. Quando lá chegaram, o Príncipe, que era grande atleta, decidiu que voltaria correndo até Cornélio Procópio. Não vingaram os argumentos sobre a longa distância. O Príncipe correu e chegou normalmente, dando provas de sua grande vitalidade. Carros foram improvisados para trazer os suarentos ingleses do Catupiri, pois eles vinham caminhando com dificuldades entre os dormentes e as pedras do leito da ferrovia.

(Acima, colagem manuscrita em papel pautado novo. Trecho copiado de algum comentário na internet ou outra fonte).

Naturalmente, a alucinação de Miss Quested é provocada pelos ecos na caverna de Marabar, essas ressonâncias sendo as vozes da Índia, mas a ilusão ganha caráter visual, ou melhor, de indefinição visual. Ela acusa Dr. Aziz, retira a acusação, não afasta a suposição de que foi, talvez, atacada pelo guia. Miss Quested não enxerga exatamente por que ficou surda com os ecos primevos. Ela teria revidado um suposto ataque com seus binóculos. A correia deste partiu-se, ela perdeu o vínculo que lhe permitia enxergar a Índia de perto, sem ser tocada por ela.

(Outra alusão de SSK à *Passagem para a Índia*, manuscrito na folha do álbum, seta ligando o texto a uma foto de E. M. Forster e deste a outra nota manuscrita, abaixo).

Forster desnuda, com enlevo erótico, um indiano das classes mais baixas que areja, ritmicamente, a Sala da Corte com um abano de teto (punkah), durante o julgamento do Dr. Aziz. Quando o rumoroso caso é encerrado, o "belo deus desnudo", desconhecendo o teor do ocorrido, continua, absorto, abanando a sala vazia. Forster enxerga a Índia – ou é requestado a enxergá-la – com nitidez mais pontual e mais feminil que Miss Quested. A persistência do "abanador" é um "eco" visual de realidade insistente, um apelo imantado ao observador.

Para ser vista, ela é fenomenal, ele acrescentou. É plana e angular e poderia ter sido desenhada para um baralho medieval. Ficaria tentado a classificá-la como uma mulher americana por excelência, não fosse pela suspeita de que ela não é uma mulher.

"Vou para a cama em lágrimas esta noite?" Era o refrão abjeto do Duque quando ela estava sendo particularmente desagradável.

Mesmo assim, por toda a vida, ele parece ter se deleitado com essa degradação.

(Este recorte de revista, em papel cuchê recente, liga-se por setas a recorte antigo de foto do Duque e Duquesa quando do casamento e, deste, a fragmento de sequência fotográfica de Muybridge.)

(Na última página está colada a reprodução diagramática de uma câmera de *photo-finish* para corridas de cavalos. Uma nota a caneta, copiada de um manual, acompanha a colagem.)

As fotos são tiradas com uma câmera especial sem obturador – em vez disso, uma longa tira de filme passa por uma fenda estreita a uma velocidade relativa à velocidade dos cavalos. A câmera, que fica em uma sala acima do camarote dos juízes, precisa de dois operadores – um para assistir à corrida e julgar a veloci-

dade dos cavalos, o outro para definir a velocidade do filme, usando os controles na parte traseira da câmera.

Do lado oposto à câmera, do outro lado da pista, fica uma estrutura no poste de chegada com: um tambor, girando na mesma velocidade dos cavalos, mostrando o nome do hipódromo, o número da corrida e a data, um tubo de luz vertical piscante, que produz uma linha de chegada na fotografia e um espelho alto e fino, que mostra, aos juízes, a visão do lado oposto.

Assim que a corrida termina, o filme é rapidamente revelado e uma cópia em papel é feita para os árbitros da prova.

(Tudo indica, mesmo em um olhar rápido e extração sucinta de elementos, que o Álbum Rosa trata da questão da fidelidade visual, o grau de confiança emitido por uma cena, as ambiguidades do percebido. Seria grande pretensão, porém, afirmar isso a uma só voz, porque, como foi dito, os itens, fotos, recortes, textos estão interligados em um fluxograma complexo, que, para uma exegese aproximada, pede raciocínio em equipe).

O ÁLBUM AZUL

(O álbum azul tem três folhas dobradas ao meio, 10 páginas com recortes, notas; capa e verso deixados lisos. Há nele grande quantidade de fotos e ilustrações de discos voadores, mas não exclusivamente. Há material de outros assuntos. Há espaços reservados onde notas seriam inseridas, pode-se supor).

Não é que o autor minta. Ele começa desenhando o fundo, enquanto o leitor insiste em completar a figura.

(Como epígrafe, a nanquim, com caligrafia rebuscada).

A Prefeitura de Niterói empreenderá a restauração do sistema de águas do Morro do Vintém, compreendendo fontes, cisternas e aqueduto, bem como a habilitação da área como parque ecológico, com trilhas e atrações turísticas. A área foi recentemente tombada por lei municipal...
Chegaram ao Rio, Jacques e Yvonne Delvaux, o casal de pesquisadores, eles próprios alvos de intensa investigação, após o relato que fizeram de sua abdução em Saint-Omer, França, há alguns anos. O estranho caso, levado às telas em versão romanceada por Hollywood, ainda é estudado por especialistas no assunto, em todo o mundo. O casal mantém um Instituto com sig-

nificativo acervo de referência sobre abduções e fenômenos não explicados pela Ciência dita oficial.

(Este recorte liga-se por setas à reprodução de obra do pintor belga Paul Delvaux e a duas fotos do tipo "risqué", com desnudos de iluminação lunar. Provavelmente uma alusão brincalhona de SSK, uma comédia de nomes).

A Sra Y disse ao delegado Bettencourt que enquanto dirigia pela Alameda São Boaventura, no bairro do Fonseca, com três de seus filhos, na quarta-feira à noite, a filha X, então com 7 anos, disse-lhe para olhar o céu sobre o Morro do Vintém. Ela viu um objeto oval de cor alaranjada, com uma linha de fogo nas bordas, "soltando raios em todas as direções".

Os dois estavam voltando para casa de uma viagem a Ostende quando, dirigindo no meio da noite, viram luzes descendo do céu. Afirmaram ter visto criaturas de tipo humano, na janela de uma grande espaçonave que pousou no campo. Eles não lembravam o que se passou nas duas horas seguintes. Voltaram para casa sem explicação para as horas perdidas. Jacques e Yvonne acusaram efeitos físicos da noite do avistamento. Yvonne teve o vestido rasgado e manchado e o sapato de Jacques estava arranhado. Uma alça da correia de um binóculo estava quebrada.

(SSK sublinhou em vermelho o trecho do binóculo e escreveu, ao lado: *Miss Quested*).

Dia 17. Campos dos Goytacases. Manuel martela um cano de chumbo. "Vou salvar o mundo de um desastre". Manuel e Miguel, espíritas, esotéricos, dizem às esposas que vão a São Paulo buscar televisões ou peças eletrônicas ou comprar um carro. Em Niterói. Compram capas de chuva. Compram água mineral. Dia 20. Um menino, no morro, procura sua pipa perdida, encontra os corpos. Têm os olhos cobertos por máscaras de chumbo. Sem sinais de violência. Testemunhas dizem que dois homens os acompanharam até a subida da trilha para o morro e se foram. Dinheiro das compras sumiu, em parte.

Recibo das capas, das garrafas de água mineral, lenço com monograma AMS. Pedaços de papel:
Fórmula da lei de Ohm.

16h30. Estar no local.
18h30. Ingerir cápsula. Após efeito, proteger metais.

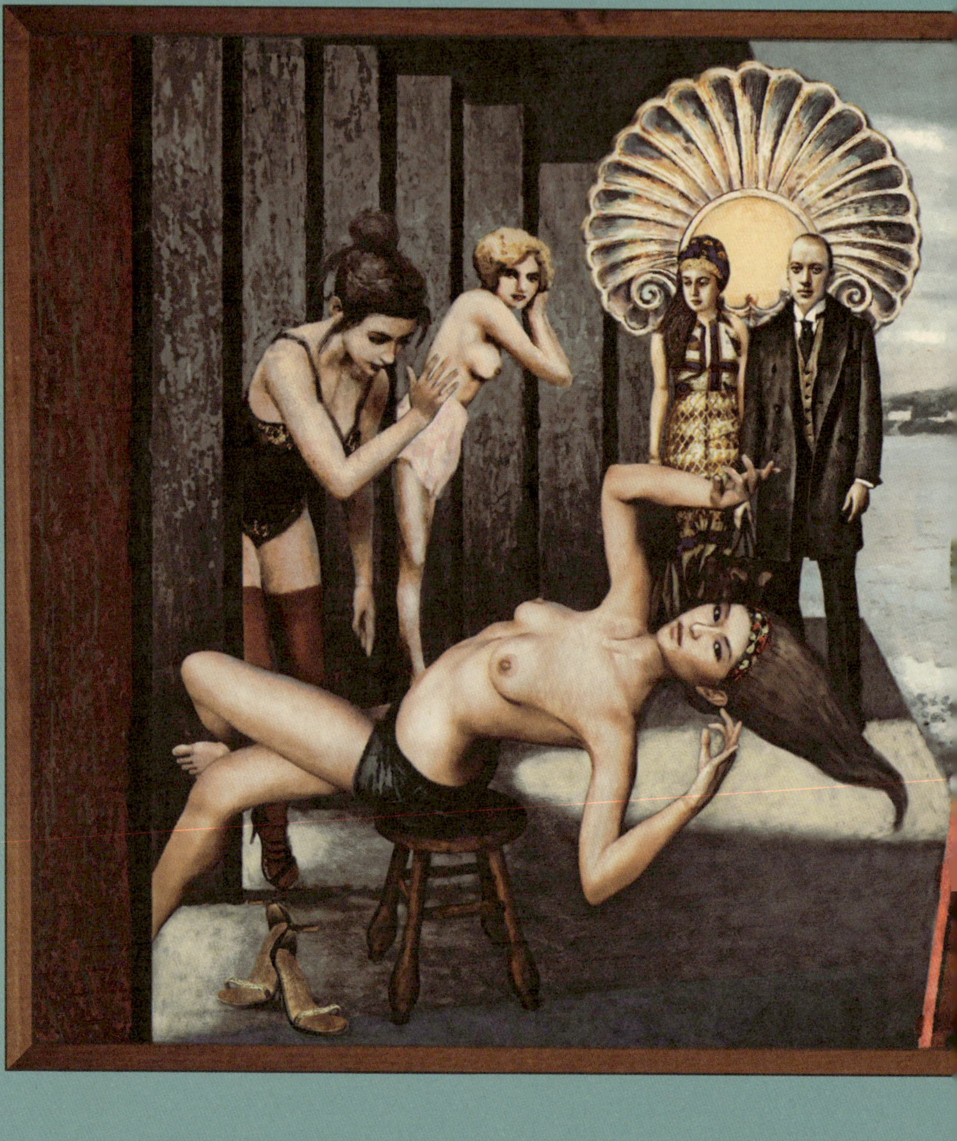

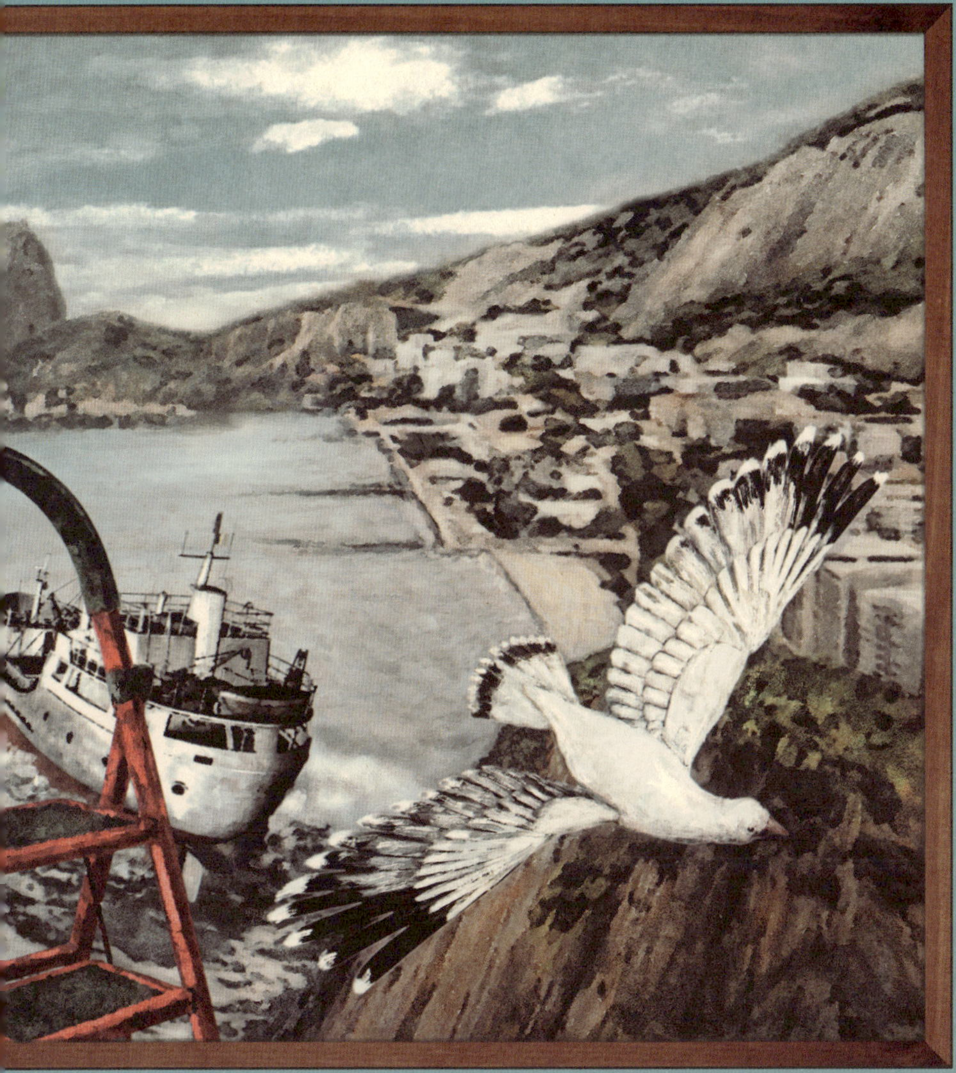

Aguardar sinal. Máscara.

Caso semelhante ocorrera, há quatro anos, em Niterói, no Morro do Cruzeiro. Outro eletrotécnico, de nome Hermes, também com máscara de chumbo. Causa mortis: desconhecida.

Ed Keffel confessaria depois haver falsificado as fotos dos discos sobre a Gávea, usando fichas metálicas das catracas das barcas Rio-Niterói. Por que há tantas falsificações de fotos de discos? Não se falsificam fotos de coisas ditas inexistentes, a não ser com o propósito de emular sua factual realidade.

(...) Cheguei à mesma conclusão expressa no relatório extraoficial que pouco depois foi publicado, de autoria de Edward J. Ruppelt, ex--chefe do Bureau americano encarregado da observação de OVNIs. A conclusão é: vê-se alguma coisa mas não se sabe o quê. É até difícil, quase impossível, fazer-se uma ideia clara destes objetos, pois eles não se comportam como corpos, mas são etéreos como pensamentos. (...)

(O trecho acima, datilografado em ficha catalográfica, é facilmente identificado como de C.G.Jung)

O casal Delvaux, famosos pesquisadores de fenômenos extraterrestres, visitam hoje o Morro do Vintém, em Niterói. Estarão acompanhados do policial, já aposentado, que investigou a misteriosa morte de dois técnicos em eletrônica, no chamado caso das Máscaras de Chumbo.

(Nas páginas 5 e 6 há fotos polaroides, quem sabe, do local acima citado, em Niterói. São imagens de trilhas no mato, de encosta de morro, de arbustos. Notas manuscritas acompanham as fotos, mas não há setas relacionando textos a imagens. Alguns trechos, transcritos, abaixo).

Fazia tempo que não ia a Niterói. Saí da estação das barcas e revi o feíssimo Arariboia em bronze. O pedestal estava grafitado de tal modo que as garatujas sobrepostas bem poderiam parecer hieróglifos, de alguma desconhecida escrita indígena.

Havia marcado com M. e J.J. em um canto da Praça do Rink. M. tem carro e J.J. é um conhecedor cético do caso. Proseamos e bebemos refrigerantes em um boteco, antes de seguirmos. Fazia calor. Em Niterói parece ser pior que no Rio.

Não foi fácil o acesso à trilha para o alto do morro. Tudo está muito construído no sopé e tivemos que deixar o carro em uma praça remota e subir a pé, por ladeira de contorno até a boca da ravina na base do cerro.

Chegamos ao topo em uns bem suados 10 minutos. O caminho não estava deserto. Havia gente, moradores próximos que atalhavam caminho pelo morro. Há torres gigantescas de energia e uma caixa de alvenaria, alta. Nesta se incrustam parabólicas e tambores de microondas de todos os tamanhos, dando a impressão de que cogumelos jumbo nasceram das paredes.

J.J. nos levou ao local onde os corpos foram achados. Fica em um socavão de mato, mais abaixo do ponto em que a vista do morro se abre em um panorama technicolor da baía.

J.J. mostrou que o mato cresceu normalmente. "Nada indica que o solo tenha sido esterilizado por radiação. Aliás, quando Jacques Delvaux estranhou que os dois tivessem escolhido um local de onde o mato impedia que avistassem o céu, o delegado disse que o mato havia crescido desde então". "Se houve radiação, ajudou a vegetação a crescer", J.J. gracejou.

"Os corpos estavam em cima de leitos de folhas de palmeiras. Não se achou a faca usada para o corte das folhas. O grosso do dinheiro sumiu. Dois sujeitos foram vistos com eles, talvez não tenham ido embora. Talvez os tenham seguido. Talvez outro – ou outros – os esperassem. As vísceras dos mortos não passaram por exame toxicológico. Faltava reagente no IML. Jogaram as tripas no lixo".

M. indagou sobre o caso anterior: "O outro eletrotécnico, de quatro anos antes, também com máscara, sem violência". J.J. diz. "Bravo! Aí sim , a pista é certa. O fato não acrescenta mistério, elucida-o. Alguém estava pegando trouxas com um conto de contatos espíritas ou de extraterrestres. Atraindo para latrocínio, matando provavelmente com veneno, as tais cápsulas"...

"E o avistamento do disco?" M. insistiu. "Pirotecnia. Já haviam explodido algo na praia de Atafona, juntos com um terceiro maluquinho. A Marinha investigou. Foi uma detonação forte, luminosa. Usaram pólvora e magnésio, talvez", falou J.J.

Parece que nada tem a ver com alienígenas e tudo com um banalíssimo caso de serial killer...

Descer o morro foi mais fácil e tivemos sorte de o carro ainda estar onde deixamos.

(Nenhuma garantia de que este seja um relato verídico de SSK. Sua condição cardíaca não o credenciaria a subir o morro, a pé, sob o alegado calor que fazia em Niterói. Não é que o autor minta, não é mesmo?)

O ÁLBUM VERDE

(O álbum verde também foi feito com três folhas dobradas ao meio. Oito páginas contêm recortes e notas, as duas últimas páginas estão em branco. Capa e verso sem inscrições. A partir da terceira página, os recortes são de jornais e revistas da crônica policial carioca. Um adesivo, provavelmente original, da Scuderie LeCocq, foi aplicado na quinta página. Fotos de notórios bicheiros têm setas ligando-as a figurinhas de bichos da roda. Uma foto da juíza Themis Escobedo, que mandou prender 14 deles, está colada em destaque (sic) sobre um carro alegórico de destaques de escola de samba. Há uma pequena reprodução a cores da pintura de Renoir "O almoço dos barqueiros").

Dramatis Personae
MMM – MACACO

Macaco foi morto com oito tiros, emboscado na Praça Mauá, na frente da Fortaleza do Capitão. Macaco era de Niterói, desenvolveu-se em Bangu (nos domínios de CA – o Galo), criou fama em Copacabana, chegou a ser um dos 12 Signos de Ouro.

No desfile, Macaco continua vivo, vai em um andor guardado por amantes passistas.

Sendo um herói e mártir popular, sua ala é composta tanto por seus colegas de ação, como por adoradores, inclusive crianças. Os espectros dos que ele abateu em sua saga, seguem o cortejo, como almas penadas.

Um diálogo entre APK – o Camelo e CA – o Galo é circunstancialmente registrado:
"Macaco seria o melhor nome para a apoteose do samba-enredo..."
"Qual apoteose?"
"Do Juízo Final."
"O contrato, você diz?"
"Isso aí. Mas, está morto matado."
"Pois é. Foi uma burrice."
"Ambição dele. Olho grande."
"Fez parte do jogo... sem blague, entenda."

CA – GALO

Galo transformou um negócio herdado em uma empresa feudal. Os estudos ajudaram, por certo, mas havia nele uma capacidade nativa e um entusiasmo empresarial, um elã juvenil ausente nos outros varões do ramo.

Se na empresa havia um ângulo sinistro, era bem oculto, tão discreto quanto eficaz na supressão de empecilhos, fossem materiais ou humanos.

Seu romantismo sincero embalava o fascínio de sua gente, no Futebol e no Carnaval.

Seus povos o tinham como igual – ele era um deles que havia chegado ao topo e que os presidia com simpatia, sem arrogância, com proteção, exigindo apenas a reciprocidade do respeito e da fidelidade.

Príncipe e senhor à moda antiga, foi traído pelo coração, em uma mesa de cartas. Seu poder, já abalado pela prisão, esvaiu-se na guerra de sangue de seus herdeiros.

A prisão desmoralizante dos principais bicheiros esvaziou o poder de controle que eles exerciam nas comunidades periféricas. Com este afrouxamento, medraram as milícias e o tráfico, rompeu-se a rede dos lavadores de dinheiro do bicho e que reinjetavam recursos na economia formal. A contravenção viu-se destituída de seus protetores e sócios políticos, trocados por outro plantel com novas e mais agressivas pretensões.

A Dra. Themis Escobedo furtou-se formalmente ao cálculo sensível destas consequências.

(O texto do recorte acima , de um impresso fotocopiado, é de autor desconhecido, mas é posterior a 1993, ano da condenação em massa dos bicheiros).

APK – O CAMELO
Aos 80 anos, o Camelo começou a ter esquecimentos e passou os negócios para o filho.

Camelo era de Niterói, de origem humilde e cresceu com o jogo em São Gonçalo e no Cubango. Converteu dinheiro também em negócios contabilmente limpos e expandiu suas bancas para outros municípios do Estado do Rio e para o Nordeste, onde emparelhou com bicheiros locais, amainando diferenças com um fundo de descarrego garantidor de apostas altas.

O Camelo morreu aos 94 anos. Ainda emprestava dinheiro, perdoando dívidas pequenas e impondo juros leoninos a quem não lembrasse de pagar as grandes.

AA – O COELHO
O Coelho, Neguinho e Trinta transformaram o Desfile em uma Ópera popular com caráter de superprodução de cinema. Já em 1976, a Escola de Nilópolis cantara o próprio jogo, seu alimento, afastara-se do roteiro didático e estadonovista, proclamara que "em festa de inhambu, jacu não entra", demarcara um território em que o povo podia partilhar a miragem do luxo e exorcizar a miséria real.

O Coelho foi condenado a seis anos de prisão, apenas por extorsão. Rondavam a sentença 53 mortos, mas não pousaram no prato da balança. Solto, voltaram a condená-lo a incumpríveis 48 anos de pena, ele já algo debilitado, um ancião luxuosamente rico.

Foi morta ontem, em Carangola, MG, a senhora Josefina de Kemps, professora, residente naquela cidade. A vítima foi atingida por inúmeros disparos quando dirigia seu carro, à noite, na altura da convergência da Rua Quintino Bocaiúva com a Rua Divino. O automóvel ficou crivado de balas de vários calibres, tudo fazendo supor que haveria mais de um atirador na ação criminosa.

A Polícia suspeita que o alvo dos assassinos seria, na verdade, a juíza Themis Escobedo, natural de Carangola, em visita a parentes. A juíza havia tomado emprestado o carro da professora. Esta, foi, com amigos, ao condomínio onde a Dra. Themis estava sendo homenageada com um jantar. A professora retomou o carro, dispensado pela juíza, que alegou já dispor, então, de carona de volta, em carro de parentes. O atentado se deu a poucos metros da entrada do condomínio e a Rua Divino estava anormalmente sem iluminação.

A morte da professora provocou grande consternação na cidade, tanto pelas características do crime, quanto pela fatalidade do

ocorrido. A Dra. Themis declarou estar "enormemente entristecida com a morte da amiga e revoltada com a persistência do crime organizado no país".

(Destaquei no álbum verde, os itens acima, por acreditar que SSK estava tramando alguma peça ou farsa com os personagens envolvidos no jogo do bicho e nos fatos criminosos paralelos e incidentes. O álbum está visivelmente "em processo". Tolhi-me, embora a custo, de vasculhar os recortes na caixa de sapatos, procurar pistas e ilações que dessem suporte à minha suspeita. Seria, considerei ao fim, uma intromissão indevida nas fontes que substanciam o próprio e particular raciocínio de nosso saudoso amigo. Estou certo de que terão a candura de entender essa reserva.)

P.S.
Assim como se mostra no primeiro álbum (rosa) um eixo temático assentado na questão da ambiguidade e da imprecisão visual, nos outros dois cadernos parece haver uma âncora conceitual oscilante entre o aparente e o real.

No rosa, um príncipe será rei e logo deixará de sê-lo. Constituirá um casamento de aguda visibilidade, um paradigma romântico de renúncia e sacrifício e que, ao avesso, é uma tapeçaria de vicissitudes. Uma donzela inglesa é tomada pela voluptuosidade da Índia e alucina.

No álbum azul, dois ingênuos querem ver o invisível vendando os olhos com máscaras de chumbo e um cético (J.J) traz suas mortes quânticas para a aritmética rasteira do latrocínio. Um pesquisador que foi levado a outra realidade, o Sr. Delvaux, é homônimo de um pintor de cenas selenitas, surreais. Enfim, "vê-se alguma coisa mas não se sabe o quê".

No caderno verde, esboça-se uma farsa sobre as representações ilusórias das escolas de samba, sua "magia" e alegorias, seu ouro falso, sua prata e pedras preciosas tão enganosas quanto persuasivas, seus patronos tão bandidos quanto simpáticos benfeitores. A professora morta em lugar da juíza. Tragédias de erros.

Logo, meus caros, quando tivermos a publicação dos álbuns, o raciocínio de nossa colmeia revelará e descobrirá muito mais territórios na aventura que é vagar pelo mundo de SSK.

Um forte abraço e o até breve,
de R.M.

Isle of spice

Tenho o prazer de poder informar a V.Exa. que o desejo de melhorar as condições dos escravos e instruí-los nos princípios da religião e da igreja estabelecida, parece estar presente em grande massa dos proprietários.

De uma carta do Bispo da Jamaica a Lord Bathurst

[...] DA BAÍA, POR ENTRE OS MASTROS DOS NAVIOS, refletida na água mansa e azul do porto, a cidade é a mais bonita de todas as que se plantaram nestas ilhas. É pequena, contida entre as colinas verdejantes e o mar. Suas ruazinhas, partindo da esplanada do mercado e das praças dos trapiches, sobem as encostas quase sem esforço, como sopradas pela brisa, esgueiram-se entre as sombras dos pomares, perdem-se nas matas.

Outras baías, igualmente azuis, mais rasas, ladeiam a entrada do porto principal. Dois cerros, a leste e oeste, têm fortins assentados para defesa das enseadas e cobrem a boca da barra, com grande vantagem.

Além da cidadezinha, por trás dos morros, um altiplano se estende, fértil em canaviais, pontuado por aglomerados de plantações de noz-moscada, currais de gado, engenhos de açúcar. Para o norte, o planalto se eleva até os contrafortes de dois montes geminados, uma só montanha fendida, um antiquíssimo vulcão que dorme sua morte sob um dossel de verdura. Para lá da montanha, debruçando-se a nordeste, escarpas vão se aplainando, suaves, cortadas por regatos e se espraiando até o mar, com dedos de mangue, instâncias de areais, restingas.

Chegamos [...]

[...] ANCOROU NO MEIO da enseada, aguardou vaga no cais. Descemos de gaiola para um escaler que nos levou para terra. Emília divertiu-se com o transporte, o balanço e giros do convés para o barquinho, uma aventura para ela. Agnes, minha mulher, apertou-me o braço com medo, as marcas das unhas ficaram.

Deixamos a mudança a bordo, para que a descarregassem depois, fomos, a pé, ladeira acima, guiados por um negrinho, conhecer a igreja e a casa de moradia. Tudo estava sujo, desarrumado. O caseiro, que serviu ao falecido presbítero, disse que contava com nossa vinda para o fim do mês. Nada limpara ou dera ordem às coisas, por imaginar que teria tempo. Disse que pescava para si próprio e para fazer algum dinheiro. Tinha um pequeno sítio com bananeiras, um roçado de hortaliças, devia cuidar disso também, etc. e tal. É um negro de uns 50 anos, ainda forte. Como todos os libertos, fala aos outros sem muita deferência, sobretudo aos brancos, aos ingleses, principalmente. É um homem sereno, contudo.

Há cerca de mil brancos e 16 mil negros na ilha. Os brancos são britânicos, antilhanos, alguns de nascimento. Há uns poucos holandeses. Com o fim formal da escravatura, vieram indianos para repor a mão de obra no campo. Não se adaptaram, partiram ou estão dispersos pela ilha, não se veem muitos na cidade, afora no mercado, em tendas de comércio que dividem com libaneses. Perdidas nas matas, há algumas aldeias caribes miseráveis.

A população branca vem diminuindo – soube disso ainda na Jamaica –, há mais brancos temporários aqui, ou passageiros, negociantes que fazem as ilhas contratando, comprando e vendendo. Os funcionários da Coroa já não parecem felizes em ser designados para a ilha, embora a considerem mesmo a mais bela de todas as Dependências. Bebem muito, enquistam-se, são nostálgicos ou têm sentimentos reprimidos.

Mandei pintar de amarelo clarinho a torre da igreja e de branco com janelas verdes a casinha anexa. Da rua vê-se o porto e, de lá, do pátio do mercado, avista-se a pequena torre luminosa contra o fundo do morro. Uma pintura. Agnes fez um desenho desta vista e Emília, nossa filha, coloriu com aquarela. Anexei a obra ao relatório que [...]

[...] CONSTRUÇÃO DO TEMPO dos franceses, com um porão que serviu de masmorra ou depósito. Ainda há inscrições escabrosas, em francês, nas paredes, mas creio que elas datam do tempo da revolta dos negros, pouco após o Tratado que passou a ilha para o domínio da Coroa. Os ex-escravos aliaram-se a franceses remanescentes e insatisfeitos com a troca na posse e controle do território. Boulé la Cimaise era o chefe negro da insurgência e seus partidários usavam a *cocarde* tricolor como divisa. Curiosamente, juntaram-se aos escravocratas contra os britânicos, talvez imaginando ingenuamente que alcançariam igualdade e independência sob o ideário de Regicidas.

La Cimaise foi morto a traição por um comerciante ligado ao comando dos insurgentes. Diz-se que os franceses usaram os contingentes negros para tentar reduzir os fortins e ocupar a cidade. Esperavam tropas de apoio vindas da Guiana e Guadalupe, para completa retomada da ilha ou, pelo menos, da cidade e do porto. Chegaram tropas sim, mas eram inglesas, puseram ordem nas ruas, prenderam os franceses e os deportaram, desarmaram e dispersaram os negros, pentearam os campos em busca de fugitivos. Com as tropas, vieram funcionários da Coroa para fazer um levantamento da ilha. Atraíram colonos e empreendedores. Melhoraram o porto, instituíram tribunal e ouvidoria, lançaram as bases para uma caixa de compensação, garantias e empréstimos, financiaram a gráfica para o primeiro jornal de editais e notícias marítimas, expandiram a enfermaria militar do Forte de São Jorge para atendimento público. Foi instituída uma Câmara e regulado o mandato para o Governador. Reforçou-se a guarnição militar, incluindo-se nela uma brigada de cor com elementos locais e de outras Dependências.

Obras de saneamento começaram naquela época. Foram aterradas duas lagoas que acumulavam a água vinda dos morros durante as grandes chuvas. As torrentes foram confluídas a um canal de pedras, ao sul do porto. Isto reduziu em muito a nuvem de mosquitos que assolava a vila.

O prédio de nossa igreja [...]

[...] um barracão coberto de palha de coqueiros e chão batido, nos fundos da casa, onde instalamos a escola elementar enquanto a promessa de uma escola em pedra e cal não toma ares de verdade, apesar das seguidas e demoradas reuniões com o Governador Singham.

Agnes ensina as primeiras letras e eu mesmo, a Aritmética e as lições bíblicas. Até Emília ajuda, sabendo ela ler e escrever, servindo de monitora e, às vezes, substituta da mãe. É curioso vê-la professora de crianças apenas um palmo menor que ela. Ela se sai bem no mister e volta apenas a igualar-se a elas nas horas de recreio e alimentação.

A maioria das crianças é negra, meninas, sobretudo. Os pais requisitam os meninos para trabalho e ofícios e é difícil convencê-los de que é necessário e proveitoso que os meninos estudem. As mães colaboram mais, embora tenham pouca força de decisão no assunto. Ajudam muito na feitura e conservação dos uniformes, têm orgulho e rivalidade manifesta em apresentar seus filhos limpos e bem vestidos.

Demorei a entender o uso de fitas e colares de cores diversas pelas pequeninas. O caseiro explicou-nos que são indicações de filiações espirituais do *Shango,* culto trazido à ilha por escravos Ioruba, no tempo dos franceses. Discuti com Agnes se deveríamos permitir o uso dos adereços votivos. Concordamos que seria melhor tanto para as crianças, quanto para a boa relação com os pais, deixar que os usassem de forma não exagerada.

Preocupou-nos, porém, ver Emília passar a usar fitilhos amarelos no pulso, presente de um dos meninos. Estive conversando com o capitão Morris, cirurgião da guarnição da Marinha e ele me contou que desistiu de desaconselhar seus doentes civis do uso das mezinhas dos curandeiros locais. Deixa que sigam os preceitos deles, trata, paralelamente, com seus próprios remédios. Disse que os curandeiros levam sempre o mérito da cura e que lhe debitam os insucessos...

Na semana passada, chegou um brigue das Ilhas Coral e Esmeralda. Veio nele um grupo de homens negros – não era gente inculta e simplória. Vi que um deles, mais velho, usava um anel indubitavelmente maçom. Houve uma reunião no Clube Tradição, a princípio aberta para todos, mas que se prolongou, fechada e restrita, noite adentro. O Governador ficou alerta, mas satisfez-se depois com o informe tranquilizador de que se discutiram acertos e providências para o Carnaval das Ilhas, uma festividade pagã com regata e desfiles, originária dos franceses, prevista para outubro [...]

[...] SEMANA DE GREVE e paralização do porto, grande inquietação dos comerciantes. Uma delegação de proprietários e plantadores de cana veio à cidade e reuniu-se com Franklin Duffus, uma espécie de líder dos trabalhadores. Discutiu-se a questão dos salários para tarefas no campo.

Singham pareceu aturdido, recolheu-se em indecisão. Sua maior preocupação era com o balanço da tributação: pressionado pelas partes em conflito, tentava cortar de uma para beneficiar a outra, um jogo vicioso que não resolvia a contenda, senão, a agravava.

No sábado à noite, enorme balbúrdia, com a chegada de grupos de trabalhadores do campo, armados com facões, foices, enxadecos e mesmo chuços.

Nos trancamos em casa e a maioria dos brancos fez o mesmo. Singham, os representantes da Câmara e alguns comerciantes e proprietários abrigaram-se no Forte de São Jorge. Deu-se notícia de que o Fortim das Palmas foi tomado pelos soldados negros da guarnição. Os canhões foram girados e assestados para o Forte de São Jorge. O próprio Duffus foi dissuadir os artilheiros de fazer disparos, pois o entorno do forte estava tomado por manifestantes, seria um desastre.

Voltou com um grupo de revoltosos, dialogaram com a guarda do Forte de São Jorge, àquele momento já inteiramente sitiado e alvo de archotes e pedras. Pelo raiar do dia, as portas se abriram, Singham saiu com os parlamentares e alguns proprietários eminentes, juntou-se a Duffus e um estado maior que este havia formado, seguiram para a Câmara. Da sacada, foi lida uma proclamação conjunta que dava por resolução um estado de independência política da ilha, mantidos os laços de fidelidade e preservação territorial à Coroa.

Duffus assumiu a posição de presidente da Câmara com poderes executivos, fiscais e de polícia. Assumiu o compromisso de aceitar a Representação Real, na figura do Governador Singham. Foi estabelecida uma comissão para um novo código de eleição dos representantes e, de imediato, votaram-se regras salariais e da posse de tratos de terra destinados à cultura de subsistência de famílias empregadas em grandes propriedades. Um comitê foi designado para inventariar os trapiches do porto e os armazéns do governo.

Tudo isso se passou sem derramamento de sangue (um milagre), mas com travos de contrariedade e frustração distribuídos entre as partes.

Em uma semana, a notícia da convulsão espalhou-se pelo arco das Ilhas e os governadores decretaram prontidão militar em seus territórios.

Uma fragata – a Venture, conheço-a bem – veio da Jamaica, em conserva com duas escunas, ficou ao largo da Ponta das Medusas, trocando sinais com o Forte [...]

[...] OU SE, DE fato, a Coroa dá importância menor à ilha, cuidando mais e melhor guardando as Dependências maiores. Certamente mantém suas prerrogativas, mas houve alguma acomodação ou trato secreto – não digo com a Câmara – mas com o próprio Franklin Duffus.

Disto cogito desde que chegaram emissários do Reino e aqui permaneceram por longa temporada, enquanto Duffus viajava, pela Venture, para a Jamaica ou para a Inglaterra, nunca se soube ao certo. O que se notou foi que os emissários partiram após o retorno dele, dando a desconfiar que eram reféns ou garantia física para a segurança de Duffus.

Desde então, os poderes de Duffus se foram ampliando e os de Singham encolhendo, à medida que a guarnição dos Fortes minguava e uma milícia criada por Duffus ia sendo ampliada e propagada para o interior. Foram criados quartéis e postos fiscais nas vilas maiores, para rancor dos fazendeiros, acostumados a ditar a lei nas vizinhanças de seus feudos. Na cidade, havia queixas de abuso das milícias e corriam boatos de extorsão a comerciantes e de sobretaxas adventícias às exportações.

Parecia não ser segredo que a maior empresa de comércio e exportação da ilha, que detinha grande parte dos contratos de açúcar e de noz, tinha Duffus e seus associados (brancos, inclusive) como controladores.

Os salários melhoraram, mas foram criados impostos para um Fundo de Saúde e Educação, cujas contas eram crípticas e que desbastavam consideravelmente a renda dos trabalhadores.

A custo de muito sacrifício e concessões – aluguel do terreno de um sócio de Duffus – construímos a escola elementar, com recursos da Diocese das Ilhas, contribuições dos fiéis e uma dotação da Coroa, arrancada a fórceps do cofre de Singham. Fizemos tudo muito simples, austero talvez, com boa coberta, bem saneado, boas fundações e paredes sólidas.

O Novo Regime – vamos chamá-lo assim – dá importância à alfabetização de meninos. O número deles aumentou consideravelmente e, para dar conta das novas classes, contratamos um jovem professor, um nativo da ilha, mas crescido e educado em Georgetown, um moço com boas referências, de nome Bernard Brizan.

As eleições para a Câmara foram ganhas pelo partido de Duffus, por quase dois terços. Votaram brancos e negros exclusivamente proprietários e autônomos, assalariados excluídos [...]

[...] NO ANIVERSÁRIO DE 15 anos de Emília, comemorado no pavilhão de festas da escola, engalanado e decorado pelos próprios alunos e alunas com folhagens e bandeirolas. A mãe de uma das meninas trouxe um bolo prodigioso, confeitado, e Bernard chamou músicos com metais, flautas, rabecas e tambores que produziram um concerto eclético e cômico.

Emília ganhou da mãe um vestido encomendado em Londres (traje que considerei muito adulto, mas bonito) e um colar de coral, presente das crianças, uma peça curiosa, de lavor rústico intrincado.

As minhas pernas dormentes – continuam assim depois das febres renais que contraí sabe-se lá como ou onde – não me permitiram dançar com Emília sua valsa, uma contradança de partitura arrevesada, muito divertida. Tomaram meu lugar, em turno, Bernard e uma ciranda de crianças, em algazarra. E, também os colegas de Bernard, Kenrick Stracham, um contador experimentado que nos ajudava na paróquia e Noel Hudson, um ex-soldado, dono de uma loja de ferragens e petrechos náuticos.

Os três juntavam-se a outros homens formando um grupo que designei, por brincadeira, os "Doze Apóstolos", embora nem sempre somassem este número. Reuniam-se na biblioteca da Escola, duas vezes por semana, em tertúlias e digressões políticas.

O clima político na ilha foi se atormentando por três, quatro anos. Havia a leniência da Coroa, mas, também, a cupidez de Duffus e seu grupo, sempre vorazes por poder e oportunidades financeiras. A estas perversões, somava-se a agressividade da Milícia, tanto na cidade quanto no campo, sobrepondo sua ação policial a funções exatoras e fiscais.

Para aumentar as sombras e temores, as milicianos afrontavam e exploravam comerciantes na cidade, assediavam fazendeiros e proprietários.

A cada domingo, eu via a pequena nave da igreja menos frequentada por fiéis brancos. Não houve uma debandada da ilha, mas famílias foram partindo, alguns pais vieram despedir-se, consternados, outros com os corações oprimidos por desgosto e revolta.

Duffus e seus comparsas tinham o poder já por dois mandatos e falava-se de fraude nas eleições e manipulação do número de votantes, sendo comum a expressão derrisória *voto zombie,* quando da proclamação dos resultados.

Bernard e seus companheiros decidiram-se pela formação de um clube, o "Ação Conjunta para o Bem-Estar do Povo", logo transformado em grêmio com pretensões políticas objetivas.

Stracham e Bernard discursavam na esplanada do mercado e lograram reunir um público de curiosos que se avolumou em partidários das arengas com uma velocidade que nem eles, os oradores, teriam imaginado. A milícia de Duffus, também não. Quando se apercebeu do incremento da multidão, em um sábado de feira, Duffus mandou dispersar a aglomeração. Foi um erro. Houve confronto e feridos de parte a parte. Um miliciano, talvez um tipo agressivo e já conhecido da turba, foi muito espancado.

Iniciou-se uma repressão sistemática ao novo partido e seus integrantes. De moto próprio, e para meu alívio, Bernard transferiu as reuniões do grupo da escola para o sobrado do atelier de costura de Ellen Ferry, uma viúva simpatizante das ideias do partido e, talvez, do próprio Bernard.

Desconfio que foi lá que se desenhou a feição final do Partido da Ação por Liberdade, dividido em dois braços, sendo um deles armado e secreto.

Na primeira eleição para a Câmara, Bernard e seu grupo conseguiram apenas a minoria, porém uma minoria significativa. Stracham elegeu-se, Hudson, o menos político deles, também [...]

[...] AS ARMAS VINHAM contrabandeadas em tonéis de graxa importados pela loja de Hudson. O assalto ao prédio do Parlamento se deu enquanto Duffus estava em viagem. Paralelamente, o acampamento das milícias foi atacado – tinha havido uma festa, a maioria da guarda estava bêbeda e fugiu aos primeiros disparos e incêndio das barracas.

Os fortins ficaram neutros, grupos comandados pelo próprio Hudson fizeram cercos preventivos, logo afrouxados pela manhã. O comandante do Forte São Jorge dialogou com Hudson, foi com ele ao Fortim das Palmas. Saiu de lá com um séquito armado que engrossou o grupo de Hudson. Foram à casa de Singham, onde já estavam Bernard e Stracham. Rumaram então para o Parlamento seguidos por uma turba barulhenta. O comércio não abriu, donos de lojas e caixeiros juntaram-se à procissão.

Para surpresa dele mesmo, Bernard foi eleito presidente provisório da nova Câmara. Houve aclamação quando ele apareceu na sacada do prédio.

Foi dissolvido o Parlamento, instituída uma comissão para novas eleições, extinta a Milícia e instada a desarmar-se de imediato – preservados os empregos e os soldos. Foi-lhe dada nova designação, Guarda da Ilha, sob a égide de um Juízo da Segurança, dirigido por Noel Hudson.

Inquéritos e auditorias de praxe foram abertos, as empresas de Duffus e associados sofreram interdição, os processos se esticaram por mais de ano, enquanto se prendiam e se soltavam suspeitos de fraude fiscal e malversação. Uma anistia apareceu no horizonte com suas flâmulas de pacificação.

Duffus não voltou à ilha, exilou-se na Louisiana, onde, por um preposto, seu fictício amo, havia comprado terras.

O Partido da Ação por Liberdade levantara maioria na Câmara, assinara um protocolo de reconhecimento com a Coroa. Singham pareceu feliz com a mudança, gostava de Bernard, achava-o mais ajuizado que Duffus e mais instruído.

A vida seguiu bem melhor. A renda da exportação de açúcar e noz começou a inflar as burras da fazenda, havia mais recursos para educação e saúde, o porto teve um movimento tal que impôs o alongamento do molhe e a construção de novos armazéns.

Stracham e Hudson viam estas conquistas com orgulho, mas também temiam a cobiça, fosse da Coroa – suposta a endurecer seu controle, à vista da fortuna e do lucro – fosse de algum aventureiro ou empresa. O braço armado do Partido saiu das sombras, brandiu novas armas. Passou a ser a Força de Defesa e Guarda, encorpada com a adição de membros da antiga milícia e de jovens aguerridos, cujo *esprit de corps* tinha um caráter de fanatismo, uma confusa heresia política e espiritual.

Bernard era equilibrado, moderado, mas prático. Ouvia os companheiros e tentava convencê-los, queria dobrar convicções radicais com argumentos e consenso.

Os Doze Apóstolos ocupavam cargos públicos ou tinham assento na Câmara. A viúva Ferry detinha a pasta da Instrução e dos Liceus de Ofícios [...]

[...] DE BASIL REID, um jovem tenente que cortejava Emília, com total simpatia de Agnes que apreciava a educação do moço e seu dom para acompanhar, ao órgão, as nem sempre harmônicas vocalizações do nosso hinário.

Os conflitos no triunvirato começaram após o segundo ano do novo regime. Hudson e Stracham queriam desapropriar fazendas e cultivos de grandes áreas, reparti-las entre a crescente massa do campo. Tinha havido forte ingresso de gente das ilhas vizinhas, atraída pela perspectiva de trabalho e melhores condições de vida. Os proprietários reclamaram veementemente, alegavam seus investimentos, melhorias feitas nas terras, estradas, silos. Os salários estavam majorados, os lucros de outrora reduziram-se. A cultura do café fora iniciada em algumas glebas, havia capital imobilizado com longos prazos para retorno. Bernard via este lado do problema com moderação, argumentava que não era somente uma questão de tomar as terras e ocupá-las, haveria que gerir e garantir os níveis da produção, honrar contratos de exportação, indenizar perdas e compensar investimentos.

A população (e o eleitorado) pendiam para uma ou outra posição, seduzidas ora pelo radicalismo de Hudson e Stracham, ora pela oratória equilibrada e carismática de Bernard. Os comícios na esplanada do mercado voltaram, as falas se inflamaram, se alastraram, chegaram ao campo, aos largos dos vilarejos nas feiras de sábados.

No começo das monções, a ruptura do grupo era evidente, definitiva e, para piorar o clima, o velho Singham se foi, levado por uma apoplexia. O governo ficou em mãos de uma junta de funcionários da Arrecadação e do Expediente e a Câmara ficou sem interlocução com o Poder. A dissensão aumentou no Parlamento e na esplanada do mercado. O comércio retraiu gêneros e mercadorias, houve princípio de especulação e mercado negro, contido brutalmente pela Força de Defesa e Guarda, conspícua em toda ilha, sob comando férreo de Hudson.

O FIM DO ANO chegou com duas novidades: um novo governador e um novo comandante da Guarnição Real, este desembarcado com um corpo de fuzileiros da Armada. Vieram em uma nau portentosa, a Caledônia, que não abandonou o arco das Ilhas e passou a rondá-lo sistematicamente.

O novo governador, John Bowes Knox, um sujeito magro, alto e rubicundo, pouco dado a sorrisos e mesuras, conferenciou com Bernard e se compôs com a situação política. Tomou pé das finanças e serviços e assistiu, impassível, a uma sessão da Câmara na qual Stracham e Hudson alçaram vozes estentóreas sobre as ponderações moderadas de Bernard. Com o governador, estava o novo comandante, Coronel Colebrooke. Sua tropa de fuzileiros desfilou pelas ruas até a Câmara e ficou perfilada no pátio da Câmara até o fim da reunião.

De imediato, Hudson e Stracham, suspeitaram da proximidade do governador e do comandante a Bernard. Proclamaram que este havia urdido um acordo traiçoeiro com a Coroa e que tramava revogar as conquistas do povo. Tão logo os soldados se recolheram aos fortes, a Força de Defesa, incitada pela dupla, tomou as ruas. Foi engrossada por coortes da juventude armadas com archotes e paus. Elementos da Guarda da Ilha também aderiram à vigília.

Arrostando o perigo montante das ruas, o Tenente Basil, que estava em folga, esgueirou-se pelos becos e quintais e chegou à nossa casa já com a notícia de que Stracham e Hudson haviam deposto Bernard, cerrado a Câmara e bloqueado a entrada da barra com duas chatas de aterro ligadas por correntes. Bernard e Ellen Ferry estavam sob prisão domiciliar, o sobrado cercado por militantes. A casa do Governador estava guardada, à distância.

A noite foi vencida por agitações, boatos e temores. Pela madrugada [...]

[...] À PRISÃO DE Bernard, partidários dele correram às ruas em ondas furiosas.

Stracham e Hudson entrincheiraram-se na Câmara, cintada de barricadas e forças da Defesa, piquetes da Guarda e brigadas de estudantes e jovens.

Bernard foi libertado pelo populacho sem que houvesse resistência. Com Ellen Ferry e um grupo remanescente e fiel dos Doze Apóstolos, foi arengar para a multidão na Praça do Mercado. Foi-lhe sugerido que instalasse um gabinete em um dos trapiches, de onde contestaria o golpe e comandaria a reação, contando com as forças dos Fortes e o apoio do Governo para reestabelecer a ordem na política e nas ruas.

O Coronel Colebrooke lavou as mãos – ou cruzou os braços – e nenhum soldado foi posto nas ruas. O Governador Knox estava em viagem ao norte da ilha, inspecionando obras de um novo ancoradouro. Bernard resolveu afrontar o golpe com uma demonstração de força civil e seguiu para a Câmara com uma grossa coluna de apoiadores vociferantes, revoltados, mas, provavelmente, desarmados.

Inicialmente não houve confronto, exceção às trocas de desaforos e brados entre as partes. Bernard, Ellen Ferry, Lionel Sedgewick, Henry Modyford e Hugh Clarke exigiram uma reunião com Stracham e Hudson. Após muita discussão, foi-lhes dada entrada, por uma brecha nas barricadas. Bernard foi o último a entrar e, de passagem, foi golpeado gratuitamente com uma coronhada nas costas. À vista disto, a multidão enfureceu-se mais e avançou contra a Guarda.

A partir disso, os relatos são conflitantes. De fato, houve uma fuzilaria que repeliu a multidão e na qual teriam sido mortos Bernard e seus quatro companheiros. Uma dezena de manifestantes tombou na rua. Muitos resultaram feridos, uns poucos da Guarda e da Defesa. É bastante provável que Bernard e seus aliados tenham sido fuzilados no pátio da Câmara, logo após o conflito de rua. A ordem teria partido de Hudson.

Somente à tarde, Colebrooke despachou seus soldados, liberou e guarneceu o porto com reforços, ditou toque de recolher.

No dia seguinte o Governador Knox chegou à cidade, confundido pelos informes incompletos que foi recebendo pelo caminho [...]

[...] FOI CHAMADO MARÇO do Terror. A Guarda da Ilha e a Força de Defesa foram unificadas e iniciou-se uma perseguição generalizada a proprietários, fazendeiros, comerciantes brancos ou não, partidários ostensivos de Bernard e de sua posição moderada.

Um dos trapiches que estava em construção foi transformado em centro de interrogatório e retenção de pessoas, quase tribunal e prisão, pois muitos dos que para ali eram levados sob citação e acusações imprecisas ou simples delações ficavam detidos em condições deploráveis, por tempo indeterminado.

Fomos citados, levados ignominiosamente ao tal trapiche, interrogados sobre nossa relação com Bernard e a criação do Clube da Ação Conjunta, nas premissas da nossa escola, anos atrás. O inquérito – se assim se pudesse denominar aquele vexame – era conduzido por gente jovem, militante jejuna no movimento político, ignorante da formação e da história do seu próprio Partido.

Estávamos para ser detidos no trapiche, quando um os dos militantes, que recordei ter sido aluno de nossa escola, aproximou-se de Emília e lhe arrancou o colar de coral, sob nossos protestos. O moço foi com o colar até a bancada dos chamados "Comissários da Câmara", conferenciou com eles, reservadamente, apontando para nós. Ele voltou e devolveu o colar a Emília, sem olhar para mim ou Agnes. Fomos liberados graças a um amuleto de seita pagã, certamente, mas também pela Providência de nosso Deus, atento àqueles descalabros.

ESTAVAM JÁ OCORRENDO CONFISCOS e mesmo saques no comércio e voavam boatos da invasão de terras e fazendas. Alguns proprietários foram citados e igualmente trazidos à cidade, ficando detidos no trapiche e nos porões da Câmara.

O Governador Knox oficiou o Parlamento sobre estas condutas abusivas. Tanto este ofício, quanto a decretação de inquérito sobre a morte de Bernard e seus partidários, foram solenemente ignorados.

No começo de abril duas escunas que vieram recolher familiares de proprietários, comerciantes e funcionários, foram atacadas por militantes e seriam incendiadas por estes, não fosse a intervenção – rara intervenção, anoto – dos fuzileiros da Armada que guardavam o porto. As famílias não conseguiram embarcar, as escunas se foram.

O tenente Basil aconselhou-nos a sair da cidade. Fechamos a casa e a igreja – a escola já estava sob controle dos "comissários". Ele mesmo, Basil, nos guiou, com dois praças por garantia, até o sítio do nosso velho caseiro, onde nos abrigamos com os trastes que conseguimos empilhar em uma carroça – um dos trastes, sendo, seguramente, eu mesmo e minhas pernas inúteis.

Basil já deveria saber do que estava por vir e manteve seu sigilo de militar. Mas, logo correu a notícia – a ilha é pequena – de que a Caledônia havia desembarcado tropas da Jamaica no norte e que estas se desdobraram pelas fazendas, liberando-as e que, confluentes, desciam para a cidade.

Um dia depois, assomou na costa o perfil da Caledônia. Pelo meio-dia, a nau acercou-se da entrada do porto, entre os fortes.

Apercebendo-se do cerco, Hudson concentrou suas forças na aba do Morro dos Sinos, não longe do Hospital e Sanatório, perto também de paióis disfarçados em armazéns de açúcar e fumo. Tentou formar uma coluna com os "investigados" que guardava no trapiche e no porão da Câmara para conduzi-los, reféns, ao seus quartéis nos Sinos. Uma manobra rápida dos fuzileiros impediu isto. O trapiche foi cercado e tomado. Portão e barricada da Câmara foram pelos ares com um barrilete de pólvora. Os militantes abandonaram o prédio pelos fundos, subiram o morro, foram juntar-se ao resto das forças. Por segurança, as pessoas liberadas foram para o Forte São Jorge, onde se instalaram, hóspedes compulsórios.

A cidade ficou deserta, diziam as testemunhas diretas, aqueles poucos que se guardaram nos porões de suas casas de comércio e que, vez por outra sondavam a situação, espiando pelas gelosias. Tiros esparsos faziam que se recolhessem, tropel de cavalos e correria de gente denunciavam entreveros, ataques e resistência em algumas ruas.

Ao anoitecer, Colebrooke mandou um ultimato a Hudson e Stracham. Exigia deposição de armas, que dissolvessem as "forças revoltosas". A resposta deles foi um ataque insensato ao Fortim das Palmas. Os militantes conseguiram derrubar o portão externo, mas caíram na armadilha de um longo corredor cerrado com grades, onde foram dizimados a tiros. Os feridos e moribundos, cortados a sabre, ali mesmo. Por volta da meia-noite, Colebrooke reiterou o ultimato, mas não teve resposta.

Pela manhã cedinho, as tropas que vieram do interior da ilha tomaram posição em uma dobra do Morro dos Sinos, cobertos pela mata que orlava a estrada do Sanatório, acima dos quartéis de Hudson, e sinalizaram ao forte.

Logo, a Caledônia despejou uma salva contra o sopé do morro, abaixo do grosso das forças de Hudson. O ataque foi inócuo. Então, não se sabe se por erro de indicação do alvo ou por falha na correção da mira, uma segunda salva caiu, devastadora, sobre o Hospital e Sanatório. Uma terceira descarga atingiu os paióis, arrasando-os e pondo fogo na mata, em torno.

As forças acima do morro, acreditando que os quartéis haviam sido batidos pela artilharia, aproveitando o momento, desceram para reduzir a posição de Hudson. Houve reação feroz e uma fuzilaria que se manteve letal até o meio-dia, quando tropas dos dois fortes subiram as ladeiras, tomaram as encostas e, por fim, dominaram o que sobrou dos militantes, estropiados e já praticamente sem munição.

Stracham estava ferido na perna, Hudson muito alterado, mas sem ferimentos.

Um médico, dois enfermeiros e três funcionários morreram no bombardeio do Hospital. Cinco doentes morreram sob os escombros da enfermaria e 15 infelizes pacientes, doentes mentais, alguns trazidos das ilhas vizinhas para o Sanatório, foram soterrados quando uma encosta, aluída pelas bombas, foi abaixo com o alto muro de arrimo daquela ala.

VOLTAMOS PARA NOSSA CASA [...]

Senhor meu pai, toda saúde.

Os fragmentos aqui transcritos foram compilados de papéis do Rev. George McNeil, meu sogro. Certamente, são memórias escritas na ilha e revisadas após o retorno da família à Inglaterra. Estavam guardados em um pequeno baú de recordações e prendas que D. Agnes deu a Emília, após o falecimento do reverendo. Li-as com curiosidade, minha função de soldado permitia apenas uma visão parcial dos eventos descritos. Em Georgetown, deves ter ouvido das agitações na ilha.

Pouco lá permaneci após os últimos sucessos descritos nos trechos. Com efeito, estive com a guarda que custodiou os referidos Stracham e Hudson para o julgamento na Jamaica e que resultou na condenação à morte de Hudson – logo comutada – e de prisão perpétua para Stracham. Este viria a suicidar-se na cela. Soube que a ilha foi pacificada sob o governo de Bowes Knox.

Tomei conhecimento desses fatos já na Inglaterra, aonde fui para contrair núpcias com Emília. Após um período mais breve que o desejado, fui, como já deves ter conhecimento, promovido e designado para a Índia, em Calcutá, onde me encontro, há cinco meses. Sirvo na guarnição que acompanha os trabalhos de estradas que estão sendo abertas e as obras de drenagem no entorno da cidade. Emília não aprecia muito Calcutá, apesar de residirmos na melhor área possível para meu posto, perto das grandes mansões do Bairro Branco. Ela diz temer conflitos entre ingleses e a complicada massa de raças, poderes e credos deste pobre reino dividido. Talvez sejam as atribulações pelas quais passou na ilha, as más recordações, que lhe trazem estes presságios. Conflitos houve e acontecerão, sabemos, por isso nos mantemos alertas a sinais de inquietação e até a pequenos gestos denunciadores de animosidade por parte dos nativos, serviçais inclusive. Emília sente falta da mãe e, se vier a engravidar, como queremos, pedirei minha baixa a meio soldo e voltaremos para a Inglaterra, onde penso em montar negócio de exportação para as Antilhas. Que Deus nos atenda nestes propósitos!

Teu filho, Basil.

Diana

Meu nome é Diana. Esta é a minha praça. Não que ela possa ser vista como uma praça a mim dedicada. Isto é, não pode ser vista, efetivamente. Há o lugar, as pedras, restos de um caramanchão modelado em estuque com vinhas subindo pelas suas colunas. Há arbustos e, a um canto, uma árvore, palmeiras. Melhor dizendo, suas raízes, muito fundas, que vão buscar água insinuando-se entre as lajes aterradas de mármore e arenito. A praça é (era) em elipse e esta forma ocorria porque duas vias empedradas e desencontradas nela topavam e a envolviam, formando este desenho. Uma estrada, não mais larga que uma trilha, vinha do mar e a outra, sinuosa, cortada na colina, a oeste, tinha termo na praça. Ou começo? A bem da verdade, a estrada que subia do mar também não ia muito adiante. Interrompia-se, por falta de serventia ou proibição. Quem por ela viesse, portanto (e quisesse seguir), teria que atravessar a praça e tomar o caminho ascendente da colina, não havendo contorno a esta, senão por dentro de terras possuídas, de mata, não muradas, é certo, mas tacitamente impedidas.

Na praça, por isso mesmo, formou-se um corte diagonal feito pelos passos dos viajantes. Ali, plantas não conseguiam crescer, era como se uma lâmina rasa passasse pela trilha, todas as noites, ceifando o caminho para o tráfego da manhã. Com atenção, esta falha ainda seria visível nos arbustos remanescentes da praça, baixos, mirrados. Dificilmente, porém, alguém notaria isto. Pode chamar mais atenção uma pedra quebrada que foi ângulo de um canteiro ou base de uma coluna. A maioria das pedras soterradas, porém, foi partida em muitos pedaços e a forma original do lajeado perdeu-se no tempo.

O professor Leopoldo Zoëga era sempre convocado pela prefeitura quando afloravam nas obras o que os engenheiros designavam relíquias. Antes, mandavam passar logo o trator, terraplanar, pronto. Depois, vieram as associações de preservação histórica, denúncias nos jornais, exploração política na Câmara. Paravam a obra.

Por sorte, o professor não era um radical, um daqueles que reverenciam extáticos um caco de louça desenterrado por uma topada. Era equilibrado. Olharia o caco por uns instantes e o devolveria à terra: "Ê zó um caquinho de louza englesa...". Seu sotaque alemão não o largava mesmo depois de décadas na terra, depois de anos de aulas e palestras. Estava aposentado da Universidade, mas se tornara, sem querer, autoridade em antiguidades, principalmente as soterradas, espedaçadas, irreconhecíveis, de data imprecisa. Era um arqueólogo? Não. Zoëga era filólogo por formação e doutoramento, mas faltando especialistas na praça, eram a ele e à sua cultura volumosa que recorriam prefeitura, governo ou empreendedores privados. Estes, principalmente, pedindo-lhe laudos de desimportância para quaisquer artefatos encontrados nas valas de alicerces de novos prédios.

Quando ele chegou na sala do arquiteto Epaminondas, já estavam lá dois engenheiros e Tibério, um mestre de obras seu conhecido. Desdobraram uma planta tão grande que ela desbordou o tampo do birô de Epaminondas, caiu para os lados como uma toalha de mesa. Epaminondas foi direto ao assunto:

"Estamos retificando duas estradas que se interceptam na praça Doninha Wanderley, para criar um binário de acesso ao Eixo Sul. Queremos eliminar a praça. É estreita, sem uso, está sufocada em uma área que é mais de serviços que de residências. Um estorvo, na verdade. A área nos serviria como girador e pivotante de tráfego, sem necessidade de construir passagem elevada. Pode baratear o projeto em uns 15%. O diabo é que... o diabo é que na prospecção do terreno, na prospecção, demos com umas pedras e relíquias, o senhor sabe..."

"Ah, foi? De que tipo? ", Zoëga atalhou.

"Do tipo que nos traz problemas, Professor", um dos engenheiros respondeu. "Mostre aqui, seu Tibério, mostre ao professor".

Tibério arrastou um saco para junto do birô. Extraiu umas peças e as colocou sem cerimônia sobre a planta, largando farelo de barro seco e areia sobre o papel. O professor pegou uma das pedras, um meio cubo de pouco menos de palmo, três faces lavradas, o resto quebrado em ângulo, fratura fresca, certamente por golpe de picareta.

"Todas do mesmo local?", Zoëga quis saber.

"E da mesma fundura", completou Tibério.

"Não parecem pedras daqui", considerou, rolando e virando as outras amostras. "Nem são de lastro de navio português ou holandês. São pedras vulcânicas, isso se vê logo, mas de onde vieram, não sei".

"Tem estas outras também", Tibério ajuntou, pondo mais amostras sobre a planta. "Estas estavam mais fundas, mais para o lado norte da praça".

"Bom, estas são mármore e... – Zoëga fez uma pausa de surpresa para si e para o outros... – e esta aqui parece o resto de um nariz... sim, um pedaço de nariz, perfeitamente... sim, um nariz".

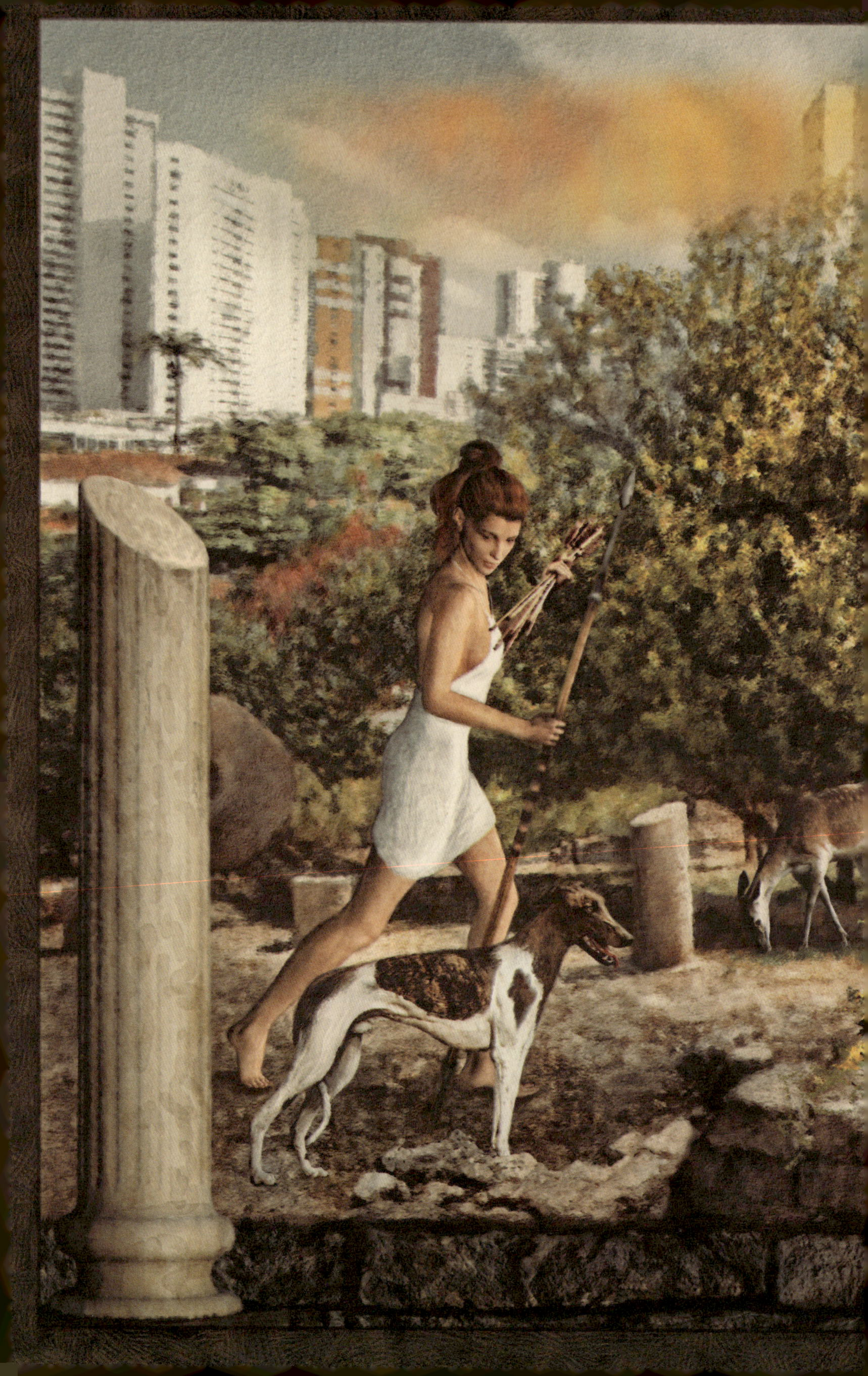

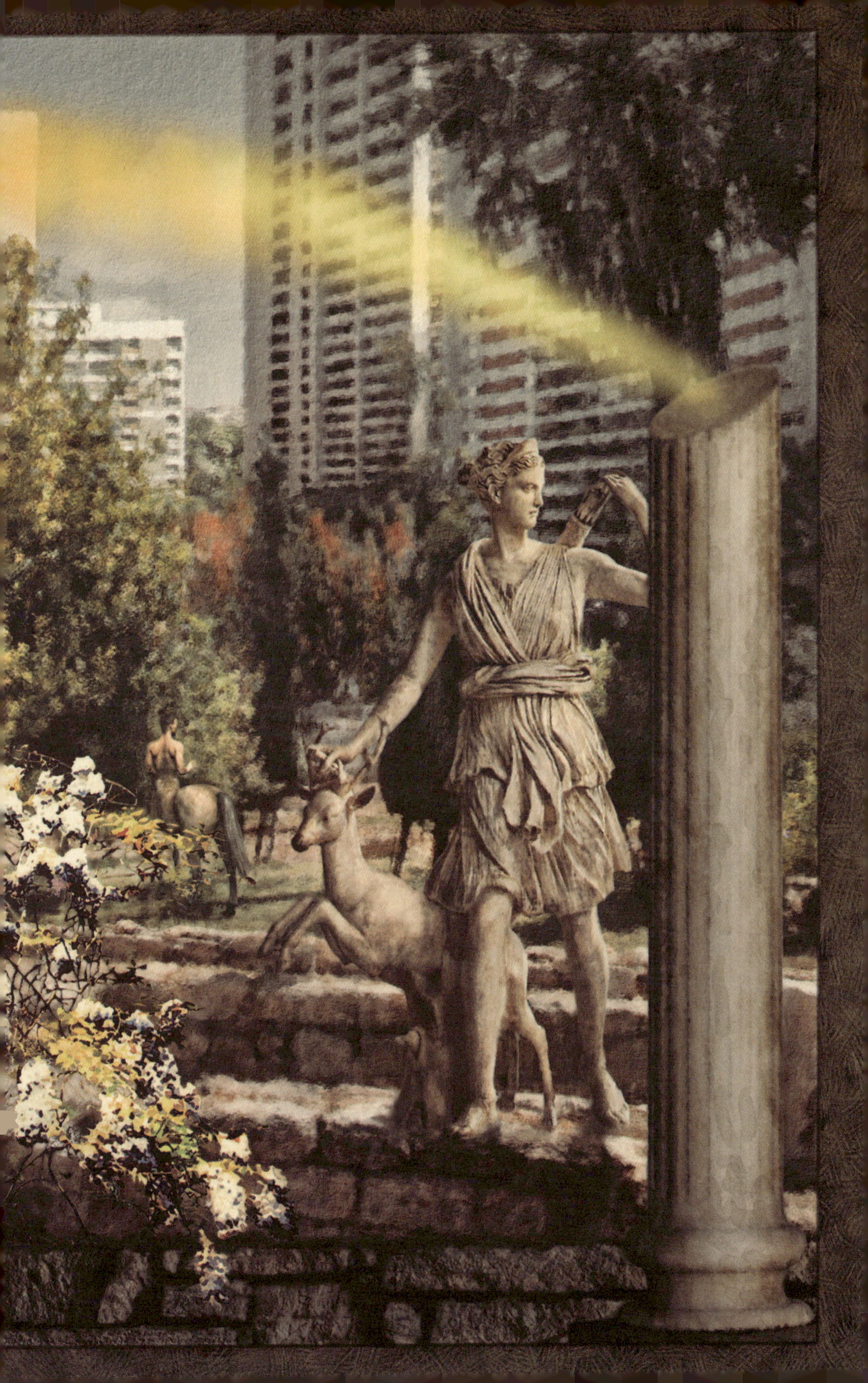

Na Semana Santa de 1869, Hermínia Celestina Wanderley, moça de 22 anos, veio do Engenho Estrela de Prata passar as celebrações religiosas com primas residentes no Poço Real. Veio com uma cria da casa e dois escravos, elas a cavalo, eles a pé puxando dois jumentos com matulões de roupa, gêneros e regalos para os parentes dela.

Não era a primeira vez que Hermínia fazia a viagem. De fato, porque estudara com freiras na cidade, ela seguidamente ia e voltava do engenho, ficando ora nas casas das primas, ora no pensionato dirigido pelas religiosas.

Hermínia Celestina estava noiva de Timóteo d'Alencastro, filho de comerciantes, então na Campanha do Paraguai, no posto de Tenente. O casamento deles estava acertado para o término da guerra ou, se esta se alongasse mais ainda, para a primeira licença que o jovem obtivesse.

Partindo do Engenho, Hermínia e sua pequena tropa atravessaram a Várzea Velha, chegaram ao pontilhão do Córrego da Vaca, ganharam a margem do açude do Nemi e pediram passagem na porteira da chácara de Tibúrcio Nunes. Estavam evitando ter de subir e descer a colina Albana, chegando, assim, mais descansados na praça de troca.

A praça de troca, assim chamada porque ali se trocava de montaria ou se subia para veículo de rodas, ficava no entroncamento de duas estradas de pedra e lajões, uma que vinha do porto, outra que subia a colina Albana, a mesma que Hermínia evitou.

Naquele ponto, a esperava um cabriolé dos seus parentes. A viagem até o Poço foi completada no cabriolé. Isaura, a mais velha das primas, fora buscar Hermínia e as duas fizeram o percurso muito falantes, proseando suas novidades. A criada sentou-se na boleia com o cocheiro e os escravos puxaram os cavalos e os burros, em cortejo.

Tudo correu na santa paz e bom convívio de parentes até o fim da tarde do dia 28 de março, domingo de Páscoa, quando Hermínia desapareceu após a missa na Capela do Divino Salvador, lá mesmo no Poço.

Mercês, a prima mais jovem, foi a última a vê-la, ao chamá-la, para juntas verem as barracas de prendas da pequena quermesse instalada na ladeira da capela. Hermínia disse à prima que fosse na frente, que ela iria logo em seguir, "queria terminar as orações". A prima deixou-a contrita, no genuflexório almofadado perto da porta da pequena sacristia.

Passou-se o tempo e ela não se juntou aos parentes, estes já se agrupando para retornar, a pé, para casa. Mandaram a criada procurá-la na capela e arredores e ela voltou sem notícia. Decidiram os parentes ir para casa, na suposição de que ela para lá havia ido, antes deles, por algum motivo.

Hermínia não estava lá e nenhum dos que ficaram em casa preparando a janta sabia dela, nem mesmo seus escravos que estavam ajudando nestes afazeres e que, logo, iniciaram uma ronda pelos arredores. Em vão.

Escurecia. Ficou tarde. Muito apreensiva, Dona Eponina, tia de Hermínia, instou com o marido, o comendador Paranhos, para que ele fosse à casa do secretário de polícia, coronel Paes Barreto de Lacerda, ali perto, dar-lhe conta do desaparecimento de Hermínia e pedir-lhe auxílio em sua busca. O comendador saiu com escolta e lume e chegou à casa do coronel quando este sentava-se à mesa para o jantar da Páscoa. Compreendendo o coronel a gravidade da situação, despachou um cabo, que lhe estava para serviço, ao destacamento da Boa Vista, requisitando pessoal a cavalo com a mais diligente presteza. Temia o coronel tivesse sido a moça abduzida por algum bando de batuque, comum nas matas incrustadas no Poço e adjacências.

A tropa chegou com tardança, mas logo pôs-se, em grupos fracionados, a varrer os arredores e locais tidos como de ajuntamento de desocupados e desordeiros. Nada lograram, nem mesmo sob exercício da força e ameaça de folha de espada. Ninguém havia visto a moça, juravam.

O desespero e a vigília em angústia tomaram conta da casa do comendador Paranhos, todos, família e serviçais, sobressaltados ao menor ruído à porta do casarão. Polícia, vizinhos, criadagem, todos, entretanto, regressavam das buscas tomados por total desânimo.

E, então, bem cedinho, ao clarear, um tropeiro que parou na praça da troca, para deixar seu animal pastar numa touceira de capim, viu Hermínia tombada em um banco de pedra, quase oculta pela ramagem de uma trepadeira, sob o caramanchão. Aproximou-se e viu que estava pálida, imóvel. Tinha o colo coberto de flores, como uma guirlanda. Chegando-se mais, viu que não eram flores vermelhas o que lá estava. Era sangue. O pescoço fora cortado de lado a lado.

NÃO GOSTO DE SUBIR a colina nem das árvores de lá, finas e débeis. O terreno é barrento, mal ancorado em pedras redondas e feias e o capim, soprado pelo vento do litoral, é salgado. Suas serras riscam a pele, traçam linhas de sangue que atraem mosquitos. Sequer Acteon come deste capim.

Vou caçar sempre na mata ao sul da praça. Ela é úmida – uns filetes d'água limpa correm entre as grossas árvores. Essa água vem do Nemi, o lago escavado no pé da colina Albana, e é fresca porque ensombrada pelas copas das árvores. Dela bebemos juntos eu, Acteon, Sirius e Focion – quando estes três estão em trégua de suas disputas e zangas e resolvem seguir-me nas expedições.

Entramos na mata até chegarmos às margens do Nemi onde a caça é de pequeno porte, mas abundante. A luz guia as setas e sempre é bom o resultado: o farnel volta cheio e variado. Há, também, verdura macia e gorda para o cervo e divertimento e correria garantida para os cães.

Mais adiante, seguindo o contorno do lago, há uma clareira recortada da margem – troncos abatidos apodrecem entre a areia e a água. Ali, oferendas propiciatórias, genesíacas, são deixadas. Algumas já estão meio enterradas, partes obscenas saindo da areia e restos de membros fincados no chão. Entre estas coisas, passeiam caranguejos, alguns deles encarapitando-se nos falos, seus olhos de antenas perscrutando o entorno abominável.

Considero este o meu limite e ponto de retorno. Não me insinuo em territórios malignos. Voltamos e colho frutinhas tenras e cogumelos que estejam à mão pelo caminho da mata. Como alguns e ponho outros nos beiços e dentes de Acteon. Outros, reservo para Agrius.

Pobre Agrius! Sobreviveu, moído pelas pancadas, humilhado no combate com Alcides. Pior sorte teve Elatus, seu primo, morto pela flecha envenenada do mesmo Alcides. O prêmio do vencido, a Vida, porém não consolou Agrius. Envelheceu azedo – não conheci, aliás, outros de sua espécie que tivessem envelhecido – e... ele não sai da praça, come o que pode, ali mesmo. Sua dupla natureza conspira contra sua digestão. Estruma a área de modo tal, que o obrigo a fazer seus despejos no canto mais remoto da praça, entre as urzes e espinheiras. De qualquer modo, é grato pelas frutinhas e cogumelos que lhe dou, o infeliz.

A PREFEITURA HAVIA ISOLADO a praça. Isto chamou a atenção da Sociedade História e Tradição. Pela manhã, chegaram trabalhadores e uma pequena escavadeira. Logo depois que os trabalhadores se agruparam em torno de Tibério para receber suas tarefas, chegou à praça Betânia Patury, militante ativa da entidade. E, um pouco depois disso, o professor Zoëga encostou seu velho carro em uma esquina e veio, atravessando a praça em passos lentos e investigativos, volumoso em roupas largas, frouxas no corpo. Acocorou-se junto a um buraco. Olhou dentro. Quando se levantou, Betânia estava a seu lado:

"Se o chamaram, deve ser importante, Mestre."

"Bom dia, dona Betânia, como está a senhôrra?", ele tirou o chapéu em cumprimento.

"Bem, obrigada e vou estar melhor quando souber o que estão querendo com a pracinha."

"Ah, o de sempre, dona Betânia. Cavam aqui e acolá, querem ter certeza de que não há algum tesouro dos belgas aí por baixo..."

"Acharam algo?"

"Nada dos belgas."

"Mas, acharam algo?"

"Pedras, dona Betânia, muitas pedras..."

"Que tipos de pedras, professor, se não for segredo?"

"Sem segredos, dona Betânia. São pedras antiquíssimas, da idade da Terra."

"Não são, todas?"

"Em tese, dona Betânia, em tese. Mas, se me permite... Posso eu também fazer uma pergunta?"

"Claro, fique à vontade."

"Por que a pracinha tem o nome de Doninha Wanderley?"

"Chamava-se antigamente Sinhazinha Wanderley. Trocaram o sinhazinha, ofensivamente senhorial, por outra tolice. Uma moça rica foi assassinada aqui, de modo misterioso, em um domingo de Páscoa. Isto era um lugar ermo, chamado posto de troca. Ponto de encontro de tropeiros e passagem para quem vinha dos engenhos. O limite entre o Poço Real e o campo e matas. Nunca descobriram o assassino. A moça era muito religiosa... Passou a ser cultuada. Diziam que operava milagres, essas coisas. Isso durou muito tempo até tudo ser esquecido. E as pedras, professor?"

"Ah, as pedras... Provavelmente são de um lajeado antigo e de algum ornamento, uma lasca de mármore..."

"Mármore? Parece importante..."

"Não. Coisa comum... Há mármores e mármores... Pias de banheiro e Vênus de Milo. Posso lhe garantir que os restos da Vênus não estão enterrados aí."

"Folgo em saber, pois a prefeitura logo meteria a escavadeira, sem piedade."

"Nem sempre é assim. Conseguimos recuperar a Cangalha do Diabo. Ficava exatamente em uma encruzilhada."

"Onde deveria ter ficado. Pouco custava ter contornado o sítio. Desmontar, transportar e remontar o conjunto em um pátio de museu que ninguém visita, aliás, saiu muito mais caro."

"Eles não acham. Fazem outros cálculos. Fluxo de tráfego, acesso entre zonas, benefício aos *clusters* de serviços, estas coisas..."

"Sei, sei. Também sou arquiteta... Ou, fui, ao menos. Seja sincero, professor: vão destruir a praça?"

"Creio que não, cara amiga. É mais provável que a reduzam um tanto. Corta aqui, diminui ali, sabe como é..."

(O que segue, ficou, por décadas, no âmbito reservado dos núcleos das famílias Wanderley, Paranhos e Barreto de Lacerda, jamais tendo chegado, inteiramente, ao público em geral ou à letra impressa. Provável é que Dom Fenolosa, Bispo da Diocese, tenha obtido ciência dos fatos e, mesmo, esclarecido alguns detalhes, mas nada parece ter subido ao arcebispado ou a Roma. O que aqui é narrado foi extraído de uma memória pessoal, manuscrita e póstuma de Dona Maria das Mercês Paranhos, prima de Hermínia Celestina).

José Augusto Wanderley e dona Ifigênia, pais de Hermínia, chegaram ao Poço, atônitos e massacrados pelas infaustas notícias. O carinho e conforto dos Paranhos pouco amainava o desespero dos dois. José Augusto somava à tristeza uma perplexidade que se mudava progressivamente em revolta.

Após o enterro de Hermínia, que foi um acontecimento de vulto, popular e ruidoso, os Wanderley e os Paranhos reuniram-se com o Secretário Barreto de Lacerda. Estava este compungido, por nada ter elucidado até o momento, embora parte de seu efetivo e corpo de investigadores estivesse trabalhando no caso, ininterruptamente.

Estas reuniões, tristes e infrutíferas, duraram até a missa de sétimo dia, ocasião em que dona Ifigênia, procurando juntar as coisas da filha, deu por falta da caixinha de joias que havia visto a moça colocar no fundo de uma pequena mala, convenientemente escondida sob as roupas.

Dona Ifigênia indagou à dona Eponina se havia, por cautela, guardado a caixinha. Não, não havia. Nem as meninas Mercês e Isaura sabiam onde poderia estar.

Para maior surpresa, ao procurar pela criada de Hermínia, a mucama Análaia, para a arguir também, dona Ifigênia teve notícia, pelo pessoal da cozinha, que a mocinha havia acordado e se levantado muito cedinho, que todos pensaram que ela estava indisposta e fora preparar alguma mezinha na copa. Não era vista na casa desde então.

Logo, todos pensaram em novo ataque e correram à casa de Barreto de Lacerda para narrar o ocorrido. O desaparecimento, da caixa de joias e da criada, resultou em soma óbvia para a lógica policial. Roubo. Tal suspeita não parecia crível à dona Ifigênia:

"Não é possível. A menina nasceu no engenho, foi criada e educada na casa..."

O Secretário Lacerda acreditava, sim ser possível e cogitava se a criada não teria algo a ver com a morte de Hermínia. Mandou que dois praças montassem e que fossem com um dos escravos dos Wanderley na busca e detenção da criada.

Não foi difícil achá-la. Não só ela conhecia pouco os arredores, como sua figura de negrinha bem vestida e calçada chamou a atenção de moradores e passantes, que deram indicação do seu caminho. Estava em uma entrada da Chácara do Tibúrcio. Foi levada amarrada e chorando, puxada por corda de volta ao Poço, seguida por um cortejo barulhento de meninos e vagabundos.

A caixinha de joias estava com ela, era um mero caso de roubo e tristíssima quebra de confiança, pensaram. Dona Ifigênia derramou sobre uma mesa o conteúdo da caixa, para averiguar se algo faltava. Ao emborcar a caixa, soltou-se do fundo desta uma espécie de forro de veludo e, com ele, um atado de papéis de carta. Dona Ifigênia desatou-o, imaginando que seriam cartas e bilhetes de Timóteo, noivo de Hermínia. Teve, portanto, pudor em abrir os papéis, considerando que eram assuntos dos dois prometidos. Tal reserva, porém, não teve o pai, José Augusto, que tomando os papéis, decidiu-se a os ler.

Para sua surpresa, as cartas não eram da caligrafia de Timóteo e o teor delas escapava à decência e respeito amoroso, características do moço. Também, não estavam assinadas, embora estivessem datadas.

Ao chocante achado e conteúdo das missivas, reagiu José Augusto, mandando, de imediato, chamar Barreto de Lacerda a reunir-se com ele e o Comendador Paranhos, com o fito de raciocinar sobre a vergonhosa ocorrência e o significado no assassinato de Hermínia.

Trancaram-se os três no escritório de Paranhos onde leram a meia dúzia de cartas flagrantemente licenciosas e, desde logo, juraram segredo e sigilo de honra sobre a torpe e escabrosa relação revelada nos papéis.

Por sugestão de Lacerda, foram chamadas à sala as meninas Isaura e Mercês. Elas vieram acompanhadas por donas Eponina e Ifigênia. Inquiridas as mocinhas se tinham conhecimento de oculto e impróprio namoro da prima, afirmaram completo desconhecimento. O secretário Lacerda, então, com sagacidade, usou de um ardil para melhor sondá-las: brandiu o pequeno maço de cartas e, afetando terrível seriedade, disse que de nada adiantaria se ocultassem algo, que os nomes delas estavam citados nas cartas, que seriam cúmplices na morte da prima, caso não revelassem o que sabiam.

A isso, a moça mais velha, Isaura, a prima mais chegada a Hermínia, rompeu em prantos e, abraçando-se desesperada à mãe, revelou:

"O padre! As cartas são dele! Deixava-as lacradas comigo para que as entregasse a Hermínia... Juro que sei nada de namoro. Pensei que fossem preces e conselhos que ele mandava para ela... Ele é confessor no Pensionato das Irmãs do Sagrado Coração, aonde Hermínia ia quando não ficava conosco, no Poço."

Giuseppe Coarelli nasceu em Grottaferrata, um vilarejo ao sul de Roma, hoje engolfado na área metropolitana da capital. Fez seus estudos fundamentais lá mesmo, ali foi coroinha e protegido do pároco, que por ele tinha grande afeto. Foi seminarista em Vescovile di Albano e ordenou-se aos 25 anos.

Foi designado como clérigo assistente à Santíssima Trindade, em Genzano di Roma, uma igreja relativamente nova, onde exerceu as funções de conselheiro da juventude e de professor de catecismo.

Passou a ter o hábito, em seus momentos de folga, de peregrinar por sítios arqueológicos no entorno da província, estendendo estas excursões mais ao norte, até as ruínas do templo de Artemis, àquela época sob intensa prospecção e pesquisa. Tornou-se conhecido dos estudiosos e amadores que ali escavavam. Estes, não raramente, pediam-lhe que fizesse esboços dos achados, pois ele tinha razoável dom para o traçado de observação.

Foi nesta época e com o envolvimento com estas pessoas, que Giuseppe passou a ter um comportamento estranho, inclusive com displicência a seus deveres na paróquia, tendo sido repreendido por relapso e, mesmo, punido pelos seus superiores. Não raro ausentava-se por noites e dias seguidos e comentava-se à boca miúda "que o padre jovem confraternizava com gente de alguma confraria pagã e que participava das libações e rituais deles".

Em uma das ausências, o padre prefeito da Santíssima Trindade ordenou que se fizesse busca em seu quarto. Descobriram-se livros laicos de teor subversivo e ateu e desenhos com caprichos mitológicos, inclusive sacrificiais e lascivos.

Em seu regresso, Giuseppe foi interrogado por um representante da Santa Sé, convocado especialmente para o feito. Ameaçado de suspensão, ele concordou com um retiro de penitência na Igreja de Santa Maria Assunta, em Ariccia. Passados seis meses, Giuseppe pediu a reconsideração de seu caso. Foi-lhe proposto o término do castigo, aceitasse ele missão em terras estrangeiras. Ele concordou, em obediência, e foi designado para o Império do Brazil, na Diocese do Recife, adstrito à Irmandade do Sagrado Coração, devendo confissão humilde e periódica diretamente ao Bispo Dom Francisco Fenolosa.

Giuseppe Coarelli chegou ao Porto do Recife pelo brigue *l'Intrépide* em 1867. Tinha 29 anos.

Professor Zoëga acordou com o pijama empapado de suor. Estivera sonhando a noite inteira e se sentia moído pelas caminhadas durante o sonho. Sabia que não era assim, longos, que os sonhos se processavam. Duravam um instante curto para onde tudo se precipitava, vindo de lugares e recessos díspares dos miolos, procurando formar um sentido qualquer. De todo modo, estava cansado, suado, o calor perdurava e o sonho também insistia em manter-se quase visual, mesmo quando ele se levantou, abriu a janela e olhou o relógio aninhado na estante entre livros: 6h30, meia hora além do horário do despertar habitual.

Quando se desincumbiu da tarefas matinais de banheiro e cozinha e voltou ao quarto-escritório, o sonho ainda estava lá, não tão nítido como no sono, mas ainda insistente. Que era?

Era uma herma bifronte, motivo de disputa entre duas cidadezinhas italianas, nos limites imprecisos das quais fora desenterrada. No sonho, a herma aparecia como um modelo tridimensional que girava no espaço lentamente e, deste modo, um grupo de especialistas entre os quais, naturalmente, o professor Zoëga podia observar as feições alternadas de um jovem e de um homem maduro.

Não era incomum que o professor sonhasse essas situações, sobretudo aquelas evocativas de salas de aula ou conferência, algumas delas sendo grudentas como pesadelos. O diferente, naquele sonho, era a nítida e ensolarada viagem que o grupo de estudiosos fazia ao local do achado da herma, uma escavação na antiga Via Ápia, em tudo parecida com aquela instruída pelo professor para a restauração do arco da Cangalha do Diabo. No sonho, o professor vestia um pesado capote de lã, embora o tempo fosse estival e se acercasse o meio-dia.

Claro, o professor transpirava em bicas e ainda tinha que seguir colegas mais jovens, que galgavam as valas e montículos do sítio como cabritos espevitados.

Em um determinado momento – e disto o professor lembrava com nitidez fotográfica – um deles, um sujeito de óculos redondinhos e nariz aquilino aproximou-se e, a palavra não seria outra, farejou-o muito de perto. Virando-se para o restante do grupo, disse em alta voz fanhosa: "Ele tem a chave. Está no bolso dele".

O professor meteu as mãos nos bolsos do capote, instintivamente. No bolso direito havia algo, não uma chave, mas uma pedra. À luz, a pedra revelou-se como o nariz que os trabalhadores da prefeitura haviam desenterrado na praça.

Zoëga era lido o bastante para decifrar os banais roteiros psicanalíticos dos sonhos, sobretudo aqueles que, recorrentes, se gravam nos idosos. O Jano jovem/velho, o nariz fálico oculto no bolso, as valas, os jovens caprinos, sátiros potenciais, este repertório. A questão era o *Nase*, o nariz, não era o falo.

Resolveu esquecer, dissipar o sonho com mais café, pescar os e-mails, preparar o relatório da praça. Ligou o computador e veio-lhe a curiosidade. Digitou: *erma bifronte Ercole* e, com os diabos, a primeira entrada do buscador foi:

Riportiamo a casa l'Erma bifronte di Ariccia.

Exatamente isto. Uma associação de arqueólogos reclamava para sua cidade uma herma bifronte de Hércules, ali achada e levada embora. E havia fotos. Da cabeça do jovem Hércules, o nariz se fora...

ORDENADAS EM DATAS, as cartas do padre mostravam que o idílio e envolvimento com Hermínia começara um ano e meio antes do terrível desenlace. A última carta, mais propriamente um bilhete, marcava encontro no jardim nos fundos da capela do Divino Salvador, após a missa da tarde.

O padre havia sumido. As irmãs do Sagrado Coração disseram de sua passagem pelo pensionato, onde almoçou. Era domingo de Páscoa e ele havia colhido flores no jardim do pequeno claustro sob o propósito de adornar um altar no Poço.

Em junho, o Tenente Timóteo, recuperando-se de um ferimento do ataque a Ibicuí, chegou ao Recife, sob licença. Foi levado ao túmulo da noiva pelos familiares de Hermínia.

Lá mesmo, ele, José Augusto e Paranhos, juraram não sossegar enquanto não fizessem o padre pagar pelo crime. Em agosto, Timóteo pediu baixa do Exército, a guerra já ia próxima do desfecho. Dedicou-se a investigar o paradeiro do padre Coarelli.

Nenhuma pista havia. Barreto de Lacerda, sobrecarregado com o trabalho de reprimir batuques, valentões arruaceiros e o enxame de ventanistas que assolava a cidade, havia deixado a investigação do caso de Hermínia em segundo plano. Timóteo d'Alencastro com sua família e os Wanderley, entretanto, assediavam-no constantemente. Para atendê-los, Lacerda nomeou um de seus homens, Antônio Saturnino, como agente exclusivo para o caso, instruindo-o, inclusive, a ajudar às famílias em tudo, no esforço para localizar o padre.

Em começos de dezembro, o assassinato de uma moça no vilarejo da Ingazeira, no Sertão, chamou a atenção de Saturnino. A moça foi degolada e havia flores a seus pés. As flores foram arrancadas do mato próximo ao local do crime. O agente discutiu o caso com Timóteo. Decidiram viajar até o local, suspeitando da semelhança do ato criminoso com a morte de Hermínia. Levaram com eles dois homens do Engenho Estrela de Prata.

Em Ingazeira, tiveram conhecimento do desaparecimento de uma outra moça, meio abobada. Ela era moradora de Quitimbu e teria ido a Ingazeira para visitar parentes, nunca tendo chegado ao vilarejo. Um jumento, com um matulão de suas roupas, foi achado vagando em um sítio perdido, longe da aldeia.

Os quatro homens espalharam-se pela região, à procura da jovem ou seu corpo. Nada acharam. Seguiram para São José das Queimadas, onde Saturnino conhecia o capitão da Milícia.

O capitão tinha conhecimento do caso de Hermínia, crime que se tornara famoso e já ganhava contornos religiosos de martírio. Também sabia da morte em Ingazeira e disse que agora suspeitava que uma moça, desconhecida na cidade e que acompanhava um mascate, pudesse ser a desaparecida de Quitimbu, de que eles falavam.

"Roubo de moça, talvez. Não fiz nada porque não havia chegado queixa ainda. Passaram aqui há três, quatro dias e foram embora."

"Como era o mascate?", perguntou Saturnino.

"Sujeito moço, sírio, turco, estrangeiro, enfim. Comeram na bodega de dona Sandra. Foram-se a cavalo, ela na garupa. Ele vendia coisas de armarinho. Linhas, fitas, agulhas, tinha estas coisas nos alforjes. Quis pagar a comida com produtos. Dona Sandra quis dinheiro. Ele pagou. Foi isso."

DOIS DIAS DEPOIS, o capitão chegou animado no sítio dos Arcos, onde os quatro homens estavam hospedados.

"A moça de Quitimbu está lá, na delegacia. Estava andando pela rua, meio aloprada. Era ela mesmo, a que estava com o mascate. Interroguei. Disse que havia fugido com ele sob promessa de casamento. Conheceu-o na estrada, no caminho para Ingazeira. Não entraram na vila. Fizeram a volta para as bandas de Tabira, acamparam no mato. Vieram para cá, ele disse que iriam para a Paraíba, casar lá. Então, anteontem, no meio do mato, ela disse que ele ajoelhou-se na capoeira e rezou numa fala esquisita para a lua cheia. Ela foi olhar de perto e viu que ele estava vestido de batina, de olhos fechados. Ela desatou a correr e teve sorte de chegar no caminho de São José.

CONSEGUIRAM PRENDER O PADRE Giuseppe um dia depois, no caminho de Brejinho. Ele alegou chamar-se Abraão Yousef, ser libanês e mascate, vindo da Província das Minas.

Nos alforjes, levava material de armarinho, facas, uma batina e um breviário com seu nome e data de ordenação.

Levaram-no discretamente, pela noite, até a cadeia de São José das Queimadas. O capitão, concertado com o sigilo do caso, não lavrou ocorrência.

Rasparam a cabeça do padre, cegaram-no com um ferro em brasa deixando-lhe as pupilas leitosas, cortaram sua língua ao meio, bífida, vestiram-no com um timão de estopa e o levaram amarrado, em viagens de etapas sempre noturnas, até uma choupana no Engenho Estrela de Prata. Ali, ficou prisioneiro, em um tronco, até a noite de 23 de agosto de 1871, véspera de São Bartolomeu. Naquela madrugada, Timóteo, José Augusto e o comendador Paranhos, acompanhados por dois escravos, arrastaram um emaciado Giuseppe Coarelli pela mata até a Praça da Troca, subjugaram-no sobre o mesmo banco de pedra em que ele matou Hermínia. Ele esperneava, com poucas forças. Timóteo decapitou-o com golpes de sabre. Os negros esquartejaram o corpo e transportaram os restos em sacos, de volta ao engenho. Lá, cedinho, jogaram os pedaços em uma pocilga, onde porcos e cães fizeram festim da carne e das tripas do padre.

O aparecimento de sangue no banco da praça gerou enorme comoção. À notícia de um prodígio ou evento místico, grande multidão acorreu ao local, tomando o sítio por local de milagre e prova do sacrifício da menina Hermínia.

LEOPOLDO ZOËGA DESCONFIAVA QUE fora traído por um episódio mental, ilusão do tipo *déjà-vu*, percepção subliminar. Provavelmente lera sobre a herma e não a registrara na atenção e na memória. Ou a vira em fotografia. Disso viera o sonho, fabricado de fora para dentro.

Na pior das hipóteses, estaria demenciado pela idade, misturava tempos e espaços.

Abriu a gaveta do birô e lá estavam as amostras que trouxera da prefeitura.

"Muito bem", preparou-se para cogitar defensivamente. "As pedras são vulcânicas, mas de qual vulcão do mundo? Não era costume que viessem de lastro nos navios, mas quem poderia garantir que não? Era possível saber de onde vieram? Sim. Teria a prefeitura interesse ou recursos para mandar pesquisar? Não. Mandaria ele as amostras para a Universidade? Pediriam recursos para estudá-las. Algum oportunista acadêmico montaria um projeto especial de longo termo e viveria disto por alguns anos, fisgando bolsas no Ministério e Fundações, viajando por conta."

Lançou as pedras para o fundo da gaveta.

"Durmam".

Sobre o birô estava o nariz de mármore.

"E você, *Nase*?", Leopoldo inquiriu com convicção que ele mesmo pôs-se a responder: "Ora, qual estátua não perde logo o nariz, nos entreveros do tempo? Até parece que as efígies querem livrar-se deles, um sentido a menos para perturbar-lhes a quietude, os olhos com pupilas falsas, apenas escavadas, já nada veem mesmo..."

Girou a peça entre os dedos.

"E, no entanto, a quem você pertenceu? A homem ou mulher, deusa ou deus, alegoria ou retrato? Foi festivo, fúnebre, comemorativo? A Mercúrio, na fachada de algum comércio, a Baco, na intimidade de um lupanar? Que importa agora? Eu sou o senhor do seu destino". Jogou o nariz para dentro da gaveta. Fechou-a. "Sonhe."

PREPAROU CHÁ, BUSCOU UM jarrinho de biscoitos, dispôs tudo sobre o tampo do birô, junto a papel e lápis. Dedicou-se ao rascunho de seu relatório para a Prefeitura.
Começava com:

Tendo estudado os fragmentos de artefatos encontrados nas prospecções da Praça Doninha Wanderley, observei que são de material ordinário e comum encontradiço em outros sítios já pesquisados na cidade, não constituindo espécimes notáveis ou arcaicos, retroativos a datas de interesse e sujeitos a providências arqueológicas imediatas.

E concluía:

Tendo a praça, entretanto, significação de caráter afetivo-cultural para diversos segmentos da população, sou de opinião que a intervenção viária proposta para a área, atenda preservação mínima do espaço arborizado, relocando-se bancos e equipamentos ainda persistentes na praça (pérgola, caramanchão, pequena mureta com nichos ofertórios) para o centro do conjunto. Entendo que a redução da área dará, embora não de forma radical, oportunidade para desafios arquitetônicos e de engenharia perfeitamente aceitáveis para a competente equipe técnica desta prefeitura.

Zoëga calculou, enquanto bebericava o chá, se aquilo atenderia o pragmatismo de Epaminondas e o romantismo de Betânia, mas terminou por despreocupar-se com o conflito entre as posições. Aquilo ainda duraria uma eternidade, arrastar-se-ia por um tempo que iria além do resto de sua vida, duraria o tempo longevo do mistério escondido sob a praça, seria somado aos que ela ainda guardaria por mais séculos.

AGRIUS ESTÁ PASTANDO JUNTO ao banco onde a moça e o sacerdote foram sacrificados. Para mim é que não foi feita aquela ara de pedra pobre e mal lavrada. Talvez maus espíritos, aqueles que semeavam votos a Príapo nas margens da lagoa a tenham plantado ali, antes que eu aqui chegasse e do sítio tomasse posse, com minha pequena corte.

Acteon era então um jovem cervo, tinha o olhar ainda humano, mas já perdera a malícia da visão. Via-me, mas não minha nudez. Voltava-me os olhos como uma criança que tudo descobre, mas a nada dá sentido completo. Agora, cresceu. Quer acompanhar-me com uma proximidade que aguça ciúmes em Focion e Sirius.

Lanço uma seta perto de Agrius, o bastante para assustá-lo, apenas. Ele sabe que é um jogo, empina-se, tenta ser galante apesar de alquebrado. Sorrio. Ele negaceia entre os arbustos e ri também, com enormes dentes estragados. Lanço-lhe outra flecha, mais perto. Ele corre em um galope desajeitado.

Anoitece cedo nos tempos de chuva e, no escuro, dentro e além da mata, soam tambores africanos. Vultos fugazes e luminosos se esgueiram entre as árvores.

Deveria eu ter medo?

Quinta do Monteiro

Deixam dos sete Céus o regimento,
Que do poder mais alto lhe foi dado,
Alto poder, que só co'o pensamento
Governa o Céu, a Terra e o Mar irado.
                    Camões, Os Lusíadas

Maria Brígida arrependeu-se de ter carregado a mochila com tanta coisa. O peso nas costas e nos quadris aumentava, enquanto ela avançava pela estrada de barro. Era muito cedo, o chão mantinha o encharcado de chuva miúda da noite e do orvalho da manhãzinha. Estava claro, o dia prometia esquentar, ela pensou, o céu tinha ares lavados e a lezíria estava banhada por uma luz otimista. Somente o peso a incomodava.

Levava uma cadeirinha de dobrar, máquina fotográfica com muitas lentes pesadas, marmita com comida, muda de roupa, meias, botas de couro, bloco de desenho e estojo com tintas e pincéis, prancheta, um litro de água, térmica com café, uma bolsa tipo *nécessaire*. Exagerara.

Da primeira vez que fez o caminho, veio com seu orientador, professor Paulo e a mulher dele, dona Nise. Vieram de carro, a passeio, era um domingo, bom para excursão e piquenique. A ideia era aquela, mas depois de rodarem as Quintas, todas elas, voltaram para Vila Franca de Xira para um almoço tardio. Dona Nise já não suportava "ver ruínas", tinha fome e nenhuma vontade de servir repastos campestres, ansiava, também, por um banheiro citadino.

Viram a Quinta do Brasileiro, a do Duque, a Quinta do Carlos e, por fim, o sítio do que restou da Quinta do Monteiro-Mor, o objetivo de Brígida.

Havia já quantidade de estudos sobre estas quintas de recreio, mas a proposta de Maria Brígida era um projeto de restauro da Quinta do Monteiro, associado a um centro para terapia hidroterápica de caráter social, que atendesse aspectos psicológicos.

Professor Paulo acolheu o projeto de Mestrado, achou que se diferenciava da simples cosmética nostálgica de outros estudos, acreditava que a aluna tinha brilho e um entusiasmo que levaria a alguma coisa criativa, enquanto partido arquitetônico. Sabia, embora – era cascudo em frustrações e irresoluções –, que nada de prático resultaria do esforço da moça. Nem Governo, nem empresários, nem mecenas topariam algo traçado assim sem os esquadros e o compasso de uma economia imediata, pragmática. Fosse para um hotel, um parque temático, um cassino... Do modo que estava proposto o trabalho, tudo se encerraria na satisfação dos ciclos e protocolos acadêmicos. As ruínas da Quinta continuariam ruínas mais arruinadas, as leiras de hortaliças servindo-lhes de moldura... Um dia, muito adiante, quem saberia se aquelas pedras e alvenarias eram romanas, mouras, lusitanas? Quem saberia o que foram romanos, mouros ou portugueses?

A cabeça de Maria Brígida era mais desanuviada que a do professor Paulo, nela não pesava tanto o meio século, quase, de restrições, silêncios e pesares, pobreza e conformidade, a nuvem obscura que toldava mais as almas que as Quintas, o Tejo e os Mares. Ela já nascera sob este peso, era seu natural.

Já a mochila, pesava.

Brígida avançou pela várzea, uma fatia plana daquela "terra de pão" em que não via trigo, em que os regatos de outrora foram estrangulados e corriam pelo declive como valas assoreadas. Iam ao Tejo, ausentes de canoa, batel, barcaças.

Esquentava. O solo ia mais seco, ela progredia.

Estava já a avistar o sítio em uma curva da trilha, quando ouviu um ronco de motor, um carro vinha às suas costas. Buzinaram duas, três vezes, ela se afastou para dentro do capim da beira da estrada, o carro passou, balançando.

Era uma caminhoneta de meia-idade, não deu para ver quem ia dentro.

Iam na caminhoneta Antônio Carvão, o motorista, Pedro Gadelha, fotógrafo cinegrafista e Cezar Monteiro, cineasta e chefe da excursão ao sítio do Monteiro-Mor.

Cezar ignorava que a moça na estrada – que, de relance, imaginou fosse peregrina, andarilha a Fátima – tivesse o mesmo destino que eles.

Um seu conhecido lhe havia feito o contato com os advogados dos proprietários da gleba, que, logo, permitiram acesso ao sítio.

(Brígida, por sua vez, portava uma carta obtida com dificuldade, por meio de vários pedidos da Universidade ao Concelho, deste à firma representante dos donos, carta que fez um demorado e tortuoso caminho de volta, indo parar na mochila de Brígida depois de dois meses).

Os expedicionários da caminhoneta e Brígida emparelharam caminho no dia 25 de abril de 1974 e nenhum deles chegou a ver a coluna mecanizada e blindada da Escola Prática de Cavalaria de Santarém que já havia feito, sem deixar rastros, o caminho inverso ao deles, seguindo para Lisboa.

Àquela data, Cezar não era ainda o artista notável em que se transformaria. Tinha 35 anos, havia feito uns filmes que se enquadravam no gosto modernista padrão, coisas que lhe deram algum prestígio cineclubista, que ecoavam as vozes francesas de linguagem autoral, muito dependentes do surrealismo e da colagem visual.

Estava no limiar da invenção de seu personagem-chave, o autorretrato cínico e crítico de um sujeito que envelhece com a história de seu país – o João – um caráter que deve tanto a Eça quanto a Francisco Manuel de Melo ou ao judeu Antônio José, mas que não seria só isto ou aquilo. Tem ele também aquele sentimento que seria o moto embutido na peroração à tropa do Capitão Salgueiro Maia, o homem que nem Brígida nem Cezar viram naquele dia, a caminho de Lisboa: "O ESTADO A QUE CHEGAMOS".

Cezar se via atraído pelo nome, Monteiro – seu sobrenome –, inscrito nas ruínas da propriedade que iam a ver. Sabia-a como majestosa que fora, mais produtiva que simplesmente de recreio, com aqueduto, ancoradouro, boas lavras e criações. Queria que fosse cenário, conteúdo e continente para a gestação daquele que seria o seu João, um senhor de posses e um servo das dúvidas, louco a seu modo peculiar e lógico em suas práticas de sobrevivência, de política de vida. Queria habitar a Quinta com as mulheres do João, as projeções doidas de seus desejos, donas, portanto, de seu destino e incertezas.

Quando apearam da caminhoneta, perceberam que não estavam diante de uma quinta arruinada, uma construção apenas estragada, decaída. Nada havia de fotogenia romântica nas ruínas. O que viram – o que Cezar registrou – foi uma ausência do feito, um estado de rasura como se aqueles restos indicassem o prospecto de uma construção. Ninguém de bom juízo construiria ruínas predeterminadas, por certo, mas o sítio lá estava como um indício convincente disto, uma aparência de lógica latente a pedir que se elevassem paredes sobre alicerces arrasados, se erguessem colunas sobre as pedras cariadas.

Tudo parecia – e este foi o comentário do fotógrafo Gadelha – um jogo de armar, de construir sobre vazios marcados, fechar vãos, traçar cumeeiras, retelhar águas.

Cezar concordou. Deu uma olhada panorâmica no sítio, subindo no capô do carro. Desceu, avançou para dentro das ruínas e dos restos de cantaria e tijolos quebrados, chegou a um roçado bem cuidado, foi à borda de uma cacimba ainda meio guarnecida com as pedras de origem. Havia água no fundo. Ele sentiu o frescor úmido com acento de lodo que vinha do espelho redondo, lá embaixo.

Carvão tocou seu ombro, ele voltou-se. O motorista, com o queixo, indicou a moça parada na estrada, junto à caminhoneta.

Brígida desonerou-se da mochila, olhou os três sujeitos com curiosidade. A ela vinha vindo um homem magro de cara comprida e encovada, com óculos redondos de aro, mais velho no aspecto que no andar, ágil.

Cezar olhou a moça, julgou-a uma jovem nos fim dos 20, pequena, mais para cheia, cabelos grossos cor de trigo escuro, uma boca com mais batom que o necessário, de tom claro – um rosa que parecia aumentar o tamanho da boca. Ela o olhava inquisitiva, talvez. Ele chegou perto:

"Pois não?", ele indagou com um sorriso encardido de tabaco.

[8h30: Uma força da Guarda Nacional Republicana sai do Carmo, enfia-se pela Rua da Madalena. Quer chegar ao Terreiro do Paço, pela Rua da Alfândega. Vem em Land Rovers, querem obstar as tropas da

Escola de Cavalaria. Há grande desigualdade de forças. Os capitães conferenciam. Salgueiro Maia convence o comandante da Guarda a recuar. Quase ao mesmo tempo, um grupo da Polícia de Segurança Pública vem de Santa Apolônia. Também desiste de afrontar a tropa assentada no Terreiro. 9h30: A fragata F-473, Gago Coutinho, chega à frente do Terreiro do Paço e vem com ordens para disparar. Isto não se cumpriria.]

BRÍGIDA ATÉ QUE RESPONDERIA ao homem com outra pergunta:

"Pois, então?", sungando os ombros, o cenho franzido em interrogação maior.

Da estrada, veio uma voz alta e rouca:

"Mas, o que querem?"

A pergunta foi de um sujeito alto e encurvado que vinha empurrando uma bicicleta tão velha e ossuda quanto ele próprio. Tinha a cara curtida e seca, uns olhos cinzentos fundos e ainda mais afundados pelas sobrancelhas grossas. Cezar demorou a responder, tomando o tempo para fixar o homem em um quadro compreensível. Homem da terra, lavrador, foreiro, algo assim. Brígida buscou a carta de apresentação de dentro da mochila. O homem esperava resposta.

Cezar falou primeiro, deu o nome dos proprietários, falou da permissão para visitar o sítio, para tirar fotos. Brígida apresentou sua carta aberta e meio amassada. O homem passou a vista no papel, devolveu-o. Cezar e Brígida, simultaneamente, notaram que ele não sabia ler e que, a ele, papéis timbrados deviam emitir alguma autoridade a que cumpria obedecer.

"Nunca me avisam antes", ele falou, com cara de desgosto. "Estive em Alpriate, não havia nada dito na mercearia, é lá que deixam recados... Mas aquilo lá estava mexido, agitado, hoje..."

"Agitado, como?" Cezar arriscou queimar etapas de aproximação ao homem.

"Deu na rádio que o Exército está nas ruas de Lisboa. Pede que o povo fique em casa."

Cezar estranhou a notícia, Brígida chegou-se para ouvir mais. O homem também queria notícias. Perguntou o que sabiam. Se vinham de Lisboa, saberiam alguma coisa.

"Não", disse Cezar. "Saí de casa cedo, moro afastado."

Brígida não falou. Assumiu que o sujeito dos óculos falava pelo dois.

Cezar retomou a conversa automaticamente, sem muita convicção:

"Não deve ser nada. Exercícios, treinamentos. Exagera-se tudo, pela rádio. E o senhor, o que faz o senhor?"

"Eu? Sou o morador da Quinta. Tomo conta da terra. Planto um pouco... Já viram a horta? Aqui a terra é muito boa. A melhor desta ribeira, melhor mesmo que para as baixadas de Vialonga e Alhandra. Venham. Eu mostro. Fiz um telheiro encostado naquela parede grande. Vivo só. Já não tenho mulher, os filhos se foram. Tenho um na Marinha, outro está no Norte ou na Espanha, não sei. Não me queixo, a vida é deles... Sempre vem gente aqui. Tiram retratos, medem. Deixam sempre um dinheirinho para mim. Entendam, não estou pedindo nada..."

Carvão e Gadelha estavam puxando petrechos da caminhoneta, forravam o chão com uma lona plástica. Brígida deixou a mochila com eles. Desceu com Cezar e o morador para dentro das ruínas.

Eles andaram com o homem.

"Aquelas colunas quebradas, diz-se que eram as pilastras de um aguadeiro e lá abaixo, onde há um resto de lajeado, era um ancoradouro. O rio está entupido e estreito, mas, antigamente, traziam e levavam mercadorias para Lisboa, de barco por este mesmo rio, o Trancão, que vai dar no Tejo, mas que virou um rego cheio de areia e caniços", o velho narrou, mudando-se de lavrador a cicerone.

Brígida ouviu com paciência o que já sabia. Cezar escutou com algum tipo de deferência distraída, olhando coisas que não estavam visíveis no caminho, calculando como poderia encaixar aquelas ruínas em um cenário evocativo, onde assentaria seus personagens, onde faria prevalecer uma realidade construída.

O morador, enfim, largou-os:

"Fiquem os senhores à vontade. Tenho que ir a Unhos buscar umas roupas e calçados que me prometeram. Volto pela tardinha."

Cezar acompanhou o homem até a bicicleta, enfiou-lhe algum dinheiro na mão calejada, viu-o pedalar estradinha acima, um agregado de ossos e mecânica desconjuntados. Voltou para perto de Brígida:

"E então?"

Brígida estendeu-lhe a carta da Universidade.

"Isto", foi só o que disse.

[9h35: Vêm do Corpo Santo quatro carros de combate sob o comando do brigadeiro Junqueira dos Reis. Dois dos carros se metem pela Ribeira das Naus e dois entram pela rua do Arsenal, ladeando o Terreiro. Fogem vários ministros por um buraco feito na parede dos fundos do Ministério do Exército. Protegidos por um dos tanques, eles se refugiam no Regimento de Lanceiros. Salgueiro Maia põe seus efetivos em defensiva.]

Cezar pouco considerou a coincidência da visita dos dois ao sítio. Olhou a carta, devolveu-a com um sorriso educado. Para Brígida, o desconforto passou quando soube que o homem fazia cinema, não era concorrente acadêmico, era artista autônomo – um tanto aloucado –, ela percebeu, notando-o articulado, contudo.

Ele descreveu com uns gestos largos e messiânicos o que pretendia da Quinta: cenário e repositório, reconstrução fantasiosa do feudo de um sujeito memorioso, herdeiro das terras e do solar, ali vivendo, antes do Estado Novo, com sua mulher – uma prima segunda – e outras três mulheres de diversa origem que recolheu mundo afora. Estava escrevendo a história aos poucos, ia a sítios para pegar a atmosfera da coisa. Havia substância de real biografia, um tio dele que fez fortuna em Moçambique, outras coisas que ia inventando ao sabor da História e da Política, alusões livrescas (gostava de ler, ele confessou a uma Brígida que fingia interesse), também eventos menores, paroquianos, que tinham características universais.

"As terras lusitanas todas em uma caixinha de fósforos. Alguém abre, as terras e as gentes se expandem sem medidas, um enorme Portugal, dentro e fora da paisagem, não sabes?", ele discursou.

Voltaram para a beira da estrada, onde Carvão e Gadelha armavam tripé e câmera para umas tomadas. Brígida sacou a própria máquina, foi procurar os ângulos que lhe interessavam: a volumetria das paredes, a perspectiva do aqueduto fantasma, um arco em pedra ao qual faltava uma banda, a serra longínqua, azulada, em contraponto às terras cultivadas do entorno.

De esguelha, ela via que Cezar comandava tomadas. Mudava a câmera, refazia um quadro, trocava a angular. Teve a impressão de que ele a punha em cena. Quando saiu de trás de um muro, viu que Cezar ajustara a câmera de modo a que a seguisse.

Ela foi a ele com cara de decidida seriedade. Confrontou-o:

"Que estás a fazer? Não permito..."

Ele tirou o olho do visor. Os óculos redondos na testa, ria, divertido.

"Não há graça... não permito", ela insistiu.

"Não se apoquente. Não é nada, quer dizer, pode ser algo... Veio-me uma ideia.", ele disse e, com uns ademanes desajeitados, levou-a para longe dos outros dois, desceu com ela para o meio das ruínas.

"Veio-me uma ideia..."

[Em redor das 10h: Fernando Sottomaior, um alferes, desobedece Junqueira dos Reis e diz que não faz fogo contra a tropa de Salgueiro

Maia. É preso. Junqueira ordena que o cabo Alves Costa faça os disparos. Este hesita. Junqueira ameaça com dar-lhe um tiro na cabeça. O cabo enfia-se no tanque e tranca a portinhola. De lá não sai mais. O brigadeiro vai aos outros tanques na Rua do Arsenal. Ali, os cabos artilheiros também se recusam a abrir fogo.]

Caminharam até perto do poço. Cezar acendeu mais um cigarro – Brígida anotou que pouco o vira sem um cigarro no bico ou entre os dedos –, o sol estava esquentando os canteiros, a terra fumava também, desprendia um vapor tênue que pairava sobre as verduras. Ele falou:

"Veja, li em tua carta que tens este projeto de transformar o sítio em um sanatório..."

"Centro de terapia", ela atalhou. "Não é hospital psiquiátrico..."

"Bem sei, exagerei no nome, desculpe. Terapia, seja. Mas daí que eu imaginei... quero dizer, o fato de haver coincidência em nossas visitas... eu para fazer um filme, tu para a restauração e o sanat..., digo, o centro de terapia, a coincidência destes dois propósitos, pode resultar em uma coisa nova... Tanto para mim e, se tu me permites, para ti também."

"Não me digas... E que coisa seria esta?"

"Ora, pois. Te tomo como um personagem para meu filme."

"Como é? Personagem, como?"

Cezar não se desviou, seguiu falando, sem muito olhar para uma Brígida que oscilava entre a seriedade àquele tipo de intromissão intempestiva e a vontade de rir: o homem seria doido mesmo, pensava.

"Claro que não serias a atriz", ele seguiu sem pausa para nova intervenção de Brígida. Temos que pôr no papel alguém que faça o tipo fílmico, uma espécie de interventora, uma coisa mitológica, não sei... Uma entidade que controla os espaços, muda-os a seu desejo... Talvez, não. Deixe-me ver. Talvez ela possa estar em conluio com..."

"Espere, espere", Brígida cortou-o. "Não me parece que tenha interesse nisso, desculpe-me."

Ela largou-o ali, queria continuar suas fotos, tomar medidas... Cezar seguiu-lhe os calcanhares.

"Não, não, expressei-me mal. O que quis dizer é que incorporaria teu projeto ao tema do filme. Você construiria o cenário... um centro de terapia, pois então. Seu personagem transformaria o local de uma quinta atávica, historicamente sentimental, em algo novo, um local de redenção... Vamos dizer, de cura, pois não?"

Brígida seguiu, mas refreou as passadas. Cezar a alcançou.

"Quero que entendas. Estou propondo um trabalho: farias a direção de arte do filme, principalmente para a transformação deste local em teu projeto. Ao mesmo tempo, ponho esta ação como um ingrediente do tema do filme, percebes?"

Brígida voltou-se. Cezar acendeu mais um cigarro, enquanto olhava para ela, focando-a no rosto mais demoradamente. Esperava uma resposta.

"Estás a me propor um trabalho? É pago? Não tenho tempo para brincadeiras", ela falou com um tom de ironia.

"Ora, claro que é pago. Não muito, mas é pago, por certo. Além do mais, tornarias teu projeto em algo concreto..."

"Concreto, como? Vais do cinema a empreendimentos de engenharia?", ela subiu o tom irônico.

Ele tragou forte e assoprou uma fumaça volumosa, quase como para inscrever suas falas ali, em um balão de quadrinhos.

"Farias alguns *sets* bem realistas, em estúdio. Para o sítio restaurado e apropriado ao tal centro de terapia, faríamos uma maquete em escala razoável para filmagem e efeitos especiais. Tudo seguiria teu projeto, a graça é esta."

"Graça?"

"Sim, graça. Bens sabes que projetos como o teu não vingam na cabeça do governo nem nas contas dos financistas. No filme ele se realizaria e, quem sabe, motivaria alguém a tomá-lo com interesse prático."

"É mesmo pago?" Brígida deixou a ironia em suspenso, pensou que uma remuneração bem que ajudaria e a ideia de uma maquete a estava seduzindo, podia quase vê-la saindo do papel, sendo mostrada ao professor Paulo, à banca de examinadores. Quem sabe, exibiria trechos do filme para ilustrar a tese."

"Sim, é pago", ele disse. "Tudo é pago neste mundo de Deus", Cezar puxou a frase de dentro do cansaço e do fôlego rouco.

[Pelas 11h: Junqueira Alves, desmoralizado, abandona os carros de combate e avisa ao Comando: "Que venha alguém para tomar conta disto." Salgueiro Maia, da Pontinha, ordena a marcha sobre o Quartel do Carmo, onde se refugiam Marcelo Caetano e outros próceres. A coluna mecanizada sobe pela Rua Augusta e Rossio, na direção do Carmo. Uma multidão começa a juntar-se às tropas. Aderem ao Movimento, o 7º de Cavalaria, o 2º de Lanceiros e o 1º de Infantaria. Marcham contra a Legião Portuguesa, na Penha de França.]

Enquanto Brígida, sentada em uma ruma de tijolos antigos, pôs-se a refletir sobre a surpresa da proposta para entrar nas lides cinematográficas, Cezar ia enchendo o sítio com fios de fumo e comandos aos escudeiros. Gadelha e Carvão iam pacientemente relocando a câmera, fazendo *takes* curtos de ângulos e detalhes da quinta.

Para Cezar a aparição da nova ideia (tão comum era que tivesse estes surtos de invenção), a intromissão de um personagem novo, um acidente provocador, tudo movia as engrenagens do filme virtual que rodava em sua mente.

Considerava seu processo como coisa visual, os entrechos e personagens nasciam desta coerção óptica, muitas vezes um diálogo já fixo no *script*, tomava nova fórmula, a depender de mudança de locação ou enquadramento. Levava a equipe ao aborrecimento – alguns membros se demitiam com impropérios, mas, que jeito, não saberia trabalhar de outra maneira.

Naquele momento, pensava em alterar o tempo do seu personagem, o tio – "João", o homem rico do Moçambique: iria fazê-lo viver duas vidas. O aloprado da Quinta, com suas quatro mulheres, seus monólogos idiossincráticos, sua remissão histórica. E um outro sujeito, o mesmo João, embora, que, em um tempo futuro, regresse com a Arquiteta, a restauração da Quinta, sua remodelação em um tipo de *resort* terapêutico habitado por pacientes que sofrem as dores da Pátria e do Estado, por gente que perdeu a vida própria por essas e outras mazelas.

Haveria no filme um Portugal duplo, dois mapas históricos e temáticos que se sobrepunham, ou melhor pensava, que se devoravam, que se alimentavam – Oroboros – de si mesmos. Por onde começar? Pelas ruínas que ressurgiriam, salvas, ou pelo Sanatório (a palavra não o largava) que se autodepredava, se decompunha sob o peso da própria tarefa? Não sabia. Dependeria do que filmassem, do que a arquiteta desenhasse, do que viesse a conceber a partir do jogo de armar dos destroços.

Andou para bem longe da quinta, atravessando os campos lavrados das propriedades vizinhas. Pouca elevação havia, era como se as terras tivessem sido aradas por milênios até que morros e colinas foram desbastados, arrasados para plantio, pasto. As serras ficavam longe. Ele pensou em quão diferentes eram as gentes das planícies e as dos montes, de trás os montes, também, naturalmente. Veio-lhe um Jacinto, de Eça, seduzido pelo rústico, tomado pela ascese rural, pacífica, lenta. Aguentaria Cezar aquela vida? E, se em uma sequela de *A Cidade e as Serras*, Jacinto, traindo o autor, revogasse a decisão da felicidade fácil e idílica, voltasse à neurose civilizada de Paris, mandasse às favas um final feliz? Cezar não queria voltar para Paris, queria viver em um Portugal em que o queijo da Serra da Estrela não fosse a única forma de arte.

Semelhante ao queijo, estava azedo? Amargo? Sabia apenas que o filme se estava engendrando, que ele, Cezar Monteiro, estava sitiando um conceito, estava próximo a derrubar a ditadura de sua estética acomodada, perto de começar uma carreira imprecisa, uma aventura para além das revistas de crítica, das láureas de festivais juvenis.

Para corroborar estes sentimentos, pisoteou uma fileira de brotos que se insinuava para fora da terra, desfez o canteiro sob a sola dos sapatos, vitorioso e maligno. Acendeu mais um cigarro. Tragou-o com volúpia. Voltou à quinta.

[Meio-dia. No Rossio, uma tropa de atiradores do 1º de Infantaria da Amadora tenta conter a progressão da coluna da Escola Prática de Cavalaria. Uma intervenção de Salgueiro Maia, em diálogo com o comandante, resulta na adesão daquela tropa ao Movimento. A coluna sobe o Chiado, pelo Carmo. Aumenta a multidão que acompanha a coluna. O Quartel do Carmo é cercado. Vem a ordem para que Salgueiro Maia derrube os portões do quartel com a arremetida de um tanque ou que metralhe o prédio para vencer qualquer resistência. O objetivo é a rendição de Marcelo Caetano. A população distribui comida e cigarros aos sitiantes.]

Carvão e Gadelha extraíram da caminhoneta uma mesinha de pés dobráveis, armaram-na na pouca sombra de um dos muros abatidos, forraram, trouxeram comida, vinho. Uma caixa plástica veio com cerveja metida em gelo. Bateram palmas para chamar Cezar e Brígida que vagavam pelo sítio: "Almoço!", anunciaram. Os dois vieram juntos, proseando.

Brígida pegou seu farnel de dentro da mochila, levou-o em contribuição ao almoço. Coisa modesta – pão com queijo, umas frutas banais, biscoitos... Sentiu-se envergonhada. A mesinha dos homens era pródiga em presunto, queijo, pães, sardinhas, um assado envolto em alumínio, um vidro com picles... Comeriam tudo aquilo?

Ofereceram-lhe vinho ou cerveja em copos de papel. Ela escolheu o vinho, ia começar a comer seu sanduíche, quando Gadelha lhe impôs um prato plástico transbordando de viandas e fatias de queijo. Por cima, vieram duas fatias grossas de pão. Pensou que não daria conta, mas surpreendeu-se a comer tudo, com apetite. Repetiu o copo de vinho.

Cezar comeu pouco, bebeu o vinho com alguma pressa, tinha vontade de fumar. Enquanto os outros comiam – Gadelha e Carvão dizimavam a mesa e as bebidas, Brígida atacava seu prato com disciplina – ele andou pelo sítio, cigarro nos beiços, os óculos na testa, as mãos nos quartos, quase o senhor das terras, em inspeção.

"Por onde começaria?", ele remoeu. A vontade era começar por Moçambique, dar uma origem à fortuna e ao tresvario de João, seu retorno à Portugal com as mulheres que arrebanhou... Sua posse, por herança, da Quinta do Monteiro, propriedade herdada também, em dotação cruzada, pela mulher, sua prima.

Como estabelecido e firmado, havia já este conceito: João voltava. Abandonava a província no Ultramar, refluía à terra de onde partiu, jovem, sadio, funcional. Retornava como um barco prenhe de riquezas e prendas, mas avariado, roído no casco, o velame roto, um sextante descalibrado e um capitão, ele mesmo, João, à deriva, topando a boca do Tejo, como por acaso, ou por desejo dos Deuses.

Esta equação tinha um vício de prosaísmo. Supunha um João hígido na partida, um jovem rasgado na alma pelas tormentas da aventura. Ele, Cezar, desconfiava (sim, ele sentia quando um personagem tomava o controle do roteiro); ele, Cezar, estava tentado a acreditar que João sempre fora doido, que sua partida não fora um arroubo de juventude, mas um impulso para se livrar do manicômio doméstico, uma fuga, mais que uma decisão serena, porém uma fuga que teve por bagagem todos os diabos e venenos que habitavam o fugido. Voltava mais doido, mas sempre o fora.

CEZAR VIU QUE BRÍGIDA já dera conta do almoço, vinha até ele. Ofereceu-lhe um cigarro que ela aceitou – ela fumava um pouco, depois de comer. Ele tirou fogo de um isqueiro com a mão em concha, ela baforou de lado, sentindo-se corar, o fumo era forte. Francês? Marroquino?

Depois de comer, ela se sentia tomada de confiança para falar mais que responder, apenas.

"É curioso como tudo está deserto, não há vivalma, nem bicho, boi, cavalo, cachorro. Parece mais um mapa que uma paisagem de verdade, não é?"

Ele assentiu, distraído, olhando longe. Ela ajuntou:

"No meu trabalho, na minha tese, cito um autor norueguês, Shulz, que fala no Espírito do Lugar. Um lugar tem sempre um espírito próprio que determina seu caráter e pertencimentos. Os que vivem nos lugares adquirem o que o lugar lhes dá, tomam a própria essência dele, tornam-se matéria do próprio lugar."

Brígida percebeu que ele havia concordado, tácito, com sua fala, mas não pareceu tocado por ela. Ela insistiu:

"Este lugar aqui, arruinado, deserto, por exemplo. Seria, em contraposição, um não lugar. Um não lugar... Na tese, eu cito outro autor, um francês, o professor Augé. Ele escreve que um não lugar é um espetáculo dos outros sem os outros, só o espaço constituído em espetáculo."

Cezar acordou um pouco de sua contemplação da serra longínqua, sua vista retrocedeu por sobre os campos, veio dar no muro derrubado que corria paralelo ao não aqueduto, varreu o chão barrento aos pés de Brígida, correu-lhe o corpo, chegou ao rosto dela, justo quando ela pronunciava o final de "espetáculo".

"Deve ser isto mesmo", ele concordou, desviando a vista de volta à serra.

Brígida se sentiu pedante, vexada. Deu uma tragada no cigarro, veio-lhe um enjoo forte. Livrou-se da guimba.

[13h: O brigadeiro Junqueira volta ao ataque. Vem com um carro de combate, efetivos da Guarda Nacional Republicana, um magote da Polícia de Choque e uma companhia do 1º de Infantaria. Tenta envolver a posição de Salgueiro Maia, no Carmo. Um helicóptero armado sobrevoa o Largo do Carmo. Por um megafone, Salgueiro ultima os sitiados a se renderem até as 14h. Outro grupo da infantaria de Junqueira passa, com armas em bandoleira, ao largo das tropas de Salgueiro.]

MARIA BRÍGIDA ARMOU SUA cadeirinha perto do poço, começou a tirar esboços das ruínas, a lápis e toques de aquarela. Gostava mais de desenhos que de fotos. Fazia fotos sem graça, não sabia explorar os truques de luz e sombra, efeitos de drama. As imagens saíam planas. Achatadas seria palavra melhor para definir a sensaboria delas. Não era artista, sabia, mas as aquarelas lhe davam algum entusiasmo, as lavadas sobre os traçados de arquiteta racional e contida tinham algum tipo de licença poética, algo somente venial, uma transgressão perdoável.

Na caminhoneta, Gadelha e Carvão, depois de terem guardado petrechos e restos do almoço, bebiam do gargalo as duas últimas cervejas e tentavam consertar o rádio do carro, estripando fios quebradiços e raspando contatos. A peça estava completamente defunta, sem luzes ou chiados, não dava a mínima faísca. No banco de trás, esticado de través, Cezar escrevia em um caderno de capa dura e fumava, envolto em uma cápsula de *fog* espesso.

Brígida viu ao longe, para além dos roçados vizinhos, que alguém tangia uma vaca. Foi uma aparição animada que pouco durou, ocultada pelos muros da quinta. O ar aquecia-se. Sobre as plantações, tremia a cintilação dos últimos vapores guardados na terra. Ela não saberia captar aquilo nem com fotos nem com tintas. Era uma transiência, uma passagem física de estados que não pertencia a um mundo seguro, confortável ao entendimento. Era um daqueles fenômenos talvez eternos, cíclicos, presentes na erosão das terras, na formação das ruínas, na geologia mais subterrânea, nos planetas invisíveis.

Ela estava movida a aceitar o trabalho proposto por Cezar. Era uma novidade, uma tarefa com resultados físicos. Não estava acostumada a este tipo de demanda. A prancheta e as teorias lhe eram cômodas. Maquetes, *sets*, o artesanato daquilo, tudo era um mundo obreiro, rude, talvez. Estava curiosa, porém. Olhou o desenho que fazia. Um hachurado de campos lavrados, com um trato de pedras no primeiro plano. Pegou um pincel largo que nunca havia usado e lançou no céu uma aguada audaciosa de azul. Olhou o papel na distância do braço. Não estava certa se havia logrado algo ou se estragara o desenho. Deu a sessão por encerrada.

Cezar saiu da caminhoneta como uma entidade grotesca saída da névoa. A fumaça seguiu-o por um tempo, fluindo da porta aberta do carro, evolou ao ar quente. Restaram Cezar e seu caderno.

Ele não deixou Brígida arrumar as coisas na mochila. Tomou-a por plateia única, tocou-a, com mesuras, para a porta aberta da caminhoneta, fez com que ela se acomodasse no banco, com pernas para fora, os pés quase tocando o chão da estrada. Afastou-se, abriu o caderno como se fosse fazer uma proclamação, fosse ler um édito real.

"Ouça isto", ele disse e, franzindo a testa, fez os óculos se encavalarem certeiramente no pau do nariz, como se tivessem sido amestrados para tanto.

[15h: Chega ordem de Otelo Saraiva para que Salgueiro Maia reitere o ultimato feito aos sitiados e que, de imediato, rebente os portões do quartel à metralha para "que eles saibam que a coisa é a sério!" Salgueiro dá 10 minutos para que os ocupantes se rendam. Manda o tenente Santos Silva disparar uma rajada de metralhadora da torre da Chaimite Bula contra o quartel. Após isto, abre-se o portão e dele sai o major Velasco para se entender com Salgueiro Maia. 16h: o coronel Abrantes da Silva entra no quartel para dialogar com os sitiados.]

Cezar começou a ler.

"Muito cedinho. Escadarias majestosas, duplas, da Quinta. Um galo canta. Entra Vanessa. Traz, no regaço da roupa de dormir, um peixe que não percebemos vivo, morto ou se é um simulacro. Ela trauteia uma ária:

Gin a body meet a body
Comin thro' the rye,
Gin a body kiss a body,
Need a body cry?

Ela atira o peixe para dentro da fonte, ao pé da escadaria. Um remoinho das águas, com reflexos de azulejos da parede de fundo, dá transição para as águas do Tejo e daí para uma longa, muito longa tomada de mares bravios, nos quais se alternam dia e noite. Escurece, enfim.

Quando clareia, a cena é a maré baixa, os bancos de areia da costa de Beira. A voz de Vanessa persiste:

Gin a body meet a body,
Comin' frae the well,
Gin a body kiss a ...

Ruídos de passos calam a cantoria. Volta-se ao plano da escadaria. Dona Inês, subindo os degraus:

'Silêncio, ele dorme. Faz uma semana que não dorme direito.'

Ela sobe a escada (a câmera deve seguir a longa cauda do vestido ascendendo os lances. O panejamento, em dobras animadas, vai replicando a geometria dos degraus, como uma serpente anfractuosa).

A subida é lenta. No topo da escada, estão Georgette e Savitri, as outras duas 'esposas' de João. Despertaram há pouco. Estão estremunhadas e semivestidas.

Georgette começa a descer os degraus do lance oposto a Inês, em movimento simétrico a esta.

A cena congela-se, como uma estampa. Corte para o quarto de João. Ele dorme em uma cama de dossel. Os lençóis e as cobertas denunciam um sono revolto, simulam ondas de mares agitados. A cena é escura, cortinas vedam as janelas, o ambiente é um aquário. O peixe que foi atirado ao tanque, agora flutua e nada neste quarto, sobre o sono de João.

Um burburinho de falas vem de fora...

Há um pátio de fazenda. Ainda não decidi como vou inserir isto, mas..."

A LEITURA DE CEZAR foi interrompida com a volta do morador e sua bicicleta. Vinha suado, andara pedalando com pressa. Encostou a bicicleta em um toco de tronco, na beira da estrada, mas a máquina escorregou, arriou, como se também viesse cansada. Ele deixou-a lá.

"Venho de Unhos e passei por São João da Talha, aonde fui visitar um primo meu. Aquilo lá está um desgoverno, com o povo nas ruas, o comércio de portas arriadas. Deram com assaltar a delegacia e o posto de Fazenda, pegada a uma casa do Concelho. A polícia anda como barata tonta... As notícias de Lisboa são de que o governo está cercado no Carmo, cai não cai, há muita tropa na rua e está a se temer que um tiroteio comece."

Os expedicionários da Quinta se entreolharam. Cezar pôs a cabeça em retrospecto dos fatos da política, mas não conseguiu fechar o teorema da presença de militares a tal expoente. A ponto de tiroteio? O homem aumentava as coisas? Ele parecia convincente:

"Digo que os senhores deviam de voltar para casa agora, antes que as estradas sejam fechadas e vosmecês tenham que permanecer aqui, ou, então, ter que dormir em alguma vila, aqui perto, se é que vão encontrar abrigo ou pousada que queira receber gente, de surpresa. Eu, de minha parte, vou me trancar, daqui não vou sair mais, até que tudo se aquiete", disse, indo recolher a bicicleta.

[16h25: Elementos da Polícia Internacional e de Defesa do Estado, a PIDE, de sua sede na Rua Antônio Maria Cardoso, disparam sobre o povo. Fazem quatro mortos e vários feridos. Entre as 16h30 e 18h30, entra em cena, como protagonista, o general Spínola. Deve conferenciar com Marcelo Caetano e negociar a deposição deste e sua saída de Portugal. Salgueiro pede à população que esvazie o Carmo. O povo canta o Hino Nacional e não se abala do local. São feitos apelos e proclamações épicas por calma, mas o povo não arreda e, pelo contrário, aumenta em número. Um cordão de isolamento é feito para a extração do Primeiro Ministro.]

BRÍGIDA FOI DE BOLEIA na caminhoneta. Pegaram o caminho para Lisboa e viram, ao atravessar vilarejos e arrabaldes, que o povo se ajuntava, formava grupos nas praças e largos e se movia, massa agitada, ora na direção de um chamamento, ora de um grito, palavra de ordem, som de alto-falante.

Na altura do entroncamento de Sacavém o trânsito estava engarrafado e havia viaturas do exército sobre as calçadas. Carvão meteu-se por caminhos enredados, foi e veio, enfiou-se mais para dentro dos subúrbios, queria chegar-se o mais possível ao centro, em rodeios e tentativas.

Cezar pensava ir para dentro do movimento e Gadelha também: ele ainda tinha metade de um rolo de filme 35, preto e branco, em uma câmera *reflex* e apostava em flagrar alguma imagem. Estava amuado por ter estado fora, perdido no mato, longe da ação. Brígida temia ficar só, mais do que aventurar-se com eles, pesou as circunstâncias e os temores, resolveu "ficar no barco, vou com vocês".

Foi o que ela disse a Cezar, quando foi deliberado que Carvão, por segurança, seguiria para casa com o carro e os equipamentos. Cezar e Gadelha iriam a pé para o Carmo ou até onde fosse possível. Brígida confiou sua mochila a Carvão. Havia gasto todos os filmes na Quinta e arredores.

Antônio Carvão despediu-se dos três, montou um mapa mental do caminho para casa, dirigiu todo um longo trecho em contramão, por ruas de fábricas e galpões, orientou-se, pegou a via mais direta para casa. Ia preocupado com a mulher e a filha adolescente, preocupado também com o cunhado, um policial. Naquela situação, que diabo saberia onde estava o gajo? Talvez encafuado na sua própria casa, talvez tivesse pedido abrigo à irmã. Uma aporrinhação!

[19h: Marcelo Caetano e os membros do Governo César Moreira e Rui Patrício são postos dentro do carro de combate que os vai evacuar do Carmo para o Regimento de Engenharia, na Pontinha. Salgueiro Maia segue com o general Spínola para lá. O Carmo fica guardado por forças do 1º Regimento de Infantaria e um esquadrão de blindados. A coluna da Escola Prática de Cavalaria segue, escoltando o carro com Marcelo Caetano pela Avenida da Liberdade. A concentração de manifestantes dificulta o progresso. 20h30: A marcha chega ao Campo Grande, ainda em meio a grande multidão.]

O TRIO CHEGOU à Avenida Liberdade quando se aproximava o préstito levando Marcelo Caetano.

Cezar considerou que era como chegar a um filme no meio da sessão. Ninguém estaria interessado em contar o que já se passara na tela. Seria inútil e temerário perguntar. No mínimo haveria silêncio, indiferença, ou alguma hostilidade ao estado de ignorância aos fatos. Os que acompanharam os eventos desde cedo sentiam-se como donos de uma vitória que se fora desenhando por efeito da presença, atenção e mérito deles próprios.

A voltagem de interesse de Cezar atuava de maneira diversa dos manifestantes. Excitava uma engrenagem de sintaxes e dislexias históricas e políticas, uma cadeia de fatos, mentiras, malignidades, perversões sociais e morais. E agora, o fluxo de energia tentava encaixar-se aos solavancos naquela irrupção física de Povo & Armas, de siglas partidárias, associações e juventudes reprimidas, impropérios e elações exasperadas.

A chaimite com Marcelo Caetano veio, emoldurada por uma massa de gritos e punhos, gritos e vaias. Passou aos arrancos, seguiu sob apupos, um urro ampliado e anônimo.

Brígida perdeu-se, arrastada por um empuxo de gente, clamores, risos e cantos misturados. Gadelha fixou algumas fotos desfocadas, rastros de luz, fantasmas móveis de rostos e braços.

Cezar tentou voltar para a calçada. Estava travado no meio da gente, seus passos tolhidos, o corpo comprimido. Lutou para desvencilhar-se, para remar para fora da corrente. Era como estar em uma avalanche morna e suada de corpos, de vozes que eram uma litania rouca. Fechou os olhos, deixou-se levar pela Avenida da Liberdade afora.

[21h: Escolta e blindado, enfim, chegam ao Comando, na Pontinha. A coluna da Escola Prática de Cavalaria instala-se no Colégio Militar. É servida uma refeição quente de almôndegas com massa. São, agora, 21h30.]

Achados, perdidos

ÁLVARO SAIU DE CASA há três dias e todos me dizem que não há motivos para alarme, que é do hábito dele sumir por uns tempos para espairecer ou mesmo seguir até longe, aos extremos das fazendas. Dizem isto suas filhas, o pessoal da cozinha e dos estábulos e até o capataz Afonso, que é motorista, vaqueiro e faz-tudo de Álvaro. Quero confiar no que dizem, mas ontem, no fim da tarde, meu coração apertou, fiquei angustiada, peguei a caminhonete e fui até Caracol, procurei a delegacia de polícia e ela estava fechada. Dei a volta e fui ao posto da polícia rodoviária. Lá, riram da minha cara de esposa preocupada e disseram que "seu Alvinho é assim mesmo, gosta de andar solto por aí", que eu me acostumasse.

A esta última recomendação – "que me acostumasse" – reagi com desconforto e contrariedade, saí do posto cantando os pneus. Dei uma volta longa, já ia escurecendo, varri a pista e algumas estradinhas que desembocam nela com luz alta dos faróis, procurando o vulto, um relance que fosse de Álvaro caminhando pelo acostamento ou pelas veredas. Nada. Sabia mesmo que ele não estaria vagando por ali. Foi uma espécie de obrigação que me impus, talvez quisesse uma amostra de minha coragem e decisão para exibir aos guardas rodoviários, como se eles estivessem me vendo, acompanhassem de algum modo, com poderes especiais, minha busca diligente. Ficou muito escuro. Atolei a caminhonete na calha seca e areia frouxa de um córrego. Tive medo. Consegui sair sabe Deus como, a caminhonete sacudindo, rugindo e gemendo, os faróis atraindo insetos e morcegos.

Sou acostumada à vida agreste de fazenda. Em São José do Rio Preto, andava de carro e cavalo por estradas ruins e por grotas e campos. Isto aqui, este terreno, a paisagem, tudo é mais áspero, embora chova. Falta viço e tamanho nas árvores, o chão é seco em uns lugares, noutros, alaga. Pantanal ou cerrado com limites indistintos. Escolha. Viva uma das situações. Gado ou soja. Jogue rápido, ligeirinho, senão você perde.

Tomei banho, fui para o quarto, não comi nada. As meninas conversavam no alpendre, uns caras que as cortejam bebiam o uísque da casa. Música do toca-discos portátil tocando até muito depois do gerador ser desligado.

No recorte da janela, um pedaço da Via Láctea acrescia-se do lampejo dos vaga-lumes.

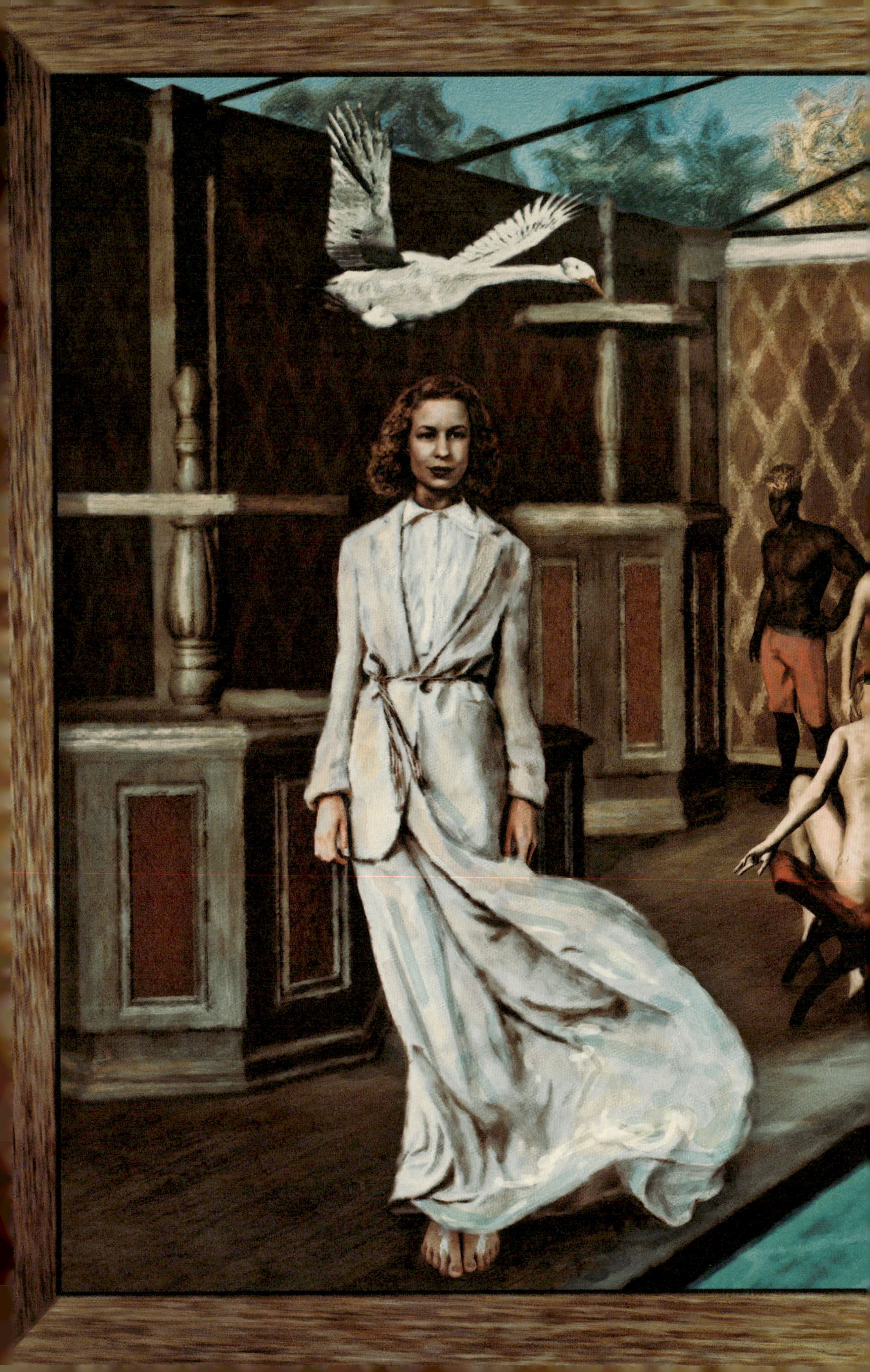

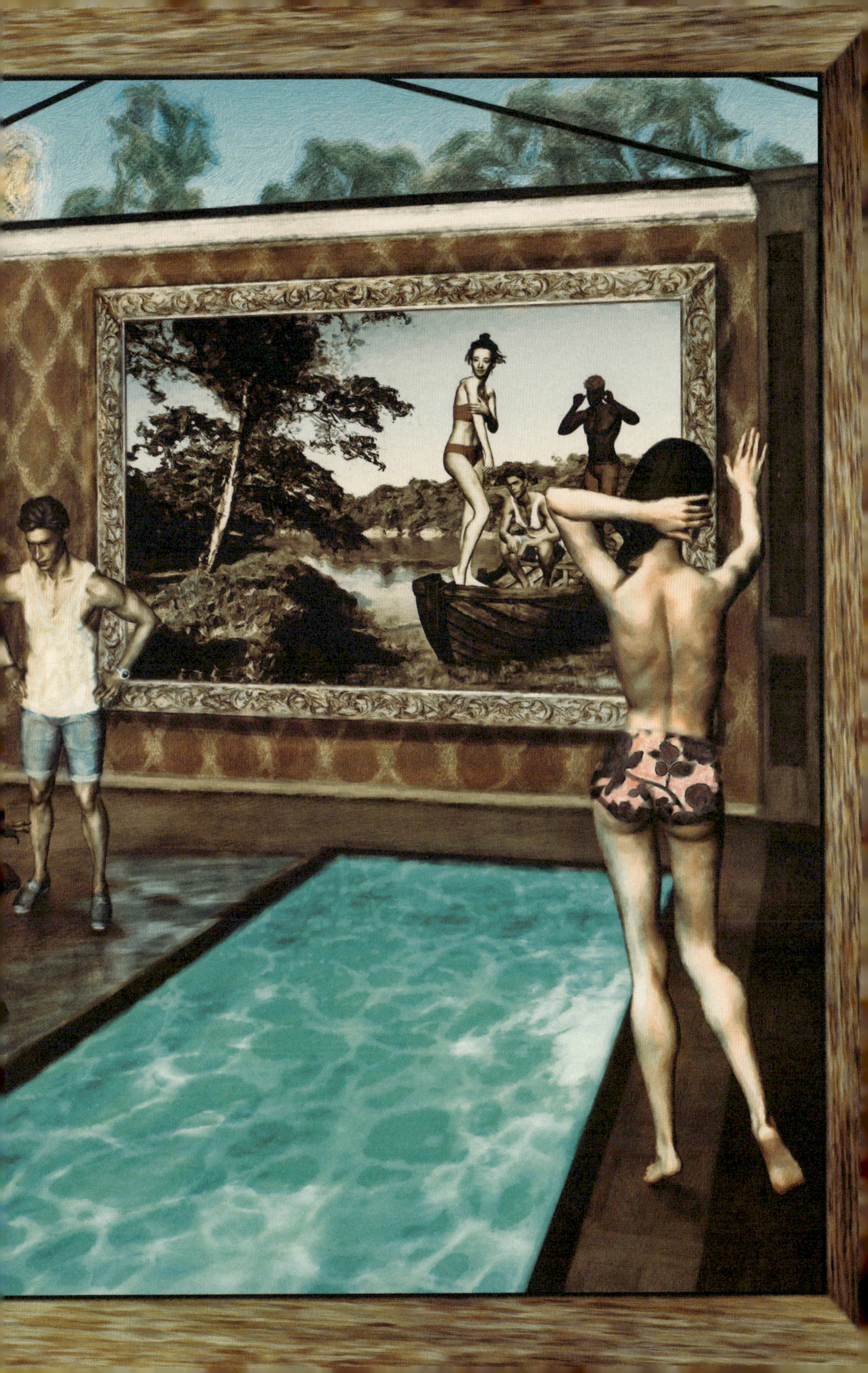

Álvaro achava que deveria ter montado Casualidade, mas havia escolhido Fortuna. A égua é inquieta, teme a passagem de um besouro, de uma folha trazida por um vento doido. Mas a andadura é macia quando ela está calma. Casualidade é dura e mais alta. É menos arisca e, contrariando o nome, mais previsível. Batizou-a em razão do distrito com a fazenda de igual nome. Álvaro sempre quis comprar as terras, mas nunca acertou preço. Ter a égua com o nome da fazenda alheia lhe dava boa sensação de posse, usurpação.

Apeou perto da porteira da Barranca. Silvino, o morador, criava lá um cachorro que não tolerava cavaleiro, tinha uma má educação singular: não ladrava nem rosnava quando o cavaleiro, a pé, puxava a montaria. Bicho idiota que não entendia o outro bicho. "Pode ser que ele ache que um tipo montado seja um centauro", tentava explicar isto ao dono, mas o homem não entendia assim, talvez por falta de boa imagem mental de centauros. Enfim...

Mandou Silvino cuidar de Fortuna, ele ia passar uns dias em viagem "por aí", pegava a montaria na volta. Foi ao barracão das ferramentas e olhou o que Afonso havia posto no embornal. Calça e camisa velhas, borzeguim idem. Faca e saco de fumo. Cachimbo. Álvaro não fumava. Fumo e cachimbo eram pretexto para a pequena faca. Cobertor em rolo, atado. Farinha, carne seca, rapadura. Uma caneca. Dinheiro em cédulas de pouco valor, gastas. Sua Bíblia, papel almaço dobrado, lápis.

Trocou de roupa, pôs algum dinheiro nos bolsos e o resto embaixo das palmilhas das botas, deixou as roupas boas e as botas de montaria sobre uma mesinha, pôs o embornal a tiracolo e saiu.

Silvino olhou, conteve o riso e demonstrou a desaprovação habitual àquela "doidice do patrão".

"Como estou?", Álvaro quis saber.

"O senhor está de barba feita e muito limpo para quem está na estrada..."

"Bem observado, Silvino. Melhora em uns dois dias. Vou descer pela Santa Maria e seguir pelo Córrego Alegre."

"Patrão, tome cuidado."

"Sempre tomo, Silvino. Qualquer coisa que você precise, fale com Afonso. Ele está ciente."

Era fim de julho, o tempo estava seco, Álvaro construiu um mapa mental de caminho e temperaturas. Conseguia prever bem para uns três dias, depois disso, viessem surpresas.

Foi numa sexta ou sábado que conheci Álvaro? Lembro da festa em Barretos e das meninas que estavam comigo, mas não lembro qual era a boate. Talvez fosse algum bar ou restaurante adaptado para a temporada da Festa do Peão. Lembro de Elias estar bêbedo e dando em cima de minhas amigas. Sóbrio, ele não se atrevia nem a chegar perto das modelos, falava "a senhorita, por favor, vista o jeans claro", "ponha as sandálias prata". Assim. Muito turco. Ele mesmo trazia um fardo com as peças, jogava em cima de uma mesa. Separava as roupas olhando para a gente, tirando as medidas a olho e avaliando a melhor cor de pele para o tom dos panos. Eu era magra e alta – sempre fui magra – e ele me punha abrindo o desfile em um conjunto jeans de mau gosto, com lantejoulas. Escolhia um chapéu Stetson que me deixava ainda mais alta. "Para fechar o desfile, mudamos o chapéu". Passava a tarefa para Fátima, a costureira, e ia se reunir com os comerciantes varejistas no bar do hotel.

Elias me pescou para modelo de sua fábrica de jeans em um desfile de *misses* em São José. Tirei o segundo lugar, mas a plateia do Clube Alvorada vaiou a Leninha, que tirou o primeiro. Ela chorou e eu também. Eu estava em uma sala da diretoria do clube transformada em camarim, estava limpando a maquiagem borrada, quando a Fátima entrou e disse que o patrão dela queria me ver. Recusei, desconfiada. Vesti-me, saí e ela estava na porta esperando com Elias. Ele se apresentou e me ofereceu trabalho. Passei três anos desfilando e modelando roupas e acessórios *country* para ele. Terminei também sendo secretária e gerente de vendas. Ainda tenho guardados uns folhetos da firma, com fotos das modelos. Escrevi o nome das meninas junto dos retratos. Ao lado de uma garota sentada em uma cerca cenográfica, parecendo uma louva-a-deus assustada, está escrito *EU*. Faz tempo. Tanto que não lembro se foi sexta ou sábado que conheci Álvaro, embora lembre que ficamos juntos pelo resto da Festa do Peão e que ele foi ver todos os desfiles do Elias e que me aplaudia, muito sério, na abertura e fechamento da passarela. Eu corava e perdia o balanço das passadas.

Afonso mandou avisar que, num trato da baixada da Moeda, o braquiarão estava atacado, que a mancha já estava grande, que havia remanejado o gado para o pasto do Boqueirão.

Fui de carro até perto e a cavalo até o trecho doente. De fato, estava lá a mancha seca, uma espécie de lepra no meio da verdura. Dá sempre uma impressão ruim, aquilo lá. É como se fosse uma mancha na pele da gente, um sinal de desastre biológico, um mau agouro.

O terreno não chupa a água abaixo das raízes, elas se encharcam, apodrecem. Será isso? Não sei. Outros lugares têm vulcões, coisas escandalosas. Aqui há sempre alguma coisa acontecendo no subsolo, escondida, discreta, tramando contra quem ocupa a terra.

Afonso diz que é melhor deixar a mancha crescer, passar trator e gradear a área toda, em vez de tratar pedacinhos. Esperar e replantar com as chuvas.

"Seu Álvaro acha melhor assim", Afonso diz.

Muito bem. Onde está Seu Álvaro?

A BAIXADA DA SANTA Maria estava verde até o rasgo do Alegre. Depois dele, as máquinas haviam revolvido a terra. Álvaro seguiu a margem do córrego até onde a água passava por manilhas, sob a estrada da Areia. Subiu uma rampa de terra e foi seguindo a trilha estreita paralela à estrada. Gente passava por ali, sobretudo à noite, temendo ser atropelada por algum caminhão de farol baixo, desembestado no escuro.

Não queria se afastar muito da estrada, mas também não queria ficar exposto a conhecidos inevitáveis. Assim, foi se enfiando, no longo do caminho, por qualquer matinha sobrevivente ao pasto, alguma ilhota de arbustos sitiada por cupinzeiros.

Quando voltou para a estrada, estava perto do sítio do Nozinho e os netos dele estavam na barraca tomando aguardente, mais que vendendo frutas para os raros passantes. Os rapazes não o conheciam de vista. Álvaro gostava do velho Nozinho e quando comprou as terras, unificando as fazendas no entorno da Santa Maria, deixou o homem incrustado naquele trincho de terreno meio escalavrado em barranca para o córrego, sem grande serventia para gado. Nada custava deixar o homem lá mesmo, ele estava ali há mais de quarenta anos, plantou fruteiras e tinha uns hectares de roçado. Nada que incomodasse, pelo contrário.

Sempre que Álvaro passava por lá, o velho servia água fresca e uma pinga, uma talhada de abacaxi, que fosse. Entrosavam dois dedos de prosa, o velho contava casos antigos de antes da soja e dos fazendeiros paulistas.

Os filhos de Nozinho estudaram – Álvaro ajudou –, foram embora fazer vida em São Paulo, sumiram. Os netos são filhos de Anunciada, a filha caçula que levou o mesmo nome da mãe. Cada menino era filho de pai diferente, transeunte, e Anunciada, a mãe, deu com o pé no mundo, deixando-os, pequenos, com os avós. Dona Anunciada, a avó, morreu quando eles tinham 10, 12 anos e Nozinho cuidou deles como pôde e sabia. Quando Nozinho morreu, eles eram, os dois netos, caboclos já taludos e com pouca disposição para trabalho. Álvaro, um dia, mandou Afonso lhes oferecer emprego. Recusaram com um tanto de desdém, um tanto ofendidos.

"Temos terra", disseram.

Álvaro remoeu essas lembranças, as pôs em paralelo à sua própria vida, mais cômoda, a dele, como podia ser mais complicada? Estudou agronomia, fez dinheiro, emancipou-se do comércio do pai, casou moço, teve duas filhas, divorciou-se, a mulher foi morar na América e as filhas foram junto, estudaram lá, cresceram, elas vêm e vão entre as fazendas e Houston, Álvaro paga tudo sem reclamar. As meninas são avessas a terem madrasta.

"Temos mãe", dizem.

Lúcia também não liga.

"Devo gostar delas. São suas filhas", diz.

Seria isto mais simples, ou ele havia, de certo modo, endireitado o traçado das coisas, com dinheiro ou habilidade – covardia e acomodação, talvez?

Olhando de fora – e o próprio Álvaro era capaz de usar esta perspectiva –, tudo parecia uniforme e traçado com régua – mas, por dentro, no meio de gente e posses, temperamentos e cobiças, desejos e frustrações, tudo se desordenava, se desarrumava. Nada virava de cabeça para baixo, ninguém gritava. As coisas tinham a rotação da Terra, um corrupio mortal, cósmico, mas, imperceptível no dia a dia.

Passei rádios para as fazendas Laurel e Tereré. Nada de Álvaro. Da Barranca, as notícias de antes. Silvino repetiu que ele passara por lá e que havia dito que ia descer para o Alegre, que voltava em uns dias.

Já se passava uma semana.

Mudei-me para a casa da cidade, lá seria mais fácil um contato. A casa tem telefone, a cidade tem agência dos correios. Antes que eu saísse, Darlene e Camila me disseram que iam até a Olho d'Água procurar Álvaro pela várzea do Alegre. Notei que elas viam a missão como um divertimento, um jogo de busca. Com elas foram uns garotões e uma amiguinha serelepe, vestidos como para um safari.

Darlene é a irmã mais velha, mais falante que Camila e também mais despachada.

"Pai faz isso, quando em vez. Ele gosta de pegar trilha, vagar por aí, sei lá... você não devia se preocupar."

"Ele não me disse nada. Saiu a cavalo, pensei que iria perto, ver algum pasto", repeti minha queixa, esperando uma resposta mais longa. Não veio. "Ele deixou a montaria com o Silvino, na Santa Maria", insisti. Ela apenas sungou os ombros, olhou para a irmã que ensaiava algo como um riso cínico. Foram-se.

ÁLVARO CONSTRUIU A CASA de Caracol em redor do grande galpão que o pai fez para abrigar os tratores e máquinas que vendia. É pretensamente confortável e também confusa. Os quartos são grandes e altos como silos, falta-lhes intimidade e aconchego. Mandei buscar móveis em São Paulo e tudo ficou pequeno nos espaços. Comprei biombos para separar as camas dos recantos de lazer. Eram quase *livings* inseridos nos dormitórios, com poltronas, sofás e mesas de centro. Pareciam salas de espera de escritórios.

Não fiquei magoada quando Álvaro perguntou se os biombos eram recordações dos camarins de desfile. Talvez até fossem mesmo, mas não vi ironia no riso dele, ao perguntar. Pelo contrário, achei bom que risse, era raro que desmontasse a carantonha. Ele não é um homem triste, mas o cenho dele tem um vinco de tensão constante, parece que há algum sentimento ou frase represada que lhe repuxa a cara para o grave.

Antônia, a mãe das meninas, detestava a casa e eles se separaram sem que ela a arrumasse, fizesse alguma decoração, ajeitasse jardim, guarnecesse a cozinha. Uma empregada, uma meia governanta remanescente da casa de seu Damião, pai de Álvaro, fez o que pôde para torná-la habitável. Trouxe coisas das casas de fazendas que Álvaro foi agregando, mesas mineiras, cristaleiras. Encomendou ao marceneiro local os móveis para as salas. Quando vim viver com Álvaro, encontrei um bricabraque maluco para descartar e pouca coisa para aproveitar. Álvaro surpreendeu-se com meu relato e programa de reformas – nunca havia dado atenção à feição da casa –, mas deu-me carta branca:

"Faça tudo a seu gosto."

Tentei, sinceramente, mas a vontade da casa, o jeito pelo qual ela se impõe, é mais forte que a minha disposição para domá-la.

ÁLVARO CHEGOU-SE À BARRACA dos netos de Nozinho.

"Tem pinga aí?"

"É só o que mais tem", um deles falou, levantando-se do tamborete. "Vai querer?"

"Vou. É daqui ou de Minas?"

"É pinga, Seu. Não perguntei onde ela nasceu."

Álvaro tirou a caneca do embornal, pôs em cima do balcão de taboas.

"Não carece de encher."

"A medida é uma só."

Ele encheu um copinho e verteu na caneca. O outro veio para junto.

"Vai pagar esta ou quer mais?"

"Pago esta, depois vejo se quero outra. Quanto é?"

Ele fez quanto era, com os dedos.

Álvaro pagou com uma cédula. O rapaz fez troco com moedas, olhando a cara de Álvaro.

"Eu que pergunto agora. De onde que o senhor é?"

"Sou de Aquidauana."

"Meio longe, não é?"

"Não é tanto."

"E... vai?"

"Estou querendo descer para o Paraguai. Tenho um sobrinho lá. Para os lados de San Carlos."

"Está sem montaria?"

"Vendi para pagar comida e dormida, mas o dinheiro está no fim. Tem emprego nestas terras?"

"De quê?"

"De peão."

"Me desculpe, mas o tio já está meio velho para este tipo de trabalho."

"Dou conta. Vocês conhecem o dono da terra?"

"Ele lá, nós cá. Conhecemos de nome. O capataz e as filhas... Conhecemos, não é, Clemente?"

Álvaro disfarçou a surpresa com a menção das filhas. Empurrou o troco de moedas e a caneca para nova dose.

"E como eles são? Gente boa?"

"Como, boa?"

"Para falar, pedir emprego..."

"Sei não. O capataz passa aqui só para ver se nosso roçado avançou no pasto. Olha e vai embora. Não temos assunto nem trato com ele."

"E as filhas?"

"Que tem?"

"Como são?"

"Ah, essas vêm e compram da gente. Mato que passarinho não come. Erva de índio que faz fumaça boa, não sabe? Do Paraguai. Para onde vosmecê quer ir."

Álvaro tomou a pinga, fez uma pausa, olhou em torno.

"E vocês têm?"

"Quê?"

"A erva, o mato..."

"Se a gente tivesse, não seria para seu bico, meu camarada."

O de nome Clemente, saiu de trás da barraca, arrodeou Álvaro, estudando-o, cismado. O outro afastou-se do balcão, levando a faca que estava espetada em uma melancia:

"Mas, se você quer... quanto ainda tem de dinheiro aí na sacola?"

"Quero comprar nada, não", Álvaro recuou para a estrada.

Clemente pôs a mão no ombro dele, retendo-o.

"Espere um pouco, compadre... tome mais uma pinga, vamos prosear, é cedo..."

"Não, obrigado."

"Não é obrigado, é cortesia. Venha para a barraca."

Ele puxou Álvaro pelo braço. Álvaro desvencilhou-se com energia.

"Uai! O tio está brabo? Cadê a educação de Aquidauana?"

Álvaro enfiou a mão no embornal, procurando a faca.

"Se está procurando o dinheiro, tudo certo, mas se for..."

Ele se interrompeu. Uma Chevrolet Amazônia veio do nada, levantando poeira, brecou junto aos dois. Um sujeito falou, do banco do carona:

"Onde fica a entrada para a fazenda Ponto Alegre?"

Álvaro agiu rápido:

"Estou indo para lá, companheiro. Eu ensino."

"Entre aí atrás, meu chapa."

Ele entrou, jogou-se no banco, o coração pulando para a boca. A caminhonete arrancou.

"Salvo pela cavalaria", falou, quase para si mesmo.

Um sujeito a seu lado respondeu, com um sorriso:

"Vimos isso. Quer água?"

O homem passou-lhe um cantil. Álvaro bebeu, sôfrego.

O TELEFONE TOCOU, CORRI para atender pensando que fosse Álvaro. Uma voz de homem veio, grave:

"Dona Lúcia?"

Temi o pior, gelei. Não entendi logo o que ele falou e, só depois que ele perguntou duas vezes se eu estava ouvindo, percebi que ele era o secretário da Associação dos Produtores. Haviam agendado uma reunião para a campanha da aftosa e queriam saber se eu iria. Ficou sabendo que Álvaro "estava em viagem", por isso...

Confirmei que iria, brusca. Arrependi-me da indelicadeza, mas ele já havia desligado.

Basta Álvaro não estar, para choverem obrigações. Tem o Banco para acertar as planilhas de pagamento de pessoal e fornecedores, a reunião com um corretor insistente:

"Dona Lúcia, Seu Alvinho deixou tudo praticamente acertado e se a senhora confirmar o interesse, eu posso aquietar os vendedores e segurar o preço, por um tempo."

Álvaro estava comprando uma unidade de fertilização para matrizes e reprodutores, saiu sem dizer nada, vou me fiar na conversa do corretor?

"Para uma menina feiosa de São José do Rio Preto, até que você leva jeito de administradora", Álvaro me disse, um dia.

"Feiosa é a mãe", eu respondi. "E, quer saber? Seria mais fácil gerenciar as propriedades se elas não fossem tão desiguais. Algumas dão prejuízo que tem de ser coberto à custa das outras. Há fazendas ruins que são parasitas das que dão lucro."

"Sei disso", ele respondeu sem olhar para mim. "Mas um dia, nestas, vai sair o gado e entrar a soja. Vem descendo do norte. É inevitável."

"E desde quando você gosta de soja?"

"Não gosto, mas você pode vir a gostar."

"Duvido. Desta terra, pode ser que eu só goste mesmo é de você. E olhe lá."

Ele continuou sem olhar para mim, a vista fixa ou perdida para além do marco da janela. Assoviava à moda do "Cuitelinho", muito fora da toada.

DEPOIS DO ALMOÇO, TIVE outro susto. Ligaram da delegacia. Sentei-me, tensa, para ouvir. Era um recado das meninas. Passaram um rádio para que me avisassem que o Alegre estava muito raso à montante da Olho d'Água. Estavam descendo até o Apa e iam seguir por ele até Bella Vista. Diziam que Álvaro tinha amigos em uma chácara da área.

Desconfiei que a missão, para elas, havia virado passeio e, talvez, farra. Paciência.

ÁLVARO ACORDOU COM A cabeça estalando, a boca amarga, imaginou-se em uma bruta ressaca. Uma faixa vertical de luz rasgava-se nas tábuas do que parecia ser uma janela. Ele estava deitado em um colchão magro, em um canto de parede. Acocorou-se, dolorido, e percebeu que estava descalço e vestido em um macacão. Não sonhava. Estava desperto, teve certeza. Ouvia barulho lá fora, gente falando guarani. Pôs-se de pé num arranco, só para ficar tonto e cair sentado de volta ao colchão. No chão, ao lado, estava uma garrafa plástica d'água. Tentou acostumar a vista, evitando a faixa de luz. Estava em um quarto pequeno, estucado, com piso em lajotas de tijolo. Havia uma mesinha com cadeira e, em um ângulo, um aparelho sanitário sem tampa. Uma porta de madeira ficava no meio da parede, à sua direita. Levantou-se, de novo, a custo. Cambaleou até a porta, bateu nela.

"Oi, tem gente aí?", chamou, notando que a voz lhe saíra rouca e baixa. Demorou a ter resposta.

Veio uma voz de fora:

"Se afaste da porta. Puxe a cadeira e sente-se."

"Que merda é essa, meu? Quem está aí?", exasperou-se.

"Fique calmo, Seu Álvaro. Aqui é a cavalaria que lhe salvou ontem, lembra? O senhor dormiu muito até chegar aqui. Está seguro. Não tem do que se preocupar... basta que tudo corra bem. Não lhe queremos mal, entenda."

"Queremos... quem? Estou preso? Por quê? Conheço gente no Paraguai. É no Paraguai que estou, não é?"

"Heẽ. Usted puede creerlo."

Uma janelinha abriu-se para fora no meio da porta. Um prato plástico entrou por ela.

"Comida limpa. Só temos sanduíches, desculpe. O *maître* Pierre está em férias. A água da garrafa é boa. Pode tomar. Não é a mesma do cantil. Também... não precisava beber tanto daquela, Seu Álvaro. Tem aspirina em cima da mesa. Umas poucas, para não viciar, certo?"

"Que é que vocês querem?"

"Ora, Seu Álvaro, que pergunta... Queremos ser felizes, como todo mundo. O senhor pode nos ajudar nesse projeto. Talvez, nos dando um pouco mais daquilo que estava na sola dos borzeguins, não é? Depois falamos nisso. Bom apetite."

A janelinha foi trancada.

O rumorejo de falas persistia. Álvaro espiou pela fresta da janela. Dava para ver as barras de uma grade, por fora. Era dia, manhã, certamente. Não viu gente. Viu apenas um trecho de terreiro e mato. O ar enfiava-se pela brecha e trazia cheiro de estrume fresco e terra úmida.

Álvaro comeu, bebeu água, encolheu-se no colchão, sonolento.

A JANELINHA DA PORTA foi aberta novamente. Havia luz acesa na casa, Álvaro notou. A luz da fresta na janela havia mudado para o mortiço do poente. Seriam o quê? Cinco horas? Seis?

Bateram na porta para chamar sua atenção. Pela janelinha, entrou uma bandeja com outro sanduíche, bananas, caneca de café, bolachas.

"Bote na mesa. Tem mais coisas."

Álvaro obedeceu, voltou à janelinha. Recebeu um saco de papel.

"Abra. Preste bem atenção ao que vou falar", disse uma voz que era outra, não era a mesma de mais cedo.

No saco estavam a Bíblia de Álvaro, uma lanterna de pilhas, caneta esferográfica. A voz voltou:

"Colabore conosco. A gente não quer maltratar você, cortar dedo, orelha, nada dessas palhaçadas. Você vai escrever um bilhete para Dona Lúcia dizendo que está bem, que é para ela não chamar polícia, manter discrição. Escreva na página de frente da Bíblia, onde está seu nome. Na abertura dos Salmos, tem um papel fino, dobrado, com nossos pedidos e instruções. Escreva – de acordo – e assine com sua assinatura completa. No bilhete para Dona Lúcia, inclua a lembrança de uma coisa ou uma data particular apenas a vocês dois, certo? Não escreva mais nada, não trapaceie, nós vamos passar um pente fino aí nas Santas Escrituras, tá bem?"

"Quem lhe garante que isso vai dar certo?", Álvaro indagou e logo se arrependeu.

A portinhola fechou-se com uma pancada.

"A garantia única, nisso, é você mesmo, Seu Álvaro", a voz chegou, ríspida.

"Naquela noite de sábado, na Festa do Peão, em Barretos, você pediu vodca primavera e soda, um drinque rosado. Você provou e, com uma careta, empurrou o copo para mim."

Isto estava escrito dentro de um quadrado irregular:

"Estou bem. Não se preocupe. Siga as instruções ao pé da letra. É sério. Amor, Álvaro."

O pacote com a Bíblia foi jogado por cima do muro, de madrugada, e caiu no alpendre, perto da rede onde Afonso dormia.

Não sei como me mantive calma quando recebi o recado escrito na Bíblia. Acho que o simples fato de ter notícia de Álvaro, mesmo daquele tipo e daquele jeito, me tranquilizou, deu-me equilíbrio e ponto de partida para agir.

"É um bocado de dinheiro, Dona Lúcia", disse o gerente do banco.

Acordei o pobre logo cedo, não quis esperar que o banco abrisse e queria ser discreta conforme o recomendado.

"Como pode ser feito?", perguntei, com o papel de instruções na mão.

"De imediato, poderia usar o dinheiro que Seu Álvaro reservou para negócios com o corretor Hildebrando, mas vou ter que trocar em dólares, como eles querem."

"Pode ser assim?"

"A senhora me fornece um documento privado autorizando-me um saque pessoal. Vou justificar na regional como operação de compra de gado, negócio em espécie, urgente. É comum acontecer."

"E os dólares?"

"Vou com a senhora ou com Afonso até Pedro Juan Caballero. Tenho gente lá que pode cambiar. A taxa vai ser ruim, assim de repente. Mas é uma emergência, é o jeito, não acha? Vou precisar avisar antes. De todo modo, a entrega do dinheiro é do lado de lá."

"É seguro? Tenho medo de que me peguem também..."

"Soltarem Seu Alvinho, ficarem com a senhora, dobrarem o prêmio?"

"Pois é."

"Nesse caso, por cautela, vou com o Afonso, não se preocupe."

FIQUEI PENSANDO QUE O gerente recebia um imbróglio como aquele a cada mês, pelo jeito a que ele se dispunha a tudo resolver, tranquilo e prático.

Cerrado e Pantanal. Duas palavras que muito traduzem a vida aqui, contêm problemas e soluções em seus jogos de armar. O gerente sabe. Ele tem de saber. É requisito para a função.

Remoí, reli a nota de Álvaro. Sem dúvida, haviam lhe pedido algo pessoal e íntimo que me desse certeza de que se tratava dele mesmo. Ele havia repescado nosso primeiro encontro. Então, foi um sábado, não foi sexta... mas o drinque era azul e foi ele quem fez careta, ao me ver beber aquilo. Mas, tudo certo... Não se compra mais a unidade de fertilização. Sem problemas. Pague-se o preço. Que importância e que decência há num lugar onde se extrai sêmen de um touro incauto para emprenhar mais de 20 vacas? Terra maluca. Seu Hildebrando que se vire, perca a comissão da venda, arranje outro trouxa... Que se vão os anéis, os touros, as vacas, os corretores etecetera e tal...

ÁLVARO CALCULOU TER FICADO uma semana preso no quartinho. Nada acontecia. Sanduíches. Café. Bananas. Nova garrafa d'água. Deram-lhe seu cobertor. Esfriava muito à noite, ele reclamou. Uma vez, entraram no quarto, encostaram-no de cara para a parede. Álvaro tremeu, fechou os olhos, esperando um tiro na nuca. Ouviu barulho de água sendo despejada. Vuco-vuco de vassoura, cheiro de desinfetante de brete. Pelo canto do olho viu uma menina, indiazinha, lavando a bacia sanitária. Álvaro relaxou, envergonhado.

Quando tomava coragem, perguntava aos tipos:

"E aí?"

A resposta, invariável:

"Indo."

Botava o ouvido na porta. Ouvia que jogavam baralho. Falas em paraguaio-guarani. Português. Não escondiam a cara. Álvaro temia isso.

Estava dormindo quando vieram. Disseram que saísse enrolado no cobertor. Amarraram-lhe mãos e pernas. Não o vendaram nem amordaçaram. O sujeito do banco de trás da Chevrolet reapareceu com um sorriso satisfeito, pôs o dedo nos lábios, ordenou silêncio a Álvaro:

"Vai nos ajudar, sem piar de noite não é, bacurau? Senão, é bem capaz de sentir sede e ter de beber daquela água, lembra?"

O piso do carro estava sujo de areia e barro. Álvaro foi deitado entre os bancos, sentindo os sacolejos nas costelas. Aquilo durou quase três horas, alguns poucos momentos em estrada asfaltada, a maioria do tempo pelo campo ou por trilhas de fazendas. Álvaro ouviu, ao menos, duas porteiras baterem, sentiu a trepidação das barras dos mata-cavalos. Ninguém falou, até passarem por um arruado. Umas luzes fracas varreram o interior do carro e fugiram. "É aqui". Puxaram-no para o assento, livraram-no das cordas. Álvaro calculou que seguiram assim quase dois quilômetros, até pararem no acostamento. Puseram Álvaro para fora, de pé, como uma cabra cega na noite. Partiram. Sem mais uma palavra.

Estava escuro, sem lua, só estrelas. Ele andou pela margem da estrada até vislumbrar uma placa de sinalização. Não conseguiu ler, até que ela bruxuleou: 384. Um farol iluminou a placa. Era um carro, veloz. Álvaro fez sinal. O carro não parou, sumiu para dentro do funil escuro. Álvaro foi andando, tateando. Pressentiu que estava perto de casa. E estava.

Chegou lá ainda no escuro. A lâmpada embutida no muro, junto do portão, estava acesa. Bateu no portão com força. Os cachorros da vizinhança romperam em ladrados e uivos. O portão se abriu, só um pouco. A cara do vigia, debaixo de um capuz grosso, perscrutou a rua com uns olhos empapuçados que se abriram muito, muito, reconhecendo Álvaro. O vigia gritou, aumentando a cacofonia dos cães:

"Dona Lúcia, Dona Lúcia! Seu Alvinho está aqui!"

Álvaro entrou, seguiu pelo caminho de pedras para o alpendre. As luzes da casa foram se acendendo em uma sequência que chegou ao jardim. Lúcia surgiu desgrenhada, envolvendo-se em um roupão, viu Álvaro no meio do jardim, um cobertor xadrez à guisa de poncho, descalço, barbudo.

"Onde diabos você encontrou este macacão horroroso, peregrino?", ela falou querendo-se controlada, um nó trancando impiedosamente sua garganta.

Álvaro atirou-se em um sofá da sala, dormiu ali mesmo, acordou, passava do meio-dia. Foi tomar banho, barbear-se, vestir-se com uma roupa cheirando a lavanda. Desceu de volta à sala, faminto.

Comeu muito, com ritmo uniforme, calado. Lúcia estava na outra cabeceira, olhando.

Ele baixou os talheres, levantou os olhos para ela, chamou-a para junto. Ela foi, sentou-se na cadeira ao lado. Ele tomou-lhe a mão, acariciou.

"Como pagou?", ele indagou.

"Com o dinheiro para a fábrica de bezerrinhos", Lúcia pôs um acento casual na resposta.

Ele demorou um pouco para entender.

"Ah! A unidade de reprodução. Tudo certo. Eu ainda não estava seguro se valia a pena. O banco ajudou?

"Em tudo."

"Onde estão as meninas?"

Lúcia soltou a mão, pegou um biscoito de uma travessinha, mordiscou, olhando para além de Álvaro.

"Estão para o lado do Paraguai."

"Uai... Por quê?"

"Disseram que iam procurar você para as bandas de Bella Vista."

Lúcia relutou em continuar.

"E aí?"

"Aí... aí que elas não estiveram por lá. Afonso procurou por elas, depois que fez o pagamento..."

"Ai, meu Deus... e deram notícia?"

"Hoje cedo, quando você estava dormindo. Telefonaram. Perguntaram se você já havia voltado. Eu disse que sim, que estava tudo bem. Mandaram beijinhos. Disseram que iam a Ciudad del Leste, encontrar umas amigas. E que voltavam no fim de semana."

"Estranho, não é?"

Lúcia assentiu com a cabeça, calada. Mas não resistiu:

"Para lá de estranho, se quer saber..."

Ela olhou para Álvaro. Ele, absorto, tinha os olhos nas dobras que fazia em um guardanapo. Lúcia notou algo diferente no rosto dele. Alguma mola, um tendão, algo que retesava sua expressão grave se afrouxara ou partira. Ele tinha uma cara mais relaxada... Não, não era isso... Lúcia percebeu com uma tristeza que lhe assaltou a alma: ele envelhecera.

Quis animá-lo e a si também. Tomou-lhe o guardanapo, agitou-o à sua frente:

"E agora, desbravador dos campos, cerrados e pântanos... Qual é a próxima aventura?"

Ele riu, encabulado.

"Onde está a minha Bíblia?"

"Guardei na cômoda do quarto. Que quer com ela?"

"Vou levá-la comigo. Quero fazer o caminho."

"Que caminho, homem?"

"De Santiago de Compostela. Vou render graças. Quer ir comigo?"

"À Espanha? Vou. Com uma condição."

"Qual?"

"Antes de gastar as solas na estrada, passamos duas semanas tomando fôlego em Palma de Mallorca."

Ele recuperou o guardanapo. Alisou-o sobre a mesa. Desenhou nele uma cartografia imaginária. Olhou para Lúcia.

"Negócio fechado", murmurou.

Estúdios

Casa de bonecas

EXISTE UMA LINHA DE visão confortável que replica o horizonte na retina. O equilíbrio depende disso, embora os fisiologistas insistam que é no ouvido que nasce a sensação de se estar a prumo. Pense em um piloto dependendo dos ouvidos para manter a aeronave nivelada. Há um aparelho para isso, um nível visual, um horizonte artificial que permite o voo às cegas.

Não iria argumentar isto com o diretor.

Imagino que Shakespeare deixasse os assentos mais caros na linha desse nível de voo. Quem mais pagasse, melhor veria. Que a plebe fosse à torrinha. Visse, de lá, os atores como o sineiro vê o povinho da feira, diminuto, abaixo, no pátio, em uma perspectiva que ele, no campanário, partilha com a cegonha, ainda mais acima, na flecha da torre.

Há uma peça de Molière em que um importuno, que havia se instalado com seu assento no palco, perturba a cena e rivaliza com os atores.

Mas, é isso. No teatro ou no filme, o negócio é uma cumplicidade entre quem faz e quem assiste: proximidade à ação, intimidade testemunhal, sedução visual e mesmo, hipnotismo, intrusão no romance.

Mas, o diretor é um aristocrata. Quer distância desta economia e quer ângulos incomuns. Ao fim das contas, quer ser ele mesmo o único espectador, com uma óptica peculiar.

QUEBRARAM O PISO DE cimento, escavaram o chão, romperam um encanamento antigo que encheu o buraco de água e formou um lençol de lama movediça. Trouxeram tábuas e assentaram a câmera no fosso. Quando a apontaram para cima, viram que ela colhia as treliças da iluminação e os cordames dos defletores. Toda a luz foi mudada e foi criado um toldo de lona, um céu falso, cúpula inverossímil e invertida, um pesado bojo pendurado sobre a ação.

Foram-se dois dias nesses arranjos para satisfazer a teimosia criativa do diretor e obter um resultado pífio. A cena não ganhou em dramatismo e os atores pareciam estar falando para as nuvens, olhos voltados aos céus, implo-

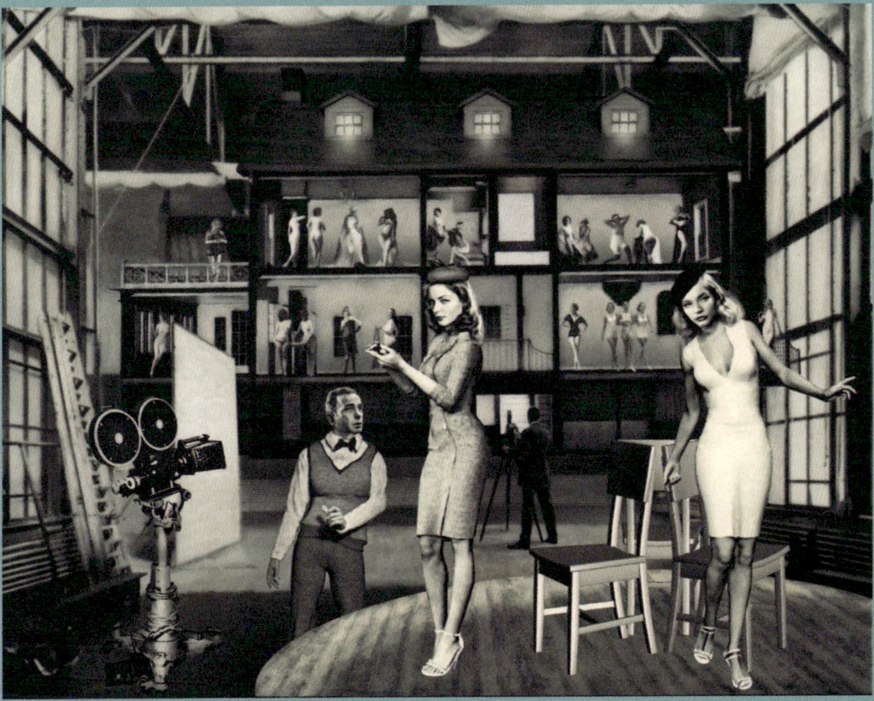

rando que cessassem aqueles tormentos estéticos. Torturadas lentes teutônicas alongavam as canelas dos personagens e reduziam suas cabeças a prendas falantes dos Jivaros. Quartos em ângulos obtusos onde os móveis somente se encaixavam por carpintaria óptica. Gavetas que travariam, se puxadas. Um rádio capelinha escorregaria em rampa para o abismo do assoalho infinito.

Não houve negócio com os produtores para alçar as falas aos páramos da fotografia. Já haviam concedido a liberdade possível no orçamento, tinham aceito as estripulias visuais europeias, mas não estavam nem um pouco inclinados a sacrificar a ponte frágil entre público e bilheteria. Vetaram os diálogos depressivos, os solilóquios suicidas.

Tratava-se de um roteiro policial. O escritor-chefe, um sujeito rápido em datilografia e lento em modernidades, estava irritado com as mudanças de caminho. Tinha mais dois roteiros em linha. Duas comédias musicais. Já havia dado um assassinato, uma investigação que tomara a pista errada e incriminara um homem de bem. Fornecera um elaborado padrão de sinais para inocentar o coitado e achar o verdadeiro vilão, criara uma surpresa para o clímax, tudo encaixado em dois triângulos românticos bem imbricados. Crime, averiguação, julgamento. Marido, esposa, amante. Sua demiurgia estava cumprida, exposta ao palco americano. Espanara as mãos e seguira em frente.

Nunca descobri se era possível fazer um bom filme sobre um roteiro banal, mas certamente a fotografia não era mágica ou remédio para desastres. A cenografia, contudo, não era má. Ao fundo do estúdio principal, elevava-se um prédio de dois andares, em corte, sem fachada. Quartos e salas ficavam expostos, assim como os personagens flagrados em suas atividades normais, mínima decência mantida. Lá moravam moças e uma delas estaria envolvida no crime.

Meu papel era de detetive júnior e assim eu vagava de quarto em quarto, quase um acessório móvel das cenas. O detetive-chefe recebia meus informes em outro set. O ator era um tipo experimentado, indiferente, frio.

Revejo as cenas. Em *close,* fui pouco mostrado. Na maioria das vezes, estou em pé, de costas, contra a luz do birô do detetive, em meio à fumaça perpétua de cigarro: tenho ali 28 anos e sou desempenado e espadaúdo. Tinha todo o cabelo, embora ele quase sempre estivesse sob um chapéu de "tira". Eu estava saindo com Norma, uma das garotas na Casa de Bonecas. Seu nicho era no segundo andar, o último da ala esquerda, com varanda. No filme, visitei-a duas vezes. Estragamos uma tomada. Ela riu descontrolada de uma piada interna, uma indiscrição sobre a atriz principal. Tomou uma advertência severa da diretora de elenco. Fiquei quieto, acovardado.

A estrela do filme, no papel de viúva, atuava em outro set, uma estrutura vitoriana com espelhos e dourados. O filme é em preto e branco, mas percebe-se bem que os ornamentos são dourados e não prateados. A atriz também é loura, não tem os cabelos brancos. Difícil saber se a viúva veste negro ou azul ou violeta escuro, mas sabe-se que é seda. É o suficiente.

Isto dito, o cenário da Casa de Bonecas não era feito em alvenaria, claro. Tudo era madeira compensada, andaimes de ferro, painéis de gesso e papelão pintado. Rangia e oscilava, trepidava aos passos e, houvesse um terremoto, dentro da Casa ninguém o perceberia. Torci o tornozelo na escadaria falsa. Subi por ela umas 30 vezes. Torci na vigésima, mas continuei subindo, escondendo a dor. O pior era descer, após as tomadas, fingindo estar bem. Não queria perder o papel.

Em um dos *takes*, passei um degrau, quase caí. Veio o "Corta!" pelo megafone. "Vamos repetir. Desta vez você cai mesmo, ganhamos uma nota cômica aí". Repeti, caí o melhor que pude, sentindo dor real, mas em estado de glória, conseguiria um destaque. Ledo engano. Cortaram a cena da edição final.

Nada é filmado na cronologia do *script*. Vamos e voltamos no tempo, repetimos as cenas sob vários ângulos, inclusive as tomadas expressionistas. Em um filme policial, prevalece o jogo da dança das cadeirinhas. Dá-se ao espectador as escolhas mais óbvias, eliminam-se claros suspeitos, progressivamente, até restarem dois prováveis criminosos e apenas uma cadeira, geralmente a elétrica.

Para o elenco, nesse *kindergarten*, dos coadjuvantes para baixo, tudo é um jogo de peças de armar, em vez das cadeirinhas. Não me recordo de ter tido a audácia de pedir um *script* completo para ler, para pôr as coisas em sequência. Seria como se um operário ambicionasse saber em que parte do canhão se encaixa a peça que ele torneia todos os dias. Petulância e interesse suspeito.

Por outro lado, quando vejo o filme pronto, as partes em que apareci tomam o espaço do todo, a história vai sendo obturada, a cena fica congelada em duas cadeiras para dois egos: um que vê, outro que foi feito para ser visto. Continua sendo difícil enxergar o todo.

Uns 15 anos depois da filmagem da Casa, encontrei Norma trabalhando no escritório da Culver Films. Não atuava mais. Casara, tinha uma filha. Estava divorciada. Voltamos a sair, intermitentemente.

Ela telefonou-me, um dia, dizendo que a Casa estava passando em uma sessão dupla em um cinema de subúrbio. Fomos ver. Eu ri do filme e de nós. Ela chorou.

Não nos vimos mais depois daquele dia.

A guerra de Gustave

FIQUEI SABENDO QUE ELE era descendente (neto ou bisneto, pela sua idade difusa não pude fazer bom cálculo) de William B. Jerrold, um jornalista aventuroso, carregado de sombras e luzes de Dickens e que se associou ao ilustrador Gustave Doré em uma peregrinação de quatro anos na produção de um livro sobre a Londres vitoriana. A obra foi mal recebida pelos críticos ingleses. Esperavam a glorificação vaidosa da cidade, não a imaginavam em reedição do *Beco do Gim* de Hogarth, queriam-na esplendente das proezas de engenho & indústria da Nova Albion.

Estava bem que o Sr. Doré pintasse as profundezas infernais de Dante, mas tivesse ele educação e etiqueta para não trazer Caronte e os condenados – inclusive da nobreza – às águas do Tâmisa.

FUI PARAR SOB CONTRATO com este neto – bisneto? – após uma troca de atores entre Londres e Los Angeles. Não chegara à fama, mas meu currículo tinha algumas boas entradas e dele sacavam-se promessas e recomendações válidas. Ainda não me tornara um coadjuvante desejado, mas estava no caminho para isto.

Deram-me um papel: um correspondente que cobriu a Grande Guerra, vai cobrir o fim da Segunda Guerra e tirou férias, entre as duas, na Guerra Civil da Espanha. Perdi um irmão, nas trincheiras da França e um filho na retirada de Dunquerque. Maquiaram-me como jovem, para a Primeira Guerra, ao natural, para a Espanha e envelhecido para a Segunda Guerra. Sou um míope, ruim para soldado, ainda com boas pernas para ser um jornalista ágil, vou acompanhar o XXIº Corpo sob Montgomery, devo morrer perto de Chambois, França, isto é quase tudo.

JÁ O SUBTEMA DO filme, é a tradição de uma casa editora de jornais, revistas e livros. Cobriram Crimeia, Bôeres. Foram à Primeira, estão na Segunda Guerra, sempre se renovando. Tiveram desenhistas e fotógrafos pioneiros, agora têm cinegrafistas intrépidos, redatores de campanha, ensaístas de biblioteca, analistas que rivalizam com os de Sandhurst. Têm vínculos obscuros com o Gabinete de Guerra. Irrompesse um entrevero étnico nos Bálcãs, as oficinas da *Grant, Blanchard & Co.* o transformaria em completíssima Guerra de Troia. Seu público leitor, aficionado de batalhas e conquistas, aspira fidedignidade e aventura. "Mas, aventura com fidedignidade", dizem os donos, jovens e belos, marido e mulher, terceira geração de herdeiros e sócios, personagens principais: "O público quer Esperança e Vitória. Quem não quer?".

Em razão deste binômio, tudo converge para a luta por Caen, a demora tática de Montgomery, o limiar do seu erro.

Will J. quer reviver no filme o espírito das ilustrações de Doré, que seu antecessor idolatrava. O velho esteve rascunhando uma biografia do artista até bem perto de morrer. O neto pontificava:

"Quero este clima de gravura nas cenas dos bombardeios e de batalhas. Sombras em silhueta no primeiro plano, luzes no intermediário, fulgor ao fundo, se é que me entendem."

Passou aos diretores de arte e fotógrafos uma estampa in-fólio da coleção de Dorés de Mr. Jerrold.

O Sr. Weber, veterano nas produções da Companhia, tinha os olhos cerrados, os dedos cruzados em prece digestiva sobre o colete, um leve sorriso de concordância dormitando entre as bochechas.

Ouvi as ordens por acaso, em um canto da sala de reuniões. Seguira a secretária que fora colher a assinatura do chefe na minha papelada. O Sr. Will parou a fala, olhou para mim com um silêncio grave como se estivesse dando as ordens secretas e fatais para o Dia D. Saí logo dali, a secretária empurrando-me delicadamente.

Grande novidade aquela! No ofício é recurso comum que se fabriquem cenários com base nas gravuras de Doré. Isto vem acontecendo desde a Paixão de Cristo da Pathé, do Inferno de Bertolini, de 1911, desde os templos e zigurates em estuque do Sr. De Mille. Ainda no tempo das lanternas mágicas, houve um sujeito esperto que quis tirar dinheiro da Editora Hachette para exibir estampas de Doré.

A crítica erudita rebaixou as gravuras do artista aos degraus da arte menor, às fantasias que apelam a emoções populares, mas o cinema as vem apreciando como um antigo manual de usuário bem provado e evocativo.

Compreendi que o Sr. Will quisesse as gravuras como pano de fundo e espírito das imagens. Havia a coisa prática da sedução popular. A Editora Grant & Blanchard trabalhava essa vertente de enlevo patriótico, este clima da *Carga da Brigada Ligeira*. E havia a memória do avô Jerrold, um estrato que ele, o Sr. Will, desejava incorporar à sua atmosfera pessoal e ao seu filme.

Assim, a estratégia do filme me ocorreu aos poucos. As gravuras de Doré davam corpo a cenários de estética nostálgica. Logo, com a aparição da azeitada máquina de guerra americana, iriam estabelecer-se contrastes de estilo.

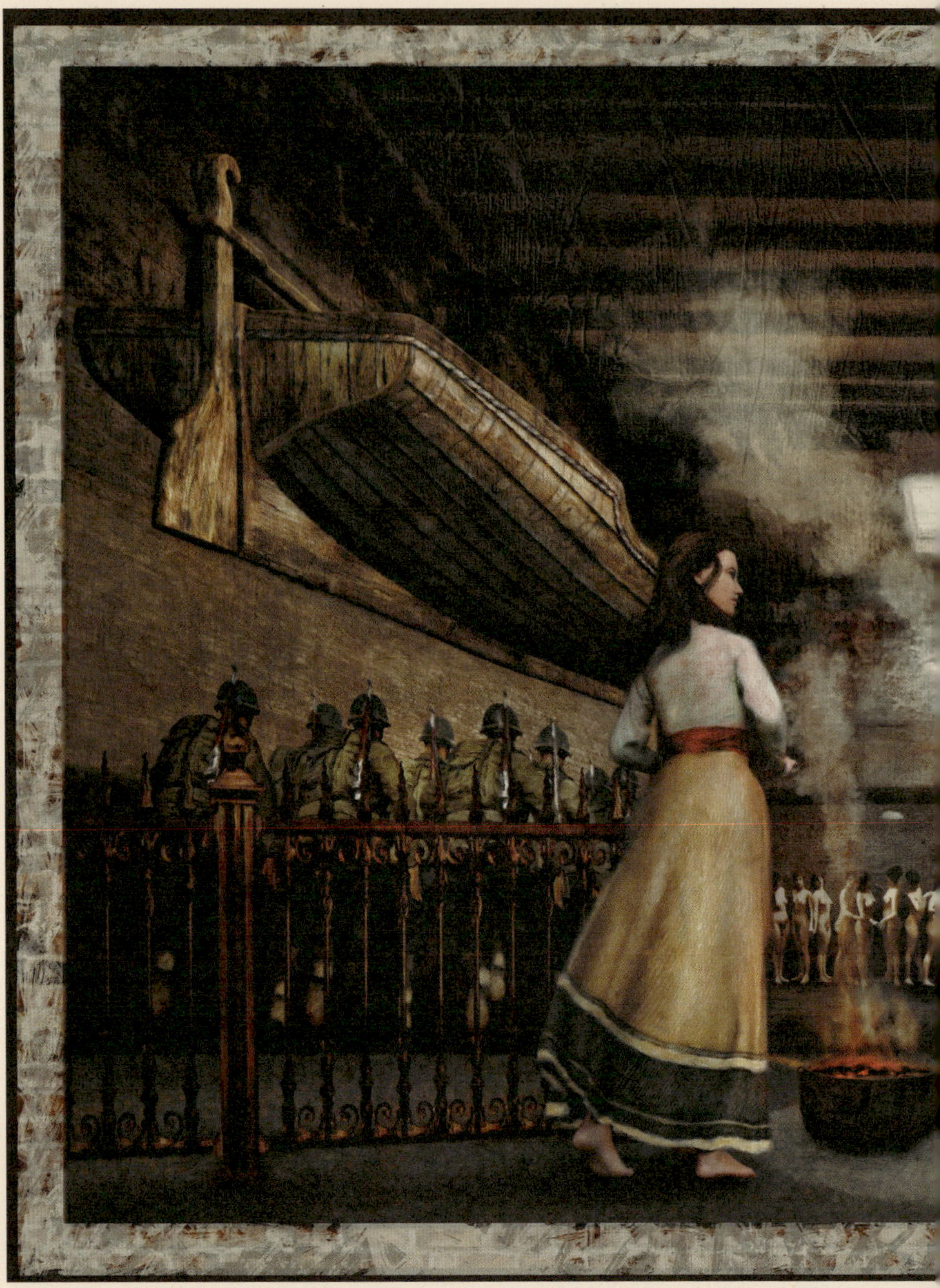

151

Os ares do crepúsculo europeu versus a solar metalurgia futurista da América. E a melancolia britânica, seu *spleen*, oposta à operística suicida da Germânia.

No terço final do filme (rodado logo a princípio, porém), voltam as gravuras de Doré. Pintam-se na campanha britânicos e canadenses, desde o desembarque na praia Sword até o impasse em Caen e o bolsão de Falaise. Sob suas luzes, trevas e relâmpagos, acompanho um críptico Montgomery, entrevisto-o, registro suas diferenças com os americanos, término morrendo, como já falei.

Uma coisa era a doutrina formulada pelo Gabinete de Guerra e outra era a prática ditada pela experiência de campanha. Montgomery quis transplantar o conceito vitorioso do norte da África para a Normandia. Isto veio, porém, mesclado com os padrões conservadores da Artilharia, anteriores à *blitz krieg*. As receitas desiguais se encaixavam com dificuldade no mapa geral de Eisenhower.

O desgaste do inimigo, fosse por fogo ou atrito, aplicava-se por senso comum no enfrentamento em Caen. Houve subestimação do efetivo alemão na área? Falhou a inteligência? Sim. Os alemães, com forças ralas e dispersas, preferiram concentrar mais resistência em um só ponto. Após o desembarque do XXI°, a progressão também foi dificultada pelo embaraço de tráfego e equipamento. Todas as restrições levavam a uma tática de cerco e redução. Embora Montgomery desse liberdade a seus generais, fossem ingleses ou canadenses, sua marca, estilo e mesmo seu temperamento, de certo modo os tolhia, retinha-lhes o passo aquém do compasso das outras tropas aliadas. Houve demora na tomada de Caen? Sim. Morreram mais britânicos e canadenses que americanos? Em termos absolutos, sim. Não, em termos relativos. Havia menos ingleses na operação total.

Era isso que eu devia arrancar de Montgomery depois que, enfim, Caen foi tomada e os alemães, empurrados do oeste por Bradley e Patton, retraíam-se, procuravam uma brecha para escapar. Entrevistei-o em uma barraca, à noite. Devia mandar para a Grant & Blanchard não uma justificativa para as falhas, labilidade, demoras, mas o perfil de um homem e de uma situação diferentes da Épica & Bravata americanas. Conversamos sob os céus de uma solene gravura tenebrista. Com sombras no primeiro plano, luz de candeia no campo intermediário, clarões da artilharia, ao fundo.

Muito bem.

De madrugada, no caminho para Chambois, uma coluna de prisioneiros alemães guardada por soldados americanos batia a estrada enlameada. Aproximei-me, com meu fotógrafo. Havia um soldado, um rapaz muito jovem, com uma bandagem cobrindo-lhe metade do rosto. Na braçadeira do uniforme rasgado inscrevia-se *Hitlerjugend*. Devia ter uns 18, 19 anos. Quando, amável e paternal, lhe fiz a primeira pergunta, ele, do nada ou de alguma dobra da farda, sacou uma faca e acertou-me o peito. Caí ao lado dele, enquanto um americano o abatia a coronhadas de fuzil. Fui arrastado para a margem da estrada sob uma árvore desfolhada.

Minha morte deu-se em meio a *flashbacks* enevoados. Meu irmão morre no Somme; meu filho cai em uma cidadezinha, Bierne, a caminho da evacuação em Dunquerque e, em Aragón, anos atrás, estou ferido na perna por um estilhaço. Venho em retirada de Belchite com restos da XV Brigada Internacional. Estamos escondidos em um vinhedo. A meu lado, moribundo, está o famoso comandante Merriman. A câmera fecha em um cacho de uvas.

Fade out, black.

Novo quadro. Interior, em Londres.

Delicadíssima e alva mão colhe uvas de uma bandeja de prata. É a mão da Sra. Blanchard, minha empregadora. Almoçam, ela e o Sr. Grant, o marido. Sobre a mesa, jornal com a manchete "CAEN TOMADA – MONTY AVANÇA".

O Sr. Weber, o diretor, parabenizou-me com tapinhas nas costas pelo meu desempenho na morte.

"O senhor morreu à perfeição."

Foi tudo.

A trupe, final

"Ao pé de um carvalho, entre as folhas secas, ela viu uma violeta, certamente a primeira a anunciar a primavera, pois ainda era fevereiro. Ajoelhou-se e, afastando as folhas cuidadosamente, cortou com a unha o tenro talo da florzinha e a levou, contente como se tivesse achado uma joia perdida por uma princesa.

'Veja como é pequenina... brotou ao primeiro raio de sol', Isabelle disse a Sigognac.

'Não foi o sol que a fez brotar, foi teu olhar que a fez abrir... ela tem a mesma cor de tuas pupilas.'

'Não sinto o perfume... ela tem frio', ela disse e a abrigou em seu decote.

Tomou-a, depois de uns minutos, aspirou-a profundamente, deu-lhe um beijinho furtivo e a estendeu a Sigognac, dizendo:

'Sinta como cheira agora. O calor do meu seio libertou sua pequena alma de flor tímida e modesta.'

'Você a perfumou', respondeu Sigognac, levando a flor aos lábios para capturar o beijo de Isabelle. 'Este perfume delicado e suave nada tem de terrestre.'
'Ah, mas que perverso', falou Isabelle. 'Dou-lhe de boa-fé uma flor para cheirar e ele se sai com essas ideias rebuscadas... Há quem aguente? À mais simples fala, ele responde com um madrigal.'"

THÉOPHILE GAUTIER ESCREVEU ESTAS linhas de idílio e negaças brejeiras com as cores da paisagem de sua terra natal e com os ares galantes dos tempos de Luís XIII. Sigognac é um nobre arruinado que adere a uma trupe de teatro ambulante. Isabelle é a moça por quem ele se apaixona e que atua como a Ingênua, supostamente inconsciente de sua sensualidade. O romance deles é perturbado pelo Duque de Vallombreuse, cujo desejo por Isabelle nada tem de figuras poéticas ou maneirismos.

Adiado por muitos anos, "O Capitão Fracasso" foi enfim publicado em folhetim, em 1863. Desde 1909 fazem filmes sobre o romance.

Meus amigos Falcone e Pellico, oriundos do teatro e da ópera, colidiram na noite de Paris com um financista e empresário, um herdeiro aloprado de frigoríficos marítimos em Gênova. Ele se identificava com Sigognac, não sei se por falta de tratamento psiquiátrico ou por genuína paixão por uma atriz italiana que, depois de aceitar-lhe corte e regalos, decidiu casar-se com um sujeito muito mais rico, em Milão.

Nosso homem encasquetou em fazer um filme sobre a "notável fantasia romântica de Gautier que empolgou minha infância" – palavras dele, do genovês maluco, em papel timbrado de sua empresa. Dois marlins, em esgrima simétrica, cruzavam suas espadas, acima, na logomarca.

Paolo e Sandro, meus periclitantes empresários da *Falcone & Pellico*, abocanharam a proposta e arrastaram-me na empreitada, oferecendo-me o papel do vilão Vallombreuse e uma assistência na produção, coisas que, também faminto, aceitei de imediato.

Foi isso.

Fomos para Landes, na Gasconha, ver o Castillon de Arengosse, o "Castelo da Pobreza", dito como o local que inspirou Gautier para sua história. O clima era horrível e as condições físicas para locações, as piores. Some-se a isso as dificuldades com a reserva de mercado, disfarçadas, mas reais, da burocracia francesa. Tínhamos em mãos um impasse e parte do dinheiro genovês, um bom adiantamento, que já havia coberto, aliás, despesas da Produtora, contas atrasadas de Paolo e Sandro, e algumas pendências minhas, pessoais, que já vinham se tornando vexatórias.

Tínhamos engolido as iscas gulosamente e agora o anzol dos Frigoríficos Dolfini nos repuxava as bochechas, insistentemente. Não havia dia sem um telefonema de acompanhamento e cobrança por progressos.

Apresentei uma solução. Abandonaríamos a ideia de mais um filme de época, faríamos a adaptação para tempos mais recentes... o pós-guerra, por exemplo.

Fomos a Gênova, levando a proposta, temerosos como escolares que tinham feito mal os deveres de casa. Fomos surpreendidos.

Gente muito rica tem uma escala diversa para custos e despesas. Gianfranco Bonavera passou, indiferente, ao largo de nossa esfarrapada prestação de contas e falhada expedição à França. Abraçou com simpatia e admiração a ideia de uma adaptação mais moderna. Convidou-nos para almoçar.

"Quero que conheçam alguém", disse.

O Capitão Fracasso avançava em seu destino.

O genovês apresentou-nos Carlo Aranha, seu sócio brasileiro, jovem como ele e também sucessor de negócios de família, com margem, entretanto, para empreitadas e aventuras pessoais diferenciadas. Estava de passagem para os Emirados, parou para rever Gianfranco, para almoçarem, prosearem, irem à noite.

Estávamos em nossas melhores roupas naquele restaurante exclusivo e chique, mas ao lado dos dois ricaços, moços e desenvoltos, sentíamo-nos como indivíduos de segunda classe, admitidos ao lugar e à companhia por algum tipo de equívoco ou concessão. Gianfranco abriu a conversa:

"Falei ao Carlo do nosso projeto."

O "nosso" nos animou tanto que logo tomei um largo gole de vinho.

"... e ele quer entrar no jogo, quer ser parceiro no filme..."

Desta vez, o vinho foi atacado por Paolo e Sandro.

"... com algumas condições, é claro..."

Os três pousamos as taças, curiosos e inquietos.

"Quer que parte da aventura se desenvolva e seja rodada no Brasil..."

Olhamo-nos, em consulta e indecisão.

"E, eu, de minha parte, quero escolher os atores para os papéis de Fracasso e Isabelle..."

Demos, em uníssono, um rápido e desavergonhado "Claro!".

"... e Carlo, naturalmente, poderá indicar outros atores, se quiser. Estamos de acordo?"

Concordamos. Apertamos as mãos, cruzando-as sobre a mesa como espadachins e, em seguida fomos relegados a uma fantasmal zona de inexistência.

A conversa dos dois moços desprendeu-se para territórios e assuntos ignotos à nossa cartografia rasteira. Passamos a ouvintes passivos, estrangeiros.

Por sorte ou conveniência, veio mais vinho. Resultamos ligeiramente bêbedos e leves.

EM DOIS MESES, TIVEMOS um roteiro e o plano de produção. Adaptação e roteiro ficaram comigo. Contratei um redator – jovem – bom para receber pouco dinheiro e muitas ordens. A produção geral ficou com a *Falcone & Pellico*, mas reservei alguns nichos para mim. Foram de grande valia. Também segurei o papel do vilão Vallombreuse.

O enredo seguia o compasso do romance, mas passava-se, inicialmente, em Bari. Um jovem rico vê-se arruinado após a guerra. Seu pai, ligado ao Regime Fascista, cai em desgraça. As empresas estavam endividadas, fisicamente decadentes. Negavam-lhes crédito.

O pai desapareceu, uns diziam que fugiu para a Suíça, outros que ele foi para a América do Sul. O filho ficou só, na velha mansão, onde escrevia sonetos melancólicos e desesperados.

Em uma noite chuvosa, bateram-lhe à porta. Era a trupe, tangida pelo temporal, que lhe pedia abrigo. Ele estava para negar, quando viu, sob a luz de um relâmpago, a face angelical de Isabelle.

Siderado pela visão, o jovem Sigognac (Della Cicogna) vai seguir, então, o destino picaresco traçado por Gautier e cuidadosamente alterado para nossas necessidades imediatas.

Por exemplo: Vallombreuse (Valoscuro) passou, no *script*, a ser um sujeito de família nobre que esteve ligada aos negócios do pai de nosso herói. Ele é um jovem e talentoso delinquente que age no mercado negro e contrabando do caos de após guerra. Também é tomado de paixão ao ver Isabelle em cena, virginal e apetitosa. Ele vai persegui-la, com aceso desejo, até o Rio de Janeiro onde, por força de nosso contrato, desenvolve-se a segunda parte do filme.

Ganhei um bom dinheiro com a mudança da locação. Aprendi a cobrar comissões de fornecedores, transporte, aluguéis, seguros e serviços. Reparti estes benefícios, fraternalmente, com Paolo e Sandro. Pensem que o espírito negocial de Vallombreuse me instruiu, mas seu caráter não me corrompeu, acreditem.

Gianfranco tentou de tudo para convencer sua atriz perdida a aceitar o papel de Isabelle. Ela se manteve fiel à segurança do casamento milanês. Ele confortou-se em aceitar uma atriz iniciante, Monica Barbini, tão bela quanto Gautier poderia imaginar e um tanto vulgar, direta em suas pretensões de vida, fortuna e arte. Essas virtudes hipnotizaram nosso financiador e logo entraram, os dois, em absoluta sintonia amorosa.

Carlo Aranha despachou-nos uma atriz brasileira, Marina Soledade, para o papel da cigana Chiquita. Bem...

Fizemos uma ligeira torção no roteiro para fazê-la presente em Bari e seguir com a trupe, ao Rio. Manobra minha, pessoal, aceita sem muita discussão.

Oh, Rio!

Gianfranco vinha ao Brasil acompanhar as filmagens e mimar Monica Barbini. Carlo Aranha aparecia, vindo de São Paulo, alugava um andar do Copa, divertia-se, sumia na segunda-feira.

No mais, seguindo o *script,* Vallombreuse ligou-se a grupo de bandidos cariocas, sequestrou Isabelle. Duelos, tentativas de resgate. Apareceu o pai do vilão, em busca do filho. Reconheceu, por um anel, que Isabelle era a sua filha desaparecida, fruto de um amor, digamos, irregular. Isabelle foi devolvida a Sigognac. Vallombreuse se frustrou, ao sabê-la irmã. Fosse outro o filme...

Certamente, não era.

Inventei de levar a trupe do Capitão Fracasso itinerante até Buenos Aires. Não se acanhem em perguntar se ganhei dinheiro com a extensão. Sim, ganhei, achei-me no direito de me recompensar pelas múltiplas tarefas. Paolo e Sandro aceitaram com ênfase a ideia de levar o filme à Argentina.

Em Buenos Aires, Sigognac encontrou o pai exilado, muitíssimo doente, sentado sobre a fortuna clandestina que escamoteara da Itália, via Suíça.

Faltava pouco para a conclusão do enredo, mas, então, estávamos no impasse moral do *happy end*. Deveria o nobre e puro Sigognag aceitar a herança suja do pai?

Enquanto filmávamos cenas de enxerto, tomadas bucólicas na cidade, grandes planos nos descampados, vieram notícias de Gênova. Houve um divórcio em Milão, o grande amor de Gianfranco repentinamente reinstalou-se com um fogo capaz de incendiar o Mar Ligúrio. As chamas consumiram também, à longa distância, Monica Barbini. Pagamos-lhe um vultoso cheque como tributo à sua imolação.

Por três semanas, ficamos em silêncio telegráfico e telefônico, éramos a trupe de Fracasso replicada nos Pampas. Enfim, aos nossos reiterados apelos, vieram instruções:

"Encerrem as filmagens como acharem melhor. Tudo passa a ser Direito e Propriedade do Carlo Aranha. Ele vai mandar que se providencie o fechamento das contas, rescisões, essas coisas. Quando passarem por aqui, vamos almoçar. Quem sabe, teremos outras aventuras..."

Nosso Capitão Fracasso nunca foi finalizado. Latas do copião foram mandadas a um depósito das empresas de Carlo Aranha, em Santos. Dormem lá, a maresia já lhes deve ter dado a pátina de antiguidade que as podem tornar artefatos curiosos aos filhos do Carlo...

... isso, se um dia, eles tiverem interesse em vasculhar a história da firma e o espírito do pai. Senão...

Rolam os créditos

Nem sempre faz sol, mas a pele queima do mesmo jeito. Até quando está fazendo um pouco de frio, o mar está sereno e as nuvens paradas e baixas.

A areia, pela manhãzinha, está compactada pela maré, sem marcas de pegadas. É creme na orla da vegetação da praia e mais escura na arrebentação. A enseada doma a força das ondas, elas chegam com preguiça ao que chamei arrebentação, por falta de melhor nome. Somente nos temporais de verão, elas chegam brabas à praia. Não em todos os verões. Às vezes, as tempestades passam a praia, vão se zangar apenas no encontro da Serra do Mar. Há relâmpagos galácticos, trovões muito exagerados, enxurradas que aluem encostas. Logo passam.

Caminho pela praia, vou, logo cedo, até a prainha em remanso aonde chegam os barcos de pesca. Gringo completo, de chapéu de palha, descalço, bermudas, camisa de xadrez aberta no peito. Conhecem-me, na Barra do Boranguê. Sou o sujeito grandão dono da Pousada Castillon e, dia sim dia não, vou comprar peixe diretamente dos barcos, pegar os melhores espécimes.

Hoje há robalos e ciobas, dois ou três linguados. Não dá para ver direito, os peixes estão amontoados, embaralhados em uma cesta com gelo sujo de sargaço, engalanados por polvos e lulas. Alguém ali tem vocação natural para compor *bodegones,* é o que pareceria ao fotógrafo, houvesse fotógrafo, filme ou roteiro nesta cena.

Peixes, carnes, estivas, são minhas tarefas. Contabilidade, pessoal, itens de manutenção, contratação de serviços, ficam por conta de Marina.

Compramos a pousada com o dinheiro ganho no "Capitão Fracasso". Continuo chamando-a de Chiquita, mas o povo da vila a chama de Dona Soledade. Temos um casal de filhos que fazem faculdade no Rio. Vêm nos ver a cada mês, em fins de semana ou nos feriados longos. Trazem amigos.

Uma das garotas visitantes estuda cinema. Desconfio que namora meu filho. Ficou sabendo, por ele, de meu passado na indústria. Ela sempre quer descobrir como tudo era, naquele tempo. Minto para ela, deslavadamente. Invento histórias.

"Era glorioso, uma época notável", digo.

Ela acredita.

Canais

8°3'S 34°54'W

NA BEIRA DA PISCINA, sob um pálio tropical – guarda-sol em gomos de arco-íris – sua universal insígnia, mais simpática que as armas de sua família (escudo em ouro e goles, *bend sinister*), ele, ali na cadeira de palhinha da Índia, Thomas, coxas expostas num branco rosado que logo iria enrubescer em ardores, ele, furta-cor do turquesa da piscina e do espectro do guarda-sol, Thomas Stanley Abercrombie, ouvia, um tanto desatento, o que dizia o outro, anfitrião, funcionário júnior do governo local, rapaz sobrinho de político ou coisa que tal, provavelmente um hétero, Thomas pensou... talvez não, ele ouvia o que o moço desfiava com descuidada prosódia juvenil, um novelo de aventuras e desgostos quando *trainee* em obscuro desvão do Banco Mundial.

Por que, por que, por que, Thomas? Uma indagação que percutia como um besouro insistente querendo atravessar o engano de uma vidraça.

Porque ele forçara o convite, impusera-se o exílio punitivo que poderia sanear a risível perda que sofrera e porque, tatuado indelevelmente como agente público de alto padrão e provada competência, pôde dispor-se para a missão, missionário que já fora outras vezes, ao longo e no largo do mapa-múndi, algo assim e quase tudo isso que, afinal, o levara à beira da piscina, naqueles pagos.

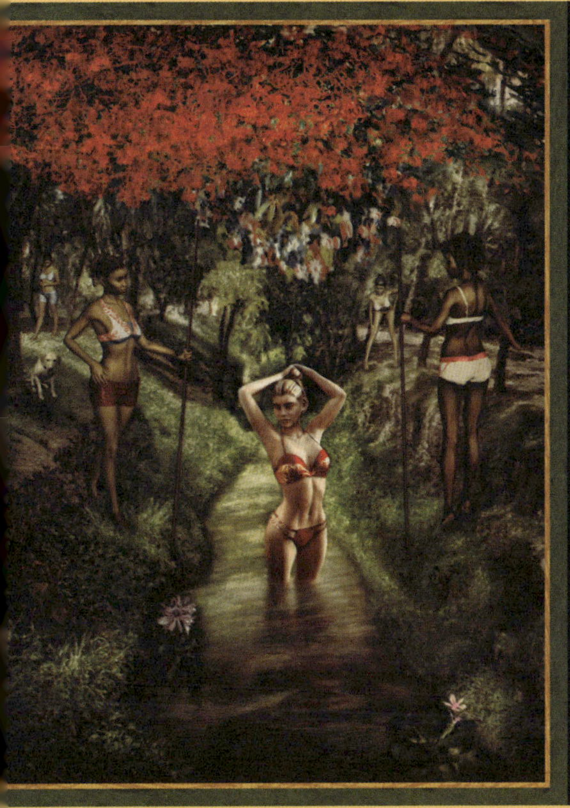

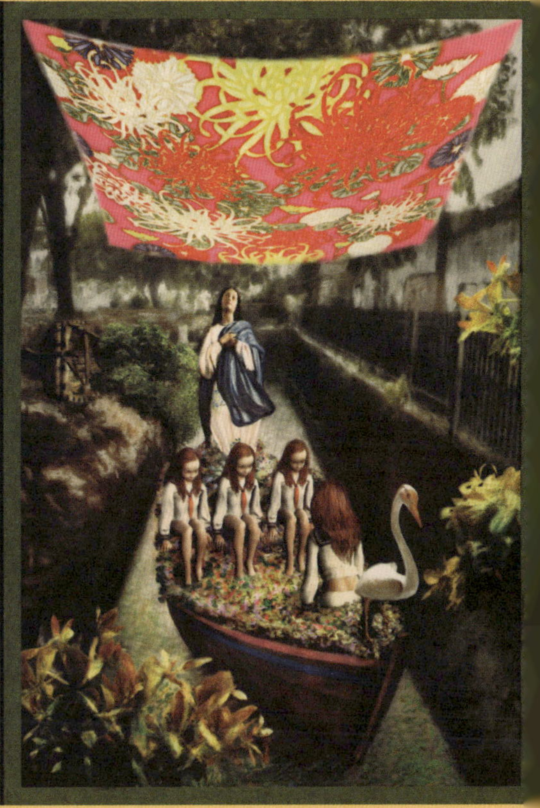

Ah! E a compulsão do Povo Branco do Norte a descer abaixo do equador, a migração para banhar-se no sol a prumo...

Assim, ali estava e, naquele momento, estendia a mão para pegar a bandejinha de frutas vermelhas picadas, rodeadas de gelo em flocos e brotos de hortelã, um ninho mimoso que contrastava com o sujeito grande e tosco que a oferecia, algum serviçal travestido em garçom para a ocasião.

Havia que cumprir o ritual da sociedade, as liturgias processuais que antecedem as reuniões de trabalho em gabinetes, a coleta de estatísticas, pareceres e planilhas, as apresentações diligentes feitas pelos obreiros da colmeia, o séquito de secretárias com pilhas de informes.

No momento, porém, havia o sol, a voz do moço, as frutinhas vermelhas.

O SOL! – COMO conseguem concentrar-se com todo este sol e luz? Thomas pensou, enquanto se refugiava no seu poço pessoal de mágoas e humilhação, o círculo do purgatório dos amantes trocados por algum outro sujeito mais jovem e divertido, o lugar comum da melancolia dos traídos.

Velho não sou ainda. Fosco e desgastado, talvez, ponderou... Mas não tão perto da morte quanto exigiria um melodrama, confortou-se.

More die... voltou à superfície, piscando ao sol... *More Die of Heartbreak*, lembrou-se do nome do livro. Só faltava essa, morrer aqui alienígena e exótico, de um tipo de morte que seria um luxo e uma comédia num lugar em que defuntos por doenças banais são semeados no campo das misérias de variada fortuna, do desamparo, da ladroagem e das capitanias hereditárias.

Estava amargo, constatou. Remediou-se com a doçura das frutinhas.

6.45°N 3.38°E

PERDIDOS, ELE, O MOTORISTA e a funcionária da Indústria e Comércio, para cima e para baixo da rua Idowu Odumugare, às tentativas e erros, celulares em pane, GPS esquizoide, a *van* do governo entrando por uma viela sem saída, retornado em ré e gemidos do motor à rua barrenta paralela ao canal atapetado por aguapés e jacintos, uma massa espessa em que se poderia andar como nos sonhos ou pesadelos pastosos, ilusão verde que se abria em ilhas d'água, espelhos turvos, uns, outros de matizes sintéticos de corantes de tecidos: púrpuras funéreos, laranjas apodrecidos, índigos noturnos.

In loco, uma aquarela torpe que retratava o que Thomas havia visto em tabelas, gráficos e impressos ruins. A outra margem do canal, alcançada apenas a pé por uma pinguela precária, cobria-se a perder de vista com panos tingidos, recortes de quatro a seis metros estendidos sobre o mato ralo, um caleidoscópio de coisas frutais, estampas de flores impossíveis, geometrias sincréticas, padrões largos do gosto subsaariano.

Soluções de tingimento esgotadas eram vertidas de seus tonéis de plástico para a água e o lodo do canal. As tintas mais espessas não se dissolviam logo. Iam ao fundo sob o tapete de aguapés, reapareciam em fiapos que se mesclavam a outras cores nas clareiras d'água, formando remoinhos como nas encadernações marmorizadas de livros antigos.

Tudo seguia a oeste, de canal a canal, de vala a vala, até o rio e daí para os entrededos do estuário aberto para uma laguna roubada ao Atlântico.

Êkô. Os chineses a descobriram agora, como antes os portugueses e também aqueles ingleses contraditórios e divididos, determinados, porém, a reger colônias com olímpica destreza financeira. Fracassariam, a seu modo, sem grandes prejuízos, salvando os bolsos pela prevalência mercantil do porto, pela aglomeração em metrópole do imbróglio étnico e tribal, por algum cinismo negocial, ou seja, por declarado impulso de ganância globalizada, e, muito, pelo petróleo.

Além e mais que na cidade, feira gigantesca, bricabraque de mercado público, repositório regional de sucatas, acampamento de cultos – do Cristo e seus avatares, de Buda, de Olorum, de Alá & Maomé, de Pai Omulu & Tia Oshun, festa dos exatores e fiscais mais variados e dos especiais poderes civis, militares, judiciais, policiais, amanuenses, cartoriais e criminais também. Mais que tudo isso, na cidade, o petróleo regeria o novo tempo, celebrando, em fisionomia e alma, algo que se teimava afirmar formalmente como independência.

Um em cada sete habitantes da grande Êkô tem problemas renais e hepáticos, leu Thomas. As toxinas dos corantes sintéticos das estamparias pervaga de modo sistêmico os cursos d'água, impregna pastos, raízes, grãos, legumes e hortaliças, pescado, crustáceos e mariscos, a epiderme dos homens e dos bichos.

Os chineses chegaram com afagos e dinheiro barato para financiamento da infraestrutura. Olho num mercado concentrado em vias de expansão do consumo, outro olho na face aberta ao Atlântico, um modo de enfiar-se como uma cunha na ilharga da Europa e criar uma interface atlântica mais confortável que a luta contra as muralhas de Pretória ou Johanesburgo. Mercado continental em expansão para telecomunicações, logística e varejo de massa, inclusive.

O setor têxtil não era alvo primário dentro da estratégia de escala, mas abriu oportunidades para o retalho. Mosca no mel. Chegaram os corantes sintéticos que já haviam ganhado Índia e Paquistão e, logo, os contêineres com tecidos sintéticos africanos *made in China*, de estampados tais quais e que custavam, na ponta final de mercado, um sexto do preço dos panos nativos. Uma praga dentro de outra.

No vilarejo de Kano, onde se tingiam panos há séculos, os poços de índigo estavam mortos, bocas abertas ao sol, e o galpão decrépito da cooperativa abrigava uns poucos atados de panos em azul empoeirado e triste.

Thomas ali chegara com outro motorista mais sagaz, e uma funcionária do Planejamento e Projetos, esta oriunda da região, já conhecedora do desastre na produção têxtil artesanal e do colapso na cultura e processamento de algodão no país.

"Quinhentos e mais anos de tradição", veio uma voz bem atrás deles – um moço alto, ioruba europeizado, vestido como ecologista militante ou em uniforme similar.

"Vieram aqui para salvar ou fazer turismo de lamentação?"

"Achebe", apresentou-se, sem estender a mão, ajuntando-se ao grupo, desprezando qualquer cerimônia.

Nome pretensioso, postiço, carimbou Thomas para si mesmo.

"O governo quer recuperar tudo com pesquisas e consultorias", falou o Achebe. "Vai fazer crescer o algodão de novo, reinstalar as tecelagens, voltar aos corantes naturais, encher os poços de índigo, limpar os canais do lixo, da bosta e das tintas tóxicas... Vai tirar os chineses da jogada", acrescentou. "Vai voltar ao artesanato e ao pastoril, vai recompor e pacificar a tribos e condecorar seus líderes orgulhosos com a medalha pan-africana do bom comportamento..."

"Meu Deus, isso vai ser muito enfadonho", Thomas ruminou, sem saber como se livrar do sujeito.

A moça do Planejamento parecia já conhecer o tal Achebe. Ela mantinha um sorriso mínimo no canto da boca e o olhava de viés. Já Thomas conhecia o tipo de ecologista policrômico e blogueiro: crítico, mas contumaz nas salas e antessalas da administração, pegando uma comissão aqui, uma participação em grupo de trabalho acolá, um pé num agrupamento político, outro em qualquer fundação que o acariciasse com a promessa de um simpósio em Paris ou Estocolmo.

8°3'S 34°54'W

Ali, também, os canais teciam uma rede líquida no estuário. O problema maior não era poluição química. O problema capital era saneamento e lixo.

A cidade, rasa, mal ancorada contra a parede do oceano, escrevera sua substância aquática no nome dos bairros: Peixinhos, Afogados, Águas Compridas...

O conde menor e soldado da fortuna, o gestor holandês, pensara em canais para drenar os banhados que cercavam sua cidadela. E proibira que se jogasse merda nos rios, que a água, salobra que fosse, essa ainda se aproveitava, já a do mar...

Vieram os canais, com o tempo e a necessidade. E tiveram desenho lógico e boa função de dreno e regulagem nos alagamentos. Depois, a cidade cresceu em torno deles, os aterros cobriram mangues extintos. As construções, vias e avenidas os foram obliterando e sufocando e, logo, os canais passaram a serviço menos nobre, tornados cloacas para os pouco dissimulados esgotos domésticos, vala para lixo de todo calibre, fosse a céu aberto ou nos trechos de tubulões enfiados sob ruas e praças. Plástico e fezes, pneus, móveis refugados, bichos mortos, sedimento das demolições e sucata de automóveis, massa indigesta entupindo suas tripas, o filtrado disso tornando-se chorume que chegava aos dois rios maiores ou indo diretamente às áreas ribeirinhas, suas favelas e baixios. Tudo fluindo a um mar impotente em química para esterilizar venenos e bactérias.

Thomas olhou a foto aérea, a nítida demarcação da nódoa parda vazada pela cidade.

"Sempre a tinta", suspirou.

O GOVERNO QUERIA VENDER a companhia de águas e esgotos. Questão de caixa urgente mascarada em política moderna de privatizações, "alívio do ônus estatal", o que fosse.

Thomas deveria avaliar e modelar este negócio para a intermediação do Banco. Águas e esgotos, tratamento de eflúvios, reciclagem de lixo, reordenação do saneamento, defesa dos canais... Um combo que poderia ser lucrativo ou desastroso numa cidade em que o metro linear para abastecimento de água custava um décimo por metro do custo para seu esgotamento. Governantes não gostam de obras invisíveis, enterradas. O povo, dizem eles, fica feliz apenas em ver a água jorrar da torneira.

Retificação, *boosters*, tratamento, desapropriações, relocação de gente, reurbanização dos aglomerados, lagos de pulsação e diques, composição das isenções e carência para impostos e taxas, projeto de impacto ambiental... Thomas cotejou mentalmente os itens contra a coluna do caos estabelecido. Que fosse. Tudo seriam números mesmo.

Ele fazia esses cálculos miríficos vendo o traçado do canal que ligava o Rio das Capivaras ao das Arraias, uma reta que passava ao lado do zigurate do *shopping,* e que vinha, ou ia, até as longínquas favelas do Matadouro e dos Maruins, reta nem sempre visível, seu risco apagado sob a pista de uma avenida onde faltou dinheiro ou disciplina para fazer um pontilhão decente. O canal refluía a maré montante. Sentiu o cheiro de ovos podres que trescalava no estacionamento externo do *shopping,* odor democrático e equalizador, combatido, embora, com baldes de detergente cítrico lançados no cimentado do pátio.

Enfim, chegaria a hora da reunião com os próceres. E, sob esse estrato, conferências com a legião de jovens tarefeiros, iguais em tudo ao moço palrador da piscina, gente oficinal de planejamento, fazenda, engenharia, urbanismo, relações públicas. Infantes da colmeia em exibida performance de eficiência, carreando pastas gordas de documentação ou cintilando na penumbra da exibição do Power Point.

Sob essa maré de informações, relatórios, *slideshows*, resgate de arquivos mortos, Thomas iria se convencer de que a miséria local era grande, mas perfeitamente conhecida e mensurável.

6.45°N 3.38°E

Com a mesma desenvoltura exibida em Kano, Achebe infiltrou-se no trabalho de Thomas, não sem a ajuda da inércia deste e até de alguma complacência. Principalmente útil eram as magias iorubas do rapaz, capazes de azeitar a burocracia local. Ele conhecia todo mundo, do porteiro do Ministério ao chefe do gabinete, roçando, talvez, a atenção do Secretário ou mesmo do Ministro. Thomas também considerou a possibilidade de ele ter sido plantado em seus calcanhares por alguma agência ou grupo de interesse. Mas, e daí? Importava muito mais que levantasse referências e contatos, ainda mais que, nativo, sabia diagnosticar sinais de amizade ou resistência nos humores e radiografar as diferenças tribais dos funcionários.

Logo o moço estava acompanhando Thomas, investido informalmente e sem remuneração, como escudeiro, consultor para costumes e etiquetas étnicas, além de guia de turismo e lazer.

Acompanhava, com descrença pouco disfarçada, o avolumar-se da papelada no escritório improvisado de Thomas, numa saleta anexa ao centro de convenções do hotel.

"Veremos em que tudo isto vai dar, Grande Senhor Branco", afrontava, irradiando um belo sorriso adequado ao desarme de represálias de Thomas.

Chegava cedo ao hotel, abria conversações vivazes com os *bell boys*, porteiros, gerente, mocinhas da recepção, passava pelo restaurante olhando calmamente o bufê, enfiava-se pela cozinha e saía de lá sempre mastigando um petisco.

Ao fim da tarde, voltava com Thomas das expedições de campo ou das repartições, sobraçando classificados de documentos ou sacolas de suvenires típicos que Thomas gostava de acumular para presentear secretárias e colegas, quando voltava à pátria e a seu estado natural.

Sem impedimento religioso, o moço Achebe gostava de beber. Apreciava, sobretudo, as bebidas finas, fossem do bar do hotel ou as da suíte com varanda onde Thomas e Alfred se aninhavam.

Alfred. Freddy. *Freelance* em antiquariato, decoração, obras de arte e eventos de duvidosa elegância, membro frequentador de clubes de cavalheiros de cultura e de sensualidade não ortodoxa, um que outro dos quais que foi parar, com suas cores saturadas, em capas de tabloides, para vexame do governo e chistes murmurados no Parlamento.

Freddy. Alongado na espreguiçadeira do deque, tomando do sol os últimos raios poentes, de óculos escuros, bermudas, perfeito gringo em férias, sem ocupação ou tarefa a não ser preencher aquele lapso com o parêntese de outra desocupação mais preguiçosa, e dentro dessa, a fruição do *dolce far niente*.

Ele olhou para Thomas que chegava, atrelado a um Achebe com ares de *flâneur* dos grandes centros.

"Como foi hoje? Cumpriram algum safári produtivo na selva do governo?"

"Não, *Bwana*", adiantou-se Achebe. "Faltou pólvora e o pessoal do Saneamento, mesmo assim, estava arredio, temendo os caçadores."

Thomas não achou graça. Nem na intromissão de Achebe, nem em sua própria leniência e, muito menos, no ritual de minueto de Freddy, que estendeu a mão lânguida para Achebe. Este, respondendo ao gesto, cortesmente, ajudou-o a sair da espreguiçadeira.

Freddy pôs-se de pé, num surpreendente pulinho elástico.

"Bebidas, senhores?", disse, indo direto ao carrinho das bebidas. "O de sempre, com muito gelo, para Mr. Achebe e para você, meu caro Thomas, um drinque escandalosamente colorido como as águas dos seus queridos canais?"

51.5074°N 0.1278°W

Pela rua, sob a chuva, Thomas, patético, pálido, encharcado, com a vista e estômago embaralhados com pílulas para dormir e para ficar acordado, e mais três uísques duplos engolidos de pé no The Pink Butterfly, pouco antes da hora do almoço, subindo a Rua Milbank, sinuoso e meio trôpego em meio aos transeuntes que pouco o notavam... Ele não se decidia se iria ao Banco, quase ali à sua frente, ou se iria para casa mais cedo, enfurnar-se com a cara afundada no estofado do sofá.

Na mão, fechada com ódio, ódio, ódio, ia a bola de papel que fora a folha única da carta de Alfred. Estivera, na véspera, sobre o birô de sua sala, destacando-se como coisa desavergonhada, íntima e pessoal, no topo dos papéis de trabalho do Banco, exibindo-se em um envelope aéreo bizarro, anacrônico, com bordas listradinhas nas cores da Índia.

Antes, nenhuma mensagem dele, fone fora de área ou desligado, zero *e-mail*, silêncio cósmico.

O que havia dito o trânsfuga, o pérfido? Que ficaria para comprar máscaras. Que lhe haviam indicado, muito secretamente, uma aldeia em que as havia, autênticas, comprovadamente antigas. Que voltaria em duas semanas, que não queria a perder a oportunidade de um bom negócio, que não era sempre que havia facilidades para sair da África com antiguidades, peças de coleção, de museu...

Não seriam duas semanas. Um mês e meio até aquela carta indiana com justificativas capengas e esfarrapadas para o afastamento:

"Estou numa fase de um novo movimento em minha vida..."

Idiota! E o modo como introduzia Achebe nesse roteiro de Bollywood:

"Um congresso de ecologia que tinha tudo a ver com os interesses dele, Achebe, e... coincidência, acredite, na mesmíssima data – um leilão de prataria e faianças aqui em Mumbai, coisas vitorianas remanescentes da Colônia e que ficaram esquecidas num porão da alfândega... mas, que sorte, não?"

Thomas comprimiu mais a bola de papel até que ela se reduziu a uma pequena couve-de-bruxelas.

Carta imbecil, remoeu. "Neste papel de arroz e nesta caligrafia violeta, coisinha efeminada e eduardiana, bem ao gosto *kitsch* daquele palhaço..."

Jogou a bolinha na correnteza do meio-fio e, logo, por civilidade arcaica ou mero sentimentalismo, arrependeu-se, voltou e a perseguiu ao longo da sarjeta, onde ela ia célere, desmanchando-se, abrindo-se como uma flor de papel de chá japonês, largando tinta em fios lilás, aplainando-se, desbotada e ilegível, então, novamente tornada numa só folha. Depois, fletida no avesso e quase se rasgando em duas pela dobradura, seguindo pela corrente, muito mais ligeira que Thomas podia seguir, ele, atrapalhado por gente e pelas baias de bicicletas no longo da faixa de ciclistas, até que a viu retida na grade da boca de lobo, onde ela pareceu dar-se uma pausa em rodopio e alongada espiral, e onde sumiu em vórtice, liquefeita, para dentro do esgoto e para o rio.

8°3'S34°54'W

Debruçado no peitoril de cimento lunar, Thomas tomou a perspectiva do canal. Esta era a parte que ia para norte e chegava a uma alça de córrego, emparedada, que cortava o arrabalde de oeste a leste. Às suas costas, passava o tráfego pesado da avenida.

Este é daqueles canais que foram escondidos, correm envergonhados sob os bairros mais abastados e só revelam a face medonha ao chegar nos subúrbios. Aqui ou ali, atrás, emergem, entretanto, como fossem tomar ar ou só para exclamar ofensas e fedores aos que os soterraram. Tomas pensou em anotar em um diário virtual de peregrino das colônias.

Anotaria também: esta é uma cidade de águas, exposta ao poluente universal de suas construções e refugos, projetos, sonhos, diretrizes e leis. Poderia ser saudável como nos seus velhos cartões-postais retocados. O ar marítimo era límpido, os rios foram pitorescos, quando jovens e inocentes.

Não escreveria isso no relatório, não mesmo, pensou.

Como estavam as coisas no momento? Estavam na medida certa para sua depressão miserável, sopesou isso, também miseravelmente.

Fechou os olhos feridos pelo brilho lodoso das águas. Reflexos de prata e infusões verdolengas. Ia ter uma enxaqueca?

Como o veriam agora os que passavam pela calçada ou nos carros? Um sujeito branco e alto, com roupas claras e folgadas, boné virado infantilmente para a nuca, celular na mão disponível a um furto, pendido absorto sobre a balaustrada do canal, de olhos fechados, um perceberia, outro o julgaria turista comprador de maconha, fácil ali, bastando descer à ribanceira e seguir pela margem do canal até o recanto ensombrado onde se consertavam barcos e se teciam redes de pesca.

Ora, bem, drogas... No momento ele parecia se valer dos próprios venenos, poções e destilados de seus humores negros internos. Algo como o xarope das águas do canal... Ironia.

Olhos fechados. Mãos crispadas no peitoril. Veneza aquilo não era, Xochimilco, quem sabe? Olhos abertos. Pernas trêmulas.

De longe do canal, vinha uma barcarola ornada de flores de papel. Meninas colegiais a tripulavam. Sob um toldo floral e solar, na popa, hierática, vinha a Santa da Conceição. Rígida em suas carnes de gesso, álacre em sua epiderme de esmalte, olhos piedosos, ambivalente em seu mistério de *Virgo Immaculata* e *Mater Dolorosa*.

Thomas, estrangeiro, exótico, ferido e abandonado, soube que ali, onde o geolocalizador marcava sua exata e fatal posição, ele havia chegado ao limite.

Rua São Clemente

Honorato

Honorato largou do Cartório às 17 horas, pegou o bonde, saltou na entrada da São Clemente, andou duas quadras até o sobradinho de Elisiário, de nome artístico Eliseu, seu amigo de longa data, dos tempos da escola primária, do ginásio e da vida adulta.

No fim da juventude, após alguns devaneios vocacionais, Honorato cursou Direito, arranjou emprego em um cartório e num jornal, primeiro como revisor, depois como editorialista avulso, um bico noturno para complementar a renda.

Já Elisiário, hesitou para se tornar Eliseu, lavrou o caminho de ilustrador, caricaturista, pintor de cenários, de retratos por encomenda, de biombos e louças, até tirar o Prêmio de Viagem ao Estrangeiro – isto foi no comecinho da República – e de ter ido a Paris onde, mais do que se aperfeiçoar e aderir ao modernismo ali corrente, apaixonou-se por Louise. Muito lutou pra trazê-la consigo. Veio enfim, de volta, trazendo-a e vários rolos com telas de paisagens e simbolismo variado, de boa qualidade, sim, e que, exibidas no Salão de Honra da Associação de Comércio, tiveram ótima acolhida e boas vendas. Ele julgava que o fato de estarem firmadas com "Eliseu – Paris", dava-lhes um valor de face mais distinto, embora as considerasse do mesmo nível que as da produção do nativo Elisiário, com o que Honorato discordava umas vezes, outras não. Terminava, enfim, por concordar que o que fazia a diferença mesmo era que acreditassem terem sido elas feitas em Paris. E, quando se esgotaram as telas feitas lá, não teve pejo em sugerir ao amigo que continuasse a firmar as obras com o local de prestígio requerido e exigido pela clientela, principalmente porque Elisiário e Louise já esperavam o segundo rebento – seria Isabella, que chegava quase quatro anos depois de Mariângela, primogênita. Honorato ponderava que viajar para a Europa, apenas para assinar quadros parisienses, parecia esforço tolo e gasto desnecessário.

Tinham essa liberdade, franquia e franqueza para sugestões mútuas na prática da sobrevivência, tanto que foi Eliseu (ou Elisiário) quem sugeriu que Honorato tomasse da pena para fazer a crítica de arte, teatro e belas-letras nos jornais, coisa que Honorato acatou como oportuna e providencial para equilibrar seu periclitante livro-caixa. Foi também do amigo, a sugestão do pseudônimo – *Petrônio* – para a tarefa de árbitro do gosto, embora Honorato, glutão por constituição física, tivesse preferido o nome *Apicius,* o que poderia, adicionalmente, lhe propiciar convites a repastos críticos nos melhores restaurantes da cidade. *Petrônio* venceu, porém, e logo tornou-se mestre em arrebanhar admiradores, de um lado, e hostes de selvagens indignados, de outro, conflito que ele, Petrônio, sempre deixava à lide de consciência do cartorial Honorato.

De hábito, no fim do expediente, Honorato cumpria o ritual de visitar o amigo, tomar um cálice de licor. Dona Louise trazia a bandeja, deixava-a na mesinha do estúdio térreo, saudava Honorato liturgicamente, saía, voltava com as meninas para que cumprimentassem o "tio Honorato". Elas o faziam, à francesa, com uma etiqueta estudada e cômica, ambas muito bem vestidinhas e penteadas. Vez por outra, Honorato lhes dava doces, mimos, bonequinhos baratos. Dona Louise as levava embora com passos de algodão, fechava a porta do estúdio, silenciosamente, deixava os dois lá a sorver o licor e conversar por quase duas horas. Honorato não ficava para jantar. Ia ao jornal, ficava lá até o fechamento. Chegava em casa tarde da noite. A mulher dele, paciente, requentava uma janta prosaica que ele quase nunca recusava, mesmo quando já havia comido em algum restaurante chique.

"Comi lá uns canapés, coisa leve, só para provar e fazer a matéria do jornal", mentia.

Dora, Nancy, Francisca

O portão menor do sobrado dava acesso a uma escada em tiro, feita íngreme para vencer o pé-direito do térreo. Chegava a um descanso exíguo, defendido por uma mureta. Ali ficava a entrada externa para o estúdio "de cima", a oficina privada de Eliseu.

Ele mandara construir a escada aproveitando o oitão, uma antiga entrada de serviços para o quintal e a cozinha. Espremida neste vão, a escada era ensombrada, criava lodo, era escorregadia. Eliseu pouco servia-se dela. Usava a escada interna para subir a seu ateliê privado, cerrado à família e a visitas.

Francisca era, quase sempre, a primeira a chegar. Morava perto, em duas peças alugadas numa pensão. Dormia em um quarto, aproveitava o da frente, que dava para a rua, para os serviços de costura. Lá atendia a clientela, geralmente vizinha, do bairro, fazendo reformas em vestidos, raramente costurando algo inteiramente novo, cerzindo calças de homens, paletós. Há cinco anos posava para Eliseu.

Ela temia perder o trabalho se Eliseu notasse que ela havia engordado ao longo deste tempo. Lutava para manter o peso e a linha, observava-se nos espelhos de sua sala de costura e, embora a balança da drogaria marcasse acréscimos, ela não conseguia detectar na silhueta. Era como tentar acompanhar com a vista o giro do ponteiro de minutos, o olhar não percebia mudanças. Ela contava que isto sucedesse também a Seu Eliseu, que ele não percebesse diferenças.

Quando chegou na São Clemente, já estavam destrancados, como sempre, o portão da rua e a porta do estúdio. Passou o trinco na porta, puxou e prendeu a corda que abria a claraboia da luz zenital do ateliê e esperou as outras. A primeira a chegar, sempre devia cumprir essa tarefa.

Eliseu só subia ao estúdio quando todas estavam lá. Geralmente as sessões eram matinais, depois das 9h, mas algumas vezes eram à tarde, por volta das 15h. Se alguma delas faltasse, o trabalho era adiado, mas havia pagamento às outras que comparecessem. Era regra da casa, que as três estivessem juntas no estúdio para o trabalho de Eliseu. Elas não sabiam por quê. Uma vez, era Francisca quem subia ao praticável para a pose, outras vezes, Dora ou Nancy. Uma de cada vez, jamais juntas. Era o sistema.

Francisca despiu-se, jogou sobre os ombros um roupão de seda com estampas japonesas. Era algo velho, parecia coisa de brechó de teatro, mas estava sempre limpo, lavado, impregnado por algum sachê de lavanda, uma atenção provável de Dona Louise.

Mal havia se alojado em um divã, ouviu pancadinhas na porta. Eram tamborilados na madeira, entremeados com risinhos abafados. Francisca abriu a porta para Nancy e Dora. Entraram ainda sorrindo enquanto saudavam Francisca e se desfaziam de chapeuzinhos e luvas. Francisca as achava coquetes, eram mais jovens que ela. Nancy era magra e alta, tinha os cabelos puxados a ruivo, a pele clara. Dora era uma morena sólida com um corpo enganador, quando vestido. Nua, era desenhada com lápis fino, curvas clássicas e exatas, estava no último terço dos 20 anos, era bela de rosto.

"Qual é a comédia, meninas?", Francisca quis saber.

Foi Nancy quem respondeu:

"No bonde, um sujeito engraçou-se de nós duas, sentou-se de frente, insistiu em puxar assunto, perguntou o que fazíamos. Eu disse que era tradutora juramentada, Dora disse que era governanta da viúva de um diplomata, no Cosme Velho. O homem pareceu engolir a prosódia, de repente estava necessitado de uma tradutora para uns contratos e de uma governanta para uma tia rica e paralítica. Disse que era comerciante, viúvo, sem filhos, que se chamava Martinho não sei de quê, quem sabe poderíamos tomar um chá ou sorvetes, uma tarde destas... Dora espicaçou o homem: 'Quem sabe?', ele animou-se. Mas, logo chegou nossa parada, nos despedimos, para decepção dele. Então, enquanto apeávamos do bonde, subiu um sujeito, deparou-se com o tal Martinho, saudou-o com um efusivo 'Olá, deputado Raposo. Há quanto tempo... Como vai nossa Minas... E a família?... Dona Rosilda e os meninos?' Subimos a rua rindo, atraindo atenção, mas não dava para controlar."

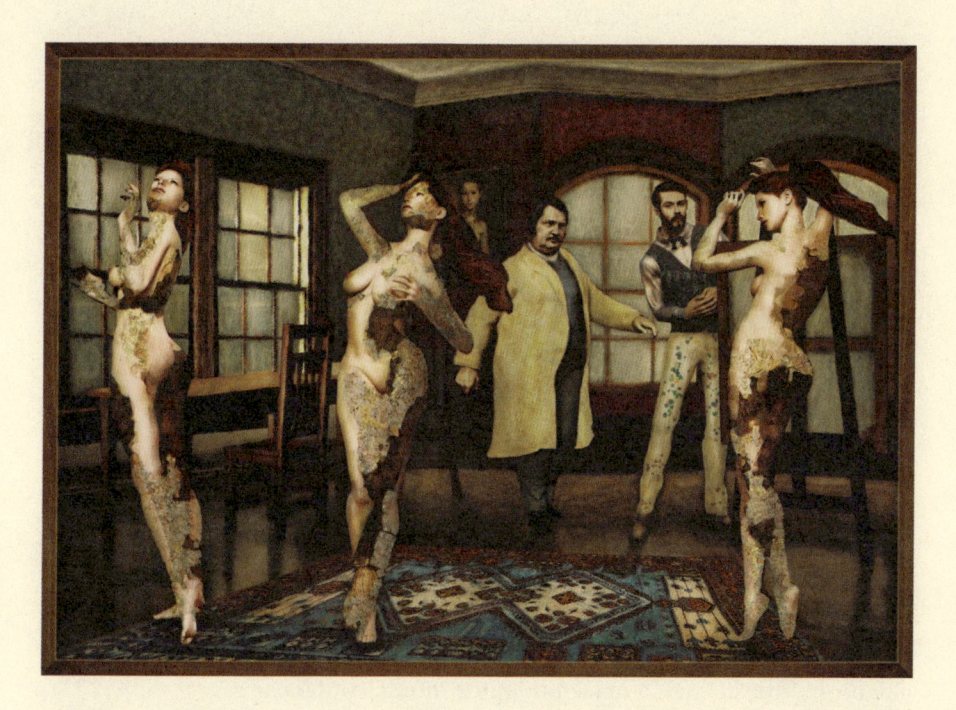

Elas também se despiram. Nancy ajudou Dora a tirar as meias, puxou uma túnica fina para cobrir-se, escolheu algo para Dora nos cabides do armário aberto, ofereceu. Dora recusou:

"Nada", disse e subiu no praticável, aninhou-se sobre uns panos de veludo, estatuária, ninfa jacente, fez que dormia, ainda com um traço de riso nos lábios.

Louise

Louise tinha 25 anos quando conheceu Elisiário. Estava em Paris havia poucos meses, vinda de Saint-Hilaire-des-Landes, onde morava com a mãe.

Madame Grevin, separada do marido e vivendo com os velhos pais, despachou-a a Paris para afastá-la de um pretendente inseguro, de meia-idade, propenso a cortejá-la tanto quanto o vinho. Nenhum drama para Louise, que não tinha grande entusiasmo com o namoro e seguia apática o protocolo intermitente da corte. Por outro lado, a mãe considerava que os ares de Paris talvez reavivassem Louise, cuja juventude ia sendo fanada pela província e pelo tempo.

Louise não era exatamente bonita, mas era uma moça bem construída, com boas pernas bretãs e braços alvos e enérgicos, loura, de pele lisa, saudável e dentes fortes, grandes e regulares. Não era pequena, nem muito alta, mas quando usava chapéu, passava em altura as outras mulheres da aldeia.

Ela estudou em colégio católico, lia pouco, mas era boa em contas, ajudava com os livros da mercearia dos avós, tinha requisitos passáveis para viver na cidade grande, de mais a mais teria onde morar, com o pai.

Não foi tão fácil, no começo. Nenhum emprego com livros, contadoria, apareceu. Por fim, conseguiu trabalho como auxiliar de confeitaria, a quatro quadras do prédio do qual o pai era o *concierge*. O próprio pai, o Sr. Alphonse, a recomendara aos confeiteiros. Ele acumulava os trabalhos na zeladoria do prédio com serviços avulsos, mas frequentes, de chaveiro. O casal de confeiteiros era cliente constante tanto para os fechos dos depósitos de materiais da confeitaria quanto para as portas do apartamento que ocupava acima. A renda composta por emprego e serviços dava, razoavelmente, para viver, pois o Sr. Alphonse era controlado nas despesas. Assim, pediu e conseguiu dos proprietários do prédio, barato, o pequeno apartamento em mansarda no último andar, deixando o alojamento de rés de calçada, habitualmente destinado ao zelador, para seus trabalhos de chaveiro.

Louise, naturalmente, deslumbrou-se com a cidade e, de imediato, percebeu que seus modos e roupas modestas a confinavam ao limite do serviço e do bairro. Sentia-se tímida e desajustada ao sair dessas fronteiras. Instalou-se nela o sentido de comparação, ausente em seu repertório e mecanismos provincianos.

Madame Bertin tomou-se de simpatia por Louise. Eles, os confeiteiros, não tiveram filhos. A senhora repassou a Louise alguns vestidos e chapéus, algo vencidos de moda, mas de boa qualidade. Após fecharem a loja, as duas subiam aos aposentos dos Bertin, onde se divertiam adaptando as roupas ao talhe de Louise, atualizando os adereços e casquinando os temas que conheciam: os mexericos da vida urbana de Paris e episódios bizarros das quermesses e festas rurais da Bretanha, nas quais se incluíam as bebedeiras desastradas do quase já esquecido noivo de Louise.

Então, veio Elisiário.

Chegou, um guapo rapaz, magro e alto, com cavanhaque e bigode fulvos, cabelos rebeldes de matriz italiana e meridional, ótimos fatos (cortados e costurados pelo pai dele na Alfaiataria Ligúria, na Rua Uruguaiana, Rio de Janeiro), "Um artista, porém", o Sr. Alphonse estabeleceu, pondo as engrenagens das comparações a rodar e fazendo saltar as figuras boêmias dos artistas habituais no carrossel mundano da cidade.

Aquele era diferente, contudo. Eram as roupas, talvez, ou o francês correto e exíguo, com uma pronúncia que dava ao tipo uma aura de diplomata exótico ou empresário de alguma cidade americana.

Vinha o moço com uma carta dos proprietários, dando-lhe chancela ao aluguel do apartamento do quinto piso. O apartamento tinha uma grande janela em balcão, desimpedida da ramagem das árvores da calçada e era inundado pela prateada luz do norte.

"É como imaginei, está ótimo", disse Elisiário chegando-se ao vão da janela e olhando a vista, um imbricado de planos inclinados em ardósia e fachadas de pedra e cal.

Desceram, e no meio da escadaria, no patamar do terceiro andar, deram com Louise que chegava, estreando justamente um dos vestidos reformados pela Madame Bertin e usando um chapelito *demi-voile,* de onde escapava um traço da madeixa loura.

O próprio Alphonse, a princípio e sob a pouca luz da arandela da escadaria, a tomou por uma visitante e quando reconheceu a filha, tolheu o cumprimento equivocado que se lhe ia escapando, endireitou-se e disse:

"Sr. Elisaire... esta é minha filha Louise... Louise, o Sr. Elisaire é o novo inquilino do apartamento estúdio. Ele é um artista do *Brésil*."

Ela o cumprimentou com uma mínima dobra nos joelhos, suficiente só para mover como um sopro o panejamento da saia, inclinou a cabeça para o lado, esboçou um sorriso simpático e estendeu a mão ainda enluvada para Elisiário. Este a tomou pela ponta dos dedos, curvou-se em simulacro de beijo, enquanto, atrasadamente, professava "encantado, senhorita" em um tom mais sério que o necessário.

Casaram-se, ano e meio depois.

Elisiário/ Eliseu

Tendo crescido juntos, Honorato achava curioso que Elisiário não se desse conta e valor do próprio talento. Via que ele desperdiçava uma qualidade que outros buscariam conquistar ou pretender, em vão, por qualquer tipo de artifício.

Desconfiava que a rejeição ao dom natural agravara-se quando o pai de Elisiário, flagrando a aptidão do filho para o desenho, encarregou-o de ampliar, em grandes folhas de cartolina, os figurinos europeus de ternos e casacos para decoração da vitrine da alfaiataria. Logo, o homem pôs uma bancada extra ao fundo da loja, onde Elisiário, depois das aulas no ginásio, produzia os moldes para os cortes das encomendas e fazia croquis das roupas femininas, seguindo o traçado dos *tailleurs* das revistas de moda e as adaptações requeridas pelas clientes.

Elisiário detestava as tarefas, temia, certamente, ficar condenado ao ofício do pai ou a obrigações perpétuas na alfaiataria. Quando concluiu o ginasial, optou pela Escola de Farmácia, rota de fuga e de equívoco, mais que escolha racional. Honorato também fizera uma falsa escolha, pretendendo as Armas em vez das Letras, onde sempre se sentiu mais a cômodo. Enfim...

Enfim, foi Honorato quem introduziu Elisiário em uma vaga de ilustrador no *Correio da Indústria e Comércio*, um jornal republicano e liberal, pouco lido pelas massas, mais dirigido à elite politizada. Uma edição de domingo saía com textos de escritores, poetas, políticos e era fartamente ilustrada com vinhetas, ilustrações para os contos e poemas, caricaturas e versões gráficas de eventos da semana. Elisiário ganhava por polegada quadrada de desenho e procurava atender todas as demandas, em qualquer estilo que melhor se ajustasse à página e ao conteúdo.

Na rodinha de intelectuais, políticos e poetas que se encontravam na redação do jornal às sextas-feiras e que estendiam o conclave para as mesas do boteco *Algarves*, na Travessa das Garrafas, Honorato e Elisiário foram, de início, convidados e aderentes e, depois, partícipes juniores nas discussões arrevesadas e variegadas da trupe.

Um dia, algum dos beletristas da roda encomendou a Elisiário uma "pintura barata", uma paisagem da Guanabara com a qual desejava presentear um médico que nada cobrara de honorários para tratar-lhe a sogra. Este foi o início de uma corrente de encomendas que se avolumou, a ponto de Elisiário deixar, aos poucos, as ilustrações do jornal, passar a se dedicar mais a paisagens e naturezas mortas, em grande demanda para as novas mansões dos bairros afluentes. E, vieram os retratos. Próceres da Indústria e Comércio, efígies augustas do Judiciário, as senhoras e os rebentos destes, senadores, um, dois escritores, um poeta laureado, também toda uma galeria dos defuntos imortais da Academia. Havia competição por essas encomendas, inveja e tramas. Elisiário levava vantagem. Era jovem, era a novidade. Era requisitado para pintar os panos de fundo dos *vaudevilles* da moda, os biombos do *boudoir* de uma senhora de constância marital não ortodoxa, o teto do batistério da Matriz da Anunciada – com anjinhos drapeados em ouro, as bordas florais das louças vendidas na *Casa Inglesa,* as alegorias fabris, mercantis e agrárias dos novos selos dos Correios republicanos.

Elisiário ganhava mais que o pai alfaiate. Mudou o nome para Eliseu, mais próximo dos campos Elísios, embora estivesse vivo. Muito vivo, ele se achava. Contente, feliz.

Então, coroando a sucessão de fortunas, deram-lhe o Prêmio de Viagem, passando-o à frente de veteranos, calejados no concurso.

Petrônio, Eliseu

NA HORA DE SEMPRE, Honorato chegou na casa da São Clemente. Era um fim de tarde de chuva que engrossou justo quando ele bateu à porta. Honorato resguardou-se no patamar da entrada até que veio a empregada da casa abrir-lhe a porta. Honorato espanou-se como um dogue gordo, sacudiu o chapéu, passou-o à mocinha, junto a bengala – usava uma, por pose – notando que a criada envergava, agora, um uniforme novinho. Poupou-se de comentar com ela sobre a roupa, aceitou como natural que o amigo estivesse ficando próspero e que Dona Louise ditasse normas adequadas a esta condição.

Ela o levou ao atelier onde encontrou o amigo derreado em um sofá, cochilando ou em devaneio, ou ambos, pois, desperto deles, levantou-se, algo lento, para saudar Honorato. Elisiário notou que o amigo tomara chuva, trouxe-lhe uma toalha que estava no encosto da cadeira, junto ao cavalete. Foi à porta para chamar Louise com a bebida, mas ela já vinha chegando com a bandeja. Pediu que voltasse, trouxesse conhaque, Honorato havia tomado chuva, o conhaque o aqueceria, era melhor. Ela foi.

Voltou com uma garrafa de *Napoleon*. Honorato viu que ela trouxe também cálices apropriados. Veio com as duas filhas.

Isabella estendeu a mão, mostrando o polegar envolto em gaze manchada de iodo.

"A irmã prendeu-lhe o dedo em uma gaveta. Nada sério. Machucou a unha", explicou Louise.

"Doeu muito?", Honorato perguntou, bestamente.

Isabella fez que sim com a cabeça e ensaiou uma expressão de lembrança da dor. Honorato disse que sabia de uma mágica para dedos que doíam.

"Querem ver?"

Elas se acercaram. Ele fechou a mão esquerda, deixando o polegar projetado, disse "abracadabra", abanou, rápido, a mão direita, enquanto recolhia o polegar esquerdo para o recôndito da palma. O dedo sumiu, como na mágica prometida, as meninas riram, maravilhadas.

"Quer que tire o seu?", ele indagou a Isabella. "A dor some com o dedo..."

Isabella ficou indecisa, refletiu e resolveu-se com uma negativa definitiva que lhe balançou as tranças: "Não!". A mãe as tocou para fora da sala, elas se foram, tentando replicar a mágica.

Elisiário estava macambúzio, Honorato notou. Perguntou se o amigo estava bem.

"Dores de cabeça", disse Elisiário. "Vêm-me quando há muitos trabalhos, principalmente os tediosos. É pena, porque estes são os de melhor paga."

"Não tiras umas férias? Por que não sobes a Serra, levas Louise e as meninas para uns dias de folga? Está lá o sítio, que não aproveitas. O caseiro serve-se melhor dele que tu mesmo, dono." Honorato deu estes conselhos sem muita convicção. Ele mesmo não tomava descansos e não era pelo dinheiro a perder, era por ser parca sua imaginação para divertimento, e o esforço físico, a prática de algum esporte, estavam fora de seu horizonte. Cartório, jornais, uma peça de teatro por obrigação crítica. Fumava charutos fortes, lia. Sua maior atividade física era galgar as escadinhas dos sebos da Rua do Carmo "buquinando" algo raro ou curioso. Lembrou-se da última aquisição, olhou o amigo, que pincelava apático em uma pequena tela. Tirou-o de lá, com outro cálice de conhaque. Serviu-se também.

"Comprei no Cardozo um livrinho interessante. De um inglês não tão chato, como quase todos eles. São ensaios, relatos de viagem... Os sujeitos são fascinados pelo Continente, acho que escreveriam sempre sobre ele, não tivessem que prestar contas à moral, aos lagos das charnecas e ao orgulho do Império. Há uma digressão engraçada sobre o conto de Balzac, aquele do qual gostas, o da obra-prima desconhecida... Tu sabes, não gosto tanto de Balzac, apesar de ser xará dele. Um argentino dizia que Balzac era *bochornozo*, cacete, que "continuava escrevendo quando o leitor já se fora", mas, concordo contigo, também gosto desse conto dos pintores.

Elisiário voltou ao sofá, sentou-se, esticou as pernas. Sabia que o remoque do argentino foi com Victor Hugo, relevou a falha de Honorato. Fez-se ouvidos.

"Ele levanta uma questão quase cômica, uma fratura no entrecho... Frenhofer pintou por 10 anos o que ele imaginou ser sua obra-mestra, a encarnação do corpo e da alma da cortesã Catherine, a bela perturbadora. Os dois pintores que o admiram – um deles cedeu-lhe até mesmo sua amada como modelo – anseiam por ver a tela, a obra-prima, o ápice da beleza ideal alcançado pelo velho mestre. Aí então... Então o velho pintor tomado de ciúmes por sua 'amante' pintada, recusa mostrá-la, não quer 'prostituí-la' sob o olhar sacrílego dos curiosos e rapaces artistas. Bem, o inglês coloca aí neste ponto sua questão: Por que a pudicícia e a reserva, se a senhora em questão, a bela ideal, tinha 'exatamente por profissão ser disponível aos homens?' Ele levanta a hipótese que, no entrecho do conto, há dois mitos: o de Pigmalião tentando criar a beleza perfeita e o da ideia romântica de que o artista tem que escolher entre a musa e a amante..."

"E daí?", Elisiário interrompeu, agastado com Honorato e já detestando o autor da análise. Apreciava o conto como era, de face, não gostava que o amigo lhe trouxesse um inglês com escalpelos para dissecação. Honorato não percebeu essa irritação, seguiu:

"Daí que o homem concluía que ali, dentro do binômio, residia o fato de que as mulheres são intercambiáveis..."

"Tinha mesmo que ser raciocínio de um inglês. São impermeáveis a mulheres e pinturas", Elisiário levantou-se, voltou para o cavalete, pôs-se a pintar, mecanicamente. Um Eliseu calado.

Honorato percebeu que havia pisado em um terreno ruim, incômodo e desconhecido, nos arredores da amizade deles. Calou-se também. Fez que olhava o amigo pintar. Consultou o relógio, disse que precisava ir, passaria ainda no jornal.

Dona Louise trouxe-lhe um guarda-chuva emprestado. O calçamento da Rua São Clemente esbatia tristemente os reflexos das luzes dos postes. No meio do caminho, sob o guarda-chuva, Honorato percebeu que havia esquecido chapéu e bengala na casa de Elisiário. Sentiu que a falta desses itens lhe mudava em algo. Era, então, na noite, um estranho e solitário homem de guarda-chuvas, um outro, o que falava desatento o que não deveria dizer. Petrônio, era.

Nancy, Francisca, Dora

A PORTA DO ESTÚDIO abriu, Eliseu entrou, fechou a porta a trinco. Não estava com a bata de trabalho, usava roupa de sair, menos o paletó. Vinha da rua ou ia para ela. Disse bom dia para as moças, olhou Dora deitada no praticável... Olhou-a por um tempo mais longo, até que ela entendeu, levantou-se cobrindo-se com os panos de veludo, foi procurar um lugar no sofá onde estavam as outras duas.

Ficaram ali, as três, caladas, mais para hieráticas que relaxadas, esperaram.

Eliseu empurrou o grande cavalete de rodízios para baixo do facho de luz da claraboia, desvelou de uma lona a tela enorme e, imóvel por um minuto, olhou o que estava pintado. Foi a um canto do estúdio, recolheu canudos de desenhos de um armário em escaninhos, abriu-os sobre uma mesa, lhes pôs pesos de papel aos cantos. Escolheu um deles, olhou-o à distância do braço, foi com ele até as moças, pareceu avaliá-las, sinalizou com uma insinuação do queixo, o cavanhaque ruço apontando Nancy. Ela levantou-se, foi com Eliseu até o praticável, ele mostrou-lhe o desenho, Nancy ensaiou a pose retratada, refez a posição girando no tablado até que ele fez que sim, que estava bem, ela ficasse assim.

Eliseu voltou à mesa, enrolou os desenhos, levou-os ao armário de escaninhos, tirou de cima dele a bata de trabalho, vestiu-a. Agachou-se, recolheu uma lata de aguarrás e trapos, foi ao cavalete, esfregou a tela de lado a lado e de cima a baixo, desmanchando o que estava ainda fresco na pintura. Afastou-se, deixou que a tela evaporasse o solvente, considerou-a com a cabeça inclinada, lançou um olhar para Nancy, fez um gesto para que ela descesse, apontou o cavanhaque para Francisca, indicou-lhe o praticável. Francisca subiu, copiou de memória a pose de Nancy, fixou o corpo bem assentado nas tábuas, não queria ter câimbras. Eliseu subiu também, tomou-lhe um antebraço, girou-o até um ângulo difícil, desceu, avaliou a postura obtida, fez que não, com a cabeça. Francisca voltou o braço à posição de antes, Eliseu puxou um banco alto para a frente da tela, sentou-se, tirou um grosso carvão do bolso da bata, riscou a tela em um traço resoluto, riscou outro e mais um, fraco, hesitante. Parou. Mandou que Francisca saísse do praticável. As outras duas esperaram ser convocadas. Não foram. Eliseu ficou sentado à frente da tela com um olhar concentrado que foi se dissolvendo em um foco infinito até que ele, com uma sacudida, levantou-se, pôs o carvão no bolso, sentou-se em uma poltrona de frente às moças, estudou-as por longo tempo, levantou-se, livrou-se da bata, tirou dinheiro da carteira, entregou a Francisca para que repartisse a paga da sessão, agradeceu, marcou novos trabalhos para dali a dois dias, pela tarde. Foi-se, elas ouviram o raspado do giro da fechadura e os passos da descida de Eliseu.

FRANCISCA ESTAVA ACOSTUMADA A hiatos e paralisias. Dias havia em que a pintura progredia, Eliseu cobria a tela com camadas desenvoltas de tinta, ficava entusiasmado, quase em um transporte espírita, Francisca achava. Outros dias eram como aquele, mais que estéreis, próximos da catatonia. Mas, Francisca não podia dizer que aquela fora uma sessão falhada. Como outras, ao longo desses tantos cinco anos, a pintura apenas desenvolvera sua natureza, estivera fadada a interromper-se, era apenas um trecho curto, evento de uma empreitada longa e talvez sem prazo, cujo espírito era o recomeço do zero ou a partir de vestígios perduráveis, resistentes, entranhados na tela ou na prática de Eliseu. Via que ele lutava contra estas ruínas e despojos acumulados, tentava removê-los, raspava a tela, abrasava-a com lixas, redesenhava tudo.

Francisca era paciente com a situação que já admitia como parte de sua vida, embora algumas vezes se sentisse incomodada com a delonga daquilo, de algo desconhecido que não chegava a um termo, uma conclusão ou desistência. Era um ciclo que não se fechava. As outras moças eram menos cordatas, embora não se dispusessem a manifestar insatisfação ou rebeldia diante de Eliseu. Guardavam as queixas entre elas mesmas, chegavam ao limite do escárnio, mas continham-se, um sentimento de piedade mesclado a respeito assomava dentro delas.

Nancy era modelo por profissão, posava na Academia de Belas Artes. Lá, os alunos queriam se desincumbir das tarefas da melhor e mais rápida maneira, seguiam os preceitos do professor até o fim da pintura, pronto, passavam a outra coisa, ela estava livre, vestia-se, esquecia que fora Diana, Athena, ia à rua do Ouvidor, olhava as vitrinas. E Dora...

Dora posava avulsamente para alguns artistas. Vivia com um produtor e ator de comédias musicais, fazia umas pontas nas peças, papéis sem muitas falas nem cantorias. Sua presença era um ornamento no palco, mais que uma personagem. Ela sabia disso, explorava um tipo sedutor e brejeiro, muito apreciado.

No estúdio da São Clemente, porém, o clima não era de expedição ou divertimento. Era sóbrio, quase eclesial, tormentoso e solene, com rituais obsessivos... e havia Eliseu, o sacerdote artífice, em cujo rosto as moças jamais viram o menor sinal de riso.

Lembravam o dia em que ele misturou tintas cor da pele delas, preparou matizes para as partes internas, claras, e as que tomavam sol. Insatisfeito pintou-as, as três, em largos trechos do corpo, procurando acertar o tom das tintas ao natural de suas cútis. Então deitou-as sobre o praticável, tirou decalques das tintas com retraços de seda, pregou-as, esticadas com pinos, em um painel de madeira. Deixou que as moças ficassem assim pintadas até que a luz da claraboia mudasse, se atenuasse, e repetiu o processo com outros tons. Esticou no painel os novos exemplos de pele.

Ele não lhes ofereceu banheiro para que se limpassem das tintas, despediu-se, pagou-as, marcou a nova sessão, se foi. Elas se livraram das tintas como puderam, esfregaram-se com trapos e com os próprios lenços, vestiram-se e, cheirando a terebintina como almoxarifes de farmácia, foram pelas ruas até a pensão de Francisca, onde tomaram banho e ficaram se entreolhando, ainda amedrontadas com o ocorrido, até que se acalmaram, traduziram o assustador para o insólito, terminaram rindo desbragadamente da cena maluca que viveram.

Catherine L.

O TRÂNSITO ENGARRAFA NA hora do *rush*. Não se vê o calçamento, é como se a rua fosse uma esteira de veículos. Ela continua estreita. Mostra-se ilusoriamente larga porque as vidraças dos novos prédios refletem-se paralelamente, multiplicam carros, ônibus, gente nas calçadas. Há mais destas imagens fátuas, luzes e faróis, cintilações, *flashes*. Tudo somado a buzinas impacientes, ruído de motores, miasmas do combustível queimado e represado – há mais disso tudo que da rua real, centopeia dormente, arrancando à frente, aos trancos, por poucos metros, a cada vez.

O sobrado é dos raros que sobreviveram às mudanças na rua e na cidade. Está bem tratado.

Certo. Adianto-me. Vamos voltar.
Eliseu, Elisiário, viveu muito, morreu pacificamente, de velhice. Dona Louise é viva, passou de centenária. Mora com a filha mais velha, Mariângela, em Teresópolis. Mariângela casou-se com um comerciante de lá, os dois transformaram o sítio que Eliseu pouco usava em uma pousada elegante – a cidade se expandiu, encostou na propriedade, de repente o terreno e o chalé foram engolfados, são agora ilha e horto no meio de prédios e ruas quase banais.

Isabella... Bem, depois. Depois volto a ela. Devo dar conta de outros aqui envolvidos. Não é fácil para mim. Devo flagrá-los enquanto passam céleres pela janela fixa de meu tempo.

Francisca, primeiro. Ainda não. Antes, devo dizer que Eliseu recebeu enormes encomendas para a decoração do Teatro da Cidade. Foi à França executá-las, viajou com a família – Louise reviu a mãe na Bretanha, levou-lhe as netas, que ela só conhecia por fotografias e pelo retrato duplo pintado por Eliseu. O pai de Louise, o *concierge* Alphonse já havia morrido. Passaram-se três anos, com trabalhos de Eliseu e passeios pela Europa de Louise e meninas. Sim, estudaram, as duas, intermitentemente e por um tempo, em um internato que abominaram. Eliseu veio ao Rio, instalou parte das obras no Teatro, encontrou-se com Honorato, foi a última vez que o viu, o amigo morreria quando Eliseu já estava de volta à França. Leu do falecimento em uma carta de conhecidos. Ataque do coração, no birô do cartório. A viúva e filhos viviam dificuldades. Eliseu escreveu ao seu advogado, procurador no Rio, pedindo que fizesse chegar a ela uma meia dúzia de paisagens suas, dando-as como propriedades de Honorato e que estavam sob sua guarda. As obras de Eliseu tinham preço, à época. Sim, houve um período, afetado pelo clima modernista, em que desvalorizaram. Valem muito dinheiro de novo, agora. Bem...

Francisca. Vejamos. Eliseu, naturalmente, com a viagem, havia interrompido minha pintura. (Escapou-me, isto. Sim, "minha" pintura, falarei disso mais adiante, se não me esquecer). Quando voltou da Europa, Eliseu viu-se atormentado por muitas coisas inevitáveis: acúmulos de trabalho no Teatro – uma obra sem fim que queria imitar tudo de luxuoso e exótico que existisse no gênero neste mundo e em outros. Era assediado com encomendas crescentes de retratos e decorações em palacetes milionários, inclusive em São Paulo, lugar provinciano que demarrava então em indústrias, café e algodão, banha de porco. Eliseu sofria de uma artrite dominadora, sobretudo nos joelhos. Não subia mais ao estúdio privado.

Francisca teve estas notícias, à porta do sobrado, por Dona Louise. Ela pediu que avisasse as outras moças que o Mestre Eliseu as estava dispensando, temporariamente. Foi educada, perguntou se precisavam algo, Francisca titubeou, nada pediu, voltou para a pensão e às suas costuras, um pouco arrependida... O dinheiro das poses contava. Porém... Fortuna gira, tonta e a esmo como Cupido, este é o espírito desses dois pândegos.

Francisca foi à casa de uma cliente que lhe deixara uma cesta com vestidos para reforma, os quais, provavelmente, havia esquecido. Ledo engano. A senhora havia morrido. Atendeu Francisca o viúvo, o Sr. Bernardo, proprietário de um longo correr de casas na Rua das Palmeiras, dono, inclusive, da vila com jardins onde habitava, agora merencório, consolado apenas pela criadagem, dissipando a tristeza com a administração disciplinada de seus armazéns de estivas.

Resolvida, assim, a vida de Francisca, olhemos Dora e Nancy.

Dora, linda menina. Engravidou duas vezes, de homens diferentes – o primeiro filho, do ator. O segundo, bem, isto não importa tanto, a não ser que o menino é um belo rapaz que vive com ela, mãe. O irmão ficou com o pai e já se apresenta no palco com muita graça. Dora perdeu o talhe, engordou um tantinho, está grisalha.

E Nancy? Foi substituída nas classes de modelo vivo. Permaneceu na Academia, arranjaram-lhe uma posição na Biblioteca, é solteirona convicta.

Isabella? Isabella é casada, tem um casal de filhos, o marido é engenheiro de minas, eles conservaram o sobrado da São Clemente. Ela tem um especial carinho pelo prédio, mantém nele uma coleção de obras importantes do pai, cobiçadas por comerciantes de arte. Isolou o sobrado do ruído da rua, criou no antigo quintal uma casa moderna de residência, com piscina, gramado, jardins e fruteiras.

Cansa-me retratar essa sequência de pessoas e fatos. São instantâneos muitíssimo fugazes, passam como relâmpagos que adivinho cheios de detalhes e para os quais devo inventar uma retina que não possuo, devo fixá-los de algum modo, retê-los em seu átimo de existência, narrá-los aqui, talvez só para mim.

Tenho este nome, Catherine, digamos. Elido o sobrenome, alguma família haverá que o tem, gente suscetível a ofensas ou muito curiosa, remissiva a árvores genealógicas, nobiliarquias, brasões.

Nada disso há, porém, mas devo dizer e insistir que não sou um espectro, uma alegoria, avantesma não sou. Existo. Falo agora aqui, articulo tempo e coisas da mesma maneira que fui criada e recriada, apagada e refeita em outras tintas, carnes. Epidermes, deveria dizer.

A menina Isabella conservou o ateliê privado do pai como ele deixara. Fez demolir a escada do oitão, fechou a porta lateral por onde entravam Francisca, Nancy, Dora... Eram, mesmo, esses os seus nomes? A escadaria interna foi mantida, mas está vedada no patamar do piso térreo.

Quase ninguém sobe. E quando o fazem, para limpeza, inspeção, em nada tocam, nem na tela que me serviu de suporte, nem nas estranhas peles esticadas no painel de madeira.

Disso lembro perfeitamente. Lembro o dia em que Eliseu tirou os decalques de cor da pele das modelos. Ele não sabia, é claro, sua vida seguia disparada em flecha no tempo, era normal que não soubesse. Mas, eu via – falei que não enxergo, mas via (não quero me estender aqui sobre isso) –, via que ele, esticando aquelas sedas da cor das peles, refazia os moldes de roupa que o pai o obrigava a riscar, no fundo da alfaiataria. Sempre retratou a pele, a verdadeira roupa íntima das pessoas, enfim.

Conteúdo e continente de sentidos. Posso falar nisso, de cátedra. Quantas pinturas vi? Aliás, deveria dizer, simplificando: quantas pinturas fui? Respondo: Tantas quantas feitas para que soubessem, Eliseu, ou qualquer outro – Frenhofer, Poussin – que, de mim, teriam a pele... e mais nada.

Honorato chegou perto de entender isso. Mesmo sem ter me visto na tela poderia ter dito a Eliseu o que e quem eu era. Tentou uma vez, falou-lhe do livro. Quem sabe por que Eliseu o atalhou, brusco?

Nunca iremos saber. Há pouco, pouquinho, estavam aqui.

Agora, já se foram.

Lidando com o passado

O EDIFÍCIO DE APARTAMENTOS tem cerca de 30 anos e vai se deteriorando em decrepitude vergonhosa, em contraste com as árvores em renque, plantadas pouco depois da sua construção. Quando as árvores crescerem mais, suas copas entrelaçadas formarão uma cortina à velhice precoce do edifício. Por enquanto, a cortina é esparsa, vazada.

O prédio, de três andares – um dos cinco caixotes em tijolos e concreto de um pátio pavimentado – dá fundos a outra edificação mais antiga, que Max e Georg conheceram como Sanatório Provincial. Está passando por reforma. Uma placa descascada informa que a ala norte do conjunto será um hotel e que ala sul abrigará lojas e escritórios. Max – que tem a vista melhor que Georg – conseguiu extrair estas informações das letras escalavradas. De memória, recompôs a citada ala sul do Sanatório, ausente, apagada por um dos muitos bombardeios que a cidade sofreu.

Por trás do Sanatório, fica a estação de trens e a rede de entroncamentos, que atraiu tantas bombas quanto o setor de indústrias, mais a leste.

Toda a área tem uma aparência baldia e mesmo a reforma do Sanatório parece lenta, irregular – não há movimento de trabalhadores ou de veículos com material. Max e Georg constataram este abandono desde o primeiro dia em que chegaram – mas, era um sábado. Na segunda, na terça-feira, a obra continuava deserta, silenciosa.

O Sanatório, sua ossatura descarnada dos emboços, é a paisagem dominante, emoldurada pela janela do segundo andar. Max e Georg alugaram um apartamento dos fundos, mais barato, uma base para a expedição que queriam empreender pela região e lugares de suas infâncias. A Reunificação facilitou o trânsito, chegou quando estavam velhos e com créditos acumulados para vagar a esmo ou com destinos remissivos. Haviam partido, crianças. Ruínas ainda fumegavam quando as pilhas de escombros eram remexidas pelos tratores. Gente macambúzia vagava pelas estradas, fantasmas dos parentes eram arrastados como bagagem... Eles mesmos, Max e Georg, órfãos.

A PRIMEIRA EXPEDIÇÃO QUE fizeram – depois de abastecer cozinha e banheiro do apartamento – foi até a margem da cidade em busca da casa em que viveram, uma das últimas moradias alcançadas pela rua central pavimentada, bem no limite em que as pedras do calçamento cessavam, davam lugar à terra de um caminho apenas carroçável, cortando plantações. A própria casa não tinha muros e a pequena horta lavrada no quintal emendava-se com o campo cultivado, terras em suave declive que também se estendiam à frente da casa, e que somente eram interrompidas pela cerca do terreno da Escola do Estado, o centro de formação e doutrinamento da Juventude, escola a que Max e Georg estariam fatalmente destinados, não houvesse chegado a Derrota Definitiva, o Final.

O prédio que, reformado, é sede de uma instalação do Exército, reassume, de certa forma, sua vocação e desenho, é neutro nas cores, austero em seu baixo perfil robusto. Seus ferimentos foram reparados, toda a ala oeste foi refeita, Max notou e comentou com Georg, que assentiu e que também lembrava, de forma um tanto difusa, que aquele trecho da Escola, de repente, havia sumido depois de um ataque aéreo. Do desaparecimento, porém, restava vívida a imagem da louça derrubada pela onda de choque das explosões, que chegou à casa deles rompendo janelas, abalando as prateleiras. Pratos e travessas caíram, quebraram-se em lascas de geometria angulosa. Max, mais que o irmão, gostava de rearmar as paisagens azuis da louça, espalhava na mesa da sala os cacos que a mãe guardara em uma caixa de chapéu. Ela cultivava a esperança de que, um dia, quando e se a guerra terminasse, poderia mandar colar as peças. Não prestariam mais à mesa, mas recompostas como evocações, teriam serventia, ela pensava. Teria mesmo mandado restaurar a louça, se as coisas não se tivessem precipitado na agonia da guerra e na doença dos rins que a matou durante o caos da ocupação. Morte que teria sido evitada pela enfermaria local, houvesse médicos e remédios disponíveis, uma viatura que a levasse a uma cidade maior já liberada.

Mesmo tomando como referência o prédio da velha Escola eles não conseguiram localizar nem a casa deles – fora demolida, é certo –, nem o lugar dela, um indício de seu terreno. A cidade havia desbordado os limites antigos, agora havia ali asfalto, lojinhas de comércio, agências de banco e de serviços. Max acreditou que a casa ficaria onde estava um posto de gasolina, opinião que Georg desacreditou, por estar o pátio do posto fazendo esquina com uma rua que não se encaixava na memória dele e, muito menos formava sentido, ausente a lavoura que ela atravessava, tudo estando quase que completamente construído, à exceção de uns terrenos cercados, esperando compradores.

Para Max era mais fácil redesenhar o mapa perdido, passara anos nas pranchetas de escritórios de arquitetura. De fato, havia se aposentado à chegada dos programas de computador e a única queixa que tinha deles é que não tivessem

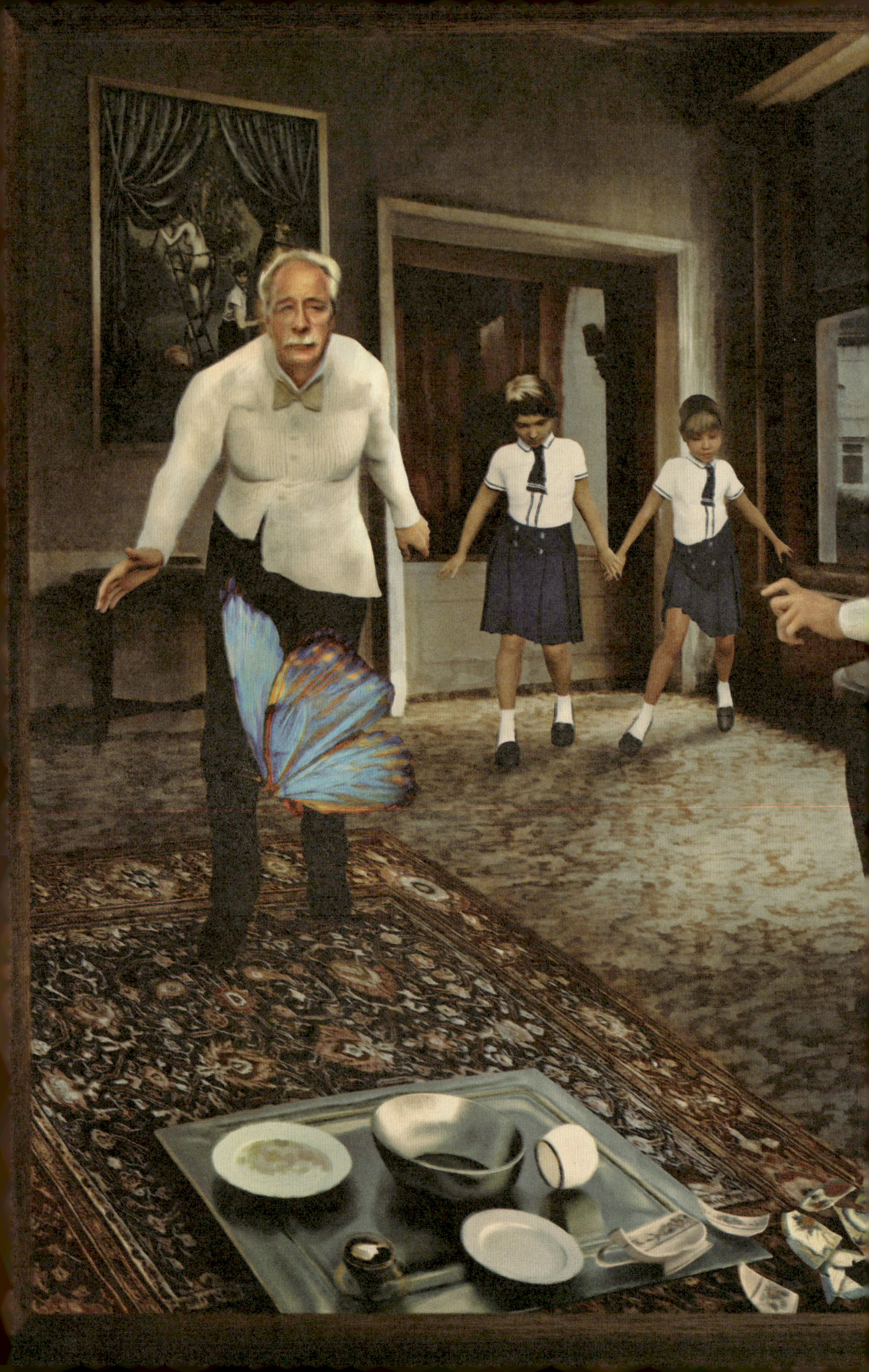

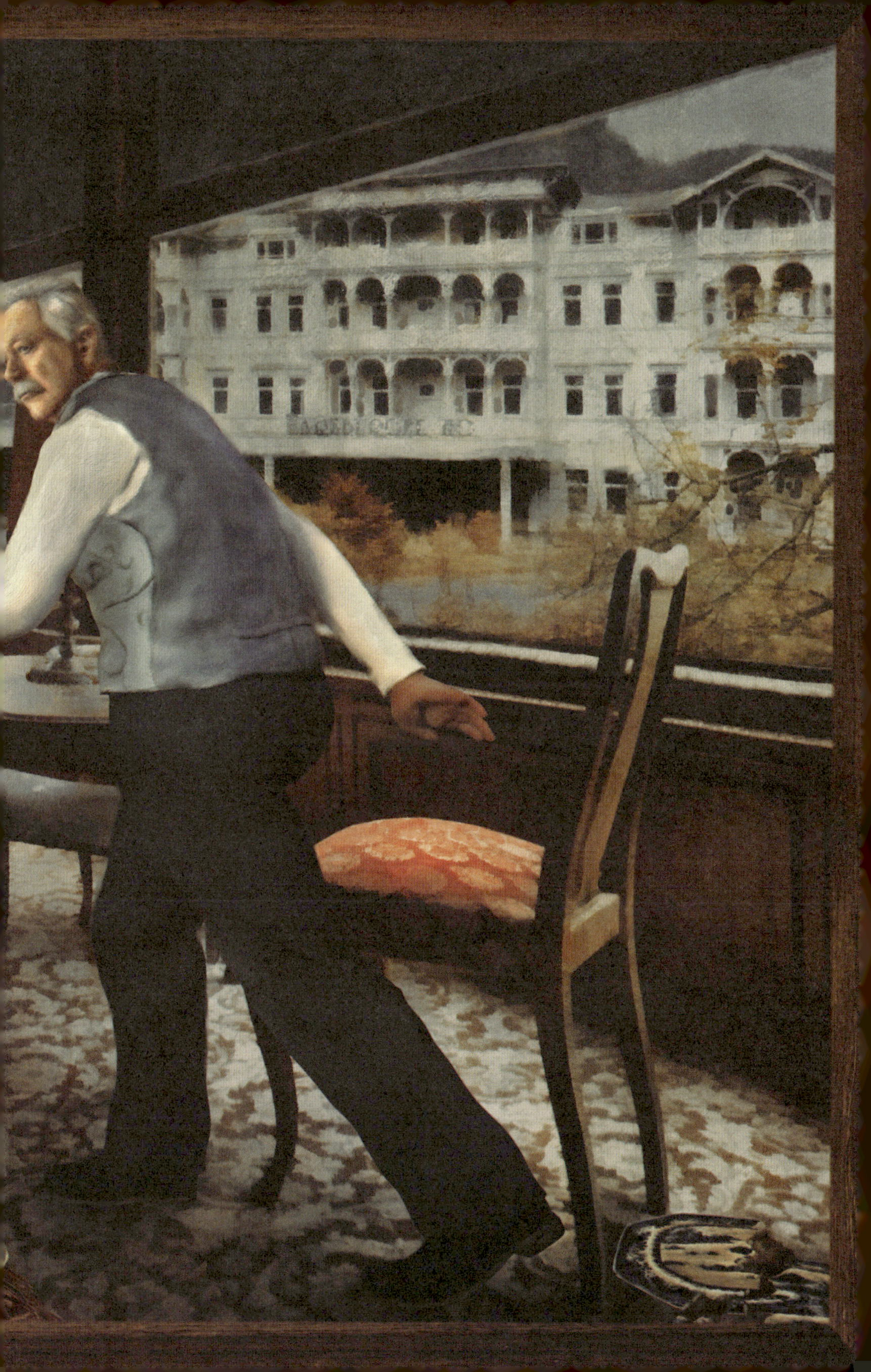

surgido antes, livrando-o de tarefas tediosas, repetições mecânicas e arquitetos ranzinzas e imperiais. Respeitava, porém, o senso de observação e método de Georg, treinado em fichamentos, catálogos.

De qualquer modo, existente, a casa seria agora uma espécie de verruga idosa em meio àquelas limpas construções banalmente riscadas, umas fazendo caricatura de fachadas e telhados bávaros, outras impondo um arremedo estilizado de história, perfeitamente sanitizado. Isto ocorreu a Max quando, contornando a nova rua da esquina do posto, deram com uma construção neste tipo, a sede de uma imobiliária, uma espécie de sobrado que em tudo parecia cópia simplificada da padaria da infância deles, um simulacro adaptado que até poderia comportar as prateleiras, os balcões envidraçados de confeitaria, os jarrões de vidro que o dono, *Herr* Egelbert, punha na vitrine, cheios de biscoitos de canela em forma de suástica, apreciados em toda região.

ELES ATRAVESSARAM A LINHA férrea, desceram a ravina, agora tracejada por ruas e obturada por blocos de apartamentos, prédios de dois andares com pátios na frente e vagas para automóveis marcadas no cimentado. Uma pracinha havia sido inserida para atender os requisitos de urbanização, mas ninguém parecia se servir dela. Max notou que a vegetação queria crescer para além dos limites, qualquer fenda de pavimento, espaço entre lajes, servindo para que brotassem ervas. A ferragem do trapézio de balanços ostentava já uma trepadeira viçosa, terra havia vasado dos canteiros para as calçadas depois de chuvas, o mato também se aventurava nesses novos territórios.

Max lembrou que o pai de Lotte e Ilse trabalhava na prefeitura e que, se estivesse vivo, se a família ainda morasse ali, se houvesse a praça, se Lotte e Ilse lá brincassem com eles, Max e Georg, o homem, o *Herr* Herwig, teria cuidado da praça, sério, comandando os funcionários, mandando aparar a grama e varrer as calçadas, arrancando, ele mesmo, como exemplo aos trabalhadores, as vinhas de trepadeira nos balanços, um homem vestido em terno e gravata, uma autoridade menor muito respeitada.

Georg apontou para uma quadra mais abaixo onde, acreditava, ficava a casa de Lotte e Ilse. Um carvalho idoso, persistente, servia-lhe de referência plausível e Max concordou com isto, ele lembrava da árvore, confirmaria com Lotte quando a visitassem, ela vivia agora no norte da cidade – tinha uma loja no térreo e morava no apartamento de cima – era viúva. Ele havia mandado uma nota para o jornalzinho local – havia um, dominical – indagando se as irmãs viviam lá e lhe chegou uma resposta na caixa postal, meses depois. Alguém do jornal localizou Lotte, anunciante de uma lojinha, logo depois que ela se reinstalara na cidade, aposentada, vinda de Munique onde trabalhou como bibliotecária na Liga de Comércio e Exportação. Lotte escreveu a Max, dizendo que Ilse já morrera, que tinha contatos esporádicos com o sobrinho Jans-Ülrich, mas que esse era homem ocupado, ou indiferente, pouco chegado a dar notícias, sabia apenas que casara na Holanda, tinha um casal de filhos, prometera fotos que nunca enviava. Ela tinha filhos, também, um rapaz que vivia na América do Sul, representante comercial, e uma moça, secretária de uma corporação, em Salzburg.

Enquanto voltavam para casa, Georg lembrou que era mais chegado a Ilse, tinham quase a mesma idade. Os dois haviam ficado ainda mais apegados às irmãs quando a mãe deles morreu e foram abrigados na casa delas por um tempo, até que *Herr* Herwig conseguiu levá-los a alguém em Kempten, a algum parente afastado do pai deles, não sabiam, pouco conheciam do pai, que deixou a mãe deles quando eram muito pequenos e foi para a Bélgica – um país cor de fígado pálido no mapa, a mãe mostrara – de onde ele mandava algum dinheiro, até que a guerra reverteu, as remessas cessaram e ficou difícil obter comida e mesmo cupões de racionamento. Isso sabiam indiretamente pela mãe e, depois, diretamente pelo espírito, quando cresceram, leram, refletiram sobre aqueles tempos, muito depois de Kempten, depois de serem separados e levados ao estrangeiro, adotados por famílias em países diferentes.

PLANEJARAM, SE O TEMPO estivesse bom – não havia prenúncio de que não estivesse – que, no dia seguinte, iriam a pé, contornando a montanha, até Wertach que, lhes disseram, continuava mais ou menos parada no tempo, este estado se devendo ao fato de que a linha ferroviária não a servia, não havendo indústrias lá, somente algum artesanato, produção de queijo, tecelagem e produtos de couro, tudo sendo assim, manual, agrário, rudimentar, tudo muito próximo daquilo que os aliados, vencedores, desejavam que o país como um todo devesse ser, idílico e pacífico, retido pelas montanhas, encapsulado em um estatuto de resignação e conformidade, um estereótipo. Max e Georg iriam perceber isso, quando crescidos e aclimatados na América e Inglaterra, este padrão, tão enganoso quanto a imagem de povo agudamente marcial lhes seria exibido por senso comum. Pintura ruim que retratava horda sempre a "amolar os facões nas pedras do meio-fio", pronta ao assalto, à conquista e às emergências. Gente que cumpria ameaças de transbordar-se ao sul e a oeste e que servia apenas a resistir, ser muralha, às legiões eslavas do leste, um serviço que deveria prestar de modo natural, em favor de outros povos.

A montanha era um destes clichês germânicos, mas era fisicamente veraz, com sua orla escura de floresta, seus rasgos de sendas pitorescas, seu capucho de neve perdurável pelos meses de verão. Estes traços e sua altura suave davam-lhe uma feição domesticada, um parentesco mais com colinas cordiais que com imagens de picos rochosos e precipícios. Havia destes, do lado norte, onde a elevação se encrespava, mostrava um temperamento mais arredio e quase selvagem, uma zanga ou arremedo de insatisfação com a geologia tranquila e arável que se estendia abaixo, em um vale de regatos e de um banhado que gostaria de ser lago.

Pendurada na parede da casa deles, na entrada da cozinha, havia uma pintura pequena, obscurecida, emoldurada com algum tipo de madeira castanha, em que aquela montanha – ou outra, sua prima ou irmã – estava representada sob um céu que ameaçava temporal e que trazia, sobre um primeiro plano de arbustos e rachões de pedra, um homem com um cajado ou vara da qual pendia uma trouxa. Esse homem estava para subir por uma trilha rasgada por solitária e incidente fatia de sol, e olhava para fora da cena, como que fitando quem o visse, pronto para falar algo. Ele era, o homem, um tipo de meia-idade e a mãe deles dizia, talvez a sério, talvez pela mania que as mães têm de forjar fábulas acessíveis, dizia ela – e eles acreditavam – que o homem chamava-se Vladimir, um viajante sem rumo que vinha de muito longe, do interior da Rússia e que estaria em fuga ou peregrinação, ela não deixava isto muito claro... Ele iria a caminho do oeste, em busca do mar e de outras terras.

Esta imagem do homem fixou-se nos irmãos de maneira diversa. Para Max, em um primeiro tempo que se arrastou até a adolescência, ela era o pai que os havia abandonado e, depois, assustadoramente, passou a ser uma projeção dele mesmo, mais velho, fazendo o caminho que a mãe vaticinara ao viajante, o que lhe viria a ser recorrente pesadelo pedestre, ele, Max, em sonho, vendo-se perdido no seio de uma montanha completamente mudada em terra ignota. Georg, este via o homem como a estampa do Judeu Errante, imagem que conheceu na casa da gente que o adotou na América, e esta imagem foi trocada pela do Destino, quando, rapazinho, começou a namorar Zoey, uma garota da vizinhança, canadense de origem, aficionada por cartas de Tarot, que ela dispunha sobre a mesa, fosse na casa adotiva de Georg ou na dela mesmo, sob a vista da mãe, também adepta de adivinhações e sortilégios, insistindo Zoey em prever um futuro deles dois, Georg e ela, o que no fim das contas e das cartas, não ocorreu.

Quando Georg foi trabalhar em Ithaca, conheceu na Universidade um tipo, estudioso de borboletas, cujo coincidente nome – Vladimir – tomou posse do Homem da Montanha. Georg apagou a bagagem do viajante do quadro, deu uma rede de pegar borboletas ao novo modelo, o Vladimir, professor russo exilado a quem Georg passou a assistir com fichas e folhas sistemáticas para catalogação de espécimes. O homem estudava um tipo raro de borboleta, *Hypolimnas alimena*, e Georg viria a saber ser isto um gosto fanático do Vladimir, o colecionismo de exemplares comuns ou de inúmeras formas híbridas delas. Estas últimas eram requestadas por estudiosos de todo o mundo e a eles o professor Vladimir dava respostas vagas ou inúteis, ciumento de suas próprias posses e saberes.

Para seguir a Wertach, pegaram a estrada muito cedo e foram pelo acostamento – a estrada era agora pavimentada e havia trânsito, principalmente de caminhões, nos dois sentidos. Max e Georg viram que a cidade se espalhara no campo que fora predominantemente de plantações, de planos arados que subiam até as encostas da montanha. Agora os campos estavam salpicados de casas ou agrupamentos delas, condomínios campestres onde o verde não era agrícola, era tapete ajardinado tratado com perícia paisagística, mais próprio a campos de golfe que a sítios e fazendolas. Isto, quando a estrada não se divertia à direita ou esquerda em largas entradas asfaltadas, orladas de pedrisco, postes altos sustentando, em ponte, placas que davam nome a indústrias, galpões de processamento, depósitos cinzentos em forma de silos abobadados, construções que se sucediam ao longo da expedição. Max e Georg podiam, às vezes, sobrepor, ao cenário mudado, as lembranças de uma vacaria, uma horta, granjas onde sua mãe ia comprar leite, ovos, presunto, verduras. Os dois, revezando-se em correria, empurravam as compras num carrinho de mão, estrada afora, isto no tempo da fartura, antes das primeiras derrotas, antes das bombas, antes dos aviões que erravam os trilhos e semeavam crateras pelos campos de lavoura. Das cercanias, de uma curva que ascendia para o norte, viram o campanário da igrejinha de Wertach e com satisfação registraram-na como na fotografia da infância, um recorte íntegro, espécie de marco, monumento possível dos resíduos de uma feição da terra, da cidade e das gentes que estavam a se apagar. Esse esvanecimento se confirmou quando entraram na cidade propriamente dita e notaram que, preservada que estivesse – e não tão acrescida de novas construções – ela estava vestida com novas roupas sobre o velho corpo. Cromados e plásticos se insinuavam onde fora possível inseri-los e Georg, principalmente ele, teve a sensação de estar em alguma cenografia americana que quisesse representar a Baviera moderna de alguma ficção ordinária e turística, alguma aventura que a indústria apreciasse exótica, mas que se garantisse usual pelos sinais *standards* de civilização.

Havia gente mais jovem que idosa, eles notaram, quando foram dar à lanchonete em que almoçaram. Uma moça e um rapaz de limitadas simpatias pré-fabricadas os serviu, uma parelha expedita e um tanto ausente, dupla vagante em pensamentos e aspirações íntimas que não incluíam atender dois velhos muito estranhos ao ambiente. Max entendeu aquela performance inconsciente dos moços como sequela, herança dos sobreviventes de outrora, um povo aturdido vagando em terras destruídas e que era estranha a eles, *unheimlich*, insistente. Uma inadequação própria a corpos maltratados e almas conflituosas no degredo de círculos viciosos. Georg achava isto um exagero do irmão, mas não estava disposto a complacências com a mudança passiva de gente ou cidades, considerava que havia vítimas e culpados em tudo aquilo, sabia que não havia ferramenta precisa para resolver a dualidade, a dupla face mutante daquelas fisionomias.

Procuraram o sobradinho onde a mãe encomendava roupas a um casal, alfaiate e costureira, ela mulher muito velha e encurvada – Max acreditava que aquela corcova devia-se ao trabalho de coser, óculos sobre a ponte do nariz, a desprender-se a qualquer momento. Max esperava a queda dos óculos, mas tal não sucedia. Enganava-se, também, com a corcunda. A mãe lhe disse que *Frau Schwester* ficara assim depois de escorregar no gelo da calçada de pedras do mercado, explicação essa que alarmou Max, prevenindo-o de calçadas escorregadias pela vida afora.

O prédio da alfaiataria estava lá, mas já não havia a janela térrea que servira de vitrina e na qual viram, pela primeira vez, as grossas letras de caulim brochadas no vidro que traziam anátema e condenação àquela lojinha, ao açougue Noether e ao escritório de advocacia do Dr. Nahum Werner, onde não havia vitrinas, apenas uma fachada de tijolos, portas e janelas de carvalho, um prédio que Max e Georg não conseguiram achar. Um serviço de micro-ônibus fazia as rotas para as cidades próximas e conexões às rodoviárias de cidades maiores. Eles estavam menos cansados do que apenas entediados, resolveram voltar mais cedo, chegariam muito para dentro da noite, fossem regressar caminhando. Cederam ao conforto, ganhariam tempo, aproveitariam o fim da tarde para visitar Lotte.

Qual teve primeiro o desejo de visitar a terra natal, era coisa que disputavam, o impulso foi mantido tácito entre eles e mesmo para as famílias, ninguém achando que cultivassem vontade que fosse além da curiosidade satisfeita por livros e notícias, filmes documentários, uma que outra revista, artigo em jornal. E, no entanto, medrava neles, à medida que envelheciam, a sensação de que algo fora interrompido e isolado. A guerra e a partida formaram um bloco de lembranças, um artefato arqueológico, por assim dizer, que relegado a trechos pouco visitados pela vida, pedia, assim mesmo, alguma atenção, emitia como que um ruído de fundo, um sussurro soprado na língua pátria, ora soando lamuriento, ora em censura e acusações.

Isso disseram quando se reuniram em Londres, juntando as duas famílias, filhos e os netos que estavam de férias, em um conclave-prêmio. Expuseram, para surpresa de todos, mulheres, filhos, genros e noras, que os dois excursionariam naquele roteiro de evocações e resgate.

A decisão nasceu natural e simultânea, achavam, mas ditou normas práticas naquele encontro, talvez porque Londres foi a primeira cidade a que chegaram e onde, por acaso, se separaram. Georg seguira para a América com seus protetores da Missão Convivas de Emaús e Max, adoecido, ficara retido na casa de missionários associados, em um regime provisório que terminou definitivo.

Nunca deixaram de se corresponder, visitavam-se sempre que possível, ambos indulgentes com as terras adotivas, acerbos em críticas, quando espicaçados pela política e pela economia, quase ranzinzas, sim, quando mais velhos e impacientes, mas certamente amparados pelo afeto mútuo, sorteados pela sobrevivência.

Curiosamente, tinham diferentes percepções do Trauma. Georg, que conviveu em Nova Iorque com famílias judias e trabalhou para firmas de judeus, desenvolveu um sentimento de solidariedade sincera ao Povo, portava uma emoção intensa e enervada quando provocado, reações a qualquer sinal, palavra, insinuação a suposto germanismo seu, quem diria leviana suspeita de antissemitismo, respostas tão emotivas dava a qualquer suspeita de injúria, que o Sr. Aaron Ackerman, um sobrevivente do Shoah, seu chefe por um longo período e homem que o estimava de verdade, um dia, chamou-o a um canto do escritório e disse que ele, Georg, tentasse reprimir e controlar as respostas que dava a provocadores, pois o que terminava por se pensar é que ele não estava defendendo os judeus, mas manifestando, pondo para fora, uma culpa que podia estar morando, desapercebida, dentro de seu espírito. Esta frase, a ambivalência do conceito, a sorrateira desconfiança que trazia embutida, fizeram com que Georg, irritado, se demitisse da firma, fosse trabalhar em Trenton, depois em Paterson e, por fim, em Ithaca, levando consigo a asserção dúbia do chefe e arrastando a própria família em injusto e áspero exílio.

Max, em Londres, viveu um tempo com uma família que havia perdido um filho sobre a Alemanha, nos bombardeios ao Ruhr. O retrato do rapaz, cercado de condecorações póstumas, ficava sobre a lareira e era foco obrigatório do olhar de Max, a tal ponto que as feições do jovem piloto se animavam, o rosto, como em um filme, retornava o foco da observação. Max sentia-se como um intruso à mesa da família, era vigiado pelo morto, sua alma, por seus prováveis votos de vingança. O exorcismo deste conto terrorífico levou um Max adolescente à leitura das crônicas da guerra, à história da RAF, aos relatos sobre Arthur "Bomber" Harris, material de leitura que não poderia considerar a condição dele, Max, como vítima, apenas ditava os feitos heroicos e unilaterais dos Aliados, as estatísticas vitoriosas em Hamburgo e em Dresden, mas em nenhum dos livros citava-se o ataque à pequena cidade deles, Max e Georg. De resto, apresentava-se a Max apenas o efeito incendiário e percussivo das bombas. Ele aprendeu a levar esta cadeia de lógica às filas de refugiados e aos montes de mortos calcinados, esturricados, reduzidos em tamanho, esboroando-se ao vento, alinhados ao longo de calçadas e ruas fraturadas.

Em algum tempo, longo, talvez enquanto se gestava a ideia de fazerem a viagem de retorno, em algum momento, eles dois, o Georg americano e o Max inglês, devem ter se percebido como um ente único amalgamado na carne da culpa, perpassado pelas dores de vítimas, como se isto não fosse anomalia, teratologia e absurdo da política e da guerra, mas apenas uma contingência, um fato que se incrustou nos que sobreviveram e tocaram a vida à frente, e que passou, insidioso e latente aos genes dos que vieram depois, jovens como os moços da lanchonete, infensos temporariamente a arquétipos, programados para a economia psíquica do egoísmo.

Lotte não conteve o choro ao vê-los. Abraçou-os, com ímpeto, aspergindo lágrimas em seus paletós. Depois riu, afastando-se, a cabeça inclinada, juntando as mãos e espremendo-as em regozijo, indo a eles de novo, examinando-os de perto, um por vez, dizendo como eles estavam bem e apontando cada um com o nome, sem titubear.

Ela estava no corredor de sua lojinha de roupas baratas, um caleidoscópio de sintéticos e cores acres, tênis, jaquetas, bonés e suvenires alpinos, uma mulher grande ela se tornara, estava grisalha, óculos pendentes por corrente sobre o colo, um andar pesado, amplo, eles notaram – lembravam-se dela menina magrinha, não a diferenciariam de Ilse, tentavam remontar as feições das duas irmãs no rosto envelhecido da sobrevivente. Enfim chegaram à fisionomia resultante em Lotte, estavam os três abraçados no exíguo corredor de cabides e mostruários, sob o olhar de uma mocinha, ajudante na loja, esta com um riso contido riscado na boca muito pintada, recolhida atrás do balcão, a expressão hesitante entre a empatia à cena comovente e a surpresa de ver a patroa em efusões incomuns, a jovem sentindo-se atirada para trás a um território de lembranças e passados vedados a seu pleno entendimento, cortina opaca e interdita aquela, espessa, tapando um outro mundo de onde vinham estas pessoas, aqueles dois velhos, por exemplo, e uma Dona Lotte, que ela nunca imaginara pudesse chorar ou abraçar alguém em público.

Lotte ignorou apresentá-la aos visitantes, mandou que a mocinha ficasse atendendo a loja e foi com Max e Georg para os fundos, alcançou a escada em caracol que levava ao andar de cima, puxou-os com ela, levando Max pela mão, Georg apoiando-se no ombro de Max, a trinca subindo, em espiral, cuidadosamente, Lotte fazendo perguntas, umas sobre outras, a que eles não tinham tempo de responder por completo.

Sentaram-se na sala de frente, janelas dando para a rua, a luz filtrada por cortinas leves cor de pele, sofás e poltronas sobre um tapete gasto, dispostos em rigorosa simetria, panos bordados em renda nos encostos, almofadas de veludo. Um andar separava os dois mundos, a loja feérica, cítrica e a caixa *mordorée,* arcaica, da morada de Lotte com seus itens do pré-guerra, cristaleiras guardando cálices e *biscuit*s sobreviventes, relicários, quase tudo, Max e Georg sentindo-se como em uma pintura intimista, eles mesmos personagens muito a cômodo no ambiente, espécimes pintados com a mesma tinta, na mesma tela pelo mesmo artista, um *metteur en scène* , que levou Lotte à pequena cozinha onde ela foi produzir chá e onde acomodou bolinhos em uma salva de prata, arrumou o serviço em uma bandeja complicada por ornatos, este mesmo artista minucioso trazendo Lotte de volta à sala, ainda falante, servindo chá a Max e Georg, relatando sagas, desventuras, nascimentos e mortes, eventos políticos e financeiros, destinos e arrependimentos, amores e poucas paixões, doenças e curas, fracassos e abomináveis ingratidões, surpresas felizes – como a visita do homem do jornal indagando se ela era a quem procuravam, estendendo-lhe a carta de Max, com selos da Inglaterra – Lotte havia chorado também naquele dia – o homem do jornal constrangido, temendo ter sido portador de uma indagação impertinente, mas não, ela explicou, estava feliz, eram lágrimas de alegria, ela disse e o homem se foi, abanando a cabeça, aliviado de ter cumprido tal missão em território incômodo.

"Ilse morreu do coração, foi de surpresa", disse a eles. Contou que a irmã nunca estivera doente a sério. Lotte gravou este aviso dentro do luto e passou a fazer exames médicos, seu sobreviver tomado como uma espécie de tributo à irmã. Achava que eles dois, Max e Georg, se sentiriam assim também, responsáveis entre si, perguntou – pondo os óculos como se a resposta deles devesse ser examinada com acuidade – e eles disseram que sim, que tinham esta felicidade, mantinham esta imantação como energia para tocar a vida, de fato nunca se imaginaram em conflito, ou inveja, ou disputa. Ela entendeu, concordou com um assentir de cabeça que punha termo às perguntas... o que trouxe uma pausa que se alongou em silêncio cansado, o chá sendo sorvido ritualmente, as memórias desenovelando-se, lentas, nos três. De fora, de seu ângulo favorável, o pintor da cena poderia representar aquelas lembranças como uma névoa de gente, coisas e eventos pairando sobre o trio.

Lotte, despertando, resgatou de dentro da nuvem silenciosa um item – "uma coisa que lhes pertence", disse com resolução, foi buscá-la em seu quarto, para logo voltar com um quadro, que veio limpando com flanela, "nunca houve tanta poeira aqui desde que mudaram o trânsito da rua", ela veio dizendo enquanto girava a face da pintura para os dois e eles reconheciam, com agitação, surpresa e taquicardias uníssonas o que estava pintado:

"Mas, é o Vladimir!", Georg exclamou, enquanto Max saltava para ver de perto o quadro que Lotte exibia com um sorriso de dentes grandes e amarelos.

"É mesmo o Vladimir", disse Max recebendo a peça das mãos de Lotte, sentando de volta junto a Georg, os dois examinando o quadro, pela frente e verso, como a duvidar da autenticidade do item, peritos fossem e fosse o Vladimir alguma obra-prima reencontrada. "Como conseguiu?"

Lotte contou que a casa em que eles moravam ficou fechada por um tempo, foi invadida, levaram móveis e utensílios. O quadro foi das poucas coisas que restaram, o pai dela achou de ficar com ele, quando a Prefeitura lacrou a casa.

"Ela ficou assim durante a Ocupação, ninguém a reclamou, nem o pai de vocês, desaparecido, morto talvez, meu pai julgava. O quadro ficou com Ilse, depois comigo", Lotte disse e perguntou: "Por que o chamam Vladimir?"

Max quis explicar o nome, mas Georg adiantou-se, contou a história do Vladimir peregrino, a fábula materna e a sua própria história com o professor homônimo, o Homem das Borboletas, o alpinista com a rede de caçá-las, esta era a associação que fizera, achava curioso como uma pintura tão simples e comum pudesse lhe ter marcado tanto, ao que Max opôs a ideia de que pinturas não se impõem por qualidades artísticas, sendo estas apenas requisitos específicos para um público ou para uma disposição ao vê-las, ele, naquele momento, por exemplo, era mais cativado pelo fato de que Vladimir, um homem de meia-idade, mais para velho quando da infância deles, era agora, na velhice dos dois, um homem jovem, forte, um desbravador decidido e aventureiro, não um fugitivo, um perseguido, ele Max, digrediu, sentindo-se palavroso mas alegre, satisfeito de que Lotte concordasse com ele.

"É verdade", ela disse dando uma olhada mais atenta ao quadro. "Ele não parece ter envelhecido, pelo contrário..."

Quando saíram de volta para casa, levando bolinhos em uma caixa plástica, foram armando o roteiro para expedições subsequentes. Lotte dissera que poderia subir a montanha com eles, no domingo.

"Quem sabe encontramos o Vladimir por lá", ela brincou.

Eles consideraram a ideia, avisariam se retornassem a tempo de Kempten, iriam alugar um carro, queriam rodar pelas aldeias em torno, talvez esticassem até Munique, não sabiam, iriam ao norte, não, talvez fossem a...

Vergangenheitsbewältigung

Olimpo

O PRIMEIRO ESTAMPIDO FOI tão próximo da cabeça de Moisés que o tímpano do ouvido direito lhe pareceu empurrado para dentro do cérebro, ressoou um eco mouco e zuniu como se estivesse submerso, sob pressão. Nenhuma mensagem formou-se, nada deu inteligência do que se passava atrás e à frente, ninguém e nada se movera. A detonação parecia também ter congelado os momentos anteriores, tudo estava suspenso como em uma foto gravada sob obturador velocíssimo. Após um soluço de contração, como se uma mão gigante o submetesse, o coração de Moisés pinoteou em batimentos rápidos e, se isto não estimulou uma dinâmica e consciência plena do corpo, parece ter agido automaticamente nas pernas, pois estas, em um ímpeto, desencontrado embora, iniciaram corrida instintiva para o que elas, naturalmente cegas, arbitraram como rota de fuga.

Sorte de Moisés Czerniewski ter pernas fortes, obtidas com o trabalho de juventude nas jangadas de toras no Rio Narew. Pular sobre os troncos escorregadios e rolantes, puxá-los com o gancho, domá-los em feixes, atá-los, escapar de choques iminentes e de morrer esmagado, equilibrar-se rio abaixo, estes atos circenses devia às suas pernas e delas tinha justificável orgulho, embora não tanto do fardo que elas carregavam. Muito lhe serviram as pernas quando deixou o vilarejo de Zambrów, a pé, com pouco dinheiro e parca comida, em demanda de Varsóvia, em uma longa viagem de esperanças e desencantos.

Pernas. Foi o que lhe sobrou da jornada. Gastas as roupas, as moedas, as solas das botas, as mudas de calças, o capote já furado pelas traças e tornado farrapo encharcado e fétido. Os tios quase não o reconheceram à soleira da porta. De início, pensaram que fosse um mendigo, mas depois, tiveram certeza de que sim, era um mendigo, sobrinho deles, contudo, e merecedor de abrigo, comida urgente, alguma roupa usada.

Moisés viu o relâmpago e as faíscas do segundo tiro, ao mesmo tempo que ouviu o disparo, um estalo seco, imediato à chuva de estuque do teto em suas costas, um granizo de gesso e areia. No mesmo momento, sentiu que seu chapéu se despregara da cabeça, em voo retrógado, irrecuperável. Não era ocasião de saber a razão do voo, se devido a impacto de projétil ou simples efeito de vácuo, na fuga empreendida à primeira deflagração.

Sim, agora ele sabia que eram tiros, o segundo deles dera-lhe certeza. Não vira quem atirara, viu a centelha, sim, mas o atirador ele não viu. Moisés teve, no momento deste tiro, parte da visão encoberta por uma das meninas da casa, inteiramente nua – não sabia exatamente de onde ela teria vindo – um esgar no rosto desfeito, tinha a moça, seus seios gordos balouçando, assimétricos com a carreira. Corria para o fundo da sala e logo Moisés poderia ter o campo de visão livre para saber quem disparava à frente, se os movimentos dele e da moça não provocassem outra ocultação. Nada disso importou. Veio novo tiro, às costas de Moisés. Seus olhos piscaram por reflexo, ao tempo que ele voltou sua involuntária cabeça para a origem do terceiro estampido. Ato inútil, gasto em parte com a observação da órbita de escape do seu chapéu, idiotice logo descartada, pois cumpria que Moisés se voltasse à frente e recuperasse o equilíbrio.

Tiros. Ele ainda não sabia dos soldados poloneses que rendidos e cativos foram traiçoeiramente varridos pelas rajadas de metralhadoras alemãs na praça central de sua Zambrów. Desconhecia o desaparecimento dos pais, da irmã, no comboio para Auschwitz. Ignorava a morte do tio com um tiro na nuca, durante o Levante do Gueto e a morte da tia, por inanição. Chegado o tempo, esses acontecimentos forçariam morada em sua mente, entrariam a pulso, acotovelando-se entre outras tristezas e as poucas vitórias e sorrisos que Moisés lograra colher desde que embarcara em Dantzig e aportara na velha Desterro.

Por Deus! Mais dois tiros em rápida sequência e então Moisés percebeu, e não pôde saber se isto já vinha ocorrendo desde o segundo disparo, quando a menina nua voou para os fundos, não sabia mesmo, ficou confuso, mas flagrava que o salão se animara em convulsão e movimento aos quais não escaparam cadeiras, mesinhas, nem uma outra das mulheres – esta, semivestida e calçada e que, por isso mesmo, torceu um pé e estatelou-se no parquê encerado. Por sorte. Uma bala a acertaria, estivesse de pé. O chumbo passou sobre ela e cravou-se nas costelas do Efebo da pintura a óleo, um item vistoso – Moisés o havia comprado no Rio de Janeiro para Dona Vivian – uma cópia bastante razoável de pintura clássica.

Quem atirava? Moisés somente saberia quando chegasse ao portal da cozinha. Abrigado em uma coluna, veria...

O portal, a cozinha, eram porém, no momento, destinos desesperadoramente distantes. As passadas de Moisés se davam céleres, mas o universo da sala se esticava na velocidade do pânico.

Em todo caso, quando e se lá chegasse, Moisés saberia que os atiradores eram Castor e Linceus, tidos como irmãos gêmeos, um equívoco passável, dada a semelhança física entre os dois. De fato, eles tinham gêmeos. O de Castor era Paulo Lúcio, cuja assonância nominal forçara o vulgo a chamá-lo Polito.

ATAQUE PERPETRADO PELOS IRMÃOS CASTOR E LINCEUS À CASA DE TOLERÂNCIA DITA OLIMPO, DO QUE RESULTO

O gêmeo de Linceus, José de Idas, contrariamente ao irmão, que tinha visão aguçadíssima, era cego de um olho e de todo o espírito e, no momento deste tiroteio, perseguia, em outros pagos, o citado Polito, para matá-lo.

As dúvidas aumentavam quando se introduzia no enredo o fato de Castor e Polito serem irmãos de pais diferentes com Dona Leda, não se sabendo ao certo qual o pai de tal ou de outro, ou qual criança viera à luz primeiro. Os moradores mais antigos suspeitavam ser pai o engenheiro Charles Swan, um jovem inglês que veio instalar o gerador elétrico da cidade. Depois que o cartório do Dr. Homero e a sacristia da Igreja de Nossa Senhora de Delfos incendiaram-se, grande parte dos registros e da memória do município perdeu-se. Dona Leda sempre foi reticente e, creia-se, pudica, muda, quanto aos filhos e suas respectivas paternidades. Quanto a Linceus e José de Idas, afirmava serem órfãos, primos de seus filhos, tendo-os criado juntos, dois mais dois, de pequeninos a quatro homenzarrões crescidos e arruaceiros.

O convívio destes varões era difícil e mútuas juras de morte se instalaram,

rciante Hermes Pires e ferimentos graves no Capitão Marciano Castro, do Quinto de Caçadores

principalmente quando os filhos biológicos da então falecida Dona Leda, se amancebaram com as filhas do dono da fazenda Cavalo Branco, uma gleba também visada à rapina pelos primos-irmãos rivais.

Nada disso era o motivo para o tiroteio corrente àquele instante. Castor e Linceus estavam irmanados – permita-se esta licença – em defesa de território ameaçado: a participação de ambos, como herdeiros presuntivos do Palacete Launay – construído por outro marido da Dona Leda, um francês de obscura origem fiscal e destino enigmático. A participação incidia sobre a exploração da luxuosa e lucrativa casa de tolerância Olimpo, sita no referido palacete, arrendada e gerenciada por Dona Vivian. A ruidosa intervenção dos rapazes visava também firmar direitos sobre o aluguel do imóvel e assegurar vínculo direto e pessoal entre eles e a administração, expurgando usurpadores e oportunistas.

TICOTICO ESTAVA NA POLTRONA, cochilando enfiado entre uma almofada e a coxa esquerda morninha de Sulamita, privilégio e gratuidade que a condição de mascote da casa lhe dava, quando o primeiro tiro o lançou ao ar como um boneco de molas propelido de uma caixa de surpresas. Tal acrobacia lhe era proteção inata contra predadores, sobretudo, mas não exclusivamente rasteiros, o instinto sempre o levando, sob qualquer alarme, à altura de galhas bem altas.

À falta de árvores, Ticotico aferrou-se às dobras de uma pesada cortina, grimpou até as sanefas e, ao segundo disparo, cometeu a imprudência de saltar para o grande lustre, o mais próximo do par que iluminava, a qualquer hora, o salão do Olimpo. E, como o medo e novos disparos lhe açoitassem o ânimo, saltou do primeiro para o segundo lustre.

No curso deste último voo, ao espocar a sequência de balas, Ticotico, não por covardia, mas por alguma revulsão intestina, ejetou um arco de excrementos de variada contextura que se despejaram no percurso da corrida de Moisés.

Moisés, já atingido por gesso, caliça e areia, recebeu atarantado essa nova chuva de dejetos, sem condições de ajuizar-lhes natureza e procedência.

São, porém, estranhos os caminhos do espírito e Moisés viu-se vagando...

(Anos depois, relembrando esta aventura assustadora, ele ainda se indagava como as lembranças puderam emergir e como se comprimiram e se associaram tão vividamente naquelas frações de instantes).

[...] pelas ruas de Dantzig, engajando num navio sueco, chegando e partindo de Lorient, desembarcando na Madeira, tomando emprego em uma feitoria, partindo para o Sul, longe, muito para o sul, aportando em Nossa Senhora do Desterro, internando-se nos sertões e matas, indo ao norte e oeste com outros desenraizados e pobres, poloneses como ele, russos brancos e ucranianos, aprendendo a comprar e vender, a abastecer o armazém da madeireira com gêneros e ferramentaria, a vender roupas, utensílios para os colonos, administrar a cooperativa agrícola, tomar lições de contabilidade com um português velho e doente, ser expulso, quando as coisas iam tão bem, expulso pela gente italiana que chegara em massa e que se apossara de terras e negócios, que não tolerava eslavos nem boches e que o botou para correr da sede da cooperativa, sob uma chuva de legumes, frutas podres e outras coisas...

Atingido assim, por fora e por dentro, Moisés passou por Helena e Diana e elas estavam congeladas, estatuárias, em lívido pavor.

Tudo leva a crer que foi nesse exato momento que um tiro de Linceus enfim acertou Seu Hermes Pires no peito.

Linceus era capaz de ler um jornal posto a 10 metros, embora não lhe entendesse bem o conteúdo. Sua mente era tão desajustada quanto a pontaria e, portanto, por isso mesmo, precisou de muitos disparos para abater o comerciante, que, aliás, ainda não fora completamente abatido... Atônito e amparado por Dafne, a Dáfis, com quem, até pouco estivera em colóquio, ele estava sentado no chão, branco como a cera do Divino.

E, por desígnio dos deuses ou demônios, logo em seguida, ou foi antes, ou no mesmo instante, quem lá saberia, outro tiro, este da arma de Castor, chegou às nádegas do capitão Marciano Castro, justo no momento em que ele, como Moisés e a moça dos peitos gordos, tentava alcançar o porto seguro que todos imaginavam estar na cozinha.

Todos, menos Heitor, o cozinheiro, cabeleireiro, camareiro, conselheiro das meninas e factótum de Dona Vivian. Estava ele, ocasionalmente, na cozinha revisando as panelas, mas já adereçado e maquiado para o número de dança que fazia às sextas (sim, era sexta-feira e a casa estaria lotada, mais para a noite) quando, atraído pelo que imaginou fossem traques e bombinhas, correu para o salão, em contramão a qualquer cuidado. Lá deparou-se com o que depois lembraria como "um inferno", Dona Vivian no meio da confusão gritando "Calma, calma!" e tentando fixar uma peruca que parecia dotada de urgentes desejos de evasão, um horror, um horror!

Pois bem. Que tinha Moisés a ver com esse charivari? Ele achava que nada. Viera colher recibos e anotações. Fazia o livro-caixa para Dona Vivian, atendia o pedido dela para que produzisse rubricas de despesas que cobriam os pagamentos aos "gêmeos" e aos olhos fechados da polícia... Adquiria gêneros, roupas de cama, mesa e banho, material de limpeza e higiene, mobiliário, contratava serviços para a casa, cobrando justa comissão.

Aprendera a não se estabelecer com muita bagagem, pronto a seguir para nova praça, fosse por vontade própria ou pela rejeição dos outros. Chegara ao Rio de Janeiro, corrido dos italianos. Logo descobrira que os negócios ali estavam ocupados por heranças espertas ou espertezas herdadas. Subiu a serra, internou-se, fez a antiga rota dos tropeiros, chegou a Juiz de Fora, percebeu vantagem em botar negócios de intermediação, ajustar as contas do Comércio com a Prefeitura, alinhar taxas, aforamentos, achar brechas para dedução nos impostos. Tornou-se útil e também consciente de que sua utilidade dependia de discrição e fidelidade. Comprava, empreitava, vendia, era feliz. Uma casinha de porta e janela era-lhe o bastante.

Olho grande tinham Seu Hermes e capitão Marciano. Moisés observou que, lentamente, de clientes da Olimpo, passaram a ambicionar uma sociedade oculta imposta a Dona Vivian. Hermes começou por cobrar por clientes novos e visitantes que apresentava. A princípio recebeu bonificações, serviços das meninas. Depois foi claro. Queria quota, por frequentador que trouxesse. Inclusive na comida e bebida consumida. Trouxe mulheres do Rio e as colocou na casa, sob contrato sub-reptício. Queria – e isto foi levado a Moisés por uma Dona Vivian compungida – que os gêneros para a Olimpo fossem adquiridos somente na Mercearia Hermes, a seus preços. Isso gerou dívida crescente, Moisés advertiu Dona Vivian.

Hermes tomara-se desta coragem para extorsão, associando-se a Marciano, apoiados na tropa que este comandava. A ideia de ambos era tirar o delegado de polícia da jogada, minar seu poder, marcar o território da casa Olimpo como área própria inexpugnável.

E, então, cumpriria afastar os irmãos. Pensaram em execução, uma emboscada contratada, mas de início, por gula, tentaram abater as dívidas da Olimpo do aluguel e das comissões devidas aos manos.

De volta de Santa Bárbara do Tugúrio, para onde havia levado gado, Castor deu com o delegado Apolo bebendo aguardente com dois jagunços em uma palhoça de beira de estrada. O delegado disse que estava ali no propósito de encontrá-lo. Deu conta das trapaças, sonegações e jogadas de Hermes e Marciano. Falou da conversa muito secreta que tivera com Seu Moisés, quando cessou o aporte de, digamos, sua compensação. E mais: que ouvira da Dáfis, que ela ouvira, ninguém lhe dissera, ela mesmo ouvira e garantia que a dupla ia botar preço na cabeça deles quatro, todos os rebentos e enteados de Dona Leda, que eles não iriam comer em junho o milho plantado no dia de São José, etecetera e tal, que, na opinião dele, Apolo, conquanto não os pudesse ajudar sem causar conflito e embaraço entre as forças do Governo Central e as da Província, na sua humilde opinião, eles deveriam almoçar Hermes e Marciano antes que estes os jantassem.

Portanto, acertados em ação preventiva para mútuo proveito, Castor e Linceus adentraram, cada um por uma das portas que se abriam, a partir da escadaria em leque, ao grande salão de recepção da Olimpo, tomaram posição e abriram o fogo punitivo, visando exata mas não precisamente Hermes e Marciano, estes, àquelas horas, muito à vontade em meio às meninas, proseando, antes que engrossasse o movimento da casa após as novenas.

Hoje, o Olimpo é uma ruína melancólica, uns restos de fachada que sobrevivem devido à resistência da argamassa de óleo de baleia com a qual seus tijolos foram rejuntados. E ao embargo e proteção, embora tardios, que o Patrimônio Histórico baixou, quando duvidosos supostos donos quiseram o terreno limpo para erigir uma construção moderna.

Cumpre, entretanto, ir e vir no tempo, voltar à história imediata e ao futuro mais alongado dos personagens daqueles instantes de agonia, tiros e pânico. Que lhes sucedeu?

Hermes Pires morreu lá mesmo, antes que lhe chegasse socorro. Sua mulher, envergonhada, vendeu a casa e a mercearia, levou a filha moça e o filho menino para além de Montes Claros, em São João da Ponte, longe do opróbrio e perto de antigos parentes.

A bala nas nádegas de Marciano, varou e danificou um plexo nervoso, deixando-o coxo, inapto para as lides militares e portador de infamante ferimento nas retaguardas, motivo de chacota perpétua nos meios castrenses.

Com o tempo, José de Idas conseguiu matar Polito em uma festa do Divino, nos sertões de Goiás. Por sua vez, de Idas foi morto por Castor, que outrossim matou Linceus, após duas tentativas deste mesmo de acertá-lo, uma vez metendo um balaço errado no cavalo e, na última, apenas varando-lhe o chapéu. Castor não errou. Derribou-o de árvore, com um só tiro e lhe cortou a carótida com uma faca cega, enquanto Linceus esperneava.

O mesmo Castor recebeu com surpresa um emissário da Inglaterra, que lhe deu conta da morte do Mr. Swan e que lhe trouxe testamento hábil e fidedigno, selado e timbrado, qualificando-o como herdeiro único de razoável fortuna em dinheiro, títulos e propriedades. Castor deixou o gado, o prédio da Olimpo, a fazenda Cavalo Branco, os mandatos de prisão e sumiu do mapa.

As meninas do Olimpo tiveram destino variado, seguindo com seus afazeres em outras casas, juntando-se com homens rudes, umas, outras sendo felizes ao amadurecerem. Sulamita, levando Ticotico na coleira, aderiu a um circo e inventou um número exótico.

O delegado Apolo pediu transferência para Ouro Preto, de lá foi para o Mato Grosso, trabalhar como capataz na fazenda de um sujeito controvertido, com negócios no Paraguai. Apolo foi com o homem até Capitán Bado e só o fazendeiro voltou. Ninguém teve mais notícias do delegado. O fazendeiro contava que Apolo teria ido adiante, sem ele, a Potrerito para ver uns cavalos e que voltaria em três dias. Até hoje.

Dona Vivian viveu a decadência da Olimpo, a difícil e cara manutenção da casa, a dificuldade em obter clientes de categoria e meninas de primeira linha.

Um dia, resolveu juntar os ativos, vender tudo, mudar de vida ou de cidade. Precisou mandar reparar a velha pintura, ferida a bala. Heitor encarregou-se disso, estava de viagem para o Rio, ia tentar a vida no teatro de variedades. Para grande felicidade deles, a pintura foi identificada pelo restaurador como uma obra clássica de Pontevechio, obra que deve ter chegado ao Brasil no tempo da fuga de D. João VI, o rei temente a Napoleão. Foi vendida no exterior por quantia notável. Vivian e Heitor mudaram de vida.

E quanto ao nosso Moisés? Suas boas pernas o levaram para fora da cidade, para longe de inquéritos e das cinzas do livro-caixa da Olimpo. Como?

Na noite do tiroteio, Moisés lograra chegar à cozinha, achar aberta a porta dos fundos, descer os degraus para o quintal, pular o muro, chegar à rua da igreja, à sua casinha, juntar correndo alguns teréns, jogar os livros nas brasas do forno de lenha, continuar correndo mundo adentro, para além de Juiz de Fora e de facínoras ocasionais, para longe da Europa e das tropas tedescas, para longe do Gueto, do Holocausto, de Auschwitz...

Em 1949 estava em Montevidéu, em 1951 em Rosário. Queria ir a Santiago do Chile. Talvez tenha ido. Talvez ainda esteja lá.

Notas da Itália 1

Nothing of him that doth fade
but doth suffer a sea-change
into something rich and strange.
(Dele nada desvanece,
entretanto, muda o mar
em algo vívido e estranho)
          W. Shakespeare – *A Tempestade*

ENQUANTO A MÃE ESTAVA nos fundos do apartamento, no último quartinho, arrumando coisas e quinquilharias que teimava em guardar, Giuseppe Imbelloni, um menino de 9 anos, gordinho, com cara de menina, escapuliu para a Rua Sistina. Sobraçando um embrulho, desceu as escadas e, mal coberto por uma capa de plástico, foi, quase correndo, na direção da Praça da Trindade.

Chovia pesado, o tempo ruim e a água haviam varrido os turistas das ruas, pouca gente transitava e era cedo, parte do comércio ainda não abrira.

Ele contornou o Obelisco, chegou à escadaria da Praça da Espanha. A água convergia para ela com ímpeto, descia caudalosa pelas canaletas laterais, transbordava, formava uma cascata em degraus que descia os patamares e voltava a correr, aos solavancos e saltos. Tudo ia para o Tibre pelos meios-fios, em torvelinho pelas galerias pluviais, pelos vãos das ruas. A Rua dos Condotti, abaixo, já era um rio. Giuseppe desembrulhou o barco, um modelo bem construído, com todos os cordames e velas perfeitas, uma peça que seu falecido pai conservava, com carinho e ciúmes, sobre um aparador, na sala de visitas.

Ele escolheu a canaleta com mais volume de corrente, segurou o barquinho sobre o fluxo veloz, pousou-o na água.

Esperava acompanhar a descida do barco, descendo os degraus ao lado dele, mas o barquinho, a princípio aprumado, precipitou-se pela corrente com uma velocidade que o surpreendeu. Quando tentou alcançá-lo, ele já ia célere para os flancos do sobrado Keats-Shelley – um nome que Giuseppe imaginava ser de alguma alfaiataria (como a do pai), ou, talvez, de uma casa bancária inglesa.

Naquela altura, longe do resgate desesperado que o menino Giuseppe pudesse tentar, o barco adernou, engolfou as velas no jorro da corrente, bateu de proa contra um ângulo de degrau, girou a estibordo, aos trancos, foi retido pelo gradil da praça, ficou ali sendo destruído pelas pancadas da cascata.

Giuseppe começou a chorar ainda no meio da escadaria. Sequer deitou um último olhar sobre o desastre. Queria sumir dali, voltar para casa, pensar que não havia cometido o pecado mortal de destroçar o barco, queria chegar em casa sem que a mãe o visse, queria enxugar-se, meter-se sob as cobertas, fingir que dormia, que estava doente, pensava, talvez, em esconder-se sob a cama. Naquele momento, porém, estava sob uma chuva que o encharcava mais e mais – o impermeável era insuficiente para o aguaceiro, os seus sapatos chiavam, faziam chilope-chilope, pesados.

Quando chegou na porta de casa e esgueirou-se escada acima, foi prendendo o choro, mordendo os lábios, um nó na garganta o ia estrangulando com mágoas indistintas, remorsos e a certeza de que tomaria uma surra...

Iniciais, Siglas, Monogramas

EM QUATRO ANOS, OS três estariam mortos. Chegaram com uma bagagem idealizada e arcaica por natureza e virtude – uma pletora helênica – a uma Europa pisoteada pela guerra, muito pouco à vontade ou atenta ao que eles, os três jovens românticos, pensavam dela. Depois de Waterloo, os poderes e os desejos se recompuseram, a entropia assentou-se, os reinos tomaram fôlego mais uma vez, os sobreviventes voltaram ao arado. Eles viam isso? Poderiam ver?

Onde os três poderiam imaginar uma Europa congressual senão ali? (Embora a brisa mediterrânea houvesse soprado, de lá da Córsega, sobre o Continente, a sombra da pequena e ambiciosa nuvem que se avolumou, cresceu nos céus por longos anos, deitou-se sobre a Rússia, residiu ameaçadora sobre o Canal, à vista de Albion.

Logo a nuvem refluiria, iria se contrair, minguar, tornar-se a última fumaça do último disparo do último soldado da Velha Guarda em fuga. O Corso morreria em 1821, mesmo ano em que um deles três – JK (John Keats), aos 26 anos, partiria, precursor de lutos.)

Queriam e amavam a Itália como o solo e a luz de uma República anímica, mais cantada que lavrada em diplomas legais. Ansiavam os hinos de liberdade da Grécia, da Espanha, do sul da própria Itália. "Somos todos gregos", diria PS (Percy Bysshe Shelley) dilatando a proclamação para além de um conflito contemporâneo que rugia e que mataria de febres LB, (George Gordon, o Lord Byron), dentro de poucos anos.

PS cantava:

"A grande era do mundo recomeça,
Retornam os anos dourados,
Como serpente em nova pele, a Terra
Se renova,
Despedem-se as ervas do inverno..."

LB fez seu Peregrino dizer da Itália:

"És o jardim do mundo, o lar
onde nasce toda a Arte
e em que a Natureza pode dizer:
nada há igual a ti,
e nem mesmo a teus desertos.
[...]

*Teus destroços são gloriosos e tuas ruínas,
agraciadas são
com um encanto imaculado
que não pode ser destruído".*

Contudo, nos desvãos desta cenografia ideal pintada com matizes amorosos e remissivos, moravam antigos gnomos nórdicos e saxões. Eles atormentavam JK, estavam nos pesadelos e nas doentias noites de PS, nas dúvidas e nas leviandades compulsivas de LB.

O que mais faria PS, hóspede deste almejado éden peninsular, escrever a um amigo: *"Não gosto das mulheres italianas e os homens são, como dizem os julgamentos, abaixo da crítica?"*

Não fossem os gnomos, seria agente disso o sentimento de que os três poetas se consideravam artífices em exílio, portadores exclusivos do fogo do saber e das paixões, adejando uma Terra Ideal, imerecida e impressentida pelos nativos?

É breve a vida, e a deles...

Talvez soubessem disso, talvez ansiassem a brevidade como um prêmio fulgurante e que, trânsfugas, tivessem apenas uns aos outros por partido, por destino efêmero.

Liberdade, Liberação, Liberalismo, estes estreitos territórios semânticos também os atormentavam. Queriam estendê-los, para além dos anseios d'alma, à própria Europa? Como saber? A ideia de Liberdade, na Europa, é tão antiga quanto proteica e escorregadia. Talvez para os três e, explicitamente, para MS (Mary Shelley, viúva de PS), Liberdade tivesse menos a ver com práticas antimonárquicas e mais com um conceito de "sentimento companheiro" – (*fellow feeling*, nos dizeres dela), uma aspiração às comunidades sentimentais universais, transcendentes a nações.

Enquanto isso, ninguém soube se, com indiferença, o Mediterrâneo estava congregando seus ventos e suas ondas no Ligúrio.

O *Don Juan* afundou com duas toneladas de lastro, talvez um pouco mais, nada perto das cinco toneladas que seriam necessárias para lhe garantir estabilidade. Era o velame alto, desproporcional aos seus poucos 30 pés? Não ter uma coberta inteira apressou seu naufrágio? A quilha era perigosamente chata? Seu desenho era impróprio a mares abertos?

Estas questões náuticas emparelham-se ainda hoje às indagações escolásticas sobre a poética de PS. E, se reforçam, pois havendo hipótese de suicídio (ou idílio com ele), comprimem biografia e obra em um mesmo verso, uma *stanza* premonitória proclamada pela estética do grupo.

O *Don Ju*an deveria ser célere (teria sido batizado como *Ariel*), pronto a voar à flor da água, ser aquilo que PS e EW (Edward Ellerker Williams, amigo de Shelley, afogado com ele), queriam: deveria ser grácil, moderno, elegante como o modelo de um brinquedo, um prodígio náutico.

ET (Edward John Trelawny, outro aventureiro aderente do grupo, um *fellow of feelings*), em seus alongados escritos, no decurso de sua também comprida vida de herdeiro literário e biógrafo, lembraria o entusiasmo pueril de PS pelo barco. Ele mesmo, ET, intermediara com DR (Daniel Roberts, oficial inglês reformado a meio soldo, em vilegiatura perpétua na Itália) a construção da escuna, em Gênova, e recomendara, reiteradamente, que fossem cumpridas, à risca, as características do modelo.

ET E O MESMO DR empreenderam também a construção do *Bolívar*, o quase brigue do sempre espaventoso LB, uma nave para a qual, segundo o Lord, despesas não deveriam ser óbice para que ela fosse uma completa "beleza!" e que ela tivesse uma cabina alta e espaçosa, quatro canhões dispostos da melhor e mais segura maneira em seus costados e que fizessem um "estrondo dos demônios!".

Isto custou, ao cabo da construção, 700 libras ouro, quantia paga pelo Lord com arrependimentos e reclamações, embora.

Assim, todos ao Mar, com vossos versos e artefatos! Éolo vos propicie, Netuno vos seja piedoso!

DR viu com a luneta que o *Don Juan* largou do porto de Livorno, aproou para o mar aberto, ao norte, com destino ao golfo de Spezia. Ia a plenas velas, com água poucas polegadas abaixo de seu bordo veloz.

Iam: PS ao timão, EW, passageiro – saudoso da família, CV (Charles Vivian, grumete de 18 anos, contratado). Este, manobrava as velas, sob comandos temerários de Shelley.

DR acompanhou o barco até que ele se embaçou dentro da névoa que toldava uma tormenta poderosa, uma mortalha de chumbo que, tendo já coberto a Córsega, vinha chegando àquela costa do Ligúrio.

Dona Anonziatta viu a trilha de pegadas de água no corredor, assustou-se, seguiu-as até a porta do quarto de Giuseppe, entrou, deparou-se com o filho que tentava arrancar a roupa molhada que se lhe colara ao corpo. Mandou que ele parasse, que enxugasse o chão, empurrou-o para que se sentasse em um mocho, junto à cama.

"Fale!", ordenou com uma postura resoluta e austera que incluía a mão nos quadris e o cenho fechado.

O menino confessou tudo entre soluços e choros cortados, lívido e ensopado, embaixo de algumas tapas e sacudidas, até ser arrastado pela orelha para o corredor, onde terminou de enxugar o piso e voltou a vestir a camisa, meio derreada, repuxada dos ombros.

Foram para a rua, a mãe levando Giuseppe pela orelha, até que os passantes endereçaram olhares de censura a ela e, ao filho lançaram risos de pouca piedade.

A chuva afinara, caía fria, peneirada sobre Anonziatta e seu cativo – já então arrastado pelo braço, mais discretamente. Ela não atinara de pegar abrigo ou guarda-chuva, tinha raiva, seguia, ia se molhando, o cabelo empapado, a saia começando a pesar, úmida.

Chegaram na escadaria, ela num tranco, parou de arrastar Giuseppe, indagou, dura:

"Onde?"

Ele indicou com a cabeça, ficou estático, com medo, nos primeiros degraus. Ela o puxou, desceram sob a chuva que voltara a se encorpar, chegaram até a grade onde o barco se entalara.

O estrago fora grande, o mastro principal quebrara, as velas e o cordame se embrulharam no lixo retido pelo gradil, um pedaço rasgado do *Corriere* estava pendente da popa, pontas de cigarro e outros detritos formavam uma linha de entulho ao longo do casco, por sob o qual a água se filtrava, para além.

"Pegue!", ela disse e ele desceu mais, acercou-se dos destroços, recolheu o barco com as duas mãos, notou que a quilha se partira, o barquinho dobrava-se em ângulo esquisito.

Ele olhou para a mãe, interrogativo, queria saber se levariam o barco de volta para casa ou se o deixariam ali mesmo, em sua condição de lixo, brinquedo perdido, desastre completo.

"Para casa", ela o empurrou escadaria acima.

Chegaram de volta à Rua Sistina sob uma chuva que juntava todas as águas do céu e que conclamava relâmpagos e trovões para melhor efeito. Gente corria, tomava abrigo, guarda-chuvas e capas eram de pouca valia. Só eles dois caminhavam para casa devagar, D. Anonziatta à frente, Giuseppe, seguindo-a, com os destroços junto ao peito.

TM (THOMAS MEDWIN, PRIMO de PS, companheiro de infância), havia se reunido na Itália ao primo poeta e a EW. Conheceu, na ocasião, LB (de quem ficaria amigo) e LH (Leigh Hunt, jornalista, poeta), outro membro do grupo de exilados ingleses.

Naquele tempo, também conheceria ET, que seria seu longevo rival no recolhimento de lembranças e trato biográfico de Shelley e de outros companheiros literários e sentimentais. Concorreriam, ambos, com MS, *la vedova*, pelo legado curatorial do vate.

Onde estamos? No mar, por suposto.

MEDWIN, O TM, UM falido persistente, disse que estava a bordo de um navio mercante que o levava de Nápoles a Gênova, quando viu o que, depois, saberia ser o *Don Juan,* navegando a umas cinco ou seis milhas a largo da Baía de Spezia. Disse que logo perdeu de vista "a escuna esportiva" (o presuntivo *Don Juan*) quando ela desapareceu na cortina de um temporal.

Este avistamento se deu na tarde de 8 de julho de 1822. Medwin desembarcou em Gênova, ali soube do afundamento da escuna, mas, somente quando chegou a Genebra, tomou conhecimento de que era o barco do primo Shelley. Voltou à Itália.

Chegou atrasado para a cerimônia da cremação do primo, lamentou-se disso pelo resto da vida, mas em alguns momentos, fez acreditar (e a si mesmo) que lá estivera, ao lado de Byron, Hunt, Trelawny, de uma coorte de senhoras bem vestidas, de oficiais sanitários italianos, de soldados e oficiais, dos homens que Trelawny contratou para desenterrar o corpo do poeta da areia da praia.

(O corpo de Shelley foi achado em Via Reggio e, por força da legislação marítima italiana, enterrado lá, sob cal. Os homens contratados levaram os despojos do poeta até a pira que ET providenciou.

À véspera, o procedimento fora feito para o corpo de EW que deu à praia perto da torre de Migliarino, a três milhas do que sobrou de Shelley. O grumete CV foi encontrado dias depois, mas não há registro de cerimônias fúnebres para ele.)

SESSENTA E TANTOS ANOS depois, um pintor (Louis Fournier) produziu uma tela retratando a cena do funeral de PS. O artista tentou seguir os indícios que recolheu de memórias e testemunhos escritos. É uma pintura convincente, se aceitarmos, com simpatia romântica, que se trata de uma homenagem tocante.

Alguém indicará falhas na cena. Por exemplo: não era costume, à época, a presença da viúva no funeral. MS, porém, aparece ajoelhada, a um canto. Outra: Lord Byron, que havia afetado dureza ao ver os corpos decompostos dos náufragos, escapou para o mar, refugiou-se no seu *Bolívar*, ancorado ao largo. Repetiu o que fizera antes, ao ver o fogo consumir a carcaça de EW. Fora nadar, chamara Trelawny e outro incauto para afrontar as ondas, teria dito que *"iria mar adentro, queria sentir o que sentiram os náufragos"*. Quase se afogaram, de verdade, os três. Voltaram, ao fim de fôlego. Trelawny arrastou para a praia o admirador de Byron que fora tomado por câimbras.

EM UM GESTO HEROICO, sem que fiscais da quarentena percebessem, ET meteu a mão na fogueira recém-extinta, queimou-se para valer, conseguiu tirar de lá o coração do poeta, fumegante, esturricado, porém inteiro. O órgão, cuja identidade anatômica foi algumas vezes posta em dúvida (dito, por vezes, ser *apenas* o fígado carbonizado do vate e não o relicário de seus mais finos sentimentos), tornou-se objeto de disputa. Venceu a contenda, por justiça e mérito, a Sra. Shelley. Ela o guardaria pela vida, em uma gaveta de sua escrivaninha (na qual, provavelmente, revisava as edições sucessivas de seu assustador *Frankenstein*).

DR, o Capitão Roberts, resgatou o *Don Juan* do fundo do mar (estava a uns 18 metros), recuperou-o – inclusive salvou o lastro –, fixou-lhe a proa avariada, o pôs a navegar, novamente.

Proa avariada, convém muito ressaltar.

Trelawny sempre suspeitou que o *Don Juan* pudesse ter sido abalroado e posto a pique.

Quarenta anos depois do afundamento, um velho pescador, no leito de morte, confessou que ele e outros companheiros tentaram abordar o *Don Juan*, já no meio do temporal. Deram-lhe com o barco de pesca a estibordo, e logo após o choque, o barco "dos ingleses", leve e descoberto, rompido à proa, fez água e afundou rapidamente.

O propósito deles seria roubar ouro de Lord Byron, que imaginavam a bordo.

Na manhã anterior, Shelley tinha ido ao seu banco, depois comprara peças de louça toscana para Mary, guardara-as, para viagem, em uma sacola. No embarcadouro, estiveram todos: ET, EW, PS. Os pescadores os viram no píer, para a eles os ingleses eram todos parecidos, as roupas, a coreografia senhorial. O rico Lord poderia ser um deles.

Trelawny não conseguira visto sanitário para seguir o *Don Juan* com o *Bolívar*. Ficou no porto. Ele viu quando os barcos de pesca seguiram à cola do *Don Juan*, mas nada suspeitou, naquele momento. Após o temporal, viu que os pesqueiros regressaram e mandou um genovês perguntar aos pescadores se tinham notícias do *Don Juan*. Eles disseram que não. O genovês desconfiou, apontou remos do *Don Juan* a bordo dos barcos deles. Eles negaram que os remos fossem do barco dos ingleses.

A falta de notícias dos amigos e a angústia sobrepuseram-se a dúvidas e indagações na mente de ET.

E então...

Então os corpos foram achados nas praias, a tragédia precipitou-se, o luto tornou-se um ritual de glória acalantada que se propagaria, que iria aderir, solene, à vida dos que sobreviveram.

Assim, dois dias depois do Natal de 1875, seis anos antes de sua morte, Trelawny parece convencido de que houve, de fato, o abalroamento, que seus amigos foram miseravelmente assassinados pelos pescadores.

Ele escreve ao editor do *Times*, a propósito da matéria publicada que revolvia todas as cinzas de um desastre longínquo: a morte dos poetas, a ideia nobre de uma confraria amorosa, o elã juvenil da aventura, a poeira do remorso do pescador moribundo.

Diz, contrariando algum renitente *scholar* da Península: "*A tentativa do professor italiano de exculpar seus patrícios é patriótica. Nós ingleses, não somos tão crédulos. Conhecemos melhor a Itália e os italianos que eles a nós*".

Giuseppe Imbelonni, cresceu, ficou inteiramente órfão, não mora mais em Roma, mudou-se para Livorno onde o pai de sua mulher tem uma banca de advocacia (da qual ele, Giuseppe, é prometido sócio). A mulher está grávida do segundo filho. Será um menino, para formar um casal. Ele e o sogro votam Democracia Cristã, apesar de tudo.

Giuseppe mandou reparar o barquinho avariado na escadaria da Praça da Espanha. Ficou como novo. Ele o mantém dentro de uma cristaleira. Mandou que pintassem um nome na popa. Queria que fosse *Don Juan*, depois cogitou *Bolívar*.

Decidiu-se, enfim, por *Anonziatta*.

Tanto meglio.

Notas da Itália 11

Giacomo de Seingalt – Nascimento do nosso herói

Giacomo nasceu com oito anos e quatro meses, tempo em que ele passou a reconhecer registros de coisas e fatos em seu "órgão da memória", como viria, quase ao fim da vida, a designar este departamento, manancial de suas recordações escritas.

Seu nascimento natural prévio, ocorreu como fato biológico e como dado biográfico, mas, entenda-se, tem importância apenas quando transposto para a idade vivida memorialmente, uma intrusão regressiva, farto material para os analistas da mente e suas trevas. Teve mãe, ausente, muito, e isto importa para esses analistas e para a projeção que eles fazem deste vazio no preenchimento feminil da vida de nosso herói, por óbvio que isto venha a parecer.

Era agosto de 1733.

Depois de 28 anos, outro personagem nasceu aos 5 anos, este exclusivamente de papel e tinta, um menino de nome Tristram Shandy.

Ambos, Giacomo e Tristram nasceram com estas idades para que as suas vidas iniciassem com fatos significativos determinantes de seus destinos – *Fata viam invenient*.

No caso de Tristram, pelas mãos imprevidentes e desastradas de uma moça, a criada Susannah, o menino recebeu um sinal fatídico: faltando penico sob o leito, ela o induziu a mijar pela janela. Em uma família em que "nada está bem dependurado", diz alusivamente Sterne (o inventor do menino), a janela em guilhotina abateu-se sobre o membro emissivo da criança, causando-lhe dano eclíptico, circuncisão talvez, ou algo mais extenso (menos extensível?), posto que Susannah exclamou à vista do desastre: "Nada restou". Tristram, em melhor via, considerou que "não fora nada, perdera duas gotas de sangue", era coisa que "para alguns milhares era escolha e, para mim, foi acidente".

Giacomo sangrava mais em um membro que teria grande importância em seu destino, em um órgão que muito se destacaria enquanto o nosso herói envelhecesse. Com a idade, impôs-se sobre o recesso das carnes adjacentes, elevou-se sobre a planície murcha da face. Seu nariz se tornaria exponencial como atributo de beleza rude e viril, mas também como alegoria e indício de poder priápico.

Aos oito anos, contudo, ainda não gozava destes emblemas e apanágios.

Três mulheres iriam purgar-lhe o nariz, iriam proceder o seu nascimento iniciático, fazê-lo atravessar a ponte entre o corpo e a fantasia, entre a razão e a exaltação da psique, entre a Laguna e a Europa, vamos logo exagerar assim.

É a vovó Marzia quem o leva de gôndola até o covil de uma bruxa e curandeira em Murano. Giacomo é fechado em uma caixa de onde escuta que as duas velhas casquinam, cantam e dançam, enquanto uma poção se aprimora no caldeirão.

Tirado da caixa, é deitado em uma cama (a mal-ajambrada cama da bruxa), é tratado com afagos, bálsamos, defumações e perfumes. Sob jura de manter segredo destas práticas, é avisado de uma visita que terá à noite, visita que ele, igualmente, deverá manter secreta, para que a cura do nariz seja efetiva.

Giacomo contaria que, de fato, uma inusitada aparição lhe veio na forma de uma Mulher Belíssima. Não temos como duvidar desta afirmação, tomá-la por fantasia, porque as mulheres que viriam a atravessar a vida de Giacomo (ou que foram desenhadas ao correr de sua pena) seriam confirmadas por este caráter de epifania radiante, fossem carnais e sensórias, espirituosas ou apenas dedicadas à volúpia.

O sangramento do nariz não sumiu de vez – nem para sempre –, porém, neste nascimento em Murano, instalaram-se em Giacomo alguns traços de sua persona futura.

A face disto é o envolvimento com mulheres, símbolos alquímicos de avó, curandeira, fada, respectivamente: Mãe Substituta, Senhora dos Segredos, Tropos da Beleza. Estas todas o perseguiriam pela vida até chegarem às suas Memórias, nas quais tomaram variegadas vestimentas da *Iconologia* de Cesare Ripa, vívidas carnes revestidas em Alegorias.

Às tentativas, buscou, em várias damas, a forma matriz da essência feminina, abstratamente maternal, idealizada à revelia da concretude genesíaca de umas, da malícia cortesã de outras. Inúmeras rejuvenescidas pela pluma, trazidas a anos mais tenros que verdadeiros, outras bem maduras, embora pintadas com sincera e necessária adulação. O paradigma da virgem, da futura mãe, da Anunciada, ficou inscrito como desejo e impulso no espírito do jovem Giacomo, pouco importando a ele (ou a nós, agora), se esta devoção viesse a ser praticada sobre altar herético, leito de Eros.

Já a imposição de segredos encarnou-se nele, um tanto *cum grano salis*, malícias, pois nosso homem seria mago, maçom, espião, sempre em oportunidades de vantagem ou sobrevivência. Como espião, pôde se comprazer na dualidade do ofício: romper as cifras, quebrar segredos para depois revelá-los sob o espesso disfarce do anonimato, torná-los de novo em outros segredos.

Stefan Zweig disse do nosso Seingalt ser ele sempre um quase tudo: quase sacerdote, quase músico, quase empresário, diplomata, espião... A esta consideração, restritiva do caráter do homem, podemos observar que, talvez, essa incompletude ou imprecisão fosse produto de uma angústia produtiva, mais que uma nódoa de fracassos e irrealizações. Contribui para esta energia de evasão na alma de nosso aventureiro, sua premência por viagens, exílios e fugas, algumas mirabolantes, como o escape da cela com teto de chumbo no Palácio dos Doges.

Assim, Giacomo, teria as características do extravagante (vagar para fora, para longe, sem rumo) e sua arte – de vida e de memórias – já será fruto estilístico de uma *maniera* expansiva muito mais que do estrito cânone renascentista.

As *Memórias* de Giacomo, seus 12 volumes póstumos, enfeixam, em síntese, a precariedade e fugacidade natural daquela época de transformações, de fronteiras móveis em territórios e mentes, de estados de alma que navegam as mescladas brumas da virtude e da transgressão. Tempo de imprecisões, quando a Deusa da Razão ainda engatinhava na soturna forja em que seria afiada a lâmina da Guilhotina.

Enquanto isso, nosso Tristram também vagava em um texto prenhe de ambiguidades e parênteses, eventos bizarros da paz e simulacros de guerra. *Castrato* ou não, ele seria? Como saber?

Esta certeza não a temos, caímos, além disso, na recorrente e coincidente negaça do tio de Tristram, entalamos nas dúvidas da tão pretendida quanto hesitante viúva Wadman. Afinal que dano foi feito às partes do tio Toby pela tal pedra arrancada a petardo, no cerco de Namur? Tio e sobrinho, atingidos pelo mesmo destino?

Toby, ele mesmo, desconversava, elusivo. Tristram não nos diz. Giacomo poderia nos dizer, mas esta não seria bem sua história.

Pois a história de Giacomo, contada por ele mesmo, quando chegamos ao cabo incompleto dela e olhamos para trás (porque nada mais há à frente, senão escuridão e desgosto), a vemos como uma sucessão de eventos arrancados de um vórtice egocêntrico, cínica por necessidade narrativa e implicitamente obscena.

Já a entrecortada voz de Tristram (cessemos aqui as comparações compulsivas), ela é uma comédia real dotada de pouca carne e muito espírito, como todas as comédias que se desenham naquela parte do Setentrião.

Certo, a carne (e a carne erétil) se sobrepõe ao espírito de Giacomo não tanto pelo desejo do escriba, mas pela labilidade da sua alma, sua rarefeita substância, incapaz de filosofias morais verdadeiras, mais propensa aos epigramas áulicos que a reflexões profundas e originais.

E, no entanto, Giacomo teve sorte naquilo que o Destino traça à vida (era jogador: tentou vender sistemas lotéricos a muitos potentados) e a regência dos acasos, os páramos e os abismos – esta cadência de surpresas – o manteve alerta. E despertos a nós, seus leitores.

Águas e Périplos

Tique, sobrevoando os canais de Veneza, divisou Giacomo, esfalfado de tanto arranhar seu violino medíocre em um baile sem término. Ele largara a orquestra, ainda ao furor das danças, pela madrugada.

A deusa pôs no caminho dele o Senador Bragadin. O velho deixou cair uma carta que Giacomo recolheu e se apressou a retornar ao homem. Este agradeceu, ofereceu-se para levar Giacomo em casa, em sua gôndola.

Talvez a divindade tenha voado a outras intervenções, mundo afora. Talvez tivesse tempo e gosto para mais um toque malicioso, um arremate no enredo. Produziu uma apoplexia no Senador.

Giacomo socorreu o homem, fez com que o sangrassem, levou-o para casa. Veio o médico e tratou Bragadin com um cataplasma de mercúrio. Giacomo velou o doente à sua cabeceira.

Pelo dia, o Senador melhorou, mas logo entrou em febres e paroxismos. Nosso Giacomo suspeitou do veneno do mercúrio, raspou-o do tórax do homem, lavou tudo com água morna. Bragadin safou-se.

Quando o médico voltou, encontrou Bragadin em boas condições e regozijou-se com a cura. Porém, não viu o cataplasma aplicado e ficou possesso.

Ao fim, como nas peças do Sr. Jean-Baptiste Poquelin, o Senador rejeitou o velho doutor, apoiou a ação salvadora de Giacomo. O esculápio foi dispensado para sempre, empurrado aos bastidores.

Giacomo aposentou o violino. Passou ao estado de médico. Do tipo prodigioso.

Nosso novel doutor, tomado por mestre em ciências secretíssimas e exclusivas, passou a gozar da proteção, recomendações e encargos lucrativos do Senador e seu círculo, atendendo de gota a dispepsias, de demências a calvícies e tinhas.

Ora, aconteceu da moça Serenella, a caçula núbil dos Morosini, apresentar-se com febres e cólicas atrozes, logo após sua família ter fechado os contratos de seu noivado com o mercador Giusto de Ziani.

Serenella definhava a olhos vistos, as febres a consumiam, a insônia devorava seu belo olhar. Suspeitou-se de possessão malina, de sortilégio ou bruxedo de alguma das criadas mouras, de dardo com venenos da inveja...

Vieram médicos, padres e o próprio Bispo trouxe água do Jordão e um trapo, relíquia íntima de Santa Inês de Fiesole, com o qual impuseram emplastros à testa e ao peito da donzela. Nada resultava em abrandamento dos sintomas, senão em piora.

Então, Giacomo entrou em cena, levado por dona Gigliola, irmã do Senador Bragadin. No quarto, à vista da doente transportada em febre, tingida com a tez de mórbida beleza, nosso médico foi tomado (como acontecerá ao longo da sua vida, nos variados misteres que exerceu), ele foi sequestrado por um encantamento poderoso.

Ordenou total privacidade com a paciente. Todos saíram do quarto e ele, de pé ao lado do leito, lançou um longo olhar sobre a paciente semiadormecida, avaliou o notável e grácil corpo sobre o qual se modelava um lençol de fino linho, contemplou os vales e montes, quando em vez perpassados por calafrios, paisagem própria ao anúncio de terremotos.

Ele desvelou o sudário e o corpo de Serenella, na escassa luz da câmera, mostrou-se alvo, luminoso e vivo.

Giacomo imaginou que a natureza ali ocultara algo, uma nova vida cresceria em recesso e angústias de segredo. Seria? Sua mão tocou o ventre, pressionou-o, apalpou-o em uma sondagem que queria ser sábia, mas que era perversamente curiosa. Serenella flutuou para fora do transe, balbuciou, os olhos piscaram, quase abertos...

O inquieto doutor foi, tentativamente, vagando naquela suave alvura, tateou o arbusto fulvo do vale, entreabriu as macias portas do mistério...

Em sobressalto, notou que, às portas, faltava o virtuoso tímpano. Lá já não estava, o mistério fora adentrado há muito. Ia recolher a mão, mas, com uma convulsão, Serenella a prendeu entre as coxas tão fortemente quanto lhe saiu a voz, quase um grito: "Quem és tu? Tebaldo não és, por certo!"

Tebaldo, um jovem embaixador de Pádua não estava lá, nem mesmo em Veneza, fora-se há um ano, levando com ele, naturalmente, a chave ou gazua do mistério de Serenella, sem dar mais notícias.

Esta revelação, porém, a moça não deu de vez a Giacomo.

PACIÊNCIA E LAVOR SÃO artefatos do Amor, sempre desafiados pela urgência da Paixão. Assim, Giacomo refreou seus ardores, urdiu uma teia que tanto envolveu como protegeu Serenella, trouxe-a, cativada, ao aconchego da Confiança. A doença da moça eram só temores, mais que qualquer coisa. Ela temia um casamento que se frustrasse no himeneu, a ferisse de morte sob o opróbrio da rejeição. A mancha indelével da impureza, ser devolvida ao lar paterno, posta em um convento. Pesadelos.

Giacomo desfez esses temores, na impossibilidade de resgatar à Serenella a virgindade do corpo, com a elaboração de uma virgindade de alma somente a ele dedicada, uma entrega e dependência de espírito com intensidade tal de sentimentos que, à moça, parecia, que todas as suas penas haviam se transferido ao médico. Ele dava-lhe diuturna assistência e ela a isso reagia com melhoras que satisfaziam a ela mesma e à sua família.

Dois imediatos remédios sacaram Giacomo de sua pessoal ciência: uma tisana de ervas anódinas, sacadas do fundo misterioso de sua valise apotecária e a interdição de qualquer projeto imediato de casamento para a donzela. "Um ano, no mínimo, para um tratamento seguro a ameaças de recidivas" – o caso era grave, o sangue inquinado de humores melancólicos, a medula inflamada, o baço enegrecido. Que tivesse largo prazo o noivo, e cautela. A assistência à enferma deveria ser diária, frequente.

Os Morosini acederam aos conselhos e prescrições do jovem e persuasivo doutor. Não melhorava a menina, então? Já comia com outro apetite, ia à janela, olhava a passagem das gôndolas, sorria para a mãe, ralhava com a criadagem. A mãe animou-se ao ver que ela revisitava os vestidos mais bonitos, deixava aos poucos o timão de adoentada, pintava-se, um pouco até, realçando com escarlate os lábios que estiveram descorados em tristíssimo lilás.

Rinaldo Morosini, o pai, afrontando os ciúmes que despertaria no amigo Bragadin, por motivos práticos e pelo assíduo das consultas e tratamentos, resolveu hospedar o nosso Giacomo na ala norte da mansão, em um quarto acoplado a gabinete, no fundo do corredor de acesso à alcova da filha.

Giacomo mudou-se de bom grado para as dependências, ali instalou laboratório e empilhou alfarrábios. Estava feliz como médico e principalmente como homem empolgado no Amor. Não se pode dizer que Serenella detestou a ideia de ter um homem jovem a ela dedicado, portador de uma insônia permanente e devoto de Príapo, a 10 passos de sua porta. Manteve-a destrancada, enxotou a aia que dormia ao pé de sua cama:

"Roncas, perturbas-me o sono, atrasas-me a cura. Sai, dorme com as outras."

Assim, na quietude da alta noite, enquanto a maré marulhava, montante, adentrando os canais e a Lua, conveniente, se guardava em grossas nuvens de sombra, Giacomo e Serenella praticavam a medicina ardorosa que alivia e cura as mazelas do corpo e da alma, aplicando-a em dosagens heroicas, tal como prescritas a casos extremos, repetindo sua administração muitas vezes até que se lhes desfaleciam os corações e Hipnos assumia seus corpos exaustos.

O tratamento durou todo um inverno.

Pela primavera, Serenella estava completamente restabelecida, mas aprendera o jogo para manter-se feliz, sonegando à família sua saúde, encenando recaídas que implicavam repetidas assistências de Giacomo.

Neste, a estação gentil, o sol, a brisa que varria a Laguna dos miasmas de maresia e cloacas, haviam despertado sentimentos e apetites renovados, haviam lhe tocado a alma aventurosa. Estava inquieto...

Foi a ocasião, também, para que a mãe de Serenella chamasse à casa duas amigas da filha para que fizessem companhia a ela, trouxessem novidades de fora para o recesso de males em que Serenella vivia recolhida, afirmassem alegrias sobre as tristezas recorrentes da moça.

Elas vieram com armas, bagagens, com belezas notáveis, cada uma. Lavinia, com seu cabelo muito negro e sedoso, seu andar nobre, seu olhar penetrante, pronto a perfurar a couraça mais espessa do mais empedernido guerreiro, um olhar capaz de ferir o coração mais robusto. E Orsola, loura, um tanto mais jovem que Serenella, dona de um sorriso abandonado no rosto que era quase um transe, um êxtase visto somente em pinturas.

Para tristeza de Giacomo, as duas gozavam de ótima saúde. Em compensação, pareciam curiosas das práticas médicas exercidas pelo garboso, grandão, narigudo doutor residente. As conversas que levavam com Serenella, aos cochichos, sorrisos maliciosos e olhos arregalados, pareciam, aos Morosini, valiosos auxílios ao tratamento da filha. As conversas traziam, por certo, notícias do mundo, boatos e inconfidências que os jovens cultivam e aumentam.

Giacomo, por sua vez, suspeitava daqueles conciliábulos de fadas divertidas, via, neles, talvez, a revelação e partilha, entre as moças, de seus segredos médicos. Temia ser posto a descoberto, ter sua prática não ortodoxa de galeno – eficaz, todavia – denunciada aos Morosini, estes, passíveis então, de se tornarem seres ferozes e ultrajados.

Tais sentimentos que lhe estrangulavam a alma e ameaçavam a estabilidade de sua cômoda e confortável hospedagem, dissiparam-se, porém, quando Lavinia, já tarde de uma noite, bateu discretamente à porta de seu quarto. Ela entrou insinuando-se pela fresta que Giacomo abriu com surpresa, olhou-o, recém-desperto, quase desnudo e suado na tepidez da alcova, e disse, sem nada perturbar-se com o quadro íntimo, ao tempo em que soltava os laços de um corpete que lhe aprisionava o busto:

"Tenho palpitações e dores no peito, falta-me o ar. Terias do remédio que servistes a Serenella?"

Os REMÉDIOS NÃO FALTAVAM ao nosso ardoroso doutor, embora sua valise se esgotasse de suprimentos todas as noites. A suave Orsola logo ampliou a clientela, revelando sintomas exasperados, despercebidos durante o dia, mas que, à noite, exigiam do médico esforços repetidos para amainá-los.

Giacomo desconfiou, por certo, que havia alguma combinação para as consultas, o revezamento ordenado das visitas mostrava-se óbvio. O ciclo da tríade era uniforme, disciplinado.

Isto durou por um tempo, até que, uma noite, ao abrir uma fresta de porta para Serenella, duas clientes se esgueiraram para as sombras do seu consultório. Ele relutou, surpreso, em atendê-las em uma só sessão, mas sua medicina, de escopo universal, logo diagnosticou os sinais de ambas como símiles, curáveis, talvez, sob idêntico e intenso tratamento.

Assim, foi empregando todos os seus conhecimentos e habilidades para aplacar os males que acometiam Serenella e Lavinia, tomadas, estas, de recidivas insistentes, seus alívios sendo breves e urgentes suas ânsias.

Em meio, porém, a seus procedimentos, já avançada aquela noite, veio um inusitado e rítmico ruído, uma percussão que ele imaginou fosse provocada pelo desconjuntado de seu leito clínico, sobrecarregado pela carga de corpos e seus movimentos terapêuticos. Ao sustar-se imóvel, porém – e não sem falta de grunhidos de protestos –, percebeu que as pancadas aumentavam em tempo e altura, quase impacientes. Vinham da porta. Abriu-a com cuidado, apenas para vê-la vencida pelo arranco do ágil corpo de Orsola, coberto apenas por véu inconsútil e diáfano.

Ela falou, dando materialidade e propósito à sua aparição:

"Alguma doença reside nesta casa e toma os corpos como escravos... Tenho febres e calafrios, um precipício de angústias engolfa meu ventre e minha alma... Sinto-me à morte se não vier presto socorro."

Deste modo, Giacomo inaugurou os serviços múltiplos de suas ciências, procurando atender à bela trindade nos incômodos de alma e necessidades de corpo, tantas renovadas vezes quanto lhe permitiam as faculdades de seu engenho medicinal.

Mas, ai de nosso pobre doutor... Nos obscuros desvãos dos espíritos das belas foi medrando a Erva dos Ciúmes. E, do sumo desta, destilaram-se a Discórdia, a Disputa e o Egoísmo. Tal alquimia empesteou o outrora feliz laboratório, nenhum procedimento correndo em harmonia, tudo tornando-se em arengas, empurrões e cotoveladas. Uma pena ver as Sílfides em desforço, tomadas por despeito, zangas e remoques – perdida toda devoção a Terpsícore, adotados os ritos de guerra de Atena, sem que alguma sabedoria ajustasse aquelas contendas.

Giacomo tentava apaziguá-las, dar-lhes juízo com repartição equânime de suas poções, quase exauridas, mas, nada. Nada trazia concórdia ao contencioso, pelo contrário, tudo exagerava-se em desespero, queixas, falas viperinas que nosso herói abafava dentro do consultório, temendo que um escândalo se propagasse pelos corredores, chegasse a alarmados ouvidos dos Morosini.

Um dia, ele tomou-se de coragem:

"Parto. Vocês não me dão escolha. Deixo a cidade, vou ao continente, perco-me em busca da paz e do olvido..."

Ele tinha estes rompantes de mau teatro, acreditava serem eficazes contra afetos empedernidos, mas, pobre coitado, enganava-se com aquelas três. Foi Serenella quem ditou o repto:

"Foges... e te seguirei. Irei atrás de ti Laguna afora, a nado... soçobre, embora!"

A isto, Lavinia, assumindo ares de energia e desafio, proclamou:

"Nadaremos, as três. E aquela que te pegar pelo calcanhar, chegar à frente, te ganhará, exclusivamente."

Orsola, que, em segredo, se considerava exímia nadadora, foi discreta:

"É justo."

A consequência deste pacto, este sim, foi um escândalo memorial inscrito ao longo das pedras que margeiam o Rio da Frescada até seu enlace no Grande Canal. Ali deveria estar a prenda, os calcanhares do nosso Giacomo.

Eles, os calcanhares, estavam longe, contudo. Mercuriais, volantes, empreendiam já mais um exílio, levavam-no celeremente ao recesso feminil de Europa, aquela velha senhora, o amor mais fiel e duradouro do nosso homem.

Libretto, racconto

Não encontramos esta aventura nas lembranças escritas por Giacomo. Devemos, contudo, tomá-la por crível, posto que narrada em carta autenticada de Lorenzo da Ponte ao seu protetor, o duque de Brunswick-Wolfenbüttel, um aficionado das excursões físicas e morais de Giacomo.

A carta dá poucos detalhes do que se seguiu ao infame evento natatório em Veneza. Noticia, porém, o rompimento do contrato matrimonial por parte dos Ziani, para enorme alívio de Serenella e desgosto de seus pais.

Da Ponte, amigo de nosso cavalheiro, era-lhe semelhante em espírito aventuroso e nômade. A correspondência dele com o duque e mecenas iniciou-se, porém, quando o libretista e o nosso memorialista eram já homens maduros, famosos em suas ocupações – Giacomo pela robusta fama de sedutor contumaz, Lorenzo pela profícua lírica operística, principalmente para Mozart. A carta, supõe-se, vaga remissiva sobre um episódio da juventude de Giacomo, restando explicação para a ausência disto nas *Memórias,* em geral narcisicamente minuciosas.

Em todo caso, Giacomo pode ter contado esta história de medicina e festa aquática a da Ponte, à época em que se encontraram em Praga, antes que Lorenzo partisse para Viena, a trabalho.

Discute-se muito se o libretista encarregou o amigo Giacomo da revisão – e mesmo da inserção de linhas – na ópera *Don Giovanni* e, mais ainda, se Mozart, laborando às pressas e sob pressão para terminar a ópera, teve contato com Giacomo.

O fato é que, resgatadas de empoeirados arquivos da antiga República Tcheca, vieram à luz algumas anotações do próprio punho de nosso autor, precisamente da cena 10 do Ato Segundo da obra, com transcrições ou mudanças nas linhas da peça.

Tudo se passa quando Giovanni e Leporello trocam de roupas e identidades, um jogo comum nas comédias de erros.

Fata viam invenient, repita-se. O Destino chega a seu caminho. Quem escreveu esta cena, verdadeiramente? Giacomo ou da Ponte? Que motivo teria Giacomo para a anotar as linhas? Identificação com o personagem, mas, qual deles? Estaria Giacomo apenas divertindo-se com os versos?

Sabe-se que ele assistiu à estreia da ópera, regida pelo próprio Mozart, no Teatro de Praga em 29 de outubro de 1787. Giacomo tinha 62 anos, Mozart, 31.

Datas, números... Giacomo apreciou, por certo, a aria do *Catálogo de Leporello*, o rol dos sucessos e pecados do amo Giovanni, a variada lista de amores, aproximada, talvez, do cômputo dele próprio, Giacomo, nosso venturoso Cavalheiro de Seingalt:

In Italia seicento e quaranta;
In Alemagna duecento e trentuna;
Cento in Francia, in Turchia novantuna;
Ma in Ispagna son già mille e tre.

Boa noite, senhoras.

Notas da Itália III

[...] tal qual di ramo in ramo si raccoglie
per la pineta in su'l lito di Chiassi,
quand'Ëolo scilocco fuor discioglie.
                Dante, *Purgatório*, Canto XXVIII

São tediosos os sonhos e os amores dos outros, cansativos quando nos são narrados, insuportáveis quando infelizes, abomináveis quando não nos trazem mínima comédia. E, no entanto, devemos ouvi-los por amizade ou educação, não fosse por malina curiosidade, jamais gratificada.

Era o que ia pensando Guido enquanto Sandro debulhava um prólogo de tropeços sentimentais e prenunciava, com prosódia lamuriosa, que a tarde seria longa e o consumo de álcool seria largo.

Os dois ensinaram na mesma Universidade, até que Guido ficou viúvo, mudou de cidade e cadeira, quis trocar de ares. Sandro ficou lá, quem se mudou foi a mulher dele, separaram-se, ela foi para Zurique assumir um posto importante em um conglomerado financeiro. Ela sempre ganhou mais que Sandro, era uma economista prestigiada e tinha renda própria, patrimônio de família, negócios de hotelaria, turismo...

Sandro era mais moço que Guido, o que, uns cinco, seis anos? Comparando os dois, a diferença de idade aparentava ser maior. Guido estava a três anos de aposentar-se e a viuvez apressara o curso de sua idade, decretara o fim dos cabelos grisalhos, trouxera-lhe um capucho nevado próprio a combinar com uma curvatura, não, uma corcunda de cansaço e anos. Envelheceu. Até suas roupas, neutras e discretas, passaram a um estado sênior, ainda mais circunspectas e rotineiras.

A aposentadoria era assustadora. Guido não tinha um projeto imediato para este termo. Escrever? Comprar uma pequena granja? Visitar filhos e netos em cidades e vidas remotas? Definhar quietinho em uma poltrona lendo o que já sabia? Tinha medo.

Já o Sandro, este parecia desanuviar tal perspectiva de vida usando *blazers* vistosos e gravatas incandescentes, roupas de *jogging*, tênis de rapazotes. Vestes bizarras para um professor de temas do medievo, Guido considerava, embora concedesse que o amigo, gárrulo em cores e estampas, parecia extraído de alguma coisa pintada naquela época. Um jogral saltado de um Livro de Horas, alguma coisa pagã, diabólica, pregando heresias dentro de uma iluminura ascética.

Ele, Sandro, sempre se vestira mais à esportiva, porém a coisa progredira, se aprimorara em programa desde que Serena Karabekian entrou na vida dele vinda da Grécia, ou da Turquia, ou da Armênia, com passagem por Paris e por um doutorado esotérico em Linguística.

Serena. Ela estava para chegar. Sandro disse que ela estava com amigos ricos em um iate, chegaria em dois dias, era o que imaginava. No entanto, ela parecia estar ali, com os dois, sentada com eles no terraço do barzinho no Lido de Classe, ao sul de Ravena. Ela parecia estar ali, material, insistente, porque era invocação perfeitamente mediúnica da obsessão de Sandro por seu corpo e sua alma, embora esta, Guido intuía, mas não dizia, fosse tão volúvel quanto o corpo, belo, por certo. Guido, aliás, sob as imagens persuasivas que Sandro projetava, podia imaginar Serena navegando pelo Adriático como natural e íntima da ambiência, da história e da mitologia daquele mar e dos outros que levavam ao Levante.

Ela era tudo isso? Aos olhos de Sandro, até mais. Ela havia aparecido no circuito da Faculdade de Letras quando da separação dele, caíra no vácuo de sua vida de recém-solteiro sem filhos. Era uma mulher no terço final dos 30, conscientemente exótica e cosmopolita por vocação. Jogava tênis, bebia coquetéis sofisticados, falava com um acento pessoal inidentificável, publicava textos *up to date* nas revistas acadêmicas, vestia-se com elegância cinematográfica... Que mais? Só isto – não seria pouco – já bastaria para pôr Sandro rastejante. A este quadro de evolução do êxtase, somou-se verdadeiro transporte ao Cimo das Revelações quando ela adentrou o gabinete de Sandro sobraçando a resma de um ensaio. Pediu ao tantalizado Sandro que a ajudasse com um texto eivado de coloquialismos arcaicos. Sandro jamais havia suspeitado que sua ciência e erudição seriam moldura a qualquer tipo de expectativa sensual. Estava certo... e estava errado.

SANDRO NARROU SEU PRIMEIRO avistamento de Serena: "Foi uma sublimação". Serena mal havia chegado à Universidade e tinha já um séquito de adoradores, Sandro sendo o mais tímido, mas decididamente capturado. Aos dotes naturais dela e àqueles que deveria saber artificiais, não estivesse sob encantamento, ele acrescentou inteligência, retidão moral e transcendências raramente encontradas nos *campi*. Desejava-a com arroubo juvenil, a queria para si como um item espiritual que lhe faltara por toda a vida. Leu seus artigos, sua tese de doutorado, esmiuçou-lhe a bibliografia, procurou afinidades, autores comuns a seus campos. Nisto não teve sorte. Ela era original, pensou. Singular, ia a fontes ignotas, orientais, chinesas, hindus, raros manuscritos, paleografias de difícil acesso. "E é bela, meu Deus", ele chegava a este dístico como a uma prece, um envio votivo à Deusa, uma capitulação.

"Estou perdido", assumiu, depois de a ter, por duas noites seguidas.

Guido, a seu modo, também registrou a chegada de Serena, notou-a bela, desenvolta, espirituosa nas reuniões com outros professores. Ele estava no segundo ano de viuvez, desenhava com tinta melancólica um desejo de partir, desejava rasurar o passado naquela Universidade, cancelar os prédios, a biblioteca, o refeitório, o Conselho do Departamento. Registrou Serena, portanto, sob um efeito de indiferença prática. Ela chegava à cena como a um passado que se estava dissolvendo.

Sabia, contudo que, estivesse em uma palestra, conferência, Serena seria sempre o mais belo espécime do auditório, suplantando qualquer ninfa pretensiosa. Passasse pelos corredores, os rapazes produziam um murmúrio, uma frequência em sustenido, interrompiam a última conversa, punham os celulares ao largo da vista. Ele viu isto algumas vezes. E viu como ela desfilava, olímpica, no meio deles.

Guido era capaz de entender a sujeição do amigo àquela paixão. E, à medida que iam os dois bebendo, os sentimentos de Sandro se tornavam enfáticos, expressos em um estilo rebuscado, certamente ridículo, enquanto Guido ia ficando mais complacente, deixava-se levar pela idiotice do outro.

De fato, a prosa de Sandro, precária em juízo, caminhava para a licença artística, próxima de alguma fantasia – fantasia banal, é verdade, mas aceitável enquanto conversa de bar, convenientemente regada a álcool.

Guido sabia que as histórias de amor só se validam pela literatura e, se os amores são ruins, pior se saem nas letras. O consolo é que livros terminam ou se podem abandonar. A história de Sandro não terminava. Era construída como aqueles roteiros cheios de vaivéns, parênteses, *flashbacks*. Exigia concentração do ouvinte, portanto o exigia sóbrio, o que não se prometia ali.

Veio outra garrafa de vinho, aberta no momento em que Sandro proclamou uma daquelas frases que, nos filmes, sob adequado realce musical, devem marcar um tema importante ou uma pista para o enredo:

"Já a pedi em casamento duas vezes, esta de agora será a última, depois disso, não sei..."

Provando o vinho, com gosto, Guido hesitava se devia levar a sério o reticente "não sei" de Sandro.

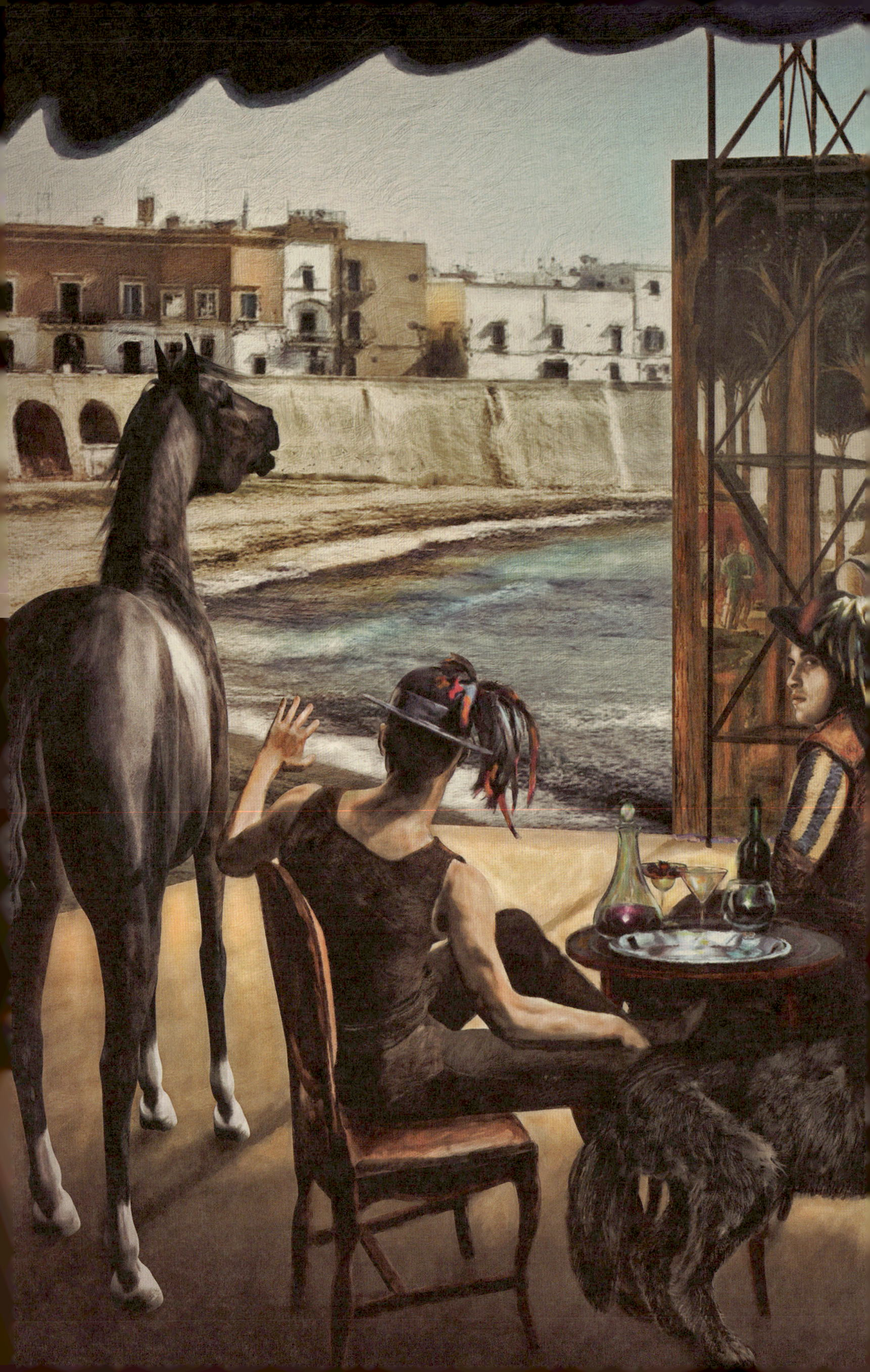

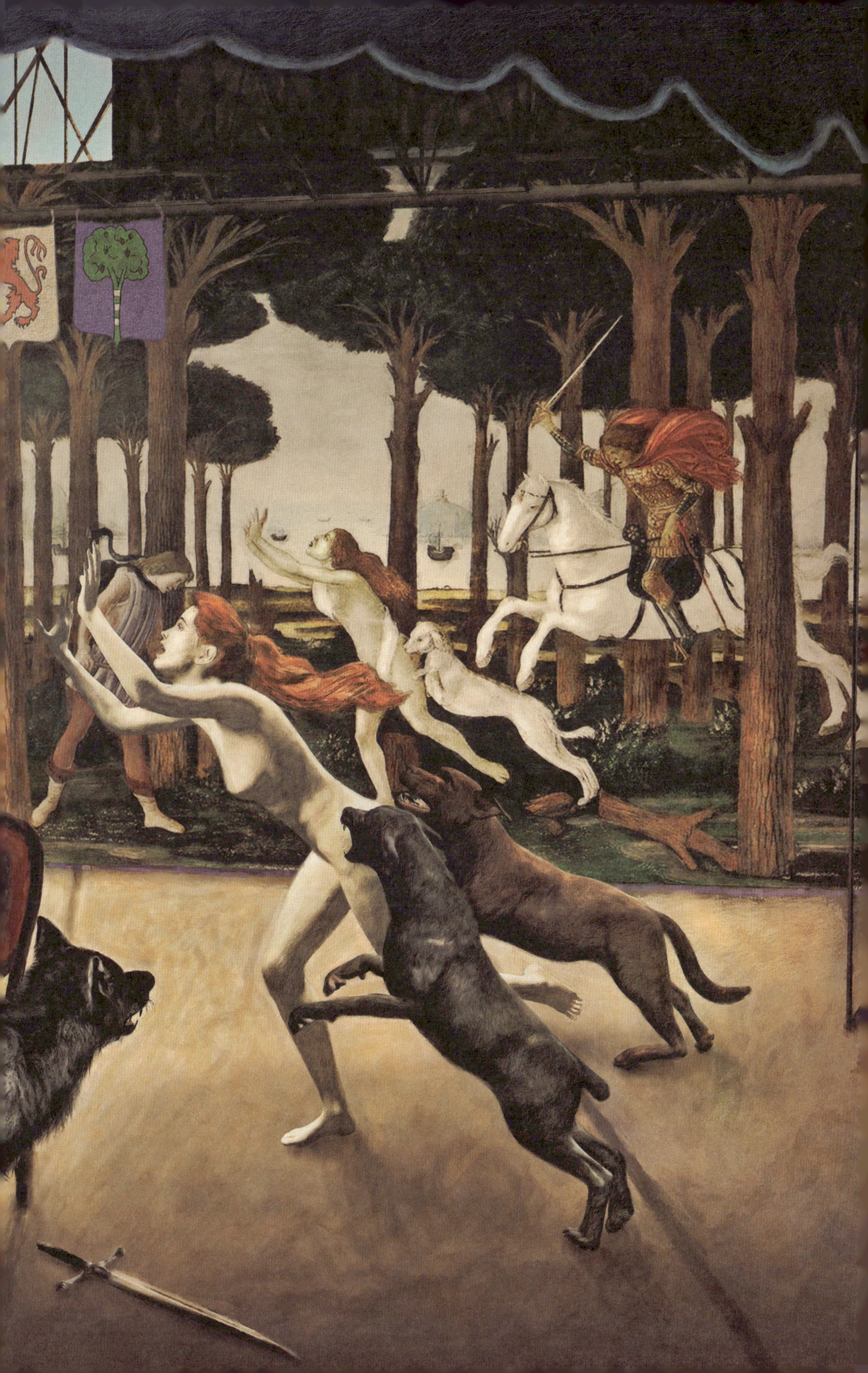

Jantaram tarde, já muito encharcados de bebida. Foram para os seus hotéis tropeçando pelo calçamento, Sandro ainda debulhando queixas, deixando pela rua uma esteira de frases, espécie de lixo noturno que o vento do mar iria varrer.

Guido acordou azedo e com uma dor de cabeça difícil. Melhor dito, acordaram-no, para avisar que o ônibus da excursão já estava à porta do hotel, partiria em 20 minutos.

Tempo curto para banho, vestir-se, descer para um café com bolinhos, um suco de laranja com aspirinas. Foi dos últimos a subir no ônibus. Respondeu com caretas simpáticas aos bons-dias dos outros passageiros: "Bom dia, Alphonse, bom dia, Gilbert... Madeleine...". Foi sentar-se ao fundo, fotografando, de passagem, as roupas esportivas dos passageiros. Uma coisa estival de revista policromada antiga, catálogo de algum magazine dos anos 1960 com seus xadrezes e florais, chapéus de palhinha ou de aba curta, à tirolesa.

"Viagem no tempo", pensou. "Todos envelhecemos, em quanto tempo? Dois, três anos, desde o último festival? Florença? Sim, lá mesmo". A mesma trupe de Dantólogos, Medievalistas, Filólogos, alguns agora com óculos mais fortes, novos e alvos dentes que não se encaixavam bem nas bocas antigas... Ele, também, viúvo, mais encurvado, mais fosco.

Em uma curva da Praça Manzoni, juntou-se-lhes o segundo ônibus de excursionistas, recolhidos de outro hotel. Nesta vinha Sandro, mal-amanhado, sonolento, barba por fazer, um traste. A ressaca era forte, a energia dispendida para retratar suas desventuras com Serena cobrava o preço. Tinha vomitado nos tênis novos, jogara-os na cestinha de lixo do quarto, estava calçando o par reserva, já gasto. Sentia-se mais miserável que antes.

O destino dos ônibus era a Pineta de Classe, para um passeio guiado ao que foi a floresta edênica de Dante, o cenário em *guignol* do *racconto* de Bocaccio, o pretexto para Lord Byron intoxicar-se com evocações clássicas.

A mata está hoje reduzida, o contínuo da praia para o interior foi rasgado por conjuntos ordinários de residências, lazer balneário, uma que outra pousada para turistas mochileiros. Ainda há, contudo, um grande quadrilátero preservado. Com esforço, trilhas são mantidas limpas de copos e sacos plásticos largados por campistas, há avisos preventivos a incêndios. Um fogo devorou uma nesga importante de pinheiros, houve replantio, a cicatriz ainda se vê.

Enquanto desembarcavam e se juntavam os dois grupos como um só amontoado colorido de risos e tapas nas costas, chegaram dois ciclistas igualmente animados. Zeitbloom e Sedlmayr, um casal de Munique que dispensou o ônibus e pedalou atlético, com as pernas tomando sol, desavergonhadas e pretensamente jovens.

(Mais adiante no passeio, Hans Zeitbloom, professor de História Carolíngia, meteria a roda dianteira da bicicleta em um buraco coberto por folhas secas, saltaria em cambalhota para a margem da trilha, iria cair entre dois pinheiros, enforquilhado entre o selim e o guidom. À risadagem que se sucedeu, Joachim – Sedlmayr – que ia adiante, estacou, saltou da bicicleta, foi, com cara preocupadíssima, acudir o parceiro estatelado, desentranhou-o da *bike* e dos arbustos, levou-o, cambaleante, para o seio da comunidade acadêmica. Esta havia cessado o riso, ou, ao menos, o reprimido por mínima etiqueta. Logo, Inge Solnhoffen e Dorothy Pritchard, mulheres gentis, foram ajudar o quase histérico Sedlmayr a recuperar e limpar o desorientado Zeitbloom. Sedlmayr alternava entre cuidados ao parceiro e exclamações de censura ao mesmo, aludindo inclusive ao fato de que Zeitbloom havia dispensado os óculos para ir à excursão).

O evento, aqui em parênteses, foi notado por Guido como uma alegoria incidental dos amores encapsulados naquela floresta. Hans e Joachim encenaram, a seu modo, os sentimentos, acidentes e emoções que o destino prega aos amorosos. Fosse Dante, obumbrado pela visão de Mathelda, ali, na mata – e, depois, elevado daquela confusa sensualidade ao espírito de Beatriz, fosse um infeliz Nastagio degli Onesti, maltratado pela donzela dos Traversari, fosse, mesmo, o quase sempre leviano Byron, a vestir paixões mundanas com roupagens de mais elegante mitologia, tudo na floresta, a queda e o auxílio, os cuidados e censuras no teatro de Joachim e Hans, tudo seria obra fatal de Eros, um desígnio e um construto, produto de arte aprimorado da vida.

Enquanto isso, indiferente aos eventos da excursão, nem um pouco detido por reflexões sobre alegorias, iconologias, simbolismos, Sandro seguira em frente, estava a distanciar-se do grupo, ia por uma senda solitária e estreita. Pensava e via uma Serena estirada no deque do iate, distante e nua, dourada ao sol da costa da Croácia.

O GUIA CONDUZIU SEU rebanho de *scholars* até uma clareira cuja orla sul era cortada por uma vala eriçada de capim. "Aqui estaria o Letes e, mais adiante na ravina, o Eunoe, os rios do esquecimento e da purificação, segundo Dante. Aqui nosso poeta teria encontrado Mathelda, a colher flores... Isto os senhores já sabem, não são turistas americanos".

Houve risos, mas protestos críticos dos americanos do grupo deram fecho ao chiste. O guia seguiu, sem graça, após a gafe. "Teremos agora nosso brinde musical".

Uma moça magrinha que viera no ônibus ao lado do motorista e que Guido imaginou ser funcionária da agência de turismo, adiantou-se, fez um cumprimento cênico ao semicírculo de espectadores e, com uma vozinha de soprano, cantou alguns tercetos do Canto 28 do Purgatório.

Não foi tão ruim. Ela saiu-se bem, *a cappella*. Guido apreciou a passagem trêmula do canto dos passarinhos recolhidos aos ramos dos pinheiros quando "Éolo libertou o siroco". Não ventava ali, a folhagem estava quieta, mas a ária foi convincente. Houve aplausos. A mocinha agradeceu, corada.

Seguiram. Mais acima da trilha havia outro descampado, enladeirado, onde o guia os reteve: "Este terraço é conhecido como o local do festim de Nastagio. No pinheiral, abaixo, o cavalheiro Anastácio perseguia a amada. Mas isto os senhores verão amanhã. Um grupo de teatro fará a encenação do conto de Boccaccio na praça do Castelo. "Venham, sigam-me".

Não havia muito mais a ver senão mais e mais pinheiros, o grupo foi se fragmentando em subgrupos ao longo do caminho, atrasando-se em conversas da profissão e das carreiras. Iam a passos lentos com paradas interjectivas, com interrogações de surpresa "Não diga... Transferido!?". Sedlmayr e Zeitbloom fechavam a coluna, desmontados das bicicletas, levando-as de lado. A de Zeitbloom rodava cambada, a roda dianteira girando elíptica, alguns aros soltos.

Ao toque de recolher, deram por falta de Sandro. Foram, um motorista e o guia, em sua busca, escandindo seu nome, pinheiral adentro. Acharam-no adormecido, sentado em um banco, muito longe do roteiro. Ele veio com eles, encabulado e, com um riso amarelo de desculpas, meteu-se no ônibus.

PELA NOITE, NO AUDITÓRIO Alighieri do Instituto Histórico, palestra da professora Nancy Hatcher, uma mestra do Kentucky, mulher ossuda e alta, com nenhuma cara de professora, estereótipo de fazendeira.

Foi uma longa fala sobre Lancelot e Guinevere, a cópia do beijo deles na perdição de Paolo e Francesca.

Guido gostava deste episódio. Tinha mais atração pelo Inferno que pelos estratos superiores, embora reconhecesse que as matérias rarefeitas e cósmicas do Purgatório e do Paraíso tinham exigido maior engenho do poeta.

A professora sustentava que o casal infeliz lera a saga da Távola em alguma versão francesa. Sugeriu que seria aquela albergada em Florença, na Biblioteca Medici-Laurenciana. Nessa versão, como na maioria delas, é a rainha Guinevere quem toma a iniciativa de beijar o galante cavalheiro do Lago: "*Qant la reine Genieure baisa por la boche Lancelot et Lancelot baisa la reine...*" Supõe--se também que o cavalheiro Galahad – Galeoto – estivesse em cena, naquele momento. A professora Hatcher exibiu um slide da Biblioteca Morgan com uma ilustração em que Galahad escuda – e acoberta – o casal adúltero com seu corpo.

Menos sorte tiveram Paolo e Francesca. Flagrados a descoberto pelo marido traído, "não leram mais". Era coxo, o marido de Francesca e o Diabo também, Guido lembrou. Ninguém mais adequado para lançar os enamorados no Inferno.

Hatcher exibiu a árvore familiar de Francesca. Esta brotou em ramo nascente do tronco da Casa da Polenta, a família que deu morada em Ravena, até o fim da vida, ao exilado Dante e que hospedaria Boccaccio, por dois anos. Quanto a este, a professora fez grandes restrições a seu *"Tratatello in laude di Dante"* considerando-o contaminado pela admiração, a ponto de embeber-se em ficção.

Isto ia contra a ideia de Guido de que a admiração, o amor e a amizade dependem de grande voltagem de invenção e romanceamento. É tarefa dos envolvidos nestes sentimentos urdir a trama fantasiosa que os defende da entropia do mundo. Assim, Paolo e Francesca lograram a epifania de seu amor pelas letras e não pela matéria contingente.

A fala da professora terminou tarde, sem muitas perguntas do auditório. Todos tinham fome e sede. Os barzinhos do entorno do Instituto puseram mais mesas nas calçadas. Guido abancou-se em uma, com dois velhos conhecidos. Sandro veio até eles e Guido o convidou a juntar-se, tomar algo. "Não, obrigado", ele foi peremptório. E, baixando a voz, somente para Guido: "Serena chega amanhã. Queria que fosses comigo recebê-la. Passo no teu hotel aí pelas nove, pode ser?"

Guido assentiu. Como negar? Já estava mesmo envolvido naquela novela.

SANDRO CHEGOU NO HORÁRIO acertado. Irrompeu no *lobby*, barbeado, recendendo à lavanda, em mocassins, calças cotelê e uma camisa de malha grossa de gola olímpica. Vinha ansioso, notava-se pelo andar inquieto, pela pressa em interromper a leitura que Guido fazia do jornal. Consultou o relógio pela segunda vez, conseguiu arrancar Guido da poltrona, foram ao ancoradouro aonde deveria aportar a Deusa Levantina.

O iate estava ancorado ao largo, mas Serena não desembarcara. Sandro foi e voltou ao longo da calçada, perguntou a uns garotos se alguém havia chegado, perscrutou o mar na direção do barco. Guido gostaria de ter binóculos para emprestar ao amigo. Sandro tentou o celular, sem sucesso. Esperaram.

Eram quase as 11h quando uma lancha desprendeu-se do costado do iate e veio tomando vulto para a praia. Sandro agitou-se. Era ela.

Mas, Serena não estava só. No barco, guarnecido por dois marinheiros, vinham mais um casal e um homem grande, de boné náutico, frouxa e panda camisa havaiana, em bermudas. Vinha na proa, senhor de si e dos mares, um pé sobre a guarda do convés, grande capitão.

A lancha aproou para a praia – a maré estava rasa e o ancoradouro ficou alto para ela – vinha a motor morto, só pela inércia. Meteu o bico na areia, parou ali. Um marinheiro pulou fora, ajudou Serena a sair da lancha.

Ela estava esplêndida, em grande estilo. Como Vênus nascida das ondas, vinha em levíssimo vestido branco, uma tiara ou diadema na fronte, cabeleira esvoaçante... Estava descalça, finas sandálias na mão, sua única bagagem. O marinheiro a pousou no enxuto da praia, ajudou-a a calçar-se. Guido imaginou que algum musical de Hollywood soaria em *background*. Ela voltou-se, esperou que o homem grande pulasse para a praia. Este havia dispensado o auxílio oferecido pelo marinheiro. Viu que o casal descia, o homem ajudando a mulher. Todos em terra firme, portanto. Só então Serena fez que havia descoberto que lá estava um alvoroçado Sandro.

Guido manteve-se em reserva em sua melhor invisibilidade, enquanto o amigo desceu à areia, achegou-se aos desembarcados. Viu quando Serena o beijou nas bochechas, em saudação cordial. Notou que ela fazia apresentações, que logo depois tomaram todos o caminho da calçada da praia. Ele julgou que havia cumprido sua missão, retrocedeu taticamente para trás de um quiosque, voltou ao hotel.

Lá, recuperou o Corriere Romagna para continuar a leitura que Sandro interrompera, foi ao bar americano, pediu uísque com gelo, refestelou-se no canto de um sofá, folheou o jornal.

Na quarta página, estampava-se a visita à cidade do megaempreendedor turco Hüsnü Sabanci e do seu parceiro em negócios imobiliários, Nabat Ahkmedov com sua mulher, Sadira. *"Os visitantes, em férias no Adriático, vêm ao tradicional Festival Dante-Boccaccio que se está desenrolando em Ravena e comunas vizinhas"*. A notícia dizia também de negócios dos empresários na Romagna, que vinham no famoso iate *Esmirna*, que *"seriam recebidos pelo Prefeito, representantes da indústria e do trading turístico..."*.

Guido varreu a nota em busca do nome de Serena. Nada. Uma foto do *Esmirna* reproduzida de alguma publicação náutica, dava-o, em legenda, como dos mais luxuosos já saídos da holandesa Feadship. A nota listava os negócios dos dois homens, o ranque deles nas fortunas universais, a *"recente criação do Instituto do Bósforo para a História do Oriente"*, uma iniciativa dos dois bilionários...

Bingo! A campainha soou na cabeça de Guido. Ali estava Serena, em alma e corpo, ele percebeu. Pousou o jornal no sofá, alcançou o uísque na mesinha ao lado, recostou-se mais fundo nas almofadas para sorver a bebida, junto da satisfação algo pérfida de haver matado a charada.

Isto durou pouco. O vulto de Sandro cruzou a luz da porta do bar, veio direto a Guido.

Ele examinou a aparição e julgou-a contraditória entre a postura cabisbaixa e uma cara mexida em zanga. Recolheu o jornal e fechou-o, ocultando a notícia da vista do amigo. Indicou o assento:

"Senta aí, como foi?"

"Não foi", ele disse. "O sujeito, o ricaço, mandou vir um *chef* famoso de San Marino. Vai haver um almoço festivo num resort de praia, prefeito, autoridades... vão todos. Serena..."

"Falou com ela?", Guido interrompeu, mais para dar uma pausa a Sandro do que para saber mais.

"O que pude. O sujeito não a largava, arrastou-a para um carro enorme. Mal tive tempo de marcar uma conversa para hoje à tarde, antes do teatro... Quem é o tipo? Não olha nos olhos da gente... Rico, sei que ele é. Arrogante..."

Guido não quis dizer o que lera e sabia.

"Não te convidaram para o tal almoço?"

"Tenho certeza de que Serena me convidaria, tivesse tido tempo e oportunidade."

"Pois é, gente rica... quero dizer... muito rica", Guido quis pacificar o diálogo.

"Bebes algo? Tens fome?"

"Bebo um uísque destes. Fome, não sei se tenho."

Guido acenou ao *barman*. Mostrou o copo. Fez "dois", com os dedos.

"Podemos almoçar aqui, no hotel. A comida é razoável", ajeitou.

"Ok", Sandro concordou e, notando que devia algo a Guido, sacou um desbotado "muito obrigado" de dentro de sua compulsão e ideias fixas.

UM TELÃO FECHAVA AO fundo da praça do Castelo, contra o mar. O vento soprava o pano, ondulava as figuras e a paisagem da cena, dava-lhes uma animação estranha, ainda mais que a pintura reproduzida estava ampliada em grande escala. Botticelli havia pintado as cenas da historieta de Nastagio degli Onesti em pequeno tamanho, com dimensão própria a uma narrativa coloquial. No formato do telão, a pintura tinha uma monumentalidade tosca, lembrava lona de barracas de circo, cenário de ópera bufa.

Foi contra este pano de fundo, enquanto o número de teatro se organizava, que Sandro foi falar com Serena.

Guido viu, de longe, quando o amigo a tirou do círculo em que ela proseava, levou-a para um lado, enquanto ela, relutante, ia acenando desculpas, um sorriso social no rosto. Educada.

Da distância, a reunião do Apaixonado e da Musa, chegava a Guido como mímica sem legendas, mas perfeitamente legível. O homem desfilava uma série de argumentos, as mãos falavam uma linguagem emotiva, convulsa, eloquente. A mulher mantinha-se imóvel, o mesmo riso ainda congelado, ela nada dizia. Ele insistia na prosódia, olhos fechados num instante, em outros momentos, acesos, inquisitivos. Em um ponto do ato, ela virou-se para o grupo donde estivera – fora chamada, Guido calculou. Ela virou-se só por um segundo, fez um gesto para que esperassem um pouco, retornou ao Eloquente, com menos riso e menos paciência.

Chegava o fim da cena, Guido avaliou. Sandro fez os derradeiros gestos de indagação, as palmas das mãos estampadas em frase dramática. Ela abrandou a postura, o rosto assumiu uma ternura calculada, maternal e consoladora. A sua mão ergueu-se, muito lenta, pousou no ombro de um Sandro compungido, olhos cerrados. Guido viu quando ela abanou a cabeça com um não gracioso, enquanto o riso de etiqueta lhe voltava ao rosto. Ela foi a seu círculo sem olhar para trás, saiu de cena com passos muito calmos. Sandro ficou lá, por um tempo, estatuário. Em seguida, enrijeceu mais o rosto, endureceu o corpo, saiu andando firme, passou por Guido com a cara fechada, sem olhar de lado. Estava pálido, contudo, Guido notou. Ele acompanhou o percurso do amigo ferido até que o viu sentar-se em uma das cadeiras armadas para a representação, entre as árvores, no último renque.

Uma clarinada soou, a banda local dos Bersaglieri iniciou rascante *ouverture* de algum Puccini, ia começar o espetáculo, todos buscaram lugares, ajeitaram as cadeiras de plástico para melhor visão. Guido queria cinicamente considerar que a peça que se iniciava tivera o anticlímax decretado pela pantomima de Sandro e Serena. Esticou o pescoço. Serena e seu grupo estavam na primeira fila, juntos ao Prefeito e outras autoridades.

Foi divertida a adaptação do conto de Nastagio. Depois do prelúdio musical, logo que a charanga marcial rufou saída, sob aplausos desencontrados, entrou em cena uma Filomena que Guido reconheceu como a mocinha que havia cantado na excursão ao pinheiral. Ela entoou:

Minhas Senhoras, meus Senhores: assim como a Piedade é em nós louvada, também da Crueldade a Providência Divina nos dá castigo rigoroso...

O vestuário estava bonito e a garotada do curso de teatro tinha energia e graça.

No meio do terrível e do horror das vinganças, penas e estripações da história, houve um formidável momento de comédia pastelão. Perseguida pelos cães, a vítima do cavaleiro vingativo deveria cruzar a boca de cena, sumir nos bastidores. A garota, bem imitada da figura do quadro de Botticelli, entrou em cena, a nudez fingida por um colante da cor da pele. Soltaram-lhe os cães, certamente treinados para colher os biscoitos caninos que lhe iam pregados na malha. O maior deles, um dogue napolitano, um animal com cara de aturdido e abobado, atiçado pelo treinador, afinal partiu sobre a fugitiva, alcançou-a, derrubou-a com estardalhaço, fuçou-lhe o corpo em busca da prenda e terminou com os dentes presos na malha. O bicho arrastou a moça pelo tablado do palco raso enquanto ela, em pânico, gritava e tornava a representação inesperadamente ultrarrealista. O treinador e o Cavalheiro degli Anastagi acudiram-na, desvencilharam o mastim idiota que, afinal, sob risos e aplausos foi roer seu biscoito a um canto.

No mais, tudo correu dentro da poética, da moral e caprichos boccaccianos, a peça se encerrou com um madrigal bem cantado, a banda voltou, refrescos foram servidos em tendas ornadas com fitas e brasões do Trecento, os personagens da peça distribuíram aos espectadores raminhos de flores e ervas cheirosas.

Guido procurou por Sandro. Ele se fora. Passeou entre as tendas, falou com alguns conhecidos, cumprimentou a mocinha cantora. Estava tomando um refresco quando sentiu um toque no ombro, voltou-se e ali estava Serena, risonha, acompanhada da mulher da lancha – Sadira, esposa do outro homem rico. Guido foi apresentado pela simpática Serena como um sábio, um mestre sem paralelo. Ele riu, sem graça.

Conversaram amenidades, ele disse que estava agora em Gênova, iria aposentar-se, comprar uma granja ou um barco, pescar ou plantar, ainda não sabia. Serena disse que iria dirigir o Núcleo de Pesquisas Paleográficas de um novo Instituto, em Istambul. Ele disse que lera sobre o Instituto. Serena estava amável:

"Quem sabe você nos dá uma conferência lá? Ou um seminário... Podemos organizar, não é Sadira?"

A outra fez que sim com a cabeça, olhos muito além de Guido, formalmente risonha.

"Vão à palestra da noite? É sobre Byron e Tereza Gamba Guiccioli", Guido provocou.

"Infelizmente não. Os cavalheiros, os piratas que nos aprisionam, têm compromissos em Veneza. Partiremos à noitinha, é uma pena", Serena falou, despedindo-se com um aperto de mão e mais um riso bem desenhado.

Guido as viu ir, elas se foram, coleando em meio às tendas.

Bebeu o resto do refresco de um só gole e foi para o hotel tirar uma soneca.

Acordou com a campainha do telefone da mesa de cabeceira. Estava escuro, procurou o interruptor do abajur, fez luz, pegou o telefone. Era Sandro.

"Tudo bem, Sandro? Que horas são? Acho que passei da hora da palestra."

"E passou mesmo. Estou saindo de lá."

"Já acabou?"

"Saí no meio. Estava uma chateza. Quer tomar um drinque, dar uma volta?"

Guido percebeu que Sandro estava equilibrado, calmo para um sujeito que apostara alto na mulher errada. "Menos mal", pensou.

"Pode ser. Dê-me um tempo para uma chuveirada, para espertar."

"Passo aí em meia hora, está ok?"

"Feito, meia hora."

Guido levantou-se, foi à janela que dava para a rua, abriu, testou a temperatura. A noite estava fresca, com brisa. O festival atraía gente jovem, havia shows de música nas praças, as discotecas e bares estavam cheios. A prefeitura engalanara as ruas principais e a orla da praia tinha sido iluminada, uns postes altos tinham refletores fortes, antineblina.

Não encontrou conhecidos no *lobby*, estariam na palestra como colegiais obedientes.

Um casal de idosos esperava alguém. Sentavam-se afastados, em um sofá de três lugares, a velha mexendo na bolsa à procura de algo, o homem examinando o teto, boca semiaberta. Quando Sandro chegou, levantaram-se, tomando-o por sua visita. O homem estendeu a mão, que Sandro apertou, automático e interrogativo, o que aumentou o equívoco. A senhora indagou algo que Sandro não entendeu. Criou-se um impasse.

Guido, oculto pela pilastra da recepção, viu a cena, mas a deixou fluir, por gosto da comédia. Sandro havia se curvado para escutar melhor o que a mulher indagava, enquanto o homem catara um papel do bolso do paletó e o exibia ao confuso Sandro, sublinhando os escritos com o dedo. Enfim, Guido mostrou-se, interferindo no ato. A comédia de erros evoluiu. Agora o homem mostrava o papel a Guido, Sandro tentava falar com Guido, mas a idosa lhe puxava o braço, repetia a fala ininteligível.

Guido, expedito, empurrou Sandro para a porta da rua. Foram perseguidos até o umbral pelo velho atônito. A velha ralhava, às costas dele.

Os dois chegaram à calçada, escaparam, rápidos, às risadas.

"O que diabos foi aquilo?", Sandro quis saber.

"Aquilo é a Itália, meu caro. Às vezes nos esquecemos como ela é."

Andaram calados quatro quadras, para a praia. Guido estava curioso em saber o porquê de Sandro estar pacífico, bem-humorado. Procurou um contorno para a pergunta, atalhou o caminho para a questão de Serena.

"Topei com Serena depois da peça. Vai dirigir um centro de pesquisas na Turquia, coisa lá do Midas, amigo dela..."

"Não é amigo. Vão casar."

"Verdade?"

"Tudo indica."

Guido arriscou esticar a *entente* mais um pouco:

"Quer dizer que ela vai trocar um erudito esportivo e saudável como você por um reles superbilionário?"

"Pois é", Sandro esboçou um riso de desconsolo, baixou a vista, foi chutando pedrinhas na calçada. "Grande erro o dela, pois não?"

"Grande erro", Guido realçou, dando um tapa e um afago no ombro do amigo. "Grande erro, certamente."

Guido pensou: de qualquer modo, fosse qual fosse a mágoa que Sandro ainda estivesse guardando, a recusa terminal de Serena fez bem a ele, restituiu-o à vida prática. Afinal aquele romance insensato deixara de ser lido para ser falado no idioma corrente e, assim, voltara ao mundo do tamanho real. Sandro havia sobrevivido à escrevinhação e Guido podia agora fechar o volume, aliviado, promovido a ex-leitor.

Chegaram à praia. No horizonte, cintilava o *Esmirna*, tomando o rumo do Norte. Foi se apequenando, tremeluzindo, longe, longe, até que não se pôde mais diferenciá-lo de qualquer das pequenas estrelas daquele céu.

Notas da Itália IV

Pier Paolo, Aldo

"Boa noite."

"É noite? Como sabe?"

"Não sei. Digo que é noite porque não há sol, nem sombras. Dia não é. Portanto..."

"Então, boa noite. Vejo você sempre aqui no vinhedo. Foi uma escolha?"

"Vejo você aqui também. Você e aquele outro. Está sempre a seu lado."

"Curioso. Tenho a impressão de que ele anda sempre é com você. Não muito junto, mas seguindo."

"Procuro enxotá-lo, mas ele volta. Fala muito."

"Comigo é o mesmo, mas não me incomoda. Faz tempo que você fez a passagem?"

"Não tenho como saber. Esse aí diz que chegou 14 anos depois de mim, o que me confere algum tipo de antiguidade."

"De mim, diz que são 11 anos. Não sei como ele consegue fazer estes cálculos."

"Está amarrado a essas coisas, rumina fatos, interpreta. Agora está quieto. Veja. Afastou-se, sentou-se num banco. Olha-nos."

"Você não me respondeu. O vinhedo. Foi uma escolha?"

"Não. Perdi-me, vagando. Terminei ficando aqui. Estava à procura de um lugar onde jantei. Há lacunas de nomes e lugares. Era perto de uma igreja."

"Há centenas."

"Sei. Mas esta era no caminho do mar, levava a um porto de aeroplanos."

"Hidroplanos."

"Como?"

"Aviões que pousam n'água."

"Ah, sim."

"De qualquer modo, estamos longe do mar."

"É o que ele diz, o sabido ali. Diz que sabe qual é a igreja, qual o restaurante e onde fica o mar. Sabe tudo, ele."

"Por que não leva você até lá?"

"Diz que há uma interdição, um obstáculo de algum tipo."

"Balela. Levou-me a uma rua cujo nome martelava minha cabeça: Via Caetani."

"Havia algo lá?"

"Uma placa na parede, coisas gravadas."

"O que diziam?"

"Não consigo ler direito, letras não me trazem muito sentido, mas aquele lá tentou ler para mim. Ficou irritado, a voz não lhe saiu ou eu não o pude ouvir."

"E você? Por que vem para o vinhedo?"

"Sugestão dele, do nosso acompanhante. Antes estive ali pela Praça de Jesus, mas havia muitos passantes. Não que perturbem tanto, mas o simples deslocamento, a interferência, a ondulação no ar, dão uma sensação de friagem, de golpe de vento desagradável."

"Sentia isso, também, mas passou. O que sinto agora é que as pedras, o chão, as árvores, têm mais corpo, são mais ásperos. Consigo comparar isso com as sensações de antes. É uma das poucas coisas que retenho, que evoco sem esforço, essa comparação... Diga-me, chegou antes do desaparecimento dos vaga-lumes?"

"Lembro-me deles, mas não sei quando desapareceram. Desapareceram, de fato?"

"Sim, completamente."

Leonardo

"Tenho a impressão de que vivo uma comédia... Não, vivo é uma impropriedade no dizer, um tique, mania, talvez. Estou em uma situação que lamento. Quero dizer que é lamentável porquanto criada por mim mesmo, e sobre a qual perdi o controle. A garganta se me fecha em um nó e um travo, em tudo contrários ao riso que se possa tirar de minhas tolas andanças seguindo os passos daqueles dois, atraído pela irresolução de um enredo que me foi imposto, uma lógica manipulada pelo preço de um sentido. Tento me convencer que não escrevo esta história, que foi a Itália verdadeira que os matou e que os transpôs para cá, a serviço de minha missão.

Escrevo, porém. Que digo? Escrevi. Agora – esta uma outra palavra escorregadia, não há coerência no tecido e na ordem do tempo para dizê-la – nesse momento – digo assim –, em que o pensamento prevalece compactado em um ponto singular que congrega minha obsessão, nesse momento, rasuro sobre a mesma página – palimpsesto mal raspado em que se acumulam, se sobrepõem as frases – um emaranhado que não se deslinda sequer sob a melhor lupa.

Ironia? Esta vai além da comédia, paira oblíqua no território da crítica, faz-me vítima de meus artifícios. Orgulhava-me da feição de romances filosóficos de antanho, da mecânica que logrei aperfeiçoar para uso próprio, do mapeamento abreviado de segredos e mistérios – de minha Sicília, sim, Terra Europeia Universal, que brutal engano!

Seria mais amargo não tivesse a missão de estar com eles, de almejar um significado – nem tanto para eles dois, somente, mas para mim. Detesto a inconclusão, disso não me penitencio, desse pecado não me culpo nem me agracio... O que me pergunto é se é deles que virá resposta, se tenho a chave para os segredos e para a reserva mental que viveram e que também os vitimou, e a mim, por que não?

Aldo, Pier Paolo

"O QUE DIZIA DOS vaga-lumes? Não guardei bem. Que sumiram?"

"Sim, sumiram. Não foi um desaparecimento lento. Houve a guerra e logo depois sumiram, apagaram."

"Acho que não percebi, na época. Sei que houve transformações. Até no modo de falar, de escrever. De pensar sobre as coisas. Quis me envolver ou ser envolto nisso."

"Você diz que a língua mudou, que as coisas passaram a ter outros nomes?"

"Não. Acho que havia coisas novas e que a língua não encontrava as palavras precisas."

"Nem todos achavam isso. Eu mesmo percebia que havia algo errado. É outra das coisas que retenho, essa lembrança. A estranha, enigmática correlação entre as pessoas e esta nova forma de linguagem, o incômodo que alguns deviam sentir."

"Não se sentiu afetado também? Como ficou imune?"

"Não sei, não sabia". Acho que queria fixar-me em um tempo, manter uma idade. Ser jovem, de preferência. Imaginava-me um gato, com muitas vidas."

"É curioso. A juventude, se é que recordo com exatidão, gosta de mudanças..."

"Nunca tive certeza disso."

"Mas, veja. Entendo sua dúvida. Era como se houvesse duas velocidades habitando o mesmo espaço. Depois da guerra, os vizinhos pensaram em se

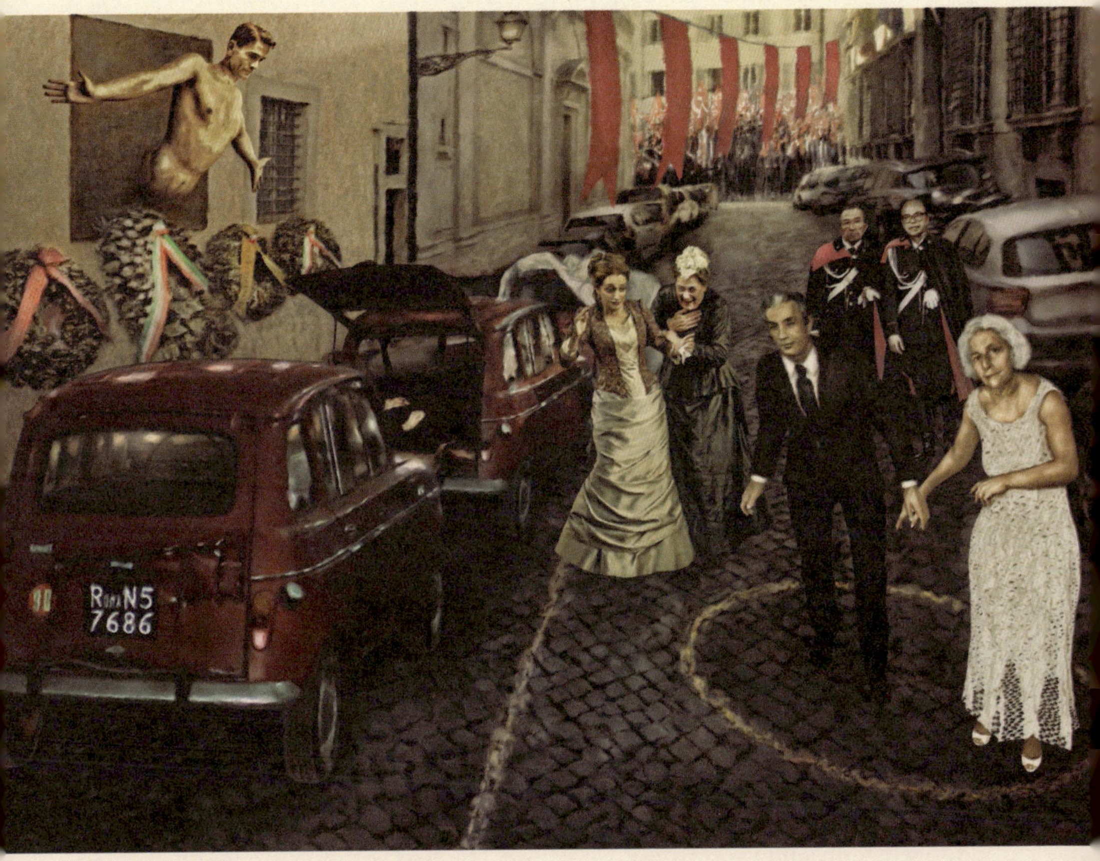
Roma N5
7686

unir, falar uma só linguagem, fluir no tempo mais veloz. Era a maneira mais visível e apreensível para sobreviver, reconstruir."

"Diz que havia duas velocidades de tempo?"

"Acho que sempre houve, mas que nós não estávamos preparados para aceitá-las."

"Nós? Nós quem? De quem, de que você fala?"

"Disto. Olhe ali, abaixo da barranca, além da ravina, entre os ciprestes. Veja o Circo e a estrada que o tangencia. Coteje a solidez das pedras, a antiguidade do Colosso, com o anel de tráfego fugaz e fátuo que o circunda. Não é um relógio, por acaso?"

"Pode ser, mas é pouco, é dúbia explicação. Dois tempos duplicam a dificuldade para entender os fatos."

"Tem uma melhor? Considere que colecionei relógios. Tive vários. Dava-lhes corda quando voltava a casa, tarde da noite."

Leonardo

"Permito-me escutar o que dizem. Faço-o de alma leve, também me franqueio esta facécia. Alma leve. Imponderável e insubstanciado espírito, símile à essência abstrata e oca do diálogo deles dois ali. Luto contra isso. Não sei por quanto tempo.

De fato, Aldo relutou em aceitar a velocidade ingente que a Europa impunha à Itália. Talvez soubesse que dos dois relógios que marcavam o compasso de mudança (e o sapateado nervoso da Inglaterra) o mais emperrado era o dos comunistas. Ele esperava de Berlinguer a massa crítica que tornaria visível uma coalizão. Um terço, em números relativos, isto espelharia uma conveniência que a Democracia Cristã consideraria palatável, embora amarga.

Os movimentos de Aldo eram transversos e lentos, porém. Escapavam do explícito sob camadas estratégicas de linguagem. Estabeleciam um lócus maneirista e o freio do *arreton* em páginas opostas do mesmo discurso.

Em tudo, isto era antípoda ao escândalo que Pier Paolo propugnava: um sentimento de que a revolução dar-se-ia não pela prevalência popular, voto ou força inercial, mas pela agônica assunção da pobreza. Moralista e Cristão primitivo ele era. Pensavam-no polêmico, rebelde e transgressor. Isto não era, apenas.

Ao "compromisso histórico" de Aldo que se apresentava cada vez mais como um pacificador tático, Pier Paolo opunha o fato de que a Democracia

Cristã não era o operador adequado para o pacto... Na verdade, ele rejeitava um pacto porque via nos contratantes uma aberração "antropológica", um estado de mutação perverso, remissivo ao pós-guerra na Itália. A passagem do fascismo "substantivo" ao fascismo "adjetivo" seria uma simplificação primária, se aplicada à Democracia Cristã. Algo até mais maligno acontecia contemporaneamente e tal não era apenas o desastre que extinguia vaga-lumes ou mudava a língua ao indizível.

Enquanto Pier Paolo estranhava que Aldo estivesse imerso na "enigmática correlação" de linguagem evasiva e fraude moral, quando deixa margem a este para a suposição de honestidade, a outros membros do partido anatemizava como pecadores e heréticos. Nem os companheiros de viagem – comunistas que se recusavam olhar a diversa paisagem – seriam poupados. Mas, enquanto para ele, Pier Paolo, "l'emergenza" italiana, a latente convulsão, é uma força quase mística e vital, para Aldo é coisa temível, de base econômico-social, certamente, mas tingida da possibilidade de impaciência e raiva, capaz de se abater sobre o governo de um país de "passionalidade intensa e estruturas frágeis". Um *libreto* parece impor-se destas percepções. De qual ópera?

Olhando-os agora, vendo-os percorrer o terreno do vinhedo, posando como gravuras de filósofos em um livro para crianças, quero vê-los nas trilhas, como equilibristas, ambos. Mas, enquanto Aldo caminhava tateando o perigo, reconhecendo-o e avaliando-o, Pier Paolo namorava o abismo e ansiava pelas primícias da queda."

Pier Paolo, Aldo

"Estava ali, sentado sob o pinheiro. Há colunas partidas, tombadas, que servem de assento. Para mais nada servem a não ser para repouso. E, quando digo repouso, falo de verdade. Muitos escolheram estas colunas, nelas se dissolveram. Moram nelas, mas já não se separa o grão da pedra de seus espíritos. Tudo é a mesma substância. Ainda não fiz minha escolha, mas me sinto atraído por um torso de efebo que achei atirado em um canto do jardim da capela."

"Provavelmente é cópia de algo mais antigo. As ruínas de construções, fragmentos de pórticos e arcos ficam no chão. E as colunas quebradas. Qualquer pedaço humano, um pé, uma orelha, a voluta – só um indício do que foi cachinho no cabelo de um cupido ou de um imperador –, isto vai para um museu."

"Não me importa que seja uma cópia. O mármore é a mesma pedra e a ideia é ainda bela, maltratado que esteja o corpo. Coberto de liquens, abandonado. E você? Que escolha você fará?"
"Ainda não sei. Há um afresco..."
"Uma pintura? Ficar em uma pintura?"
"Um muro. Uma imagem mineral. É como uma pedra."
"Sempre dá a impressão que não."
"Visto de fora. De dentro deve ser a mesma coisa que o mármore ou o granito."
"Não se sabe."
"A certeza não está em jogo."
"Quer ver o tronco do efebo?"
"Você disse que está no jardim da capela?"
"Disse?"

Leonardo

"À MARGEM DAS LEIS da física, escravo da lógica, difícil paradoxo. A linguagem me resta. Usei-a como fantasia e ferramenta e ela agora me parece canhestra, imprópria, senão inútil, de fato, impotente.

Não posso me acercar deles no mesmo momento. Se a um falo, o outro não me escuta e de tudo o que falo, a um ou outro, eles pouco ouvem. Olham minha boca movendo-se sem som – ridículo esgar – e somente eu ouço a voz em retardo, um eco distorcido do que falei ou penso ter falado.

Arrasto este trapo de consciência, um andrajo do que outrora me revestiu de vaidade e ciência. E deveria dar-me por feliz, aparato houvesse que aqui medisse a felicidade, dela me informasse.

O que me disseram? Foi Alberto quem o disse? Aqui chegou depois de mim e logo sumiu, tinha pressa o homem... Ele me disse, um tanto agastado com minha teimosia, minha obsessão com aqueles dois: "Ora, Leonardo, bem devias saber que os que partem de modo violento, sobretudo os que são assassinados, estes perdem quase toda a memória. O que você lhes fala não cobra sentido, vira silêncio. Matou e viu morrer tanta gente em seus livros e não sabe disso?"

Falou essas coisas assim, com franqueza, como se fossem comezinhas, não devessem me importar. Não o vi mais, gostaria de dizer-lhe que as coisas pioraram um tanto. Noto que Pier Paolo está ainda mais impaciente comigo. Evita-me, expulsa-me quando insisto em aproximar-me. Aldo, em si um espírito mais cordato, tem me parecido enfastiado, quase inquieto.

Isto tem aumentado na medida em os dois conversam mais, põem-se a passear entre as ruínas do vinhedo, divagam na limitação do que lembram e sentem. É-me doloroso escutá-los, escondido ou de longe, fingindo não prestar atenção ao que falam.

Aldo, Pier Paolo

"É ESTE O TORSO de efebo do qual me falou?"

"Não estou seguro. Este me parece mais franzino, como se o escultor tivesse forçado o cinzel em demasia, aprofundado o talhe para dentro da carne do mármore."

"Quem sabe, o artista buscava mais verdade? A magreza, o relevo das costelas conferem realismo, naturalidade. É possível que fosse o retrato de alguém."

"Parece-me diferente. O efebo mudou ou mudou-se meu modo de vê-lo."

"Notou que há algumas cabeças empilhadas ali entre os arbustos?"

"Não as notei."

"Alguma haverá que combine com o torso. Aquela... de orelhas grandes. Vou buscá-la... Curioso... Não tem peso de pedra, só a contextura."

"Não sei se deve tirá-la daí."

"Ponho junto ao tronco. Veja, quase se ajusta."

"É fato que pode ser um retrato. Com cabeça, o tronco se anima em uma espécie de lembrança. Poderia julgar que já vi o tipo. Não aqui. Há tempos, em algum lugar."

Lembra-me alguém, é certo. Quem?"

"Um da 'malavita', pelas feições e olhar frio, parece."

"A mim, mostra-se como alguém que vim a conhecer já mais maduro. Como se eu estivesse olhando para um retrato de juventude dele, para a aparência dele, jovem. E tem uma expressão latente de maldade. Um ricto que irá se afirmar em ameaça. Temo-o, de algum modo."

"Afaste a cabeça, devolva-a aos arbustos. Incomoda."

"Não devia tê-la tirado de lá."

Leonardo

"Quando supus que Majorana havia desaparecido no recesso de um convento, levaram-me ao ridículo. Todos preferem uma conspiração elaborada, consideram qualquer redução do mistério como uma afronta ao enredo da vida. Não há prova de que para lá, para uma cartuxa abscôndita, ele, Majorana, não fora. Nem prova de que se atirou ao mar. Ou que os alemães o segregaram em laboratório secreto.

Pier Paolo disse, horas antes de ser abatido a pauladas por um garoto maligno: "Todos corremos perigo". Ele não se referia ao perigo ao qual um se exponha por voluntário risco. Falava do perigo respirável e imediato, o ar empesteado que sorvemos compulsoriamente. A qualquer momento ele pode assumir a pancada de uma golfada fatal, pode tomar a forma da P2, da Ndrangheta, de um rufião, de um *desperado* ideológico armado com uma metralhadora. O sentido direto dessas ameaças é semelhante a uma doença, e a Itália estava e continua doente – agora mais rica e mais doente – o castigo a Pier Paolo e o sacrifício de Aldo não a curaram, nem ela, verdadeiramente, aceita estar doente.

Por 55 dias, Aldo dobrou sua alma ao jogo de indiferença de seu Partido, humilhou sua nobreza e altivez. Rendeu-se ao medo, descartado às conveniências e às mentiras de razões de Estado. Foi forçado e sujeitado a mendigar piedade e empatia aos que olhavam para o outro lado, incomodados pelo fato de ele ser vítima. Deixaram que o matassem a tiros.

Mortos pelo mesmo agente, avatar desdobrado no garoto de programa ou no brigadista vermelho, Pier Paolo e Aldo são personagens dessa ópera de coincidências atrozes, com um entrecho que o próprio Pier Paolo profetizou como 'enigmática correlação'.

Não tão enigmática, lamento. Preferiria que, talvez, o fosse. Gostaria de consolar-me com isso. Como disse, todos preferem mais a imposição do mistério que a clareza de sua solução."

Pier Paolo, Aldo

"Chora de novo, aquele lá?"
    "Soluça. Pranteia algo, muito quieto. Sem lágrimas, sempre."
    "Diz por quê? Fala algo? A mim não disse".

"É evasivo, comigo. Recompõe-se, fala de árvores, dos campos, da terra onde viveu. Do mar e dos barcos, do vento agreste e da paixão seca e cruel dos homens. De algumas mulheres, também. E de livros... muitos livros."

Aldo **Romeo Luigi Moro:** Político, estadista, Primeiro Ministro da Italia por duas vezes. Democrata Cristão. Nascido em Magli , em 1916. Assassinado em Roma, em 1978.

Leonardo **Sciascia:** Escritor, novelista, político. Nascido em Racalmuto, em 1921. Morreu em Palermo, em 1989.

Alberto **Moravia:** Novelista, jornalista. Nascido em Roma, em 1907. Morreu em Roma, em 1990.

Ettore **Majorana:** Físico teórico. Nascido em Catania, em 1906. Desaparecido entre Palermo e Nápoles, em 1938.

Pier Paolo **Pasolini:** Poeta, articulista, crítico social, cineasta. Nascido em Bolonha, em 1922. Assassinado em Ostia, em 1975.

Pequenas e grandes guerras

Eram duas da tarde e a Rua do Ouvidor estava caudalosa. A via, já estreita, ia mais apertada ainda por obstáculos nas calçadas e na frente das lojas: gente que não viera ali para andar a algo, mas para deter-se, prosear, ver a indumentária dos outros, principalmente, das outras, subtraindo-lhes as roupas por secreta mágica e recôndita malícia.

Entraram na chapelaria duas senhoras muito graciosas. Uma delas era a mulher do advogado Seabra, Dona Mariana. Estive a pensar que ela iria ao escritório do marido, na Rua da Quitanda, mas ela sairia da loja no sentido inverso. Acompanhava-a uma esplêndida mulher de uns 30, 30 e pouquinhos anos que, se não era mais bela que a Dona Mariana Seabra, a vencia em porte, desenvoltura e, até, magnetismo a fraques, casacas e cartolas. Estes objetos, torcendo seus donos, voltavam-se à passagem dela, irrevogavelmente.

As duas, para minha curiosidade, não olharam a vitrine de chapéus femininos, mas a oposta, de cavalheiros. À frente da montra, estavam considerando os itens com grande atenção. Via-se que a alguns aprovavam e a outros, o riso discretamente tapado com as luvas, condenavam ao ridículo. Divertiam-se. Não me atrevi sair de trás do balcão para indagar se precisavam de auxílio. De mais, estava atendendo o Dr. Machado que viera com um chapéu de feltro, de nossas importações. A peça se acidentara nos dentes de um cão de rua, após uma ventania de través, na Glória. Indagava-nos ele se havia reparo possível para a aba, desbastada como bacia de fígaro.

"Há um chapeleiro na Rua Dom Pedro, ao lado da farmácia. Dizem-no habilidoso, um tanto careiro, mas vale a pena, é bom o chapéu", digo-lhe.

Foi o Dr. Machado quem identificou para mim a acompanhante de Dona Mariana:

"Dona Sofia. São amigas de infância", telegrafou-me, por minha insistência, em um cochicho educado. Elas já haviam partido.

Pediu-me ele a ver outro chapéu, caso não houvesse conserto para o que foi atacado. Fui ao fundo da loja, galguei a escadinha das prateleiras, vinha voltando com as caixas, quando um alarido veio da rua, em dueto com estropeios no calçamento.

Irrompeu na loja um sujeito barbado com gravata deslocada, saltando do colarinho, o paletó desarrumado. Vinha descoberto. Mas, ficou claro, tudo indicava, por ele e pelos gritos da rua, que não entrara para comprar chapéu, mas que fugia de alguém ou algo.

Fugia de ambos. De um sujeito bem vestido, sólido e aprumado, com bigodes enfurecidos, e de sua bengala que assomava por sobre os braços da multidão. Esta, a multidão, entre zombeteira e pacificadora, tentava impedir que cavalheiro e bengala fossem em perseguição e inclemente castigo ao refugiado na chapelaria.

Chegou a polícia, com a habitual civilidade e...

Foram dispersados todos, foi amainada a tormenta na Ouvidor. O dono da loja, Mr. Stanley, serviu, ele mesmo, um copo d'água ao pálido senhor perseguido, já sentado em uma cadeira que trouxeram do caixa.

Dr. Machado a tudo assistiu, sublinhando ironia e divertimento com um riso sutil.

"O senhor o conhece, Dr. Machado?", perguntei desviando a vista, fingindo olhar as prateleiras.

"Conheço ambos, de fama. O bengalado é o Senador Rosa e Silva. O bengalador é um industrial cearense com foros na Província de Pernambuco. Delmiro, é o nome."

O Antônio Aulete, caixa da Sorveteria Americana, disse-me ter tirado a centena da loteria duas vezes seguidas, com o mesmo número. Pus-me a mastigar que semelhança haveria entre sorte e coincidência, isto é, vá lá, entre acaso e destino. Esta filosofia me ocorreu quando, na manhã seguinte ao charivari das bengaladas, fui chamado ao escritório de Mr. Stanley (aonde cheguei com medo de haver cometido, talvez, involuntária falta grave às regras britânicas da casa) e soube, pelo contrário, que o patrão me convocara com uma proposta de promoção vinculada à transferência para outra praça e nova loja.

E, qual praça e qual loja, senão a cidade do Recife e uma filial da *Chapelaria Stratford*, em um empreendimento moderníssimo... De propriedade de quem?

Justamente do homem da iradíssima bengala, o Sr. Delmiro. "Gouveia" era o sobrenome, disse-me Mr. Stanley, ajuntando:

"Sei que está assustado e receoso em mudar-se para tão longe. Mas, o senhor é jovem, solteiro. Está bem treinado em nosso negócio. Trata-se de uma boa oportunidade, uma gerência. Veja meu caso: saí da Inglaterra para estes trópicos com pouco mais da sua idade. Era casado, já. Também tive medo, confesso, mas enfrentei as incertezas. Não me arrependo..."

Ele falava, mas a questão das coincidências importunava minha atenção. Por que justamente o homem das bengaladas? E o apanhado? Que papel teria ele nesta conjugação de acasos, que influência poderia ter nos meus acasos pessoais?

"Pense, avalie... Dê-me uma resposta amanhã", ele encerrou.

NA HORA DO ALMOÇO, fui até a *Luz do Porto*, o armarinho onde trabalhei, ainda imberbe, nos últimos anos de orfanato. Seu Ramalho, o dono, gostava de mim, protegia-me. Ele mesmo colocou-me no emprego da chapelaria.

"Vão te pagar mais e melhor do que posso, ó catraia. Vê como te comportas. Empenhei minha palavra com o inglês. Sabes como são, os dessa gente. Não são moles e açucarados como eu, como nós, enfim", rezou sua cartilha enquanto me levava, há oito anos, à Rua do Ouvidor.

Seu Ramalho estava comendo, sozinho, no fundo escuro da loja, na sua mesinha de comando, contadoria, despachos.

"Já comeu? Tem de sobra. Já não como muito."

Menti que já havia almoçado. Disse-lhe que precisava de conselho. Contei-lhe da proposta. Omiti as coincidências. Se eu não as entendia, dirá ele?

O velho lia o *Commercio* cedinho. Sabia das novidades mercantis, das falências, dos contratos com o Governo, acompanhava o movimento do porto e dos navios, mesmo que não importasse mais suas mercadorias diretamente. Os grossistas açambarcaram o setor, deixaram margem minguada para o lucro dos pequenos. Ele brincava: "Sou pobre, mas sabido". Era respeitado por isso e por ser mais velho, resistente.

Não foi surpresa que conhecesse o empreendimento do Sr. Gouveia. Lera nos jornais sobre o progresso do homem, seu espírito positivo, a coragem para criar negócios inovadores. Abriu a velha gaveta emperrada e puxou de lá uma pasta cintada com fitinhas. Afastou prato e talheres.

"Tenho um velho amigo, Gonçalo, de Caldas da Rainha, que está por lá, no Pernambuco. Tem loja de ferragens. Manda-me sempre notícias da cidade. Desse Gouveia, também. Deixe-me ver..."

Folheou cartas, faturas, fotos e recortes de idades e cores as mais variadas.

"Cá está. Tem uma foto. Dê uma olhada. Ainda estava em construção. Na carta ele descreve o que vai ser. Coisa americana ou das Europas."

Olhei a fotografia, um postal, e era impressionante. Grande. Não imaginava que nas províncias houvesse construções e negócios daquela importância. Acreditava que se vivia de cana, de algodão, gado... Seu Ramalho leu a carta do amigo enumerando os itens:

"Lojas de comércio, estandes de artigos elétricos, mercado, jogos e corridas, hotel internacional e restaurantes, cassino, sorveteria, parque de diversões, é um grande centro para comprar e espairecer."

Estendeu-me a carta para que eu conferisse as maravilhas.

"Queres saber? Eu, fosse tu, aceitaria sem pestanejar. Vais ser gerente, uma posição que costumam dar aos mais velhos. Que podes perder com isso? Já vendestes fitilhas, linhas e botões cá na loja, vendes chapéus na Ouvidor, podes fazê-lo lá. Conheces a prática do ramo. Vai que o negócio não dá certo? Ainda podes pedir algo ao meu amigo Gonçalo. Passas a vender pregos e parafusos para ele."

Ri, querendo me animar. Ele deu-me um tapa na testa.

"Vai. Deixa-te de ser covarde. Dou-te uma carta de apresentação para o Gonçalo. E, olha: ele tem uma neta em idade casadoura... quem sabe?"

Corei. Agradeci o conselho. Disse que passaria para pegar a carta, caso me decidisse. Ele expulsou-me, gentil.

"Anda, tenho trabalho. E tu, tu chegas atrasado e o inglês se esquece do convite. Vai, rua!"

Levou-me à porta, empurrou-me para o meio dos passantes. Na esquina, em um tabuleiro, comprei uma broa de milho. Foi meu almoço.

Na chapelaria. Aí pelas quatro. Quem entrou? O próprio Sr. Gouveia.

Mr. Stanley foi encontrá-lo no meio da loja. Cumprimentaram-se. O Sr. Gouveia vestia-se impecavelmente. Colarinho muito alto, branco de neve. De bengala, a mesma da véspera, manipulada com elegância, o terno de casimira principesca.

"Lamento muitíssimo o ocorrido ontem. Estava justamente a entrar para nosso compromisso quando me deparei com aquele sujeito. Estava para dar-lhe um corretivo já há algum tempo. Desagravar-me de injúrias e perseguições..."

"Acontece, Sr. Gouveia. Foi pura coincidência..."

A esta palavra persecutória, encolhi-me mais, atrás do balcão, escudando-me em modéstia.

"E o cafajeste tinha que refugiar-se exatamente aqui, na chapelaria..."

"Tivemos que abrigá-lo, era uma questão de humanidade. Passava mal, o homem."

"Que morresse! Vi que sentou-se, estava a desfazer-se."

"Pois é."

"O amigo perdeu a cadeira. Está contaminada. Livre-se dela."

O inglês esboçou um sorriso amarelo, expôs seus dentes equinos.

"Subimos? Por favor, por aqui", ele disse, maneiroso.

Foram ao escritório pela escadinha caracol.

Uma hora e meia depois, desceram.

Simão, o servente, havia subido com cálices e porto em uma bandeja. Assim, o Sr. Gouveia desceu menos carrancudo do que subiu. Mr. Stanley veio à frente, cuidando, como petimetre, que os passos do ilustre visitante não perdessem algum degrau.

Eu estava atendendo uma senhora muito volumosa que queria um chapéu de flores discretas. Mr. Stanley chamou-me com o dedo, sem que ela notasse. Escusei-me da cliente, pedi que outro balconista a atendesse, contornei o balcão, cheguei-me aos dois com uma postura respeitosa:

"Pois não, Mr. Stanley?"

O inglês pôs-se a meu lado – uma grande deferência de patrão a empregado – percebi, entre orgulhoso e vexado.

"Este é o moço de quem lhe falei. O indicado para o posto na filial do Recife. Está para me dar uma resposta amanhã."

"Por que amanhã? Que lhe falta ou lhe prende, seu moço?", o Sr. Gouveia inquiriu-me sem qualquer polimento.

"Eu..."

Ele seguiu o discurso:

"Vai ficar aqui, perdido nessa cidade somítica, definhando atrás de um balcão... ou vai investir sua juventude em um lugar novo, onde você pode crescer?"

Agitei-me, procurei as palavras, tentei mostrar que não estava intimidado por sua provocação. Saí-me com isto:

"Com todo respeito, senhor, já me havia decidido. Estava aguardando o momento oportuno para informar a Mr. Stanley."

E, voltando-me para o patrão:

"Aceito com muita honra a indicação, senhor. Muito obrigado."

O Sr. Gouveia não deu tempo a Mr. Stanley:

"Assim é que se fala, meu rapaz. A propósito, estou partindo em duas semanas, pelo *Jaraguá*. Que acha de embarcá-lo, também, meu caro Charles?"

"É uma boa ideia, Sr. Gouveia", o "Charles" aceitou, sem considerar consulta ao embarcado compulsório.

COM ESTA PRECIPITAÇÃO DAS datas, foi uma correria providenciar tudo. Mr. Stanley já havia, porém, antecipado a compra de itens na Inglaterra e na França. Estantes para a loja, mobiliário, lustres, vitrinas. Estoque de novos chapéus, modelos mais adequados aos trópicos, novidades, adereços. Isso tudo havia sido despachado para o Recife, sob uma rubrica de importação consignada em nome de uma das firmas do Sr. Gouveia, com estorno à *Chapelaria Stratford*, filial.

Deram-me procuração e carta de crédito para instalação da chapelaria, poderes para contratar com os empreendimentos do Sr. Gouveia, para pagar taxas e emolumentos na Junta de Comércio e na Prefeitura. Para contratar funcionários, registrar livro-caixa, abrir contas.

Mr. Stanley e o contador instruíram-me nos procedimentos mais intrincados da Alfândega. De resto, o tempo que passei na *Luz do Porto*, ajudando o velho Ramalho, habilitara-me para as tarefas e rotinas do comércio.

Muito emocionado, o velho Ramalho, abraçou-me, deu-me a carta de apresentação para o amigo das ferragens, empurrou-me para a rua, como costumava fazer:

"Não te faças de esquecido, ó ingrato! Dá-me notícias."

Desci a Rua do Carmo com um nó na garganta. Voltaria a vê-lo?

O *JARAGUÁ* ZARPOU, DEIXOU a Guanabara, aproou valente para longe da barra, em um mar piscado. Estava nublado e frio e a Serra do Mar se recortava, longe, arroxeada, meio difusa aqui, pontuda acolá. Uma pancada de chuva a apagou. Não reapareceu, não a vi mais. Adeus Rio.

Sabia que Seu Gouveia havia embarcado. No cais, ele conversou com dois casais que foram ao seu bota-fora. Peguei a escada para a segunda classe e não mais o vi, senão uma noite, quando desceu com um dos tripulantes, creio que um camareiro da primeira classe, e voltaram os dois a subir, com uma mulher muito encapotada que lhes seguia a cola. Não sei em que cabine ela estaria e, devido à escuridão e do embuçado dela, não a saberia discernir das outras passageiras.

O navio fez escala em Salvador para fazer refresco, pegar e largar carga, deixar, tomar uns poucos novos passageiros. Houve tempo para desembarcar, dar uma volta pela cidade baixa.

Sempre que lembro dessa escala, da caminhada pelo porto, mercado, calçadas de comércio entremeadas de armazéns e trapiches, misturo-as com as passagens que fiz, tantos anos depois, por Angola e Moçambique. Havia ares diferentes do Rio. Em Salvador tudo era mais uniforme em roupas, gestos e costumes. Andava-se de outro jeito, até, de um modo indiferente à cidade, como se ela fosse apenas uma contingência. No Rio, a cidade parecia ordenar o passo e a compostura das pessoas e isto se estendia ao protocolo dos serviçais, brancos ou pardos, mas também, e impositivamente, aos negros. A escravidão se fora, por decreto e lei, mas ficara marcada nas pedras dos edifícios e avenidas, na liturgia civil da Corte, nos instrumentos disciplinares da República.

Quando cheguei ao Recife, este contraste se definiu ainda mais fortemente. Fosse pelo sol, fosse pela luz, melhor dizendo, enxergava-se com grande nitidez a diferença entre castas e raças, entre ricos e pobres. Tudo que estivesse no meio, seria nivelado para baixo ou, para sobreviver, ou isso fingir, deveria agarrar-se, de algum modo, às franjas da classe superior, ser arrastada por ela.

E, vejam só. Estava eu ali para vender chapéus em uma terra ensolarada e demarcada. Chapéus, porém, usavam-nos todos. Os que pouco saíam ao sol e os que sob ele labutavam, descalços. Os que os queriam altos (talvez nevasse, um dia) e os que os trançavam com palha corriqueira. Panamás para uns, *sombreros* rústicos para outros.

Adianto-me? Sou cínico? Por certo. Que diria o Dr. Machado, compulsando a *Comédie*? "Em que capítulo está isso escrito?" "No capítulo dos chapéus", eu responderia.

PARA QUE ESTA HISTÓRIA não apareça descosturada, devo dar relatório mínimo de minha chegada e instalação na cidade. Tomei um quartinho de pensão na Boa Vista, para ficar perto das repartições em que deveria inscrever a nova firma. A pensão ficava não muito longe do centro de comércio do Sr. Gouveia, podendo-se, mesmo, ir a pé até lá, cortando sítios e ruas de mansões.

A cidade exibia diferenças, sem muito disfarce. Havia trechos antigos, acanhados, restos da colônia. Mocambos, palafitas. Palácios oficiais e casas de comércio de corte metropolitano, casarões e arruados trôpegos. Praças saneadas e becos e ruas com fossas estouradas.

Fui à firma do Sr. Gonçalo, perto do porto, apresentei-me, o homem lamentou não ver mais o velho Ramalho.

"Tenho saudades mortais", disse.

Tirou do bolsinho do colete uns óculos dobráveis, alternou a leitura da carta de apresentação com olhares para mim, por cima das lentes. Pareceu satisfeito com a carta e a minha pessoa, perguntou onde eu estava morando, disse-lhe. Ele fez uma careta ranzinza, falou que a moradia não condizia a um gerente, que o povo da cidade notava e anotava esses senões. Tinha um amigo com um pequeno sobrado desocupado. Ele faria para mim um aluguel módico, eu poderia morar acima e ter o escritório no térreo. Dividido o aluguel, sairia mais em conta que alugar outra casa para o escritório, de mais que o térreo era comprido, com quartos que serviriam de depósito, etc. Foi comigo até o homem, acertamos tudo, a casinha estava mobiliada, o que faltava era cama, colchão. Comprei-os em um brechó na Rua da Conceição, estabelecimento de outro patrício do Seu Gonçalo.

Alguns dias depois, fui ao Centro do Sr. Gouveia, chamado mais modestamente de Mercado. Evitei, com esforço, a cara de basbaque quando me apresentei ao italiano ríspido, o sujeito que era o administrador do conjunto. Eu estava impressionado com as instalações e a energia e capital envolvidos no negócio. Isolado da cidade e de sua fisionomia mista de arruado colonial, porto de açúcar e fachadas políticas ou senhoriais, o "castelo" do Sr. Gouveia erguia-se de entre sítios alagadiços e de uma alça de rio como uma espécie de miragem, uma orgulhosa imposição de diferenças, como a dizer: "Isto é outra cidade".

Tinha algo das construções ideais das Feiras Internacionais, mas, diversamente dessas, era feito de pedra e cal, ferro forjado, boa cerâmica. Nada era provisório, tudo tinha um caráter de permanência.

Reflito e me adianto, de novo. Ser diverso era o que aquele lugar tinha de mais cativante e, também, de mais provocador. Gente desarmada de espírito o frequentava com prazer e uma espécie de enlevo, de transporte de alma. Mas, havia os que o odiavam por sua feição alienígena, ou, intimamente, invejavam o desafio de sua singular presença, sua intromissão, seu incômodo à vida habitual.

Quero ir um pouco mais adiante. Sentado na sala da frente do sobrado, bem perto da janela para a Rua Velha, para roubar-lhe um pouco da estreita luz, eu lia os jornais da terra. Queria saber dos caminhos e atalhos comerciais (lições do velho Ramalho), ver o que se comprava e o que se vendia, o que se exportava e o que se trazia de Inglaterra, Alemanha, França. Botei anúncios da abertura próxima da chapelaria, recortei-os, enviei, muito vaidoso para Mr. Stanley e para meu mentor.

Ler os jornais era como estar a seguir uma guerra perpétua e intrincada, pelos relatórios de campanha dos adversários. Ia a República sequer chegada à menarca e era já fértil em rebentos raivosos, inúmeros pais em conflitos assassinos, abjetas infidelidades. Muito mais que as do Rio, disfarçadas em retórica e hipocrisia, as conflagrações políticas do Recife eram cruas e despidas de meios-tons. Lutava-se pelo imediato, pelo poder completo, não negociável, pelo controle de claques e eleitores, pelo privilégio de negócios com o Estado, por um pouquinho e por quase tudo...

Ah... Entendi como se davam as bengaladas. Aquelas, na Ouvidor, eram uma amostra cômica apenas das bordoadas letais, físicas, morais e políticas disponíveis em grosso e atacado na praça.

EM UM SÁBADO, MUITO cedo pela manhã, bateram-me à porta. Espiei pelas frestas da persiana, o que seria? Eram a Dona Nazaré, mulher de seu Gonçalo e a neta, Maria Joaquina. Vinham com um criado que trazia na cabeça, coroada por uma rodilha, uma caixa grande e pesada.

Estava eu ainda em suspensórios e assim, pedindo-lhes um tempo, enfiei o paletó, calcei-me num átimo, abri uma janela e em seguida a porta, fiz que entrassem.

"Trazemos algumas coisas para seu conforto. Roupas de cama e mesa, umas toalhas, alguma louça, panelas. Não está bem que fique desassistido do mínimo para uma casa..."

Agradeci, muito encabulado, oferecendo-lhes o que havia para sentar-se. Umas cadeiras de palhinha da Índia, já meio alquebradas.

"Faço as refeições na pensão onde me alberguei, logo ao chegar. Mas agradeço muitíssimo. Estava mesmo pensando em melhorar estas condições de asceta, se me permitem a comparação. Estamos nos instalando aos poucos... quero dizer... eu e a firma."

Dona Nazaré esvaziava a caixa, com auxílio do criado. Arrumava tudo sobre a única mesinha da sala, parecia que não fizera outra coisa na vida. Estava a cômodo, ouvia-me incidentalmente. A menina Joaquina, com enormes olhos de corça assustada, varria as paredes, talvez anotando o quão velha estava a caiação.

"Chegaram já algumas mercadorias para a loja. Desembaracei-as anteontem."

Pedi licença, fui até o quarto de depósito, voltei de lá com um chapeuzinho mimoso, de fabrico francês. Ofereci-o a Joaquina.

Ela o tomou entre as mãos pequeninas, corando a não mais bastar. Balbuciou:

"Para mim?" E olhou para a avó como a pedir autorização para aceitar a prenda.

Dona Nazaré riu satisfeita. Terminara de esvaziar a caixa. Mandou o criado esperar na calçada. Voltou-se para mim com um ar de sabedoria centenária:

"Ah, que bonito... Ficará perfeito em Joaquina. Ficamos muito gratas, não era preciso, mas como recusar esta lindeza? Vê-se que é um homem de bom gosto e que sabe fazer as escolhas certas."

Conversamos, quero dizer, Dona Nazaré falou sobre a cidade, os estudos da neta, órfã dos pais, mortos em naufrágio na África, da saudade que tinha de Portugal, da aldeia natal e do clima frio... "Quem pode viver aqui, com um calor desses?" Quando partiram, tive a sensação de que havia trabalhado o dia inteiro.

DEPOIS DE MUITA LUTA com marceneiros, vidraceiros, burocracia, consegui aprontar a loja no prazo anunciado. Contratei um fotógrafo que a retratou de fora e por dentro, com detalhes das vitrines e escaninhos. Mandei as fotos ao Rio, com cópias para Seu Ramalho.

Todo trabalho foi sendo acompanhado pelo italiano, que diga-se de passagem, em seu favor, jamais deu sugestão ou interferiu na montagem da chapelaria.

Seu Gonçalo, com escolhas de D. Nazaré, indicou-me dois balconistas. Um mais velho, que já havia trabalhado com uma modista francesa e um rapazote de boa aparência, franzino e educado. Aceitei-os de bom grado, mesmo porque vinham com estas referências irrecusáveis.

Na manhã seguinte à conclusão dos trabalhos, estou a arrumar chapéus nas prateleiras com a ajuda dos balconistas, quando o italiano chegou e, da porta, avisou-me da visita, pelo meio da tarde, do Sr. Gouveia. Viria visitar a loja e inspecionar os serviços feitos.

Tomei-me de cuidados para recebê-lo. O piso de tábuas corridas encerado ao lustro máximo, vidros sem jaça, os itens em disposição elegante e bem alinhada. Mandei que os funcionários escovassem as roupas, limpassem os sapatos. Instalei uma mesinha a um canto, a guarneci com vinho do porto e bons cálices. Esperamos.

O Sr. Gouveia chegou mais para o fim que para o meio da tarde. Veio com o gerente italiano que o seguia mais atrás, acompanhando-lhe os passos rápidos e recebendo ordens que balbuciava, para as melhor memorizar. Vi-os quando chegavam pelo corredor, chamei os funcionários para a frente, formamos comitê de recepção.

Ele chegou, o italiano mostrou-lhe a nossa loja, ele acercou-se, inspecionou a fachada de cima a baixo, passou o olhar sobre nossa invisibilidade, deteve-se na vitrine da direita, dos chapéus masculinos, focou em algum deles, logo voltou a olhar a loja como um todo, pareceu perceber-nos os três, perfilados.

O gerente apresentou-me. Ele não pareceu reconhecer-me, à mínima. Aos dois moços, fez um cumprimento seco. A mim, um aperto de mão, muito formal.

Ia convidá-lo a entrar, ver melhor a loja, quem sabe, brindar à inauguração...

No entanto, dois cavalheiros e um casal que vinham passeando pelo corredor, toparam com o Gouveia, misturaram-se com ele em efusivos abraços e exclamações. O Sr. Gouveia tirou um segundo para voltar-se para mim, disse-me: "Parece-me muito adequado, senhor. Parabéns". Seguiu festivamente com os conhecidos, corredor afora.

Esta foi a penúltima vez que o vi.

Lia os jornais da cidade com a disciplina que o velho Ramalho me legara. O noticiário era ebuliente. O jornal do Sr. Rosa e Silva espelhava a autoridade deste sobre os feitos políticos na terra e no Norte. Ele não vivia na cidade, alternava entre Senador e Vice-Presidente, no Rio, mas seu espectro pairava sobre o Recife e municípios. E isto não era uma presença simbólica, alígera. Não. Pesava em cada Prefeitura, gabinete, coletoria, Assembleia, junta eleitoral, associação de comércio, de exportadores de açúcar...

Por outro lado, a oposição o desancava. "Oligarca" era a menor ofensa. "Conselheiro Perfumoso", a mais suavemente derrisória. A prosódia inflamada saía das páginas impressas para os discursos nos *clubs*, nos teatros. O beletrismo das falas e textos, porém, era um ornamento para encobrir desejos e impulsos violentos, assassinos. De parte a parte, aliás. A sede de poder e pelas chaves dos cofres da Fazenda, os animava à selvageria.

Para completar o guinhol, no seio das facções digladiavam-se todos, com solertes manobras ou com traições inesperadas. Vira-casacas, arrivistas, oportunistas, de tudo havia, de jovens a caquéticos.

A economia mostrava sinais de fracasso. Ora o fisco protegia o açúcar, perdoando dívidas dos produtores, "para que não se sufocasse este setor imprescindível", ora lançava taxações pesadas sobre importações, garroteando o pequeno e médio comércio.

A Fazenda tinha um apetite seletivo, devorava a miudeza, engasgava-se com os graúdos. Precisava de recursos.

A POPULAÇÃO INSTRUÍDA E nem sempre cordata, reclamava das condições sanitárias da cidade, exposta ao tifo, peste, tuberculose. Queria-a renovada, com avenidas largas, um porto moderno. Tudo custava dinheiro... e impostos.

Estes embates misturavam-se no caldeirão eleitoral, ele mesmo arcaico, segregado destas circunstâncias e pressões. Fraudes, recontagens, contestações eram a regra das eleições.

E tiros. Passeatas dissolvidas a sabre e carabina. O Governo Central temia as províncias. Retraía-se cauteloso, "respeitava a autonomia dos federados", deixava correr.

Eu tinha medo? Tinha, o tempo todo, e não era jejuno destes entreveros. Um tiro descalibrado, em uma das quarteladas no Rio, levou a torre da igreja, ao lado do orfanato em que cresci. Mas o projétil veio de longe, do bojo da baía. Aqui, você podia ser acertado em um corre-corre de rua, em uma manifestação de porta de quartel. Podia levar bala de um sujeito que, do nada, o imaginasse partidário de um grupo rival.

Ia, às vezes, jantar com os Gonçalo. Eu estava, muito timidamente, aproximando-me de Joaquina. D. Nazareth tinha uma perspicácia atávica para estes movimentos. Facilitava as coisas, convidava-me amiúde. Eu recusava, vez em quando:

"Tenho trabalho, papelada, formulários a preencher... é uma pena." Não queria parecer ansioso.

Seu Gonçalo estava descontente com a situação comercial. Via duas saídas, contou-me. Ou bem ficava como estava, reduzia os custos com empregados e estoque, ficando do tamanho dos concorrentes, na ferragem miúda, ou investia, mudava a escala dos negócios, partia para o comércio de peças e componentes mecânicos, talvez motores. Suspirava, gemia em suas dúvidas. Lembrava do genro, morto com a filha perto do Cabo. Apostara muito nele, o queria como sócio em uma empresa maior. Agora...

UM DOMINGO, POR MINHA vez, convidei-os para uma manhã no Mercado. As lojas não abriam, mas todas as diversões e comedorias funcionavam. Havia uma multidão muito animada, animação diferente daquelas dos *meetings* políticos. Acreditei que o lazer e o domingo, o clima de quermesse, contribuíssem para que os grupos opostos se dessem uma trégua. Ou talvez, também pensei, estivessem ali apenas os não Rosistas, os que detestavam o "Oligarca". As duas situações eram possíveis.

Enquanto Seu Gonçalo e Dona Nazaré tomavam sorvete em um quiosque, levei Joaquina para umas voltas de carrossel. Ela usava, muito a propósito, o chapeuzinho francês que eu lhe presenteara. Enquanto rodavam os cavalinhos, falei-lhe namoro e ela aceitou a proposta como se já a esperasse há tempos. Descemos do carrossel de mãos dadas e fomos até os avós. Eles nos avistaram de longe e já nos saudavam com largos sorrisos.

Apesar de tudo, a chapelaria vendia bem. Havia encomendas especiais, os chapéus de palhinha sendo muito procurados, sobretudo os de aba curta, novidade para os jovens. Mandei buscá-los em boa quantidade.

O Mercado tinha prestígio de público, mas eram constantes as contendas com outros comerciantes de gêneros. Denunciavam o Sr. Gouveia por fazer preços abaixo da concorrência, cooptar e constranger fornecedores. Como pano de fundo para esta situação, havia a questão política exacerbada. Os Rosistas queriam ver o fracasso dos empreendimentos do inimigo, o Sr. Gouveia. Governo e Prefeitura, por meio de seus agentes e fiscais, estavam aliados nesta frente.

Um dia, uma guarnição da polícia, a cavalo, espalhou terror ao avançar despropositadamente sobre um grupo de senhoras visitantes. Por outro lado, o Sr. Gouveia tentava impedir que a Prefeitura drenasse os terrenos adjacentes ao Mercado. Temia que a ocupação da área por comércio comum destituísse a condição do Mercado como ilha de excelência na cidade. A guerra era cotidiana. Os campos de batalha eram os jornais, as Assembleias e Câmaras municipais, as salas de visita dos palacetes.

Do ponto de vista dos negócios, eu não tinha do que me queixar. Nem Mr. Stanley. Escreveu-me muito satisfeito com os lucros, aumentou em meio ponto minha comissão sobre as vendas.

Passei à condição de noivo de Joaquina e a ajudar o Gonçalo com a loja de ferragens. Conseguimos uma representação para maquinário motriz de uma companhia de Manchester e começamos a nos interessar por motores alemães. Gonçalo ampliou a loja, anexando um galpão vizinho para armazenagem e manutenção de peças. Tudo progredia, até Joaquina, que com a aliança do noivado, desabrochou de mocinha catita para uma prometida adulta, em mente e corpo.

ERA MADRUGADA E ACORDEI com barulhos na rua, pulei da cama alarmado com pancadas na porta. Meti-me nas chinelas, desci a escada no escuro, destranquei a porta cauteloso, espiei pela brecha. Estava lá o Macedinho, meu jovem balconista. Havia gente na rua, passava na direção da Santa Cruz, quase correndo. A cara do Macedinho era de choro.

"Pegou fogo", ele gorgolejou.

"O que pegou fogo?", perguntei, puxando-o da calçada.

"O Mercado... um incêndio", ele soltou.

"Qual mercado, rapaz?"

"Nosso mercado, senhor... a nossa loja."

"O Mercado? Tem certeza?"

"Tenho, sim, eu mesmo vi. Moro do lado de cá do rio. Vim correndo lhe avisar."

Fiquei como em choque. Olhei para rua. Continuava passando gente. Tomei fôlego, recompus-me. Fechei a porta, fiz lume no candeeiro. Fui à cozinha, trouxe água para o rapaz. Puxei-lhe uma cadeira.

"Espere aqui", disse-lhe. "Vou me vestir e vamos até lá."

Enquanto eu me vestia, meu espírito tentava apaziguar-se, reduzir o medo, aplainar o presságio de um desastre para um acidente remediável. Mas, as mãos tremiam, os dedos não obedeciam o processo automático de atar os sapatos.

Na rua, a procissão curiosa seguia para o pátio da igreja. Juntamo-nos a ela, avançamos pelo arruado das Fronteiras até as margens do sítio dos Amorim. De lá, já dava para ver o fogo e, vencendo o caminho até a cerca do Hipódromo, sentia-se o mormaço das chamas. Tudo estava iluminado em rubro, a multidão de espectadores via-se em silhueta, uma coluna de fumo subia, como expelida de um vulcão. O Mercado se consumia, parecia um castelo oco, o teto aluído. A catástrofe parecia ser completa.

Mas, aquilo ainda não seria tudo.

Dia seguinte, a cidade foi tomada por dois tipos de agitação. Um nervosismo, uma tristeza semelhante à perda de um parente ou conhecido próximo. Os que disso padeciam, acreditavam em um acidente, um desastre. Mas, havia outro sentimento, este de revolta e coloração política. Os que assim sentiam, tinham a convicção de que o incêndio fora criminoso, um ato de vingança e represália.

Estavam certos, estes. Autoincriminou-se o próprio Governador, em um suspeitíssimo e precipitado telegrama a Rosa e Silva. Dizia do fogo e da imediata prisão do Sr. Gouveia.

Por que prisão? Não era o homem, vítima de um calamitoso acidente? Não. Diziam-no fraudador de livros, que o incêndio era um golpe para ele ressarcir-se com o seguro...

Veio um *habeas corpus*, o Sr. Gouveia saiu das grades, soltou o verbo pelo jornal e este, até então seu apoiador, proclamou "neutralidade" ao que ia impresso em suas folhas, eximindo-se de tomar partido ou defesa.

Percebi que o Sr. Gouveia fora jogado às feras, que os Rosistas haviam derribado um opositor poderoso.

Eu sofria de um duplo e perverso incômodo. Perdera a chapelaria e sentia-me infeliz, vítima das desavenças da cidade. Onde me metera? Era alvo das coincidências que premiaram meu amigo Aulete na loteria e que, a mim, castigavam impiedosamente?

Pude entrar no Mercado depois de quatro dias. Caminhei pelas cinzas e caibros carbonizados até o que foi a chapelaria. Encontrei-a uma boca desdentada, escancarada, uma caverna de carvoaria. Nada sobrou.

No dia seguinte, chamei o mesmo fotógrafo que a registrara recém-nascida. Tomou chapas do estado da loja e do corredor. Despachei-as para Mr. Stanley. Nos últimos dias, cruzavam-se pelos fios telegramas meus e dele. Deu-me a saber que havia feito seguro da loja e estoques em Londres. Um contencioso se abrira, porém, com a suspeita do incêndio do Mercado ter sido fraudado. A questão duraria anos, talvez. "Quais meus planos?", indagava. Eu não sabia. Vacilava.

Havia, guardadas na casa da Rua Velha, algumas caixas com mercadorias de reposição. Lancei-as como perdidas no incêndio e, de acordo com Mr. Stanley, repassei-as – com algum temor, não nego – ao Sr. Cristóforo, dono das Capas e Luvas Argentinas, uma loja da Rua Nova. Vendi por preço menor que o de custo. O homem gostou do negócio, foi discreto. Reparti o dinheiro com Mr. Stanley. Eu viveria desses recursos pelos dois meses seguintes. Por muita sorte, não havia dinheiro na loja incendiada. Havia trazido para casa o faturamento, para não deixar valores em caixa durante o Ano Novo e Primeiro de Janeiro, madrugada do qual irrompeu o fogo. Havia remetido tudo para a conta da Stratford matriz. Somando e diminuindo, ao fim das contas, o prejuízo foi grande. Tomava-me a vergonha de ter de voltar ao Rio, como se o incêndio fosse uma culpa e um fracasso que se agregavam à minha alma.

O Sr. Gouveia arrendou o terreno e o pouco restante do Mercado, deixou negócios com procuradores e com advogados e despachou-se para a Europa.

Eu penei para liquidar a firma, lavrar fechamento em cartório, Junta e Fazenda, pagar certidões negativas de toda ordem, encerrar conta nos bancos, demitir, com enorme pena, meus dois funcionários. Não voltei ao Rio.

Recolhi-me, humilde, mas bem recebido, sob o pálio protetor de Seu Gonçalo e Família.

O Tempo criou asas, abalançou-as, disparou pelos anos.

Casei-me. Veio para o casório meu querido Ramalho. Havia vendido o armarinho, a casa, o pequeno sítio na Serra. Estava viúvo, sem filhos, voltava a Portugal.

"Vou-me a dormir em casa, enquanto tenho pernas para ir com elas até o leito", disse-me. Gostava de frases com estas ambiguidades assustadoras. Ficou uns dias no Recife. Passeou com o Gonçalo, riam os dois, sabia eu lá do quê. De lembranças, do tempo de imigrados, por certo... Creio que, de alguma maneira, os dois haviam tramado em segredo o meu destino com Joaquina. Quando partiu, deu-me um pesado anel de ouro – ainda o tenho – com o nome *Júlio* gravado no interior do aro. Prometemos nos rever no Porto.

A firma *Gonçalo, Genro e Cia.*, progrediu. Vieram os motores. Ganhamos concorrência para o fornecimento e manutenção de peças para a Usina de Gás e para a ferrocarril urbana. Veio nosso primeiro filho, Julinho.

A cidade continuava suas batalhas, revolvia suas vísceras de afeto e ódios. O Senador Rosa e Silva continuava dono da situação, a oposição esperneava, ele era forte, nacionalmente, inclusive. Os Rosistas também se espedaçavam entre si, muitos morriam de traumatismos morais, outros estiolavam em desprestígio ou eram arrojados nos precipícios do olvido. Tudo era muito rápido.

O país também se revolvia. Começou a delinear-se, ou melhor, a expor-se fora dos bastidores o contraste de ideias entre militares e civis. Evidenciavam-se as sequelas do parto cesáreo da República. Rosa e Silva percebeu isto. Seus acólitos e sequazes, muito pouco viam, míopes na perspectiva provinciana.

O Sr. Gouveia voltou à cidade, sentiu-se ameaçado. Galante, fugiu com uma moçoila de 16 anos, filha bastarda de seu inimigo, o Governador incendiário. Encafuou-se no interior das Alagoas, em um vilarejo. Aquela região o abastecia com parte das peles e couros que ele exportava para a Filadélfia. Este negócio de couro foi sempre a base de sua fortuna, afora sua argúcia e sua audácia, instintivas.

Com o tempo, pouco tempo, como sempre, ele transformou o vilarejo em um feudo fabril. Tinha essa capacidade de criar territórios singulares. Diziam-no profético, precursor. Sim, é claro. Isto era a parte obrigatória dos negócios. Mas, habitava nele um demônio, um conselheiro íntimo que o movia a afastar-se, exilar-se do comum. A construção destes paraísos próprios implicava em cultura e truculência combinadas. Esgrima social, bengaladas, ameaças a ponta de pistola, um acervo completo de habilidades pouco angelicais.

Sim. Voltei a vê-lo. Uma empresa, nossa representada, da Inglaterra, recebeu uma enorme encomenda de maquinário para a fábrica que o Sr. Gouveia estava instalando no interior. Passou-nos o contrato. Fiquei encarregado de transbordar a carga para a ferrovia, levá-la ao interior.

Havia recontratado para a firma o Macedinho e o Vitorino, o outro balconista mais velho da chapelaria. Levei-os comigo naquela expedição agreste. Havia seca e gado magro, pastos esturricados. Bodes e cabras davam-se melhor naquelas condições. Pelo menos enquanto seus couros não eram esticados em varas, à espera dos agentes do Sr. Gouveia. Perto do destino, Pedra, as coisas melhoravam. As águas do São Francisco amenizavam o clima.

A carga foi retirada dos vagões por talhas e cavaletes montados sobre carretas puxadas a boi. Acompanhamos o cortejo até os galpões da fábrica. Comandava a operação o italiano gerente do Mercado. Ele me saudou sem muita simpatia, era o jeito dele, não mudou nada, notei. Segregou-me de meus auxiliares, com um gesto.

"O Sr. Gouveia gostaria de estar com o senhor. Haverá, talvez, pedidos adicionais. Poderemos fazer isto diretamente a vocês, sem necessidade de recorrer à Inglaterra. Poderão, inclusive, ver outros fornecedores, outras praças, cotar preços..."

"Ah, certamente. Podemos fazer isto. Quando me encontrará, o Sr. Gouveia?"

"Após o almoço, na escola da vila."

PARA UMA CIDADE PERDIDA no fundo do interior, a vila ia muito bem servida. Estava limpa, bem arruada. Comércio sortido às necessidades imediatas, posto de saúde e dentista. A escola, aonde eu iria à reunião, ficava em um pátio arborizado. Como luxo, havia, perto, sorveteria e cineteatro. Quatro aranholas motorizadas estavam parqueadas no calçamento de pedras, em frente ao que me pareceu a prefeitura ou a coletoria. Gostei do que vi. Almoçamos na pensão em que iríamos pernoitar. Comemos cabrito com favas. O couro do bicho já devia estar sendo esticado enquanto nos servíamos de suas carnes.

O Sr. Gouveia dispensou um homem que parecia ser o mestre-escola, acenou-me para que entrasse na salinha da diretoria, apontou-me uma cadeira. O italiano ficou de pé, em prontidão solícita. Ele avançou o braço por sobre a mesa, apertei sua mão. Ele, de novo, não me reconheceu.

O Sr. Gouveia havia envelhecido. Não estava alquebrado, mas havia uma queda no tom geral de sua postura, uma espécie de arredondamento dos gestos, mais lentos.

Foi direto aos negócios, passou-me três folhas de almaço com itens sublinhados em vermelho.

"Os itens marcados são os de maior urgência. O senhor verá que estamos a preparar nossa matriz para força elétrica. Este é o futuro e parece que virá rápido."

Falou isto olhando para um lugar indefinido entre meu ombro e o flanco do italiano. Parecia não ter mais nada a acrescentar, mas disse:

"Sua firma pode dar conta disso? Dar-me-á resposta com brevidade?"

Confirmei que sim, com cumprimento de cabeça, sério. Apertei-lhe a mão, fui com o italiano revisar o maquinário, pegar recibos e rubrica nos conhecimentos. À tardinha, eu, Macedo e Vitorino, ouvimos a bandinha da cidade tocar no coreto, jantamos, tomamos sorvete. Fomos dormir. O trem de regresso passaria cedinho.

Fomos tocando. Viajamos à Europa, um longo périplo de passeio e negócios. Fomos eu e Joaquina, o menino Júlio, meus sogros. Estivemos no Porto, revimos Gonçalo, muito velhinho, com achaques dos quais debochava:

"Sobrevivi ao Brasil, destas frioleiras não morro."

Seu Gonçalo e Dona Nazaré tomaram-se de saudades da terrinha, não queriam voltar ao Recife. Fizemos um trato. Abrimos uma firma em Portugal, com um braço na Madeira. Mantivemos a firma no Recife, minha base. Passamos a atender, da firma da Madeira, o mercado das Províncias de África.

Veio a Inês, nossa menina. Passei a viajar muito, a Angola, Cabo, Moçambique. Vitorino e Macedo tornaram-se práticos e matreiros no nosso ramo. Ninguém diria que, um dia, foram vendedores de chapéus.

A propósito: chapéus, eu não usava. Comecei a ficar calvo e diziam-me:

"Pois não te proteges a cabeça, homem? Olha que isto são os sóis da África."

Preferia um guarda-sol de cor bege. Riam de mim, mas se acostumaram. Temia chapéus.

No Recife, de forma fatal, a política continuou roendo o fígado dos habitantes, inquinando a economia. Rosa e Silva mandava ainda, nomeava. Embarcou no comboio errado quando da Campanha Civilista. Foi, depois, empurrado para uma candidatura ao governo do Estado em um momento ruim, com a oposição fortalecida e suas hostes rachadas por egoísmos. Traições, como de hábito... e negócios. Pinçaram um General protocolar para ser o concorrente. Como Rosa, o general Dantas, embora pernambucano, não morava na terra. A isto, garantiram-lhe eletividade por ser, como militar, "residente em todo Brasil".

Em uma campanha encarniçada e sangrenta, até com sufragistas nas ruas, todas de branco, Rosa e Silva venceu com pequena margem e grandes fraudes. Houve contestação e balaços. Polícia rosista *versus* exército dantista. O presidente Hermes relutou em mandar tropas para abafar o fogo. Cedeu, enfim. Vieram tropas federais, das Alagoas. Mais alguns tiros, cacetadas, outras tantas mortes e estropiados. Prevaleceu a recontagem de votos, pela Assembleia. Impugnaram-se urnas até a conta reverter. Dantas venceu. O cometa Rosa e Silva despencou do orbe, foi apagar-se aos poucos.

Vendemos pregos, parafusos, porcas, engrenagens, chapas de cobre, folhas galvanizadas, arame, telas, lingotes, chumbo, estanho, motores, dínamos, trilhos e varas, vergalhões, brocas, furadeiras, marteletes, abrasivos, rolamentos, rebites, correntes, tornos e fresas. Cidade e comércio se expandiam. Ampliou-se o porto. Aposentaram os burros dos bondes e eles foram pastar a velhice no sítio do Forno da Cal.

Então, veio a Guerra e pegou-nos em cheio na Europa. Ninguém imaginaria que o conflito durasse tanto. Terminei retido em Lisboa, com a família. Tinha medo de a expor à travessia do Atlântico. Foi difícil. Chegavam-me, com enorme atraso, notícias do Brasil. A firma, no Recife, gerenciada por telegramas, minguou, viveu de miudezas.

Uma tarde, chegou-me um malote de correspondência, velho de todas as datas, mas recebido ansiosamente. Um cartãozinho de Macedo estava pregado, por clipe, em uma folha de jornal do Rio.

Havia uma foto grande do Sr. Gouveia. E a notícia de sua morte, a tiros, em um chalé, no terreno de sua fábrica de linhas. Havia suspeitos, presos. Pensava-se em motivo político, ou passional, vingança... Não se tinha certeza, investigava-se.

Fui mostrar a notícia a Gonçalo. Ele conversava com Joaquina e Nazaré, em espreguiçadeiras do alpendre. Joaquina me olhou, notou-me pálido.

"Que tens? Notícias ruins?"

"Morreu um conhecido."

"Foi na guerra?"

"Não. Não exatamente..."

"Quem era?", ela olhou, obliquamente, a foto do jornal, na minha mão. "Eu o conhecia?"

"Lembras do carrossel, do Mercado no Recife?"

Ela riu, olhou para os avós e, de volta, para mim:

"Não poderia esquecer, não é?"

"Ele era o dono", eu disse.

"Ai, que pena. Mas, dono de carrossel, sai-lhe um retrato deste tamanho no jornal?"

"Era o dono de tudo... do Mercado, quero dizer."

"Então sim. Assim está certo. Vem, senta-te, toma uma limonada, não tens calor? Estavas pálido e agora tens a cara afogueada. Te sentes bem, de verdade?"

"Nada tenho, não te preocupes. Por certo, são coincidências, são só efeitos dessas guerras intermináveis."

Aruba

Pense em uma bacia com pedacinhos de papel colorido flutuando. Alguém agita a água com uma vareta. As ilhazinhas rodopiam, vagueiam na corrente, bêbedas, juntam-se às outras como por gravidade, separam-se, aquietam-se, enfim.

Matthew olhou o mapa. Gostaria que houvesse uma seta providencial assinalando: "Você está aqui". Mas, não havia. De algumas ilhas saía um retângulo de cantos arredondados, como os das legendas dos quadrinhos. Não havia textos. Figurinhas mostravam o que havia de típico na ilha. O ilustrador deve ter se esforçado para fazê-las variadas.

Matthew sabia onde estava, naturalmente. Estava perdido no mapa, apenas. Na revista – a publicação para a qual irá escrever o que ainda não sabe se será relato, reportagem ou análise – havia outros mapas dos mesmos mares. Em um, antigo, de um ângulo, Éolo assoprava tempestades de suas bochechas, era um bonequinho de nádegas rosadinhas muito obscenas. O vento saía de sua *boquita* de querubim e espalhava-se em volutas, encrespando as águas, escapando entre os estreitos dos arquipélagos.

Adiante, em página dupla, ele via, as ilhas estão somente delineadas e, sobre elas, ocupando três quartos da foto do satélite, estendia-se, com seus tentáculos espiralados, um furacão, uma massa de algodão sujo, girante, com um perfeito furo em seu centro, olho ou eixo de seu círculo aterrador.

Matthew imaginou que Éolo e o Furacão faziam parte da conjura de deuses e diabos que semeou aquelas ilhas e que as movem (a ideia de que elas se movem não sai da mente de Matthew), as manejam a seu bel-prazer.

E, há as cores. Muitas ilhas foram repintadas, coloridas de acordo com as mudanças de posse e domínio. O que foi espanhol, passou a inglês, tornou-se holandês. Os franceses perderam algumas, ganharam outras. Os americanos, a umas seduziram, outras, roubaram aos pais. Algumas são rebeldes e se tornaram repúblicas, ditaduras tornadas reinos e vice-versa. Matthew mesclava as designações. Socialistas, associadas, populistas, turísticas, paraísos fiscais, portos livres, piráticas, amplos resorts, rochedos cercados por tubarões.

Ele foi premiado com uma bruta ressaca de drinques frutados, doces, do bar do hotel, acordou cedo, e o jipe, com seu toldo de lona de espreguiçadeira, já estava à porta, o *bell boy* veio avisar.

Dr. Bentley estava raspando o chão do galinheiro para aproveitar o adubo na pequena horta ao lado de casa. Encostou a pá na cerca e quase deu de cara com os dois sujeitos que estavam chegando ao seu portãozinho.

Bentley conhecia um deles, já o vira na taverna. Era um tipo corpulento e rosado com a cara espetada de pelos curtos, grisalhos. Tinha essa carantonha peluda que lhe dava a aparência de porco selvagem. O outro era jovem, com cabelos sebentos caídos na testa suada, nascidos sob um chapéu de palha desfiado. Estavam descalços, os dois, mas armados com espadas curtas, mais no formato de machetes recurvos. O grandão tinha uma pistola enfiada sob uma faixa, na pança.

Bentley surpreendeu-se, mas não teve medo. Os tipos estavam dentro do comum de sua clientela masculina. Chegavam a ele com um talho, uma chuçada, ossos quebrados, um dedo sumido ou um pedaço do corpo pendurado. Ele, médico, suturava, cauterizava, terminava de cortar fora as carnes imprestáveis.

As mulheres padeciam de partos complicados, as crianças tinham vermes e febres difíceis, outras mulheres chegavam infetadas. Havia mercúrio, embrocações dolorosas para os machos parceiros, duchas para elas. Paliativos e sangrias. Uns ou outros funcionários do governo e da alfândega tinham dispepsias olímpicas e ventres dilatados que pareciam ter anatomia e vida próprias. Purgativos para estes.

E aqueles dois, o que queriam os dois?

Foram diretos:

"Pegue sua maleta, doutor. Vamos levá-lo ao capitão Howel."

Não adiantou argumentar que estavam para chegar os pacientes da manhã, eles insistiram com a urgência, o capitão teria que ser atendido onde estava. Bentley entrou, disse à mulher que voltaria logo, pegou a maleta, foi com eles.

Saíram da vila até a borda da mata que limitava as plantações de cana. Em um recesso, estava outro sujeito, com montarias. Havia um cavalo para Bentley.

"É tão longe assim?", ele pareceu um tanto alarmado. Eles não responderam. Seguiram por uma vereda estreita, em direção ao norte, Bentley, atrás dos dois visitantes, o outro guardando a retaguarda.

Ameaçava chuva. A mata estava escura e a folhagem das copas agitava um farfalhar confuso. O vento parecia não ter escolhido uma direção certa. Uma ave bateu as asas, voou entre as árvores, sem piar ou cantar. O rumor de seu voo despertou outras e logo a mata ganhou um entrecruzado de pássaros, que ficou mais veloz quando um relâmpago e um trovão espocaram, quase simultâneos. O cavalo de Bentley tremeu, ele pôde sentir o medo do bicho.

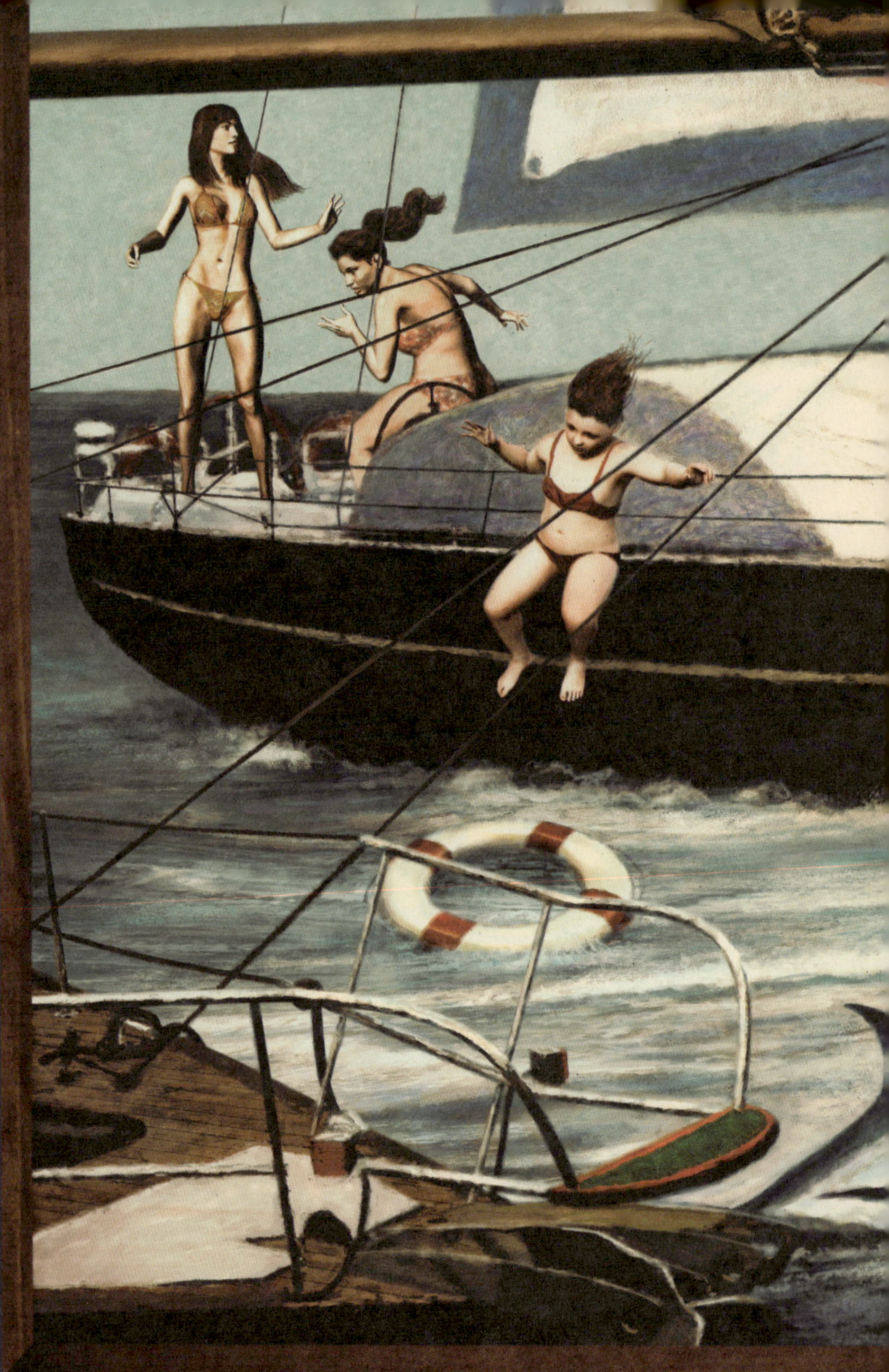

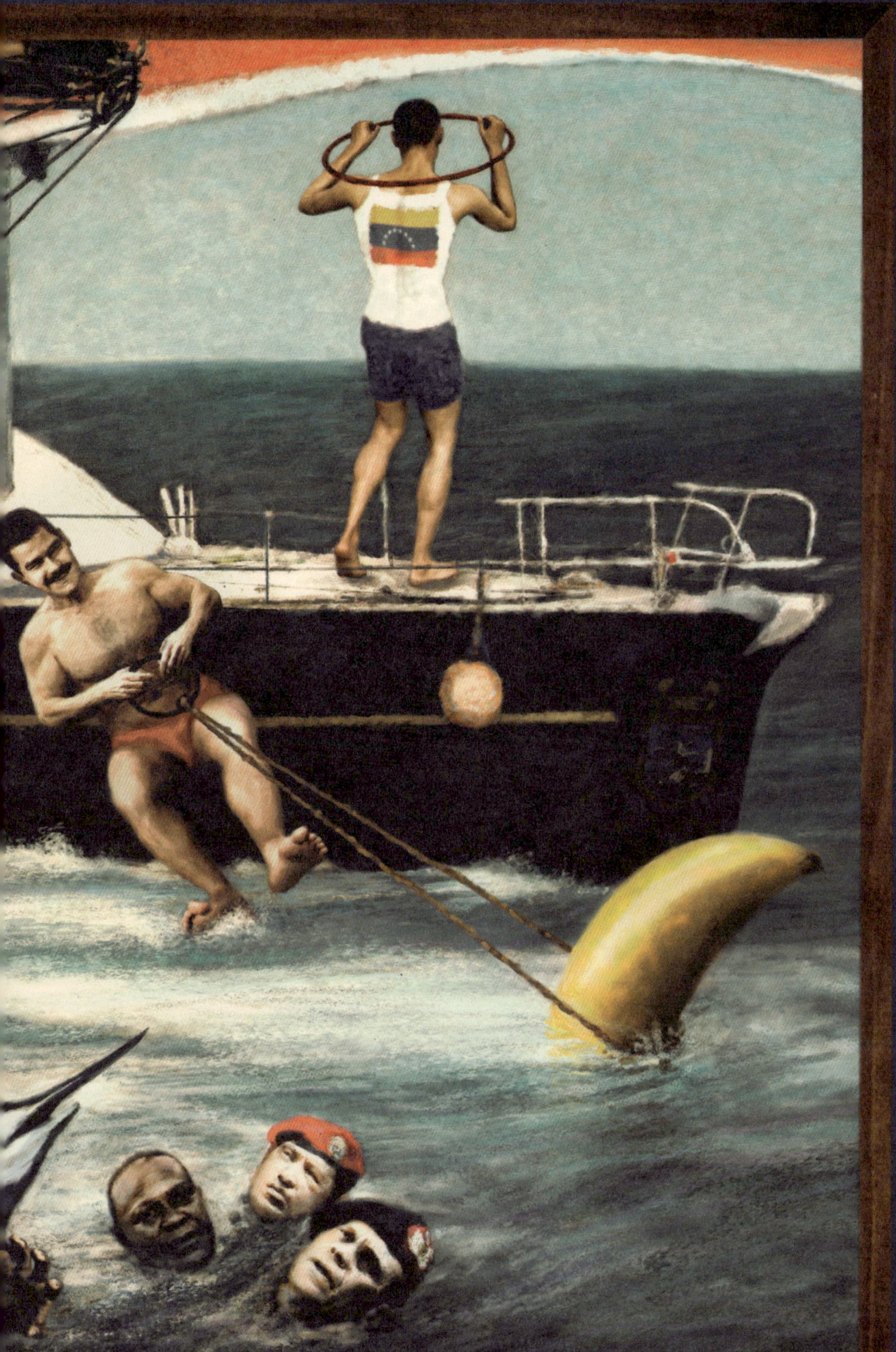

Então, choveu pesado, o vento acertou seu rumo, vindo do norte, definitivamente. Logo a trilha encharcou, primeiro, e depois tornou-se um córrego de lama e folhas, perigoso para passo rápido. Seguiram lentamente, descendo a mata na direção da costa, Bentley percebeu. Iam para a enseada da Conceição.

Havia um caminho mais fácil para lá, saindo da vila para as plantações e atravessando os engenhos. "Iam pela trilha da mata porque não queriam ser vistos", Bentley pensou com desgosto e preocupação.

O CHOFER DO JIPE era um desses faz-tudo das ilhas, pronto para as necessidades do turista, rápido em achar uma oportunidade para si próprio. Estava em bermudas carmim, uma camisa regata azul celeste, gorro amarelo. Tudo combinado com as listas do toldo do jipe, era uma boa receita para tingir Matthew de vexame. Ele, Matthew sabia, contudo, que ninguém notava extravagâncias por ali. Era, aliás, o que se esperava, como bônus turístico, para quem pagava e para quem recebia. A sobriedade era olhada com desconforto. O moço já lhe perguntara se fumava. Quando Matthew disse que deixara, ele não demorou em falar que Matthew fumara os cigarros errados, que ele tinha dos bons, se ele quisesse. Matthew agradeceu. O sujeito foi simpático:

"Experimente estes." Passou para Matthew um saquinho plástico com cinco cigarros e um cartão de visitas: *Antonio Palmar – Assessoria e Serviços Gerais.*

Cortaram a cidade pelo comprido, quebraram à esquerda no fim da Avenida Central, desceram para a planície onde, outrora, se plantava cana e em que, agora, brotavam campos de golfe e clubes-fazendas, pegaram a estradinha de aterro que cortava um raso de mangue, deram na Praia da Conceição.

O Hotel Gran Colombo ficava encravado na enseada, entre a marina e um cerro de mata nativa, um resíduo preservado, espécie de cocuruto verde apenas, encimando o prédio atarracado, em forma de pirâmide truncada, com janelinhas de pombal. O hotel foi construído para suportar furacões, mas parecia capaz de resistir a canhoneios, também. Era feio? Matthew julgou que sim, mas a marina, os gramados manicurados, os coqueirinhos com meias brancas soquetes, tudo queria destituir a aparência pesada do prédio.

O chofer estacionou o jipe, pediu que Matthew esperasse, ia na portaria buscar as chaves da lancha.

Matthew esperou passeando pela marina. Gente fazia manutenção e abastecimento dos barcos. Era cedo. Os donos, os amigos e parentes dos donos, os turistas dos *charters*, ainda não haviam chegado. Os hóspedes do Colombo, que embarcariam nos pacotes de recreação, ainda tomavam um café da manhã demorado.

O hotel pertencia a um grupo comandado por "Chano" Ceballos, um empresário que cresceu da poeira, aderiu a vários regimes sucessivos, alguns violentos, outros, lábeis, sobreviveu à onda de estatizações do regime vigente, associou-se a ele, como relações-públicas e mediador.

Ceballos começou seus negócios raspando areia das enxurradas em uma carroça puxada a burro. Aos 20 anos, tinha um armazém de material de construção ao qual acrescentou uma olaria. De tijolos e telhas passou a distribuidor de cimento, aproveitando o *boom* de construção que se seguiu à escalada dos preços do petróleo. Logo tornou-se sócio – ou testa de ferro – na fábrica de cimento. Comentava-se que sua intimidade política com a petroleira garantiu combustível subfaturado para a indústria. Nada foi muito investigado nem provado.

Ceballos escalou seus negócios para a construção civil. Estradas, programas governamentais de habitação popular. A hotelaria veio em seguida. Construção e exploração no Continente e nas Ilhas.

Matthew tinha a lista pormenorizada dos negócios do "Chano", traçara um diagrama das empresas até os ramos mais delgados, capilares, interesses em *shoppings*, em *catering*, postos de combustíveis. Matthew tinha também um cartapácio de relatórios da Fincen que listava "Chano" e aos seus sócios e parceiros políticos nos lucros estratosféricos das operações cambiais favorecidas...

Enfim, "Chano" Ceballos era o homem, ou melhor, o espírito conjunto do grupo de empresários e políticos que fizera Matthew chegar à Praia da Conceição. Pretendia-se uma matéria que corrigisse o desvio jornalístico que "retratava o governo como uma ditadura miliciana opressora da livre iniciativa". "Chano", o homem que veio do povo, seria o emblema e símbolo da liberdade e desarmamento econômico do governo.

Uma brisa fresquinha soprava o mar, balouçava docemente os iates e lanchas no remanso da marina. Matthew sentiu vontade de fumar. Provocação do chofer? Ele respirou fundo um hausto de sal marinho, do sargaço acre do Caribe, um traço do diesel dos barcos. Prendeu o fôlego, soltou pelas narinas. Não era a mesma coisa.

Estavam descendo a trilha enlameada e Bentley sabia que iriam dar no mangue que bordeja o sul da enseada da Conceição. Com a chuva, com certeza, não atravessariam. Mas, quando lá chegaram, a maré estava alta e as águas do mangue estavam engrossadas com a chuva e represadas pelo mar. Um bote os esperava, com dois remadores. O sujeito do cabelo ensebado subiu com Bentley. Os outros juntaram os cavalos e voltaram para a mata.

Os homens remaram menos do que empurraram o barco com os paus dos remos, livrando-se dos galhos baixos, evitando as forquilhas do mangue. A chuva estava mais fina, mas despejava-se em uma cortina compacta, opaca. Atingiram a franja de restinga que separava o mangue da praia, chegaram a um canal mais fundo, indo até um rasgo em que o mar entrava com força. Os remadores aproveitaram o impulso das ondas, enfiaram-se na direção da terra.

As ruínas da igrejinha apareceram quando eles já estavam perto da praia. Eram tudo o que sobrou da vila de pescadores, arrasada pelos saques seguidos dos piratas e pelas expedições de represália da Guarda da Costa.

Desembarcaram, seguiram pela praia até os fundos da igrejinha, onde havia uma tenda encostada na parede, feita de restos de velas e folhas de coqueiro. Dois homens montavam guarda do lado de fora, mal protegidos por capas enceradas, em farrapos. O resto dos homens estava lá dentro, em torno de uma fogueira precária. Com eles estava Howel, o chefe.

"Foi bom que tivesse chegado antes do furacão que está se armando aí fora. Vai ser um daqueles. Dei até sorte de somente ter perdido o navio e vindo para cá com este ferimento. Mais da metade do que estiver flutuando por aí vai afundar, isto eu lhe garanto, doutor", ele disse, a fala áspera e engrolada pelo rum. Estava muito bêbedo.

"Isto já me facilita as coisas", pensou Bentley.

Tinha dois ferimentos feios na perna. Bentley rasgou o resto da pantalona, examinou, procurou outras lesões.

"É somente isso, doutor. O chumbo partiu-se em dois, pegou-me a perna. Tirei com a faca o pedaço menor, mas o grande parece estar cravado no osso. Tomamos uma surra de um espanhol de 20 bocas de fogo. Meu *Pequena Mary* foi desmastreado e queimou até a linha d'água. Escapamos nos escaleres, graças à escuridão. Perdi meu cirurgião e carpinteiro, prático tanto com o serrote quanto com a lanceta. Vai precisar amputar, doutor?"

Bentley examinou as feridas, enfiou o dedo na maior, topou com o chumbo, muito ancorado, junto ao osso. Howel aguentou a prospecção com caretas e goladas de rum.

"Não acho que vá ter que amputar... Pelo menos, não sei agora. Vou tentar tirar a bala, limpar o que está infectado, cortar a carne morta, chegar no osso, ver se ele trincou. Não vou poder suturar até saber a quantas vai a infecção. Vou tirar o chumbo, pôr um penso, deixar um dreno. Volto em três dias, para ver."

"O doutor vai ter que ficar, lamento. Estou aqui incógnito, o senhor compreenda, sou um homem injustamente perseguido, o senhor sabe. De mais a mais, o furacão se acerca, o doutor estará mais bem guardado aqui."

"Tenho família... Doentes para atender na vila..."

"Os que o trouxeram têm ordens de dar recado de que o doutor vai demorar um tanto, mas, que está bem. Pagamos melhor que lá na vila, pode acreditar." Fez uma careta de riso, o melhor que conseguiu de gentileza.

Bentley abriu a maleta, pensou: "Fico, é o jeito, mas ele vai sentir mais dor do que imaginava."

O MOTORISTA DO JIPE virou o boné para trás e acelerou a lancha, tão logo saiu da marina. Era uma lancha pequena e correr era o recomendável para vencer as ondas sem muito balanço. Matthew recostou-se no banco, tanto pela inércia do arranco, como em abandono. Gostava da velocidade e o vento no rosto varria-lhe a ressaca.

Aproaram para um conjunto de ilhas, a noroeste. Uma era maior, com vegetação no topo e uma linha de praia, com prédios. As menores pareciam pedregosas. De mais perto, viam-se embarcações em redor. Iates e veleiros. "É fim de semana", Matthew lembrou, mas, depois, considerou que as festas aquáticas, ali, eram negócio, não eram escape de trabalho.

Levaram mais uns 10 minutos para estar no meio dos barcos. Estavam todos dispostos com a proa para o mar, em um pequeno golfo cavado na ilha maior. A lancha fez um lento arco nas águas transparentes, aproximou-se de um iate cinematográfico, encostou na escada lateral. Um marinheiro lançou uma corda, a lanchinha foi puxada para junto, Matthew passou para a escada, a lancha desamarrou-se, o motorista despediu-se com o boné:

"Venho buscá-lo quando terminarem, ok?" A lancha partiu.

Algum funcionário de "Chano" Ceballos recebeu Matthew no topo da escada, desejou-lhe bom dia, levou-o ao deque superior, perguntou se ele desejava um drinque, Matthew pediu água ou um suco de laranja, ele apontou uma fila de espreguiçadeiras, disse, com um sorriso formal, um "fique à vontade, por favor". Em minutos, veio um garçom vestido como tal, à exceção das bermudas brancas. Elas lhe davam um ar marítimo, adequado ao barco, mas as pernas nuas, depiladas, eram bizarras. Trouxe água e suco, em uma bandeja. Inclinou-se para servir e, curiosamente, apresentou-se:

"Jairo Suárez, senhor. Para servi-lo."

Matthew agradeceu, sorrindo.

ELE ACORDOU DE UM cochilo insidioso que o tomara, endireitou-se ao som das falas e risos que se acercavam. "Gente chegou ao iate ou já estava lá embaixo, nas cabines", calculou. Eram rapazes e moças e dois cavalheiros passados da meia-idade. Pararam à frente de Matthew.

"É você o jornalista? Chegou faz tempo? Deixaram-no de molho aqui? Que coisa... Venha, junte-se a nós, vamos tomar um pouco de sol, homem...", tudo isto dito pelo homem calvo e rotundo que lhe estendia a mão. "Sou Antonio Ceballos, muito prazer. Deixe-me que lhe apresente o Sr. Alfredo Pulido. Estes dois garbosos rapazes são Angelito Mazza Junior e José Capriles, também Junior... que coisa, não? As meninas... deixe-me ver... As meninas... como são mesmo os nomes de vocês, minhas lindas?"

"Gabriela... Mercedes", elas responderam, vozes em dueto. Uma terceira, encostada nas barras da mureta, ficou calada.

"Esta é La Marena. Não é muda, é tímida, não é, meu bem?", atalhou o Junior Capriles, puxando a moça para a frente do grupo.

Ceballos ainda retinha a mão de Matthew, fosse por esquecimento, fosse para demonstrar um tipo de intimidade que Matthew desgostou, de imediato. Ia puxar a mão, mas Ceballos agiu primeiro, arrastou Matthew pelo deque, tocou-o com um impulso no ombro:

"Vamos, vamos subir ao tombadilho onde brilha o sol e as moças vão nos brindar com uma sessão de bronzeamento natural..."

Ia falando:

"... você sabe, o nome deste iate é *Little Mary*. Todos pensam que é minha homenagem a *mi abuelita* Dona Maria. Não é. Vi o nome em um livro sobre piratas. Achei delicado, o nome. Sempre se imaginam piratas como sujeitos brutos, não sabe?"

Matthew queria responder que não sabia, mas o homem continuou:

"O resto do pessoal para a entrevista vem à tarde. Os barcos já estão por aí. As banheiras dos papais desses dois maluquinhos, também."

Os Juniores riram, sem graça. Matthew fez que olhava o horizonte, e terminou olhando mesmo. Havia uma franja de nuvens sujando o céu, muito longe. Ceballos seguiu:

"O Presidente Nicolau vai chegar por último. Acho que o Ministro das Finanças vem junto, não garanto. Vou lhe adiantando... Não se pode gravar nem fotografar nada. Vem um fotógrafo do Palácio, faz as fotos, lá escolhem, mandam para você, depois. É assim. Sem gravar, repito. Pode tomar notas, apenas, ok?"

"Ok", disse Matthew.

Os homens trouxeram estroncas, varas e cordas, amarraram como puderam os retraços de lona do abrigo. As folhas de coqueiro já haviam voado para longe, a chuva e o vento chegaram fortes e rasantes. Era o meio da tarde e tudo já parecia anoitecer. Juntaram-se pedras, levantou-se um muro em torno do fogo para que o vento não o varresse. O mar avançou sobre a restinga, lambeu o mangue, bateu furioso na encosta da antiga igrejinha. Um dos barcos escapou de ser resgatado, desamarrou-se, foi puxado pelo refluxo, voltou sobre uma onda, veio, de banda, espedaçou-se nos arrecifes da boca do mangue.

Bentley tratara a perna de Howel até pouco antes da borda do furacão chegar à enseada. Ela veio nítida, gigantesca, uma parede escura que logo eclipsou a terra, fustigou coqueiros que se vergaram, depenados, suas folhas tornadas plumas magras, agitadas. Escuma das ondas e areia e folhas rodopiavam no terreiro, o vento picava e feria a pele, cegaria de vez quem não tivesse os olhos bem fechados.

Amortecido pelo rum e pela dor do tratamento, Howel foi arrastado pelos homens para um catre de varas no canto mais protegido do arrimo. Ficou ali, resmungando. Não se ouvia o que ele dizia, se pragas ou preces, o rumor do furacão vencia qualquer som.

Tudo amainou, tarde já da manhã seguinte. Bentley estimou que a tempestade os atingira apenas com um braço, não os pegara em cheio. A calmaria não era aquela típica do olho do furacão, pausa enganosa para novo castigo. Bentley já sobrevivera a um destes desastres, já vira a repetição e o incremento da fúria dos ventos quando o furacão passava inteiro sobre uma ilha, um trato de terra. O que fora abalado pela primeira pancada, aluía com o segundo choque. Ali não. As nuvens pesadas já fugiam no horizonte, havia apenas uma chuva rala e o sol queria impor-se.

Alguns dos homens retomaram a tarefa de cobrir o abrigo, outros foram buscar água nas cacimbas. Fez-se novo fogo, preparou-se comida.

Howel acordou bem-disposto, não se dera conta completa do tamanho da tempestade. Lamentou a perda do bote, perguntou dos que haviam sido guardados atrás da igreja.

"Nenhum grande dano", lhe disseram.

Sentou-se na cama de varas, olhou a perna envolta em ataduras e folhas de bananeira, riu:

"Ainda estás aí, hermanita?" Consultou Bentley com um olhar.

"Parece que você não vai precisar de novo carpinteiro. A perna aí ainda aguenta um tempo. O osso está arranhado, mas inteiro. Foi sorte", Bentley informou.

"Estou curado?"

"Vai precisar de uns dias para ceder o inchaço, depois vou suturar. Posso ir para casa?"

"Ah, doutor, ainda não. Não tenho quem o leve, vou ter que esperar que os homens venham da vila, tragam montaria."

"Estou preso, então?"

"Não, doutor. Nem pense nisso. O senhor é nosso hóspede. Hóspede remunerado, quero deixar claro. E vamos lhe providenciar acomodações dignas, em uma das alas de nossa humilde mansão. E pôr dois homens bem armados, para sua proteção."

Bentley deu um muxoxo como resposta. Apontou para a perna de Howel.

"Evite que as moscas se hospedem aí também, meu caro."

Foi dar uma volta pela praia, chutando detritos.

Os "seniores" Capriles e Mazza chegaram, juntaram-se a Ceballos e Pulido. Os rapazes e senhoritas, a uma ordem cômica de Ceballos, se evadiram, levando seus drinques. Matthew sentou-se com os quatro em torno de uma mesinha, perto da proa. O garçom de bermudas veio, tomou os pedidos, foi preparar as bebidas em um bar, sob a ponte. Pulido abriu a conversa.

"Não é preciso dizer ao Sr. Matthew dos equívocos que se plantam na análise e compreensão do nosso regime. São visões injustas, mas que por seu colorido e veemência, representam imagens que se desejam ver, são convenientes miragens políticas."

Matthew anotou a coisa das miragens. Esperou.

"De fato, há que separar o programa social do governo... Justo, justíssimo, em suas necessidades e demandas... E até em seus compromissos ideológicos... Há que separar isso da política de desenvolvimento econômico, das iniciativas em grande plano que deem suporte aos próprios programas pontuais... saúde, educação, moradia."

Ceballos atalhou. Matthew rabiscava "grande plano" em seu caderninho.

"Alfredo quer dizer que estamos com o governo, mas queremos mais que a política social... justa que seja. Ficamos travados na armadilha do petróleo..."

Matthew escreveu "armadilha" e interrompeu:

"Não é assim que pensam também os empresários dissidentes?"

"Seriam tolos se não pensassem assim", retomou Alfredo Pulido. "O problema é que querem tomar o poder, não entendem política senão sob a equação do controle, estão obcecados pela síndrome do capitalismo ameaçado e usam seus temores para contaminar a opinião pública e a mídia internacional. Enquistaram-se e isolaram o país. O governo precisa de empresas e empreendedores, precisa retomar a interface com o mundo. O petróleo deixou de ser uma linguagem de imposição..."

Ceballos voltou.

"O grande capital do regime, o que o torna singular, são o movimento social e a militância ideológica, embora vistos como ameaças. Nós entendemos que são apenas um custo agregado a um projeto possível de desenvolvimento."

Matthew ia anotar "torna singular" quando Angel Mazza entrou na conversa, dirigindo-se diretamente a ele.

"O senhor precisa entender que a palavra dissidente se aplica a uma elite que sempre teve prerrogativas e privilégios imperiais aqui. Imprensa, bancos, portos e fretes... Judiciário, Legislativo... Pense em um setor crucial..."

"Pode ficar certo de que um tipo de família controladora seria o dono ou executivo", ajuntou "Chavo" Capriles, o Pelón.

Matthew somou esta fala como um fecho à prosódia daqueles quatro mosqueteiros, paladinos do sociocapitalismo. O que os unia, afora o apetite para sortidas a nichos oportunos? Todos vinham das planícies da pobreza e da classe média. Eram morenos – afora o Pelón, um tipo rosado de olhos claros. Seria coincidência que fossem insurgentes contra a olímpica elite branca dominadora? Usavam este disfarce populista para facilitar seu trânsito pelas vias ásperas da esquerda e da militância *hard core*? Pelón continuou:

"Pintam o *jefe* Nicolau como um marxista arcaico, obtuso. Não é nada disso, posso lhe garantir. Ele é cristão, católico, acredita em Jesus Cristo como um líder socialista, um comunista precursor."

Matthew parou de anotar. Seu último registro foi "Militares?", quando Mazza enumerou os postos ocupados pelo estamento de elite. De resto, o discurso seguiu formal com os mosqueteiros posando eficientemente de moderados, o senhor Pulido exercendo seu linguajar de rábula letrado e parlamentar, o Pelón pintalgando matizes populares na cena política.

Eram todos pássaros sagazes, Matthew tinha certeza. Solfejavam uma melodia decorada e guardavam os colóquios decisivos sob a clave da reserva mental.

BENTLEY TIROU AS ATADURAS da perna de Howel. "Deixe o ar salgado e a luz do sol fazerem o serviço deles, depois eu fecho o corte, em uns dois dias, acho", disse e ia saindo, sem mais, quando dois dos homens vieram correndo.

"Um navio à vista, capitão, dobrando o cabo, por fora dos baixios."

Howel foi até a praia, arrastando a perna.

"Conheço aquele. É o *Grifo*, do Dessanges. Vem para cá, mas provavelmente vai fundear fora da enseada. Vamos ver."

Pelo meio da tarde, um barco trouxe Dessanges à praia. Um francês aprumado, bem vestido. Veio com quatro homens, todos conhecidos da turma de Howel. Foram confraternizar sob os coqueiros.

Howel levou o francês para a tenda, onde Bentley estava arrumando seus petrechos. Apresentou-o a Dessanges:

"Meu cirurgião. Salvou-me a perna, meu caro. Altamente recomendado."

Bentley não tugiu nem mugiu. Ia saindo, mas Howel o reteve:

"Fique, fique. Vamos ouvir as novidades da França."

Dessanges soltou o verbo, sério. Falou que saíra de Hispaniola junto com dois galeões espanhóis carregados de prata. Pedira e pagara para seguir com eles, por medo aos piratas, lhes disse. Os galeões estavam ladeados por dois outros navios da guarda da costa. Somavam, todos, mais de 60 canhões. Dessanges queria espionar o rumo que tomariam depois que saíssem da proteção do comboio. Combinara com Worley, Sprigs e Rackham um ataque aos galeões assim que estes estivessem desguarnecidos. Tudo daria certo, não fosse o furacão. O *Grifo* era mais leve e rápido e Dessanges o tocou para o sul. Worley e os outros, soube, refluíram, entocaram-se em Providence.

"Os dois galeões e a guarda pegaram a pancada completa do furacão. O *La Regla* e o *Santo Cristo* tentaram refúgio, de noite, na Ilha do Lobo e se destroçaram nos arrecifes. Os dois navios da guarda desgarraram-se, afundaram com a guarnição. Dos galeões, sobraram poucos homens. A prata está lá. A 60 pés, mais ou menos."

"A prata está lá?", Howel ficou de pé, num salto, esquecendo a perna ferida.

"Está guardada por quatro navios bem armados. Estão tentando salvá-la. Trabalho difícil."

"Qual a ideia?"

"A ideia é esta: você está sem navio e o *Grifo* é conhecido dos espanhóis. Podemos nos aproximar com ele, sem que sintam perigo. Você junta uma guarnição disposta. Pegamos negros para mergulho. São os melhores para isso e a marinhada tem medo de tubarões. Worley e os outros vêm de Providence. Então, Worley, Sprigs, Rackham e, talvez, Lowther, fingem um ataque à carga, divertem a guarda para longe da baía, fazem com que os persigam. Provavelmente... temos que contar com isto... Provavelmente, ficará só um navio guardando a prata. Você o toma, com o *Grifo*. Ficamos com dois navios fechando a enseada e donos da carga. Pomos os negros na água... Worley volta com os outros, ataca de novo a guarda, se ela tiver voltado à baía. Abre nossa passagem. Você ganha um navio e sua parte na prata. Simples assim."

"Não é tão simples assim, meu caro Dessanges, mas é danadamente tentador...", Howel disse, apertando a mão do francês.

A TORPEDEIRA ENGALANADA QUE trouxe o Presidente encostou, pilotada com impressionante perícia, a bombordo do iate de Ceballos. O homem veio com uma equipe pequena – não estava o ministro das Finanças, Matthew anotou. Seguranças, uma secretária, um oficial de gabinete, o chefe da casa militar. Nicolau estava de calças caqui e uma *guayabera* branca, pisou no deque distribuindo sorrisos e meios abraços.

Pulido apresentou Matthew. Nicolau o olhou sem desmanchar um sorriso que não era para ele, Matthew, e lhe apertou a mão sem muita firmeza, um aperto de mão gordo que já se despedia, rápido. Todos seguiram para o salão de festas do iate, onde haviam arrumado poltronas em arco de ferradura. Nicolau sentou-se, o oficial de gabinete aproximou-se, cochichou ao ouvido dele. Nicolau assentiu, com a cabeça, esperou que falassem.

Mazza falou um bocado, Pulido falou mais ainda, Pelón fez uma digressão tortuosa sobre as oportunidades do turismo. Um dos seguranças da Presidência tirou fotos com um celular. O garçom Suárez apareceu com uma bandeja de água e refrescos. Havia trocado as bermudas por uma calça preta regular. Matthew fez duas perguntas a Nicolau. Uma, técnica, relativa à inflação e à base monetária, pontos azedos. Nicolau fez entender que uma coisa era a prática do dólar-petróleo, outra, o lastro paralelo para custeio, investimentos no nivelamento e sustentação das necessidades básicas da população. Matthew não acompanhou direito o voo destas abstrações. Voltou ao raso quando Nicolau disse que o petróleo era, a um tempo, uma benesse e um vício, que a sociedade vivera este paradoxo por longos anos. Exortou os empresários para o papel de transformadores "dessa armadilha arcaica e anômala". Faltava-lhe o homem das finanças, Matthew desistiu desses tópicos.

Fez a segunda pergunta, uma provocação. Se ele, Nicolau, "mantinha o plano geral traçado pelo finado antecessor, Comandante Hugo, quanto à política externa ou havia um consenso, emergente, talvez, nos empresários ali presentes, para uma distensão progressiva, permeável a negociações?"

Nicolau olhou para o teto do salão de festas de onde se dependuravam cachos de balõezinhos com as cores da República, voltou com os olhos a meia altura, sem olhar exatamente para ninguém. Pôs as mãos nos joelhos, para se levantar.

"Ah! O Comandante Hugo nos faz uma tremenda falta. Mesmo para temas afastados de suas preocupações e metas básicas", proferiu, e se pondo de pé concluiu: "Será sempre o nosso guia, contudo. Faz parte da substância e do espírito da Nação."

Os aplausos e vivas ressoaram, alguém propôs um brinde às palavras ou a qualquer outra coisa. Nicolau pediu silêncio com as mãos em abano. Todos silenciaram esperando a nova fala. Ela veio.

"Informaram-me da chegada de um furacão para as próximas horas. Lamento não poder continuar com os senhores. Regresso à capital para reunir-me com os comandos de defesa civil. Boa tarde, protejam-se, foi um prazer."

Nicolau se foi, festivamente acompanhado até a escadinha pelos quatro mosqueteiros e, mais, pelos que se atropelavam e tinham vindo a bordo apenas para serem notados. Quando o cortejo voltou, partiu-se em grupos e círculos que sugaram todo o álcool que Suárez lhes pôde trazer.

Matthew foi descartado, procurou um canto quieto no tombadilho, acendeu um dos cigarros, presente da *Palmar – Assessoria e Serviços Gerais*", esperou o dono, o atrasado senhor Antonio com a lancha de resgate.

DEMOROU E COMEÇOU A escurecer. Surpreendeu-se, então, ao ver que no iate restavam só dois seguranças, o garçom Suárez e Ceballos, com La Marena. Os dois, bebericando num ângulo escuro do salão de festa.

Matthew perguntou a um segurança onde estavam todos. O homem falou, baixinho:

"Foram todos para terra. O chefe vai dormir aqui, com a garota."

Matthew quis saber da lancha.

"Ela vem, não se preocupe. O Antonio ligou, deu problema no motor, estão ajeitando. Relaxe, tome um drinque. Se a lancha não vier à noite, você pode jantar conosco, pode dormir numa cabine."

"E o furacão?", Matthew alarmou-se.

O homem riu.

"Antes de desembarcar, o capitão viu a última previsão. Demora para chegar, se é que vai passar por aqui. Estamos no saco mais resguardado da enseada, neste iate fica-se mais seguro que em terra, pode crer."

Matthew topou a sugestão de um drinque. Suárez preparou a bebida, atrás do balcão do bar, chocalhando a coqueteleira, com os olhos fechados e os ombros em ritmo de salsa. Matthew foi beber no convés, sob a coberta, esperando ver a chegada da lancha. Passou pela frente da mesa onde Ceballos parlava em surdina para uma La Marena meio distraída.

À passagem de Matthew, Ceballos não poupou uma piscadela marota para ele. Matthew fez que não viu. Lá fora estava um breu. Chovia em pingos esparsos e o perfil da Praia da Conceição era indistinto, marcado somente pelo tremeluzir das luzes da marina e do hotel. Para fora da boca da baía, para o lado do mar aberto, longe, viam-se relâmpagos pálidos, de lá não chegava o som de trovões. O mar, negro, era pinicado pela chuva. Matthew acendeu outro cigarro.

O cônsul Hasselbacher era conhecido no meio como "Hassle", apelido que explicava sua imantação para problemas, confusões e enrascadas.

Saiu de Maracaibo, sua sede, para Enseada de Iturre, muito irritado, com uma flebite cuidando em fazer de sua vida um inferno mais perfeito.

O vilarejo é um arruado de pescadores e de veraneio, decadente, sobretudo depois das mudanças no novo regime. Era lá que estava retido Matthew. Retido e não, detido, ou preso, foi o que comunicaram a Hassle, "é só uma medida formal de cautela". Solicitavam a "presença de sua autoridade consular para o esclarecimento da situação do cidadão, jornalista convidado, sua liberação, responsabilizando-se, etc."

As ruas estavam enlameadas e havia gente trepada nos telhados, reparando os estragos que a aba do furacão fizera, dois dias antes. A chefatura de polícia está enfiada entre a Igreja de Santana e uma mercearia suja e velha. Hassle entrou, identificou-se a um sujeito fardado e a outro nem tanto, talvez um miliciano. Perguntou por Matthew. O fardado levou-o até os fundos da casinha. Em um quarto, com a porta aberta, estava Matthew deitado em uma cama pequena para ele, os pés passando do colchão.

Hassle conhecia Matthew de fotos e matérias. Apresentou-se, puxou a única cadeira do quarto, sentou-se, esticou a perna dolorida, esperou que Matthew se acomodasse no catre.

"Que merda foi essa, meu caro?", perguntou com uma careta espicaçada pela flebite.

Matthew alcançou a moringa tampada com um copo, junto à cama, serviu-se de água, ofereceu a Hassle, que recusou com outra careta. Bebeu um pouco e dispôs-se a explicar o imbróglio, começando pelo fim.

"O iate deu com a quilha em um recife no que chamam Ilha dos Monges. Ficou entalado lá, fazendo água e adernando. Isto foi de madrugada, já clareando. O furacão fez com que eles desviassem para o sul."

"Eles, quem, meu chapa?"

"Uma trinca de flibusteiros apatetados, seja: um garçom gay, uma ex-Miss Barranquilla, venezuelana de nascimento, e um assessor para assuntos gerais, motorista, piloto de lancha, fornecedor de erva."

"Isto explica a maconha encontrada no seu bolso, mas não explica o sequestro do Ceballos."

"Sequestro? Não houve sequestro, foi involuntário. A garota botou Ceballos para dormir com algum remédio ou truque íntimo, sei lá. Eles o deixaram lá, pelado, trancado na cabine. Calcularam que seria um tipo de garantia."

"E, isso não seria sequestro? E antes, que houve antes?"

"Bom... Antes... Houve uma grossa bebedeira após a visita do Presidente. Depois, todos debandaram para terra ou para seus barcos. Fiquei esperando a lancha ir me buscar. Demorou. Quando chegou, o Antonio..."

"Antonio?"

"Motorista, piloto da lancha, erva... Ele e o garçom renderam e desarmaram os dois seguranças... os prenderam na despensa. Recolheram celulares... o meu, inclusive..."

"E você?"

"Fiquei quieto, sentado numa poltrona. Estava chapado e tinha bebido. E não tinha vontade de levar um tiro."

"Não trancaram você? Amarraram?"

"Ah, não. Queriam que eu fosse testemunha da ação, que escrevesse uma reportagem sobre a fuga e o protesto político deles, quando chegassem na Flórida."

"Foi tudo planejado, menos o furacão..."

"Estouraram a bancada do rádio, cortaram o *transponder* e o radar, jogaram os celulares na baía. Mas houve um que não viram. O celular de Alfredo Pulido ficou enfiado debaixo da almofada de uma poltrona. Ele o havia perdido, esquecera. Isso deu a posição do iate. A Marinha despachou duas lanchas torpedeiras. Foi sorte. Demorasse mais, o iate ia a pique conosco dentro. Os seguranças gritavam e davam chutes na porta, dentro da despensa. Já estava alagando. Em redor do iate havia tubarões, eu vi, foi muita sorte, lhe digo."

"Sorte grande para você, azar meu. Estou gastando todo meu bom latim para provar que você não foi partícipe nessa trapalhada, foi só um jornalista maconheiro que caiu como vítima na história. Vou ficar devendo essa a eles."

"Ok, sinto muito", Matthew fez que estava encabulado.

"Voltou a ver a trinca? Os outros não vieram para cá? E Ceballos?"

"Não vi mais os três. Uma torpedeira seguiu com eles, a outra me trouxe aqui. Ceballos veio nela, mas isolado. Um helicóptero desceu para buscá-lo, tão logo a torpedeira atracou. Um tenente e dois praças me escoltaram, deixaram-me aqui na chefatura. O tenente foi simpático, contou-me, orgulhoso, os detalhes da operação. Falou que Ceballos iria gratificar as guarnições, disse que o dinheiro seria muito bem-vindo naquele momento."

"Ah, bom, ok. Olhe, há um preço para tudo e este está até em conta. Vou combinar com os mocinhos do outro lado que nenhuma reportagem política vai sair, que, para nós, não houve sequestro nem fuga. Seguiram a cartilha, direitinho. Isolaram você aqui, sem celular nem internet, longe dos coleguinhas bisbilhoteiros da imprensa. Muito bem. Sua matéria para a revista vai falar sobre o potencial da costa e das ilhas e sobre o caráter alegre e festivo do povo. Até a matéria ser publicada, você vai ser meu hóspede em Maracaibo. Aproveite e vá logo escrevendo que este vilarejo miserável aqui, sua descoberta, é um esplêndido sítio despercebido pelo *trading* turístico. E, vamos embora. Minha perna está me matando. Tem certeza de que não sobrou um cigarrinho daqueles?"

"Tenho. Tomaram-me o último."

"É claro que tomaram. Pena."

POR MUITOS ANOS, O Dr. Bentley iria manter a ojeriza ao arrogante racionalismo dos franceses, sobretudo às pretensões de cálculo e lógica de um certo capitão Dessanges. Temia conjecturas falsamente fundadas em razão. Devia a vida, exclusivamente, ao fio de sua lanceta, ela o salvara do laço da forca de um consórcio inesperado.

Espanhóis e ingleses fizeram trégua em suas rusgas e ambições, uniram-se para reprimir o frenesi da pirataria faminta, engrossada pela borra de homens, flutuante do Atlântico Sul ao Índico, atraída ao Caribe pelo tráfego das riquezas, fracamente defendidas.

As forças aliadas atacaram Providence e varreram o reduto a canhonaços e a ponta de sabre. Os chefes foram presos, torturados. Lowther Barrymore, pensando safar-se, deu com a língua nos dentes, entregou o plano da prata de Dessanges. Os navios piratas, apresados, foram aprovisionados e guarnecidos com tripulações e soldados dos dois impérios.

NO TERMO COMBINADO, HOWEL, no timão do *Grifo*, traçara a rota de confluência até seus associados e os avistara vindo em linha, a sota-vento, prontos para assediar as naus de defesa da prata.

Howel enfiou o *Grifo* na Baía dos Lobos, bordejando a costa. Arremeteu contra a nau mais próxima, o *Cadiz*. Para sua surpresa, seus supostos associados, entrando na barra, hastearam bandeiras de Espanha e Inglaterra e, unidos aos da guarda, aproaram contra ele, cercaram-no, despejaram nele um fogo dos infernos. Como se não bastasse, da terra, de um cerro na dobra da baía, duas baterias deitaram-lhe metralha e buchas de alcatrão flamejante. O *Grifo* incendiou-se como um junco chinês. Os homens pularam n'água, temendo a explosão do paiol, Howel e Dessanges foram fisgados pelos fundilhos com ganchos, arrastados pelo convés do *Cadiz*, chutados pelos tripulantes e atirados no porão.

Bentley nadou para a praia. Foi capturado, espancado, posto a ferros.

Quem não pulou n'água morreu com a explosão da pólvora. Os negros, para os mergulhos de resgate, estavam acorrentados abaixo da linha d'água. O *Grifo*, uma carcaça, afundou sobre a prata.

Bentley tinha três motivos sobrepostos e inextrincáveis para estar ali: a argumentação sedutora de Dessanges, a coerção de Howel, a ambição de ter um quinhão da prata. Todos o levavam ao patíbulo, por mais que argumentasse estar a bordo do *Grifo* como refém, que era médico, bastava com que verificassem, era conhecido. Sua casa e consultório ficavam ao lado da Igreja de Santana, ao sul da Praia da Conceição, na sua distante aldeia, poderia mostrar-lhes em um mapa, se o deixassem fazê-lo. Lá morava com sua mulher, criava galinhas, tinha uma pequena horta, levava uma vida simples, jamais fora pirata, bucaneiro, flibusteiro ou corsário, era homem temente a Deus, que lhes custava verificar?

"Não temos tempo para isso", troçavam dele. "Há muitos nós para fazermos e muitos pescoços para os laços", riam.

Anne Read Bentley, seis meses depois da partida do marido, passou resignadamente a se considerar viúva ou abandonada e a tomar providências para sobreviver como tal. O dinheiro acabara, já não havia galinhas para comer, não lhe davam mais crédito na mercearia. Alugou a salinha da frente, o consultório de Bentley, e, depois, o quarto de casal. Logo a casa foi retalhada em pequenos cômodos. Reservou para si um quartinho ao fundo do corredor escuro, vivia lá, como dona de pensão. Ganhava umas moedas extras preparando comida para fora. Era difícil.

Uma manhã, bateram forte e seguidamente na sua porta. Eram dois garotos, muito agitados.

"O doutor voltou. Desceu de um bote, perto do mercado. Vem vindo para cá."

Anne Read duvidou, mas ao olhar para o fim da rua viu que, de fato, o seu marido vinha vindo, seguido por um cortejo de moradores curiosos.

Ela tirou o avental, enxugou do rosto o suor do abafado da cozinha, encostou-se no pilar do portão, respirou fundo e esperou a chegada do doutor.

Haviam deixado a sentença de Bentley em suspenso. Da cela, viu subirem à forca do pátio, condenados que conhecia e outros que nunca vira, mas que sabia famosos. Que se lembrasse, Howel foi o quinto dos notáveis. O patife do Dessanges, o nono ou décimo e, antes dele, o delator Lowther.

Pelos ingleses, o pescoço de Bentley já teria recebido o Sublime Tratamento Imperial, mas, para sua sorte, os desentendimentos com os espanhóis voltaram, logo estava de volta a disputa de terras, portos, ilhas, rochedo que fosse onde se pudesse fincar marco de posse.

Bentley terminou sob guarda dos espanhóis, quando os ingleses se retiraram para a ilha mais próxima, guarneceram-na com potentes bocas de fogo e passaram a importunar qualquer nau espanhola que se aproximasse.

Alfonso del Manzano era um misto de alcaide, diretor de fatoria, capitão de guarda. Queria sempre acreditar nas queixas de Bentley, aceitar que fosse um médico e não o comum curioso embarcado, pirata também, apenas prático em curas duvidosas e remendos simples.

Com a saída dos ingleses, del Manzano teve mais franquia para sondar os conhecimentos de Bentley. Mandou-o a ser arguido por Hieronimo de Fuentes, cirurgião do Nossa Senhora da Candelária, de passagem pela ilha. De Fuentes ficou impressionado com os conhecimentos de Bentley. Na frente dele, somente com as mãos, Bentley encaixou a omoplata destroncada de um velho artilheiro. Mostrou e nomeou, nas gravuras, todos os ossos e órgãos de um dissecado. Listou mezinhas e remédios necessários a bordo e nos hospitais de campanha.

Voltou para a prisão com o diploma revalidado. Del Manzano, deu-lhe cela aberta, liberou seu trânsito na fortaleza, autorizou-o a tratar soldados e agregados, mandou-o dar assistência, sob escolta, à gente do povoado, sob um toldo no ancoradouro. Deixou que recebesse moedas ou comida pelos serviços.

Por fim, del Manzano confiou-lhe prova e tarefa secreta e delicada. Dona Carolina, sua esposa, sofria de terríveis hemorroidas, que muito se haviam agravado com a teimosia dela em regalar-se com os quitutes apimentados das Ilhas.

Dona Carolina era uma matrona de grande formato e o dobro do peso, no meio de seus 40 anos, tendo parido dois meninos robustos, que lhe romperam o períneo, jamais restaurado. As hemorroidas estavam em prolapso sobre o rasgo e a cena que Bentley discerniu, abrindo o campo de observação, com dificuldade e na presença algo consternada de del Manzano, além de assustadora, indicava um caso complexo.

Caso que lhe valeu, contudo, a gratidão do Alcaide e o alívio da paciente. Ao cabo de três semanas de punções, suturas dolorosas e cauterizações profundas, o pátio genesíaco e adjacências de Dona Carolina foi deixado em termos bastante satisfatórios para uso do casal.

Mais que a gratidão, veio a liberdade. Del Manzano fez com que Bentley fosse embarcado, sob sigilo, em nau que demandava Cartagena, rota que o deixaria na esquina de casa.

Bentley foi dado como foragido ou afogado, del Manzano fingiu indignação, queixou-se da ingratidão, ordenou buscas. O povo da aldeia lamentou a perda da medicina a preço módico. E Bentley pôde enfim avistar sua distante aldeia enquanto o escaler do *Consciência* bailava nas ondas, os remadores buscavam a passagem nos recifes que ele lhes indicara e a torre tosca da igreja de Santana assomava na costa. Estava em casa. Era sábado, 22 de setembro do Ano do Senhor de 1725.

Dana em seu guinhol

Ernesto Kris - Produtor
Saulo Valente - Diretor
Silvio Abatepaolo, Marina Kaito - Roteiristas
Luis Warchavik - Pesquisador

"O FATO É QUE ela não nasceu em Praga. Nasceu em Banská Bystrica, a sudeste de Praga, aliás, mais perto de Viena e de Budapeste que de Praga."

"Mas, morou em Praga..."

"Aí está. Ao menos, por um tempo, estudou lá. No Liceu. Sabe-se que a família tinha recursos."

"Como se sabe?"

"Provavelmente por ela dizer, mas isso parece ser ponto pacífico, o tipo de educação..."

"Ela também dizia ou insinuava ser condessa... Passaporte para os nativos, sem dúvida, mas, mesmo na Europa, este artifício era comum. Entre senhores e senhoras."

"Judia?"

"Sim, sim, certamente, ou em parte, pelo menos."

"Pai e mãe mortos pelos nazistas..."

"E, também, uma irmã. Ela escapou antes ou depois das mortes deles. Não deve ter fugido pela Áustria. Mais provável é que tenha feito uma trilha elaborada, via Hungria e Iugoslávia até a costa do Adriático. Não estava sozinha, deve ter tido ajuda de alguém."

"E chegou na Itália. Ok. Mas, quando entrou na Companhia de Spadaro?"

"Aí é que está. *Mani in tasca, naso al vento*, essa revista foi levada, itinerante, entre 1939 e 1940. Ela deve ter entrado no elenco em 40. Tinha entre 19 e 20 anos."

"Aqui. Há uma foto da boca de cena com a trupe."

"Foto ruim. Qual seria ela?"

"A foto deve ser cópia de cópia, não dá para ver."

"Ela tinha pernas longas..."

"Todas tinham. Paola Borboni, a vedete principal, também. E não dá para saber aí qual delas era a Paola."

"Mas a Dana chamava atenção."

"Sim. Era linda. Tinha boa formação, também. Falava mais de quatro línguas. Havia estudado balé clássico. Mais prendada que uma simples *soubrette*."
"O que é uma *soubrette*, Luis?"
"Ahn, no teatro cômico é uma criadinha que flerta... por extensão, uma garota sedutora."
"Podemos usar a foto?"
"Podemos comprar, mas tem pouca definição."
"Fiquei pensando em mostrar de relance, num portfólio, numa pasta de documentos..."
"Para a cena do interrogatório."
"Sim, talvez."
"Dana teria marcado nela os *ebrei*, os judeus da companhia, artistas, *staff*."
"Isto mesmo."
"Pode simplificar, mas não é verdadeiro."
"Vai ser. Isto não é um documentário."

Saulo Valente
Silvio Abatepaolo
Marina Kaito

"Como vocês estão se saindo com a encruzilhada de coincidências?"
"Difícil, mas divertido. Mais fácil para nós botarmos em texto, do que para você fixar em imagens. Pelo menos, de um jeito que não aumente a confusão."
"Não quero dispensar as coincidências. Elas dão textura ao enredo."
"Ok. Bem, primeiro tem o caso da Vanda Barbini com o Manuel de Teffé. Ela dá à luz o filho deles no Palazzo Pamphili, embaixada do Brasil."
"É o Antony Steffen dos filmes, dos caubóis *spaghetti*?"
"Ele mesmo. Depois, Vanda se casa com o Ettore Muti, de quem Dana seria amante em 1943."
"Quando Dana foi presa após o assassinato em Fregene, quem agiu para soltá-la? Vanda Barbini, ex-mulher do coronel Muti..."
"São irmãs as mulheres amadas pelo mesmo homem. Quem disse isso?"
"Não sei, mas se aplica bem aí."
"Dana passou três dias em cana na *Regina Coeli*. Lá, foi interrogada. Vanda a tirou da cadeia e a escondeu em casa, na Via Leggionari, por 30 dias. O adido aeronáutico da embaixada da Espanha, Mario Urena, a enfiou em um trem

diplomático, sob o nome falso de Pilar Hernández la Rosa, direto para Madrid. Muita sorte, não?"

"Muti havia estado alguns meses na Espanha, com sua amante Araceli, até a Ordem do Dia de Dino Grandi, que derrubou Mussolini. Ah, sim! Voltou debaixo de contratempos e bombardeios... O avião em que viajava... Interessa isso?"

"Acho que não... o quê? O desembarque dos aliados, a retração da Wehrmacht? Não, acho que não."

"Muito bem, a guerra acaba, o tempo passa..."

"E, então, Dana, já em 1951, vai ao Rio, separada do mexicano Denegri..."

"Ah! Denegri. Quero toda uma sequência sobre ele. Tem um drama de *corrido de Mariachi* aí, mais até que toda pilantragem do sujeito."

"Certo. Anoto. Denegri, México... Pois bem, Dana chega ao Rio, conhece Manuel de Teffé..."

"Ela não o conhecera antes, pela Vanda?"

"Não. Foram apresentados pelo filho de Vanda e Manuel, o Anthony Steffen. Ele estava o Brasil para escapar do serviço militar na Itália. Ele foi cumprimentar a amiga da mãe que estava em viagem de navio para Buenos Aires. Daí que seis meses depois, Manuel e Dana se casam... Onde, onde?, pergunto:

No México, para onde foi Manuel de Teffé, como segundo secretário da Embaixada do Brasil."

"Ah! Tem uma coisa que me conforta, aí."

"E o que é?"

"Sendo história verdadeira, não me podem acusar de facilitar o entrecho com encontros de personagens."

Saulo Valente
Silvio Abatepaolo
Marina Kaito
Luis Warchavik

"E O PERÍODO NA Espanha?"

"Quero deixar para o final. O relato do dentista Lopez-Diaz, o primeiro marido. Fala em dinheiro."

"É questão nebulosa. Pode se supor que seria dinheiro do Muti entocado na Espanha?"

"Não creio."

"É que a presença de Muti na Espanha não se encaixa bem. A coisa do resgate de um radar de avião americano... pretexto frágil. Sair da Itália com a crise no Partido e no Conselho em maré montante... Muita gente carreou valores para debaixo das asas de Franco quando o cheiro do fracasso ficou forte."

"Ele poderia estar no bojo de tratativas de armistício em separado? Fala-se de encontros com o embaixador inglês."

"Quem, Muti? Não tinha *finesse* nem tamanho para isso. Posso até acreditar que havia dinheiro na questão, mas não chegou a Dana."

"Olha, quando Muti é levado preso em Fregene, na saída, ele dá dinheiro à governanta. Dana não é tratada como senhora da casa..."

"Mais fácil, havendo dinheiro, que ele fosse ter às mãos de Araceli. Para o filho deles. E para Jolanda. Muti deixou Araceli grávida de Jolanda. De quatro meses."

"Vai querer se deter mais em Muti antes da cena em Fregene?"

"Gostaria de dar a ele um contorno de época melhor. Não pintá-lo apenas como militar destemido. Mas, quero manter a energia no tipo."

"Tem umas coisas boas para isso. Muti diz para um grupo de fascistas do Conselho: 'Vocês com essa Ordem do Dia bizantina. Deixassem comigo que teria resolvido a questão de Mussolini num instante.'"

"Bravata."

"Pode ser. Mas, ainda tem outra. Depois que o Rei mandou prender Mussolini, Dino Grandi teve um cagaço, esvaiu-se a coragem maquiavélica. É Muti quem o ampara. Bate no peito condecorado e no coldre da *bereta*. 'Comigo você estará a salvo'. Grandi o segue como um *bambino*, um *balilla*."

"Aí fica bem. Italianíssimo. E, até, introduz a fragilidade de duas coisas. Dos políticos que se precipitam no imprevisível e da própria negociação do fascismo com a Monarquia. A brecha que foi deixada para a casa de Savoia."

"Vai querer tingir com mais política?"

"Não quero ir além da atmosfera necessária. Me digam se eu for muito longe. Agora, uma cena tirada daí, do medo difuso, ajuda a entender a ordem de Badoglio para 'ter uma solução' para o caso do Muti."

"De madrugada, no pinheiral."

Saulo Valente
Silvio Abatepaolo
Marina Kaito
Luis Warchavik
Arruda Jr. – Fotógrafo

"O BANGALÔ PODE SER montado em estúdio e em locação, mas o pinheiral de agora é muito diferente do que foi. Casas à beça, parece um condomínio de classe média."

"Tem outro pinheiral mais ao norte, perto de Ostia. É uma reserva. Está mais preservado."

"Faremos lá, se possível."

"Vai manter todas as falas? E o pessoal que vai fazer a prisão? Todos vão em cena?"

"Penso que sim. O tenente Taddei, o sargento Barolat e o sujeito de macacão cáqui. E, para os exteriores, os carabineiros, uma dúzia."

"Tem uma imagem boa. Ao sair com a escolta, Muti, com as mãos para trás, detém-se por uns instantes. Ele olha, imóvel, o céu estrelado."

"Pode ser, vamos ver."

"E, dentro do bangalô?"

"Então: o intendente de Muti, Masaniello, o amigo Roberto Rivalta, hóspede, a governanta Concettina. E, claro, Dana... e, a propósito... Falei ontem com o pessoal da produção e eles insistiram em usar os nomes Dana Fischerowa ou Dana Harlowa. Não querem Dana de Teffé."

"Por quê?"

"Eles dizem que o 'Teffé' limita o tema ao Rio, a nomenclaturas cariocas, não é tão internacional. O Rio não é mais aquele do Ibrahim Sued e do Jacinto de Thormes. Também têm dúvidas de como a família poderá reagir. Vão consultar advogados."

"E até lá?"

"Até lá é Dana, simplesmente. Temos tempo."

"E as falas?"

"Vamos seguir o livro do Petacco."

"Tem umas derrapagens nele. Dá o Manoel como milionário mexicano."

"Mas, para a prisão no bangalô, vai bem. O ritmo e o *timing* são bons."

"Gosto quando o Muti diz: *Vi prego. Nel mio letto c'è una signora...* E o tenente: Sinto muito, mas tenho ordens para não lhe perder de vista."

Inge Doerner – atriz
Saulo Valente
Silvio Abatepaolo
Marina Kaito
Luis Warchavik
Arruda Jr.

"Desculpem, desculpem. Desabou um temporal em Floripa. Todos os voos atrasaram. Perdi muito?"

"Pouco. Depois Marina e Silvio podem passar um resumo para você."

"Vim do aeroporto direto para cá. Trouxe até a maleta."

"Põe ali no canto. Você já está a própria Dana, viajante, fugida."

"E molhada. Na saída, tive que pegar um táxi comum do outro lado da pista. Estava um caos aqui também."

"Senta. Estamos em Fregene, na cena da prisão. Você é *la signora nel letto*."

"Ok. Dormindo?"

"Não. Bateram na porta do bangalô às duas da madrugada. Seu companheiro, enfiado só nas calças do pijama, foi ver o que era e voltou, ou melhor, irrompeu de volta ao quarto acompanhado de um jovem armado de metralhadora e este, este não pôde desviar os olhos da *giovane donna spaventata e bellissima, seduta sul letto*, vestida numa camisola de seda."

"Ah, bom, não há nudez..."

"Pensamos em mudar isso, em respeito à sua beleza e aos desejos de seus fãs."

"Meu Deus, vocês continuam doentios!"

"Na presença do Tenente, Muti se asperge de colônia, penteia-se com apuro, veste seu uniforme da aeronáutica – a contragosto do tenente, que o queria em civil –, calça-se, põe o quepe, sai com o tenente para a sala, dá dinheiro à governanta, despede-se de Rivalta..."

"E que faço eu... 'Dana'?"

"Você se encosta no espaldar da cama, com as pernas cobertas pelo lençol. Vamos precisar de Dana, logo em seguida."

"Vai ter o quadro com Muti olhando as estrelas?"

"Não sei, vou pensar."

"Vamos fazer toda a caminhada?"

"Não. Preciso um jeito de mostrar que o estão levando para dentro da mata, na direção oposta à qual deixaram as viaturas, até o momento em que há tiros e o Muti grita: 'Mas, o que é isso? Sou um italiano!'"

"É a fuzilaria, encenando a reação a um falso resgate. O Tenente lança duas granadas para dentro do escuro. A tropa se joga no chão. Quando todos se levantam, só Muti está de borco, a cara na terra, morto."

"Isso mesmo. Cortamos para o bangalô. Os estampidos foram ouvidos lá. À detonação das granadas, Dana, de olhos arregalados, na cama, puxa o lençol para a cabeça, esconde-se debaixo dele, treme."

"Legal, adorei."

"Mas, há um problema. Gostaria de abrir a cena em sequência, com a Dana descobrindo a cara, tirando um lençol do rosto na cela escura da cadeia da *Regina Coeli*."

"Fica bom."

"Pode ficar, mas eu também quero introduzir o tipo de macacão cáqui, o napolitano sinistro. Hoje, já não há mais dúvidas de que foi ele quem disparou na nuca de Muti. O cenário da morte pode ser alongado. O sujeito de cáqui chutou o corpo de Muti, 'Coronel um cacete!', disse, e foi fumar num canto, sem qualquer censura do tenente ou dos outros militares. O nome dele era Francesco ou Salvatore Abate..."

"Roberto Rivalta depois da morte de Muti ficou reservado, até meio místico. Foi interrogado na polícia e disse que havia reconhecido o sujeito do macacão cáqui."

"Cinco dias depois disso foi achado morto numa vala de estrada."

"Também gostaria de registrar, de algum modo, a reação de satisfação de Badoglio, ao saber que a questão Muti fora resolvida."

"Vamos ter que escolher se, nesse ponto, a ênfase vai para o Muti, seu entorno político, ou vai focalizada no papel dramático de Dana."

"Também podemos rodar dois segmentos, dois contextos, e deixar o corte de um deles para edição final. Ou, fundir os dois com alguma mágica que ainda não tenho. Está por aí, rodando, mas não pegou substância de imagem."

"Não esquente. Vamos preparar segmentos de roteiro contemplando as duas vertentes. Você decide depois."

"Escutem... não quero ser chato, mas vai ter a cena de Muti olhando as estrelas?"

"Aí, céus... Incluam, também, 'O Coronel e as Estrelas' do nosso fotógrafo, senão ele morre! Mas é sem garantia. Entendeu, Arruda?"

Saulo Valente
Silvio Abatepaolo
Marina Kaito

"Quer passar para o México?"

"Sim, porque vem o capítulo do Carlos Denegri e eu quero alinhar as cenas de sangue, duas mortes de homens ligados a Dana."

"O Denegri morreu em 1970... Dana já se fora..."

"Sim, mas ele foi morto com um tiro na cabeça, disparado pelas costas por sua terceira mulher, Linda Mendonza Rojo, de 32 anos à época, 28 anos mais nova que ele. Tem um *flashback* pulsando aí, em neon, insistindo... Como é? Não vão me usar?"

"Bom, Denegri cabe na moldura política... PRI, corrupção, poder, populismo..."

"Era um efedepê chantagista e perigoso e era um sujeito culto, preparado. Mais largo que a folha do jornal onde escrevia. Mais largo que a Constituição do México, mais largo que os murais de Diego Rivera. E tem uma coisa, uma coisa muito cinematográfica, é... Cadê o Arruda?"

"Não vem hoje. Chamaram para filmar um comercial."

"Ah, ele iria gostar... O Denegri perseguiu a Linda, assediou, cortejou, fez o diabo para tê-la. Ela se esquivava, já sabia da fama do cara e já o temia. Ela era uma mulher ainda nova, divorciada, independente, com um filho. Isto no México, naquele tempo, vejam bem. Ela se refugiou em casa de amigos, em Saltillo. Negri descobriu."

"Viva México!"

"Pois é. Warchavic emprestou-me o livro que a Linda escreveu na cadeia. Há um relato da jogada final da sedução. O Denegri pede um encontro com ela numa estrada. Vou contar um trecho para vocês. Depois vocês passam para o Arruda. Ela diz que esperou mais de hora e meia na estrada escura. Noite sem lua. Ouviu barulho de motocicletas chegando e a sirene de um carro-patrulha. Jogaram os faróis em cima dela. Ela ficou ofuscada. De dentro da luz surgiu o vulto de Carlos Denegri. Ele se aproximou e a abraçou. Um dos motociclistas da escolta gritou: 'Está tudo bem aí, senhor Denegri? Precisa de mais alguma coisa?' Ele respondeu: 'Nada! Grato por tudo. Até logo', e continuou apertando-a com força."

"Corta e copia. Valeu a cena."

"Não disse?"

"Será que Inge poderia também fazer o papel da Linda?"

"Dá para mexicanizar nossa catarina? Quer dizer... Num limite que crie dúvidas, ambivalência... como se se pudesse pensar "Opa! A Linda é a Dana?"

"Peruca negra e lentes de contato. O resto ela dá conta, pode crer."

"Certo. Metemos a bala na cabeça de Denegri. Voltamos 20 anos. Pegamos a ponte aérea Ciudad de México – Rio."

"Sim, com este contínuo podemos ajustar as idades de Linda e Dana."

Inge Doerner
Saulo Valente
Silvio Abatepaolo
Marina Kaito
Luis Warchavik
Arruda Jr.

"DANA ESTÁ NO RIO em 1951, é 'mulher de 30 anos', bela, refinada, com o pecúlio de duas separações lucrativas. Ela vai colidir com o abastado *playboy* femeeiro, bem no meio do baile do *café society* carioca."

"Sim, mas a biografia não basta para fechar a composição. Vou precisar de paisagem, gênero e costumes e de alguma ação."

"Para cenas de ação temos as corridas do circuito da Gávea. Manoel vence..."

"Não, algo menos Montecarlo dos anos 1920."

"Há dois eventos que parecem promissores. Um deles pisa a encruzilhada das coincidências."

"Diga lá."

"Em fevereiro de 1951, o bondinho do Pão de Açúcar perdeu um dos dois cabos tratores, no primeiro trecho entre a Praia Vermelha e o Morro da Urca.

Ficou dependurado a uma altura de 200 metros. Isto foi no meio da tarde e o resgate dos turistas, altas horas da noite, foi feito com lances de peripécia, heroísmo e improvisação, por civis e bombeiros. Anthony Steffen, um amigo e a irmã deste, eram passageiros. Anthony cantou e fez pilhérias com a situação, para acalmar as moçoilas e outros turistas. Mas, na verdade, ele disse aos jornalistas depois, ao lado do pai, que aquela fora sua melhor imitação de sujeito valente e fleumático."

"Bom. Tem ação, paisagem. Introduzimos o Anthony ao lado do pai, desenhamos o elo entre Dana e Manuel. Ok. E o outro evento?"

"Certo. O outro preenche mais cenário e alegoria. Em agosto de 1956, incendiou-se a Boate Vogue. Era o pote de fusão da nata de celebridades, políticos e ricaços cariocas. Ótimos shows de música, comida fina. Morreu gente que estava nos andares de cima, no hotel. A escada dos bombeiros só chegava ao sexto andar. Um jovem cantor americano pulou para alcançar a escada e caiu com o bombeiro que o tentou agarrar... Um casal em lua de mel queimou-se num abraço de morte..."

"Nossa..."

"A Vogue não era só para diversão. Era lugar para trocar informações, fazer cambalachos políticos e financeiros, praticar a nobre arte da advocacia administrativa... prevaricar."

"Ok, basta. O inferno já está bem pintado..."

"Ah, mas tem mais, além do fogaréu. Ficou aquela falha negra na dentadura da Rua Princesa Isabel. Bem nos lábios de Copacabana. A Prefeitura resolveu implodir a ruína. A primeira implosão que iria se ver no Brasil. Juntou gente na rua. Depois de vários anúncios por megafone e pelas rádios, veio o momento... E só houve... A falha. Nada. Anunciou-se que nova tentativa seria feita em instantes. Nada ocorreu. A Prefeitura avisou que havia cancelado a implosão. A plateia dissolveu-se. Todos se recolheram, amuados. De surpresa, pelas três da madrugada, houve a explosão. A Prefeitura agiu à socapa. O problema foram as vidraças dos prédios. Todo mundo já havia fechado as janelas, para ir dormir. Foi a noite dos estilhaços..."

"Oi, Arruda, você ouviu de olhos arregalados."

"E com a boca cheia d'água, caramba. Vamos usar?"

"Warchavik tem razão. O pano de fundo é alegórico e o lugar é apropriado para as cenas de gênero e costume. De bônus, um número de música. O bom Rio em sua ambiência física e social dourada, pouco antes de sua destituição pelo artifício pragmático de Brasília. Agonia lenta, decadência quase elegante. E depois: Gosto da explosão na madrugada, gosto dos estilhaços na calçada de pedra portuguesa, naquelas ondas em preto e branco..."

Inge Doerner
Saulo Valente
Silvio Abatepaolo
Marina Kaito
Luis Warchavik
Arruda Jr.
Ernesto Kris
Antônio Kandor – diretor de arte

"Senhoras e senhores, bem-vindos à assembleia geral deste guinhol."

"Parece isso mesmo."

"De novo, iremos 10 anos adiante e voltaremos. É hora do dentista. Vamos à Espanha."

"Ok. Em 1970 o promotor Mescal e o delegado Mauro Magalhães vão a Madrid para reunião com Alberto Diaz-Lopez, o dentista. Estão na jogada a chefatura de polícia de Madrid, a Interpol e o IML da polícia técnica do Rio. Diaz-Lopez fez uma descrição completa dos serviços que havia feito nos dentes de Dana, quando estavam casados. Querem saber quais?"

"Não nos poupe, por favor."

"Lá vai: algumas obturações, uma coroa – *tinker* – formando ponte, com duas peças de extensão, uma com frente em porcelana, obturação em silicato de porcelana numa cárie de bordo, no incisivo central superior."

"Boca rica..."

"Então, o pessoal do Rio mostrou-lhe uma prótese e um molde, em cera, de arcada dentária, com 12 dentes montados, e ele, de imediato, reconheceu neles os seus trabalhos."

"Matou o mistério!"

"Talvez. O problema é que o Dr. Lopez continuava legal e cartorialmente casado com Dana e queria desimpedir-se para se casar de novo. Estivesse Dana, de fato, morta..."

"Com este novo casório, quem sabe, o doutor tivesse mais sorte. Com Dana, porém..."

"Segundo ele, a mulher tirou tudo dele. Deixou-o só com o consultório e o equipo. 'Quando ela embarcou para o México sua bagagens pesava 1.200 quilos', ele disse."

"E vocês acreditam que tudo isso foi tirado do dentista, digamos, tonelada e tanto de, vamos dizer, ouro dentário?"

"Não há como. Parte deve ter tido outra origem. Há a questão de Dana ter sido extraída da Itália, sob nome falso, em um dos últimos trens diplomáticos, no colapso do regime e da quebra da aliança com o Reich."

"E o nosso dentista?"

"Ele nos conta mais uma coisa interessante: em 1963, um sujeito de nome Manuel Curt, de Buenos Aires, advogado e amigo de Leopoldo Heitor, quis que ele ficasse com três passaportes de Dana. Dr. Diaz intuiu que era uma manobra de Leopoldo para forjar uma volta de Dana à Espanha, para provar que ela estava viva."

"Ele intuiu... Ah, doutor, doutor. Ah, Leopoldo, Leopoldo..."

"O fato é que estes achados, levados a Madrid, foram da terceira ossada suspeita, esta de Itaverá, no Estado do Rio. Houve uma que eram restos de um cavalo, outra que se verificou ser de uma mulher negra. Leopoldo induziu o caseiro Chico a dizer onde estava enterrado o corpo de Dana, para criar este drama de erros. Leopoldo sempre jogou no processo com a ausência de corpo."

"Em todo caso, uma amiga identificou como de Dana um pente americano de cor laranja, achado junto à ossada na cova em Itaverá. Surgiu também uma radiografia da bacia de Dana que teria sido feita por um doutor Bombiani, em 1944. Bateria com os ossos."

"Bom, mas antes já se haviam achado unhas e dedos num chiqueiro de porcos no sítio de Leopoldo..."

"Não se consubstanciaram em prova. E a evidência de Itaverá não levaria a novo julgamento, pois Leopoldo já fora absolvido do homicídio de Dana. Só abrindo novo processo, por latrocínio."

"E havia a procuração de Dana a Leopoldo, embora uma vírgula, aposta pelo esperto Leopoldo, tenha ampliado o horizonte do golpe."

"E ele torrou tudo, a valores aviltados, para fazer grana rápida."

"Recapitulando. Em 1960, Dana se separa do Manuel de Teffé com um acordo vantajoso, lavrado pelo escritório do Leopoldo Heitor. Dana e Heitor se tornam amantes..."

"Não há muita evidência disso. Ele sempre negou. Mas houve algo, certamente. O grau de confiança dela, a capacidade de engabelar, dele."

"Mas, ele pegou pena, foi em cana, não foi?"

"Entre fugas, recursos, julgamentos, passou nove anos em cana até ser absolvido por júri popular."

"Voltando... deixem-me ver se entendo... Dana é rica, tem posses e bens, mas topa uma promessa de trabalho como representante sul-americana da Olivetti..."

"A promessa de emprego teria sido uma construção de Leopoldo para que Dana estivesse no carro, rumo a São Paulo."

"Dana contou do emprego para alguém?"

"Não que se saiba. A Olivetti negou que houvesse vaga de representante para a América do Sul."

"Dana foi vista pela última vez em Copacabana, entrando no carro de Leopoldo."

"Exato."

"Agora, Silvio e Marina, é preciso que vocês deem forma às três versões sucessivas que Leopoldo formulou e apresentou nos inquéritos para o desaparecimento de Dana. A saber:

1. Dana encontrou um velho conhecido da família que a convenceu de que a mãe dela, tida como morta, estava viva, morando em um abrigo de idosos. Dana, comovida, resolve ir à Europa, ver a mãe. Passa procuração a Leopoldo para que ele produza os fundos para essa viagem, fundos vultosos, pois incluiriam até a venda de um apartamento em Copacabana.

2. Dana e Leopoldo seguem para São Paulo. No meio do caminho, na via Dutra, o carro dá defeito. Leopoldo para no acostamento. Surgem assaltantes armados. Dá-se um tiroteio, com disparos pelos assaltantes e por Leopoldo. Uma das balas atinge Dana e ela morre. Leopoldo também é ferido na perna, mas resiste à dor, volta ao Rio, ao seu sítio, e ordena que o caseiro Chico suma com o corpo de Dana, pois ele, Leopoldo, teme ser indiciado como suspeito da morte.

3. No caminho para São Paulo Leopoldo e Dana foram interceptados por espiões comunistas checos – sujeitos altos, louros e fortes – que sequestraram Dana e que a levaram à força para a Europa, sob um nome falso – daí que não houve registro de saída de Dana do Brasil. Leopoldo não teria denunciado esta ação, por medo dos sequestradores. Em uma nuance desta terceira versão, os espiões 'altos e louros' seriam agentes secretos israelenses que teriam capturado Dana e a levado embora, devido à delação de judeus que Dana teria feito durante a guerra."

"Agora, tem a frase do promotor José Ivanir Gussem: 'Quem conta três verdades, não conta nenhuma...'"

"Isto deve valer para o tribunal. Para quem assiste o filme, vale bem o contrário, lembrem-se. E aí... Seria tudo por agora, boa noite, meus caros."

"Espere, espere, Saulo."

"*Que pasó*, Luis?"

"Tem uma coisa muito doida. Em 1977, o filho de Leopoldo, Leopoldo Heitor Filho, que estava em tratamento psiquiátrico, tentou estuprar uma moça chamada Monica Strachmann. Ela reagiu e matou-o com uma facada. Evaristo de Moraes foi o advogado dela. Legítima defesa, foi absolvida sumariamente. Leopoldo passou anos tentando obter a condenação dela. Já que estamos mesmo no guinhol, você não gostaria que a Inge também encarnasse essa moça em um *flash*, em uma inserção onírica, com facada e tudo?

"Eu toparia, até mesmo com a tal inserção onírica..."

"Minha nossa, Luis, Inge. Vocês são mesmo uns perturbados!"

"Nós que somos?"

Kiev / Odessa

À NOITE, A FACHADA da estação reveste de fantasmagorias sua encarnação diurna. Já sob o sol, o frontispício bege – ou creme – mostra um arco envidraçado que nada revela do interior do prédio. É uma fachada grande e prosaica, aceitável na paisagem urbana.

Girando-se a pequena praça gramada, rodeada por táxis e poucas vagas de estacionamento, logo a fachada se impõe e declara em flagrante sua função: "aqui fica a estação de trens". Quem construiria algo assim para ser palácio de governo, tribunal, prefeitura? Mercado, talvez, pois o pé-direito indica enorme vão interno, um vácuo cósmico necessário, uma exigência para engolir mercadorias. O trânsito de gente com maletas e mochilas, carregadores de bagagem e chegadas e saídas de táxis, desmente outras suposições. É a estação.

À noite, porém, com estes detalhes eclipsados, a estação pode ser tomada por um centro de diversões, uma casa de jogos, um shopping, uma danceteria gigante... todas estas metamorfoses possíveis com um simples jogo de luz: a fachada amarela foi contornada, frisada com iluminação azul, mas não com um azul de luz natalina, em madrigal. É algo radiativo, um neônio escapado de uma instalação nuclear falhada, algo como um veneno visual que persiste mesmo em olhos cerrados.

Este incidente foi provocado pela elogiável e temerária vontade de homenagear a Pátria em suas cores – *or, azure* – ouro e azul, um desejo veemente de mostrá-la independente do ouro e goles de opressores tzaristas ou soviéticos.

LEVIN JÁ CHEGOU. ESTÁ parado no saguão, sob o prumo do lustre de candelabros falsos. Ao seu redor, orbita gente em velocidades e cursos aleatórios. Mantém-se imóvel, quer ser encontrado mais facilmente. Sua mochila de ombros está a seus pés, um satélite negro, amorfo. Levin respira a atmosfera da estação. A cor das paredes e das colunas, em creme universal, realça o odor de castanhas assadas ou amendoim, alguma pasta doce, assada. Mas, ele sente... Ali adejam também o cheiro das frituras do McDonald's e, confirmando isso, obliterando o arco do vitral, está a enorme bandeira mundial da lanchonete, seus arcos duplos em amarelo e seu fundo vermelho em persistente e incômoda reminiscência de outros estandartes.

Levin, no centro desse cosmo de cores, reflexos, cheiros e cacofonias (falas, risos, a cadência da litania eslava cantando chegadas e partidas, acordes de atenção), está tão anacrônico e estranho quanto os resíduos da velha arquitetura da estação, reformada para a modernidade e acrescida em badulaques, cromados e vidros *blindex*. Ele, contrariamente, tem suas roupas em cinza, mas traz na mão um fone celular de esplêndida casca inoxidável, recém-comprado. A tela é um mosaico luminoso, cambiante, irmã miniatura do gigantesco display de plasma esmeralda com horários de trens, avisos e barras de anúncio ao fundo do saguão. Pessoazinhas se recortam contra a ácida luz verde do painel, consultam o oráculo de destinos, itinerários, baldeações, cancelamentos.

Alexei logo avista Levin, vai até ele, mas resolve divertir-se com o amigo, chamar o telefone, testar o novo número.

Levin não ouve a chamada, perdida nos ruídos de fundo. Mas, em sua mão, o celular vibra como um besouro capturado até que ele encontra o botão certo e o inseto fala.

"Cheguei, Levin. Onde você está? Já subiu?"

"Não. Estou onde combinamos. No meio do salão, sob o lustre, em frente às escadas rolantes..."

"Ah, ótimo. Vou aí."

Alexei acerca-se, sorrateiro. Toca o ombro de Levin e se afasta.

Levin gira nos calcanhares, cogita em algum *pickpocket*, põe um pé sobre a mochila, olha em torno como uma coruja sem gonzos, ergue o celular.

"Tinha que ser você, cara! E, esta estação... Poderíamos ter ido de carro."

"Seriam 12 horas, no mínimo. E vamos de primeira classe... não reclame."

"Não gosto de trens."

"Você nunca viajou em um desses."

"É tudo a mesma coisa. Chocalha, fede a fumaça."

"Esse não. É elétrico."

"Mas chocalha."

"Pouco, pouco. Só o embalo necessário para dormir."

"Você sabe o que Tolstói dizia das viagens de trem?"

"Ele disse algo? Quero dizer... de viva voz?"

"Ele disse: 'A estrada de ferro está para as viagens assim como as putas estão para o Amor.'"

"Ele não era tão bom em equações. E eu não tenho nada contra as putas."

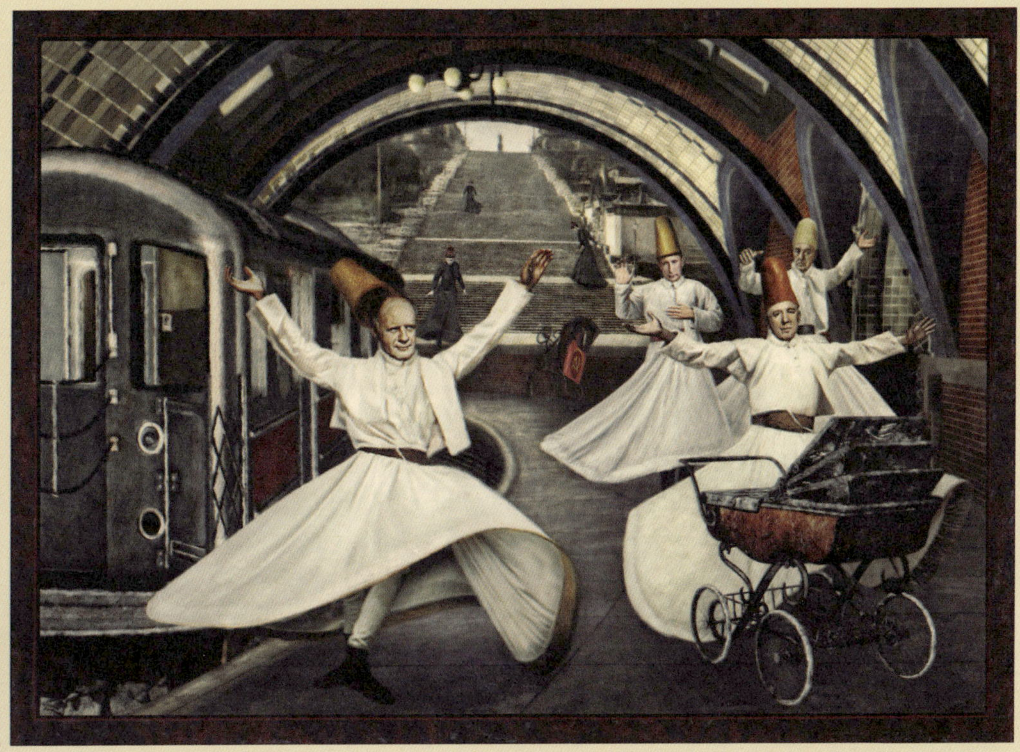

Os DOIS VÃO A Odessa, a serviço da empresa, para desembaraçar maquinário agrícola retido no porto. Algum papel errado, *warrant* ou despacho mal formulado, ainda não sabem direito. Segurança? Quem sabe? Sabem que a firma tem altos custos diários com multas, armazenamento e seguro.

Levin é o mais velho, gerente de produção, casado, sem filhos. Alexei é engenheiro, ex-militar, separado sem muita convicção. Tem um filho adolescente. Partilham, ambos, os tropeços e hesitações do novo regime. Carregam o peso da situação antiga, como os amputados que ainda sentem os membros perdidos. Alexei conhece algo da Europa e, um pouco melhor, parte dos antigos satélites. Levin esteve na Alemanha Democrática, antes da queda do Muro. Os dois não foram do Partido, mas sempre mantiveram um temor a ele, mesclado com obediência, fosse no trabalho ou na vida corrente. Podiam até rir de um chiste político, de uma tirada sobre as trapalhadas do governo, mas o faziam como se vissem um filme, uma comédia ficcional... e, logo, voltavam ao sério, um tanto envergonhados. Levin gosta de ler os clássicos. Alexei prefere cinema de ação. Dão-se bem no trabalho e Levin se considera, de certo modo, como um tio para Alexei. Alexei vê Levin como mais velho do que é, de fato.

Alexei é mais prático e Levin aproveita-se disso deixando que ele assuma algumas tarefas de trabalho. Confia nele para os detalhes da viagem, providências protocolares na Alfândega e na Capitania, em Odessa.

"Vamos subir. Preciso confirmar as reservas para embarque. Está com fome? Temos tempo para comer alguma coisa."

"Comi em casa. Desconfio destas comidas de rua e de quiosques."

"Na sala de espera da primeira classe deve ter algum serviço melhor."

"Só tenho sede."

"Ah! Isto eu resolvo."

Alexei busca os bolsos da jaqueta e saca duas miniaturas de vodca.

"É sede de água, homem."

"Então, lá em cima. Vamos subir."

A SALA DE ESPERA impõe uma espécie de ostentação institucional, com uma profusão de lustres, teto em azul, pinturas em caixotes de estuque, com cenas nacionais. O teto é curvo, algo semelhante a um hangar que tivesse sido enfeitado para ocasião especial.

A sala da segunda classe, ao lado, pretende-se mais despojada, um esforço para escalonar qualidades relativas ao preço. Uma novidade nos tempos mudados, uma sinalização de que algo surgiu das engrenagens políticas: já agora existem classes.

Levin remói automaticamente a dialética dessas mudanças. Alexei aboleta-se em uma das poltronas. Comprou água. Oferece uma garrafa a Levin.

"Nada mal, hein, camarada?"

Levin assente que sim. De pé, inspeciona a sala, detém-se nos murais, no mármore fingido das colunas, no piso de granito polido. Fixa-se na poltrona de Alexei. O couro sintético – boa imitação, contudo – está rasgado e esfolado. O estofo insinua-se para fora, expõe-se à cenografia do ambiente externo.

Levin quer dizer, mas as palavras se embrulham na autocensura, ele quer falar a Alexei: "Sempre a precariedade da terceira classe está em nós...", mas não diz. Não quer despertar o amigo para aquela pequena miséria, para o atavismo do niilismo gravado fundo na administração pública ou no novo empresariado. De dentro dele, de seu próprio estofo, emergem os trens de Tolstói, suas ambivalências: o bojo luxuoso, aquecido, cápsula da elite e, a fatalidade do progresso urbano, coletivo, proletário.

"Não estava com sede?"

Levin senta-se no canto menos rasgado da poltrona. Sorve a água em pequenos goles, de olhos fechados.

"Não vá dormir agora. Vai perder o sono e o conforto da cabine leito..."

A CHAMADA PARA EMBARQUE é pontual. A plataforma é despida de luxo e ornamento, estica-se prática e funcional pelo dorso do prédio e as composições estão alinhadas como em um tabuleiro de jogos, clinicamente limpas em suas indefectíveis cores pátrias.

Levin aprecia a ordem e a limpeza que reveste o despojamento prático das instalações. O chão está imaculado, isento de resíduos. Nenhum papel ou plástico, nenhuma ponta de cigarro.

Na porta do vagão, são atendidos por duas funcionárias da ferrovia. A mais velha, é uma matrona eslava, quadrada de rosto e quadris. Seu uniforme é gasto, mas perfeitamente ajustado à sua figura, como se tivessem sido feitos ao mesmo tempo, da mesma substância. A mais jovem, sem dúvida uma funcionária júnior, algo atarantada, é de uma beleza ucraniana exemplar e Levin não consegue vê-la no uniforme de trabalho, aquela indumentária masculina, o misto de estilo marcial e burocrático costurado em tecido sintético. Sua mente quer vê-la em roupas citadinas e elegantes, um tanto às antigas, sob as luzes dos filmes dos anos 1950. Ela é alta, mãos de longos dedos, com unhas pintadas em um vermelho que destoa completamente do uniforme e da função. Levin se indaga se ela também teria alguma tatuagem e onde. Imagina que tipo de roupa íntima ela estaria ocultando sob o uniforme, talvez algo maliciosamente caro, uma espécie de segredo e linguagem interna, que, se sua chefe decifrasse – e fossem outros os tempos – teria, certamente, reprovado.

Não que a moça seja coquete, faça poses. Sua graça está mais para o natural, uma elegância dançarina, lenta, perturbada pelo nervosismo. "Seria seu primeiro dia?"

Alexei sacode-lhe o braço.

"Acorda, meu tio. A moça quer ver sua identidade!"

A CABINE SURPREENDE LEVIN. Tudo está novo em folha e o carpete mostra ainda as trilhas do aspirador no contrapelo. Banheiro impecável. Janelas tão limpas que parecem ausentes. Olha os beliches, aponta um, depois outro, gira os dedos em V. Senta no da direita, testando o colchão.

"Por que este leito, Levin? Algum sortilégio?"

"Ah, não. É porque não gosto de viajar de costas para a estrada. Calculo que fiz a escolha certa."

"E fez mesmo. Para mim, tudo bem, tanto faz."

"Já fez esta viagem?"

"Em trem militar. Era jovem. Fui até Odessa e depois Sevastopol. E você?"

"De trem, nunca. Não fui até Odessa, mas fui a trabalho até Vinnytsia e segui até uma cooperativa perto de Podilskyi, encostada na Moldova."

"Chegou perto, por assim dizer..."

"Perto de quê?"

"De Odessa..."

"O que tem Odessa de especial?"

"O mar, meu amigo. O Mar Negro e o Bósforo e Dardanelos e o Mediterrâneo, e Gibraltar e o Oceano..."

"Parece uma rota de fuga..."

"Sem a limitação dos trilhos."

"Mas, com um bocado de estreitos, convenhamos."

ALEXEI NÃO SEGUE NO DIÁLOGO. Não se sente cômodo em falas indiretas. Considera que chegara a seu limite de simbolismo. Fuga? Não. Imaginara férias, talvez. Espicha-se no beliche, as mãos na nuca, rendido e pronto para dormir.

Levin olha pela janela a paisagem em deslocamento. Lenta, de início, incrementando a velocidade à medida que os prédios são menores, até que os conjuntos habitacionais sombrios dão lugar a galpões, depósitos, silos, parques de combustíveis. Alexei mora em um conjunto daqueles. Ele, Levin, tem a sorte de morar em um pequeno bangalô ajardinado, ao norte. A casinha é meio alquebrada, mas ele faz reparos de carpintaria, ajeita o telhado para o inverno. Quando foi promovido, a empresa ofereceu-lhe um apartamento novo, mais perto da sede. Ele recusou, sentimental. A mulher resignou-se, mas sempre o alfineta quando ele luta com o encanamento.

Agora o trem vai em velocidade. Balança um pouco e, embora mais silencioso que os trens antigos da infância de Levin, persiste em ritmo hipnótico na percussão dos ferros, nas emendas dos trilhos. Pelas frestas, insinua-se o cheiro de graxa, de óleo queimado. Alexei estava enganado ou enganando-o. O trem queima diesel, sem dúvida.

Quer glosar este fato, mas Alexei tem os olhos fechados, a cara relaxada...

"Dorme ou sonha com o mar", Levin pensa e volta à janela. Um retângulo de cantos arredondados absolutamente negro, agora. Em uns segundos, um traço de luz passa célere. Demora para outro passar. Mas, chegam novos, riscando a janela em alturas diferentes. Ao longe, indiferentes a estes bólides, algumas galáxias pequenas, com luzinhas amarelas, passam, muito mais lentas. Aldeias, vilarejos. Fosse dia, Levin saberia o nome delas. Borova, Ivankiv, Dibrova. Quando não há a passagem dos cometas, quando todas as galáxias se afastaram, a noite deixa ver apenas o borrão do mato ralo na margem dos trilhos. É a luz das janelas do trem, a fonte. A única luz. Logo virão os trigais. O mar de trigo. O oceano de trigo. O trem singra o trigo, singra o trigo, singra o trigo, trigo... trigo... trigo...

UMA PANCADA SECA NA porta da cabine. Levin puxa a corrediça. Para desgosto dele, não é a atendente jovem. É a chefe de vagão, agora ainda mais velha, a cara inchada de cansaço. Fala por cima do aviso que vem nos alto-falantes:

"Parada em Vinnytsia dentro de alguns instantes", e acrescenta, em solo automático: "A parada será de cinco minutos. Se forem descer para comprar algo, sejam rápidos."

Levin e Alexei se consultam com o olhar. "Melhor, não. Vai que nos abandonam aqui", pensam em simultâneo. Olham para a plataforma. Luzes amarelas, lúgubres. Ninguém parece ter descido. Ninguém parece ter embarcado, ao menos na primeira classe. A porta de vidro do café é a única que lança um retângulo de luz leitosa, no piso da plataforma. Alguém do trem entra no café e conversa com o homem do balcão. Uma fala cheia de gestos exclamativos. Parecem rir, os dois. O homem se despede acenando com o boné e volta ao trem. É o maquinista, talvez. Coincidentemente, o apito do trem soa uma nota de lamúria alongada que engorda e enrouquece no final, como um urro de um bicho. Vão partir.

Levin lembra de Vinnytsia. Era primavera e a imagem que se gravou na sua lembrança foi a de um jardim entre a igreja e o cemitério. Um jardinzinho cuidado pelos moradores, florido até transbordar pela cerca, colorido a tal extremo que tudo parecia de crepom. Levin teve que tocar e cheirar as plantas para sabê-las naturais. Um casal de crianças sentado num banco, as pernas sem tocar o chão, riu da incredulidade de Levin.

Era um tempo ruim para Levin. Quando viu o jardim, o cemitério varrido de folhas, caiado em azul celeste, pensou em morrer e ser enterrado ali. Tempos difíceis, não gostava de lembrar. Também não sabia por que a cidade chamava-se Veneza, como a italiana. E, não perguntou. Tampouco lhe disseram. Não houve muitas conversas sociais. O tempo também era ruim para os de lá, para a lavoura. Levin estava ali em razão disso. Os moradores não gostavam, achavam que ele era agente do Estado, capaz de lançar-lhes a culpa pela queda na produção.

Vem-lhe a ideia tétrica e cômica: "Morro nesta Veneza terrestre, sou enterrado entre as flores. O povo da cooperativa vem à noite, me desenterra e espanca meu cadáver. Atira-me num monturo da palha da colheita e de esterco de vaca. Viro adubo que é depois lançado nos canteiros do jardinzinho."

Alexei já dorme de novo, três miniaturas de vodca o embalaram. Escapa deste pequeno conto de terror. Levin, mesmo, não está certo de que lhe contaria esta fantasia. Na janela, volta o mesmo filme. Flashes, riscos de luz. Os postes de iluminação vão rareando, enquanto a cidade se esgarça no campo. Trigo na noite. "Eu, adubo", Levin mastiga, ao ritmo do trem. Cochila duas vezes, a cabeça despencada, num tranco. Pensa em ver as horas. Está sem o relógio. "O celular mostra horas", mas, ele não chega a olhar.

Quando param em Podilskyi, tudo se repete, mas a estação é mais sombria, um daqueles projetos burocráticos, estatais, em que qualquer tentativa estética poderia ter passado por fragilidade ou emulação burguesa. A pintura e as ferragens estão fuliginosas, uma pátina deposita-se há décadas nas superfícies, conquistou um direito de permanência ou de acabamento, a finalização do projeto. Levin imagina se tudo aquilo não foi calculado, ou, por outra, se aquilo não era o destino desejado para a obra, fora embutido inconscientemente no seu conceito. Lembra da poltrona na estação de Kiev. O positivismo capitalista rompido para que aflore a indigência. Como livrar-se dessas lógicas caricatas que também impregnam sua mente? Ele não sabe. Com a idade que tem, ele sequer acha que haverá tempo.

Alexei está inquieto. Acabaram as garrafinhas de vodca. Ele não quer arriscar descer à plataforma para comprar bebida. Pensa em pedir ao serviço do trem. Imagina que o preço deva ser escorchante. Bebidas, a empresa não paga. Olha para Levin. O outro, taciturno, olha a estação, o pouco e bastante do que pode dela ver. Alexei o consola:

"É a última perna."

"Quê?"

"A última perna. O trem só para duas vezes."

"Ah!... Ainda acho que devíamos ter vindo de carro, de dia."

"Quer saber? Também acho. Podemos voltar de carro."

"Como?"

"Vendemos os bilhetes de volta, alugamos um carro."

"É possível? Os bilhetes estão em nosso nome."

"Os bilhetes não. As reservas estavam."

"Pedem identidade..."

"Só para o embarque. Não vão conferir a emissão da passagem, quem pagou."

"Bom, se é assim..."

"Pois é. Fechados?"

"Ahn... Acho que sim. Vamos ver em Odessa como as coisas andam."

"Certo, chefe. Vemos lá."

ALEXEI PUXOU A COBERTA sobre os olhos, amortalhando-se para dormir. O trem deu um solavanco, retrocedeu uns metros. Outro tranco. "Engataram ou desengataram algo", Levin conjectura. A composição arranca, como num soluço. Soluça mais e, aos poucos, pega o ritmo e avança entre galpões, prédios escuros, depósitos destelhados. Logo a escuridão enche a janela. Levin abre a cabine, vai olhar pelo outro lado. Ali ainda há uns restos de cidade, sob poucas luzes sulfurosas. Ao fundo do vagão, sentada num banquinho, as pernas grossas apoiadas em outro banco menor, almofadado, está a velha, guarda de vagão. Ela olha para Levin, desinteressada. Levin pensa em ir até ela, puxar assunto... A velha parece pressentir esta intenção e se recolhe em um sono tão fingido quanto instantâneo. Ele volta à cabine, cerra a porta. Alexei revira-se no beliche, repuxa a coberta.

Levin volta à sua janela. Avista, no meio do campo, como numa ilha, um caminhão e um toldo iluminado. Uns vultos. Apura a vista. Migrantes? Ciganos? Quer ver melhor, mas a ilha foge para trás da moldura da janela, perde-se na noite. Agora, não há mais nada. Somente o trigal, Levin sabe.

CLAREIA, ENTRE FARRAPOS DE nuvens rosadas e cinzentas. Alexei está sob a coberta revolta e convulsionada. Levin nota que ele acordara e voltara a dormir: o banheiro está mexido, as toalhas sobre a pia, úmidas.

Quando se destranca do banheiro, vê Alexei já acordado, despenteado, mas animado. Toma o café da manhã.

"Você perdeu, amigo. Quem trouxe o café foi aquela belezura de ontem. A atendente lindinha. Puxei conversa, botei prosa, pedi o telefone."

"E então?"

"Então... então, tudo certo. Nos casamos no próximo mês."

"Só vendo..."

"Ah... Pois é. Quase isso. A tudo que eu falava, ela sorria sem abrir os lábios. Muda e bela. Muito elegante. Rodou com a bandeja nesta cabine exígua como se bailasse no palco do Bolshoi. Escapou pela porta num espaço mínimo, deixou-me com um cumprimento risonho, educadíssimo. Tenho chances?"

"Rá, rá! Claro que sim... Prepare as alianças, chame-me para padrinho. Terei a honra."

A comida segue o padrão hoteleiro para desjejum, mas o café é servido em belas canecas de vidro com base de metal, à maneira russa. Fica um resto de pó no fundo, próprio para adivinhações. Levin mexe o pó, com a longa colher. Na primeira tentativa, nada aparece que lhe sugira qualquer coisa. Na segunda... nada também. Levin desiste da terceira vez.

O som da cabina recita a chegada a Odessa, canta um resumo histórico, extraído de algum texto para turistas. O trem começa a parar. A nuca de Levin acusa a inércia da freada.

"Parou diferente, dessa vez."

Alexei concorda:

"Sim. Vai ver, ia passando da plataforma."

Os trens para Odessa param em plataformas a descoberto ou ao lado de esguias cobertas em corredor. Não há gare abrigada, "mas não tem importância", Levin reflete. "Não é inverno. O tempo está bonito". Os dois começam a se armar com as mochilas. É toda a bagagem deles. Roupas de muda, papelada da empresa. Esperam jogo rápido no trabalho.

O som da cabina toca um acorde. Avisa que o desembarque será atrasado por alguns minutos. Por motivos técnicos, as portas estarão fechadas, até segundo aviso. Recomenda que permaneçam nas cabinas.

Pela janela, Levin nada vê de anormal. Saem da cabina e olham o movimento na plataforma, pelas janelas de bombordo. Alexei aproxima bem a cara do vidro, espiando ao norte e ao sul. A guarda velha aparece pela porta de comunicação dos vagões. Com gestos de mão, ordena que os dois voltem para a cabina. Sentam-se nos beliches, obedientes.

"Viu alguma coisa?"

"Carros da polícia e ambulância, multidão."

"De que lado?"

"Adiante."

"Ah, bom. Pensei que o trem tivesse atropelado alguém... A freada..."

"Não, não. Já faz tempo, certamente. Tem um círculo de gente e fitas de isolamento. Acho que o trem parou antes devido a isso, do que houve."

"Vai demorar? Você acha?"

"Quem sabe?"

"Não seria bom perguntar à guarda?"

"Não me atrevo. Se fosse a moça, eu iria."

"Não gosto de estar trancado em trens. Temos uma tradição tenebrosa nisso."

"Isto é história. Exageros."

"Sei não. As coisas gostam de voltar, por aqui. Parece um ciclo, fatalismo, etc. e tal."

"Pense em outra coisa, camarada. Por exemplo. Ouça isso: tenho uma ideia para nós."

"Outra? Qual?"

"É cedo. A Capitania e o escritório da aduana só abrem às 9h. Marquei com nosso despachante às 9h30, junto à mulher do marinheiro, no porto."

"Mulher do quê?"

"Do marinheiro."

"É um bar? É meio cedo para isso. E, temos trabalho."

"Não é um bar. É uma estátua. É um lugar conhecido aqui em Odessa."

"Qual é a ideia?"

"A ideia é ir até lá a pé, passeando. Para esticar as pernas, depois da viagem."

"E, não é longe?"

"Uns 40 minutos, flanando. Vendo a paisagem, pela Rua Pushkin até a Avenida Beira-Mar. Descemos as escadas Potemkin..."

"Eu topo."

"Gosto de ver assim, tiozinho."

"Se conseguirmos sair desta lata, pequeno sobrinho..."

As portas descerram-se com um silvo pneumático, ao mesmo tempo em que os alto-falantes anunciam o desembarque, pedem desculpas pelo inconveniente, repetem a mensagem gravada sobre Odessa. Eles saltam do vagão para a plataforma onde estão perfiladas as duas atendentes para as despedidas de praxe, ambas com suas máscaras funcionais: a velha de cara dura, a jovem com o sorriso cosmético e gentil.

"Que houve aqui? Por que o atraso?"

A velha sequer se mexe à pergunta de Levin. A moça ergue os ombros, em simpaticíssimo sinal de ignorância, o sorriso mantido, o olhar em foco indefinido.

Levin dá caminho para Alexei passar adiante, seu cicerone.

"Sua noiva tem algo de autômata, meu caro."

"Isso não vai me incomodar, nem um pouco."

LEVIN É O MAIS curioso. Já se foram polícia e ambulância, mas ele quer saber o que se passou. Dois rapazes estão na entrada de uma rampa que leva ao prédio da estação. Levin vai até eles. Os dois se encolhem, desconfiados.

"Que houve aqui? Nosso trem ficou fechado, sem desembarque."

Os rapazes se entreolham, calculam como responder a Levin. Examinam seu tipo, folheando seus catálogos internos de perigos mais usuais. Escaneiam-lhe a roupa, detêm-se na mochila de ombros. A intuição mútua lhes diz que não se trata de policial, a mochila destitui a imagem de tira. Sentem-se mais seguros. Um deles fala.

"Briga de casal. Ele jogou ela nos trilhos. Ela bateu a cabeça. Morreu ou desmaiou, não se sabe. Levaram na ambulância. A polícia pegou o cara. Ele ainda estava lá, chorando."

"Jogou nos trilhos? Por quê?"

"Ela não queria repartir o bagulho."

"Bagulho?"

"Droga."

"São drogados?"

Silêncio.

"Vocês conhecem?"

Silêncio. Eles dão as costas, querem ir. Levin insiste.

"Conhecem?"

Um deles responde sobre o ombro.

"Todo mundo conhece. Vivem aqui no entorno da estação. Ela faz programas. Ou, fazia."

Alexei puxa Levin pelo braço.

"Vamos. Não há nada a fazer aqui. Não é da nossa conta."

Levin está parado, estatuário.

"Não gosto de trens. Nem de estações. Não gosto da vida."

Na saída da estação, enfiam-se em um túnel para pedestres e emergem na boca da Rua Pushkin.

"É um estirão grande. Tem certeza de que vai aguentar?"

"É todo assim, arborizado?"

"Todo."

"É bonito."

Os dois seguem, mochilas às costas, peregrinos matinais. Ainda há poucos carros, janelas estão fechadas. As árvores nas calçadas, em alguns pontos, tocam-se em abóbada, cobrindo a rua. Há carvalhos antigos. "Pushkin os viu, certamente. Essas árvores vivem e vivem", Levin pensa. Alexei saberia onde morou o poeta? Dificilmente. Deve haver placa indicativa. Museu e monumento, Levin sabe que sim, que existem. Mas, ele pode ter morado em quaisquer das casas de dois andares tão semelhantes entre si, exceto nos cruzamentos, onde algo singular sempre nasce, aproveitando a franquia criativa dos ângulos das esquinas.

Alexei tem razão. O mar conta. Eles não o avistam da rua, mas a aragem salina chega às narinas, de imediato. Às vezes, misturada no cheiro da folhagem e da resina das árvores. Outras vezes, como um golpe fresco de salitre e sargaço.

Alexei vai à frente, desbravando o cenário. Faz uma mesura cortês para um grupo de ciclistas que vem de uma transversal. Mais adiante, dá um salto olímpico sobre a poça de água e sabão que um homem varre para a sarjeta, em frente a um açougue. A janela de cima está aberta e ainda há luz acesa. Provavelmente o homem mora lá. Levin tem vontade de perguntar ao açougueiro se ele sabe da casa de Pushkin. Refreia-se. Inquire-se se a sua elação é fruto do ar marinho ou se apenas está feliz. Ele não sabe.

Aos poucos, algumas portas se abrem. Há mais gente na rua. E jovens, correndo, em roupas vistosas. Ou, casais idosos que, compulsoriamente, limitam-se a andar.

Eles seguem. A rua é mais longa do que Levin imaginou, mas ele sente-se bem. As árvores ajudam. O ar marinho é uma novidade boa. A cidade é bonita, tem um jeito educado. Moraria aqui? Sempre se faz esta pergunta em um lugar novo. Pensa que a ideia de recomeços sempre habitou nele e que ele sempre a negligenciou. Quantas vidas poderia ter, encapsuladas em uma só, para viver em cada uma dessas cidades? Acha a ideia bizarra e, ao mesmo tempo, melancólica. Sempre que volta para casa, as outras cidades e também as outras vidas se dissipam.

O fim da Rua Pushkin – ou seu começo, para quem vem do centro da cidade – dá-se num entroncamento de prédios institucionais e a via é vedada a carros. Há cavaletes. Alexei conhece o atalho pedestre que vai dar no Bulevar da Beira-Mar. Quando lá chegam, veem mais gente em trajes de *jogging*. A manhã já se firmou, não tem mais aquela indecisão de luzes do final da madrugada. O céu está claro, a temperatura amena.

Ao longo do bulevar, também há árvores. São mais altas e mais novas. Talvez tenham crescido tanto por terem espaço mais amplo: há prédios somente de um lado da rua. O outro lado vai em declive para o porto, em terraços plantados e construções baixas. Eles avistam o mar entre recortes de galhos e folhagens.

"Cartão-postal, hein? Que acha?"

"Uma beleza."

"Em frente, chegamos na praça do Duque e na escadaria. Descemos ao porto."

"Tudo bem. Não há pressa. Estou gostando. O que é aquele teto de vidro, ali no gramado?"

"Não sei. Não estava aqui quando servi. Vamos ver."

Sob o teto, uma estrutura facetada de vidro temperado, há uma escavação, funda de uns dois metros. Foi uma prospecção arqueológica de artefatos gregos. Agora tudo está arranjado de modo mais pedagógico. Ânforas, estatuetas, cantaria. Réplicas, tudo. A instalação mostra que aquela área foi visitada desde a antiguidade, foi, desde sempre, uma encruzilhada de povos, culturas, etnias...

Eles leem as placas, veem os gráficos, andam em redor do teto. Alexei tira fotos com o celular. Estica o braço e comanda um riso do encabulado Levin. Só eles olham para o buraco. Quem passa olha para eles, com curiosidade. Não é um ponto turístico habitual. Os turistas se concentram na Praça do Duque e na Escadaria Potemkin.

"Gostei. Mando as fotos para seu e-mail."

Levin espera que as fotos não tenham flagrado o lixo que foi infiltrado para dentro do fosso, por alguma fenda ou vidro quebrado. Invólucros de chocolate e de cigarros, papeizinhos de bombom... Tudo agora promovido a espécimes de cultura jônico-grega. Ele não quer chamar atenção de Alexei para os detritos. Tem certeza de que ele não os notou, passou míope por esses detalhes, eclipsou-os, por não essenciais. Ele inveja o amigo, sua cegueira seletiva.

Chegam à Praça do Duque, cuja estátua faz guarda, do alto, aos lances da Escadaria Potemkin. Vê-se o porto, o farol, um grande pedaço do mar. Já há turistas na praça e nas escadas. A escadaria, porém, está dividida ao meio por um cordão de isolamento. Descem, de um lado, os turistas, entre eles Alexei e Levin, todos atraídos mais pelo que se passa nos lances reservados do que pela paisagem à frente deles.

Na primeira das esplanadas de descanso dos degraus, acumulam-se duas dezenas de carros de bebê, todos iguais e antigos. Abaixo, ao nível da rua do porto, uma equipe de filmagem comanda a ação, com *walkie-talkies*. Gravam um filme. Em cada descanso na escadaria, há câmeras instaladas, com suas guarnições. Alexei e Levin descem devagar, olhando a ação. Aos comandos da direção, abaixo, os carrinhos são soltos, uns despencam pela escada, aos pulos. Outros rolam destrambelhados os degraus, em queda catastrófica. A cada um que logra uma descida ao menos regular, irrompem aplausos dos turistas. Ao último carrinho, Levin e Alexei já estão embaixo, perto do pessoal de filmagem. É gente jovem, a maioria não parece natural do país. Sérios. Uma das jovens anota coisas em um *tablet*. Um sujeito de óculos grossos, que deve ser diretor ou mandachuva, dá ordens a torto e a direito, acatadas pelos ajudantes, num corre-corre que parece eficiente. Dois carros da polícia estão parados, em apoio à segurança. Os guardas, jovens também, observam interessados.

Alexei olha interrogativamente para Levin.
"Que diabos vem a ser isto?"
"Alguma paródia ou alusão a Eisenstein, ao filme do couraçado."
"Ah, sim, claro, claro. O carrinho. Mas isto tudo deve custar uma nota..."
"Nem só de pão vive o homem, Alexei."
"E você vem me dizer isto na terra do trigo, meu amigo..."
Saem do pé da escadaria. Agora estão na frente do píer da Capitania. Há uma passagem de nível e uma passarela para pedestres, curva, até as instalações do porto.
"É ali que vamos?"
"Pelo menos, a princípio. Vamos saber mais com o despachante."
"Junto da mulher do marinheiro."
"Exatamente."
"Então, vamos a essa senhora."

A estátua está em um nicho em forma de proa de navio, afrontando o mar. A mulher, encostada no gradil da amurada, segura uma criança que, espichada, acena ao oceano para um pai hipoteticamente distante ou ausente. Ou morto. Mãe e filho não sabem, mas o escultor supôs que sim, para dar densidade dramática à obra. Com habilidade artesanal, o artista envolveu o corpo da jovem mãe em uma exígua roupa molhada, batida pela espuma das ondas.

"Nunca entendi por que acenam de um navio para o marinheiro. Eles estão embarcados, também? Não acha que ela devia estar num molhe, tão somente? O marinheiro se foi, eles dão adeus..."

"Sim, é verdade. A não ser que tenham alugado um navio para procurar o pai. Tudo é possível, na arte. Mas, não é isto o que me preocupa mais na escultura. O mais preocupante é a voluptuosidade da mãe, sua meia nudez. Ela ali, assim, no porto, sob olhares cobiçosos de outros homens, marinheiros bêbedos... Ela não poderia ser uma genitora mais casta?"

"A criança também tem pouca roupa."

"É a penúria nas alegorias, Alexei. Quanto mais despidas mais genéricas e, assim, mais universais. Pode ser, apenas, que o pai marinheiro seja um sovina miserável."

"Nesse caso, a despedida teria sido para valer."

"Um adeus fundido em bronze, Alexei. Para durar uma eternidade, mesmo com a maresia."

Sentam-se num banco, olhando o mar. Levin imagina que se cada um tivesse uma bússola, a de Alexei apontaria para fora do porto além do farol, ao ocidente. A sua estaria travada para a terra. Ele a sacudiria, ela giraria um pouco e voltaria, teimosa, à Velha Pátria.

Respiram o ar do mar. Alexei admira as ondas na água. Levin as transporta aos trigais. Até que uma voz os chama:

"Alexei? Levin?"

"Somos nós."

"Eu sou Karenin, o despachante. Como estão?"

"Muito bem, obrigado. Gratos pela pontualidade."

Levin tem a visão ofuscada pelos reflexos do mar. Fixa os olhos para ver melhor a cara do homem. Crê enxergar nela umas ostensivas orelhas de abano. Tem a sensação de ter visto ou lido aquele rosto antes.

O despachante, incomodado, acusa o olhar apatetado de Levin.

"Vamos?"

Os três seguem para o prédio da Capitania.

Levin vai ruminando: "Deve ser impressão minha. Karenin é só um nome."

Moscou / São Petersburgo

Era estranho estar naquele círculo de inverno extremo, enquanto, lá fora, rondava uma primavera perfeita. O Volga fluía, gordo, completamente pacificado naquele trecho de cidade. Sequer faltavam pássaros nas árvores, o céu parecia recém-pintado com nuvens exatas.

Estávamos nas roupas de apresentação de sempre. As moças em vestidos longos, que as deixavam mais adultas, os rapazes, de terno escuro e camisa com gola olímpica, que os deixavam ainda mais juvenis.

Os espectadores contribuíam para a estranheza do clima. Os meninos do colégio foram dispensados da farda e usavam calções e camisetas, a população estava em suas roupas de passeio, uma ciranda de coisas estivais, floridas, saias de bolinhas, em xadrez.

Dois outros grupos compunham a plateia. Uma ala de dirigentes e funcionários do burgo, em suas roupas formais, e um ninho acidental de turistas, com suas câmeras, com sua amostragem variegada de lugares, idades e roupas, óculos, chapéus de verão, bermudas.

Cadeiras foram montadas em semicírculo. Nos primeiros renques, elas eram iguais, mas as filas restantes foram completadas com tudo o que havia para sentar. Assentos dobráveis do refeitório, dos funcionários. Dois banquinhos, sem encosto, parecendo infantis e perdidos no conjunto.

Nosso palco, ao rés do piso, foi demarcado com tapete e cordas revestidas de veludo, tendidas de postes de latão, um redil onde nos concentramos com nossos instrumentos. Tínhamos nossas próprias cadeiras e estantes, trazidas no trem, e o nosso piano, um tanto massacrado pelas viagens e sacolejos do transporte.

Todos, nós e o público, estávamos encerrados no anel opressor da Batalha de Stalingrado, em seu laço de neve e sangue, lama, fumaça e clamores de ferro. Bem atrás de nós, um soldado muito ferido era arrastado para abrigo sob os destroços de um tanque. Seus colegas, em atitudes heroicas, tinham a farda em farrapos, um deles com bandagens na cabeça. Havia neve no chão – a trilha do arrasto do soldado via-se perfeitamente, havia neve caindo, o céu guardava mais neve e, também, fogo, metralha, destruição e morte. Do lado oposto, um avião riscava o céu. Não sabíamos como e de onde decolara, se era amigo ou inimigo. Parecia estar ali desde sempre, em traçado final, seu rasto de fumo escrevendo um clímax em suspenso.

Fomos tocar em homenagem a essa batalha, no meio dela, no prédio do Panorama, em Stalingrado. Iniciamos com Villa-Lobos. Foi escolha do regente convidado, Pedro:

"Não quero começar com o fragor da batalha. Vamos deixar para o fim. Viemos de trem. Vamos dar a eles o *Trenzinho Caipira*. De entrada, a Paz."

Pedro era assim. Bem-humorado, rápido e decidido. Um sujeito bonito, moço, tipo para meridional, italiano, parecia. Mas, era brasileiro, ou nasceu lá e vivia na França.

De certo modo, éramos todos "trenzinhos caipiras", pinçados nos vilarejos, pequenas cidades rurais. A Liga da Juventude, quero dizer, seus dirigentes, quero dizer o Partido, quero dizer, o Estado, nos havia reunido, instruído, programado como um conjunto de talentos excepcionais, jovens prodigiosos, frutos do sucesso da Revolução.

Gostávamos disso. Éramos apresentados como Artistas Eméritos do Povo. Tínhamos alguns privilégios em alimentação, vestuário, moradia. Nada mal. Melhor que cuidar de gado, porcos. Plantar batatas, algodão, fazer a colheita, hibernar, retornar ao ciclo. Alguns de nós, até, poderiam ter escapado dessa rotina e trabalhado em fundições ou olarias, não mais que isso.

A Liga deixara, por esse tempo, de pretender-se universal, aglutinadora de jovens camponeses ou proletários. Tornara-se uma falange da elite educada e, quem quer que pretendesse uma carreira no Partido, na Administração ou na Universidade, teria que obter sua chancela, sua recomendação. Negava-se que a Liga fosse instrumento do Partido, dizia-se que era tão independente como em 1918, mas, na prática, ela não dava um passo que não estivesse alinhado com as Diretrizes. Dentro dela, a luta pelo poder era feroz, e embora já não houvesse expurgos e fuzilamentos, qualquer desvio poderia levar à morte política ou ao olvido.

Nossa condição artística, este tipo de prerrogativa, nos punha à margem das disputas, mas nos exigia um estado de prontidão:

"Ensaiem durante a próxima semana, em tempo integral. Vão tocar em Stalingrado."

Assim, íamos.

Voltamos de Stalingrado e às nossas rotinas de ensaios e estudos. O maestro Pedro veio conosco para acertar projetos com a Liga. Não sabíamos que Anna caíra, já em Stalingrado, na relação, no desastrado encontro amoroso que selaria nosso destino, digamos assim.

Quem era Pedro?
Naquele momento, para nós, um sujeito vivido, com energia, um homem com experiência do mundo e com imaginação. Para a Liga, um artista de talento reconhecido no exterior, um homem solidário à causa, um elemento de propaganda.

Sabíamos também que poderia parecer um pouco conosco, por suas origens. Filho de operários, o pai sindicalista, a mãe tecelã, egressos de cidades periféricas. "Descoberto" por um professor da rede pública ligado ao Partido. Protegido por ambos. Escola de Música, aperfeiçoamento na França e Alemanha. Voltou ao Brasil. Concurso para a Universidade. Exílio, após o golpe militar. Concurso para o Conservatório, em Paris. Aceito. Um dos mais jovens.

Por fim, o que viríamos a saber, o que nos viria a ser dito, acusatoriamente, em provocação, como se desde sempre soubéssemos: que havia sido cooptado pela Fundação Fairfield, que mantinha contatos com o Congresso para a Liberdade da Cultura, que gozava de intimidade na USIA, que, enfim, era um infiltrado em nosso meio, sob nossa maior simpatia.

Depois, enxergamos essa trama como uma partitura confusa, preenchida com retornos e alusões, um tema insinuado, do qual apenas Anna pensava ter conhecimento da progressão e desenvolvimento.

Sabíamos o que Anna nos transmitiu do projeto de Pedro: que faríamos concertos itinerantes ao longo da ferrovia, a partir de Zelenogrado, que, depois do encerramento em Leningrado, iríamos em uma turnê, ao exterior, com início na Finlândia, seguindo à Noruega, Dinamarca, e França – em duas cidades e, por fim, Paris. Que este plano, proposto por Pedro à Liga, visava mostrar no Exterior tanto nosso "jovem talento", quanto o progresso e a afluência disponibilizados ao Povo. Éramos exemplos do sucesso dessa política. A Liga havia concordado, adjudicado recursos. "Tocarão em vossas aldeias de origem, antes de conquistar o mundo". Palavras de Pedro, em francês lento, que Anna traduziu para nós, felizes, inocentes, ambiciosos e embevecidos.

Quem era Anna?
Anna era nossa Primeira Pianista. Natural de Tver, tinha origem diversa de nós outros. Seu pai, funcionário do Estado, morreu das sequelas de ferimentos

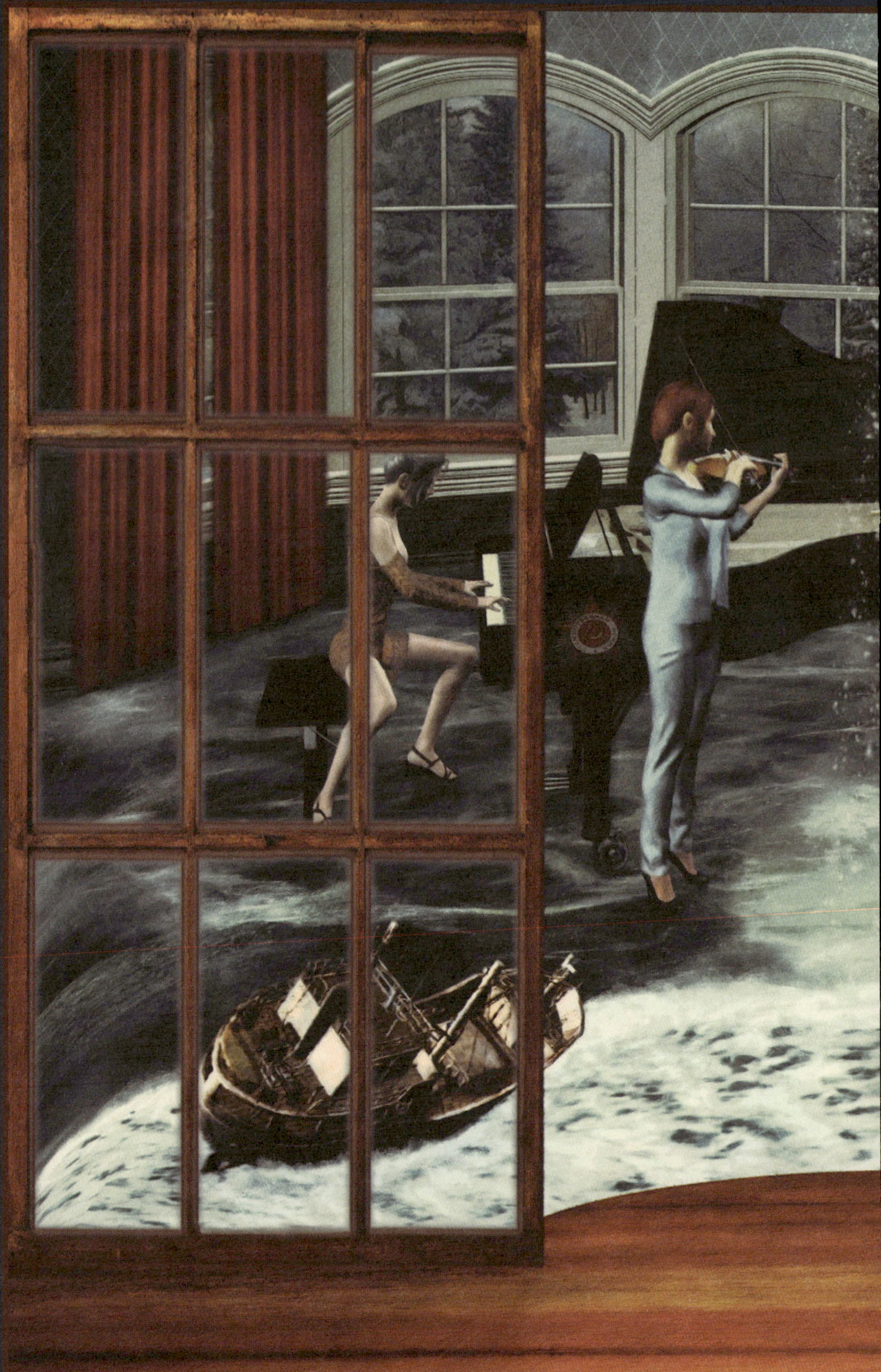

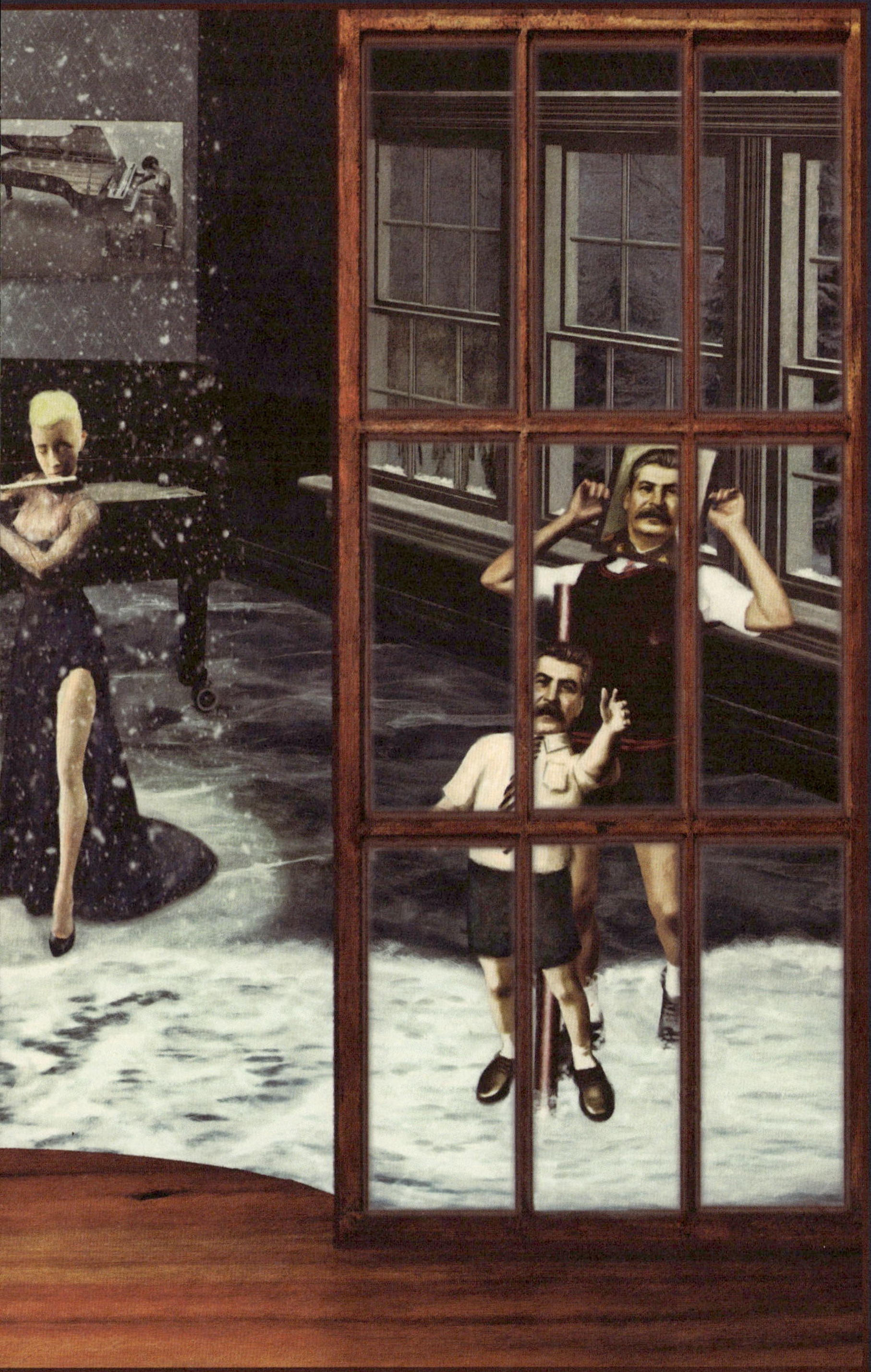

na ofensiva de Lublin-Brest, na Segunda Guerra. Sua mãe era tradutora numa editora de livros didáticos. Ela a criou sozinha, não voltou a se casar.

Anna era bonita? Ficava bonita quando tocava, muito elegante de gestos, esguia em sua roupa de concerto. Pouco se pintava, praticava muito, lia durante as nossas longas viagens.

Quem éramos?

Éramos, também: Lidiya, outra pianista; Yuliya, violinista; Zhana, flautista; Yakov, violinista; Stepan, violoncelista; Grigory, contrabaixista.

Todos de aldeias ou pequenas cidades que foram semeadas no campo, seguindo o traçado que o dedo do tzar fez no mapa, para a ferrovia Moscou-São Petersburgo. Ali fomos colhidos, exemplos mutantes da lavoura, frutos de qualidade premium, postos na frente da prateleira, em orgulhosa exposição.

Claro, exageros. Éramos jovens prendados, sorteados pelo dom, nenhum de nós era verdadeiramente notável, isso foi uma imagem construída pela Liga. Sobressaíamos da massa da população agrária, pelo contraste que ela nos fazia, com seu pano de fundo tristemente opaco, laboral, rotineiro.

Demoraríamos para chegar a essa conclusão? Alguns de nós morreram sob ilusão, roídos e desbastados pela frustração na carreira, nas esperanças. Falávamo-nos pouco, muitos tinham ido morar longe.

Sobrevivemos, em Moscou, Yakov e eu, Stepan.

Há dois dias, chegaram telegramas da morte de Grigory, em Tosno, onde morava com o neto.

Ambos, somos aposentados. Yakov deixou a música, fez cursos técnicos, trabalhou em comércio exterior, seu último emprego foi na companhia de gás. Eu segui com a música, mais como professor. Aposentei-me como supervisor de ensino musical para escolas de base. Moramos perto. Sou viúvo. Yakov tem mulher e duas filhas, ambas casadas, moram longe de Moscou.

Yakov telefonou-me sobre o telegrama: iria, senão ao velório e enterro, ao menos à cerimônia memorial de Grigory. O Conselho de Administração da cidade e remanescentes do Komsomol prestariam homenagem ao morto. Perguntou se eu não queria ir com ele.

Grigory também deixara a música de lado, entrara para a política, lograra algumas posições de poder regional, atravessara teimosamente a transição e o colapso do regime, recolhera-se num nicho arcaico de intransigência partidária. Então, adoeceu por longo tempo e morreu.

"De onde tirou esta vontade?", indaguei a Yakov.

"É um pretexto para revisitar o caminho a São Petersburgo. Ver o que mudou. Podemos ir de trem."

"Foi uma estrada dolorosa, aquela. Para que rever?"

"Já não dói, ao menos em mim. E em você?"

"Não sei. Só estive por aquelas bandas a trabalho. Tipo, ir e vir. Fui e vim pela M11, pela M10."

"Vamos gastar só uns dois, três dias de estrada. Ficou fácil marcar viagens e sincronizar horários. Tudo pelo computador. E não é caro, nos trens comuns."

Nenhum de nós dois tem mais familiares próximos morando na região. Talvez vivam lá parentes longínquos, de gerações mais novas, mas nunca houve contato, nem tivemos interesse em procurá-los. A vida seguiu.

"É primavera, somos dois velhos desocupados, não é caro, eu garanto."
Terminei concordando:

"Você cuida de marcar as passagens e pousadas, se for o caso."

"Eu cuido. Vamos até São Petersburgo. De lá, voltamos no expresso noturno."

"Irina, sua mulher, vai?"

"Somente se pudermos amarrá-la. Difícil tirá-la dos hábitos. Iremos em dueto, celo e violino, que acha?"

"Acho uma precariedade, mas vamos."

Partimos, cedo, da Estação Lenin, na Komsomolskaya. Ironia no nome, talvez. Fomos leves de bagagem, com mochilas. Rimos ao ver a multidão de jovens com o mesmo tipo de carga, de calças jeans com rasgões estetizados, roupas sintéticas em cores ácidas, bonés de beisebol *Made in China*.

"Já temos as mochilas, ainda é tempo de comprarmos roupas mais atuais", brincou Yakov.

Até seria possível. O grande hall da estação tem agora ares de *shopping*, com todo tipo de lojinhas. E tudo funciona bem, localizamos o portão de embarque no meio das entradas dos comércios, chegamos à plataforma, achamos nosso trem, saímos no horário.

Para minha surpresa, logo estávamos passando por Zelenogrado. Pensei: "Ou a cidade chegou-se a Moscou, como um satélite atraído pelo planeta maior, ou as distâncias de antigamente eram maiores". Já não havia campo separando a cidadezinha industrial da Grande Moscou. Tudo estava construído, talvez não exatamente habitado, mas ocupado por prédios de fachadas feias, armazéns com paredes cegas em cores modernas e *outdoors*, um mínimo de árvores, viadutos imbricados e sobrepostos.

"Aqui começou nosso périplo", lembrei a Yakov, "tocamos na Escola dos Metalúrgicos, era um domingo."

"Lembro perfeitamente. E tocamos mal. Anna trocou uma das partes. Isso nunca havia acontecido."

"Estava nervosa. Pedro olhou feio, mas não disse nada. Remendamos como possível."

"Ninguém notou. Os aplausos foram os mesmos."

Mas, naquela noite, no trem, Pedro chamou Anna para uma conversa no banco da frente. Falaram baixo, por um tempo. Anna voltou ao seu banco com os olhos vermelhos. Não retomou sua leitura. O livro ficou aberto, no colo, enquanto ela olhava pela janela. Grigory foi até ela, quis puxar assunto. Anna apenas olhou para ele, em silêncio, até que ele desistiu.

Perguntei a Yakov se ele acompanhara esta cena.

"Sim. Até vi quando Grigory passou por mim, de cara fechada. Vi quando o lápis que vinha apertado em seu punho estalou, quebrado. Ele estava fulo."

Passamos por Klin, sem parar. Ali tocamos na Casa de Tchaikovsky, dividindo o palco com um coral de alunos de colégio. Os meninos fizeram mais sucesso que nós, seus pais e parentes brindando-os com aplausos intensos. Saímos azedos. Pedro confortou-nos:

"Em Kalinin as coisas serão diferentes."

Antes de chegarmos a Kalinin, porém, paramos em Redkino para ensaiar em um galpão. Lembro-me que era uma aldeia desolada que fedia a piche. Não entendemos a parada. Poderíamos ter ensaiado em Kalinin. Havia tempo.

Em Kalinin, agora novamente Tver, cidade de Anna. Nosso concerto foi na sede da Duma e reuniu uma plateia de graduados, dirigentes, a Nomenclatura da cidade. Tocamos bem, estimulados talvez pelo ambiente de gala oficial. Lá esteve a mãe de Anna, mulher alta e grisalha, entrando nos seus 50, cumprimentada com simpatia pelos próceres e suas mulheres. Em algum momento, após o concerto, ela esteve em uma roda de conversação com gente da Liga e Pedro. Anna estava junto. Ela tirou a mãe do círculo e a trouxe para apresentá-la a cada um de nós. A esta altura, ela, Varvara, a mãe de Anna, já sabia dos planos da nossa excursão ao exterior e mostrava-se alegre com isso.

Fomos reunidos para nos recolhermos aos alojamentos do Colégio Militar e Anna teve permissão para ficar na casa da mãe. Pedro ficou em um hotel. Apareceu uma garrafa de vodca – surrupiada por Lidiya dentro da echarpe. No alojamento, todos brindamos e saudamos o futuro promissor.

"Lembro-me da vodca, que era péssima", disse Yakov. "E daquela parada em Redkino, para ensaio. Um lugar em que trens de passageiros pouco paravam. Era um parque de produção de combustível de turfa. Indústrias químicas. Sabe por que paramos lá?"

"Não sei."

"Foi lá que o laço apertou, que o pessoal da Liga recebeu e interpretou a Inteligência sobre Pedro, sobre os propósitos da excursão. Fomos retidos lá para que ganhassem tempo, armassem com o Comitê de Segurança. Lembra o que disse Pedro sobre o ensaio?"

"Deveria lembrar? O quê?"

"Ele disse: 'Vocês poderiam tocar isso sem minha batuta'. Anna relutou em traduzir para nós. Ele repetiu, insistiu."

"Mesmo assim, nos regeu em Kalinin, quero dizer aqui, em Tver."

"E em Likhoslavl. Vamos passar por lá. Tocamos em alternância com a banda marcial da cidade."

Silenciamos. Foi ali, naquela aldeia, que Pedro sumiu, após o concerto. Sumiram com ele, quero dizer. À noite, chegou na estação uma composição pequena. Fomos enfiados num vagão militar, sem nossos instrumentos, sem bagagem e sem muitas explicações. Anna estava cabisbaixa e nós todos perplexos, vexados como colegiais flagrados em indisciplina ou quebra de alguma regra obscura.

O trem seguiu, cortinas de lona cerrando as janelas. Vi, por uma fresta, que tínhamos parado em Spirovo. Fomos desembarcados em fila indiana.

Yakov programou ficarmos um tempo em Tver. Vimos como a cidade, com os anos e as mudanças na política e economia, renovou-se para melhor. Reviveu seus monumentos, restaurou prédios históricos, tinha uma juventude alegre, até mesmo um pouco gaiata, enchendo-lhe as ruas, bares e cafés. Mordia-me, porém, a angústia das lembranças que tínhamos evocado.

"Tem certeza de que esta viagem vai nos fazer bem?", indaguei a Yakov.

"Nem bem, nem mal, meu amigo. Não há como modificar o passado e o futuro... Bem... O futuro... Que planos você tem para ele? Considere isto como uma retificação da memória, um exercício."

"E, é necessário?"

Ele calou-se. Mas, retornou:

"Pegamos um hotel. Jantamos, dormimos aqui. Marquei passagens cedo para Spirovo. Vamos parar um pouco lá."

À simples menção de Spirovo, senti calafrios e enjoo no estômago. Ao mesmo tempo, senti-me atraído para o poço de recordações, como se a lembrança daqueles tempos, miserável que tenha sido em suas profundezas, fosse fonte ou miragem da minha juventude.

O núcleo de Spirovo continua do mesmo jeito. Não parece ter evoluído e crescido. Houve algumas mudanças puramente cosméticas. Umas e outras casas esconderam seus passados sob fachadas postiças, com janelas pré-fabricadas de alumínio e, quase tudo que era de telhas, agora é desse material. Mas, o volume das construções é o mesmo, acanhado, com um espírito de provisório que encarnou no definitivo, envelheceu assim.

Embora fosse dia, a estação mostrava sua alma sombria. Saímos logo de lá. O alvo de Yakov, nesse nosso roteiro de provações, era a fábrica de vidro. Fomos a pé pela estrada de terra, não era longe.

Ela estava lá, no meio de um mato crescido, que escalava suas cercas e gradis. Estava pintada de azul, com tinta sintética que vinha despelando e revelando, sob escamas, a vestimenta antiga, cinzenta.

No portão estava um homem velho, espécie de vigia, sentado numa cadeira de plástico moldado. À nossa aproximação, foi nos dizendo:

"Está fechada. Tem uma greve. Só está aí a gente da administração que veio de fora."

Yakov sacou uma carteira funcional da companhia de gás. O velho olhou com indiferença:

"Passem."

Foi nesta fábrica que ficamos detidos, trazidos da estação em caminhão do Exército, sob guarda de uns poucos soldados. À frente do caminhão, varrendo a estrada com os faróis, ia um carro do Comitê de Segurança do Estado com agentes. Isolaram-nos em cubículos, no que devia ser uma área de almoxarife. Separaram Anna, levaram-na.

Caminhamos pelos galpões desertos. Yakov procurava o almoxarife e a sala anexa onde fomos interrogados, um a um, mortos de medo.

Rodamos o interior dos armazéns empoeirados, fomos até uma passarela em rampa que ia ao prédio da administração. A porta metálica estava trancada.

"Não era aqui. Lembro que ficamos na parte térrea", disse Yakov.

Concordei:
"Não lembro de escadas. Não lembro dessa rampa tampouco. Pode ser mais nova."

Lembrei das idas e vindas aos cubículos, de que éramos reiteradamente levados a interrogatório, feito sempre por um agente diferente, martelando as mesmas perguntas:
"Quando o maestro Pedro propôs a fuga a vocês? Ele lhes prometeu dinheiro, emprego ou vantagem? Que posição tinha a pianista Anna no plano? Tem conhecimento de ligações anteriores dela com o maestro? Foram estabelecidas tarefas para cada um dos membros do Conjunto? Tem em sua posse, ou de outrem, documento, carta ou mensagem do Exterior? Seriam esses itens relativos ao projeto de deserção? Tem conhecimento de contatos com agentes ou funcionários hostis ao Estado, nos países propostos para a viagem do conjunto musical ao Exterior? Houve reuniões coletivas ou parciais para deliberar sobre a fuga? Estavam todos de acordo com o plano? Sabe de mais alguém envolvido internamente com o plano de evasão? Elementos da Liga? Do Partido? Conhece o escopo da organização burguesa Congresso para a Liberdade Cultural? Teve contatos diretos ou indiretos com essa organização? Com a Fundação Fairfield? Com a Fundação Ford? Discutiu com pais e parentes a ideia da fuga? Disse a eles que se tratava apenas de uma excursão de difusão e propaganda cultural? Os parentes sabiam que o projeto cultural seria um disfarce para a fuga? Foi instruído a fazer campanha e dar depoimentos como dissidente do regime, à imprensa burguesa? Foi esse o preço para sua adesão ao plano de deserção?"

Saímos por um portão lateral, uma boca de carregamento, feita para caminhões que viessem ao pátio. Yakov reconheceu o prédio antigo, ainda com a pintura daquela época, camuflado pelo abandono, ao fundo do terreno.
"Também não era aqui. Foi naquele outro, lá atrás. Foi lá que ficamos."
Em simultâneo, minha memória deu um solavanco de ajuste. Efetivamente, aquele era o prédio. Acercamo-nos, os passos abrindo o capim e evitando o lixo de latas, refugos de vidro, sacos plásticos. As portas e algumas divisórias haviam sido removidas. Mas era ele. Dava ainda para ver os desenhos que tijolos arrancados deixaram ao longo da parede. Era a tatuagem dos cubículos demolidos. Mais ao fundo, estava a parede com as duas portas estreitas. Uma dava para a sala em que fomos interrogados. A outra...
Detivemo-nos no meio do galpão, sob um talho de sol que varava o telheiro arruinado. Olhamos a porta da direita, agora apenas um vão escuro.

Estávamos de novo juntos, após a noite de interrogatórios. Formávamos um círculo, vigiado frouxamente por dois jovens soldados e o pessoal do Comitê. Haviam chegado outros da Segurança, inclusive duas mulheres.

Elas vieram até nós e extraíram Yuliya e Zhana, falando-lhes ao ouvido. Foram até a segunda porta. Entraram, fecharam. Entreolhamo-nos, em silêncio. Demorou uns 10 minutos até que a porta abrisse e Yuliya e Zhana voltassem. Ambas choravam, aos soluços. As agentes as tangeram até nosso círculo.

Anna se matara, à noite. Abriu os pulsos com uma lasca de vidro tirada de uma janela. Uma lasca de vidro. Em uma fábrica de vidros. Não havia ironia nisso, somente uma coincidência desgraçadamente cruel.

Eu e Yakov, plantados no galpão, não ouvíamos outro som senão o choro de Zhana e Yuliya, reverberando nas paredes dos anos, ecoando como acordes que nunca desejaríamos ter ouvido ou tocado. Sequer ouvimos o chamado do velho vigia, até que ele chegou a nós, tocou-nos os ombros, despertou nosso susto e regresso ao mundo:

"Viram vocês andando nas instalações. Querem saber do que se trata."

Yakov recompôs-se:

"Diga que terminamos a inspeção e que já nos vamos. Temos horário para o trem. Obrigado, tio."

Ninguém foi preso. O conjunto foi dissolvido, nossos instrumentos tomados e distribuídos para escolas de música, houve convulsão política na Liga, ajustes na diretoria, tudo foi devidamente abafado e circunscrito aos assuntos oficiais. Fui recambiado para Vyshny, rematriculado na escola, sem privilégios, recrutado para a cooperativa avícola, para trabalhos ditos voluntários, cuidei de limpeza e acondicionamento de ovos por um ano – até hoje tenho certa repulsa a eles – apresentei-me regularmente na agência de polícia do distrito, para controle e preenchimento de relatórios de conduta. Sobrevivi. Voltei a tocar, como amador. Ensinei, um pouco. Aproveitaram-me na administração escolar, quando qualquer resquício de minha vida no conjunto havia se apagado, deixando-me anônimo, depurado, útil.

Yakov fez o caminho de volta em silêncio. Eu também. Cada um vinha remoendo sua "retificação da memória", como ele dizia. Eu, sinceramente, a preferiria aleatória, não tão impiedosa e lógica. Mas, reconhecia a fatalidade desse estado linear, seu percurso em nossas vidas, sua marca gravada como trilhos. Estes mesmos trilhos que decidimos percorrer. Caminho reto e inexorável como o riscado pelo Tzar e corroborado pelo Regime, pelo Partido, pelos

Novos Empresários. De Moscou a Petersburgo, ida e volta. As vidas contidas nesse eixo. Como se ele quisesse apreender a redondeza e largura do mundo em sua estreita linha.

Na estação, Yakov, Senhor das Planilhas e Horários, mostrou-me esta mesma linha no mapa-diagrama dos trens:
"Marquei duas paradas rápidas, antes de Tosno. Sua cidade, Vyshny e a minha, Okulovka."

Que teria eu para ver em Vyshny? Acedi à programação para não contrariar o riscado de Yakov. Ele estava orgulhoso de sua organização, da sincronia nas partidas, horários de chegadas, tempos de permanência. "Tarefa de aposentado ocioso", pensei e logo me inculpei, arrependi-me de ter pensado assim, por não ser capaz de manter disciplina e foco como ele o fazia.

A estação continuava como no meu tempo de rapazote. Sempre assemelhou-se a um quartel de bombeiros, pintada por fora em óxido de ferro, e com o interior em tons de macarrão cozido. Alugamos bicicletas de um renque, no meio da praça. A única coisa que poderia me atrair, era saber se a escola ainda existia, se estava lá. Errei duas vezes o caminho, iludido pelas mudanças no uso das casas. Ali já não havia farmácia, lá instalara-se uma *lan house*. Quase tudo mudara para cores modernas, tão fortes que pareciam homogêneas, enganadoras. Yakov sugeriu olhar o mapa no celular. Recusei ofendido. Terminei acertando e a escola estava lá, com a mesma pintura, as mesmas janelas, a mesma arquitetura insossa que o Império destinava a atividades da plebe, a mesma fachada que a Revolução apenas tocara: caíram os ornatos dos Romanov, o sinete vermelho ascendeu ao frontispício. Procurei-o. Foi raspado.

Não tive a menor vontade de ver a casinha do Círculo Musical Proletário, onde pratiquei. Nem de ir até a Cooperativa, longe. Mais longe ainda, seria a casa dos meus pais. Procurei-a, uma vez, num aplicativo de visão de satélite. Nada. Só campo. Restava para meu exercício retificado de nostalgia, chegar ao entorno da Catedral da Epifania, ali perto. Mostrei a Yakov:
"Pescavam ali no Tsna congelado, sob o pontilhão, meu pai e meu tio. Eu ia junto com uma cesta para os peixes e, dentro, garrafas de vodca. Pegavam uma ou duas percas e descartavam as garrafas vazias pelos buracos no gelo. Ficavam irritados quando eu reclamava das horas e do frio."
"Não há mesmo muito o que ver, depois de tanto tempo. É uma espécie de paradoxo da idade", Yakov filosofou.

"Vai se dar o mesmo com você, em Okulovka, sou capaz de apostar", repliquei.
Ele assentiu:
"Não aposto nada."

Paramos na estação de Bologoye, mas não descemos. A estação parece um navio afundado, somente com os conveses superiores à mostra, perdidas as chaminés. Faltava muito para a imagem de navio, considerei, mas a figura persistiu, recortada contra a cidadezinha triste, pobre. Logo o trem sacolejou e arrancou à frente, como se tivesse desemperrado as rodas.
Os campos ali corrigiam a melancolia da cidade. Vi plantações de linho, beterrabas, batatas, algodão. Havia retângulos de verdes diferentes para cada cultura, telheiros de madeira e zinco para porcos e aves, currais para o gado, avistado em pastos, distantes no horizonte. O cheiro da terra chegava ao trem. Choveu naquele trecho, o de acolá foi arado há pouco. A margem da ferrovia estava semeada de florezinhas amarelas, uma trilha que, na velocidade, mesclava-se em longa pincelada. Tudo continuou assim até Okulovka. Cochilei alguns trechos. Yakov ficou de sentinela, eu disse:
"Relaxe, homem..."
Ele, críptico:
"Estamos em missão."

Em Okulovka, Yakov, logo ao descermos do trem, levou-me ao lado da estação, a um pátio de estacionamento ou armazenagem.
"Quero que veja uma coisa."
Pareceu-me uma estátua equestre sobre uma base vermelha em tronco de cilindro. Contornei uma *van* para ver melhor. Não era uma escultura equestre. Era alguém em uma motocicleta meio empinada, os braços soltos, a cabeça e o tronco em postura desafiadora. Um jovem. O bronze definia bem o panejamento de uma casaca ou jaqueta de estilo contemporâneo. A moto não era de guerra, era algo civil e quase moderno, esportivo.
"Quem é o herói?", indaguei, enquanto procurava qualquer inscrição sob os buquês de flores.
"Nosso herói é Victor Tsoi."
"O cantor de rock?"
"Ele mesmo."
"E ele morreu aqui em Okulovka? Nasceu aqui?"
"Não. O acidente que o matou foi perto de Riga. Dormiu ao volante a 130 quilômetros por hora. Deu de cara com um caminhão."

"De carro? Não foi numa moto? Nesta moto?"

"Você pode imaginar um ícone da rebeldia juvenil representado num carrinho burguês?"

"Mas, por que aqui?"

"Há monumentos a ele em todo território da Rússia. Nunca viu?"

"Sei quem ele foi, claro. Mas, não sabia desses monumentos. Pensei que fosse lembrado por alguns clubes de fãs, nos festivais, essas coisas."

"Nada disso. Preste atenção: o bronze dos pais e heróis da Revolução está sendo vertido nessas esculturas, e em sinos de igrejas. Já notou como as igrejas estão vistosas?"

"É para o turismo. São pitorescas, exóticas. Fotogênicas. Isso!"

"Sim, são. Mas, não é do que se trata. Há uma confluência da inquietação juvenil com o misticismo atávico aqui destes pagos. Há um Rasputin *heavy metal* à solta por aí..."

"Você está brincando. Não está falando sério..."

"E não estou mesmo. Seriedade não é instrumento bom para medir estes tempos."

Yakov pausou. Os olhos fechados.

"Você já pensou, Stepan, já pensou que se a maluquice tivesse dado certo, se nós, crianças maravilhas da Cortina de Ferro, tivéssemos voado para o Ocidente agitando a flâmula da Liberdade, já pensou um dia, Stepan, que seríamos nós o Anjos da Revelação dos Novos Tempos? Que haveria um monte de estátuas nossas neste mesmo bronze do roqueiro aí?"

"Não me diga que você tem uma garrafa escondida na mochila. Andou bebendo?"

"Não preciso beber para pensar ou dizer estas coisas. Você esqueceu que sou um aposentado? Um velho? Uma mente gasta que ganha créditos com fantasias?"

"Então, se não é bebida, é fome. Onde se come bem e barato aqui? Leve-nos lá, imediatamente, sabichão."

Comemos e batemos pernas pela cidade. Yakov descreveu o que não mais existia. O cenário transformado é mais ou menos o mesmo que em Vyshny, mas Okulovka, embora menor, espalhou-se ao longo da ferrovia, sem simetria. Estendeu uns braços longos para dentro dos campos, parece que teve mais sorte com indústrias. Pouca gente nas ruas, de dia, sinal de empregos. Movimento, no começo da noite, sobretudo de jovens. Provoquei Yakov:

"Podemos perguntar à garotada onde tem um clube de rock. Não quer ir?"

Ele tomou a sério:

"Não vai dar. O trem para Tosno passa cedo. Vamos nos recolher a um hotelzinho. Dormimos, chegamos descansados."

Assim foi.

Tosno renovou-se numa feição menos improvisada que suas irmãs ferroviárias. Um complexo de prédios, de melhor arquitetura que os antigos e lúgubres blocos habitacionais, desenvolveu-se numa espécie de cidade nova, funcional, com esplanadas, arborização planejada das ruas, um bairro com vida autônoma, a oeste da velha e rasa aldeia. No extremo norte, fica a fábrica de tratores e caminhões para mineração. Tem-se a impressão de que as linhas industriais e forçosamente modernas de suas instalações, ditaram o novo estilo urbano dos quarteirões. Também o povo está mudado. Do lado novo, mesmo o vestuário dos passantes é diferente. A leste da estação de trens, o povo tem um aspecto mais agrário, a população tem mais idosos, tudo parece contido numa redoma antiga, uma cápsula de tempo.

Pensávamos que a homenagem a Grigory iria se dar num dos prédios antigos. Não. Estavam dando o nome dele a uma sala da Biblioteca, quase na esquina da vasta praça do novo bairro. O largo é bem cuidado, limpo. Um repuxo d'água, bem no centro da praça, está rodeado de refletores. À noite, há um espetáculo de fonte luminosa, nos disse o taxista:

"Coisa de Disneylândia", ele detalha. "Trago as crianças, aos sábados, para ver as luzes e tomar sorvete."

Bom, não éramos os únicos velhos na homenagem. A salinha estava cheia deles e de alguns tipos mais jovens, funcionários da administração, professores, bibliotecárias. Um retrato de Grigory, ampliado da foto de alguma identidade, retocado a cores, foi descerrado numa parede, afixado entre estantes. Iniciou-se uma sucessão de falas, todas muito semelhantes, como se fossem vagões de uma composição interminável, passando vagarosos e monocórdios.

Na salinha não havia mais cadeiras vagas. Ficamos de pé, ao fundo, assistindo aquilo como fiéis relapsos que não seguiam a missa com a devoção e a disciplina protocolares.

Nos discursos, Grigory foi crescendo além da escala natural. Como na cidade, isso ocorreu de forma desigual. Parte de seu currículo projetada para um passado épico, outra parte robustecida atleticamente por suas lutas partidárias. Mesmo a sua mente cresceu além da capacidade craniana razoável, de tal modo que Marx e Engels poderiam, lá, jogar folgadamente uma partida de tênis.

Yakov tocou-me com o cotovelo, sussurrou-me ao ouvido:
"Pelo dito, morrer deve ser boa coisa..."

Demorou, mas enfim vieram os aplausos finais e o chamamento ritual:
"Grigory Andreiev Korozi..."
"Presente!", ressoou a salinha. As próprias funcionárias da biblioteca trouxeram bandejas com limonada. Procuramos o neto de Grigory. Indicaram-nos um louro, atarracado. Nos apresentamos.
"Meu avô falava sempre de vocês. Dos velhos tempos, hein?"
"Isto mesmo."
"Agradeço muito que tenham vindo."
"Era nossa obrigação. Era o mínimo..."
O neto parecia em incômodo ou com pressa. Não estimulou diálogo. Acenou, com um riso curto para alguém, atrás de nós. Voltou, com um resto de riso concluindo-se nos lábios, como a dizer: "Algo mais?"
Yakov aproveitou a deixa para pedir o endereço do cemitério:
"Fazer uma visita, prestar homenagem, sabe como é..."

Um táxi levou-nos até o cemitério da Estrada Velha. Yakov pediu que o motorista nos esperasse estacionado ao lado da capela. Ele fez isso, saiu do carro conosco. Yakov apontou para o carro, comandando um tácito "espere aqui". O moço entendeu, encostou-se no carro, acendeu um cigarro.

A igrejinha do cemitério é uma dessas miniaturas de espécimes maiores, com uma cupulazinha em cebola e com um desmesurado anúncio pascal na fachada: "Cristo Ressuscitou". As letras grandes parecem ter sido feitas para efeito de melhor convencimento. A capelinha azul elétrica, leva ares de parque de diversões ou de jardim da infância.

Uma mulher, provavelmente a zeladora, nos indicou o jazigo de Grigory:
"Mais para adiante da tumba do Exército Vermelho, à direita."
Com efeito, não foi difícil achar. Era o mais recente. O chão em redor da lápide estava pisado, as flores das coroas já iam murchando. Em uma delas, a maior, mantinha-se íntegro o disco da foice e martelo, impresso em cartolina plastificada. No centro da corbelha, preservado, ele parecia impor-se ao fenecimento das flores ao seu redor. Insistiu em mim a ideia traiçoeira de que o disco envenenava as flores, as estava matando lentamente, com algum tipo de radiação. O mesmo retrato da biblioteca mostrava um Grigory redu-

zido, em preto e branco, sob uma elipse de vidro. Seu nome estava gravado com precisão na placa de granito e um jarrinho padrão de flores artificiais já havia sido plantado no que seria o pé da sepultura. Ele estava definitiva e oficialmente enterrado.

Estávamos sós, de pé, em silêncio. Ao meu lado, ouvi uma tosse repetida em Yakov. Era uma tosse entre cava e rascante. Pensei que ele estivesse soluçando ou engasgado. Olhei para ele. Seu rosto estava vermelho, pelo efeito da tosse. Mas, parecia bem. Tomou mais fôlego. Tossiu e raspou a garganta, profundamente. Olhou em redor, apoiou uma das mãos em meu ombro, curvou-se sobre o túmulo e lançou nele, explosivamente, um enorme, abundante escarro.
Olhei para ele, absolutamente surpreso.
"Mas, o que diabo foi isso, por Cristo?"
Ele estava limpando os beiços com um lenço. Empurrou-me educadamente para o lado e chutou e espezinhou tudo o que havia na lápide.
"Vamos embora", disse ele. "Missão cumprida."
Seguimos a alameda, de volta, eu querendo dizer algo, ele me impulsionando pelo caminho, empurrando-me as costas.
Chegamos no pátio, eu quis saber o que se passara, ainda balbuciei alguma coisa, ele estancou minha fala com um gesto imperativo de silêncio. Entramos no táxi, voltamos à cidade, ao bairro velho. Yakov pediu que o motorista nos deixasse em um café.

Yakov pediu vodca, tomou duas talagadas antes de, na terceira, tocar meu copinho com um brinde exclamativo. Ele ficou quieto, repousado. Eu, não, nem um pouco.
"E, então?", indaguei com uma ponta de irritação.
"Então...", ele pausou, os olhos e a fala focalizando mais o pretérito que o momento. "Então foi o seguinte."
E ele contou:
"Bem antes de que me aposentasse, foi trabalhar conosco, na segurança da Gazprom, um camarada egresso da Segurança Interna do Comitê. Era boa praça, um sujeito já maduro, em fim de carreira. Ele atravessou sem traumas a mudança do regime, dizia-se profissional, brincava 'sou mercenário da informação'. Fizemos amizade. A mulher dele deu-se bem com Irina. Organizavam piqueniques, passeios. Um dia mostrei a ele uns poucos recortes de jornal do nosso conjunto. Ele tomou um susto. 'Você tocava com eles?' Pediu que eu falasse mais sobre aquele tempo. Eu disse o que sabia. Ele olhou para mim, a

cara consternada: 'Meu amigo', ele disse, 'esse caso era conhecido no Serviço. E eu conheço a história por dois ângulos. Vou lhe dizer como: a família de Varvara, mãe da pianista, Anna, sua amiga, essa aí, no meio da foto, era íntima da família da minha mulher. Todos de Tver.'

"A morte da Anna deixou a mãe dela arrasada, ela definhou. Doente, pediu à minha sogra que interferisse comigo para esclarecer direito o que houvera. Aceitei escarafunchar o caso, até mais por piedade à velha dama. Era um fato da Guerra Fria, o episódio era conhecido, era estudado, mas estava superado. Aliás, a ordem era superar aquela época, zerar o campo e remontar a metodologia.

"Levantando os arquivos mortos, dei de cara com um detalhe soterrado num canto. Uma ficha antiga. Estava grampeada em um informe do Comitê ao Konsomol, sobre o convite feito ao maestro Pedro. A Inteligência vinha da estação de Paris. E a fichinha era de um dos membros do conjunto: Grigory Andreiev. Lembro bem do nome, porque mandei indagar pela minha sogra se a senhora Varvara sabia dele. E, bum! Ela sabia. Durante a formação do conjunto, Anna e Grigory tinham engatado um namoro que não foi adiante – 'coisas de meninos', ela disse.

"Mas, eu me perguntava: por que era a ficha de Grigory que estava no informe e não a de Anna, suspeita de ser cúmplice direta do maestro? No verso da ficha, a lápis, estava o nome de Mikhail Torazov. Este, era um veterano no Comitê de Segurança, justamente na área cultural. Estava aposentado, mas era conhecido e morava perto, em Govorovo. Recebeu-me bem. Foi falante, ficou lisonjeado com a consulta 'de um da ativa', deu o serviço: naquela época estavam na pista de Pedro, seguiam as relações dele com o músico Nikolai Nabokov, o N.N., do Congresso para a Liberdade da Cultura. Desconfiavam que a ligação não era somente musical. Sabia-se de um plano para induzir deserção de artistas para o Ocidente. A ideia do Congresso era reforçar o discurso de propaganda contra a coerção da liberdade nas artes. A fachada de Pedro, porém era de lealdade, sobretudo para a turma do Komsomol. A imagem dele, de um jovem progressista regendo jovens do povo, os atraía. O Comitê avalizou a vinda de Pedro. Queria flagrá-lo *in situ* e denunciar o aliciamento dos jovens.

"Foi Torazov quem recrutou e instruiu Grigory para monitorar as atividades de Pedro dentro do Conjunto e para denunciar a trama, no momento oportuno. Torazov conhecia Grigory de uma entrevista deste, procurando colocação como informante avulso para o Comitê.

"A armadilha teria funcionado. Não contaram, porém, com o envolvimento amoroso de Anna. Nem com o fato de que Pedro a usaria. Casaria com ela, havia prometido. Quando estivessem no Exterior ela convenceria os outros e proclamariam a 'fuga da opressão'.

"Pedro foi preso, mas Anna, desolada, matou-se. Isso derrubou o plano de dar divulgação internacional e escandalosa das tentativas de aliciamento e corrução dos jovens soviéticos. A morte de Anna, do ponto de vista da propaganda, havia criado outra vítima, mais uma 'mártir da liberdade'...

"Não fosse isso, a denúncia de Grigory teria pautado Pedro como um vilão sequestrador internacional. Só restava, então, ao Comitê e à Liga, apagar os rastros, esconder o vexame. Em suma, o ardil e o teatro da delação só se prestaram ao suicídio de Anna.

"Antes que eu alinhavasse um entrecho mais ameno para passar à senhora Varvara, ela morreu. Fiquei um tempão com o travo da história, até que se esvaneceu no meio do trabalho.

"Então, anos depois, veio ordem para investigar um candidato à Superintendência do Comitê de Cooperativas Agrícolas, com sede em Novgorod. Quem era ele? Grigory Andreiev, o próprio. E tudo bateu. Após a delação do plano, da prisão de Pedro, da morte de Anna, ele fez carreira rápida. No Komsomol, no Partido, no jogo de xadrez de cargos políticos em que o que importa é a melhor sobrevivência, que se ferrem os outros. Uma enormidade desses processos passou pelo meu birô. Sempre tive enjoo dos carreiristas. Já não gostava do sujeito e as coisas pioraram quando recebi, da agência de Bologoye, uma fita com as informações que eu havia pedido sobre o tipo. Era a gravação de uma farra de vários funcionários veteranos, numa sede de recreação do Partido. Grigory, bêbedo, abriu a boca e gabou-se dos serviços de infiltrado, quando rapazote. Sem qualquer remorso.

"Eu, também, não tive remorsos. Relatei pela incontinência verbal e inconfidência em assuntos sensíveis do Estado. Meti o lápis vermelho na linha de recomendação ao cargo. Sabia que tinha posto ali um limite às ambições do cara. Pouco me importava. Que apodrecesse em desgraça."

Ouvi, abatido, o relato de Yakov. Ele parecia mais aliviado, o álcool ou a revelação o havia apascentado. Eu continuava com um nó na garganta, mas queria me mostrar forte. Perguntei:

"E Pedro? Seu amigo sabia o destino de Pedro?"

"Sim. Rolou em várias prisões, condenado por conspiração. Ficou doente. Precisava de hemodiálise. No tempo de Iéltsin, foi solto. Pressão diplomática e gestões da Cruz Vermelha."

Daí em diante, Yakov não sabia mais.

Calamos. O café decrépito tem velhas fotos em sépia nas paredes. São das cidades ao longo da ferrovia. A única foto em cores, nova, grande, é um panorama de São Petersburgo. Perguntei a Yakov:

"Quanto seria a entrada para o Hermitage? Nunca estive lá."

Ele procurou no celular:

"Entre 500 e 700 rublos."

Dei um muxoxo de desgosto:

"Meio caro..."

Ele passeou o dedo na tela do celular.

"Espere... hoje é quarta e... Amanhã... Amanhã é a primeira quinta-feira do mês. A entrada é de graça."

"Tem certeza?"

"Absoluta!"

Peguei a garrafa, enchi mais dois copinhos, brindei com Yakov:

"Camarada velho, quem disse que não temos sorte?"

Minsk e aquém

STANISLAV ANDRESEEV PRESTAVA ATENÇÃO mínima ao discurso do Ministro Medinsky. Algumas palavras ainda chegavam nítidas e se arrumavam ao lado das outras, mas o conjunto não formava sentido completo, muito embora isso não fosse de importância. Veio o discurso do diretor presidente Yakunin. As palavras se repetiram e, de novo, o pouco sentido parecia previsível e dispensável. Stanislav sentiu-se confortável por não ter escrito as falas. O objeto, o alvo da solenidade discreta no pátio interno da estação, falaria com mais ênfase e sintaxe, quando fosse desnudado da grande lona, de seu invólucro amorfo e pardo. Revelada, a escultura falaria por ela mesma. A "Despedida", um casal de jovens, altos de dois metros, estava para ser inaugurada sob o patrocínio do Governo, da companhia Ferroviária e da Sociedade Histórica.

Presentes, as autoridades das instituições, a equipe de escultores, alguns veteranos de guerra, fotógrafos oficiais e da imprensa, uns passantes desembarcados dos trens e que foram sequestrados pela curiosidade, a arraia miúda de funcionários – entre os quais Stanislav. Mas, sim! A banda de música patrocinada pela Sociedade Histórica e, em uma cadeira de vime trazida da casa de alguém, a anciã Asa Vasylievna em seus noventa e três anos bem sentados. Asa é filha do trombeteiro Agapkin, o homem que compôs a marcha "A Despedida da Eslava", um ícone musical russo tão durável quanto proteico: a letra que o acompanha, com rasuras ideológicas e históricas, teve sua última versão em 1991, revisada e expurgada. É uma versão ainda aceitável, embora os versos notabilizados na trilha do filme "Quando voam as Cegonhas", tenham se imposto como o hino nostálgico supremo.

De bronze, acima da escala natural, belo, ao rés do chão, o casal cumpre sua performance dupla: deve exibir a grandeza do Amor e do Sacrifício e ao mesmo tempo restar pedestre e comum ao lado do povo.

Algum discurso destacava o caráter singular da escultura: "É o único monumento no mundo dedicado a uma canção". Stanislav não tinha certeza quanto a isso. A afirmação, porém, tanto quanto a escultura, tinha esse selo, muito russo, de orgulho e primazia, capaz de impressionar pela energia expendida na confecção.

Atrelados a esta bagagem simbólica, o casal é eslavo, embora as lutas do Estado tenham englobado outros contingentes, etnias e povos. Ela, com sua trança de camponesa, ele com seu uniforme da Grande Guerra, despedem-se, universais, em nome do Povo. Duas panóplias inscritas 1914 e 1941, afixadas em postes, tornam a narrativa plástica mais estreita, porém mais didática.

Stanislav registrou em um recanto do seu espírito o arcaísmo soviético e conservador da escultura. Vem mantendo ali um acervo considerável, em fichas disfarçadas sob camadas mais atuais da mente. Tem acumulado os itens neste desvão, alguns deles, imateriais. Considera-os peças para consulta e comparação. Não os tem atribuído valor ou mérito. Resgata-os quando encontra similitude a qualquer coisa vista ou pensada. Recolhe-os à reserva quando o cotejo não funciona.

Por essa e tantas coisas, mas principalmente pelo fato de ser o mais velho no quadro de funcionários antigos do Ministério, até mesmo os pares veteranos chamam-no dinossauro. Não se aposentou, contudo. Somou vantagens financeiras ao ficar na ativa. De qualquer modo, teme o ócio da aposentadoria, o preâmbulo de um último inverno.

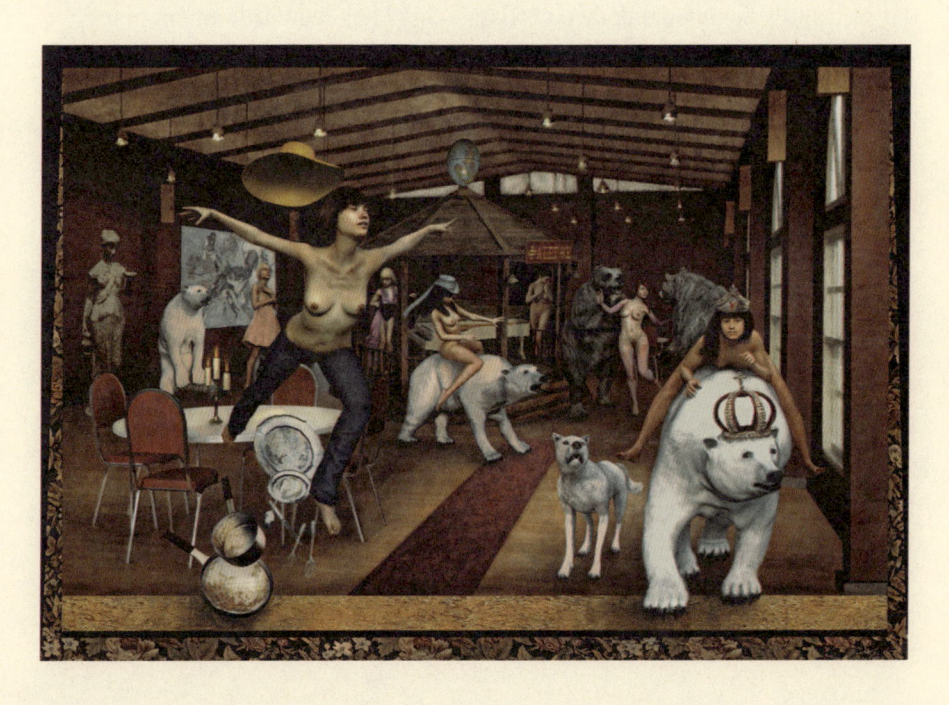

Estar na estação Bielorrússia, o ponto de partida para Minsk, remexia seu depósito de lembranças. Dali, depois da guerra, havia partido o pai, para trabalhar na reconstrução da cidade destruída. Era muito pequeno para lembrar este momento específico e suas fichas estavam transcritas na fala da mãe, em sua voz queixosa, com uma e outra nota de irritação e, mesmo, de desespero.

O pai fora sozinho para o que poderia ser uma temporada breve, mas que se alongou na medida em que os planos para a reconstrução se modificavam, em que chegavam decisões novas e interpostas, conflitos de planejamento refletiam diferenças ideológicas, questões regionais tomavam aspectos políticos cruciais. O peso da mão de Stalin prevalecia, enfim, no lápis do urbanista, na régua de cálculo do engenheiro, na prancheta do arquiteto. Minsk seria a mais soviética das cidades, a guerra a havia deixado em *tabula rasa* para este propósito, tal era a ironia.

Stanislav menino agregou esta percepção de Minsk como a extremidade de uma superfície familiar, além da qual poderia estar outro mundo. Este mundo exterior se lhe afigurava como as páginas em dobradura nos livros, mapas, ilustrações que poderiam se abrir em surpresa ou novidade assustadora.

Houve um tempo, muito depois, em que Stanislav reviu, nas cartas do pai, essa temporada de vácuo e exílio. Um grande pacote de folhas e fotos amarronzadas, entre as coisas que a mãe deixou. Os papéis haviam tomado o cheiro involuntário dos sachês de buquezinhos de flores secas, do frasquinho de perfume e os resquícios do seu aroma luxuoso e íntimo.

O pai levava o trabalho a sério ou temia censura ao que pudesse desbordar os limites de pessoalidade e profissão. Sua letra regular também guardava contenção e reserva, espelho de uma confiança tácita em que a mãe entenderia o espírito da restrição, que ela valorizaria mais a constância das cartas que transportes sentimentais. Talvez isso. Talvez não. Stanislav pinçava uma frase da escritura compacta: "Há trabalhadores poloneses nas obras. Poucos, mas capazes. É gente muito sofrida que se sente como vítima de traição, inclusive. É difícil entendê-los e querer que simpatizem conosco. Não compreendem que, para nós, o importante foi a vitória, o triunfo, que queremos e podemos partilhar isso com eles. Outro dia um deles, um técnico em fundição, veio reclamar dos adereços a aplicar nas duas torres do Portão – 'um desperdício', falou. Quando repliquei que não se tratava de luxo, mas da aparência simbólica, um sinal de orgulho e potência nos prédios públicos, fixou-me furioso e saiu-se com essa: 'Já ouvi isso antes'. Relevei o desaforo, quis entender que foi o sofrimento da guerra que falou pelo sujeito".

Em outras cartas, o pai falava da política para atrair nova população à cidade, criando anéis de áreas industriais e terciárias, alterando o traçado urbano de Minsk, seu arruamento, de perpendicular para concêntrico, abrindo eixos e esplanadas, formando zonas verdes ao longo do Svislach. "Pensou-se, até, em fazer uma nova cidade, raspando tudo o que já fora arruinado. Gastar-se-ia menos, mas o preço disso, no orgulho regional, pesaria. Daria a impressão que a cidade fora derrotada e morta. Agora, vieram diretrizes para racionalizar o plano diretor, mas insistir no estilo de grandiosidade. É importante que a cidade seja um exemplo e que o exemplo seja durável".

Enfim, depois de longas negociações e pedidos, a mãe conseguiu licença do trabalho para ver o pai, em Minsk. Ela ambicionava uma transferência, que lhe foi negada, liminarmente. Já mais crescido, Stanislav viajou também. Partiram dali, daquela mesma estação Bielorrússia. Stanislav dormiu toda a viagem, com uma pausa em Smolensk, onde, sonolento, comeu da cesta da mãe, aninhou-se amuado no colo dela, as pernas abandonadas no assento ao lado, um fio de baba escorrendo da boca entreaberta. A mãe, sem graça, ia enxugando o filete, como se desculpando aos passageiros no banco à frente. Menos mal. Stanislav havia segurado o mijo, que só aliviou ao fim da viagem, a mãe, com a porta semiaberta do sanitário do vagão: "Terminou? Lave as mãos". Stanislav lembrava da água gelada, da torneira azinhavrada, do cheiro de fumaça e fezes do cubículo. Foi sua primeira experiência ao chegar ao extremo da superfície reconhecível. Depois, viria Minsk, por inteiro.

O que Stanislav lembrava? Consultou as fichas soterradas inclusive por lembranças de outras visitas, em outras idades e momentos. Quantas vezes esteve em Minsk? Quatro ou cinco? Seis? Melhor, se pudesse compor a memória de menino com o que veria nos anos seguintes. Levava-se pelos exercícios associativos, quando, encerrada a cerimônia de inauguração, separara-se dos colegas e da corte do Ministro e explorava a estação, em demanda da conexão do metrô.

Enquanto percorria o jogo de reflexos e vitrines que reveste o interior da estação, o mapa mental de Minsk projetava-se no caminho. Nenhuma precisa topologia, contudo. Lembrava de Minsk em seu clímax arquitetônico, para o qual o pai colaborou por tantos anos, o estilo que se consolidara – diria, se impusera? – e, depois, o cerco feito a esta cidade pelos grandes blocos cinzentos da regra simplificadora de Kruchev – *mutatis mutandi* – o que ele via agora, enquanto caminhava: a vitória das placas de pepsi, burgers, dos acrílicos brilhosos e dos cromados, das cores cruas e primárias, de toda sorte de anúncios e exclamações do livre mercado. Lembrava dos dias em que a ornamentação algo bizantina do metrô foi obturada por grossa camada de tinta verde lodo. Uma tinta séria e compenetrada e triste mesmo, mais que tudo. Pouco duraram, tentativa e tinta. Agora raspavam a casca verde e faziam aflorar os desenhos e arabescos vetados. Sobre esse renascimento doloroso, lesionado, vieram as irrepreensíveis e minimalistas sinalizações das vias e as caixas iluminadas de propaganda. Repentina nêmese.

Assim, também em Minsk. Os caixotes de apartamentos da periferia despiram-se das argamassas cinzentas e ganharam fachadas pueris e suprematistas, cosmética estranha, convívio bizarro, pois no centro institucional, o que Stalin plantou tinha raízes robustas, teimosas como as falas de Lukashenko e tão arcaicas e resistentes quanto o próprio. Em frente da estação, transformada pela terceira vez, agora em um multi-super-cambiante poliedro de vidro, bem à sua frente, ainda está o Portão de Minsk, no qual trabalhou o pai. Monta guarda, com suas torres gêmeas, a uma alameda que se enfia cidade adentro. Quem disse ser Minsk uma cidade escura? Se tal é certo, só a insistência em criar luzes e espaços rasgados corroboraria essa afirmação.

Stanislav sentiu que suas fichas se embaralhavam. Seria por isso que descartavam seus discursos e textos, faziam-nos sumir dentro das gavetas, sob o fecho de um sorriso condescendente? Não era assim quando escrevia para a Rádio ou para a Agência de Difusão e Turismo. Que queriam agora? Que fosse o Putin de Park Avenue?

Precisava acalmar-se e procurou onde tomar uma pacífica xícara de chá. Tarefa difícil.

O PAI FOI BUSCÁ-LOS na estação já reconstruída, mas precária. Em frente, na praça, havia barracas e cercados de tapumes, montes de areia, pilhas de metralha, restos do que fora a cidade e que serviam, então, de alicerce para novas construções ou tinham destino menos heroico: tornavam-se material de aterro, eram atirados nas valas comuns, ocultos como resíduos da humilhação e das perdas.

Stanislav recolhia e remontava estas memórias. O pai? Como e quanto lembrava dele? Qual era a sua substância, no estágio em que ele transitava da voz da mãe, das evocações dela, para a presença física de homem? Curiosamente, Stanislav tinha uma visão mais nítida das roupas e apetrechos do pai, que da figura completa. Vestindo uma capa de campanha – uma roupa militar, sem divisas, sobre um macacão de trabalho, O pai dava pouco a ver a Stanislav. Havia a cabeça grande, a barba por fazer, os olhos azuis, o sorriso de dentes reparados pela grosseira odontologia russa. "Aquilo" abraçou a mãe, ela pequenina, envolta parcialmente pela capa empoeirada. Mais dois detalhes emergiram para Stanislav: as mãos enormes, de curtos dedos poderosos, afundando-se nas costas da roupa da mãe e, abaixo – Stanislav percorria agora o que seria o antípoda da escultura da Despedida que se ia revelando na escultura da Chegada – abaixo, ele via a contradança dos calçados da mãe e do pai, uns sapatinhos negros com abotoaduras de níquel entre as botas enlameadas do mestre de obras. Stanislav fechou os olhos e, como nos filmes, viu as flores do buquê de boas-vindas desmancharem-se em pétalas sobre a bagagem deles, no saibro da praça em construção – umas maletas pobres, espécie de pedestal para a nova escultura.

Mas, logo ele estava no ar, vendo em panorama o círculo da praça, os montes de materiais, ferro, tijolos, tubulações e a altíssima armação de andaimes das torres, uma urdidura de travessas e barras, longarinas e patamares tão complexa que Stanislav acreditou ser naquilo que o pai vinha trabalhando todo o tempo. Foi levantado ainda mais alto, depois aterrissou, levemente tonto, a mão do pai patinhando-lhe a cabeça: "Ele está maior do que parece nas fotografias...".

O que mais impressionou Stanislav foi a curiosa máquina que seu pai dirigia. Um jipe do tempo da guerra, com um saldo de tribulações e feridas que vinham daquela época. Lataria desajustada e rangente, poeira e lama seca irremovíveis. O motor envelhecia com todos os sintomas. Rouquidão e tosse. Arritmias e sonolências repentinas. A máquina os levou para longe do centro, sacudindo por avenidas que abriam talhos entre os escombros, estradas que cruzavam o rio sobre pontes provisórias feitas com trilhos e pranchas de madeira. Chegaram a um bloco de alojamentos enfiado entre um terreno de terra arranhada por *buldozers* e um resto de mata sombria.

"Bem-vindos ao lar", disse o pai, os braços abertos na largura máxima da porta do prédio. Avançaram pelo corredor que cheirava a tinta fresca, subiram uma escadinha de concreto, ainda sem corrimão, chegaram à porta do apartamento, assinalada com o nome do pai. "Grande distinção", rememorou Stanislav.

AS IMAGENS PASSAVAM RÁPIDAS. Stanislav reteve este estado de transformação, o paradoxo entre a passagem veloz do tempo e a letargia das obras. No tempo que passaram lá, não muito mais que duas semanas, em um dia, entre nascente e poente, poucas pedras se moveram, paredes se ergueram com muito esforço contra a gravidade, prédios continuaram sem telhado, as ossaturas dos tetos expostas, grelhas ao céu. Adiante, um sobrado ainda não demolido, parecia querer aparentar sua ruína definitiva à incompletude das outras construções, como se isto o pudesse salvar dos tratores e das picaretas.

A mãe indagou: "Achas que ainda demora muito?" O pai respondeu, quase sem olhar para ela: "Acho que não. O que demora mais é água, saneamento, energia. Tudo foi redesenhado...". E disse: "Prometeram me liberar tão logo se concluam as torres. Falta pouco. Durante o inverno, vamos trabalhar dentro delas. Acenderemos fogo em tonéis...".

Então, assim rapidamente, veio o dia de voltarem. O pai planejou um piquenique e passeio, na véspera, para marcar o regresso. Falou para Stanislav: "Surpresa! Vou te levar num lugar que vais gostar."

Stanislav, aceso pela expectativa, ficou insone aquela noite.

O pai deixou o jipe em um terreno calvo, sob a única árvore sobrevivente. Atravessaram o terreno até onde um jogo de armar estava sendo montado com pedras amarelas. Era domingo e o trabalho fora deixado como estava, banguela, um monte de pedras em um canto, esperando a volta dos trabalhadores. Subiram um lance de escada já concluído e chegaram a um pátio aberto na frente de um pequeno prédio, bonitinho, recém-pintado de branco e verde. Havia gente domingueira, casais, outras crianças. A calçada do pátio cortava-se abruptamente na margem da via. Stanislav podia ver que havia trilhos e brita, abaixo. O pai silenciara e apenas mantinha um risco de sorriso ao olhar inquisitivo de Stanislav: onde estava a Surpresa? O olhar insistia.

Ela veio em forma de um trenzinho que chegou silvando, bufando e que parou precisamente na frente do pátio, soltando fumaça, como um touro anão que expelisse vapor pelas ventas. Para conclusão de sua performance, soprou um apito em um tom nem um pouco abaixo da escala que seus irmãos, adultos, gostavam de praticar. Ao som, o prediozinho respondeu com uma sonata desencontrada de toques de sino, para festejo e regozijo dos passageiros em espera. A surpresa se cumpria, mas não era tudo.

As portas do trem se abriram e por ela desceram meninas e meninos, um tanto mais velhos que Stanislav. Absolutamente bem vestidos em suas fardas, penteados e limpinhos como se tivessem saído do banho instantes antes. E sérios. Cada um com seu instrumento e função. Sinaleira, apito, prancheta, uns também com quepes e braçadeiras, platinas nos ombros do casaco, emblemas de mérito, medalhas. Da locomotiva, desceu um rapazote em uniforme completo de maquinista. Vinha enxugando as mãos com um trapo. Olhou em redor, tomou um punhado do ar fresco da manhã e voltou a seu posto, com desenvoltura quase adulta.

O pai tocou a mãe e Stanislav para o embarque. Apresentou, para a ruivinha sardenta atendente do vagão, seu passe do Comitê de Reconstrução. Com um cumprimento ágil que lhe sacudiu as tranças, ela lhes deu *tickets* e acedeu entrada. À passagem de Stanislav, ela franziu o nariz para ele, comicamente, por uma fração de segundo. Stanislav subiu no vagão olhando para trás, puxado pela mãe.

Foram no trem da Ferrovia das Crianças até o Parque Gorki, onde Stanislav correu e pulou nas áreas livres, longe dos avisos de minas e explosivos latentes. Fizeram o piquenique. O pai bebeu vodca no gargalo de uma meia garrafa e a mãe também deu uns golinhos recatados, ficou corada e Stanislav viu, ela riu mais que de costume. Voltaram no mesmo trenzinho e o Pai perguntou se Stanislav havia gostado da surpresa. Ele assentiu, calado. O pai perguntou se ele gostaria de entrar para a Escola Ferroviária, quando ficasse maior. Ele fez que sim, com a cabeça. Depois, fez que não. O pai insistiu: "Quer?". Ele fez que sim, sem muita convicção, olhando para a mãe.

Voltaram para Moscou no dia seguinte. Sob a luz mortiça do vagão, ele abriu um livro pesado e velho com figuras coloridas. Presente do pai. Sabia ler um pouco, mas as frases eram muito longas. Folheou e folheou até memorizar as figuras. Cochilou e despertou várias vezes. Viu que a mãe havia chorado. Ela segurava, muito apertado, um lencinho rendado. Estava começando a esfriar...

No balcão de informações indicaram a Stanislav a cafeteria onde poderia tomar o chá.

Ficava em uma ala extrema da estação, com portas também para a rua. Ele preferiu ir até a rua, acessar o café, diretamente. O interior da estação lhe parecia uma casa de espelhos malucos de parque de diversões.

Por fora, o prédio mantinha-se com as mesmas feições de antigamente, repintado em verde, a cantaria cinza e comum conservada. O Café estava lá, ao lado de uma agência de viagens.

Stanislav entrou e, para surpresa dele, o ambiente era antigo, um canto da estação preservado, isento da tranqueira de plásticos e metal inox. Mesinhas e cadeiras. Cristaleiras ao longo das paredes. Balcão com almofadas de madeira e um tampo de mármore comprido. Máquina de café recuperada de algum antiquário.

Stanislav percorreu os itens com olhar remissivo, inventariou a mobília, chegou ao teto e a epifania que lhe rondava a memória, enfim assentou-se, nítida. Era a estação, como na sua infância. Ele estava lá, ou, ao menos, em uma fração dela.

Escolheu uma mesa perto da janela alta, a luz da rua filtrada por alvas cortinas. Pediu chá a uma mocinha vestida às antigas. "E biscoitos", acrescentou.

O Café era um pedaço da estação salvo das reformas utilitárias e funcionais. Uma instalação para turistas ou usuários sem pressa, daí que estivesse voltada também para a rua e que seu acesso, por dentro da estação, fosse um caminho apenas para especialistas capazes de deslindar trilhas, em meio ao atravancado dos *fast foods*.

Veio o chá. E biscoitos. Stanislav divagou. Um ano depois que foram a Minsk, o pai voltava a Moscou. Fora requisitado para trabalhar na fábrica de pré-moldados dos conjuntos habitacionais, os *Khruschoba*, no norte da cidade.

Stanislav e a mãe tinham vindo a esta estação para recebê-lo. Estava febril, de gripe ou de ansiedade pelo regresso do pai, contaminado pela agitação da mãe. Algo assim. Lembrava do salão enorme, da multidão semovente, do cheiro de combustível queimado que penetrava pelos vãos da estação. A mãe deixou-o sentado num banco. "Não saia daqui. Volto logo". Ele estava sonolento. Em um canto, viu homens carregando ursos enormes, arrumando-os em um recanto de arbustos. Foi ver de perto. Admirou a força e a coragem dos carregadores. Os ursos estariam mortos ou dormiam? Um dos bichos não se equilibrava direito. Um homem calçou-lhe os pés com uma cunha de madeira. O animal balançou um pouco, mas aquietou-se, os olhos vítreos fixos no salão. Parecia estar olhando para qualquer um, "para mim, também", Stanislav pensou. Tomou uma coragem, emprestada dos carregadores, e aproximou-se das bestas, tentou tocar-lhes o pelo. Um trabalhador o afastou. "Ainda não está pronto, menino". Stanislav retraiu-se. Olhou em torno e viu o quiosque no meio do salão. Contornou-o e achou a entrada, uma portinha cortada na palha. Dentro havia prateleiras de chocolates, estojos de lata imitando ovos Fabergé, um cheiro intenso de baunilha, enjoativo. Teve náuseas. Tentou voltar ao banco. Não o achou mais. Rodou pelo salão dando encontrões nos passageiros, tropeçando nas bagagens. Sentiu-se sem fôlego, com um oco na garganta, onde só havia o começo do choro, que veio, enfim, baixinho, uma lamúria esticada de desespero e lágrimas. Sentiu que estava perdido. E, quanto mais andava, menos sabia onde estava. Encostou-se em uma coluna. Procurou a mãe. Dezenas de mulheres, passando rápidas, poderiam ser ela. Acercou-se de uma. Ela voltou-se. Não era a mãe. Ela o olhou com simpatia, notou o choro, tomou-o pela mão, disse: "Venha". Ele resistiu com energia. Ela o olhou, cenhos franzidos. "Qual é seu nome?". Ele disse, relutante. "Está perdido, não é? Fique aqui, não saia." Ela se foi.

Stanislav voltou à coluna. Encostou-se nela e foi se acocorando até botar a cabeça entre os joelhos. Queria dormir. Pensou que a mãe havia morrido, havia caído entre os trilhos, que o pai não existia ou estava em Minsk para sempre, dentro da torres, que ele viveria na escola agora, sozinho.

Ele não lembrava quanto durou o lapso de sono. Segundos, minutos, muito tempo. Despertou sendo erguido, por debaixo dos braços, pelas garras do pai. A mulher estava ao lado da mãe. Ambas riam. Um agente ferroviário estava junto: "É este o garoto? É o seu filho, camarada?"

Era ele. O pai levou-o apertado contra o corpo durante a viagem de metrô até em casa.

A febre não passara. A mãe pôs a mão na testa dele para aferir. "Tem uma mancha vermelha na testa", ela detectou, alarmada. O pai olhou. "Não é nada. O relevo da medalha de Lenin, na minha lapela, ficou gravado na pele dele. Vai sair".

Stanislav havia esquecido o chá, íntegro na taça. Colheu um biscoitinho, mordiscou-o:

"Parece que foi ontem", considerou.

Dissensão no plano piloto

Póstumus – Presidente
Pródiga – Sua mulher
Flavius, Varro, Carolus, seus filhos. Índio, um agregado
Cômodus – Senador da República
General Florencio Góes, Coronel Crassus da Silva, Capitão Cacipuré, soldados
Rosa (copeira), Serviçais, Seguranças

CENA 1
(Sala de estar na casa do Senador Cômodus. Entram Póstumo e o Senador)

Póstumus: Meu bom Cômodo, quanto lamento esta intrusão, trazer da noite esta violência, perturbar teu justo sono, lançar-te em crua vigília, arrancando-te do suave tálamo, arrojar em tuas premissas as mazelas e vergonhas que me oprimem...

Cômodus: Não se preocupe, Senhor. Dá-me grande honra estando aqui. Tudo farei para dar-lhe abrigo e conforto nesta tribulação e aos seus. Permita-me, estão consigo?

Póstumus: Que posso dizer-te? Estarão, de fato? Já a traição e a cobiça varam o palácio, a cozinha, a alcova. Estarão esvaziados os cofres, saqueados os depósitos, tornada em butim a mobília do Palácio? Como saberei, Cômodus? Fui lançado nas trevas desta noite de horrores, como se jogado na correnteza do Lethe e, vede, nestes sumaríssimos trajes que tão pouco me escudam da friagem, pouco ou nada vedam-me a nudez.

Cômodus: Referia-me a seus filhos e esposa, senhor.

Póstumus: Ah... Esses? Sim, seguiram-me neste compulsório destino, entre lamurientos e revoltados, lançando-me culpa e remoques. Comigo vieram pela noite, em nada solidários a meus sofreres, pouco arrimo dando a meu estado de ruína de alma. Mas, sim. Aí estão, no limiar do portal de tua benevolência. Possa ela mudar-lhes a aspereza de espírito e a leviandade de ânimo.

Cômodus: Mandarei acomodá-los.

Póstumus: Cômodus?

Cômodus: Sim, senhor?

Póstumus: Melhor que os abrigues, ou melhor, que os tenhas sob guarda em fiel e acerba vigilância. Os Deuses... Sabem Eles do consórcio a que me obrigaram para engendrar tais víboras.

Cômodus: Assim farei. Devo estender essas medidas à Dona Pródiga, sua esposa?

Póstumus: Principalmente a esta e... Cuides para que ela fique longe de faca, punhal, ancinho, garfo, tesoura, espeto, agulha, alfinete... e de qualquer poção doméstica que possa envenenar, seja detergente ou soda cáustica, inseticida ou limpa vidros. Sim, Cômodus, lamento dizer-te do veneno ínsito, da peçonha nativa e íntima que ela destila, disto fiquei imune, mas... Vede... Olha com teus olhos amigos o que sobrou de mim... Cuida-te, não fraquejes em dar-lhe atenção constante e limites estritos.

Cômodus: Sua segurança, sua guarda, senhor. Onde está?

Póstumus: Nem bem ouviu-se o gorgolejo de ódio da turba, o frêmito da sublevação, os clarins solertes do golpe escandidos no mais longínquo quartel, já a guarda escalava a cerca e vencia o fosso, debandava desarmada, desnudando-se de uniformes, rasgando divisas. Sobraram-me o Capitão Caciporé e o Coronel Crassus da Silva com um punhado de praças, arregimentados sob promessa de ouro, mercenários de ocasião. Neste momento, guardam o perímetro, animados somente por esta ignominiosa e venal têmpera.

Cômodus: Vou telefonar para o Líder do Senado e acordá-lo, provavelmente. Esteve em reunião com o Presidente da Câmara. Beberam até tarde. E tentarei contato com o Comando Militar.

(Sai Cômodus)

Póstumus: Ah, que sabem os homens de letras? O que viveram e lograram, além da vaidade das frases de efeito, dos discursos fátuos e dos remunerados encômios? Qual mandamento ou exato decreto lhes assegura afirmar que há solidão no poder? Parvos. Pobres. Não é a solidão que temo, não é a ela que iludo com a coorte de aduladores e serviçais, dependentes, copeiros, cozinheiros, exatores e ministros jograis. Acaricio esta solidão tão duramente conquistada, o prêmio do gozo do poder sem partilha, a avareza sensual entesourada que me permite a migalha da esmola, a posse de vinte, trinta mil cargos, moeda e óbolo da subserviência. A Solidão do Poder... que tolos!

Temo, sim, a proximidade dos homens, o vício gregário que alimenta a conspiração, a inveja e a usurpação. Temo a hipocrisia dos códigos de ética, estes estatutos de estreita política, códices de aliança e represália dos incompetentes. Tramei contra mim mesmo? Cometi a estupidez do suicídio? Não. A solidão foi sempre minha melhor conselheira. Confiável. Pouco exigente, amorosa e consoladora. Dela me valho nesta miserável hora...

(Deita-se em um sofá, com uma almofada cobrindo-lhe os olhos. Murmura)

E este Cômodus? Até onde se estenderá o território moral de sua acolhida? Tenho-o na mão, é certo, deve-me temor com juros à minha tácita reserva a seus obscuros negócios e oblíquas vantagens. São as cartas na minha mão e o Tarot fatal que irão manter sua formal obediência, sua silente compostura. A Morte e o Enforcado estão face a face. Não pense ele que receio o negror do destino, o cadafalso ou o opróbio do desterro... Será meu sócio de infortúnio, ele o sabe.

(Salta do sofá. A roupa, um lençol cingido em toga, se decompõe, cai-lhe dos ombros)

Zurique, Zurique! Antes tivesse afogado em teu gélido abismo – em teu lago de vicissitudes e usuras – tesouro e filhos, o ouro maldito e a progênie ingrata.

Ingênuo e confiante que fui, repartindo em três a integral fortuna que somente a meu acervo caberia, por mérito, força e engenho... Insensata hora em que os deixei partilhar os códigos de acesso... Sim, parcial cautela houve, dando a cada um apenas um segmento dos números e a mim, a pequena e talvez vulnerável senha de fecho. Mas temo. Temo que se unam – em possível sortilégio instigado pelo apetite selvagem que possuem – se unam e me torturem, eles e a Hécate que os pariu sobre a urtiga da ambição.

(Entram Cômodus, Flavius, Varro, Carolus e Índio)

Cômodus: As linhas telefônicas parecem bloqueadas para fora e os celulares sem sinal. Ao ligar para o Comando Militar houve silêncio, mas logo tocou o fone e, ao atendê-lo, reconheci a voz do Coronel Pátroclo...

Póstumus: Têm-nos em laço, os malditos...

(Dirigindo-se aos filhos)

E vós? A que viestes, os três, enfim amalgamados pelo cimento das profundezas? *Et tu*, vergonhoso Índio, porque te agregas à trinca de pérfidos e ousas, como eles, ver-me em nudez e desgraça?

Índio: Sou do sangue.

Póstumus: Sangue? Qual sangue, patético truão? És um aparentado torto, e muito torto... De onde veio este sangue? Por acaso afetas ser uma donzelinha que entoou o himeneu e verteu sangue no leito de Carolus? É isto o que o vulgo declama abertamente nas praças, botequins e feiras da República, a nefanda união que pretendes ser de sangue. Aparta-te, volta à tua mansarda, vai, borda infâmias em teus bastidores de intrigas. *(Aos filhos)*

Que querem? Sei que a mim nada trazem senão queixas, demandas e insídias.

Cômodus: *(interpondo-se)* Eles aqui estão por circunstância de negociação com o Comando Militar.

Póstumus: Como assim, Cômodus? Desde quando têm eles peso nos negócios de Estado?

Cômodus: Senhor, ser-me-ia penoso responder esta questão...

Póstumus: Muito bem. Muito bem, Cômodus, sequer imagino causar-te dor ou embaraço... Que querem os militares?

Cômodus: Propõem dar salvo conduto e exílio a seus filhos, com a sua reintegração no cargo, sob sursis ou em termo, atendida a primeira condição.

Póstumus: Razoável não é a palavra para este trato, nem posso supor que justa proposição. Sursis ou termo. Fui condenado, por acaso, Cômodus?

Cômodus: É uma situação excepcional, as formalidades se dissipam nesses momentos. A alternativa seria a renúncia irrevogável.

Póstumus: Uma renúncia deixar-me-ia indefeso, presa da Nêmese voraz de Fardados e Togados... Um termo, um tempo para que eu possa defender-me e atacar, ajustar-me com a Câmara e o Senado, banhar-me no perdão do Povo... Sabes, Cômodus, essa é a arena em que podemos e sabemos lutar.

Flávius: Atira-nos às feras, então?

Póstumus: Não, cretino. Sempre amei as feras, sua nobre beleza e liberdade. Jamais cogitaria envenená-las com tais carcaças. Um salvo conduto para vós é mais que providencial, é um regalo e vós o devíeis acolher, tivessem um mínimo de discernimento. E estendei essa benesse à matriz que vos conformou. Levai-a convosco e que sejam infelizes para sempre!

Varro: Não partiremos de mãos abanando. Estivemos comprometidos com tudo, desde o início. Deve-nos...

Póstumus: Dever-vos? Devem-me vós a minha semente lançada impensadamente no pântano lúbrico onde medraram, torpes e deformados... Nada vos devo! Vós me deveis esta situação, fruto de vossa ostentação vulgar e desenfreada cupidez.

Flávius: Dai-nos a senha e partiremos.

Póstumus: Mas, é claro. A senha é Ide para o Inferno!

Carolus: Não nos deixas escolha, então.

(Os irmãos lançam-se sobre Póstumus e Cômodus, subjugam-nos)

Cômodus: *(grita)* Segurança, Segurança!

Póstumus: Ah, celerados infelizes... Matem-me e nada terão.
(Entram um segurança, o motorista e o cozinheiro do Senador Cômodus. Desforço entre estes e os filhos. Índio corre para fora da sala, aos gritos)

CENA 2

(Adega no porão da casa do Senador Cômodus)

Pródiga: Eis-me aqui trancafiada, prisioneira como estes vinhos que, cativos, não inebriam... Envelhecem tristes, conquanto capitosos se levados à luz... Que querem de mim? Que silencie, que definhe e morra solidária à miséria que não provoquei? Sócia não fui, mas instrumento. Tomada em juventude e beleza como troféu e sedução às massas, fui o molde para herdeiros e fui ornamento do palácio... e para mim ? Que sobrou para mim além do exercício extremo para manter-me bela, de ceder o rosto e o corpo à faca e às suturas dos esculápios... Ser cortada, esticada, repuxada e inflada como um manequim de teatro? E minhas falas? Alguma foi expressão de meu íntimo? Alguma sobrepôs-se à ventriloquia dos discursos contidos, simpáticos, políticos e convenientes?

Nunca! Prisioneira fui e assim, aqui, me perpetuaram sob fidelidade tácita, compulsória e injusta.

(*A porta abre-se. Flavius, Varro e Carolus* são empurrados para dentro. A porta é cerrada com violência)

Pródiga: Enfim juntos... e por que não estou surpresa? Deixamos de ser úteis ao Rei e somos agora despojos incômodos? E vocês... despojos um tanto amassados. A que devem estes esfolados e equimoses, meus pequenos? Andaram em disputas pueris, divertidos jogos de guerra?

Carolus: Fomos espancados pelos serviçais do Senador.

Pródiga: De fato? E onde estava o Índio, seu... atlético escudeiro... meu Carolus?

Varro: Fugiu, cacarejando como uma galinha.

Carolus: Índio é forte e corajoso, mas detesta violências...

Pródiga: E qual a razão para o pugilato, não bastasse o vexame, o desconforto e o destino impreciso que nos ameaça?

Flavius: Tornamo-nos objetos de barganha. Expulsam-nos em troca de uma acomodação com o pai.

Pródiga: Expulsam? Do palácio?

Varro: Do país. Exílio, degredo, banimento, o que seja. Destituídos.

Pródiga: Destituídos? Sem nada? Pobres? Paupérrimos?

Carolus: Sem nada. E você foi incluída na troca. Como um bônus.

Pródiga: Ah... sim... entendo. Sequer uma compensação?

Varro: Nada. Nem um centavo. Nega-nos tudo.

Pródiga: Mas, o segredo... Cada um de vocês tem parte do código.

Flavius: Sim, mas o pai também tem e mais o fecho... e sem isto...

Pródiga: Imprudente cautela ou solerte cálculo. Ele é um demônio e, como os demônios, é, a um só tempo, senhor e escravo dos erros. A Fortuna, porém, é minha deusa e ela, não sem propósito, trouxe vocês a este mesmo ergástulo...

Flavius: A que, mãe?

Pródiga: Ah, filho, não te apoquentes com o sentido das palavras. Pensemos nos números, agora muito mais falantes que o verbo empolgado pela ira e pelo desejo de vingança... Digam-me: têm de cabeça os segmentos do código?

Carolus: O pai obrigou-nos a decorá-los.

Flavius: De nada servem isolados e, muito menos, sem o fecho.

Pródiga: Sim, naturalmente. Mas, sob o leito conjugal há chaves ocultas para os sigilos da casa. E uma delas, o pai de vocês, há tempos, deixou escapar de entre os lábios bêbedos e sonolentos. Guardei-a com as outras.

Flavius: Você tem o número chave, o fecho do código?

Pródiga: Não, inocente criança. Tenho o sistema que combina o fecho. O método de extrair dos seus números a chave final.

Varro: Como farias esta mágica?

Pródiga: Não será simples, demandará tempo. Preciso dos seus números para colocá-los na sequência certa. A chave final é um conjunto de números que está embutido neles, resultando em uma combinação que dá soma certa e determinada.

Carolus: E que número é esse, mãe, qual a soma?

Pródiga: Ah, *mon petit*... Este é um segredo da mamãe. Estamos na noite, na ocasião e no século dos segredos, não é mesmo? Eles abandonam essa modesta virtude quando partilhados em confiança... Não é disso que tratamos aqui?

Flavius: É?

Pródiga: Certamente. Esperem.

(Pródiga alcança a bolsa que trouxe na fuga. Dela, tira uma cadernetinha e lápis de maquilagem)

Aqui. Cada um tome uma folha e escreva seu código. Assim ficarão seguros entre si. Serei a guardiã e descobrirei a chave para nossa comum fortuna.

Varro: Você seria, entretanto, a detentora do segredo total.

Pródiga: Este é o risco do negócio, concedo, mas terei vocês como anjinhos da guarda. Sei que me protegerão como o maior tesouro. Ademais, qual outra garantia temos nessa masmorra, para sairmos dela vivos e ricos, silenciosos, pactuados, aceitando com dissimulação o exílio que nos será imposto? O pai de vocês também é detentor do segredo total e, no entanto... que lhes dá? Desterro e miséria. Quanto a mim, muito pouco me basta, a quarta parte parece-me pouco pelo que sofri, mas não me queixo... Quanto me resta de vida, das sobras e ruínas do torturado encanto? Devemos apressar-nos, antecipar-mo-nos à esperteza e malignidade do demônio. Vamos, meninos. Escrevam.

(Eles escrevem. Pródiga esmurra a porta)

Pródiga: Água, malditos carcereiros. Temos sede, cães de guarda, sabujos miseráveis.

(Após um tempo, a porta é aberta em fresta e um rosto se insinua. É Rosa, uma copeira da casa, conhecida de Pródiga)

Pródiga: Ah, enfim um rosto afável. A Rosa nos vem em duplo refrigério. A sede jamais teve tão suave alívio nem a água mais graciosa aguadeira.

Rosa: *(introduzindo uma garrafa e copos de plástico)* Aqui tem, senhora. Deseja mais alguma coisa?

Pródiga: Terias talvez uma dose de simpática liberdade para oferecer-nos?

Rosa: *(rindo)* Lamento...

(Fecha-se a porta. Pródiga põe de parte a garrafa, separa os copos)

Pródiga: Nem tão grande é o infortúnio quando há vinho de tão renomadas e deliciosas cepas a nosso inteiro dispor. Por que agredirmos o palato com esta água – quem sabe, envenenada – quando as uvas nos tentam do alto de suas ramas? Vamos, meus meninos, passem-me os papéis, para que os guarde em meu seguro seio. Montem às costas uns aos outros, escalem aos mais distantes ramos onde moram as mais caras e nobres garrafas. Vão... Primeiro Varro, o robusto, depois Flavius, por último, Carolus, o mais alto. Vão, como intrépidos e ginásticos Mosqueteiros, em busca do néctar para a libação que celebrará o contrato da nossa liberdade.

(Enquanto os três escalam as prateleiras, Pródiga colhe do fundo da bolsa um frasco com poção sonífera. Deita pó em três dos copos. Os rapazes desmontam, desvencilham-se e trazem-lhe as garrafas)

Pródiga: A que fomos reduzidos: a brindar em copos plásticos, quebrar gargalos como se fôssemos vândalos *sommeliers* de incultos subúrbios, brindar sobre esta rústica mesa de tábuas nuas, sob essa mortiça candeia.

(Os rapazes quebram os gargalos. Os copos são enchidos. Brindam)

    À Liberdade!
    A Zurique e seu lago azul!
    Ao quadrado de números mágicos!
    A quê?
    Números mágicos, senhas, essas coisas...
    Ah, bom...

Pródiga: Pela manhã, quebrado o código, apresentaremos nosso desejo de partir. Nada exigiremos a não ser nos vermos livres imediatamente do perigo que ronda o país e o governo. Que façam bom proveito do caos que invocaram. Queremos distância disso.

(Bebem e conversam banalidades. Os três irmãos embebedam-se e dormem pesadamente. Pródiga fingiu beber. Ela os sacode, testando-lhes o sono)

Pródiga: Bêbados, dormentes e cegos como Polifemo, surdos também, certamente, pois a poção que lhes dei multiplicou o vinho e os mergulhou em selado e oco abismo. De lá não emergirão senão em outra noite, que pensarão ser esta mesma.

(Vai à porta, bate, chama)

Pródiga: Ó de fora, atendam-me.

Uma voz de homem: Que quer?

Pródiga: Tragam-me Rosa.

A voz: Por que Rosa?

Pródiga: Assunto de mulher, não seja inconveniente.

A voz: Muito bem. Vou chamá-la.

(Rosa chega, Pródiga pede que a deixem entrar. Ela entra, a porta é cerrada)

Pródiga: Rosa, minha filha, sabes do apreço que sempre tive por ti. Tentei muito roubar-te para que nos servisse no Palácio. O Senador pôs embargo, te reteve, para meu desgosto.

Rosa: Soube disso, senhora. Também teria gostado.

Pródiga: Vês em que situação estou, sem culpa, atrelada como cúmplice a estes malfeitores, ameaçada de morte?

Rosa: Uma tristeza, senhora.

Pródiga: A qual podes sanar...

Rosa: Como, dona Pródiga?

Pródiga: Basta que ponhas os vigilantes a dormir. Dá-lhes vinho com esta poção. Esperes que durmam profundamente, abras a porta e a deixes encostada.

Rosa: É grande risco, minha senhora.

Pródiga: Bem sei e não quero que o corras sem garantida e generosa recompensa. Vês o anel de brilhantes em meu anular? Em outras ocasiões, notei que o olhavas com admiração e enlevo. Pode ser teu, agora.

Rosa: Verdade, senhora?

Pródiga: Sim, Rosa. Tão logo durma a segurança, escaparei para o jardim pela porta da cozinha. Deixarei fechada a porta da adega para que de nada desconfiem. Encontrarás o anel dentro da jarra à esquerda da escadaria de serviço. Aproveita a noite e vai-te para longe. O anel te comprará nova vida.

Rosa: Dê-me a poção. Levarei uma garrafa de vinho para eles. Não será a primeira vez...

(Sai Rosa)

Pródiga: Dormem, os três filhotes, mais quietinhos que quando os embalava eu mesma. E, eu, sim, esperta devo manter-me atenta aos engenhos de artifícios da mente. Enigmas de números, pois... Ora vejam... Faltavam-me os números deles, porque o fecho... oh... o fecho... o fecho... o número que completa minha fortuna e emancipação, o tenho, há muito. Esperta devo manter-me e esperta fui quando, insone, cheguei à biblioteca e vi Póstumus escrevinhando em um volume, sublinhando os números das páginas à medida que as folheava. Fingiu que lia e anotava, o tolo.

E qual livro era, por ironia, agora vejo, que livro era, senão da merencória ambição e derrota do Duque de Gloucester? A cada dez folhas marcou ele a numeração da página. Pela manhã, visitei a estante. Saquei o livro, vi e tudo anotei, pressentindo a importância dos números. Repeti a sequência até que se gravou indelével na minha memória. Ah, insônia sábia e previdente, salvaste-me... Doravante não mais praguejarei a ti ou te sufocarei com estúpidos remédios.

CENA 3

(Noite ainda. Jardim da casa do Senador Cômodus)

Um soldado: Quem vem lá?

Pródiga: Aquela que, quando jovem foi, tu ambicionarias levar ao leito e que agora respeitas como a uma mãe.

Soldado: *(Acercando-se)* Senhora?

Pródiga: Dize-o bem: Senhora... mais velha, isto quer dizer. E tu, jovem sentinela, tens sob a cortina da noite, o sussurro apenas necessário para que chegue ao ouvido do coronel Crassus a minha demanda, a de que aqui venha ver-me com presteza e discrição?

Soldado: Sim, Senhora. *(Vai)*

Pródiga: Estranha e exigente noite esta em que profligam os demônios contra os Deuses e que nos obriga a vencer dificuldades com as mesmas armas do Engano. Noite sem repouso. Nenhuma aragem que seja, brisa que venha e alivie o temporal suspenso. O jasmineiro ali no canto, sombrio, sua sem exalar um mínimo perfume, goteja para suas próprias raízes a melancolia destilada desde o crepúsculo. Escapar desta noite... É tudo que desejo e que seja logo...

Crassus: *(Aproximando-se cauteloso)* Pródiga?

Pródiga: Sim, querido amigo, outra não sou... Ou, melhor dito, sou sempre a mesma, para ti.

Crassus: Que se passa? Corres perigo?

Pródiga: E quem não passa, desde que este baraço cingiu nossas vidas e nossos espíritos?

Crassus: Sim, querida. Tivemos melhores tempos... ou éramos infensos, resistentes ao infortúnio e ameaças. Levianos, talvez, mas felizes.

Pródiga: Juntos, formávamos fortaleza.

Crassus: Lembras?

Pródiga: Todos os dias e todas as noites. Mesmo em uma noite como esta, quando se abatem sobre nós os malefícios e nos cerca a violência cega. Dize-me: Não temes?

Crassus: Não deveria, por ofício. Mas sei quão fracos estamos e como são tardias as medidas para resistir ao inimigo.

Pródiga: Pretendes morrer por uma causa e um reino iníquo que não construístes?

Crassus: Já não há como separar minha vida desta história miserável.

Pródiga: Digo que há. Tens os meios e eu obtive os recursos.

Crassus: Que dizes?

Pródiga: Que me apoderei da chave do tesouro guardado no Exterior. Tenho-a comigo, mas teremos que ser céleres e expeditos em partir.

Crassus: Teremos, dizes?

Pródiga: Preciso ser mais explícita? Não cultivasses como eu o desejo de estarmos juntos um dia?

Crassus: Desde sempre. Será este o momento?

Pródiga: O exato momento. Temos como sair do país?

Crassus: Por uma fronteira próxima, em um voo furtivo, sim. Posso consegui-lo.

Pródiga: Seria uma escala providencial e breve. Depois o mundo.

Crassus: Tentas-me.

Pródiga: Tenho este poder?

Crassus: Sempre o tiveste.

(Abraçam-se)

CENA 4

(Amanhecer. Sala de estar na casa do Senador Cômodus. Entram o General Florêncio Góes, Capitão Caciporé, oficiais, soldados)

Gal. Florêncio: *(Entrando e comandando aos soldados)* Tragam-me também o sujeito que se escondia no armário, o tal de Índio. *(a Póstumus)* Por delegação da Junta Provisória de Governo, comunico sua prisão. O senhor e o senador serão levados para a fortaleza de Mairiporã, onde aguardarão as medidas judiciais e institucionais pertinentes. Seus filhos, assim que acordarem da bebedeira, terão o mesmo destino. *(ao Capitão Caciporé)* Capitão, agradeço sua sensata adesão a este movimento de intervenção e aprecio o fato de não ter havido resistência desnecessária. Dá-nos notícia do Coronel Crassus?

Cap. Caciporé: Senhor, imaginei-o no Quartel de Comando. Para lá disse que ia, com a Senhora Primeira Dama, em missão de tratativas e apaziguamento. Era ainda noite. Foram com um soldado, em um jipe.

Gal. Florêncio: Debalde procurá-los. Já devem estar longe. *(a um oficial)* Em todo caso, alertem a polícia de fronteiras *(a Póstumus)* O que me diz disso, sabichão?

Póstumus: Não lhe devo explicações. Está aqui como um traidor e um mentiroso. Foi-me proposto um trato, que apesar de injusto, estive disposto a considerar em nome da pacificação.

Gal. Florêncio: Não sou eu o traidor e o mentiroso. É você e, a estas suas virtudes notáveis, acrescento a de ladrão. O trato que lhe foi proposto foi vomitado das canetas podres de seus associados. Foi para o esgoto. Você encontrará estes tratantes no pátio da mesma prisão que o acolherá. Os tempos são outros, outros são os homens.

Póstumus: Não me faças rir com este arremedo de ordem do dia. Os homens serão os mesmos e o tempo... o tempo para isso será o quê? Um mês? Uma semana? Uma noite com sonhos de ambição e volúpia de poder? Sob este teu quepe ridículo, as catracas da cobiça já não se puseram a engatar-se? Agora mesmo cresce no teu miolo escasso a ideia de que o almanaque de promoções não é tudo que há na vida...

Gal. Florêncio: Veremos.

Póstumus: Não. Engano seu. Não veremos. O negror do cárcere final cegará minha alma, mas seu espírito pobre ficará míope sob a luz do poder. Você verá apenas o que estiver acomodado pelas conveniências. O pior tipo de cego você será. Ofuscado nos corredores do Palácio, mendigando a Lúcifer. Ande. Sei o que me aguarda. Vamos. Nada mais direi. Levem-me daqui. Sempre quis conhecer Mairiporã e essa fortaleza inexistente da qual ninguém jamais voltou.

PANO

Dra. Maya

Correnteza

TRABALHO PARA UM RECEPTIVO de turismo, a Inner Station Tours, uma agência pequena, que pega rebarbas e repasses das empresas grandes. Essas graúdas lidam com safaris fotográficos, turismo ecológico, charters chineses e japoneses.

A Inner Station opera onde elas não têm interesse em chegar. Lidamos com hoteizinhos e pousadas, transbordo para lugares remotos, recantos do país que não são recomendados pelos consulados, áreas de conflito armado, de mineração ilegal... A ladeira ao perigo vai daí abaixo.

Tenho tido sorte. Nestes anos, nem eu nem meus turistas fomos muito roubados e todos saíram vivos para contar aventuras bem aumentadas em riscos e emoções.

Meu pai e minha mãe eram da região de Kitshanga. Eu tinha 12 anos quando eles me confiaram ao padre Hervé, um missionário. O padre escondeu-me em um depósito de tralhas e refugos, no armazém que era escola e igreja improvisada. Meus pais temiam que guerrilheiros me levassem como soldado. Um comando arrastou, contudo, meu irmão, de 10 anos. Outra facção veio depois. O confronto arrasou a aldeia. Meus pais morreram. Assim. Simplesmente.

O padre fugiu pela mata, levando-me e a mais dois moradores que o ajudavam na Missão. Vagamos quase um mês até chegarmos a Lubutu, maltrapilhos e famintos. Uma tropa do Governo juntava fugitivos numa tenda de campanha. Fomos incorporados ao grupo de evacuados. Alimentados e desinfetados, fomos enfiados em caminhões militares e deixados num centro de triagem, aqui mesmo em Kisangani.

Duas semanas depois, Padre Hervé desceu o rio até Kinshasa. Eu e uma mala mal amarrada, éramos sua bagagem. Deixou-me aos cuidados de um internato católico e despachou-se para a Europa logo que melhorou da disenteria e das febres.

Fiquei no internato por seis anos aprendendo ofícios, varrendo o pátio e limpando banheiros. E estudei, também. E li o que pude, na luz amarela e ruim da salinha que os padres chamavam de biblioteca. Queriam que eu entrasse para o Seminário.

Passei do internato para um regime misto. Trabalhava de manhã, na cidade, e estudava e dormia no colégio. Logo deixei o colégio, sob protestos resignados dos padres, e passei a ganhar dinheiro com trabalhos avulsos. Vendi artesanato para turistas, fui garçom e frentista de posto de gasolina, dei aulas particulares de matemática. Aos poucos, fui subindo o rio, fazendo trabalhos variados, vendendo tranqueiras numa e noutra margem, levando e trazendo encomendas a pedido dos ribeirinhos. Em dois anos dessas idas e vindas, cada vez entrando mais no rio, terminei chegando de volta a Kisangani.

Arranjei emprego na Inner Station. Conheço bem o rio, falo francês, lingala, suaíli, arranho inglês passável, tenho redação própria e todos os dentes da frente... Eles consideraram estas qualidades.

DERAM-ME A TAREFA DE receber uma Dra. Maya no aeroporto. Dei uma olhada na internet. Ela é famosa, professora e escritora. Parece latina, mas é filha de indiana e americano. Ainda é moça, apesar do currículo e dos prêmios que obteve darem impressão contrária. Li que viajou em um navio cargueiro pelo Índico somente para ter a experiência das viagens de Joseph Conrad.

Ah, meu Deus! Ir ao aeroporto buscar mais um professor curioso, mais um que quer arrancar da selva um detalhe oculto, algo que esclareça alguma minúscula questão no texto do *Coração das Trevas*, uma pepita que abrilhante sua carreira acadêmica.

Com a Dra. Maya, é o terceiro que surge. Ao menos, no meu tempo na Inner Station. A sra. Aimée, que trabalha na agência desde sempre, disse-me que muitos já tinham vindo, inclusive em grupo.

"São uns lisos que dependem de bolsas, subvenções. Reclamam de tudo, de comida, alojamento. Os franceses são os piores, reclamam até da língua que falamos – dizem que não é a deles – coisa dos belgas, dizem", ela recitou.

"Os meus eram ingleses, não foram tão chatos", lembrei a ela. Mas, se tinham dinheiro, escondiam bem, gorjeta nenhuma, recordei.

LI O LIVRO DE Joseph Conrad no tempo da escola. Havia lá um padre jovem, de Quebec, que reunia grupos para estudar história. Ele folheava o livro e puxava passagens sobre a Companhia do Congo, sobre Leopoldo II, o marfim, a borracha, as mutilações e mortes, castigos e humilhações. O padre tinha dificuldades para entender e classificar os vários grupos políticos envolvidos nas insurreições, golpes de estado e a assassinatos de antes e depois da Independência.

Também nós, nativos – perdão pela latitude corrompida da palavra – também tínhamos e temos esta dificuldade. O instinto – perdão por esta, também – o instinto de sobrevivência, entretanto, nos arma com a simplificação do teatro de guerra, nos faz identificar o inimigo mais próximo e, via de regra, nos facilita a fuga. Nenhuma covardia aí: atavismo sábio.

O padre compulsava o livrinho como uma segunda Bíblia e extraía sempre algo que fosse potencialmente capaz de explicar estas equações, o "mistério insolúvel" de que falava o autor. Até as questões do Bem e do Mal, sobretudo do Mal, estavam lá, em suas páginas marcadas com fitinhas coloridas: o livro foi ganhando algo de fetiche animista, engordado com aqueles penduricalhos.

Era curiosa a insistência do padre em sublinhar as atrocidades e quedas morais em que o livro navegava. Nós, ainda meninos ou rapazolas, tínhamos, já, cicatrizes morais e memórias cascudas daquelas coisas. Ouvíamos aqueles horrores como se fossem os eventos mais casuais do planeta. Mas, não era sem arregalar os olhos de água anil, que o padre, desembaraçando as fitinhas, chegava à página de onde nos lia a reação de Marlow ao escrito de Kurtz:

"... *aquilo me deu a noção de uma Imensidão exótica governada por augusta Benevolência...*"

De certa maneira, impressionava.

Não sei que fim levou o padre. Não deve ter ficado por aqui para envelhecer ou morrer de qualquer coisa tropical. Era inquieto, o padre, e meio esquisito. Vi-o, muitas vezes, chorando de cabeça baixa, sentado num banco no fundo do pátio. Enxugava os olhos e recompunha-se, quando eu, fingindo que varria folhas, me aproximava.

O LIVRO DE CONRAD voltou à voga depois do filme de Coppola. Muita gente foi ver o filme induzido pela propaganda de que ele era uma réplica do livro e, consequentemente, baseado em nossas histórias. Quase ninguém enxergou o filme assim. A maioria viu um filme americano de guerra, viu a missão de um herói que vai eliminar um coronel enlouquecido, no Vietnã ou no Camboja. Os mais jovens adoraram as cenas de *surf* com música de Wagner. Era difícil sobrepor, mentalmente, o filme ao mundo de agora. Ou seja: à imagem que temos de nós, hoje, tivéssemos o livro como guia. Algo assim. Talvez, para isto, fosse necessário ler o livro e ver o filme com a paixão quase pecaminosa do padre canadense.

O livro voltou a ser discutido, quando uma palestra de Chinua Achebe passou a circular, mimeografada por estudantes com vinculações políticas. No texto Chinua Achebe espinafrava Conrad, dizendo-o um racista como todo e qualquer branco vitoriano, e um covarde e um desonesto intelectual, apesar de

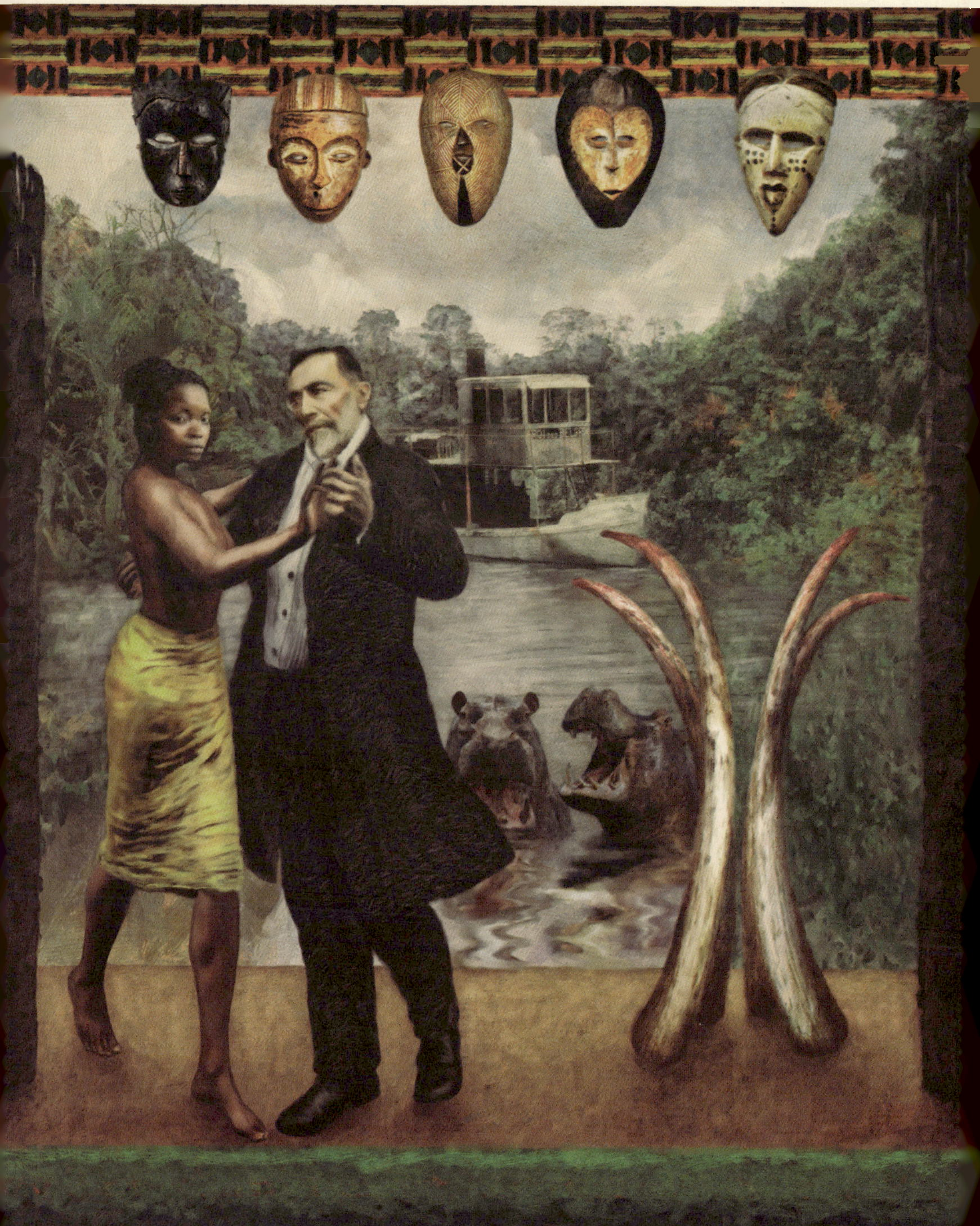

reconhecer nele algum talento artístico. Dizia que Conrad se escondia atrás de uma camada de narradores para não assumir diretamente seus preconceitos. Que usava a África como um pano de fundo para fantasias aventurescas... Que afirmava ser o Tâmisa tradicional e histórico, de nenhum modo comparável a um rio selvagem e primitivo como o Congo.

Até nos barcos em que eu vendia tralhas, apareciam os folhetos. Um sujeito, que comprava arroz rio acima, acenou com um deles para mim: "Leu isso? É sobre um inglês que veio trabalhar aqui neste rio, não gostou e escreveu um livro falando mal da gente e da terra. Quer um? Tem um garoto distribuindo, de graça, atrás da cabine do piloto".

Lembro que, neste período, alguém empreendeu um *tour* temático. Camuflou um vaporzinho sob o nome *Roi des Belges* e levava turistas e colegiais pelo rio. Um narrador dava a biografia de Conrad e lia passagens dramatizadas do livro.

Durou pouco. Uma madrugada, o barco foi pichado e depredado no ancoradouro. Uma pena. Eu poderia levar a Dra. Maya a um desses passeios. Acho que seria boa diversão.

Escrevi o nome da doutora em uma cartolina. Mais, até, para que ela soubesse que eu a estava recebendo. Já gravara seu rosto. Além disso, são raras a mulheres que vêm sozinhas para cá.

Ela veio no voo da SAA. Demorou a sair dos bretes da aduana e imigração e, quando apareceu na saída, estava de cenho carregado e vinha com passaporte e papéis amarfanhados em uma mão. Com a outra, arrastava uma maletinha de rodas, aos trancos, no meio dos desembarcados com atados, valises e pacotes de presentes. Uma mochila, nas costas, as tiras cruzadas no peito, ela driblava parentes dos viajores e guias que agitavam cartões com nomes chineses de seus clientes: contratadores de *coltan*, diamantes e outros minérios, retalhistas de eletrônicos, de roupas...

Ela esticou o pescoço e investigou em volta até encontrar seu nome no cartão que eu suspendera sobre a turba. Desanuviou o cenho e abriu o sorriso das suas fotos.

Saudei-a: "Bem-vinda à selva, doutora". Ela manteve o sorriso.

Indagou: "Onde está o outro?"

"Müller espera na cidade. Aqui não é necessário, dou conta. A *van* da agência está no pátio, na sombra. Está quente, hoje. Está com toda sua bagagem? Eu levo a maleta, por favor".

O "outro", Müller, é contratado pela firma para serviços avulsos de segurança, como no caso: mulher jovem, americana, viajando sozinha, indo a locais ermos...

Ele é ex-militar da antiga Alemanha Oriental, veio como conselheiro das tropas cubanas em Angola. Diz que cansou, não se considera desertor: "Aquilo lá, acabou". Veio para cá, trabalhou em algumas coisas obscuras para o Governo, regularizou seus papéis. Fez escolta de transporte de valores, casou e tem dois filhos. "Estou velho, cara", afirma. Não parece. É um sujeito grandão, rijo. Assusta.

Do aeroporto à cidade, são uns quinze quilômetros de estrada rasgada na mata, uma vegetação nova que tomou a margem da floresta primitiva. As árvores de madeira cara deram lugar, nessa faixa, a fruteiras domésticas, a uns sitiozinhos com hortas ralas. Um barraco aqui, outro lá. Um balcão de beira de estrada, em tábuas decrépitas e toldo rasgado, onde se vendem frutas e *chicouangue*. Dra. Maya passa a vista com curiosidade cansada. Deve ter a retina treinada para estas imagens do terceiro mundo, ou tem sono e *jet lag*. Barracos melhores, cobertos de zinco, anunciam os arredores da cidade

Müller nos esperava na entrada do hotel. Apresentei-o à doutora. Enquanto ele apertava-lhe a mão com firmeza germânica, ela diminuta, admirada, olhava para cima, fixando a cabeçorra loura do homem.

Oh, White Africa!

O mesmo Chinua Achebe disse que os estrangeiros só veem na África, o que lhes interessa ver. Lembrava que Marco Polo ignorou, ou assumiu como invisível a Grande Muralha da China, avistada até da Lua. É provável que a visão alienígena seja mesmo mais atraída pelo diverso, mas, também, com a mesma intensidade, pelo que o olhar deseja ver.

Kisangani é grande. Nas últimas décadas passou, em muito, o milhão de habitantes. Tem de tudo queas cidades grandes têm e mais a digestão das sequelas e conflitos de amplo espectro de etnias, matanças, ascensões de partidos, quedas de facções, controle do Estado, ruptura deste, tudo engolfado na dinâmica de entreposto de comércio, manufatura, mineração, contrabando.

A Doutora foi dormir para zerar o cansaço e os aborrecimentos que teve para chegar até aqui. Dificuldade com papéis e visas, baldeações em aeroportos confusos, respostas em inglês moroso a perguntas em inglês veloz, inquirições impertinentes e redundantes na Imigração.

Pela manhã, fomos buscá-la. Nossas tarefas: sou o guia e faço o roteiro diário, segundo as necessidades da Doutora. Müller recebe esse roteiro, faz seu plano de acompanhamento. Deve ser discreto, acompanhando-nos de longe, aproximando-se, mais, nos locais de risco, ou para advertir meliantes e malandrinhos com sua presença. A Sra. Aimée provê contato com barcos e pousadas no curso do rio. Barcos são o problema. Não têm tabela de datas e horários, tudo depende de fretes pontuais. Minha experiência como vendedor fluvial sempre pode ajudar, é o que pensa a Sra. Aimée.

A Dra. Maya disse que vai descer o rio de Kisangani até Kinsasha. O mesmo percurso feito pelo piloto Korzeniowsky – Conrad – para escapar de uma África que não era exatamente o que imaginara: o Grande Vazio onde uma *tabula rasa* do homem branco jazia, para ser gravada com rasgos de imaginação.

A Doutora quis ir, primeiro, nas corredeiras de Wagenia. Turismo é turismo, quem manda é o cliente. Ou, é o que eles pensam. Considerei que seria um passeio refrescante para o que viria depois, rio abaixo.

Ela fotografou os pescadores e suas aratacas. Fez apontamentos em uma caderneta. Müller afastou uns garotos que enxameiam os turistas para contar histórias e vender miniaturas das armadilhas de pesca. Pagamos, de lado, aos pescadores que foram fotografados. Ela não entendia os gestos pedindo dinheiro. Não quis explicar a ela que aqueles lá não pescavam nada, senão o cachê das fotos: posavam como modelos antropológicos. Pesca-se ali, naquelas quedas, do mesmo jeito, há mais de duzentos anos.

Na volta para a cidade, ela quis almoçar algo típico. Recomendei cautela. Galinha *moambé*, no máximo, "pelo menos no começo, para acostumar", limitei. "Ok."

Nos enfiamos pelos corredores do mercado público, em busca da melhor tenda. Ela parou, estatuária, em frente a uma barraca. Em uma fileira uniforme de espetos, estavam fincados macacos defumados. Olhou aquilo, tateando a curiosidade, letárgica, e apontou lentamente o celular para uma foto. Espertou com os gestos e falas ríspidas da dona da barraca:

"Não, não! Quer um? Compre."

Durante o almoço, puxou da sacola um exemplar do livro de Conrad. Páginas marcadas com tirinhas coloridas. "O padre canadense fez acólitos", pensei, cinicamente. Ao seu lado, atrevido, olhei de esguelha a passagem que ela sublinhava com um marcador amarelo: ... *e ali estava, negra, ressecada, murcha, de pálpebras fechadas – uma cabeça que parecia dormir no cimo daquele pau, e que, com os lábios secos e retraídos, mostrando a linha branca dos dentes, estava sorrindo, sorrindo continuadamente de algum sonho interminável e jocoso, dentro daquele sono eterno.*

Na margem, ela escreveu, com um toco de lápis: *Smoked monkeys/ point home!*
Comeu a galinha com apetite.

A bordo

Foi difícil conseguir um barco. Ninguém estava saindo sem frete garantido e, neste trecho, viagens de passageiros são de curta distância, feitas em pirogas, as mesmas que assediam os barcos maiores, com vendedores de frutas e quinquilharias.

Dra. Maya nos atalhou, conversou com um capitão que é concessionário para transporte de cerveja. Pagou, em confiança. Quando nos disse do trato, fomos consertar as coisas, garantindo-lhe uma cabine. Estava destinada a viajar no convés, a descoberto.

Chegamos cedo ao barco e já o encontramos superlotado de gente, cargas e bichos. Alguns destes, passageiros como nós, outros, provisão de boca, a ser sacrificada e cozinhada ali mesmo, servida a preços embarcados.

A Doutora tinha um fac-símile das anotações de curso feitas pelo piloto Conrad em 1890. Foi com ele até a ponte mostrá-lo ao capitão. Este, envaidecido e para mostrar competência, puxou de baixo do banquinho do timão o seu próprio guia, um atado de folhas amareladas, muito esfoladas, "mas de boa serventia", disse ele.

"Em oito anos descendo e subindo o rio, encalhamos só uma vez, quase na descida para Kinsasha. Sem prejuízo. Nos soltamos do banco de areia porque caiu um temporal em Mbandaka, a enxurrada engrossou as águas... Sorte."

E acrescentou:

"Madame sabe, transporto cerveja. Eu mesmo não bebo, mas sempre, ao descarregar, noto que há engradados mexidos. Não gosto de confiar o barco para outros pilotarem, mas sabe como é que é... preciso dormir."

Dra. Maya perguntou-me do perigo das águas. Respondi com insídia congolesa:

"Geralmente não há hipopótamos. Eles não gostam do barulho dos motores. Os crocodilos não se importam, ou são surdos, não sei."

Ela fez logo conhecimento simpático dos passageiros do convés. A fotogenia do seu sorriso ajudou. Contribuiu, também, ela não ser exatamente branca.

A mulher que frita sonhos, na proa, e os vende para o desjejum, perguntou: "Brésilienne?"

Esta mulher foi bancária do Estado e, ou ganhava pouco para o sustento, ou perdeu o lugar para alguém do partido mandante. Acontece muito. Sessenta por cento dos empregos no Governo penam essa cartilha. Dra. Maya surpreendeu-se com o número de pessoas que largaram a profissão original e passaram a viver de ganchos e expedientes.

Ao fim da tarde, nos sentamos, eu e ela, em uns fardos, a bombordo. Perguntou-me o que eu fazia antes.

"Ah! Estudei com os padres. Ia ser seminarista. Iam mandar-me para a Europa, para a Itália ou França. A senhora sabe... olhe aqui... olhe meus olhos..."

Ela olhou.

"Que têm?"

"São diferentes dos olhos do meu povo. São um pouco cinzentos..."

"Bem, muito pouco."

"Pois é. É porque meu trisavô era russo."

"Russo? Não diga. Como é possível?"

"Era um marinheiro que desertou e subiu o rio. Ele era meio maluco, meu avô dizia."

"Maluco, como?"

"Na minha aldeia, Kitshanga, ele era uma lenda, contavam histórias dele em volta da fogueira."

"E era marinheiro..."

"Sim. Meu pai mostrou-me um manual de náutica muito antigo, com anotações dele nas margens. Hoje, tenho certeza que eram em cirílico. E havia um saca de aniagem onde ele guardava uma roupa esquisita que foi dele, de meu trisavô."

Ela fingiu engolir a isca.

"Ah, mas que interessante... E onde estão essas relíquias, meu caro?"

"Queimaram na guerra. A aldeia foi destruída."

"Que pena! Diga-me uma coisa: a tal roupa era de remendos coloridos?"

"Com todas as cores do mapa do mundo colonial, senhora."

"Então, você é o trineto do Arlequim de Kurtz."

"Com muita honra, Dra. Maya."

Nossas risadas atraíram o olhar dos passageiros.

Dra. Maya escreveu e eu iria ler depois:

> *A diferença entre ficção e história é geralmente vista como uma questão de fatos: novelistas criam material, historiadores, não.*
> *Historiadores não vão aonde as fontes não conduzem, o que significa que eles usualmente param à porta da mente de alguém.*

O barco exalou um longo apito fanhoso, que ecoou nas barrancas das margens. Escurecia. Depois de trinta e seis horas, estávamos chegando a Bumba.

Regata

A CIDADEZINHA NÃO TEM energia nem água corrente. Busca-se água no rio ou em poços. A escala será de três dias, tempo para carregar arroz, dendê... quase mais nada. Tudo demora. Uma parte do arroz chegou num dia, a outra virá... ou não virá.

Dra. Maya dormiu no barco, debaixo do mosquiteiro. Müller na porta da cabina, num saco de dormir. Tomei cama em um quarto partilhado, em terra, num albergue que já conhecia de meus tempos de mascate.

O barco tem luz de gerador até as sete da noite. Até mais tarde, na segunda noite, porque houve jogo de futebol e puxaram da casa de máquinas para o pátio do embarcadouro, uma gambiarra com tevê. Passageiros e moradores foram ver o jogo. Müller, também, um olho na tevê, outro no barco.

A luz do dia mostra uma cidade de cor verde e ferrugem, galpões apodrecidos, casinhas com teto em folhas de flandre remendadas. Tudo parece ter sido já usado ao extremo e, no entanto, o povo circula, carrega coisas nas costas, arrasta cargas, caixotes. E há muitas crianças.

Houve cólera há uns dois anos e há mais ratos que gente. Sempre tem um, correndo para a sombra de um entulho de madeira ou sucata. Outro, com olhinhos brilhando, num buraco, no tabuado de um barraco.

Em dois dias, a doutora viu o que tinha de ver e ficou no convés, conversando com as mulheres, anotando coisas no caderninho.

"O rio mudou?", perguntava.

"Não.", respondiam.

"A cidade mudou?"

"Não."

"E a floresta? A floresta mudou?"

"Não."

ELA OLHAVA A CORRENTEZA barrenta e grossa, a mata, o nítido recorte dos cimos das árvores escrevendo o perfil contra um céu agudamente azul.

Imagine-se um relógio, cujo ponteiro de segundos marque anos, o de minutos séculos, o de horas, a Eternidade.

Entretanto, Papa Ngoumé, o capitão, confirmou que zarparíamos no terceiro dia, ou seja, na madrugada do quarto.

Aluguei duas motos alquebradas, uma com assento para passageiro. Convidei a doutora.

"Aonde vamos?"

"Safari surpresa, cortesia da Inner Station, senhora."

Metemo-nos por uma trilha, mato adentro. Müller foi à frente, escanchado e sobrando na moto, abrindo com os joelhos a vegetação da senda.

Há plantações de palma, algumas seringueiras em renques banguelas. Nas clareiras, junto a casebres, há pilhas de esteios, caibros de árvores jovens. Noventa por cento das áreas de cultivo, abandonadas nas últimas décadas de crise e guerras, foram se reflorestando naturalmente. Também esta madeira é explorada para telhados e andaimes. Os lotes descem o rio como jangadas, amarrados e entrançados. O corte é mais ou menos ilegal. Em toda bacia do Congo, porém, há abate de árvores, clandestino ou camuflado como coisa legítima. A floresta está sob controle do Estado, mas, vez por outra, uma concessão franqueia brechas por um tempo, até que haja uma denúncia dos ecologistas ou da oposição. Os chineses têm olho grande nessas reservas. Sua classe média afluente quer móveis em madeira de lei.

Um menino vendia mangas, oferecidas dentro de uma bacia de alumínio amassada. Troquei algumas por duas pilhas A4. Comemos sentados em uns tocos, na sombra da própria mangueira. Mangas muito doces. O menino trouxe uma jarra de barro, com água para mãos e bocas.

Fomos pela trilha até que a floresta cerrada se impôs à nossa frente. Hora de voltar.

"Que safari é esse, sem animais, sem feras?", brincou a doutora.

"E as galinhas, doutora? Não viu as galinhas selvagens?"

Galinhas às dezenas correram espaventadas à passagem das motos. Galinhas e mangas não nos faltam.

Voltamos às margens do rio.

Conrad escreveu:

"*Subir o rio era como viajar de volta aos mais remotos começos do mundo, quando a vegetação transbordava na terra e as grandes arvores reinavam. Uma corrente vazia, um grande silêncio, uma floresta impenetrável.*"

No meio da tarde, sentei-me com a doutora num banco, sob o telheiro da atracação. O rio estava forte e revolto. Mesmo assim, havia meninos brincando nas margens, chapinhando na lama. Canoas voadoras passavam, empuxadas pela correnteza animada.

Uma balsa enorme veio balançando, rápida e ágil entre ilhotas e bancos de areia. Empilhada de carga e gente, multicor em vestes, trouxas, pacotes, caixotes, ela mesma era veemente, com seu flanco pintado em tintas vivas e a seu lado, disputando-lhe a velocidade, uma piroga conduzida por uma mulher de pé, firme e decidida na proa, remando enérgica com um só remo, de um lado e do outro, em instintiva canoagem olímpica, com um riso paradoxal rasgado na boca. Também riam e gritavam os passageiros da barca, incentivando a mulher, quando a balsa parecia ganhar distância da piroga. Quase à nossa frente, um garoto passou uma perna sobre o gradil da barca, depois a outra perna, equilibrou-se na beirada da balsa, hesitou por um instante, tomou impulso e lançou-se no rio. A mulher parou de remar e a piroga girou num torvelinho. Ela estendeu o remo para o menino, ele veio em braçadinhas desajeitadas, alcançou o remo, foi puxado para dentro da piroga, os dois se abraçaram, sob os aplausos e gritos do povo da balsa que se afastava e sob o olhar arregalado da Dra. Maya.

"O que foi isso, por Deus?"

"Nada de mais", afetei absoluta serenidade. "A balsa não atraca aqui, em Bumba. Ela foi receber o filho que estava em alguma aldeia rio acima. Filmou?"

Ela percebeu que estava filmando o chão, com o celular na mão trêmula.

"Acho que tentei... não sei."

Oh, Black Africa!

Décimo dia

Chegamos a Mbandaka, ponto de entrega da carga de cerveja. Levaria dia e meio para descarregar, grade por grade, nas cabeças de uns poucos homens, em fila indiana, indo e vindo, alguns deles fumando maconha para amortecer a fadiga.

Negociamos na agência de polícia o preço da taxa de desembarque e trânsito para a Dra. Maya. Pechinchamos, até que Müller cansou e bateu no balcão com uma nota de vinte dólares na palma da mãozorra: "São só dois dias, homem!". O agente tirou um papel amarelo da gaveta, pespegou duas carimbadas nele, enxertou-o no meio do passaporte da doutora. Olhou através de nós na direção dela: "Boa estadia, Madame".

Ela quis ficar num hotel, para aliviar o desconforto da cabina do barco. Escolheu o melhorzinho da minha lista de reservas, o Nina River, que, apesar de ter uma piscina e ser bem mobiliado, não tem água corrente e a eletricidade é desligada às 18 horas. Ela se acomodou, assim mesmo. Descansou até o entardecer e me procurou. Queria olhar a cidade.

Fui chamar o Müller, que estava jogando sinuca num boteco comprido e fumacento, a três casas do hotel. Não me senti seguro. Ela gostaria de andar ao longo do cais, mas ia escurecer...

Nos tempos da viagem de Conrad, o trecho de Mbandaka rio acima, até mesmo bem após Bumba, exatamente o curso que tínhamos feito descendo a corrente, era o mais arriscado, com tribos agressivas – o canibalismo não era incomum. E algumas aldeias eram hostis, por temor aos árabes captores de escravos.

Se a doutora queria uma atmosfera de aventura, uma pintura reminiscente do salto para essas trevas, então um passeio pelo cais de Mbandaka, ao crepúsculo, ganhava, com cinco estrelas, de qualquer outra coisa gótica.

E, fomos. Passamos o mercado, os galpões de estivas, construções arruinadas, terrenos tomados por mato ralo, depósitos de sucata... Dra. Maya tinha alguma intuição forte da qual, eu e Müller, éramos inteiramente desfalcados.

E, então, bingo!

No lusco-fusco de um ancoradouro jazia a carcaça de um enorme vapor. E três homens estavam ali, sentados numa mureta de pedras, meio desabada. Quem sabe o que faziam lá? Talvez fizessem parte do cenário desejado pela doutora.

Ela, destemida, chegou-se a eles. Müller, cauteloso, também.

Um dos homens levantou-se. O mais velho.

"Que barco é aquele?", ela perguntou.

"Aquele é o Yanonge. Veio da Bélgica em 1928. Movido a lenha."

"Podemos ver mais de perto?"

"Eu mostro."

Müller sacou uma lanterna pequenina, de facho fortíssimo. A luz abriu caminho no barro e no capim esparso. Fomos até o despojo enferrujado.

O homem despejou, por sobre minha inveja de guia oficial:

"Foi forjado em Hoboken e montado aqui. Era um vapor de pás de popa. Ainda dá para ver a moldura das pás... Jogue a luz mais para o fundo, em cima, ali ficava o gerador para a coberta. Ele tinha eletricidade e refrigeração. Tinha cozinha e, nas cabines, banheiro com chuveiro... O motor dele era de 250 cavalos. Fazia nove quilômetros..."

"Como sabe tudo isto, papa?", perguntei, despeitado.

"Meu pai trabalhou nele, era foguista."

DEI UMA GORJETA PARA o homem. Fomos voltando para o hotel. A doutora ia ruminando a descoberta.

"Vejam. Um barco daqueles era melhor do que os de agora. Em matéria de progresso relativo, houve uma perda. Não quero dizer, nem acredito, que o tempo da colônia era melhor... mas o que houve?"

"Se a senhora não sabe, imagine nós..." pensei, mas não falei nada.

Já perto do hotel, ela disse que estava com sede.

"Tem bar no hotel.", falei.

"Não, uma coisa mais daqui, da terra.", ela cortou.

"Bom, há um bar bonzinho, a umas três quadras.", Müller propôs.

"Vamos nele." ela decidiu.

O bar era mesmo bonzinho. Tinha gerador funcionando, o que garantia bebidas geladas. Era local para gente jovem, decorado num estilo techno-étnico, uma africanice de decorador viajado. Ok. Pedimos as bebidas da casa e Müller premiou-se também com *schnapps*.

A doutora queria falar. Achei que ela sentia falta de sua rotina de professora, tinha necessidade de explicar, também para ela mesma, o que ia vendo. Precisava alinhavar em discurso as imagens desconexas, os pedaços de filme. Tomou-nos como alunos.

"Vejam só. Aquele era um vapor que queimava lenha. O carvão ainda chegava mal aos barcos, apesar da estrada de ferro que contornava as corredeiras, abaixo de Kinshasa. A madeira era mais barata, certamente. Estava ali, à mão, disponível nas margens.

Mas, nem sempre teria sido assim tão fácil. Há uma história fascinante, uma expedição ofuscada pela fama da viagem de Conrad. Ocorreu cinco anos antes. Um jovem tenente americano, Emory Taunt, veio numa exploração de caráter comercial, sob auspícios e financiamento do Departamento de Marinha dos Estados Unidos. Subiu o rio em seis meses, até onde estivemos, em Kisangani, Stanleyville, na época. O tenente relatou a dificuldade, em todo o curso, para encontrar madeira seca para a caldeira.

No seu informe, um relatório bem minucioso, sugeriu que se tentasse convencer as tribos ribeirinhas a estocar esta madeira para venda em pontos determinados do rio. As equipes de corte, que iam a bordo, já não encontravam madeira seca perto das margens. Aventurar-se mata a dentro era perigoso. Ele narrou ao menos um episódio de morte e canibalismo. Os ataques com flechas, dardos envenenados e lanças, as tentativas de abordagem e assédio em pirogas de guerra, os tambores telegrafando através da selva, os guerreiros enfeitados para combate, tudo isto está no relatório de tenente. Conrad não exagerou nas tintas.

O tenente voltou aqui como cônsul ou espião. Em Boma, meteu-se em uma empresa que, sob fachada científica, era um conglomerado de especuladores – uma tal de Sanford Exploring Expedition. Ele faliu em três anos, alcoólatra, destituído da Marinha, com a saúde destroçada. Morreu, aqui, de febres, aos trinta e nove anos...

Outra presença: Roger Casement. Ele conheceu Conrad em 1890. Estava trabalhando na estrada de ferro, ao largo das corredeiras. Foi uma das poucas pessoas de quem Conrad gostou. Ficaram amigos. Casement foi também nomeado cônsul dos ingleses em Boma. Isto aí já foi em 1893. O *Foreign Office* queria massacrar Leopoldo II na questão colonial e humanitária do Congo. Casement produziu um relatório que engrossou o clamor mundial contra Leopoldo.

Engraçado... Conrad, embora fosse contra o regime belga, foi sempre tímido aos pedidos de Casement para se manifestar de forma direta quanto à questão do Congo.

Casement. Quando ele deixou a carreira diplomática, entrou de corpo e alma no movimento revolucionário irlandês. Foi preso numa operação desastrada com os alemães, durante a Primeira Guerra, para desembarcar armas na Irlanda. Foi executado, por traição. Os ingleses desencavaram cartas e documentos que o implicavam em homossexualismo. Isto prejudicou os pedidos de clemência.".

DRA. MAYA FEZ UMA pausa. Olhou além de nós, para a porta da rua. Havia começado uma daquelas chuvas equatoriais, encorpadas, que podem ter vida breve, uma pancada só, como se diz, ou teimar, durar toda a noite, invocando raios e trovões para melhor afirmar-se. Em menos de um minuto, a rua, enladeirada na direção do porto, virou um afluente do Congo.

Ela tomou um gole do coquetel de manga e rum. Retomou:

"É estranho... Se vocês somarem estes dois destinos trágicos ao horror da história de Kurtz, à miséria de seu desastre pessoal, parece até que este pedaço da África não tem ares muito benfazejos para os homens brancos..."

Deu-se silêncio nas vozes. Ouvia-se só o marulho do correr da chuva e o som abafado do *afrobeat* nas caixinhas de som das paredes. A Dra. Maya considerou, quieta, girando o copo na mão, se havia falado demais. Fixei-me em algum ponto infinito na toalha da mesa. Müller, às últimas palavras da doutora, passou por alguns segundos de paralisia facial e corporal. Acordou, numa sacudida. Voltou-se para a mocinha que nos servia:

"Mais um schnapps", ordenou. "Duplo, num copo grande, por favor."

O rio final

REEMBARCAMOS CEDINHO. LONAS PLÁSTICAS negras e amarelas ainda cobriam carga e gente. A chuva encharcara o deque e um cheiro antigo, espesso, memória de fermentação de todas as cargas, subia das tábuas do convés e do porão, pelas frestas. Quando largamos do cais, a brisa começou a varrer com dificuldade esta névoa invisível, persistente. O sol, que veio subindo por trás da mata e das aldeiazinhas satélites de Mbandaka, ajudou no serviço.

Passageiros novos haviam chegado, outros haviam desembarcado, sumido.

A mulher dos sonhos continuava na proa e, logo, o cheiro de suas frituras tomou o lugar dos miasmas encharcados. Menos mal.

Dra. Maya tinha aspecto cansado. Temi que ela adoecesse ali no rio, sem socorro viável no trecho. Descíamos agora para Kinshasa. Nem à direita nem à esquerda, em nenhuma cidade ou vilarejo teríamos assistência para algo mais sério.

O rio desce rápido este trecho que vai até o gargalo de Mpouya, então aí, afunila em demanda de Kinshasa. Esta perna da viagem é mais rápida, não há escalas. E a correnteza ajuda.

A doutora melhorou por volta do meio-dia. Saiu da cabine. Coisas de mulher, cólicas, pensei. Ela foi prosear com as mulheres na proa. Comeu coisinhas sortidas que lhe ofereceram. Fez cara de prazer para umas, caretas cômicas de recusa para outras.

Ela me disse que se surpreendeu com a afabilidade das pessoas. Haviam lhe advertido de hostilidades, perigos. Não encontrara nada disso. Achara resignação, insegurança, sim, no povo, mas não havia o crescente de desespero que lhe haviam pintado.

"Esse período está bom", expliquei. "Houve acordo político, as ações de guerrilha estão em pontos longínquos, em pequena escala. A população se inquieta mais quando há grandes crises de abastecimento. Comida, principalmente. Ou epidemias... Mas, a senhora mesmo viu... as exigências e expectativas são baixas."

Ela silenciou, por um tempo, olhando as margens passarem. Mata, um sitiozinho, mata, mata, clareira com telheiro e pirogas amarradas na margem, mata, uma ravina alagada espetada de juncos. Mata, árvores enormes. Uma casinha com um mastro alto e uma bandeira ou pano qualquer tremulando, um cão no terreiro, correndo para lá, para cá, ladrando para o barco.

Em Kinshasa, a doutora fez uma palestra em um centro de formação de professores. Estava cumprindo sua *prise en charge*, atendendo o convite que formalizou e facilitou sua entrada no país, uma composição entre Universidades.

Deixei o auditório quando ela começou sua fala:

"Faz um tempo, um estudante, meio queniano, meio americano, estava lendo o Coração das Trevas de Joseph Conrad. Seus colegas o questionaram por ele estar lendo aquilo que eles diziam ser uma peça de racismo. 'Porque...' o estudante gaguejou, ... 'porque o livro me ensina coisas... coisas sobre gente branca, quero dizer. Vejam, o livro não é realmente sobre a África. Ou gente negra. É sobre o homem que o escreveu'. Aquele estudante era Barack Obama."

O centro de formação ficava a poucas quadras do colégio interno de minha infância e juventude. Resolvi pagar-lhe uma visita nostálgica.

O pouco que mudou nele foram as janelas em venezianas. Já no meu tempo, o cupim fazia a festa nelas. Eu mesmo formava na equipe de imunizadores, com trinchas e querosene. Os bichos voltavam sempre, mais famintos. Agora há esquadrias de alumínio e vidraças. Destoam das fachadas antigas, encaixam-se, vulgares, nas paredes caiadas, encascadas.

Entrei pela igreja e saí no pátio lateral que dá para os pavilhões. Umas árvores ainda estão lá ...e pensei que haviam encolhido. Engano. As coisas são maiores quando somos crianças, assumi. Outras árvores foram abatidas para dar lugar a uma quadra multiesportiva cimentada, a descoberto. Ao fundo do pátio havia, lembrei, um tanque raso à guisa de piscina. Via de regra era lodoso, juntava sapos. Ninguém ligava. Nadávamos nele.

No muro que guarnecia o tanque, um padre jeitoso havia feito, com nossa ajuda, uma pintura mural. Era uma cena aquática que representava meninos nadando num rio com hipopótamos cômicos, como os de desenhos animados. Os meninos se agitavam, pulavam, plantavam bananeira dentro d'água.

Fui ver o tanque. Ainda estava lá, embora drenado e aterrado. Era agora uma plantação de verduras. O painel estava desbotado e descascado, mas a maior mudança estava nos meninos. Haviam sido pichados e lacerados. Todos, como num ataque de guerra ou de ira. Todos haviam sido cancelados com tinta preta ou raspados até o osso do reboco. Os hipopótamos, de bocarras risonhas abertas para o céu, foram poupados.

Por quê, por quem, para quê?

Peguei um bom ângulo e cliquei um *selfie*, com o mural por fundo.

De volta à igreja, sentei-me, passei a foto para o email da doutora: *"Laughing Hippos"*.

Andei a esmo pelo bairro, calculando o término da palestra. Voltei ao centro de formação. A doutora já havia concluído palestra e debate, conversava com professores no *lobby* do auditório. Todos sorriam. Ela, principalmente. Tudo correra bem.

De certo modo, nossas tarefas, minhas e do Müller, estavam no fim. A doutora agora estava em sua zona de conforto e hábitos. Havia convites para almoços e jantar. Ela já sobraçava alguns livros presenteados por colegas.

Fomos deixá-la no hotel e combinamos o transporte para o aeroporto em dois dias.

Dispensei Müller, que queria pegar a estrada até Matadi, fazer algo que não entendi direito. Dormi e comi sem fazer mais nada, por dois dias.

Cumprindo o combinado, levei Dra. Maya para o aeroporto. Encontramos lá o cônsul americano, muito prestimoso e todo dono da situação. Aguardei a doutora até que se desembaraçasse. Ela veio a mim, com duas sacolas de compras.

"Muito obrigada disse, afável, passando-me as sacolas: "Umas lembrancinhas, para você e para o Sr. Müller. Espero não ter dado muito trabalho."

"Trabalho nenhum, doutora. Foi um prazer. Obrigado, faça boa viagem."

O cônsul voltou a ela, veio remando rápido, pegou-a pelo braço: "Venha, venha, doutora."

O meu presente foi uma calça *jeans*, legítima, de grife. Um envelopinho com uma nota de cem dólares e um cartãozinho com: *"Obrigada pelos hipopótamos (desesperadamente) risonhos".*

O de Müller foi uma camisa chinesa, tão grande, que dá para fazer com o seu pano um paraquedas cor de rosa. Não sei se ele vai gostar, mas é chique, é de seda.

Scheria

NÃO ERA O NOME que todos queriam para o prédio – parte da família preferia Corfu, outra parte votou por Capri – mas este nome era já de outra construção, modesta, é certo, mas com prerrogativas de batismo e inscrição na Prefeitura.

O Scheria tinha dez andares e apenas quatro deles eram de proprietários fora da família, embora ligados a ela por negócios ou amizade. Prevaleceu o nome esquisito da ilha remota. Era costume dar nomes de ilhas, de balneários ou vilarejos europeus aos prédios de apartamentos que começaram a se erguer naquele trecho de praia. Brotavam em terrenos varridos dos bangalôs de veraneio. Aos donos, davam-se unidades em permuta das áreas. Proprietários eram vencidos pela oferta hostil das imobiliárias. Ninguém gostava de ter a propriedade espremida e desvalorizada entre dois espigões, cedia-se ao progresso e à oferta.

Tombou até mesmo o solar em forma de navio que um comerciante construiu com humor, dinheiro solto e crença no insólito. Ficava ao lado do Scheria. Levantou-se em seu terreno uma coisa quadrada com fachada de pastilhas e vidraças industriais, muito americanas. Como vingança insistente do fantasma do prédio, o trecho de praia à frente dele – e do Scheria – continuou a ser chamado "da casa do navio" e assim ficou conhecido pelos mais velhos, pelos vendedores de coco verde, pelos jovens que ali faziam ponto e pelos tradicionalistas nostálgicos, idosos ou moços.

Nomes. São um problema para quem os recebe, indefeso. Gertrudes detestava o seu nome, muito menos apreciava o diminutivo alienígena – Gerty – que o pai lhe pespegara e que os colegas de colégio e praia adotaram por síntese do gutural e do esdrúxulo.

Avesso ao nome, o aspecto de Gertrudes – Gerty, sempre foi belo e tornou-se esplêndido na adolescência e pouquinhos anos mais adiante, já com as formas a se afirmarem, decididas, sob a roupa de praia, sumária, álacre. Para uma visão mais correta, seria preciso dizer sua tez. Era moça alva, mas daquelas que tostam ao sol sem vermelhidões incômodas. Sua pele se dava bem com o sol, ia se dourando pela temporada do verão afora, até chegar a um lustro de canela cúmplice do cabelo castanho vivo e dos olhos caramelados. Tinha isto, sim, de comestível. Notava-se, ao vê-la, esguia, mas não ossuda, carnes tersas, um andar lento, pacífico, quase preguiçoso de presa descuidada... Andava na areia como se a singrasse, deixando um rastro leve. Arrastava, displicente ou calculadamente, uma saída de banho estampada em cores havaianas, longa o suficiente para cobrir-lhe a perna direita e pousar sobre o calcanhar, ocultando um defeito do seu pé, falha de nascença, quase imperceptível.

Leopoldo deveria descer três paradas de ônibus adiante, mas, sempre saltava antes, ia para a calçada da praia, descia uma escadaria fraturada enfiada na areia, sentava-se no banco improvisado com troncos de coqueiro, junto a um quiosque fechado. Nos fins de tarde, não havia fregueses para água de coco ou para cachaças discretas. A praia era frequentada por empregadas, babás com meninos e gente que levava o cachorro para tomar brisa e escavar a areia, correr com a língua dependurada, babando, em quase sorriso ou esgar de satisfação e liberdade. Isso.

Essa não era a cena preferida de Leopoldo. Queria um ponto focal, apostava que a moça estaria lá e, às vezes, ele ganhava esta loteria, ela estava na praia, poucas vezes sozinha, geralmente orbitavam sua presença um ou outro garoto de sua idade, outra moça (talvez duas), a criadinha com os gêmeos, mais raramente um zelador ou porteiro de algum dos prédios.

Ela assentava-se com sua toalha, uma esteira, sua saída de banho, revistas que nunca lia, outros petrechos que Leopoldo não adivinhava... Ficava lá, em uma espécie de promontório elevado de areia frouxa e capim de praia.

Imediatamente para trás deste *set* fotográfico, a vista era impedida por outro quiosque, mais propriamente uma barraca orlada de mesas e cadeiras fincadas na areia, algo provisório que ganhara sobrevivência pela indiferença da fiscalização e que envelhecia, desbotado e carcomido pela maresia, há muitos verões.

Àquela hora, estar na praia, vestido como Leopoldo, pouco chamava atenção, não era hora de nudez balneária ou de roubar bronze ao sol. Era aquela última fração da tarde em que a praia entrava em eclipse na sombra dos prédios, destituía-se, anunciava seu deserto noturno. Logo as luzes iriam se acender nos prédios e na avenida. Pouca luz sobraria na areia afora as mortiças varreduras dos faróis dos carros. Restaria o roncar dos motores e a pancada do mar quando a maré viesse, montante.

Gerty – a moça no promontório – as empregadas, meninos, porteiros e cachorros também tinham se recolhido aos prédios, haviam se apagado da praia e do cenário.

A este tempo, Leopoldo já retomara o caminho de casa, três quadras adiante e mais quatro para trás da avenida do beira-mar.

Para um homem que vivera de caricaturas, Gil, o inglês (o nome era McGill, mas ele o mudara para forma legível, pronunciável e grafável abaixo da linha do equador), para ele, ser uma caricatura em si mesmo era, se não uma ironia amarga, um chiste social. Não havia como evitar aquilo. Sob o sol do trópico, sua mimese não funcionava, falhava no escarlate da pele, no sotaque áspero que nunca se abrandara em vogais redondas, em diminutivos cordiais. Era notado, realçado na multidão, pinçado, rotulado: "Americano?". Nem isso. A caricatura vinha mal riscada. "Inglês", corrigia, sem muito sucesso. Gringo, enfim. Mas, livre, ao menos.

Escapara de processo interminável, das penas de cadeia intermitentes – e das dívidas correntes e incrementadas com advogados –, tudo por conta de cartões licenciosos, da impudência em trocadilhos e duplos sentidos, ofensas à fisionômica do Império e sua gente, coisas releváveis, palatáveis em Sterne, Rowlandson, Hogarth *et caterva*, mas a ele tornadas ônus e química de perversão, escândalo e ofensa às famílias. Fazia tempo, já. Mudaram os costumes – a perda das colônias e Vice-Reinados, de prestígio, a labilidade da Armada e da moeda – quebraram a espinha da moralidade arrogante... Mas era ele, Gil, quem agora estava azedo, mandara o Reino às favas, estava só, apátrida, gringo caricato, embora. Valia o preço, consolava-se.

Ia algo além dos sessenta anos, abandonara a sátira – sequer saberia fazê-la àquele outro povo, inábil para tê-lo em sintaxe e, portanto, em crítica. Trabalhava em uma empresa de biscoitos, massas, alimentos, óleos. Havia lá uma gráfica própria. Riscava embalagens, rótulos, gerenciava serviços de impressão.

Desenhava? Sim. Mantinha cadernos e álbuns pessoais, privados, jamais mostrados. Perdera a veia picaresca, reaprendia o mundo sem a carga do sarcasmo e recalque de classe em que estivera confinado e pelo qual foi punido. Suas cenas de praia, outrora derrisórias, eram agora apontamentos românticos, remanejamento da pena e da aquarela para campos idílicos, uma arcádia trazida da planície para a orla das ondas, habitada por ninfas, nereidas solares, jovens bacantes.

Aquela produção íntima e secreta tinha tudo de tara senescente, é claro. Mas, reservada que era, dificilmente o levaria à cadeia, agradecia. Seguia enchendo as folhas...

Estacionava seu carrinho na quadra da casa do navio, descia para a areia, descalço. Gostava da praia quase deserta, no fim da tarde, após o expediente na gráfica. Três em cinco vezes, ela estava lá, sua modelo. Sentada sobre uma toalha ou esteira. Olhava o mar. Vez por outra era requestada por um moço, uma companheira. Mor do tempo ficava lá, modelo ideal, até quase escurecer.

Quando ela partia, Gil a seguia com os olhos, a via atravessar a rua até que sumisse para dentro do Scheria. Ele voltava ao carro, limpava os pés da areia, dirigia descalço até seu pequeno apartamento, quatro ruas para trás da avenida, oito quadras antípodas a Leopoldo.

AS MIRAGENS NÃO SÃO simétricas a não ser quando as tentamos explicar sob as leis da óptica, dos reflexos, das refrações, dos emparelhamentos quânticos. De per si, à margem da razão ou da interferência da observação, as miragens se desejam autônomas, são entes muito mais aperfeiçoados que os sonhos, mais afirmativos que alucinações inquietantes.

Diversamente do *déjà vu* e do *Unheimlich,* que percebemos imediatamente como artefatos neurológicos, as miragens vêm de fora para dentro e, fugazes que sejam, impressionam fisicamente a percepção e o juízo.

Esta patafísica quer se referir ao fato de que Leopoldo e Gil, desconhecidos, simétricos e invisíveis um ao outro, partilhavam a mesma imagem que Gerty lhes oferecia, a tomavam com diferente espírito, a processavam de diversa maneira.

Veremos que Gerty, a emissiva miragem aos olhos deles, era consciente de ser vista e que, nesta equação, pouco importaria que sua visibilidade fosse unívoca a ambos.

O FATO É QUE Gerty teve um sonho e que o contou a Nísia, sua colega de colégio, frequentadora das areias e águas da mesma praia. Aos olhos de Leopoldo e Gil, Nísia, porém, pouco se afirmava. Não porque não fosse notável – era bem bonita, sim – mas escassa de substância mirífica.

Assim, Gil a desenhou coadjuvante de cena em que Gerty levanta-se da esteira, a saída de banho esvoaçante como o véu de Galateia, um braço pendente, a mão colhendo um espelho (que estaria fazendo tal item na praia?), enquanto Nísia é uma silhueta em esboço, suporte ocasional para a composição.

Leopoldo a havia visto como a moça que jogava com os meninos gêmeos, estes mais visíveis e vivazes que ela – a duplicidade ativava a vista em vez de enfastiá-la, Leopoldo se inquietava com isto. Um dia, porém, ela se destacou, ao lançar a bola para os meninos com muita força. O brinquedo foi parar aos pés de Leopoldo e este, ao tentar devolvê-lo com um chute na direção dos gêmeos, o lançou na direção de Gerty, fazendo-o aninhar-se entre as pernas dela (mais sobre isto, adiante). Deste modo, a presença de Nísia foi rebaixada por este momento expressivo, como se as forças da miragem tivessem atraído a bola e a percepção de Leopoldo àquele recesso sombreado de significações.

Do outro lado do promontório, com a visão encoberta, Gil não percebeu causa e efeito no ir e vir da bola, registrando-a, depois, como um sol multicor sobre a praia, um contraponto a uma Gerty jacente, ninfa adormecida. Embora, de fato, na cena real, ela estivesse bem desperta.

VOLTANDO AO SONHO DE Gerty – ou o que ela narrou a Nísia. Foi uma construção corriqueira, de fundo analítico simples: ela teria recebido a visita do seu pai – o desembargador Alcino – travestido em algum tipo de antigo personagem grego, acompanhado de uma mulher jovem que não era sua mãe. Esta, de repente e em sequência, foi se transformando em várias de suas amigas de colégio – entre as quais a própria Nísia. Posando como fada, a tal mulher, moça, colega, não mãe, anunciou (Gerty não usou esta palavra evangélica) que, quando Gerty fosse à praia para lavar suas roupas, encontraria o homem destinado a ser o seu esposo. A estes augúrios, o Dr. Alcino, ocupado em anotar o sonho em um papel ou pergaminho, tudo ia confirmando com a cabeça.

Gerty reteve do sonho, principalmente, a promessa de noivo e marido, tendo em mente e desejo que o alvo da profecia fosse Tevinho, um jovem ambicionado por todas as núbeis daquele trecho da praia e de outros sítios por onde ele, Estevão, muito cheio de si e de sua beleza mista de atleta e Apolo, desfilava, capitaneando uma falange de amigos. Nísia não quis se mostrar despeitada com a pretensão onírica da amiga, porém, esperançosa de que ela mesmo pudesse ser, um dia, a escolhida por Tevinho, de tudo fez para corroer o sonho de Gerty, levando ao ridículo, inclusive, o travestimento do Dr. Alcino e a infantilidade do anseio pelo "príncipe encantado", uma "donzelice" da amiga.

Durante uma semana, Gerty ficou emburrada com Nísia.

Por coincidências que confirmam vaticínios, por algum vício do Destino, conjura da Deusa que visitou Gerty ou, simplesmente, pela sincronia oposta e simétrica de Leopoldo e Gil, foi exatamente à época posterior ao sonho, que eles se fixaram naquele trecho de mar, dedicaram-se ao registro da miragem comum a ambos.

Diversos, os dois. Leopoldo sob o couro de um sátiro meramente lascivo e Gil eludindo a facécia do seu voyeurismo com o refinamento de paródias mitológicas.

Do mesmo modo que nossos dois cavalheiros pouco viam de Nísia – ou dos gêmeos, das empregadas dos porteiros, das raras mas imponentes passagens de Tevinho e sua coorte, também a própria Nísia sequer os notava em destaque na paisagem e circunstância da praia. Nem mesmo muito os registrou quando um mês depois, talvez, o homem em terno e gravata, sentado nos troncos de coqueiro, levantou-se e devolveu a bola dos meninos com um chute torto que acertou Gerty. Havia outro sujeito, sim. Em alguma migalha da memória de Nísia ficava um cara idoso, rabiscando num caderno, gente da Prefeitura, quem sabe... Ela deve ter gravado, ou não.

(A Miragem – Gerty – respondia com sua própria emissão de raios de visibilidade. Ela tornava Leopoldo e Gil concretos, físicos. E mais. Por radiação do sonho profético, intercessão da fada, impulso erótico obscuro... por tudo isto, talvez, ela os dava em epidermes completamente diversas do prosaico revestimento de seus seres desgastados, os queria ver como espécimes galantes, belos exemplares viris, candidatos ao anúncio do sonho.

Podem enganar-se as miragens enquanto nos enganam?

Dito de outro modo: Gerty não fantasiava sobre os dois homens que, inequivocamente, a observavam. Criara mentalmente dois artefatos sobre bases físicas e que lhe seriam indiferentes, em outros cenários. O que ela fazia era um ajuste do seu modo de presença – sedutor, tentador, melhor dizendo – à circunstância e à insinuação erótica em que a cena se construía. De mais a mais, houve o sonho e este também contava na imagem a que ela dava corpo, que ela dispunha, enganosa, aos dois senhores. Um capricho.

Os cavalheiros alienavam-se dos artifícios coquetes que a moça estava a produzir. Tinham, cada um a seu modo, suas percepções de Gerty como imagem intrínseca, apropriada e imersa em suas mentes... Eles laboravam um modelo pessoal. Uma posse íntima, a pornografia essencial.)

Leopoldo olhou com atenção o cartão de publicidade de biscoitos. Era uma cena de Natal, com pinheiro enfeitado e falsas neves de algodão, em redor do qual, em ciranda simpática e aconchegante, girava uma família. Havia o pai, a mãe, uma filha e dois meninos. Ao fundo da cena, um sorridente avozinho estava a meio corpo, como se viesse do mundo de fora para dentro do desenho.

Um óculo, no ângulo inferior, a bico de pena, retratava uma garota de cabelos ondulados, piscando o olho direito, risonha, o outro olho, claro, muito vivo, perto do qual uma mão delicada segurava um biscoito redondo, mordido em ausente meia lua.

Estilizada, a moça não revelava os traços precisos de Gerty, nem Leopoldo a reconheceria como tal, pois sua mente ditava outro estilo para sua miragem, mais aproximada dos filmes românticos em que jovens e tímidas heroínas surpreendem pela materialidade de seus arroubos e entregas amorosas.

Muito menos poderia reconhecer o avozinho como o desenhista Gil – a assinatura estava abaixo do óculo, mas Leopoldo, embora soubesse quem era o homem, jamais o conhecera pessoalmente, recebia os desenhos dele na agência de propaganda, montava os textos, levava aos jornais.

Aquele desenho de Natal, ele só olhou em casa, ao chegar, mais tarde que de costume. Demorara de propósito, saindo da praia, fazendo um caminho que cortara duas avenidas e oito transversais, ganhando tempo, pra evitar um flagrante desagradável, ter que cumprimentar, ao menos com um "boa noite", um cavalheiro que frequentava sua casa com o já habitual beneplácito de sua mulher e a vista oblíqua dele, Leopoldo.

O desenho, guardado em papelão dobrado, fora-lhe útil na praia, em sua sessão de observador de Gerty. Como escudo, serviu para vedar-lhe o recesso aumentado da braguilha, crescimento que se pronunciou, sobretudo, após a feliz coincidência da bola ter ido dar ao entrepernas da Musa, arremessada por ele, canhestro Leopoldo.

Até mais serviu a arte de Gil, mesmo no seu pobre invólucro, boa para ocultar o manuseio que Leopoldo produziu para debelar o alongado intumescimento, coisa que obteve, com espasmos bem disfarçados e alívio imediato, justo quando Gerty, girando o corpo na esteira, expôs ao sul e à vista dele, seu dorso muito despido, uma dobra do biquíni adentrando-lhe a fenda dos glúteos, revelando uma nesga de carne não bronzeada.

"Ufa!" ele exalou, sentindo-se afogueado e também morno, úmido.

(No caminho para casa, a brisa de fim de tarde iria abrandar o calor do seu corpo e da sua cara, mas iria também começar a secar a fralda da camisa enfiada nas calças, deixando-a grudenta na pele, um emplastro frio).

Enquanto isso, Gil, após ter visto o arco da bola multicor cair na direção de Gerty, sabemos, viu que ela, Gerty, se virava ao norte, na direção dele, tão nítida que, mesmo com olhos bons para perto e sofríveis para distâncias, pôde ele divisar-lhe um riso maroto e torcido que, por um tempo, imaginou dirigido a si. Essa ideia logo evanesceu porque os olhos dela não o fixavam, miravam um ponto de difícil paralaxe, por cima e além dele. Naquele momento ela não lhe pareceu mais a moça que ele fizera a bico de pena, provocativa no limite da moldura familiar do Natal. Era algo com um caráter adulto que habitava um corpo de mocinha, algo que suas caricaturas mais obscenas não ousaram ou tiveram capacidade de flagrar.

Foi também naquele momento que Gil foi tomado pela vontade e licença para falar com ela, talvez arriscar mostrar-lhe uns desenhos. Estava já a levantar-se quando ela girou o corpo para leste, para o mar. Passava um grupo de jovens, em uma lancha. Talvez tenham acenado para Gerty, para Nísia e os gêmeos, talvez apenas para a gente na praia, genérica. Gil voltou ao seu tamborete e ao seu bloco, mas não desenhou mais nada naquela tarde. Guardou o esboço na retina para desenvolvê-lo depois.

Então, passado todo o sol, toda a areia, as ondas e as lanchas, passada a multidão dos domingos, passado o gordo Carnaval com seus tentáculos bêbedos arrastando-se na praia, passado o verão, vieram as chuvas, a noite começou a chegar mais cedo. Gerty, Nísia, os gêmeos, as empregadinhas e os zeladores dos prédios sumiram, também desapareceu a tropa de Tevinho, ele, o próprio, foi estudar Agronomia em uma universidade americana.

A estas deserções da praia, seguiu-se o duplo eclipse de Leopoldo e Gil. Leopoldo ainda insistiu, foi à praia chuvosa mais algumas vezes em busca da miragem. Nada. Voltou para casa seguindo o mesmo esquema evasivo e retardatário. Em uma das vezes, encontrou seu cavalheiro rival. Trocaram cumprimentos discretos, um curto balanço de cabeças, passaram em calçadas opostas.

A mulher esquentava a sobra do almoço, arrumava a mesa como para um jantar, mas a comida era a mesma, acrescida de pão cortado em fatias e um bule de café. Leopoldo dormia com fome.

Gil comia pouco. Era seco, de barriga batida, deixara de beber e de fumar, mas a vesícula, o fígado e o duodeno incomodavam, inexoravelmente usados e gastos pelos trópicos. Ele não se queixava. Trabalhava, celibatário e rotineiro.

Desenhava alegorias e pastorais, afora a produção para o emprego e para as agências de anúncios. Vivia.

O inverno alongou-se e quando o sol voltou, veio sedento, bebendo as poças e sugando a umidade da praia. Puxou um vento rasteiro e morno que encrespou o mar, que soprou areia para a pista de rolagem da avenida, meteu-a por baixo das entradas envidraçadas dos prédios.

Era a época dos dois voltarem, a temporada de praia se anunciava. Quase como se combinados, vieram em uma quarta-feira, no fim da tarde. Esperaram, cada um em seu posto. Leopoldo com um jornal, Gil com seu caderno e com uma novidade: um panamá caro, um item que o devolvia à gesta colonial, muito estrangeira.

Gerty não surgiu. Nem Nísia. Vieram os gêmeos tangidos por uma babá enfiada em um maiô que lhe sobrava nas ancas e no busto, algum regalo patronal. Os gêmeos haviam crescido e, tanto Gil como Leopoldo, de seus ângulos, estranharam que um menino houvesse crescido mais que o outro. O disparate incomodava. Leopoldo pôs-se a imaginar o contencioso que aquela situação engendraria. Isto ocupou-lhe o espírito, pacificou a espera por Gerty.

Mas Gerty não apareceu. Sequer na sexta-feira. Neste dia, somente Gil foi à praia, Leopoldo havia programado ir no domingo, esperava que ela lá estivesse, mesmo perdida na turba de gente se bronzeando, empanando-se de areia. Ela não apareceu.

O motivo era simples e prático. Durante o inverno, Gerty havia se enrolado com um sujeito casado, amigo de amigos da família. E a coisa teria se complicado não fosse a intervenção da mulher do homem que, lutando em causa própria, aliara-se à mãe de Gerty, para desatar o *imbroglio,* recuperar o marido e salvar a decência ameaçada de Gerty. Esta ficou tristíssima com o desfecho abrupto do romance, mas logo recompôs-se, ao ser agraciada pelos pais com um curso de férias na Europa. Para lá partiu, por seis meses. Que se renovaram em mais seis e em mais um ano.

Agora é o tempo – foram-se dois anos – para deixarmos em paz nossos simétricos e destituídos *voyeurs*. É claro que eles se esforçaram para refazer suas miragens mas, ou a conjugação dos astros lhes foi desfavorável, ou aquele último verão havia estiolado os espelhos d'água nas areias, roubara-lhes a mágica das aparições. Nada que se comparasse ao que seus espíritos acalantaram. E, no caso de Leopoldo, nada que lhe elevasse carne e alma surgia das ondas, nada encantava a praia. Soubesse disso, a cobiçada Miragem sorriria em regozijo, seus olhos outrora apenas precoces, agora teriam a certeza provada de Eros.

A praia mudou. O abarracado de tamboretes deu lugar a uma quadra de tênis usada para futebol, a pista foi alargada e iluminada com veementes refletores, os carros iam mais céleres na pista exclusiva, os ônibus foram banidos para as ruas de trás. O fantasma do navio de pedra e tijolos ficou mais tênue, mas estava lá.

Gerty visitou a casa dos pais e desceu, nostálgica e grávida do segundo filho, para a praia. Foi até a pequena elevação onde foi miragem e sonho carnal. Olhou o mar. Este era o mesmo de antes, não mudara. A maré estava rasa, uma maria-farinha correu aos arrancos pelo limite da areia molhada e da enxuta. Seus olhos espetados acharam uma sombra comprida ao lado de um coco seco. Ela parou ali, escavou, hesitante a princípio, depois enérgica, decidida, atirando areia para fora do buraco que foi se afundando para dentro da noite subterrânea.

Relógio de areia. A tarde se esvaía.

De repente, era quase noite. Gerty seguiu uma esteira de luz, atravessou a pista, sumiu para dentro do Scheria.

Nihonyouri

1.

Passou o inverno, a primavera insinuou-se no regato.
Peixinhos e sapos brotaram na corrente ainda fria, presa no tempo em que era um vidro liso, indiferente à brisa e frágil aos passos. Uma folha antiga ficou guardada no fundo e espera, trêmula, o momento de desprender-se e vir à tona.
Não vieram os peixes, dormem os sapos.
Nem subiu a folha, aguardando remoinho que a levasse para fora do regato, a lançasse em volteios para o ar, no avesso do curso que a levou ao mergulho, outono passado.
O mestre da casa enlouqueceu, dizem.
Ele não finge. Na cozinha, os caldeirões fumegam com porções que matariam a fome da aldeia por toda uma guerra.
Há caixotes de arroz, tonéis de frutas, sacas de raízes tão estranhas, nunca vistas, tampouco cozidas, sequer comidas.
Caixas e sacas e cestos, hortaliças que secaram atadas em feixes, relicários de aromas do campo, da podridão dos brejos, tudo se empilha em muralha e cortinas de acres miasmas, bem à porta da cozinha.
A saída ao jardim foi proibida e o cozinheiro acorrentado a seu fogão de ferro e pedras. Mas, a elaboração dos pratos se aprimora e o cutelo cai sobre patos, faisões, porcos e galinhas.
O Mestre, contudo, pasta em um tapete que imagina de verduras. Engatinha e balbucia um monólogo rouco do qual ri, ou chora, intermitentemente.
E não somente. Chega o ouvido à parede do Grande Conselho. Diz, para o vazio, o que dentro dela se murmura: Que inimigos vem, já cercam a casa.
"Vencerão as muralhas, abaterão os mourões de arrimo. Vão aluir as pedras e a argamassa moída com cal e greda e mel e palha. Fugirei para a mais recôndita das alcovas, meu dorso eriçado de setas e moribundo como um javali cego e lacerado. O dragão de Qing fugiu do estandarte, vaga pela casa, dia e noite, faminto. Comida não há que o satisfaça, seja da estiva ou do fogo da

cozinha. Sua sede secou toda a baía onde minha capitânia, reduzida a mastro e ossos, adernou no lodo."

Não sopra o vento divino, o kamikase que disperse tais insanidades. O Mestre está assim há quase sete anos, desde que o império gentil a que ele serve mudou-se em máquina de indústria, engenho de guerra, vestiu as roupas do ocidente, provou o gosto, o azinhavre estrangeiro das moedas.

Não mudou o campo, porém. Mas, as mãos são poucas. Cresce o capim, ervas destilam seus venenos. O arado desfaz-se na ferrugem, o boi sem canga, sem dono, sem lavoura, vaga intoxicado pela liberdade.

Na casa, o mestre clama por ajuda, chama Beltessazar.

"Tragam-no."

"É de outro reino, Mestre. Em outros livros estão seus feitos, seus juízos aqui não vingariam. Piores equívocos medrariam em vaticínios que viesse a proferir a vosso alívio."

"Tolice! Ainda ontem, neste mesmo jardim, aqui neste pasto em que me alimento, no canto, o vi. Estava ele em repouso, guardado por dois leões, tão quietas as bestas que pensei dormissem, ou que de estofo e palha fossem cheias... Mas, qual! rugiram a mim, espetaram-se as jubas e ele, Beltessazar, sossegou-as como a cães de colo e fantasia. Disse-me: 'Nascerá uma árvore em tua sala, pois plantastes tua casa sobre o adormecido germe que a continha. Ela romperá piso e teto e chegará às alturas do céu e, ao termo de sete anos, não mais haverá sob ela casa, nem palácio ou fortaleza. Tudo a árvore tomará e, sob sua copa, voltará o campo do tempo de teu pai e do teu avô e do avô do teu avô. Tomarás esta árvore como consolo e herança por tão pouco tempo, te digo, pois logo será derrubada. Ficarão somente toco e raízes, pregados ao solo por ferro e bronze', ele disse, a face e seus gestos verdadeiros...

E agora, olhem.

As tábuas do piso se estufam, racham-se e apartam-se as emendas.

Vejam.

Um ramo esgueira-se pelas brechas..."

"Nada vemos, senhor. Será a febre, talvez, que vos figura essas impressões malinas?"

"Qual febre, patetas pervertidos! Não me bastassem os inimigos, suas flechas, o arrojo das pedras nos bastiões em fracasso, tenho-vos agora por contrários em minhas premissas, no meu íntimo pensar e preciso julgamento?

Traiçoeiros, talvez?"

11.

LÁ FORA ADEJA A primavera, tímida.

Diversamente de mim, aqui reclusa, condenada à nudez, vagando pela casa, os pés imundos, retrato de obsceno espectro e carnes devassadas.

Deveria eu corar, rubra – é minha estação – quando floresço em sangue, já anunciando o escarlate fulvo de minhas folhas de outono.

(Uma há, afogada no regato, há mais de ano.)

Mas, não. Já não há vergonha ou pudor quando o medo nos consome e nos empalidece.

Chiyohime, me chamo, vim de Nagahama. Nasci nas margens da água do doce lago Biwa. Meu senhor me trouxe, arrancou-me de pai e mãe e me tomou por esposa ou concubina, já não sei.

Fui transplantada aos contrafortes deste monte que afronta o mar, este campo de sal que rói, dia e noite, os muros do forte Hagi. Meu senhor e amado deu meu nome aos jardins que cercam sua herdade.

"Pequena princesa", me chamava. Chiyohime, este outro nome em que sou planta, arbusto mimoso, engalanado e sob o qual fui mulher também, em posse brusca e ardente.

Enlouqueceu embora e, louco, faz tempo me aprisiona, estando presa também a sua alma, refém de inimigos e avantesmas.

Tarde da noite, quando desfalece em seus delírios, cubro-me, chamo os criados.

Enchem gamelas e baldes, sorrateiramente, com a comida que um dragão de Qing, veraz ou falso, fartamente comeria. Levam-na à porta da casa onde há indigentes esperando para, infrenes, devorá-la até o desperdício.

Do portal, olho o jardim, sem me atrever a percorrê-lo. Está vedado a mim e aos criados. O jardineiro, há dias, partiu, disse-me triste: "Os bordos com vosso nome requerem poda, morrerão, por certo, antes de mais um inverno."

"Assim como eu", pensei.

Dei-lhe algum dinheiro. Deixei-o partir, levando a sorte com ele. Seguiu cabisbaixo pela alameda, sob a lua, muito mais velho do que havia chegado.

111.

O POBRE HOMEM ME chama ao seu prado de sonhos.

Nem corpo sou, nem tenho espírito que encarne em um ente qualquer ou coisa, bicho ou gente. E, no entanto, me chama pelo nome Beltessazar.

Chamasse Daniel (já o fui, outrora), de pouco valeria tal apelo, pois fora não estou, nem longe mas, é dentro dele que habito, sem convite.

Não me perguntem como ali me hospedo, pois, profeta que sou das coisas no horizonte, às minhas costas estende-se o ignoto. Memória e história gravam-se no hábito humano, mas, em mim, só miragens imprimem-se em tempo presente.

Lástima... que seja.

Ele pensa que o dragão da China, Qing, que ele teme, é quem assola sua casa, as provisões lhe toma. A mente que lhe fora outrora confiável, boa para negócios, esperta nas batalhas, pronta para intrigas e subterfúgios, agora se embaralha.

"Qual naipe faz meu trunfo, a qual rei devo tributo?", indaga.

Diria, (falo um idioma sem língua, boca ou fôlego), diria que outros senhores, como ele, perderam reino e sizo e curados foram só na forma escrita, em livros, tabuletas e estelas. Nenhum sábio ou escriba deu certeza que remissão houve ou que império salvou-se por razão, fé, ou crença, ou medicina.

"Nabucodonozor seria teu amigo", tento lhe dizer e ele me reprime. A loucura é egoísta e singular é, mais que teimosa. Tem certo orgulho da obra que produz, constrói nas nuvens.

Insisto. Minha voz se perde nos corredores tortos de seu espírito. Digo:

"São os Navios Negros que tomas por Dragão. De outros mares, bem longe, eles vieram. O fumo que soltam, da boca de Qing é que não vem, mas de entranhas de carvão e de cobiça. Têm fome, sim, e teu Imperador, teu senhor, os alimenta e recebe engodos tal qual uma criança embevecida.

Olha, faz um esforço para ver através das grosseiras ilusões que te atormentam: Lá, no porto de Edo, o primeiro a abrir-se (outros franquearão o cais e as mulheres), monta-se um trenzinho, um prodígio de ferro, vapor e engenharia. Deitaram trilhos no molhe, o trem agora corre repleto de risonhos próceres, nobres em cartola e fraques que eles envergarão, de novo, um dia triste a bordo do Missouri, outro Negro Navio americano.

Dragões há, mas não aqueles com fome do arroz e sede do saquê da casa. Querem a alma da terra e vão roubá-la.

Século depois de aqui chegarem, voltarão, em asas e ira e seu hálito soprará sobre as aldeias cúpulas de fogo e morte, que sequer imaginas em teus medíocres temores e míseros devaneios."

IV.

É NOITE.

Sobre o tapete dorme o senhor da casa e em sua mente, enrodilhado, tenso, o dragão Qing é uma mola que segura o salto que lhe dará vida ou arremedo, tão pronto o palácio amanheça.

Mas, ainda é noite escura e líquida dentro do regato.

Esperem. Do lado de uma pedra desprende-se o limo, um koi surge, desperto em seu coral de íris. Nada veloz em torno de uma folha que volteia e sobe em círculos para a superfície.

Vem uma brisa do mar e tange os ramos de uma cerejeira. Abaixo, em um ninho de folhas de Chiyohime, um tênue casulo liberta a borboleta que ainda não enxerga, mas que bate as asas como os cílios de uma gueixa.

Amenidad

Little Havana, 2012

NÃO ERAM 9 DA manhã, quando Manuel "Jimagua" entrou pela porta dos fundos da *Amenidad*, passou por cima dos caixotes de verduras e gêneros que haviam sido descarregados bem cedo, passou pela cozinha sem dar muita atenção ao cozinheiro Caíto, enfiou-se pelo salão escuro e abriu sem cerimônias a porta do pequeno escritório de Juan Bautista Gusmán.

Postou-se à frente de Bautista, tomando fôlego para pronunciar algo importante. Havia feito o caminho de uns trezentos metros, desde o portão do Parque Dominó e vinha suado, destilando o copo de rum que tomara como desjejum, lá mesmo.

Bautista, sentado atrás de um birô atulhado de faturas e pastas, olhou a aparição mais ou menos corriqueira. Sentiu o cheiro da bebida e mostrou as palmas das mãos, um gesto impreciso entre "Já bebeu? É assim que entra? Não tenho dinheiro. Afinal, o que se passa?"

Jimagua soltou:

"Sabe um velho que morava no Parque Barnes e que foi atropelado?"

"Não."

"Levaram para o Hospital Samaritano, sem saber quem era. Morreu ontem."

"Foi? E daí?"

"Daí, que era o Bernie."

"Que Bernie, Manuel?"

"Bernardo García."

Juan Bautista acusou o golpe da má notícia. Na cara de Jimagua desenhava-se um princípio de choro. Levantou-se, foi até ele.

"Tem certeza?"

O outro fez apenas que sim, com a cabeça e lágrimas brotaram, escorreram e caíram. Bautista pôs a mão sobre o ombro dele. Jimagua abraçou Bautista, chorando baixinho.

Dallas, 1963

SILVIA ODIO MORAVA COM os quatro filhos e a irmã mais nova Annie em uma casinha conjugada no Magellan Circle. Saiu de um casamento inadequado para o divórcio, em Porto Rico, sob acusação de infidelidade. Teve crises nervosas e tentativas de suicídio, passou por uma histerectomia.

Pai e mãe eram prisioneiros políticos em Cuba, o pai na Isla de Pinos, condenado a 30 anos, por traição, após haver rompido com Castro.

A vida de Silvia virara de ponta cabeça. Deixara a riqueza e a frivolidade de mocinha adulada do Vedado para ser uma exilada de 29 anos que tinha de trabalhar para sobreviver nos Estados Unidos. Os filhos eram um peso extra, aceitara a guarda informal deles, arrependia-se disto. A creche era cara.

Silvia era imaginativa, socialmente animada, um tanto leviana, mas simpática, amigável. Nada disso se encaixava nas exigências cotidianas de sua vida em Dallas.

Não é certo que fosse parte ativa do DRE (Directorio Revolucionario Estudiantil), embora haja indícios de sua presença nas reuniões da "casa secreta" na Avenida Harlandale. O prestígio do pai e o nome de família significavam mais para o "movimento" que a sua provável contribuição pessoal.

[Em 24 ou 25 de setembro, pela noite, bateram à sua porta. Eram três homens, dois latinos e um norte-americano. Deram por nomes Leopoldo e Angelo, seriam membros da "Junta Revolucionaria" e tinham vindo de Nova Orleans. O terceiro homem, o americano, que parecia não compreender espanhol, foi apresentado como León Oswald. Era um tipo esquivo, ficou à margem, olhava mais as coisas da sala do que prestava atenção à conversa. Annie, do corredor, viu-o bem, gravou sua fisionomia.

"Leopoldo", o mais falante, pediu a Silvia apoio em operações que a Junta pretendia para Dallas, Nova Orleans e Miami. Silvia objetou que não tinha os recursos que o nome de família sugeriam, que levava uma vida difícil, que não estava propensa a prejudicar sua permanência nos E.U. com algum tipo de transgressão. Eles se foram.

Passados dois dias, Leopoldo ligou e derramou gratuitamente para Silvia uma série de elogios ao americano León, dizendo-o um sujeito audacioso e capaz, embora meio maluco, que seria o tipo de homem útil em uma solução para Castro, que havia chegado também o momento dos cubanos nos Estados Unidos terem uma solução semelhante para quem os traíra na Baía dos Porcos...

Silvia desligou, tão confusa com o telefonema quanto com a visita].

Segundo ela, o americano seria Lee Harvey Oswald. O homem de nome "Angelo" desconfia-se que fosse William Seymour. Parece não haver dúvidas de que "Leopoldo" fosse Bernardo García, conhecido no movimento e entre os exilados como "Bernie".

Little Havana, 2012

BAUTISTA CHAMOU CAÍTO, MANDOU trazer comida e café forte, sentou com Jimagua em uma das mesas do salão. Caíto serviu os dois sem entender direito a situação. Ele não sabia quem era Bernie. Era "barquero", chegara há uns oito anos, dera a sorte dos "pés enxutos".

"Perdemos um amigo", Bautista explicou.

"Sinto muito, chefe", Caíto respondeu sem jeito e voltou para a cozinha.

Bautista deixou Jimagua comendo, voltou ao escritório, telefonou para o hospital, indagou sobre as providências para o funeral. Ninguém reclamara o corpo, disseram. Disse que cobriria as despesas do enterro, pediu orientação. Deram-lhe o número da funerária conveniada com a Prefeitura.

Ele imaginava que Bernardo vivia com algum dos filhos, no exterior. Perdera a pista dele em 2002, a última notícia foi em uma entrevista da filha Lisandra, uma matéria fantasiosa, provavelmente paga. Dizia que ele estava bem, "morava com uma irmã, tinha um cachorro... fazia exercícios... estava em forma".

Bautista procurou um número na agenda particular que guardava no fundo da última gaveta. Folheou, passando pelos nomes riscados dos que já se tinham ido. Parou no de Bernardo García, pensou em riscá-lo, ficou com a caneta suspensa. "Não agora", pensou. Seguiu para a letra V. Chegou a Domingo Valdés. Ligou.

Domingo tinha uma empresa de jazigos e marcos funerários. Era um pouco mais velho que Bautista e conhecia Bernie de antes dele.

Bautista foi direto: "Bernardo García morreu. Indigente. Ninguém da família".

Um silêncio na linha. Domingo, compungido, rebobinava as memórias do amigo. "Como foi isso?", veio a pergunta.

Bautista disse o que sabia. "Tenho o número da funerária. Pago as despesas", ajuntou.

"Não. Pagamos juntos. Vou providenciar tudo, deixe comigo. Ligo de volta."

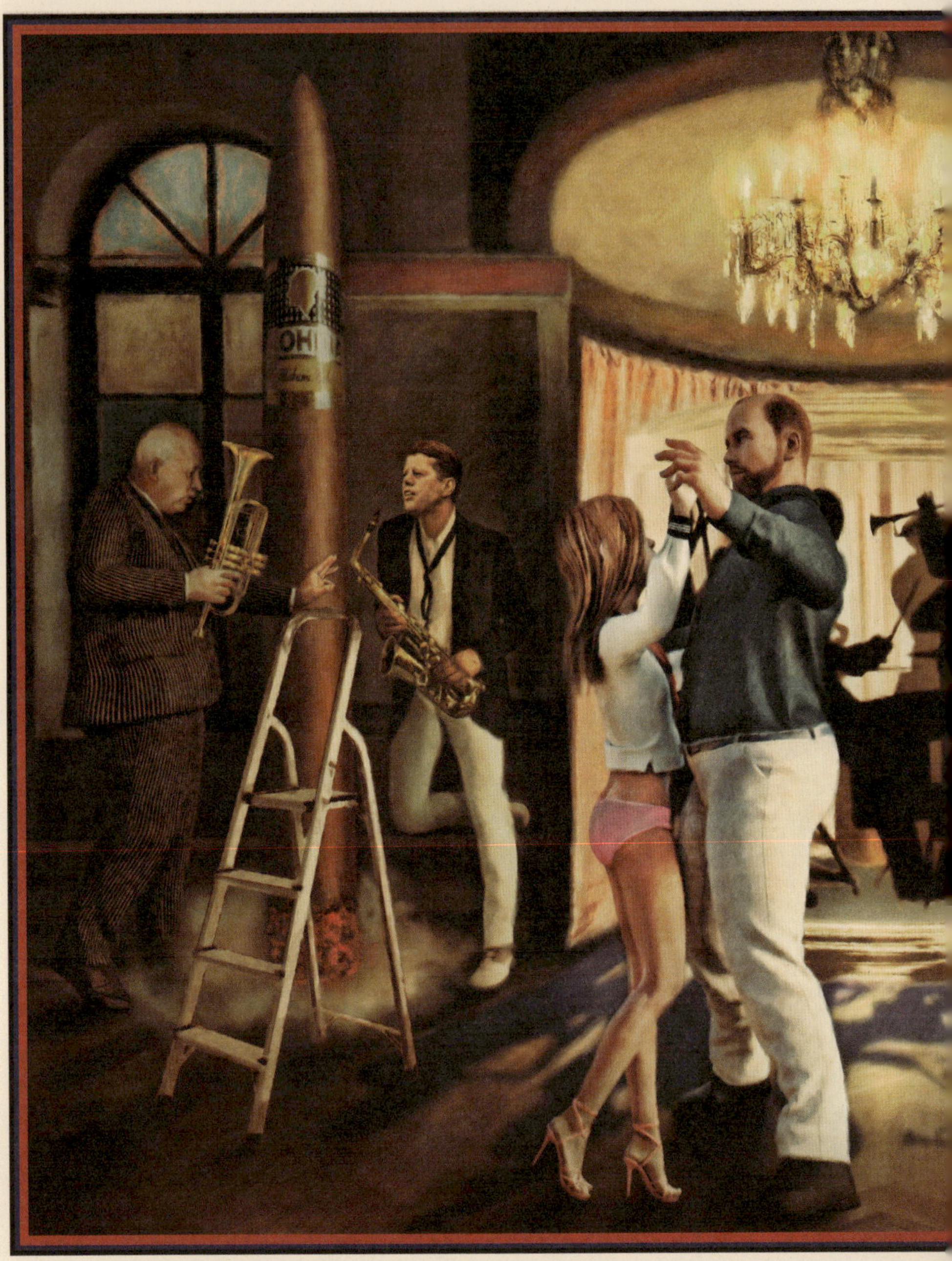

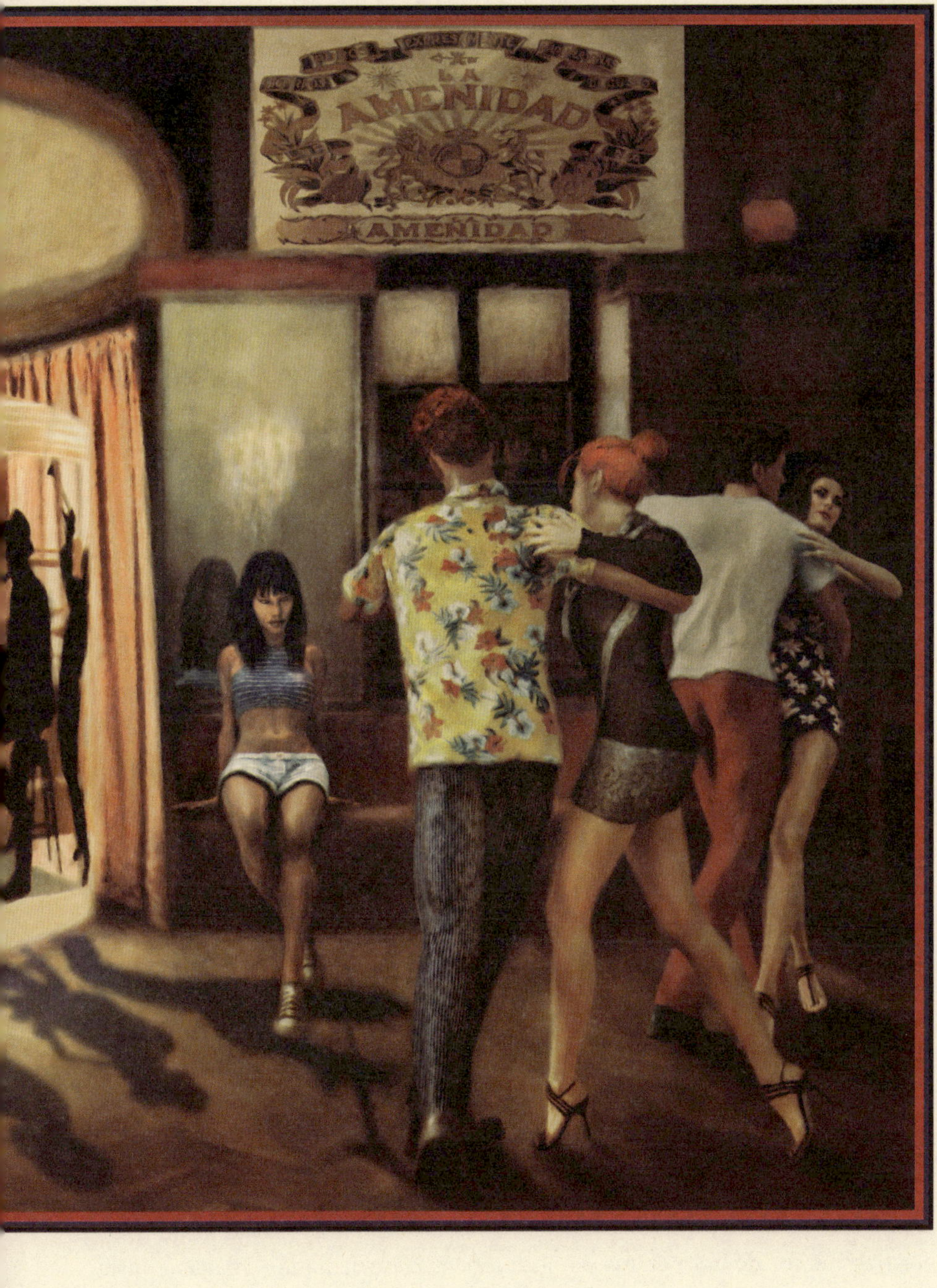
LA
AMENIDAD
AMENIDAD

Miami, 2012

WILLIAM REED, EDITOR DE política do Miami Monitor, achou em sua mesa uma folha de papel rabiscada: "Deve lhe interessar". Presos por clipe havia um *print* com a notícia da morte e identificação de Bernardo García e uma nota com tópicos biográficos. Um *foca* de polícia, Freddy, assinava o bilhete.

Sim, era do interesse de William. Ainda pensava que Bernardo vivia com a filha, na Colômbia. A entrevistara sobre a figura legendária do pai. Ela era sinuosa e escorregadia, talvez mentirosa. Havia insistido com ela sobre a veracidade de fotos da praça Dealey que o pai teria em um cofre secreto. Ela havia respondido: "Você pode ficar certo de que eu não lhe daria esta informação".

O material biográfico, anexado por Freddy foi compilado de arquivos liberados do FBI ou da JM/Wave. William passou a vista, procurando novidades. Nada de novo:

"García, Bernardo. Província de Havana, 1934. Entrou nos E.U.A.. em 1955. Jogador profissional de baseball. Abandonou estudos de Engenharia Civil. Trabalhou na Ford Motor Co., em Illinois. Voltou a Cuba para buscar o pai. Agiu em Havana, contra Castro, até novembro de 1959, quando regressou aos U.S. Fez um curso para detetive patrocinado pelo Departamento de Policia de Miami, tendo trabalhado para o escritório de investigações particulares de seu irmão Carlos E. García. Fez outras viagens para Cuba com o intento de fornecer armas a anticastristas. Alistou-se no programa armado de exilados, em fevereiro de 1961. Designado Chefe de Inteligência da Brigada 2506. Capturado na Praia Girón, na operação da Baía dos Porcos. Voltou para os E.U.A. em 24/12/62, após pagamento de seu resgate no valor de US$ 50.000..."

Playa Girón, Cuba, 19 de abril, 1961

POR VOLTA DAS 10H30 um grupamento de tanques T-34 começou a bater a praia com fogo constante. Tropas de infantaria, sob esta cobertura, avançaram pela dobra norte da costa. Os brigadistas ofereceram resistência por quase uma hora, tentando manter uma linha para evacuação. Os lanchões de resgate não apareceram e os navios de apoio saíram do alcance do fogo.

Manuel "Jimagua", Justo Damián e Bernardo García procuraram abrigo em uma língua de mangue, entre a vegetação. Nesta ocasião, Bernardo foi atingido por fragmentos de bala, acima da nuca e ficou desorientado. Jimagua e Justo o arrastaram para uma touceira mais espessa. Não havia mais como resistir. Uma milícia os rendeu, pouco depois.

    Foram levados para a retaguarda, Manuel e Justo amparando Bernardo, que podia andar, trôpego porém. Reunidos a outros prisioneiros em um lugarejo, passaram por uma triagem rápida. Os feridos foram levados em caminhões. Bernardo foi em um deles. Manuel viu quando Justo foi empurrado, a coronhadas, para dentro de um furgão já lotado de prisioneiros. Desta carga, somente cinco sobreviveriam. Justo morreu asfixiado, Jimagua soube depois, em uma conversa de pátio de prisão. Jimagua, que ainda tinha mapas de ordenança sob a farda, foi levado a um capitão para interrogatório. Não tinha muito a dizer que tivesse interesse ou que não soubessem. Apanhou bastante, mesmo assim.

    (Manuel "Jimagua", que estudara agronomia, foi um dos prisioneiros que foram aos E.U.A. duas vezes, em comissão, para negociar a troca dos brigadistas por tratores Caterpillar, proposta por Castro. Cuba insistiu em tratores de esteira, de última geração, muito potentes. Houve reação americana, tanto do público quanto no Congresso. Alegava-se que os tratores seriam usados para fins militares e não somente agrícolas. As tratativas duraram mais de ano, sem resultado. No fim das contas, Cuba aceitou alimentos, material médico e dinheiro pelo resgate. A crise dos mísseis ia já adiantada, correndo em paralelo à essa questão. Jimagua foi liberado em novembro, Bernardo na véspera de Natal. Tinha ainda os estilhaços no crânio. Na cirurgia, em Miami, retiraram quatro fragmentos. Um quinto estava mais profundo, oferecia risco. Deixaram lá.)

Little Havana, 2012

JUAN BAUTISTA GUSMÁN FOI um "marielito" das primeiras levas. Tinha parentes e conhecidos em Miami e não foi difícil conseguir trabalho logo que obteve papéis de permanência. A princípio, foi *bartender* no Clube Caracol um conhecido ponto de encontro de traficantes de *marijuana* e ali ficou, por um ano, quando passou para o Nemrod Night Club, em Coconut Groove. Lá conheceu Bernardo García, "Bernie", que se tomou de simpatias por ele, levou-o a sessões de *santeria*, fez que recebesse as cores e amuletos de Orula.

    Nesta época, tudo indica, Bernie estava já desligado das funções de informante da CIA em Miami, pois a estação JM/Wave havia encerrado suas operações locais. As atividades de Bernie no seio dos exilados – e seus vários organismos – porém, continuavam ativas. Seria difícil deslindar os laços desses organismos com as agências federais de informação e segurança.

Bernie e, provavelmente, seu irmão Carlos estavam concentrados, naquele período, no contrabando de armas para as Américas Central e do Sul e no tráfico de drogas. Bernie levava uma vida caricata, típica de chefete da máfia, com farras nas suítes de luxo dos hotéis e *lounges* exclusivos nos clubes e boates. Como fornecedor de armas para os esquadrões da morte do México, tinha limusine a sua espera na pista do aeroporto e isenção de aduana. Operava em ligação estreita com a *Dirección Federal de Seguridad*, via Miguel Saavedra. Era de conhecimento do meio, e de algumas autoridades complacentes, que Bernie, àquela época, "empreitava" assassinatos de políticos e de criminosos rivais.

Juan Bautista foi apadrinhado e protegido por Bernie, que lhe concedeu uma fatia pequena de tráfico. Bautista progrediu, montou seu primeiro bar e uma sorveteria na Calle Ocho. Estes locais tornaram-se ponto de encontro de brigadistas veteranos e elementos das organizações de exilados, fossem de caráter social e beneficente, fossem de atividades políticas clandestinas. Naqueles anos, Bautista atravessou também um período difícil como dependente de cocaína. Largou o hábito, após complicações cardíacas.

Foi Bernie quem o apresentou a Luis Bottifoll do Banco Republicano. Bautista criou uma firma para assistir pequenos empreendedores na tomada de empréstimos no Republicano. Logo passou a empreitar reformas e beneficiamentos de imóveis em áreas depauperadas da Little Havana. Moradores judeus estavam se mudando da área e Bautista alugou os imóveis, sublocando-os para comércio e, eventualmente, incorporando e reformando suas hipotecas através do Republicano. "La Amenidad", sua menina dos olhos, foi instalada neste período e transformou-se em seu escritório principal.

Bautista foi gradualmente perdendo contato com Bernie. Isto aconteceu porque Bernie não frequentava Little Havana, morava de preferência nos Gables, vivia intermitentemente no exterior. Bautista sabia por brigadistas, seus frequentadores, que Bernie se reunia com "as organizações" nas Keys ou em Fort Lauderdale. Era tido como um homem perigoso.

Miami, 2012

WILLIAM REED DESCEU à sala de redação, encontrou Freddy tomando um café da máquina automática. Esperou que ele terminasse, chamou-o pra fumar, fora do prédio.

"Grato pelo material sobre o Bernie... um tipo, o cara."

"Não foi nada. Sabia que você ia gostar."

"Diga-me, vão enterrá-lo como indigente?"

"Não. No hospital disseram que velhos amigos vão providenciar o funeral."

"Ah, sei... no hospital, não é? Dá para perguntar quais são os amigos?"

"Não precisa. O enterro vai ser feito por um tal de Domingo Valdés. Tem uma empresa de jazigos. Era amigo e velho brigadista, talvez. O enterro é no Memorial da Avenida 77, depois de amanhã."

"Como sabe disso?"

"Sou repórter, Bill, não sou analista político."

"Vai à merda, Freddy... mas, obrigado. Domingo Valdés...jazigo...Tem o nome da firma?"

"Funerales Nazaret. Algo mais?"

"Quem sabe? Estou pensando em fazer um artigo. Vá farejando, perdigueiro."

"Às ordens, chefinho."

Miami, Parque Barnes, 2012

MANUEL JIMAGUA SEGUIU PELA Alameda do Lago até o parquinho com escorregos e balanços. Era por lá que se juntavam, no fim da tarde, os sem-teto que dormiam no parque. A guarda não os reprimia, contanto não tivessem drogas, bebidas ou dormissem de dia, nos bancos ou gramados. Não eram muitos. Algum tipo de protocolo havia entre os guardas e desabrigados. Talvez, eles mesmos, guardas, controlassem o número, estabelecessem uma cota tolerável de "moradores". Devia correr algum pouco dinheiro pelo "aluguel e condomínio", Jimagua considerava.

Estavam quatro deles conversando, de pé, ao lado da caixa de areia e olharam curiosos quando Jimagua aproximou-se. Manuel Jimagua tinha a idade e o tipo fisicamente sofrido deles, mas as roupas e os sapatos eram melhores. Duvidavam que fosse candidato a morar no parque, mas não se garantiam disso.

"Boa tarde, senhores", Jimagua saudou, agradável.

Eram todos latinos: "Buenas".

Jimagua disse que era amigo do velho atropelado. Eles souberam, provavelmente pelos guardas, que o homem havia morrido no hospital. Jimagua percebeu que não sabiam, porém, quem, de fato, era o morto.

Manuel perguntou se havia coisas de Bernardo no parque ou se a polícia as havia levado.

"Homem, você é o segundo cara que vem perguntar isso. O que havia, dividimos entre nós. É o costume. Uma muda de calça, uma bermuda, duas camisas. Um tênis melhorzinho. Este aqui, que estou calçando. Ganhei no sorteio."

Manuel olhou o pé do homem. O sapato sobrava.

"Não tinha mais nada? Gostaria de mandar para a família dele. Moram fora, há tempo."

"Se houvesse, teríamos passado para o primeiro cara. Por uma graninha, é claro. Mas, o sujeito era um gringo arrogante, "un coñazo"."

"Eu tenho uma graninha", Jimagua arriscou.

"Ah! Mas, que simpático, compadre! Nesse caso, lembrei do envelope plástico que guardamos de recordação, não é Posada?"

Posada era o mais alto deles, vestia um paletó xadrez, roto, que não se abotoaria na pança. Posada fez que sim com o cabeção.

"Posso ver?", Jimagua tentou não ser ansioso.

"Claro, mas mostre o que você disse que tem", falou o sujeito do tênis.

Manuel puxou do bolso uma nota de 20. Os quatro fizeram um teatro de decepção. Ele puxou uma de 50 do outro bolso, juntou as notas.

"É o que tenho."

Eles se consultaram com olhares. Enfim, Posada, importante, sacou de dentro do paletó um envelope plástico tipo *zipper*, muito amassado. Estendeu-o com uma mão para Jimagua e com a outra, puxou-lhe as cédulas.

Os quatro riram, satisfeitos.

"Grato", disse Jimagua, acenando com o envelope e já batendo em retirada, pela alameda. Saiu do parque e iniciou o caminho até La Amenidad.

Miami, 1963

POUCOS DIAS ANTES DE ser abatido na Praça Dealey em Dallas, o Presidente Kennedy esteve em Miami para uma palestra na Associação Interamericana de Imprensa.

A polícia do Condado de Dade recebeu uma nota datilografada dando conta de um possível atentado a bomba visando o Presidente e o Prefeito de Miami. Ruídos de ameaças já se propagavam na comunidade de exilados cubanos, sobretudo naquelas frações frustradas com o fiasco da Baía dos Porcos. O Prefeito impedira a concessão de serviços de táxi para exilados, fizera inimigos.

Bernardo García foi mobilizado então pela estação JM/Wave para avaliar e conter as ameaças, por seus meios ou por outras providências. Ele parece ter recrutado para tal fito uma dezena de elementos de organizações com as quais mantinha relacionamento e influência.

Por segurança, Kennedy foi levado de helicóptero a algumas quadras do Hotel Americana, local da conferência e o percurso foi completado com uma caravana de carros. As agências de segurança, locais e federais, visavam assim reduzir a vulnerabilidade do Presidente.

Desde 29 de dezembro do ano anterior, data do discurso de Kennedy no estádio Orange Bowl de Miami aos exilados e membros da Brigada 2506, as relações de Kennedy com os cubanos da Florida vinham deteriorando, suas promessas sendo vencidas por hostilidades tanto conspícuas quanto secretas.

[Há comentários (Stanley, Selwin, Rodgers) que Bernardo, "Bernie", estaria em Dallas no dia 22 de novembro, passando-se por fotógrafo na Praça Dealey, à hora do atentado ao Presidente. Um dos homens sob seu controle teria sido, posteriormente, identificado como o agente federal falso confrontado pelo policial que foi em direção à cerca de piques, de onde se supõe, vieram disparos.

Boatos, registrados como tal, dão conta que Bernie apregoava que Lee Harvey Oswald não poderia ser o atirador em Dallas pelo simples motivo de que ele, Bernie, "sabia quem eram os atiradores".]

Nova Orleans (1966)

QUANDO O PROCURADOR JIM Garrison iniciou sua cruzada na investigação do assassinato do Presidente, Bernardo García apresentou-se para colaborar, dizendo-se um detetive privado em Miami e dando-lhe como referência um procurador distrital da Florida, amigo de Garrison.

Garrison demorou a detectar que todas as pistas que Bernie lhe apresentava e todas investigações a seu cargo, "tendiam a um beco sem saída ou a uma inflexão para conspirações Castristas". Na verdade, Bernie fora infiltrado no gabinete de Garrison pela estação da CIA, de Miami, para criar ruídos e inquinar o processo em Nova Orleans.

[Quando Garrison pediu que ele, Bernardo, encontrasse Eladio del Valle para uma citação de testemunho, del Valle apareceu morto "no estilo das *gangs*" próximo à casa de Bernie. Eladio del Vale (supostamente um dos famosos três "vagabundos" detidos na Praça Dealey), era infiltrado no esquema de Santo Trafficante, elemento também das relações de Bernie, tanto por negócios de drogas quanto por tráfico de armas. Curiosamente, o assassinato de del Valle deu-se no mesmo dia do duvidoso suicídio de David Ferrie, outro dos suspeitos de Garrison. Ferrie era piloto civil, voou em várias missões contra Cuba, foi instrutor de L. H. Oswald na Patrulha Aérea Civil de N.O., em 1955. Há testemunhos de que eles, Lee e Ferrie, voltaram a se encontrar após o retorno de Oswald da Rússia.]

A "colaboração" de Bernie resultou dispendiosa para Garrison e destituída de quaisquer resultados.

No bojo da investigação, Garrison veio a tomar conhecimento de "numerosos grupos de formação paramilitar próximos a empresários e financistas interessados na eliminação de Kennedy". Após o assassinato, estes elementos, dizendo-se os executores, chantageavam os tipos, ameaçando expô-los como mandantes. Por sua vez, estes empresários contrataram mafiosos para silenciar os chantagistas. Não é possível implicar claramente Bernardo Garcia nessa "guerra suja", mas suas insinuações de que sabia quem atirara no Presidente, são forte indício de que estivesse inserido no jogo e no lucro, por quaisquer das partes.

Little Havana, 2012

O TELEFONE DE BAUTISTA tocou quando ele ia sair para um almoço de negócios.

"Sou William Reed, do Miami Monitor, senhor Bautista. O senhor não me conhece..."

"Sei quem o senhor é, Sr. Reed. Leio seu jornal."

"Ah, sim, sim... certo. Seu amigo, o Sr. Domingo Valdés, deu-me seu número. Estou ligando sobre o falecido Bernardo García. Sei que eram amigos. Estou planejando uma matéria sobre ele..."

"Sr. Reed, coincidentemente, as últimas notícias que tive de Bernardo, as li em sua entrevista com a filha dele, há anos."

"Não teve mais contatos com ele, nada mais recente?"

"Não. Acreditava que vivesse no exterior. Aliás, todos achavam isso. Foi uma surpresa descobrir que estava em Miami e saber das condições em que vivia."

"Lamento, Sr. Bautista. Uma tristeza, verdadeiramente. Ah... a propósito, Sr. Bautista... um dos nossos repórteres esteve hoje, por duas vezes, no Parque Barnes."

"Sim?"

"Ele conversou com uns desabrigados e eles disseram que alguém, amigo de Bernardo, pegou papéis e documentos dele para entregá-los à família."

"Ah, sim, pois não."

"E... por acaso, o senhor saberia onde estão estes documentos?"

"Não faço ideia. Pelo que sei, Bernardo foi identificado por papéis que estavam com ele no momento do acidente."

"Ah, certo, certo. O senhor poderia me ligar se vier a saber desses papéis?"

"O senhor pode ficar certo de que eu lhe darei esta informação, Sr. Reed."

"Como? Ah, ok, muito bem... obrigado."

Bautista abriu a gaveta da escrivaninha. Puxou a velha agenda. Tirou de dentro o envelope que Jimagua lhe trouxera, à noitinha. Trancou-o no cofre de parede. Saiu para almoçar.

Miami, The Gables, 29 junho, 1976

NEW ENGLAND OYSTER HOUSE
Nesse restaurante encontraram-se Bernardo Garcia – o "Bernie", Hector Duran, o chefe da DINA (Dirección de Inteligencia Nacional, Chile), J. M. Contreras Sepulveda, M.V. Towley, A. Lopez Estrada e outros membros de organizações de exilados.

Na "conferência de colaboração", desenhou-se o plano do atentado contra Orlando Letelier, adversário da ditadura de Augusto Pinochet. Também foram estabelecidas bases para a criação da CORU (Coordenação das Organizações Revolucionárias Unidas), unidade de ações terroristas.

Em princípios de setembro, chegaram a Miami operadores graduados da DINA para fechar o contrato do atentado. Foram escolhidos, para auxiliar na tarefa, quatro jovens elementos das fileiras de militantes cubanos exilados, que foram infiltrados como funcionários na Embaixada do Chile, em Washington DC.

A explosão do carro de Letelier deu-se em 21 de setembro. Letelier morreu no local e sua assistente, depois, no hospital. O marido desta, atirado fora do veículo, sobreviveu.

(M.V. Towley, o americano nativo que trabalhava para a DINA, foi acusado de atentados na Argentina e Itália, ambos contra opositores da ditadura chilena. Os E.U.A. não o extraditaram para julgamento naqueles países. No caso Letelier, Towley confessou haver instalado a bomba. Beneficiado por testemunho privilegiado, foi condenado a dez anos e cumpriu pouco mais de cinco. Passou a viver, então, sob garantia de nova identidade.)

Little Havana, 2012

Domingo organizou o funeral partindo da Igreja de São Miguel Arcanjo para o Memorial da Avenida 77. Escolheu a igreja calculando que poderia haver muita gente para a cerimônia. Passou telegramas, mandou a secretária a telefonar para todos os conhecidos e organizações cubanas. Dentro da igreja, contudo, havia pouca gente. No estacionamento, ficaram os mais jovens, provavelmente acompanhantes dos mais velhos e alguns motoristas de cubanos bem sucedidos.

Bautista sentou-se à frente com Domingo, Jimagua e outros companheiros deste, do dominó ou remanescentes da Brigada 2506, cujo estandarte cobria o ataúde, dividindo espaço com a bandeira de Cuba. Ele se virou, varreu a nave com os olhos, procurando os filhos de Bernie. Não apareceram. Havia algumas figuras que seriam da Prefeitura, dos conselhos de organismos latinos.

Bautista percebeu que o tempo passara, gerações se sobrepuseram, se substituíram com as vagas sucessivas de exilados. Desde os primeiros que chegaram, gente do sistema de Fulgencio Batista, até industriais e comerciantes, políticos, professores. E povo, de diversos estratos, que saiu por Camariola. Marielitos, como ele e gente de várias idades e ofícios. Até os Barqueros... as ondas sucessivas que bateram às costas da Flórida.

Agora, ajuntavam-se nicaraguenses, costa-riquenhos. O convívio em Little Havana não era exatamente amistoso, os cubanos estabelecidos se julgavam um tipo singular de americanos, quase uma mutação de espécie, diferente dos exilados mais novos e dos outros latinos. Bautista achava cômico este americanismo adventício, mas era bastante que tivesse um azedume com um "gringo" real, um tropeço de negócios com um deles, para que a coisa passasse da comédia para um desconforto emocional, uma depressão tingida em revolta.

O padre molhou os do banco da frente com água benta. Jimagua sacou um lenço, enxugou a testa. Bautista viu que ele estava com roupas limpas, barbeado, não fedia a álcool. Manuel Jimagua, voltou-se para Bautista, passou o lenço sobre seus ombros, riu para ele. Bautista agradeceu fazendo-lhe um afago na mão. "Quantos daquela geração ainda existiam?", pensou. Ali na igreja, não mais que quatro, cinco. Seis, se pudesse incluir Bernardo García.

Muitos dos que estavam na igreja, dispensaram-se da ida ao cemitério. O cortejo seguiu, magro.

Um velho, em melhor estado físico e mais bem vestido que Jimagua, fez um discurso à beira do túmulo. Cantaram hinos e deram "hurras" militares ao morto. Uma chuvinha, que ameaçava engrossar, apressou a retirada da tropa.

Bautista deu uma carona para Jimagua e dois colegas dele até o Parque Dominó. Iam passar o resto da manhã bebendo. Não jogavam. Ficavam fora, nos bancos cobertos e encostados na grade. A garrafa, dentro de um saco, fazia a volta do grupinho.

Bautista foi para a Amenidad no fim da tarde. Caíto e o pessoal de cozinha trabalhavam e alguns garçons já haviam chegado. Os músicos, *clones* da "Matancera", costumavam chegar mais tarde. Ele fez a ronda das instalações, banheiros inclusive, foi ao seu escritório, trancou-se.

Abriu o cofre, tirou de lá o envelope de Bernardo, colocou-o no birô, sob uma luminária. Dispôs os itens: Pules de corrida de cachorros e cavalos, dois passaportes muito amassados, recortes de jornais dobrados, compactados, velhos. Duas fotos, plastificadas em sanduiche.

As pules de aposta eram dos anos 90, Bautista não sabia por que Bernie as teria guardado. Daquele tempo, Bautista sabia ser a época em que Bernie jogava muito e perdia dinheiro a rodo. Com pôquer, também.

Os recortes de jornal rasgaram-se pelas dobras quando Bautista os tentou soltar. Os mais antigos eram da época das Brigadas, e o mais novo, Bautista reconheceu como de um jornal mexicano, de data incerta. Era de uma coluna de política. Com paciência, Bautista poderia datá-lo, por indícios no assunto. Juntou os recortes, separou os passaportes. Um era do México, outro da Colômbia. Em ambos, as páginas com fotos e dados pessoais haviam sido arrancadas. Bautista os folheou, viu a profusão de carimbos de vistos de entrada e saída. A última saída parecia ser a de La Paz, no passaporte mexicano. O carimbo estava borrado, mas parecia indicar "Sept. 1998".

As fotos plastificadas, quadrados de uns 9 x 9cm, mostravam, de um lado um Bernie moço, de chapéu de palha, e seu filho Hilario, com um enorme bigode preto mal pintado. A foto do outro lado, em preto e branco, era de um jogador de baseball, que Bautista pensou desconhecer, até que, com ajuda de uma lupa, reconheceu nele um Bernie quase adolescente. Pensou em guardar esta foto, separá-la da outra. Levantou com a unha um ângulo do plástico. Enfiou um abridor de cartas no canto e forçou a separação das folhas de acetato que, ressecadas, se desprenderam. O retrato de Bernie com o filho, porém, perdeu um pedaço, colado no verso da outra foto. Bautista tentou soltá-lo com a ponta do abridor.

A seguir, surpreendeu-se. A foto do jovem Bernie era mais espessa, parecia estar montada em um cartão. Bautista inseriu cuidadosamente a ponta da lâmina e destacou o cartão do dorso da foto. Caíram sobre a mesa duas pequenas fotos e um envelope transparente, com negativos de Minox.

Bautista foi ao barzinho no canto do seu escritório, junto da porta do banheiro. Abriu o frigobar, tomou uma talagada de água geladíssima. Encheu meio copo com tônica, completou-o com rum. Bebeu um pouco daquilo, ali, em pé. Voltou ao birô, controlando a respiração, um exercício inútil, mas sempre repetido por ele para pacificar o coração acelerado.

Reconheceu de imediato a pessoa em uma das fotos. Era Silvia Odio, um retrato semelhante ao que está nas publicações sobre os eventos de 1963, em Dallas. A diferença era que aquele retrato não era posado, era um instantâneo, e ela ria para a lente.

A segunda foto mostrava um grupo de homens em um quarto. Eram cinco homens, dois deles sentados em uma cama, segurando um jornal aberto. Os outros exibiam armas longas e curtas, no segundo plano. Bautista usou a lupa para ver melhor. Dava para ler mal a manchete do jornal: "JFK em Dallas". Bautista baixou a luminária mais para perto da foto. Ajustou a lupa o melhor que pôde, forçando a vista. Com o coração aos saltos, reconheceu dois dos homens: um que segurava o jornal e outro, à direita, o pé apoiado contra a parede de fundo, brandindo um fuzil na mão esquerda. Todos riam.

Bautista conhecia os dois homens dos seus tempos de barman, em Coconut e, depois, nas noitadas malucas patrocinadas por Bernie, no "Mutiny Club". A fotografia os mostrava mais jovens, mas não havia dúvida, os dois eram eles, conhecidos.

Bautista tomou o resto da bebida, voltou ao bar, serviu-se de mais uma dose de rum, sem tônica. Levantou a luminária, afastou a cadeira, sentou, puxou os negativos dos envelopes, pôs-se a examiná-los com a lupa, contra a luz. Viu pouco, traduzindo, com esforço, os tons invertidos. A foto de Silvia Odio era a terceira da primeira tira, mas havia mais dois quadros semelhantes. Em um, ela parecia estar sem sorrir, mais em perfil. O outro estava desfocado ou ela havia se movido. Havia fotos de uma rua, algo suburbana, arborizada, talvez do próprio bairro de Silvia. Duas fotos eram de uma pista de pouso, com hangares abertos, mas sem aviões.

A foto dos homens armados estava em outra tira, a segunda que Bautista examinou. Havia fotos deles, em outros ângulos e fotos das armas, no chão do quarto. Dois quadros estavam velados, em outros dois houve exposição dupla.

A terceira tira – pela numeração dos quadros, Bautista viu que era a última – tinha fotos da Praça Dealey. A praça estava quase deserta nas primeiras fotografias, nas últimas já estava cheia de público para o desfile. Não havia fotos da carreata propriamente dita. Havia carros, gente, prédios fotografados de ângulos baixos. Seria um trabalho forense extrair o sentido ou o roteiro daquilo.

Bautista juntou o legado de Bernie, jogou-o em um novo envelope tirado da gaveta. Apagou a luminária. Bebericou lentamente o resto do rum.

Eram as fotos lendárias e secretas de Bernie. Quanto pagariam por elas? William Reed daria seus dois braços e suas duas pernas gringas por aquele material, ele calculou. Bautista queria guardar aquele segredo americano quase místico, terrivelmente herético, perto de seu coração estropiado? Bernie estava morto, os homens no quarto também – provavelmente todos –, até a Senhora Odio. Tudo era passado. Cubanos haviam votado nos Republicanos, trocaram pelos Democratas, retornaram aos Republicanos. Tudo mudava. E nada, também. Todos esperavam ficar ricos e a cada ano vinha a temporada dos furacões. Ele não gostaria que o próximo desastre fosse chamado Bernardo, não queria ser triturado pelo redemoinho.

Pegou o envelope, foi até a cozinha. Caíto estava assando uma peça de costelas de porco na grelha do velho fogão de ferro forjado. Sob o olhar curioso do cozinheiro, ele pegou um pano, abriu a boca do compartimento das brasas, jogou o envelope lá dentro, viu que o papel se encrespou, torceu-se e, num flash, tomou-se de chamas. Bautista bateu a portinhola do fogão, sentiu como se tivesse oficiado a cremação de Bernie, ali na cozinha da Amenidad.

Voltou ao escritório. Ao passar pelo salão, viu que os músicos haviam chegado, ajeitavam os instrumentos. Pablo "Granizado", o pistonista, um sujeito pândego, viu Bautista, tocou um solo estridente como saudação, fez-lhe uma reverência gaiata. Bautista deu-lhe o troco, com outra.

Entrou no escritório, buscou a agenda de endereços, abriu-a, chegou ao nome García, Bernardo. Riscou-o com dois traços fortes.

"Agora, sim", disse, quase para si mesmo.

Verão insano

Virgílio, Gabriel, Eugênio, Arthur, Paulo e Dante

"A ESTA HORA, A Americana já está dando raquetadas", calculou Virgílio. Era cedo, estavam desarmando as barracas da quermesse da igrejinha, os outros ainda não haviam chegado ao ponto de partida, onde se imaginava nascer ou aportar o cabo submarino.

De fato, da calçada, cauteloso para descer a precária escada de pedras para a areia, Virgílio já a avistou e ao parceiro dela – todos os dias era um sujeito diferente e nenhum à altura do desempenho da Americana. Virgílio ouviu a pancada seca da raquete na bolinha vermelha e seguiu o percurso do projétil. Um traçado fatal, que passou, resoluto, acima do incapaz. A bolinha seguiu, deu no espelho de água e espuma, deixou uma trilha rasante, parou, rodopiando. O sujeito correu para buscá-la. Foi, em corrida atlética, como a compensar a falha na rebatida. Um lençol de onda refluída puxou a bolinha para o Oceano e o moço relutou em molhar as pernas, para recuperá-la. A Americana olhava de longe, com sua cara sardenta e impaciente. "Este não vai jogar mais... perdedor... como dizem os gringos", Virgílio vaticinou.

Americana, era como eles a batizaram. Nenhum teve coragem que vencesse a curiosidade, ninguém foi até ela perguntar se, de fato, ela era gringa. Deixaram assim, que fosse americana. Assentaram-na na lista da mitologia praieira. Nunca a viram de maiô, sempre estava de shorts e camiseta. Alta, musculosa, pele tostada, cabelo arruivado em rabo de cavalo.

Arthur, ferino, dizia que ela era travesti. Paulo reagia: "Inveja". Os outros concordavam. Todos, até mesmo Arthur, admiravam a gringa, de longe. Nenhum arriscaria conversar e, jogar com ela, nem pensar.

Gabriel dizia que ela morava num prédio de seis andares, antigo, por trás do bordel da Irany, a antiga casa do professor Freyre, o que morreu em Portugal... Os filhos alugaram a casa pensando que ia ser uma pensão – ingênuos. Um dia a filha mais moça foi cobrar o aluguel, Irany não a conhecia, ofereceu trabalho, foi um vexame. Os outros irmãos acharam graça – "deixa para lá, pagam bem, em dia". Um dos irmãos disse que ela deveria ter topado o emprego, "pelo menos, iria ser por grana, dessa vez". Ela era – como Gabriel poderia dizer? – era um tanto... aventureira. Mas, voltando à gringa, ela morava naquele prédio de apartamentos, Gabriel julgava. Topou com ela no elevador quando foi ver um apartamento, no quinto andar. Um casal de idosos queria vender, eles pensavam em voltar para o interior, para a fazenda. O que iriam fazer lá, ele pensou, sem médico, farmácia, hospital? Esteve a ponto de desaconselhar a venda, ele era um idiota, um corretor sentimental... Já viram?

"E a gringa, Gabriel?"

"Pois é. A porta do elevador abriu, quase não a reconheci sem a roupa de praia."

"Nua?", Eugênio e Dante provocaram, em uníssono espontâneo.

"Estou dizendo que a roupa não era de praia, era uma roupa de passeio, de rua, sei lá, não notei direito..."

"Não notou? É de admirar..."

"Não encham... Querem saber da Americana, ou não? Pois então, aí, foi engraçado. Sabem aquilo que acontece quando duas pessoas se topam na rua, uma contra a outra? Ficam dançando para a direita, para a esquerda, sem saber quem passa por qual lado. Foi o que aconteceu. Fiquei tão surpreso em vê-la, que fechei o caminho. Eu queria entrar no elevador e ela, sair. Ficamos nessa contradança até que ela parou, olhou fuzilando para mim."

"E, você?"

"Eu ri amarelo e disse '*good morning*'... Ela deu um passo de lado e zarpou de cara fechada."

Foi Gabriel também, com seus registros cartoriais para prédios e números, quem assinalou que a partida das caminhadas deles se dava no número 6.660 – "número do Coisa Ruim", ele dizia.

"Andamos no sentido inverso, decrescente. Isto anula o efeito."

"É o que vocês pensam."

Virgílio viu que todos já estavam na praia. Eugênio, como ele, ainda caminhava na direção do grupo que formava em quadrado irregular, com Dante, um pouco afastado, fazendo alongamentos desengonçados. "Pássaro gorducho, perneta, aquele lá, Virgílio fotografou.

Eugênio, o Geninho, por sua vez, mantinha uma fração do porte do atleta que fora. Alto, enxuto, embora envelhecido, cabelo de mestiço, grisalho. Não decaiu como os colegas de bola e, também, deu-se melhor que eles. Tinha um bom apartamento, renda de imóveis e de terrenos que alugava para postos de gasolina. Jogou no exterior, no tempo em que não se fazia fortuna, mas dava para juntar um pé de meia. Era casado com a Guiomar.

Virgílio sentiu-se incomodado com a presença de Guiomar na imagem de Eugênio. Eles se casaram quando Eugênio voltou do Oriente para fechar carreira num clube local. Todos no grupo sabiam da Guiomar, da vida dela antes do Eugênio. Paulo e Dante, sujeitos mais mundanos, sabiam mais. Sabiam das andanças compulsivas dela, quando Eugênio estava em concentração ou viagem. O próprio Virgílio foi assediado por ela, nem um mês passado da morte de Clarinha. Ele, recém viúvo, guardou silêncio, infundiu-se de rancor e desprezo. Entre os amigos pesavam sempre constrangimentos, embaraços. Havia uma cortina de tristeza quando Eugênio abria uma fala com: "Eu e a Guiomar vamos..." ou "A Guiomar acha...".

Ele, Eugênio, sabia? No grupo prevalecia a convicção tácita, que sim, que Geninho sabia de algo. O temor residente neles, os amigos, era de que alguém, de fora, pudesse ferir Eugênio com indiscrição maldosa, hostil. Havia um círculo em defesa de Geninho, um filtro para reter maledicências, forte bastante para, inclusive, bloquear sinais de Guiomar numa conversa ou alusão. Era trabalhoso.

Quando todos já estavam juntos, em meio aos bons-dias e chistes sobre indumentárias e condições físicas, partiram, no sentido decrescente da numeração:

"Vamos ao 0666", Gabriel cantou o número.

A TRILHA DOS CÃES ia do Castelo à Casa do General. Naquele verão, já duas vezes, os bichos percorreram o trecho e, nesta terceira vez, embora em efetivo menor, avançavam, ladrando pouco, olhando além, emitindo rosnados de advertência quando algum deles embargava o caminho do outro ou chegava muito próximo. Mordidas no dorso punham o infrator de volta ao curso. Nenhuma observável solidariedade ou hierarquia na matilha. Corriam na areia seca e no molhado da linha de arrebentação, muito semelhantes a *comandos* obstinados, porém disciplinados, jamais passando sobre qualquer esteira, cuidando instintivamente de desviar de crianças, baldes, cadeirinhas, pessoas que tomavam sol.

Arthur tinha uma explicação para o surgimento da coorte.

"É a cachorrinha do dono da barraca de cocos em frente do Maison des Palmiers. Entra no cio. Atrai a cachorrada. Já a vi dormindo enroscada no chão da barraca. É uma tipinha vira-latas, cor de caramelo sujo."

Nenhum aceitava ou queria crer na explicação. Como explicar que a fase lunar de uma "tipinha" qualquer pudesse provocar tal precessão de equinócios, pondo em movimento tantas vezes, em um só verão, uma constelação de cães? E, não só de cães sem donos e vadios, mas de astros eleitos, tornados afoitos e céleres na desobediência a seus amos. O Cão Maior, o Cão Menor, galgos, dogues, pastores, lulus e até uma miniatura pinscher, que ia, atrasado, comendo areia da tropa.

"Não procede, Arthur", Dante contestou. "É muito cio para uma temporada só. E a cadelinha? Ela não emprenha? Nenhum daqueles garotões a pegou na veia? Custa crer."

Arthur detestava ser afrontado com argumentos lógicos.

"Sei lá, Dante. Vai ver o dono levou ao veterinário, mandou fazer laqueadura. Ficou rico, vendendo coco por aqueles preços. Já viu o carro dele? É melhor que o meu ou o seu."

"Não é só coco que ele vende, seu inocente... E, por que a cachorrada para e dispersa na altura da Casa do General? A cachorra entra na Casa? Ela some?"

Eugênio entrou na conversa.

"Pode ser que o homem da barraca tenha várias cachorras. Parecidas, da mesma ninhada..."

"Ainda não explica por que ela some, por que os cachorros não atravessam a rua, não vão atrás."

Virgílio arriscou:

"Um carro pegou um cachorro bem ali em frente. Passou por cima, não dava mais para saber se era macho ou fêmea, mas a cor era aquela que Arthur falou..."

"Caramelo... sujo... Não poderia ser pardo, cor de palha, Arthur?"

"Insisto no caramelo. Entendo de cores melhor que vocês. Já mandei arrancar meio quilômetro quadrado de carpete caríssimo, mas que veio nessa cor horrorosa."

"Quando foi isso?"

"A mudança do carpete?"

"Não. Estou perguntando a Virgílio. Quando foi o atropelamento?"

"Ahn, Gabriel...", Virgílio calculou, remissivo. "Acho que foi há quatro anos, por aí."

"Eu, ...hein? Coisa esquisita."

Virgílio, Gabriel, Eugênio, Arthur e Dante

FOI O FINADO PAULO quem planejou a ação contra a casa do General. A ideia era atrair a atenção dos sentinelas para o beco, enquanto Dante e Gabriel, armados com bastões de gesso tingido com pigmento vermelho, escreveriam "Abaixo a ditadura" no muro da frente. Virgílio parou o carro emprestado bem mais adiante, do lado da praia, os faróis apagados, placas enlameadas, pronto para dar fuga aos dois. Paulo, após detonar um baita petardo joanino, escaparia pela rua de trás, faria a volta e encontraria os outros na altura do Lusitânia.

Era madrugada, todos ocuparam seus postos. Paulo esgueirou-se pelo beco, riscou o pavio da bomba, atirou-a contra o muro. Ela faiscou, caiu na calçada, emitiu uma centelha mortiça, parecia apagada. "Falhou, Paulo diagnosticou. Aproximou-se, olhou, cutucou com a ponta do sapato. Ela detonou e ele caiu sentado, inteiramente apalermado, os ouvidos zunindo.

Enquanto isso, com a detonação, Dante e Gabriel iniciaram a escrita sincronizada do protesto. Dante riscou um *A* e Gabriel, dois passos adiante, lavrou o *D* de Ditadura.

No beco, abriu-se uma portinha de metal no extremo do muro, quase encostada ao vizinho dos fundos. Dela, Paulo viu surgir um cano seguido de um vulto que se resolveu em soldado armado. Uma faixa de luz, vinda de cima do muro, varreu a calçada. O soldado apontou o fuzil para Paulo. Este, sentado, liberou uma micção tão repentina quanto abundante. O soldado apurou a mira, firme no gatilho. A faixa de luz girou sobre os dois – soldado e Paulo – e, neste momento de oportuníssimo acaso, eles se reconheceram. O soldado, Antônio, filho da cozinheira da família de Paulo, levantou o fuzil, olhou a cara do sujeito na calçada: "Seu Paulinho?".

Paulo conseguiu que se lhe escapasse um abafado "Oi, Tonho..." ao que, o soldado Antônio, verificando o cimo do muro e o entorno, alçou a carabina para o céu e disparou duas vezes. Ao primeiro tiro, Paulo tombou de costas para trás, espojando-se na calcada mijada, mas ao segundo disparo, seu corpo, em prodigioso instinto de autopreservação, preparou-se para correr, pôs-se de pé, destrambelhou-se veloz para a praia.

Dante e Gabriel estavam no meio da grafitagem. Dante completara seu ABA... e Gabriel fechara o traço do T de DIT... Assustaram-se com a passagem desabalada de Paulo, pensavam-no em fuga pela rua dos fundos. Dançou sobre eles o facho de luz e soaram alarmes por trás do muro. Eles correram. Ultrapassaram um Paulo bufante, chegaram ao carro onde Virgílio acelerava, impaciente: "Sabia que ia dar em merda isso aí".

Virgílio não deixou que Paulo entrasse no carro. "Vá pela areia, tire as calças, lave no mar, esprema, se vista e volte para o calçadão na altura do Hotel Jangada. Te pego lá." Ele não queria que o carro do tio ficasse fedendo a mijo.

"Uma delas se moveu em câmara lenta. Girou a bunda para o sol", Eugênio disse, apontando com o queixo para os lados da mureta do calçadão.

As irmãs cariocas eram jacentes, lânguidas, muito diferentes da Americana. Tampouco chegavam perto da areia molhada, arrumavam esteiras e toalhas na parte seca onde plantinhas ralas urdiam jardinzinhos agrestes, espinhosos, salgados. O negócio das manas era o Sol, viradas para ele, em decúbitos ventrais ou dorsais, untadas com bálsamos, cremes, unguentos, loções incolores, bronzeadores, pátinas ou vernizes que lhes recobriam as montanhas, vales e recessos incrivelmente isentos de aderências de areia, de folhinhas secas, de mosquitos... nada colava ali. Esculturas moles dos inícios da Criação, muito próximas do inanimado, quietas sob o mormaço, aplicadíssimas em reter todos os fótons que se lhes incidissem. E, no entanto, falavam. Com atenção, era possível detectar movimento de lábios em seus rostos impassíveis, em faces que não trocavam olhares e que, ao prumo do sol, eram logo mascaradas por óculos escuros de estilo ou espelhados.

Arthur não as poupava: "As alienígenas já baixaram", dizia, quando eles passavam pelo "Rive Gauche", o prédio delas. "A menina Anastácia vela por elas", acrescentava. A menina era a empregada, uma garota abobada de olhos e dentes enormes, metida em um biquíni mal ajustado, frouxo sobre os seios pequenos. Anastácia sentava-se a montante das duas, sobre um entulho que sobrou de reparos na calçada. Era um posto de vigia enredado por arbustos praieiros e algum lixo. De lá, ela irradiava, monocórdia, o rol de passantes e eventos. As irmãs captavam o relatório, sem muito mover-se. Temiam que o sol lhes negasse ângulo.

A passagem deles estimulava o circuito. Anastácia ditou: "Estão passando os cinco. O quinteto".

As cariocas os chamavam "Quinteto da Morte", uma alusão mórbida e negativa que se somava ao fato de que eles já haviam formado um sexteto.

"Qual foi mesmo o que morreu?", perguntou uma, com lábios preguiçosos.

"Foi o Paulo, o advogado, pai da Tininha", respondeu a outra e, depois de uma pausa modorrenta: "Em Brasília. Infarto."

"Ah... foi. Em Brasília", a primeira falou com um sopro morno: "Em Brasília, isso".

Em frente ao Lusitânia, para dentro dos arrecifes, em uma bacia mais funda, algum prefeito mandou cravar uma estrutura de trampolins, alta como andaimes para o Nada e com uma vocação para ruína que se confirmaria em poucos anos.

Os jovens dourados frequentadores deste trecho – Gabriel reputava o setor como o mais valorizado da praia – haviam marcado o Lusitânia, ou o "Navio", como diziam, como seu ponto de encontro.

O Navio era a casa de veraneio de um homem rico a quem o dinheiro havia dado um traço de humor, um quanto de deboche, talvez, ou só de brincadeira juvenil extemporânea. A casa tinha proa, ponte, convés em modo de varanda, bocas de ventilação, bueiro, cordames... Estava pronta para navegar, rompendo o dique da avenida, dir-se-ia, não fosse a sua irredutível simbologia de imóvel terrestre algo luxuoso e seu aspecto de brinquedo caro e cômico.

O homem o batizara de "Lusitânia", em detrimento de "Titanic", cujo fim terrível desabonava o nome. Sendo de origem portuguesa, ele tomou Lusitânia por segunda escolha, indiferente ou inadvertido da tragédia do torpedeamento na Primeira Guerra.

Virgílio lamentou a demolição do "Navio". Gabriel insistiu na ideia de progresso e modernização da área. Mas, importava pouco o que pensassem. Naquela área, eram apenas passantes sem direito a voto. Também não usufruíram mergulhos do trampolim, as quedas livres para o bojo do poço de águas verdes e mansas, espécie de atol reservado a nereidas e delfins de melhor sorte.

"No carnaval, uns caras se vestiam como aqualoucos, uns pândegos que davam saltos desornamentais da plataforma mais alta. Quando a maré estava cheia, formava-se um colar de lanchas em redor..."

"Festas aquáticas."

"Isso mesmo. Sabem quem era um dos aqualoucos?... O Jota Fontes..."

"Não diga... O Jota?"

"Ele mesmo. Já era cobiçado por pais e meninas casadoiras desde aquele tempo. E estava só começando a ficar rico."

Jota Fontes foi o avesso do homem do Navio. Bem, não exatamente assim. Ficou muito, muito mais rico. Não foi só um comerciante sortudo. Teve talento para negócios, soube empreender além da moldura provinciana, cresceu ao ponto em que sua órbita se alongou, desprendeu-o da gravidade de sociedades locais, lançou-o em um espaço universal de solidão, esperteza e desconfianças.

Atingiu o fim dos seus cinquenta projetado nesse vácuo de melancolia, sua energia mantida, resolutamente ensimesmada, entrópica, um astro, embora com calor, conscientemente opaco.

Sim, em que ponto, em que momento ou circunstância, o aqualouco, o jogral, o jovem carnavalesco, o príncipe feioso e noivo ambicionado, o mergulhador temerário e acrobático, despediu-se das fantasias do carnaval e da juventude...

Deus do céu, que coisa o fez pular do topo do seu gigantesco Empresarial para estatelar-se, inteiramente desnudado de roupas ou explicações, na calçada de pedras portuguesas da praia?

"Nas marés mais rasas, dá para ver o que sobrou do trampolim", pontuou Dante. "Uns postes e travessas escalavradas... a maresia comeu... é perigoso nadar ali."

"Ainda mais, por que dizem que um mero e uma garoupa vivem entocados lá, não bastassem os tubarões", Eugênio ajuntou.

Virgílio, Gabriel, Arthur e Dante

O SEGUNDO ANDAR DO Hollywood, um prédio quadradão, sólido, mais para as antigas, tem uma ampla varanda de frente para o mar, lavada pelo sol, espaçosa o suficiente para umas seis *chaises longues,* bar e mesinhas de ferro esmaltadas com tampos de vidro. Tudo isto lhe confere um ar de deque de transatlântico saudosista, um espaço desenhado por publicitários dos anos 50 em romances perpétuos com o Caribe. A vista desta varanda cobre 180 graus de praia e horizonte e imagina-se que, da sua irmã do 12º andar, seja possível penetrar mar adentro e descobrir jangadas, navios que passam mais ao largo do que o olho humano pode alcançar, revelar ignota ilha a meio caminho de África...

Gabriel alardearia estas vantagens a um comprador guloso de ares e mares, aliás, a maioria de seus clientes.

A varanda era o ponto de encontro matinal de Emily, anfitriã, Elizabeth e Sylvia. Ali tomavam sol por cosmética e prevenção de osteoporose. Não desciam mais à praia, mesmo porque, na varanda, tinham tudo que precisavam, livres do incômodo da areia, de doentias pancadas de chuva e vento, de encontros com desafetos, de olhares investigativos da idade e da condição de saúde. E havia a vantagem do panorama escancarado.

Emily tinha uma acuidade especial para detectar os caminhantes. Via-
-os quando já venciam o Castelo e iam chegando, em linha ou bloco, pela borda limite da espuma e da quebra das ondas.

Eram quatro agora, desde o mês passado. O homem moreno escuro, alto, mais moço que os outros, não vinha com eles. Emily não sabia quem ele era ou fora. Os outros, ela conhecia: Gabriel, que pusera preço no seu apartamento; Arthur, a quem pedira um projeto de decoração, tornado impraticável e caríssimo; Dante, o deputado, então sem mandato. Paulo. Este, ela o sabia morto. "Em Brasília, coitado, sozinho em um hotel, infarto...minha nossa."

E... havia Virgílio. Virgílio, Professor Virgílio, viúvo de Clarinha há oito anos. Aposentado da Universidade, como ela, Emily. Vivendo ambos naquela praia quase desde a infância, enfiados nos meandros precários da cidade, juventude afora. Casados, cada um a seu jeito e para cada lado, filhos crescidos e distantes. Envelhecidos, os dois. Ele, ainda caminhante naquele deserto de areia e gente seminua, ela sedentária, uma idosa a espreita de uma presa visual, por certo ele, Virgílio, passando já dos guarda-sóis do hotel, a meio caminho do Restaurante e Choperia Sardenha, perto.

Sylvia foi a primeira a alfinetar: "Já o viu, não é? Notei que seus olhos acenderam".

"Não seja idiota. Nada acendeu aqui."

A conspiração seguiu com Elisabeth:

"Conte logo, sua sonsa. Rolou algo, não negues. Foi no tempo da Maria Clara? Ainda estavas com o Paranhos? Porque não dizes? Vais te sentir melhor..."

"Vocês se sentiriam melhor. Por que não bebem uma gim-tônica, aquietam o facho, me deixam em paz, bruxas de Macbeth?"

"Eram três, as Bruxas..."

"Certamente, Elizabeth. Você vale por duas..."

"Ha, ha, ha... Bom, eu o vi, semana passada."

"Ah! Foi? Onde?"

"Na televisão. Programa de esportes..."

"De esportes?"

"Sim. Um especial sobre o jogador que morreu no acidente de carro. O que andava com eles."

"Foi isso, então..."

"Foi. Ele fez uma fala, um tipo de necrológio. Emocionante."

"Ele sabe falar bem..."

"Você que o diga..."

Guiomar fraturou um braço na colisão. Geninho quebrou o pescoço, apesar do *airbag*. Foi instantâneo, nem sentiu. Iam para uma granjinha recém-comprada. De algum modo, Eugênio perdeu a direção e deu de frente com um caminhão de aterro. Pelo estado que o carro ficou, Guiomar teve muita sorte.

"Sorte?", Virgílio indagou-se, andando calado, sem olhar os outros nem nada, um nó avolumando-se na garganta, ele indo propositalmente mais por dentro da água, como num ritual que lhe pudesse aliviar a perda, a mistura de areia grossa moída e de água ainda fria afundando seus passos, um curso de pegadas submersas que logo iam se apagando sob a varredura da próxima onda.

Sob o sol, sob aquela luz branca invasiva, Virgílio procurava uma sombra onde medrasse um sentimento de conforto maligno, um recesso obscuro onde crescesse a frase cruel: "Guiomar era quem deveria ter morrido."

Voltou a ver os três amigos à sua frente. Caminhavam. Falavam. Arthur recolheu uma varinha do chão e fez passos e jogos de baliza. Virgílio riu. Arthur se esforçava, mas não era gracioso. Gabriel voltou-se, apontou o Hollywood para Virgílio:

"Estão lá. As três. Já nos viram e estão amolando as tesouras..."

Estavam mesmo na varanda. Sempre estavam.

"*E la nave va*", Virgílio consolou-se.

Virgílio, Gabriel e Dante

Virgílio não queria falar mais sobre aquilo, mas Gabriel e Dante fixavam-se no assunto. Insistentes, buscavam a ponta, puxavam, iam desnovelando o fio ao longo da praia. Para Virgílio aquilo parecia uma exposição obscena, uma indiscrição escandalosa, embora eles falassem para si mesmos, como se apenas reconfirmassem diálogos para melhor ancorá-los na realidade... Quem mais ouviria ou se interessaria pelas frases, pela narrativa dispersa, por palavras recortadas pelos golpes de vento? Quem espionaria três velhos comuns e roubaria suas conversas bobas?

Uma revoada, um bando de pássaros veio de longe, de além do porto assoreado, passou sobre eles em formação bizarra, uma coisa rara – "um mau agouro" Virgílio pensou. O ar estava pesado e revolto naquela manhã, o acre do sargaço mais intenso, o horizonte do mar tingido de um roxo ordinário. "Paisagem ruim", Virgílio somou, deprimido.

No CARNAVAL PASSADO, NA intimidade confessional da sua tribo, Arthur conheceu um sujeito, um italiano, um desses animais físicos em vilegiaturas permanentes, o tipo com faro aguçado para oportunidades.

Todos imaginavam que Arthur era provado e experiente para cair em armadilhas. Havia "quebrado a cara", como ele mesmo dizia, "quando jovem", mas "aprendera a lição, garantia.

Não havia garantia, eles sabiam, pois Arthur sofismava sobre o "quando jovem."

"Li o Dorian Gray, tomei a vacina. Há outras formas de se ficar jovem", dizia.

Ele se considerava jovem, bem sucedido, inteligente e de bom gosto. Debochava, provocante:

"Por que acham que eu caminho pela praia com vocês, um bando de coroas bochornosos, que levam uma conversa capaz de derrubar colibris e libélulas, meus caros? É só para manter a forma deste corpinho e para ver se salvo vocês dessas suas vidas insossas..."

Corpinho... Virgílio resgatou ao écran virtual a figura de um Arthur baixo, cabelo escasso e tingido de acaju, cintura indomável por academias, panturrilhas robustas em pernas curtas...

"Eu mesmo vendi o apartamento dele. Porteira fechada. Muita coisa boa, antiguidades, cristais, mobília extraordinária, ótimos quadros", Gabriel relacionou. "Para um casal paulista. Antiquário e cirurgião plástico. Conhecidos dele. Compraram para férias. Eu poderia ter conseguido mais dinheiro, mas Arthur tinha pressa, vocês sabem como ele era, deu o faniquito, a agonia, queria resolver logo, viajar."

"Como ele pôde ser tão idiota?", Dante perguntou, e esta não era a primeira vez que ele indagava a si e aos outros sobre a idiotice de Arthur, "Como pôde fazer uma burrice dessas?"

Virgílio adiantou-se na caminhada, afastou-se sob pretexto de examinar qualquer coisa que rolava na linha da água... uma caravela, saco plástico inflado, quase tão orgânico quanto lixo vivo. Não queria ouvir o que eles diziam, já ouvira bastante das conjecturas e o repisar de boatos, mas, ainda assim, os escutava como um marulho enjoativo.

"Botou a vila no nome do cara... perto de Taormina... pela manhã... bebida muita e tudo mais... a polícia... não acredito... *carabinieri*... nem um pouco... desconfiam... tinha uma irmã em Curitiba... não se davam... cardíaco não era...

fazia ginástica, andava com a gente, cara... o traslado... foi caro... um bocado... tirei de minha comissão, era o mínimo... puxa, como ele pôde ser tão idiota?..."

O Triângulo das Bermudas é como eles chamavam o trecho que se estendia do botequim de Francisco e do Edifício Texas até o antigo Cassino Americano, um galpão da Segunda Guerra, roído de maresia, onde funciona uma oficina de automóveis. A área não é exatamente nobre, Gabriel afirmava, "mas tem potencial": terrenos, casas e prédios bons para demolição estavam ficando raros nos setores melhores da praia. "O Empresarial do Jota Fontes, coitado, que Deus o tenha, valorizou o pedaço." Virgílio eclipsou a imagem do homem nu, esborrachado na calçada, fios de sangue percolando os rejuntes das pedras portuguesas, gravando artérias e riozinhos a caminho do meio fio.

Havia uns puteiros nas ruas de trás. As moças pescavam clientes na praia, no Boteco do Francisco. Sempre havia surtos de "boa noite, Cinderela", carteiras, cartões de crédito e algumas reputações maritais sumiam nas noites do Triângulo. O Edifício Texas, ele mesmo, era um tanto suspeito, apesar de ajeitado, conservado, com portaria e jarros com palmeirinhas ao lado da porta do elevador.

Subiram para a calçada pela quadra de vôlei, atravessaram a avenida, entraram no Boteco. Costumavam dividir um par de cervejas, matar a sede.

Dante chamou o garçom, um rapazote mirrado, meio sujinho:

"Cerveja, Pedroca. A de sempre. A mais gelada, do fundo do poço."

O moço foi buscar, Dante parou-o.

"Ô Pedroca... o doutor Meira tem aparecido?"

"Ele só aparece nos domingos agora, doutor."

"Meira...Já contei a vocês uma história do Meira, um caso que se deu aqui perto, no Texas?"

Dante instalou-se melhor na cadeira de ferro. Com o boné, espanou a areia das canelas. Meira foi médico ocasional de todos eles, para males menores, incômodos. Era um boêmio tradicional, divertido.

"Contou várias, qual foi esta?", Gabriel quis saber.

"Seguinte: Vou contar como ele mesmo narrou, sentado bem aqui, faz um tempo. Ele disse que estava em casa num sábado, amuado, de ressaca, Carminha, a mulher dele, emburrada... Ele estava na varanda tomando uma brisa, esperando a temperatura doméstica amainar, quando o carrão de Otavinho, o primo rico dele, parou bem na frente do portão. Otavinho mostrou-se.

Silencioso, fez sinal para ele descer. Ele foi."

'Diz aí, Otavinho. Que foi que houve?'
'Meira, preciso de um favor seu...'
'Claro, mande lá...'
'Vamos ali no carro. Não quero que a Carminha ouça.'
Meira entrou no carro, desconfiado. Otavinho abriu o jogo:
'Meira, tem uma criatura... uma garota... já está rolando há algum tempo...'
'Ih, cara...não é minha especialidade. Você não tomou cuidado?'
'Não é isso, homem. Ela já tem um filho...'
'Opa!'
'Não é meu. Tem uns oito para nove anos. Quando a conheci, já era taludinho. Um amor de garoto.'
'Ahã...'
'Amanheceu com uma febre braba. Tossindo. Queria que você fosse comigo dar uma olhada. A mãe está assustada, pediu ajuda, não posso negar, sabe como é que é...'
'Otavinho, é sábado. Estou de ressaca, a Carminha está braba. Tenha piedade...'
'É coisa rápida. Dar uma olhada, receitar. Aquietá-la. É pertinho, alí no Texas.'
'No Edifício Texas?'
'É. Montei um apê bonitinho para ela lá . É discreto...'
Meira suspirou, vencido:
'Ok. O que não se faz pelos primos... Vou pegar a maleta e dizer para Carminha que um funcionário teu teve um treco. Sustente isso.'
Chegaram no Texas, subiram para o quinto andar, Otavinho mesmo abriu a porta e Meira pôde ver a comovente cena da jovem mãe, em pose de Pietá, com o filho lourinho meio adormecido sobre as coxas, acomodados em vasto sofá italiano, de inox e couro. A moça deitou o menino, calçou-o com almofadas, ergueu-se, ajeitando o negligé, sorriu encabulada para Meira, aninhou-se dengosa no abraço que Otavinho, muito enternecido, lhe ofereceu.
Meira disse que, a essas alturas, teve vontade de rir da patetice do primo, mas que segurou a onda. Auscultou o garoto, tomou temperatura, olhou garganta e ouvido, nada de mais, principio de pneumonia, talvez. Receitou antibiótico, antitérmico, afagou a cabecinha dourada, recomendou o de praxe, dispôs-se a retornar a seu sábado, enquanto os pombinhos arrulhavam a um canto.
Enfim, Meira e o primo foram pegar o elevador, que veio de cima com um sujeito que Meira reconheceu, um representante de laboratório. Otavinho insta-

lou-se no fundo, Meira cumprimentou o homem, sentindo-lhe o bafo de álcool e... nisso, antes que a porta se cerrasse por completo, uma alva mão manicurada, puxou-a de volta, o rosto da Mãe Piedosa assomou com uma frase simpática nos lábios de escarlate: *"Nossa, que mal educada, nem lhe agradeci direito, doutor..."* Meira se viu puxado para fora, um beijo estalou em sua bochecha.

A porta fechou de vez, desceram em silêncio até quase o térreo, quando a voz do homem do laboratório roufenhou: 'Puxa, Dr. Meira, não sabia que o senhor conhecia a Patrícia Habibou... ela é a melhor chupada da noite...'.

Se Meira tivesse olhos na nuca, teria visto a cara de Otavinho mudar para o palor da cera e para o rubro da chama, em segundos, enquanto também, por sorte e ventura, nesse átimo, chegaram ao piso da rua e foram devolvidos ao vento do mar.

"Meira não quis voltar com o primo. Safou-se: 'Vou aproveitar para tomar uma cerveja ali perto, no Boteco do Chico. Está calor.'.

"Ambos se sentiram aliviados com este expediente".

"Esta história parece invenção do Meira", Virgílio falou, um tanto abrupto.

Os outros se surpreenderam.

"Por que você acha?"

"Está tudo muito arrumadinho, muito construído. Parece coisa de botequim... coisa para fazer efeito na plateia."

"Ué, foi coisa de botequim mesmo, ele contou aqui, sentado bem aqui", advogou Dante. "Como é que você queria que fosse?"

"Não sei. Só sei que, nessas histórias, as mulheres são vilãs ou malvadas, tipos negativos. Carminha é uma esposa chata, esta Patrícia, uma quenga aproveitadora..."

"Virou crítico, professor Virgílio? Da variedade azeda?", Gabriel espetou.

Virgílio desconsiderou a alfinetada. Seguiu.

"E, conosco, o mesmo. Vejam: a Americana é uma estúpida – até mesmo pode ser um travesti – as Cariocas são vermes entorpecidos. Filhas seriam vendidas pelos pais ao dinheiro de Jota Fontes. Até mesmo o Arthur ficou pintado como uma mulherzinha imbecil nas garras de um rufião de zona... As mulheres do Hollywood são uma fofoqueiras e as meninas do Triângulo são uma quadrilha de malfeitoras. Por pouco, a filha do Professor Freyre não se tornou puta da Irany. E a Guiomar... a Guiomar..."

"Sim, professor? E a Guiomar? O que vai dizer da Guiomar? Que é produção da nossa misoginia?", Dante quis exaltar-se.

Virgílio calou-se e Gabriel aproveitou a pausa, conciliador.

"Muito bem, Virgílio. Não desconverse. É seu dia de pagar as cervejas."

Voltaram para a praia, atravessando a avenida, com cuidado. Da areia, Dante apontou o Texas.

"Não vai querer ir no Texas, Virgílio? Perguntar na portaria se a Patricia Habibou mora mesmo lá?"

"Não fode, Dante!"

Virgílio

A PRAIA PARA ELES sempre terminava ali. Adiante, o mar bate nos recifes, lava a estreita faixa de corais tornada carroçável. É o caminho para o porto velho de onde se abre uma angular que revela a cidade primal, um arruamento misto de prédios grandes e modernos, torres de igreja, sobrados antigos, o perfil de uma arcada cariada incompleta ou destituída, não dá para avaliar direito.

Eles nunca seguiam para lá. Aquele era o ponto de retorno. Voltavam, o mar lhes banhando as pernas ou fugido, magro, em vazante. Calor concentrado na cúpula do céu, logo se condensando sobre a praia, secando a areia, murchando o sargaço, expulsando crianças e babás, gente de pele clara, medrosa. Não eles. Voltavam, o declive da praia agora invertido: "Bom para endireitar a coluna, entortada na vinda"– qual deles havia dito isto, Virgílio não lembrava.

E, no entanto, Virgílio foi até ali, ao termo do caminho, carregando um medo difuso, pela primeira vez sozinho, sentindo-se deserdado da paisagem. "É curioso. Preciso deles para pontuar o percurso. Cada prédio, uma Estação. Cada Estação, uma etapa. Procissão. Relógio de areia. Plano, para a escala dos passos. 6.660. Mais passos que isso. Quantos passos dentro desse número? Em dobro, com a volta. Sou o arquiteto Speer, o nazista, somando quilômetros no pátio de Spandau. Eu marcharia em passos de ganso, se eles aqui estivessem. Seria divertido."

Em poucos meses, algo crescera dentro do crâneo de Dante, atormentou-o irremediavelmente. Matou-o. "Verão miserável, insano."

"Mas, Gabriel está vivo", ele considerou. Gostaria de refazer esse pensamento para: "Ele está de férias. Logo volta". Este braço de equação, mais feliz, incluiria o "está vivo" na promessa de retorno de dentro de um hiato comezinho – férias. Nada demais.

Dissipou os sonhos. Gabriel não retornaria. Dormia, imóvel, em outras paisagens. "Está vivo. Não sofre, não sente dor", foi o que lhe disseram os dois filhos. Virgílio era covarde para essas coisas. Telefonou para eles. Um em cada dia, como se isto pudesse produzir uma reviravolta, uma surpresa benigna. "Papai está em paz. Ele não sofre."

Poderia pacificar-se, ele? Deu as costas para o restinho do percurso, faltou pouco para o poste da biruta que marcava o fim da areia. Havia resolvido descartar esses metros restantes. Queria voltar. Calculou o percurso com a vista. 6.660... A canícula forrava a praia com lençóis de reflexos. Miragens poderiam deitar-se neles, se quisessem. Já havia nuvens no chão, remendos de azul.

"Dane-se! Vou pegar um táxi. Não vou me matar, voltando debaixo deste sol."

Havia um ponto ao lado do Cassino. Por sorte, quase hora de almoço, ainda restava um carro. Virgílio acercou-se sorrateiro, como em caça. O motorista, um homem jovem, saltou do assento, assustou-se, recuperou-se ao ver a figura de Virgílio, diagnosticou-o como velho, como inofensivo, como passageiro, fixou-se nos pés descalços, praieiros, os entrededos grumosos de areia e piche...

"Para onde vai ser, cidadão?"

"Para a Praça da Igreja, no terminal."

"Certo. Mas, vou pedir que forre este jornal no piso do carro. A areia..."

Virgílio tomou o jornal, obediente. Era um desses tabloides que são distribuídos nos sinais. Ele o desdobrou, forrou o chão, sobrou uma folha. Ele a pôs no colo e lá a deixou, como vestimenta pudica para as pernas nuas. E, então, leu as grandes letras e os pontos de exclamação:

ASTERÓIDE GIGANTE PODE ATINGIR
A TERRA AINDA ESTE VERÃO!!!

Abaixo da manchete vinha um texto enganoso e sibilino com referências à NASA e a um observatório chileno. Em uma carta celeste, provavelmente aproveitada de algum site de Astrologia, estava marcado o curso da pedra "do tamanho do Pão de Açúcar". Uma seta vermelha a situava cravada no olho do Canis Major e uma linha tracejada a mostrava descendente para a Lebre. Sirius brilhava perto, com Orion mais acima. A Terra...

"Tudo isto vai apagar-se, então...", ele cultivou um sorriso interno... "Quer dizer, a Terra vai apagar, ficar cega para as estrelas... O Cão vai continuar perseguindo a Lebre... ou eram a Tartaruga e a Lebre que se perseguiam, criavam paradoxos de Tempo e Espaço para empulhar e aterrorizar passageiros e motoristas de táxi?"

Virou a folha. Deu com o retrato de Geninho. No avesso da Carta Cósmica estava a página de futebol. Reportagem memorial. Foto de Geninho no Infantil. Outra, Geninho na Seleção. Na Holanda...

Virgílio pediu que o motorista parasse.

"Fico aqui, obrigado."

"Ainda está longe, meu amigo..."

"Não tem importância. Faço o resto a pé."

Virgílio catou dinheiro no bolsinho da bermuda. Pagou. Desceu. Estava na rua de trás, na altura dos fundos do Hollywood. Havia ficado com a página com a matéria sobre Eugênio. Enrolou-a como um bastão de corridas de revezamento. Assestou uma corrida para o Sul, pelo meio da rua, seguindo os carros e os ônibus, os pés descalços escaldando-se no asfalto.

"Este trecho dedico a você, meu irmão..."

Viaud, o cisne, as colônias

O AURICULAR CHIOU, ESTALOU: "Cisne e companhia em deslocamento agora, saindo do Arsenal". "Em posição", sopro na lapela.

A posição é defronte a dois sobrados com fachadas em pedra cor de marfim sujo, na rua Pierre Loti. O de número 137 é o foco. Dele, projeta-se do primeiro andar um muxarabi, também lavrado em pedra, que lança sua sombra sobre *banners* de museu, desbotados e com datas vencidas.

Encostada ao prédio do lado, há uma porta larga, alta, com pintura gasta. É coisa que não tem muito a ver com o resto da rua. Está ali como uma intrusão de estilo, um item medieval que diferencia os dois sobrados do comum das outras construções e artefatos da rua. É certo que o muxarabi já cumpriria essa função de destaque, mas é preciso desviar o olhar do caminho, mirar ao alto para vê-lo e às janelas que o encimam. Estas, têm as molduras fraturadas, escoradas por estroncas cruzadas.

"Cisne agora a duzentos metros da meta", crepita o auricular. Respondo "Ciente, copio".

No funil da rua, vem uma cambulhada colorida. É uma espécie de maratona às avessas, corrida de costas, gente atropelando-se nos calcanhares, erguendo braços, mãos com celulares, câmeras, microfones. A marcha do Cisne e comitiva empurra a massa rua abaixo, como se estivesse a desobstruir a via.

O Cisne vem no meio, terno de verão em linho bege, abas esvoaçando. Ministro e Secretária Especial o ladeiam. Não vejo o Prefeito, baixinho, oculto pela tropa de seguranças e funcionários de segundo escalão da Prefeitura e da Presidência.

Começa uma aglomeração na rua. São moradores curiosos e alguns grupos vindos de duas direções. Duas ou três claques contornam a comitiva do Cisne e a massa de repórteres e escorrem, rápidas, espremidas nas calçadas, descendo a rua. Outras vêm do cruzamento muito abaixo, na rua Emile Zola.

Chegam batedores em motos e com passadas rasantes comprimem a gente contra as paredes, sobre a calçada.

"Acesso limpo, agora", vem a ordem.

Bato duas vezes com a palma da mão na porta. Ela é aberta por dois agentes do Palácio.

Um deles junta-se a mim na rua. Com autoridade e cara dura, fendemos a turma de imprensa em duas fatias. Cisne e comitiva, rompendo o anel de seguranças, enfiam-se pela brecha. Eu e o agente, com gestos de cortesia, guiamos Suas Excelências porta adentro. Passamos também. A porta fecha-se, batida com força. Estamos dentro.

DENTRO DO QUÊ? A princípio, seguindo por um vestíbulo estreito, guiados pelo apressurado prefeitinho, chegamos a um gabinete forrado em vermelho do chão às paredes, identificado por uma placa redundante: "Salão Vermelho".

Nele, há mobiliário diretório comum, retratos a óleo escurecidos, nada inesperado. Algo, porém trai a lógica. A escala interior da sala não cabe na dimensão exterior da casa. Há uma incongruência incômoda nessa sensação, até que o cérebro assume uma pista: a de que as fachadas dos dois prédios são somente isso, fachadas. O interior dos prédios foi esvaziado, tornado oco. E dentro desse oco, a sala teria sido feita, digo melhor, elaborada.

Quando passamos para a sala seguinte, então sim, confirma-se o fato. Estamos em um enorme e alto de três andares, opulento "Salão Renascença", um cenário que poderia abrigar uma produção de orçamento gordo, do tipo Cecil B. De Mille.

O prefeito corre à frente, apontando ao alto, indicando ornatos, em torrente de explicações – que não consigo ouvir no burburinho do séquito – e, às quais, o Cisne, curvado em atenção bem fingida, olhos mais abertos, boca idem, acolhe muito adequadamente.

Então, por uns poucos lances de escadas, chegamos à "Sala Chinesa", uma estrutura abarrotada do chamado luxo oriental, simétrica como um altar, ensombrada pelo imbricado floral e de cujo eixo emerge massivo trono.

Tudo tem um ar de antiguidade mal cuidada, de itens que foram manuseados por visitantes de dedos engordurados, até o desgaste e a ruptura. A poeira criou pátina monótona nas cores e nas tessituras. Em um ou outro canto, aranhas competentes refizeram as teias, varridas à véspera para a visita do Cisne.

Uma equipe documenta em vídeo a peregrinação. A luz impiedosa dos refletores torna aguda e contrastada a decadência dos itens, destaca os esfolados do papel de parede, torna visíveis reparos mal sucedidos nos relevos de gesso dourado.

Devemos seguir para próxima dependência e o pessoal da Prefeitura nos agrupa em caravana: Cisne, Prefeito, Ministro e Secretária na vanguarda. Chegamos a um pátio interno onde há uma fonte, tamareiras secas, um retângulo de piso rebaixado (para preces, vamos saber logo), pois o pátio é, na verdade, uma Mesquita, ou melhor, uma réplica do interior de uma delas, da Turquia ou do Maghreb, quem sabe. Em todo caso, a réplica é mais rica e mais vistosa que alguns originais. Atestam isso os esplêndidos azulejos, as colunas de bronze torneado que compõem a parede de fundo, os entalhes preciosos no forro de madeiras nobres.

É nessa mesquita que o Sr. Julien Viaud receberá o Cisne, isto é, o Senhor Presidente e o guiará pelas miragens em pedra, estuque, tapeçaria, metalurgia e variados ofícios, e em todas as belas artes que ele, Viaud, colecionou e justapôs em décadas de compulsão pelo exótico e pelo arcaico.

Passam-nos folhetos com diagrama e plantas de outros espaços assinalados: Sala Camponesa, Salão Luiz XVI, Pagode Japonês, Sala Gótica, Sala das Faianças, Salão Turco, Biblioteca e sala das Múmias, Pequeno Museu, Quarto Árabe... E fora, nos fundos da propriedade, o Terraço, o Claustro, o Jardim, o Poço.

E, ENTÃO, SURGIU O Sr. Viaud. De repente estava ali, ao lado da fonte, vindo de câmara ausente no mapa ou de alguma passagem secreta. E, não estava só. Seguia-o uma mulher idosa, abundantemente gorda, vestida em uma túnica que empalideceria as pinturas oceânicas de Gauguin.

Provavelmente, Viaud sabia o efeito de sua aparição na plateia. Postou-se, cerimonioso, à espera da saudação do Cisne.

"Senhor Viaud, é um enorme prazer e uma grande honra estar em sua casa..."

"Prazer meu e minha a honra, Senhor Presidente."

Viaud retornou a saudação empertigado, batendo os tacões, comicamente, de maneira militar.

Vestido a civil, num terno cinza escuro, é um homem velho, velho, velhíssimo, pequeno, mas nem um pouco alquebrado. Um bom observador que tivesse visto suas fotos de jovem em costumes bizarros, fantasias e vestimentas típicas, fardado, no uniforme da Academia, em ginasta, ainda adivinharia, sob os panos da roupa de agora, a musculatura trabalhada de outrora. Estranho.

"Na verdade, senhor Presidente, esta casa não é minha. É do povo. Moro nela ainda por uma especial concessão do Conselho da Cidade e da Prefeitura. Moramos aqui, eu e minha companheira Rarahu... Oh, desculpe-me, Excelência, deixe-me que vos apresente Rarahu, minha companheira de muitos, muitos anos e curadora emérita destas instalações."

O Cisne curvou-se para um cumprimento galante. Rarahu, ignorou-o, imóvel.

"É um trabalho considerável e notável, a variedade..."

"O senhor sabe, Presidente, o que me motivou para juntar tudo isso foi a palavra COLÔNIA."

"De fato? Como?"

"Quando eu era criança, aqui mesmo nesta casa, a simples menção da palavra colônia, lançava-me num estado de fantasia e transporte espiritual. O meu irmão mais velho, cirurgião da Marinha, serviu no Oriente. Eu o admirava, invejava... Infelizmente ele contraiu febres na Indochina. Morreu moço. Acho que entrei para a carreira naval para substituí-lo. Talvez não. Alguém disse que eu sempre quis ser outro, ir para longe, tomar avatares, incorporar fantasias de espírito..."

"Curiosamente, daqui o senhor não se lançou ao Atlântico..."

"Ah, mas, sim, como jovem cadete. O Mediterrâneo é o nosso lago, porém, em detrimento do que pense a pérfida Albion! E Suez, nossa porta para Índia, Conchinchina, as Ilhas, Tahiti, Papeete. Mas, sim, fiz o Atlântico, fiz a dobra do Estreito e, por lá, fui aos Mares do Sul. Sempre as Ilhas.."

"Mas o Oriente..."

"Ah! o Oriente é o meu Outro, um outro que nunca me foi estranho. A Turquia... Istambul. Chateaubriand a detestou, Lamartine não a compreendeu. Eu... Eu a amei à primeira vista, seu perfil azulado, de longe, a bordo, e depois, pedestre, por aquelas ruas que são sempre pinturas, aquela gente arquetípica e eterna. Que fizemos para que não nos amem mais?"

"Meu caro, não devemos temer o desamor, mas sim o ódio..."

"Sim, meu Presidente, mas veja... erramos, talvez, em nosso ímpeto de orgulho, de querer fazê-los como nós somos, ou imaginamos que somos. O engano ingênuo e imperial no arroubo de Hugo: "Em vez de fazer revoluções, faremos colônias!"

"Talvez ele pensasse em agir sem dano... O progresso, as Luzes. Ele também disse: "Nós somos os gregos.""

"Gregos sem riqueza mitológica, obcecados pelo monoteísmo da Deusa da Razão, senhor... Uma demonstração vaidosa de avareza espiritual. Colônias! Esses territórios do sonho... Nunca as considerei sob o Comércio ou a Estratégia. Tolice minha, sei. As colônias eram, na minha infância e juventude, uma espécie de código de referências, um repertório de imagens pressentidas que eu deveria confirmar *in loco*... O senhor me permita, senhor Presidente, não via nelas o exótico, mas o intra-ótico, por assim dizer... Elas já estavam em mim.

"Eu entendo bem, senhor Viaud. E quantos de nós sentem o mesmo, e não tem a coragem de dizê-lo como o senhor o faz! E agora que não as temos mais..."

"De fato, de fato, nunca as tivemos, portanto não as perdemos..."

"Sim, sim... é possível, é possível."

Noto que o Cisne está ficando impaciente. Já o vi assim, antes, patinhando entre a cortesia necessária e a consciência da perda de tempo. Sei que fará logo uma diversão de rota.

Somos, eu e o Cisne, de Amiens. Estudamos juntos, um tempo, no Liceu dos Jesuítas. Ele foi para Paris, estudou de tudo, de ciência politica a literatura, de finanças a filosofia. Meteu-se no sistema bancário, foi investidor, deputado, ministro. Hoje, é o Cisne.

Eu fiz concurso para a Polícia Judiciária, fiquei um largo tempo tedioso na Divisão de Segurança de Museus e Patrimônio. Então a Catedral pegou fogo. O Cisne pescou meu nome num relatório do desastre, pinçou-me para o que faço agora: monitoro as incursões do Chefe nas áreas de Patrimônio Cultural, fico entre as questões da segurança estrita e sou fiscal de subsídios e financiamentos, projetos e quimeras de arte e cultura. Nada ruim, não me queixo.

O Cisne sinalizou para a Secretária Especial. Um gesto mínimo, como nos lances de leilão. Ela achegou-se como um cãozinho treinado.

"Isadora, você mostrou-me umas fotos..."

"Sim, as fotos do Sr. Viaud em costumes."

"Essas fotos, Senhor Viaud, o senhor as tem? Qual a situação delas?", o Cisne indagou.

"Tenho algumas, isto é, tenho alguns negativos em vidro, em bom estado. Tenho umas tantas cópias de primeira geração. Poucas, lamento. Meu filho vendeu alguns itens avulsos das coleções, antes da casa passar à Prefeitura. Há muita coisa dispersa, mas recuperável."

"Imagino possamos fazer uma edição. As imagens são provocativas, até mesmo muito modernas, pessoais, se é que me entendem... Uma publicação memorial, talvez. Digo-lhe, Sr. Viaud: estamos conveniando com a prefeitura a inclusão deste prédio e seu acervo nos benefícios da Loteria Nacional. O Estado renunciará sua quota. Lançaríamos a edição à época da reabertura deste espaço, completamente restaurado."

"Que maravilha, Senhor Presidente. Ouviu, Rarahu? Uma restauração!"

"Será preciso reformular a política de visitas. O espaço não suporta um fluxo intenso de massas, não é, Isadora?"

"Certamente. Pensamos em um auditório em uma das grandes salas. Acoplado a um centro de estudos e documentação sobre as Colônias e a Questão do Oriente", a Secretária adiantou.

"Ah, bom, isso precisaremos estudar melhor. Tudo vai depender da abordagem, naturalmente. E evitar duplicidade temática e conflitos, sobretudo com os Institutos..."

Registro a retração, um encolhimento instintivo da Dra. Isadora. Ela sentiu que passou da linha da bola e que adentrou um terreno minado, no qual só o Cisne sabe pisar. Em compensação, o Sr. Viaud cresceu nos calcanhares.

"Entendo as dificuldades da Prefeitura para manter sozinha esta casa e as coleções.

A renda de ingressos mal pagava os custos de energia e limpeza. E tínhamos a concorrência da Cordoaria, do Museu da Marinha e do novo museu na avenida De Gaulle. Os turistas apreciam mais..."

Viaud animou-se:

"Antes vinham ver as Salas e ficavam boquiabertos. Enquanto pude manter a casa, enquanto meus livros vendiam... Sim, sim, depois, o entusiasmo foi minguando... os jovens rejeitam estes tesouros como velharias. Grande parte dos nossos cidadãos olha isto tudo com remorso e rancor. Como se houvesse uma culpa e uma perda. Como se a presença dessas peças e ambientes em nosso solo fossem uma afronta e uma ameaça à Nação. Eu, senhor Presidente, permita-me, eu digo como a cantora: "Je ne regrette rien!"

"Ora, ora, Sr. Viaud, não tem de que se culpar... ao contrário."

"Gentileza de Vossa Excelência, mas, digo, me acusam... Me acusam de islamofílico, antissemita... Põem duvidas em minha masculinidade porque preguei o fisiculturismo e a beleza viril como um remédio para nossas debilidades, inclusive na defesa militar. E, também, acusam-me de apoiar genocídios, de ridicularizar judeus e gregos, de achar feios os chineses... Sabe-se mais do que... Ah, mas, sim, de ser contra Dreyfus, de ser nacionalista boulangista, até de precursor fascista... Ah, senhor Presidente, viver muito significa atrair estes estereótipos e desaforos que se colam em nossa pele como eczemas de lepra, desculpe-me a figura. Chegaram ao extremo de lançar-me contra Zola, por conta do *Affaire*, quando nossa disputa era por glória acadêmica e literária, para estar sob a Cúpula, e, digo, senhor Presidente, venci Zola por dezoito a zero... a zero, senhor Presidente e hoje, a rua com o nome dele cruza a que tem meu nome de pena, meu pseudônimo, esta mesmo em que estamos, e que é maior e mais larga que a dele... Não me vanglorio disso, mas é curioso. Continuam o ataque: turcófilo, exotista, rebento do colonialismo... Antissemita! Eu? Meu editor era judeu!

"Águas passadas, clichês retóricos, Sr. Viaud. Os tempos são outros, não é justo que se meça a paisagem atual com a escala de antigamente."

"Isto me consola, meu Presidente. Não sei quanto vou viver mais, mas vosso projeto para esta casa me anima e a Rararu também, não é minha querida? Certamente, o senhor sabe que resgatei esta casa com meus escritos. Meu infeliz irmão, ao morrer, deixou enormes débitos. Nosso pai tomou empréstimos e fez hipotecas para honrar as dívidas. Ficou à beira da miséria. Limpei a penhora humilhante desta casa com meus primeiros livros de viagens. Comprei e anexei a casa vizinha. Tudo que elas abrigam são, por assim dizer, ilustrações e memórias desses livros. Livros que foram meu papel moeda. No terço final da minha vida, massacrado pelas calúnias, ferido, com as chagas das infâmias, disse a meu filho Samuel: 'Vende tudo. As casas, conserve-as ou as queime.' Ele, sensato, que Deus o tenha, não as queimou. Vendeu as peças necessárias para o pagamento de contas e impostos. Acordou com a Prefeitura um uso apropriado para os sobrados. Mas, venham comigo. Sr. Presidente, por favor, à direita, à direita. Quero vos mostrar a dependência que mais gosto. Não é tão grande quanto as outras salas, mas mantem-se no estado inicial de sua montagem, com a maioria de seus itens nos lugares. Ali, eu repouso, vez por outra."

Viaud apontou, como um mestre de cerimônias:

"Aqui está. É o Quarto Árabe. Ele representa bem o espírito desta casa. É um cenário, sim. Um ambiente onde a vida pode ser instaurada a partir dele próprio, de sua substância. Não seria a vida um palco, verdadeiramente?"

Ele cerrou os olhos, tornou a cabeça para o teto, invocando alguma visão interior:

"A grande Sarah Bernhardt, uma judia, ela, preciso lembrar? Ela tantas vezes aqui veio para alongar-se em um dos divãs, apascentar-se em luxo, calma, voluptuosidade, adormecer sob a penumbra das alfombras. Pois este espaço levantino, senhor, em escala reduzida, encapsulado na casa, é harém, oásis, redil, jardim fechado, aquilo que os persas chamavam *paridaiza*, matriz para a nossa palavra *paraíso*. É um éden ensombrado e ameno. Imaginem um viajante, sob o cegante sol do deserto ansiando por sua tenda, um Príncipe em sua Missão peregrina, desejoso de seu Palácio.

Fujo desses museus novos lavados por luzes insolentes, frias, que a propósito de clareza, destituem a contemplação a reflexão, o devaneio... Estes espaços aqui, criados sem compasso ou esquadro museológico, foram desenhados à mão livre como a Casa do Louco, do Maníaco, do Delirante. Eu vos pergunto, senhor Presidente, no novo projeto haverá lugar para as sombras?"

O Cisne esteve meio distante urdindo algum cálculo, mas pegou a última frase.

"Estou certo de que a Dra. Isadora contemplará esse aspecto. É uma questão relevante."

Registro também que doutora Isadora engoliu mais essa, quietinha. Como irá administrar essas contingências? Sei que é partidária de museus minimalistas e didáticos, iluminados com nitidez, apurados em *high tech*. Como vai atender esse neo-orientalismo do Chefe?

O Cisne vem mostrando estes sintomas há algum tempo. Não é só neste museu bizarro. Tem insistido na questão do Médio Oriente – montou um gabinete de consultas sobre o Líbano – observa a retração militar dos americanos na área, o olho grande russo, tem medido, ao longo e ao largo, o xadrez de influências de xiitas e sunitas, tem um périplo de visitas agendado do arco Mediterrâneo ao Bósforo.

O Sr. Viaud fez uma pausa. Dou graças! Mas, quando vamos sair para o Terraço e para o Jardim, vem o rádio. Fico na escuta, atento para instruções:

"A visita vai ser abreviada. Rua engrossando de manifestantes. Clima hostil. Consulta para saída por trás, pela rua Thiers."

"Impossível. Há uma parede cega nos fundos da propriedade."

"Merda. Como é possível?"

"Foi relatado, não está no protocolo?"

"Uma cagada. Vamos fazer a extração pela frente mesmo, antes que chegue mais gente e feche a via."

"Ponham reforço de segurança para a saída. Dentro, somos três apenas, mais o homem do patrimônio."

"Batedores de moto, já aqui. Chamamos as viaturas que estão nas cabeças de rua."

"Não vão chamar o choque, para dispersar?"

"Está doido? Tem imprensa aqui, televisão. Vai querer todo um carnaval?"

"O Cisne foi avisado. Segue na rotina de despedidas."

"Limusine e carros de apoio, na frente. Anel da segurança na boca do portão."

"Cisne e comitiva prontos para saída."

"Atenção aí. A saída do Cisne é expressa, sem saudações ou acenos. Saem somente o Cisne, Ministro, Secretária. O resto, depois, com a rua limpa."

"O Prefeito insiste em sair na frente. Diz que é a cidade dele."

"Nem pensar. Diga ao idiota que ele faz o teatrinho dele depois."

"Positivo. Disse. O clima azedou, porém."

"Que se foda, não sai na frente."

...

"O dono da casa, Viaud e mulher dele estão querendo ir para o muxarabi. O homem disse ao Cisne que discursará para a gente da rua."

"Essa, agora! Impeça. Mande algemar, se preciso. Meu Deus, que casa de doidos!"

...

"Aguarde, aguarde. Agora, saindo agora."

REVEJO NA INTERNET O vídeo da comédia pastelão, a saída do Cisne. Imerso na confusão, não pude ver direito a palhaçada. A reportagem da TV mostra, primeiro, os grupos de protesto que se formaram e dá depoimentos de líderes e porta-vozes. Há pessoal do *Sempre Armênia*, da *Liga Jovem de Massada*, da *Irmandade de Galipoli*. Uma repórter faz as entrevistas e explica com a voz uma oitava acima do normal, o motivo da manifestação.

A câmera capta depois os batedores e uns sete ou oito atarantados patrulheiros da gendarmaria tentando manter o povo na calçada. A massa, elástica, é espremida num ponto e salta noutro. O pessoal da segurança trota e galopa em idas e vindas, proclamando ordens e códigos pelos *walktalkies*. Há gritos, vaias, palavras de ordem e *slogans*, tudo em dialetos rítmicos embaralhados. O portão se abre, a gritaria aumenta, a segurança gira seu balé de ternos negros amestrados, aparece o Ministro, mais pálido que o habitual, vem atrás a

Doutora Isadora, de cabeça baixa, como uma pequena delinquente capturada e, então, sob o incremento de apupos e imprecações, surge o Cisne, com um meio riso de confiança pregado nos lábios e uma andadura mais desempenada que a recomendada pela segurança.

Os primeiros projéteis bateram no teto da limusine e nas costas de alguns agentes. Alguns deles foram dar às paredes do museu, uma semeadura de tomates, um pródigo estralar de ovos. Um bólide (o detalhe, em *slow motion*, é repetido dentro de um círculo gráfico animado), um bólide, que na verdade é um túrgido saco plástico, passa por cima da limusine, acerta o ombro da Doutora Isadora, rasga-se na ponta de um broche de prata, deixa um rastro no ar e desmancha-se, murcho, no peito do Cisne, liberando meio litro de sangue de galinha, o que arruína por completo o *aplomb* do Chefe e o seu terno de linho bege. A partir disso, a câmera perde o equilíbrio, mostra mal a comitiva enfiando-se em fuga na limusine, recompõe-se um pouco, mas, pega apenas pernas e pneus, toma fôlego e prumo em algum ponto da calçada e captura a corrida de um jovem com uma lata de tinta *spray* na mão, tentando pichar o último carro da comitiva.

Cortam para imagens de arquivo do Sr. Viaud, fotos dele de tronco nu, jovem, com halteres, cenas do interior do museu.

Um professor fala sobre a herança e as sequelas do período colonial, digressa sobre os acordos entre Francisco I e Suleiman, o Magnífico...

Neves: edifício Júpiter

Quando foi construído, o Júpiter, com seus dezoito andares, era o mais alto de Neves. Ninguém o designava pelo nome da fachada. Chamava-se *18 Andares* até para o carteiro, para se marcar um encontro, dar-se um ponto de referência. Mesmo depois, quando se ergueram outros prédios altos – um chegou a 22 andares – nenhum foi nomeado pela altura, tiveram nomes mortais e citadinos, somente Júpiter ostentava a distinção. Teria esta prerrogativa por ter sido o primeiro, olímpico e divino, por assim dizer, por ter visão altaneira da Lagoa, que ele olhava de varandas e grandes janelas.

Também contou para esta diferenciação, ter sido construído por um homem e não por empresa, incorporadora, condomínio. Foi obra de um humano embebido na história da cidade, um ser visível e pedestre, embora rico, dono de carros americanos vistosos, sempre do ano, um *self made man*, muito mais abonado e vitorioso que seus vizinhos e contemporâneos, o prodígio do burgo.

A mágica financeira que modelou a fortuna de José Minervino, o construtor... (Minerva é dita filha de Júpiter, a coincidência não é fortuita) ...todo o dinheiro foi multiplicado nas bancadas e balcões da padaria da família.

Rapazote, José percebeu que a alquimia do ouro "de todos os dias" não estava em fazer pães do trigo, mas, pelo contrário, fazer a farinha dos pães. Quando o pai dele adoeceu e se retirou do trabalho e do comércio, José começou a comprar trigo em excesso, repassá-lo a menor preço para as padarias do interior, tomando o mercado dos tímidos representantes do Moinho. Assumiu prejuízos para firmar clientela, mas lavrou um cartel robusto. O Moinho Espanhol o procurou, quis dar-lhe a representação regional, ele negaceou, propôs uma parceria para moagem local, no porto. O Moinho relutou, mas olhou os números, forneceria grão, não botaria dinheiro em moagem. Minervino contratou uma planilha de fornecimento, levantou dinheiro em banco, deu a casa da família e a padaria como garantia, suou frio, adiou um casamento agendado, sofreu a perda do pai e tomou o encargo de prover o sustento da mãe, conseguiu maquinário de segunda mão na Argentina. Em ano e meio, moeu. O Moinho botou olho de cobiça no negócio, fez uma oferta hostil, "venda ou sociedade", José topou sociedade, impôs a duplicação da capacidade de moagem e segurou uma opção de compra. Veio a guerra, o Moinho foi *kaput* na Europa.

Minervino incorporou a banda doente dos espanhóis, moeu trigo platense, os americanos compraram, estavam com um pé na terra, pulando para a África, tinham bases, queriam provisões.

    José Minervino ampliou seu menu com leite e carne, abriu negócio de importação com os gringos. Material elétrico, bombas hidráulicas para irrigação. Veio o fim da guerra, ele estava quase muito rico, majoritário no Moinho das Neves, entrou para o negócio de automóveis, construção, transporte urbano interestadual e de carga, lojas de tecidos, supermercados precursores. Ao fim deste ciclo, estava casado, com duas filhas, havia engordado para além do sensato, estava decididamente rico, não se metera com cana de açúcar "para não ficar dependente de instituto de governo", reprimiu tentações e convites para ser deputado, preferiu financiar alguns.

O Júpiter, ele concebeu em uma viagem aos Estados Unidos. Invejara a arquitetura prática dos prédios, a técnica construtiva, a estética mínima, as garagens de subsolo, as sobrelojas vazadas.

    Minervino, porém, tinha dinheiro sobrando para além das suas necessidades pessoais e das suas empresas, e permitia-se alguns caprichos. Em sua casa de praia, instalou uma escada rolante para chegar ao terraço descoberto, contra a opinião da mulher e filhas de que lhes bastaria um elevador, quisesse ele fazer extravagâncias.

No Júpiter, já armadas as lajes, a construção eriçada em andaimes atraindo os olhares dos passeadores da Lagoa, José deu por falta de uma piscina. Em vão, junto a engenheiro e arquiteto, procurou inseri-la na planta, forçando espaço na sobra posterior do terreno. Pouco espaço havia. A área fora de um posto de gasolina que Minervino desativou. Ele gostava da localização, confronte à Lagoa. O prédio, porém, estava em uma ponta de V e, à sua direita, abraçando-o, ficava o intocável, invendável pátio do Lyceu Estadual, escola de várias gerações de notáveis (menos de Minervino) e que, ainda por cima, levava o cultuado nome de um Governador assassinado.

A solução para o impasse veio-lhe de uma lembrança paralela. Vira, em Miami, no apartamento de um parceiro exportador, um grande aquário que o homem pôs na cobertura. Era uma soberba caixa de vidro, grande bastante para acomodar arraias e caçotes, corais com polvos de verdade. A água era salgada, do mar, bombeada os quinze andares acima até a cobertura, filtrada até ficar cristalina como nos atóis paradisíacos. Minervino despachou o arquiteto para Miami e o engenheiro para Chicago. Dessem um jeito de pôr a piscina sobre o piso 17, reforçassem a estrutura para a carga adicional... O engenheiro alertou: "É o custo de um novo prédio, com piscina no térreo...". O arquiteto cúmplice daquela fantasia projetada, delirou junto com Minervino: "Será a coisa mais original feita em Neves". José concordou, satisfeito. Não viu adulação na frase, apenas confirmação de que estava certo.

O PRÉDIO FICOU PRONTO em dois anos, pelo quádruplo do preço imaginado. Minervino nem pensou em vender as unidades, tinha ciúme do prédio e não queria gravar o prejuízo nas contas, assinalar um fracasso financeiro à história do edifício, era como se fosse um filho, filho homem seu, monumento viril ereto na cidade, obelisco de vitória e desafio. Chamou-o Júpiter, exatamente por este espírito.

A mulher e as filhas detestaram o prédio desde o projeto e, mais ainda, quando ele foi tomando o tempo de José, roubando-lhes a atenção. Sequer foram à festa da cumeeira e, na inauguração, despacharam-se para a Europa. Minervino saiu na foto entre o prefeito e o padre Coutinho, chamado para "benção católica em templo pagão", algum jornalista invejoso pôs veneno na legenda. O prefeito e o padre sorriam, Minervino havia piscado no espocar do flash, tinha os olhos cerrados... Publicaram assim mesmo, cidade pequena, grandes despeitos.

Havia que ocupar o prédio. Minervino usou a sobreloja para ali instalar o arquivo morto das suas empresas, pôs um velho contador aposentado como curador da tralha, a meio expediente, e passou a considerar o problema dos andares restantes. Enormes apartamentos, um por andar, preços reais altos para a economia da cidade, ele sabia. Também sabia que deixá-los desocupados os condenaria à decadência, aos estragos por abandono, falta de cuidados.

A solução seria alugá-los a baixo preço, assumir os custos, ter, em compensação, gente morando lá, dando-lhe vida, zelando para que não deteriorasse.

A vaidade e a imagem de milionário vencedor não deixavam que fossem postas placas de ALUGA-SE na fachada, um sacrilégio, aliás, ele pensava.

O arquiteto foi chamado para mobiliar e decorar as unidades. Dele foi a ideia de contratar um agente para, discretamente, achar candidatos a inquilinos ideais, com perfil adequado ao gosto de Minervino. Casais ainda jovens, sem filhos, com trabalho certo, boa educação, era o que ele esperava.

A tarefa de preencher todos os andares foi árdua, mas completou-se com os vetos e *nihil obstat* de um invisível Minervino, em seis meses. Depois de assinado o último contrato, ele foi para o outro lado da Lagoa, era fim de tarde, os ipês estavam carregados em amarelo cromo e trescalavam sua resina amargosa. Quando foi escurecendo, o Júpiter acendeu seus andares, refletiu-se na lâmina da Lagoa, a fonte luminosa foi ligada, um jorro em íris brotou, os marrecos reuniram-se em voo único, a revoada passou grasnando sobre Minervino, ele se sentiu feliz.

Maria Vitória não foi a primeira a ir morar no Júpiter, antes dela Júlia e Camila já se haviam instalado. Maria era mais conhecida na cidade, era cantora do rádio, uma amadora requisitada, animadora de aniversários, casórios e comícios. Menina prodígio tinha sido, ganhadora de concurso no Sul, levada lá pelo Maestro Calazans, que a viu cantando na igreja matriz, na festa da padroeira. Estava casada, fazia pouco tempo, com o novo diretor do Instituto do Açúcar e Álcool, um sujeito viúvo ou solteirão, de fora, pouco mais se sabia dele, somente que era figura de trânsito habitual no Governo e, principalmente, na Fazenda.

De fora eram também Júlia e Camila, ambas casadas com funcionários da Administração do Porto, recém-transferidos quando das mudanças no Governo Federal, após o tropeço dos Socialdemocratas. Júlia estava no segundo casamento. As duas já se conheciam de outras plagas, embora fossem naturais de Estados diferentes. Camila era paulista de Santos e Júlia, carioca, professora que largou o ensino quando se separou de um militar.

Lívia e Lucíola, chamadas pelas outras moradoras de L&L, porque andavam juntas, tinham gostos de moda aparentados, moravam no nono e décimo andar, sempre iam em par aos banhos de piscina. Elas foram as últimas a chegar ao Júpiter. Os maridos eram comerciantes – o de Lívia, um moço sírio atarracado, com firma imbricada nos negócios de José Minervino. Ivan C., marido de Lucíola, fora vereador, era advogado e representante de máquinas agrícolas, bebia muito. Era fácil encontrá-lo no bar do Ponto Centenário, no centro, um assim chamado clube, onde ele dizia ter sua banca e escritório e onde as intrigas, traições e mexericos políticos viçavam, regados a uísque.

Salete era quem melhor nadava e Alice a invejava, era competitiva, queria destacar-se das outras que apenas chapinhavam ou ficavam de molho, corando sob o filtro do teto solar. Não ganhava de Salete em velocidade ou estilo, mas seus maiôs eram especiais, trazidos da Costa Oeste americana, talhados à feição dos filmes de festas aquáticas. Salete, por sua vez, pouco notava a ambição de Alice. Chegava cedo, cumpria trinta viradas nos vinte metros da piscina. Nadava a braçadas largas e compassadas. Alice não conseguia repetir aquilo nem entendia como as braçadas pareciam lentas e o corpo de Salete vencia a água tão velozmente. As últimas viradas, Salete as fazia mais rápidas, fluida como a própria água, um cronômetro interno regulando o progresso. Saltava para a murada como uma sereia propelida por molas, deitava-se espichada, mãos sob a nuca, arfando rítmica, os peitos pequenos, o púbis alto. Alice a olhava da outra margem, mordia os beiços.

Minervino ia ao prédio às quintas-feiras pelo fim da tarde, quando, sob pretexto de inspeção, o andar da piscina ficava fechado. Ele era discreto, vestia-se comumente, portava uma pasta velha de couro, o pessoal do serviço do prédio sequer o reconheceria como o dono do Júpiter e ricaço da cidade, imaginavam-no um empregado da firma condominial que os contratava.

De mais a mais, os moradores não o conheciam pessoalmente e nem mesmo o marido de Lívia, o sírio, falava com ele diretamente, os tratos comerciais eram feitos escalas abaixo, com gerentes ou advogados.

Era fato que, com o tempo (e desde que o Júpiter ficou pronto e a foto dele, patético e cego, saiu no jornal), ele foi se recolhendo das aparições públicas, jantares, reuniões de política. Quando ia à casa de praia, para o veraneio obrigatório, de dia não punha os pés na areia, andava à noite até o Cabo das Neves, voltava, dormia e acordava cedo, ficava ao telefone tratando de negócios.

A mulher e as filhas estendiam o veraneio ou viajavam, abominavam a casa antiga na cidade, um casarão que evolveu, cresceu da casa familiar dos tempos da padaria, tornou-se uma mansão escorial de móveis antigos, triste, embora sua alva caiação e janelas verdes pretendessem animá-la. Ancorada em uma ladeira, dava vista para o largo Rio dos Sanhaços, na curva que a corrente preguiçosa fazia para vasar ao sul do Porto. Minervino preferia esta casa e lá ficava, só, enquanto a mulher alongava o verão na praia, as filhas voltavam ao internato em São Paulo ou juntavam-se à mãe, voavam para turismo no exterior.

Então, às quintas-feiras, Minervino trancava-se no andar da piscina, esperava escurecer, despia-se completamente, sentava-se na murada do deque, testava a temperatura da água com os dedos dos pés, lentamente escorregava para a parte rasa. Não nadava, deixava-se vagar boiando, uma grande, bojuda e branca nau à deriva.

O teto de vidro polarizado, feito na Alemanha sob encomenda, tornava nítidas as estrelas e Minervino acalentava o projeto de memorizar as constelações, estudar a progressão, fazer do teto um planetário íntimo. Mas, não conseguia fixar as linhas que determinavam as figuras. Uma quinta-feira, os Peixes se definiam, noutra, uma das estrelas fugia, ligava-se à improvável Sextante, desmanchava o gráfico.

Relaxado, ele temia adormecer na água, afundar inconsciente. Na pasta, um despertador estava armado para sessenta minutos, tempo para um leve arco das Plêiades, o declínio do Caranguejo. O relógio soava, preciso, e ele, com alguma luta e pragas às escadas estreitas, saía da água, puxava uma toalha da pasta, enxugava o corpo e o chão do deque. Vestia-se, descia o elevador de serviço, saía pela garagem. Dava ainda uma volta pela Lagoa, longe da calçada, quase furtivo entre os bambus e ipês. Seguia por trás do Cassino até a mureta da Cidade Baixa e ia para casa, contando as pilastras da balaustrada.

A festa da Padroeira, N.S. das Neves, é celebrada no mês de agosto, quando se anuncia o verão e ainda há chuva e vento. Mais vento, úmido, que não chega a secar as paredes. As casas, os muros, têm a tendência a se mostrarem mofados e lodosos e, depois, manchados e descascados quando o sol chega, em definitivo, pelos fins de setembro. Em dezembro, para as festas de Natal e Ano Novo, raspam-se as cascas e os encrespados, uma nova caiação se adiciona às camadas antigas, as casas todas têm esta epiderme espessa de confeitaria.

Para a festa, em agosto, armam-se barracas, vem gente do interior, a cidade se enfeita em redor da Matriz. Carrossel, barcarolas de balanço e paus de sebo são instalados, a coisa dura uma semana, muita gente reúne parentes para novenas, almoços e jantares em casa.

Amanda, Cecília e Manuela organizaram uma festa para o domingo do Encerramento das Neves, na varanda externa da cobertura do Júpiter, uma área que se projeta, descoberta, para além do deque. O regulamento do prédio não permitia o uso da piscina por visitas ou convidados, mas nada falava sobre a varanda.

O marido de Manuela, síndico apenas formal, havia lido e relido os estatutos, vira que não incorreria em desobediência ou falta ao aceder os desejos da mulher e suas colegas, concordou com a festa, embora temesse desordem, gente estranha, curiosos. Limitou os convites a três casais por morador, "já uma multidão", ele avaliou.

A restrição não se cumpriu na prática. A varanda lotou com convidados e convidados destes, das exceções franqueadas a políticos e mulheres de juízes, auditores, que, por sua vez, chamaram amigos e amigas, conhecidos e agregados. E, também, vereadores, jornalistas, inclusive o cronista insidioso que zombava do "Monumento Pagão do Cresus de Neves", como ele chamava Minervino, a quem odiava sem claro motivo ou sob ordens do jornal.

Ninguém se atreveu a convidar José e até, no íntimo, sabiam que ele não iria. Sua fama de recluso já se tornara notória. Aos moradores, era bom que fosse assim, o prédio era ótimo, o aluguel incrivelmente baixo, sentiam-se privilegiados e agraciados por morarem lá, sem interferências de proprietário. Nenhuma necessidade havia de chegarem ao homem, ao seu mundo particular, pelo contrário, temiam aborrecê-lo, provocá-lo.

Bebidas e comidas, calculadas para os convites limitados, se esgotaram em um átimo. Amanda e Cecília fizeram um mutirão recolhendo bebidas nos apartamentos, as outras mulheres improvisaram canapês com o que havia em casa. L&L sugeriram a compra de cachorros-quentes nas barracas da festa. Amanda torceu o nariz a esta sugestão, irritadíssima com a invasão da turba: "Quisessem comer, famintos, trouxessem de casa".

Ao fim, todos discutiram, culparam-se mutuamente de ter "aberto a porteira para aquele mundo de gente", acusaram-se de vaidade e exibição, de insinuação à câmara do fotógrafo da União de Neves, o jornal do cronista venenoso.

Um golpe de sorte encerrou a festa. Choveu. A turba comprimiu-se no deque coberto. Já não havia bebida nem comida. Jornalista e fotógrafo haviam partido para cobrir a festa oficial do Governador, no Palácio. Convidados e seus aderentes já haviam satisfeito a curiosidade para com o Júpiter.

Ivan C. havia bebido em todas as barracas do entorno da Matriz, chegou bêbedo quando todos partiam e superlotavam o elevador. Não entendeu direito o que estava havendo, subiu pelas escadas até o quarto andar, cansou, chamou o elevador, a porta se abriu e ele enfiou-se, forçou entrada, muito enjoado, no meio do povo que descia. Ao arranco do carro, vomitou sobre o Desembargador Guedes, tentou conter-se, mas, lançou um segundo jorro sobre a viúva do Senador Queiroz, Dona Lourdes, que reagiu, estapeando-o a cara com o leque.

Choveu toda a noite, encerrando cedo a festa da Padroeira. A Lagoa, como sempre, transbordou, voltou às suas margens não domesticadas pela calçada e pela avenida circular. Pela manhã, o calçamento estava coalhado de sapinhos, alguns ainda com rabos que se agitavam na lama, uma sopa viva que fez a festa e algazarra dos marrecos.

HAVIAM CONCLUÍDO A FÁBRICA de cimento, uma usina horrenda encravada na Cidade Baixa, com torres metálicas cilíndricas e enredados de tubulações, intestinos expostos que logo enferrujariam ao vento salgado que vem do mar, subindo o rio.

O negócio era de um grupo paulista, de escala financeira gigante e anônima. As empresas de Minervino ficaram nanicas, diminuídas no prestígio e na admiração provinciana. A comparação desfavorável trouxe nova roupagem para o despeito. A inveja foi trocada pela zombaria, José desceu de sua escada rolante e dos seus dezoito andares para o rés da praça da aldeia, passou a ser visto como um mortal comum, esquisito embora, mas, de nenhum modo objeto de reverência ou excepcional respeito.

O ano era de eleições e, como sempre, os candidatos caíram em campo em busca de dinheiro. José notou que a lista de pedidos havia encolhido. Soube que o governador fechara com os Trabalhistas uma frente heterogênea e que o escritório da fábrica de cimento era a nova Meca para recursos de campanha. Minervino apoiou, sem muito ânimo, alguns políticos de menor expressão, opositores e alijados do festim. Pouco interesse tinha naquilo. Estava se separando da mulher, era pródigo na partilha. Ela ia mudar-se para o Sul, a filha mais velha ia casar por lá, a mais nova queria estudar na França. Ele pressentia que essas mudanças, a reengenharia na sua vida visível, moviam-se em paralelo às transformações no seu espírito. Dentro dele havia mais agitação que na entropia que tomava corpo nos seus negócios. Neles moravam uma letargia e um emperramento que, ele sabia, deviam-se a que chegara ao ápice e que não tinha nem desejava mais energia para reverter a inércia. Deixava-se levar.

O COMÍCIO DOS TRABALHISTAS lotou o entorno do Cassino, todo um arco do passeio da Lagoa, pôs gente nos Bambus esticando o pescoço para ver o *show* que fulgurava em um palco estendido da pérgola para o gramado.

O *União de Neves*, alinhada ao governador, botou matéria de capa conclamando a população, anunciou as atrações musicais e as estrelas políticas da Capital Federal que discursariam.

Maria Vitória apresentou-se nos números de aquecimento de palco, junto com os artistas locais, acompanhada pelo conjunto regional que precedeu a entrada da Orquestra de Raul Rey[1], uma afinadíssima reunião de metais, tambores, címbalos, xilofone e maracas amplificados por enormes autofalantes, em uma emissão pulsante que irradiou pequenas ondas pela superfície da Lagoa.

Os discursos foram intercalados com rumbas e mambos, falando por último o Ministro da Viação e Obras Públicas e o Governador, que saudaram o público, de mãos dadas e com Vês da vitória espetados aos céus, ao que, o Maestro Raul regeu uma clarinada possante e fez entrar em cena, para fechar o espetáculo, a cantora e rumbeira, vinda "diretamente de la Habana", a senhorita Cuquita Cienfuegos[2].

---

1. Raul Honório Ribeiro, sargento músico dos Fuzileiros Navais, oriundo de Bangu, Rio de Janeiro, largou a corporação e criou a Orquestra Raul Rey dedicada a ritmos afro-cubano caribenhos. Das festinhas de bairro, passou a ser a orquestra da Radio Tupã para os programas de auditório, tornando-se sucesso nacional.

2. Maristela Carballo, a Cuquita, era na verdade, de San Domingo, viveu até os noventa e dois anos. Era uma morena alta, de coxas roliças que expunha sob um escasso saiote de rendas. Tinha voz aguda que acompanhava com maracas e bamboleios sinuosos. Morreu na cidade do México, viúva de um produtor de rádio e televisão.

O número da Cuquita introduziu em Neves o gosto pela música e dança do Caribe. A orquestra do Centenário, na sua sede da praia, mudou o repertório dos bailes para o novo gosto, os músicos vestiram-se a caráter com mangas bufantes, aprenderam a requebrar no compasso dos mambos. Maria Vitória foi *crooner* da banda por um breve tempo. Não levava jeito para o estilo.

Já Alice, levou um toca-discos para o deque da piscina, introduziu uma sessão matinal de dança para "o lazer das terças-feiras", guiava as outras nos passos e gingas das danças. Era melhor no bailado que na natação, descobriu satisfeita.

Os Trabalhistas ganharam as eleições no Estado e no País, menos em Minas, no Norte e no Oeste. Nenhum dos candidatos de Minervino se elegeu

Ele concluiu seu divórcio, foi ao casamento da filha, já separado, providenciou um fundo para os estudos da caçula em Grenoble. Viajou com ela, para a instalar.

Ao voltar, aconteceu a primeira greve de trabalhadores em seu moinho. O *União de Neves* insuflou o movimento, apoiou os pelegos de um sindicato recém-formado, logo a greve se estendeu à Fábrica de Massas e Biscoitos de Neves, também de Minervino. Funcionários antigos das empresas de José foram trabalhar na Fábrica de Cimento, partiram sem se despedir, sem um aceno de adeus.

Quando, num entardecer, Minervino foi dar uma volta para espairecer entre os ipês, uma zoada de cigarras irrompeu áspera, mil oboés rachados soaram em uníssono, ele nunca tinha ouvido algo assim tão alto e por tanto tempo. De repente tudo cessou, só havia o rumor dos carros rodando em volta da lagoa. Então, bem a frente dele, veio caindo, oscilante, a campânula de uma flor de pau d'arco, absolutamente amarela. A flor pousou a seus pés. A cantoria das cigarras voltou rascante, ele voltou-se, olhou para cima. Vinha caindo uma nevasca de ouro, uma profusão de flores despencava em torno dele, o chão começou a se cobrir até se tornar um tapete de pétalas, havia flores em sua cabeça, nos ombros, cobrindo-lhe os sapatos.

Não sabia se fugia dali, daquela estranheza, ou se ali ficava, imerso no prodígio.

No Júpiter, Deus riscava com suas letras uma caligrafia previsível, nenhuma proverbial linha torta. O marido de Alice presenteou-a com uma roupa de dançarina, algo no estilo de Carmem Miranda. Trouxe-a dos Estados Unidos, para onde ia sempre, a treinamento, na matriz da firma de transportes marítimos onde trabalhava. Cecília comprou um acordeom e forçou uma dupla com Maria Vitória. As performances eram mais trôpegas que afinadas, Maria tentando se ajustar aos acordes, Cecília com mais dedos que as teclas disponíveis.

A piscina era praticamente um "clube das meninas", elas diziam. Os maridos a frequentavam aos domingos, pela manhã. Um barzinho foi instalado no pátio externo, ideia de Ivan C., confinado em casa, a contragosto, nos fins de semana. Foi um acerto "draconiano", ele dizia, uma regra imposta por Lucíola. Os homens bebericavam um tanto, desciam para o almoço. Ivan era o último, já tocado, reclamava que era chato beber sem companhia. Lucíola o arrastava, fingia que ia empurrá-lo na piscina. Ele era bem-humorado: "Tenho alergia a água, quer ficar viúva?"

De modo geral, o convívio era ameno, rusgas e composições antagônicas logo se apagavam ou cambiavam, reconfiguravam-se. Uma semana, Manuela juntava-se a L&L, fermentavam algum azedume de origem vaga contra Amanda e Salete. Na outra semana, Júlia parecia estar ofendida com algo dito por Cecília, queixava-se disso a Maria Vitória. Esta contava a Salete, logo L&L sabiam também, acrescentavam sal e pimenta, a coisa chegava de volta a Júlia...

Formava-se um círculo de pequenas flores perversas, uma guirlanda que a água da piscina dissolvia de imediato. Um mergulho e as feiticeiras voltavam a ninfas, jovens, alegres, algo pândegas.

(Foi de Camila ou Amanda o comentário de que aquela ciranda de fuxicos, pequenas intrigas, delírios de tédio, assemelhavam-se à vertigem dos sentidos que se experimentava na Casa dos Loucos, uma caixa montada na Festa das Neves. Dentro da Casa havia um eixo onde ficava uma fileira de assentos. Chão, teto e paredes eram pintados com uma paisagem comum, com casas, árvores, nuvens. De repente, o chão e o céu giravam em um sentido, as paredes em outro. Sentadas no eixo fixo, as pessoas se sentiam em um ambiente incerto, de ponta cabeça, girando. Ao sair estavam tontas, cambaleando, mas felizes por voltar ao sólido mundo real.)

Fora do Júpiter, as coisas iam se complicando para Minervino. A greve durou muito, ele perdeu na Justiça pleitos que lhe garantiriam saúde financeira no Moinho e na fábrica de massas. Do nada, faltou grão, ele teve que importar de outras fontes, a sobrepreço escorchante. Levantou giro nos bancos, dando imóveis em garantia, inclusive a casa da praia.

O combustível também havia saltado de preço e a frota de ônibus estava velha, necessitando reposição. O Prefeito juntou-se ao Governador em uma composição para o Senado, as linhas de Minervino ficaram sob cobiça, presas fáceis de remanejo na concessão. Um grupo de comerciantes formou um consórcio para um golpe de mão nesses serviços. José foi à justiça, perdeu. Limitaram suas linhas, tomaram-lhe as mais rentáveis. O fluxo de caixa dependia da pronta receita que as empresas de transporte rendiam. Ele começou uma temerária transmutação de recursos entre seus negócios. Precisou de dinheiro, os bancos mostravam desconforto em ceder-lhe crédito, ele sentiu que havia mão política pesando naquilo. O jornal do governo passou a bater nele ostensivamente, a desacreditá-lo.

Foi sendo estrangulado. Perdeu a representação dos automóveis importados, que, de mais a mais, estavam sobretaxados, tornados inviáveis para concorrer com os montados no país. Vendeu, com prejuízo, terrenos que estavam de reserva para um plano de conjuntos habitacionais, um hotel, um centro de comércio e serviços. Praticamente um bairro. Tudo foi pelo ralo, em vórtice.

Ele lutou, sem muita aplicação. Sentia-se cansado, sem paciência para as planilhas e teoremas apresentados pelos consultores do Sul. Em cada esquema de salvação embutia-se um sacrifício, uma perda, um desprestígio que o afetava pessoalmente, destituía-o da aura vitoriosa. Demitiu os consultores, com extrema irritação, quando viu, em um dos planos de recuperação, o Júpiter encabeçando a lista de imóveis a serem alienados. Era noite, ele os empurrou, surpresos, para fora do escritório. Foram-se, achando que o homem estava perdido, doido, quem sabia?

Minervino saiu, precisava acalmar-se, o coração ressoava pesado em seu corpanzil. Foi até a Lagoa, pouca gente havia no passeio, a fonte luminosa já estava apagada, ele sentou-se em um banco de pedra, mirou o Júpiter, ficou até muito tarde quando a última janela escureceu.

Àquele sinal, a cidade pareceu adormecer.

VOLTARAM AS CHUVAS E Neves retomou aos ares encardidos, paredes e calçadas úmidas exibiam renovada cultura de liquens leprosos e lodos aveludados. A água da lagoa parecia mais parada, barrenta. O vento não tinha força, mas o sol batia firme, emitia um calor abafado de dentro de uma cúpula de nuvens teimosas, inertes. Escurecia súbito, como se uma cortina fosse cerrada com força, uma luz apagada em uma sala vazia.

Minervino cedeu o moinho para a Sociedade de Granéis, uma *holding* que passara a abrigar seu antigo fornecedor de trigo. Ficou com uma parcela acionária mínima e o negócio estendeu-se a um compromisso de participação na fábrica de massas, um expediente paliativo para salvá-la da concordata.

Ele continuou enxugando as empresas, lutando contra a maré de débitos em impostos e obrigações. Rigorosamente, estava reduzido à renda de aluguéis de imóveis e terrenos, todo o resto estava comprometido. Pela primeira vez na vida, teve títulos protestados.

Enfurnou-se mais, acabrunhado, remoendo a vergonha. Lia até tarde para tentar dormir. Não guardava o que havia lido. Retomava o livro na noite seguinte e em noites adiante.

Nos Bambus, os ipês dormiam graves, escuros, completamente esquecidos do festival de ouro que haviam despejado meses atrás. Nas ruas e jardins das casas, as acácias imitavam os ipês, dormentes, umas poucas folhas, sobreviventes da farra do verão, agarrando-se aos galhos magros.

(Os Bambus, a orla de vegetação que continha o trato dos ipês – paus d'arco – tomava a curva leste da Lagoa e era local noturno de má fama, com histórias de defloramentos e perdições. Era sujo, defecava-se lá, nem sempre junto às moitas, também nos caminhos e atalhos, devia-se andar ali com atenção para não chegar recendendo a merda ao elegante *footing* vespertino em redor da Lagoa.

Algum prefeito otimista resolveu construir por lá um sanitário público, uma casinha caiada, com grande letreiro azul anil: "ZELAI QUE É VOSSO". O aviso combinava o imperativo do Gestor com o apelo à Propriedade Coletiva. A casinha pouco durou, foi destelhada, ficou sem uso.)

Sexta-feira pela manhã, Amanda e Manuela, depois de despacharem os maridos para o trabalho, armaram-se com suas *nécessaires* para o banho de piscina e ginástica de beleza, subiram à cobertura. Encontraram a porta fechada. Bateram, sem resposta. Chamaram a portaria, veio o zelador com um molho de chaves, destrancou a porta, desceu.

Elas desfizeram-se de saída de banho e robe, espreguiçaram-se em seus maiôs, ensaiando os exercícios matinais, aquecendo os corpos aos poucos. Amanda foi até o pátio dar uma olhada na Lagoa, gostava de ver os marrecos nadando em um bando ordenado, um chefe à frente, alguns desobedientes dispersos, pescando, varrendo a água com os bicos.

Ela respirou fundo, dobrou-se para trás, pôs as mãos nos quadris para girar o tronco, fez uma torção para a esquerda, e viu.

Aninhado na boia em forma de flamingo bojudo e que sempre ficava no deque, ao lado da piscina, mas que estava lá fora, em um canto do pátio, dormia um sujeito igualmente gordo, muito grande, descalço, os pés projetados para fora do ninho, uns pés pequenos e muito brancos.

Foi tudo que ela viu, ou que o susto a permitiu ver, e ela foi quieta, pé ante pé, como se temesse despertar a aparição, foi para dentro, chegou ao lado de Manuela, que se esfregava com algum creme, sussurrou na orelha interrogativa dela o que tinha visto lá fora. Manuela deu uns passos cautelosos na direção do pátio, viu a boia, mas não viu o homem dormindo. Avançou mais e viu os pés do homem. Cravou as unhas no braço de Amanda e as duas se retraíram, em fuga para o *hall* do elevador. Este chegou, após as espetadelas repetidas e nervosas no botão de chamada e abriu-se para a saída de L&L, com suas cestas de natação e exercícios. A dupla foi empurrada de volta pelas duas, sem maiores explicações, o que levou Lívia e Lucíola ao limite do pânico, serenado, mas não extinto, com a revelação, aos arrancos, do que foi achado no pátio.

VOLTARAM COM O ZELADOR, o porteiro, armado com uma vassoura, e *seu* Antenor, o velho guarda-livros que chegara à sobreloja para seus afazeres no arquivo morto de Minervino, mas que foi convocado como um reforço viril, para enfrentar a ameaça dormente no recesso do flamingo.

Foi o velho Antenor quem reconheceu o homem dentro da boia, tentou acordá-lo, abalando-o delicadamente, sacudindo-o mais forte, chamando-o "Patrão, patrão... *seu* José", enquanto os outros guardavam uma distância prudente, temerosos de que o gigante pudesse despertar de surpresa, em fúria.

Antenor percebeu que Minervino não acordaria. Olhou desconsolado os outros, deixou cair os braços, em desânimo.

O *UNIÃO* DEU DESTAQUE para o falecimento de José Minervino, eclipsou a circunstância da morte, deu-a como mal súbito, enquanto "o empresário visitava uma de suas propriedades". Estando o homem morto, a caricatura e o debique cederam à sobriedade formal. Um retrato de José, moço, encimava a matéria. A Associação Comercial e a Liga das Indústrias puseram nota de luto, personalidades poliram frases, o padre Coutinho lembrou a generosidade de José para com as obras de caridade da Diocese.

Viúva, filha e genro chegaram a tempo para o funeral. A caçula, Riṭinha, chegou cinco dias depois. Missa de Sétimo Dia, a população compareceu, curiosa, gente do lado de fora da igreja lotada, veio uma chuva forte, o povo dispersou, procurou abrigo nas marquises das lojas vizinhas. Da porta da igreja, brotaram guarda-chuvas negros e sombrinhas estampadas. Escaparam à rua, foram-se, tangidas pelas pancadas de vento.

Nas semanas que se seguiram, começaram os ajustes com advogados, credores, fisco. Tudo duraria um ano, liquidações, vendas, execuções. A Associação Comercial, com a mão do Governo, encampou, para um grupo de negociantes, uma parte das empresas. Os bancos puseram bens à venda, um juiz decretou leilão. Aos poucos, como no Moinho, tudo foi sendo reduzido a pó, posto em parcelas, pacotes para o varejo.

A DESOCUPAÇÃO DO JÚPITER demorou este tempo, a revogação dos contratos foi complicada. Os inquilinos entraram com recursos, o próprio Ivan C., levando a sério seu papel de advogado, entrou em campo. Intimações daqui, mandatos de lá, a comédia usual entre rábulas, a papelada cartorial, taxas e impostos atrasados se empilharam.

Ninguém queria sair do conforto e comodidades do prédio, de mais que havia novidades. Alice, Cecília, Amanda e Salete ficaram grávidas, descobriram quase ao mesmo tempo. Logo depois de terem anunciado essas boas novas, souberam, à beira da piscina, por proclamação festiva de Maria Vitória, Júlia e Manuela, que não estavam sozinhas, elas também esperavam, para entre agosto e setembro.

(Quando o Júpiter foi finalmente liberado, a Associação Comercial o assumiu, saldou débitos, saneou pleitos, acertou-se com os inquilinos. Repassou o prédio para o Serviço Federal de Comércio, que o adaptou a hotel. Sobre a piscina, esvaziada e tampada com um piso falso, instalou-se o salão de um Restaurante-Escola, que ocupou toda a cobertura. Dois anos depois, a Universidade de Neves ficou com o prédio, reformando-o, mais uma vez, para escritórios adicionais da Reitoria.)

OS MORADORES DO *18 Andares* continuaram a se ver nos anos que se seguiram. Maria Vitória organizava os encontros para comemorar os aniversários dos "Filhos de Júpiter", como os chamavam os papais e mamães. As datas eram aproximadas, todos concordavam em uma festa única, na sede de praia do Clube Centenário.

Cecília desistira do acordeom, mas Maria Vitória continuava musical, tinha agora um dueto que a acompanhava com vozinhas harmônicas. Teve gêmeos – meninos e, curiosamente, Salete também. Um casal, ela.

Para chegar ao salão de festas do Centenário, passa-se por um corredor onde ficam retratos de sócios notáveis. A garotada atravessava este "túnel encantado" – as mães o chamavam assim –, enfiavam-se por ele, animadíssimos, em direção à luz da festa, aos balões suspensos, às corbelhas de flores de ipê em papel crepom, à mesa do Bolo Gigante.

Um dos retratos ali no corredor é de José Minervino "Sócio Provedor Emérito", um sujeito da cara grande, com um sorriso tímido, uma foto em preto e branco que foi colorida com mão desajeitada.

Sarah e Marcel

O ARTISTA AMERICANO T.A. Harrison não economizou tintas para descrever o estado do mar naquela temporada: "O vimos, sucessivamente, mudar-se de vermelho sangue a púrpura, nacarado em prata, ouro, branco, verde esmeralda e, ontem, fomos surpreendidos por um mar inteiramente rosa, salpicado de velas azuis."

Certamente estas seriam as cores avistadas da praia, talvez da própria cabana-estúdio do pintor, quando o verão contribuía para este arco-íris pródigo, uma palheta que já havia atraído outros artistas àquela ponta agreste, rústica em acomodações, prima pobre de sítios com hotéis mais luxuosos, cassinos, calçadas de praia para passeios e rondas galantes.

Para fora da enseada, o mar era mais avaro em matizes e mais encrespado, com um temperamento que não se apaziguava com o verão, mais acolhedor de ventos que de luzes, capaz de tratar barcos com pouca gentileza e navegantes com decidida grosseria.

[Hervé Prigent, auxiliar no Hotel Fremont]

"CHEGARAM À TARDE, VINHAM bem maltratados pela travessia, o mar não estava muito amigável, ameaçava um temporal de verão. Vieram de Concarneau, no vapor Le Léna. Assinaram o livro, músico e homem de letras, este mais afetado pela viagem. Estava pálido, sentou-se a um canto, enquanto o amigo – devo dizer amigo, certo?, enquanto este tomava as providências com a bagagem e se informava das condições do hotel, indagava das refeições com insistência. Levei-o até a sala de jantar – ele a inspecionou como se fosse um funcionário da prefeitura, parou junto ao piano e fez uma cara de desgosto, provavelmente por vê-lo nas condições sofríveis que a maresia dá a móveis, a roupas e a tudo que é de latão, cobre, prata, mesmo couro. Pois bem, destinei-os, a pedido deles mesmos, a um apartamento anexo, fora do corpo do hotel – acomodação mais calma, o músico disse supor que fosse, o que eu mesmo confirmei. Não se recolheram logo, o escritor perguntou se poderia ser servido de chá na sala de jantar, para onde foi, tendo o músico como guia, enquanto eu

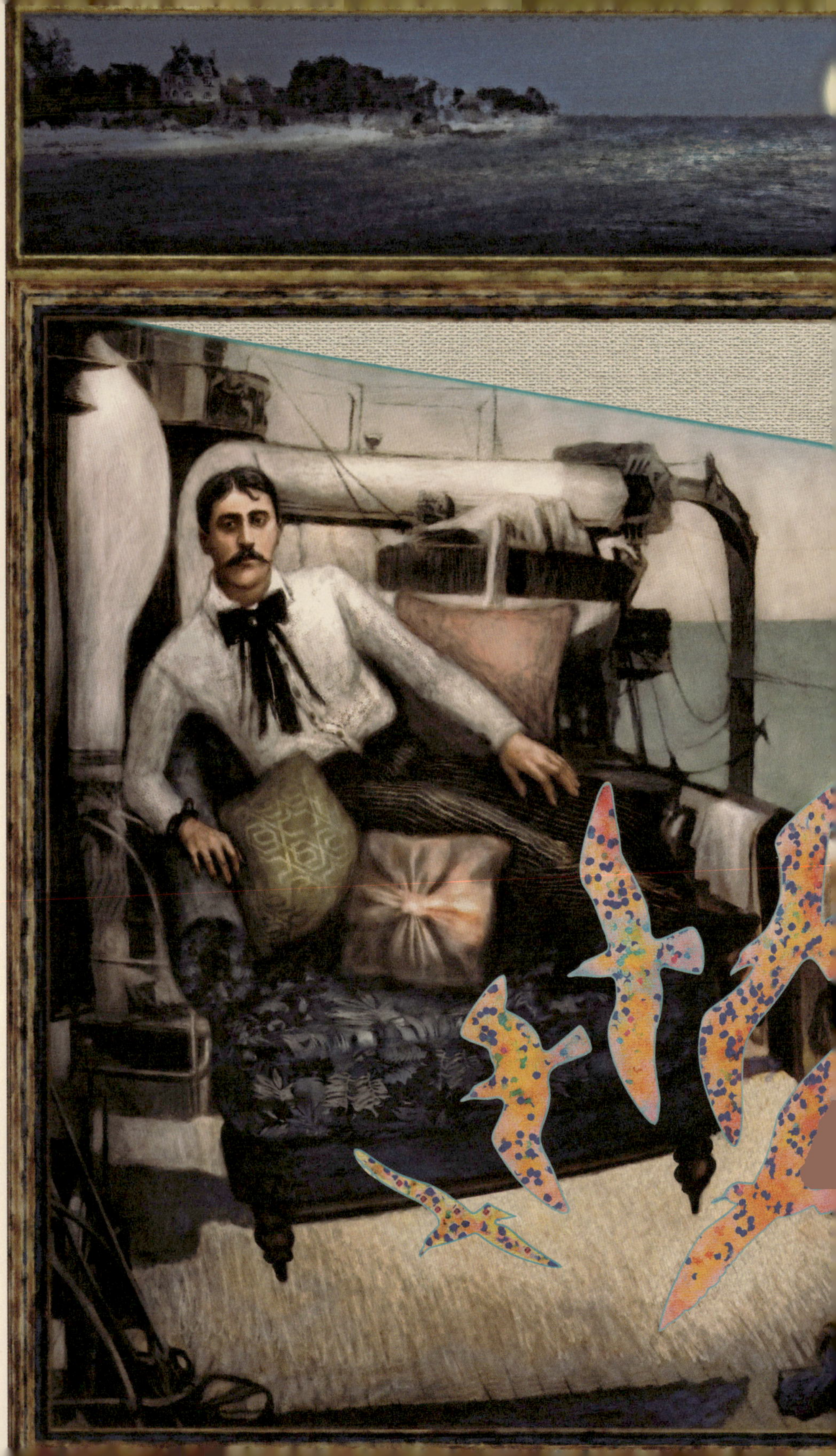

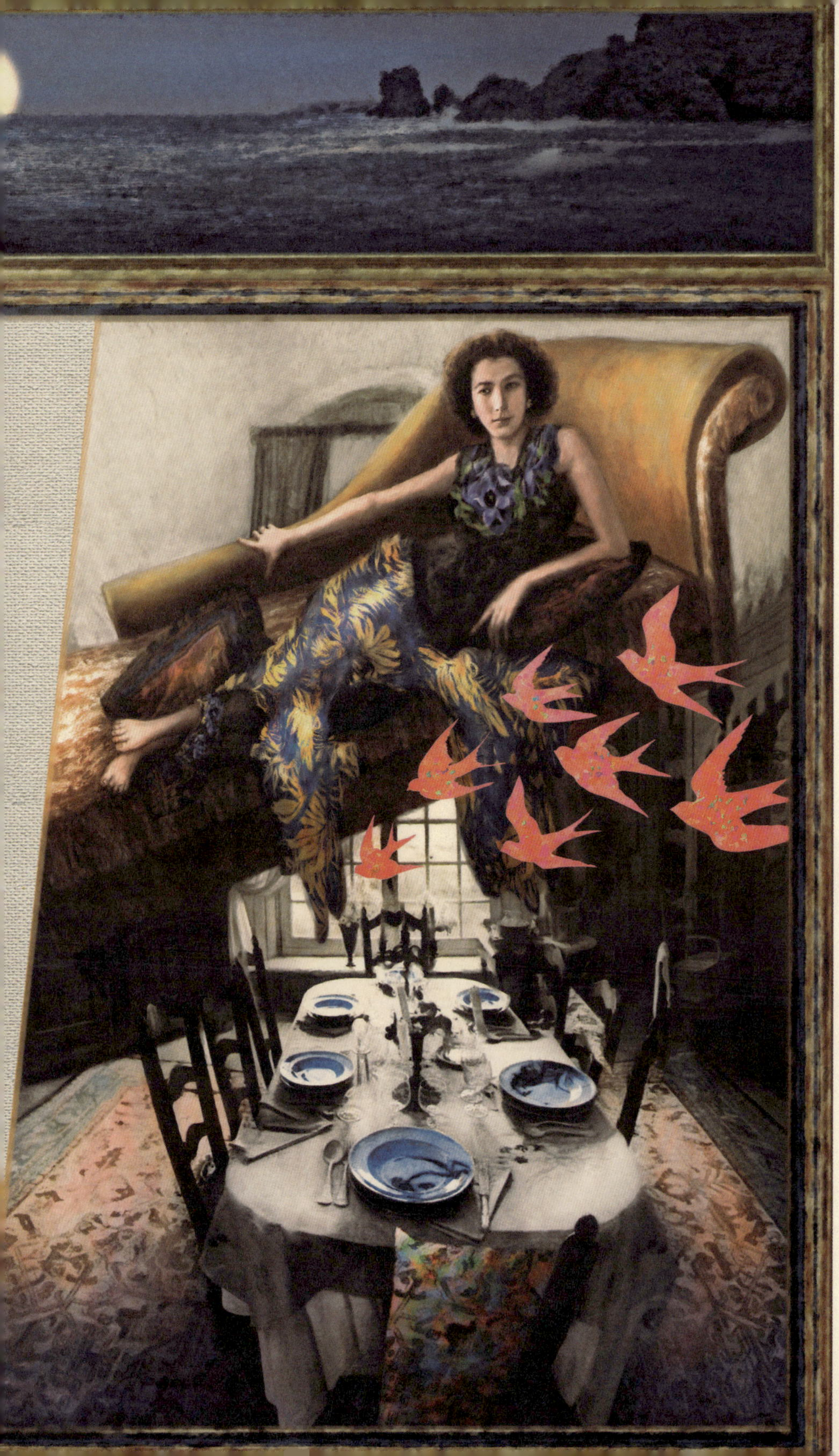

deixava a recepção e ia à cozinha ver se a tonta da Armelle podia ferver água para o chá. Demorei a achá-la – sempre é difícil encontrá-la quando há demanda de serviço extra. Enfim, encontrei-a no pátio de trás proseando com o entregador de víveres, voltei ao salão de jantar para dar desculpas pela demora e dizer que o chá estava a caminho, que havia também bolinhos, biscoitos e frutas secas, se quisessem, mas não tive resposta, senão um muxoxo enfadado do músico. Portanto saí, deixei-os conversando em voz baixa, o escritor olhando em torno, detendo-se no teto e à frente, como se o padrão do papel de parede guardasse algum tipo de encantamento."

A Bela Ilha responde ao caráter do mar com duas fisionomias. Do lado do continente é pacífica, própria a ser domesticada, habitável, sede da cidadela e quartel, porto ameno, suas enseadas resguardadas do açoite da ventania.

A oeste, de sua proa eriçada contra o Atlântico, pode-se ver o resultado do embate das ondas, os rochedos sucumbidos nas vagas, formas esculpidas em bichos, cães, dragões, quimeras... O mar escava as escarpas, rói as falésias, abre túneis que assopram um rumor de órgão rouco. E suas águas. Uma lava cinzenta de jade sujo regurgita espumas, voluteia vingativa entre as pedras.

Nada disso muda sob o sol, o furor da arrebentação torna-se mais visível, ficam mais agudos os vértices das pedras, o oceano exibe maior ira. Capim e árvores são penteados pelo vento, crescem inclinados à força dele, teimosos, agarrados ao solo pedregoso, torcidos em revolta e drama. Um teatro espaventoso, um pano de fundo para alguma ópera lancinante.

[François Guillaume – Poly – pescador da Bela Ilha]

"SEMPRE ACOMPANHO OS PINTORES que vêm à ilha e não querem ficar pintando os arredores do porto, querem se aventurar para as pontas, onde o mar é mais bravo, perto da casa do farol, ao norte, ou mais para o sul, nas praias e nos ocos que o mar fura nas falésias. Quando sirvo de guia para eles, deixo a pescaria de lado, a paga é melhor e certa, muito diferente da sorte ou do azar da pesca. Há dias em que os peixes estão inimigos, esquivos, parece que há coisas mais importantes para eles, longe, no fundo, do que perto da ilha, onde pesco, não tenho barco que me leve mar afora, fico de onde aviste terra. Não que assim seja sempre seguro, com este mar duvidoso, traiçoeiro.

O pintor Claude ficou meu amigo – fez meu retrato (mas, não me deu, levou com ele), um retrato que todos diziam ficou parecido, embora eu não concorde, não tenho a pele tão vermelha como ele fez, nem tão pintada de cores salpicadas, aquilo é engenho dele, as paisagens de mar também ele as fez assim, as ondas tem respingos de cor semelhantes às cores das conchas, madrepérolas, pinta as pedras desta maneira também, a espuma do mar, tudo.

Veio há uns dez anos, voltou mais algumas vezes. Sempre me procurou. Outros artistas têm vindo, cada um com seu estilo, sempre preferindo a parte da ilha que o Sr. Claude apreciava. O americano pinta o mar no fim da tarde, já escurecendo, somente céu e mar foi o que terminou pintando. Quando chegou também gostava dos rochedos. A maioria dos pintores e fotógrafos gostam dos rochedos e das formas deles, a pedra do cachorro é a preferida.

Fica perto do Forte que Madame Sarah comprou e que mandou reformar. Meu filho trabalhou lá, como pedreiro. Abriram janelas largas e altas para fazer a luz entrar. Ela veio com um pintor também, um sujeito alto, muito distante, não digo que arrogante, mas diferente dos outros artistas, um homem que pouco conversa a não ser com Madame Sarah. Não pinta telas ao ar livre como o Sr. Claude fazia, risca anotações a lápis em um caderno de capa dura que leva no bolso da jaqueta e, digo, é a jaqueta mais fina que já chegou a Bela Ilha, para não falar dos sapatos do homem, de verniz, pretos, e que nunca vi com a menor sujeira, areia, nada.

Meu filho Ronan também fez um trabalho para Madame Sarah – o pintor, Sr. Clairin, este é o nome dele, fez o desenho. Um assento cortado na rocha, uma cadeira de onde a Madame Sarah gosta de ficar olhando o pôr do sol, principalmente quando a maré está alta e raivosa ou mesmo quando alguma tempestade está para chegar e uma chuvinha fria já está batendo na ilha."

O caminho para a Praia da Rampa é orlado por terrenos plantados com macieiras, hortas e jardins e o ar está cheio de perfumes de frutos, quase um vapor que se mescla ao cheiro do sargaço. É um aroma singular, mais acentuado ao fim da tarde quando o vento do mar dá uma pausa, se retrai, preparando-se para soprar talvez mais forte, quando chegue a noite. Engolfados pelo cheiro morno, Marcel e Reynaldo empreendem a ronda vespertina que os leva até a estação do semáforo, ou mais adiante, à cabana de Harrison.

Vão flanando, os dois dândis apreciando a paisagem pitoresca e a rusticidade dos caminhos, Marcel tentando apaziguar a asma e o estômago, Reynaldo aceitando a companhia de Marcel como suficiente, a cabeça e os pulmões cheios de melodias sem pauta[1].

---

1. O Prof. Marcos Schumann reflete, em um artigo, estes passeios, lembrando o texto "Passeio" (Promenade) do livro a ser publicado no ano seguinte pelo jovem Marcel – *Os Prazeres e os Dias* – volume ilustrado por Madeleine Lemaire – a figura da Verdurin, no futuro.

Em verdade, a temporada praieira e marítima de Marcel e Reynaldo, romântica que seja, é também incômoda: Reynaldo queixando-se mais da comida e do leito e Marcel entediando-se, lutando entre apreciar a brisa perfumada e resistir a atmosfera asmática que o ameaça[2].

[Elouan Le Meur - Carpinteiro e factótum em Beg-Meil]

"Hervé, do Hotel, pede-me sempre que consiga coisas para os hóspedes, geralmente remédios ou reparos para roupas – conheço quem cerze e costura, também sei de sapateiro e de quem ajeite um chapéu. Consertei, eu mesmo, uns baús desconjuntados de um inglês. O homem pagou-me mal, como se eu tivesse culpa pelo desajeito dos carregadores da Ferrovia do Oceano. Consigo terebintina para o pintor americano – destilam isto em Concarneau – peço a algum pescador que atravesse a baía para trazê-la e o pintor, Sr. Harrison, não reclama do preço, sabe como é trabalhoso conseguir as coisas aqui.

Hervé, do hotel, já disse, pediu-me para conseguir papel de escrita para o Sr. Marcel, o hóspede jovem, meio fraco, pálido, com jeito de doente, que estava no alojamento perto do castanheiro. Disse-me o Hervé que o moço é escritor e que não havia trazido papel. Estranhei, porque os médicos trazem sempre seus petrechos e algumas drogas na valise, os barbeiros também levam suas coisas, tesouras, navalhas, e eu mesmo não deixo de carregar esquadro, serrote, plaina, quando vou a algum serviço.

Demorei três dias para descobrir um maço de papel quadrado na casa da viúva Mahé, e não sei como foi parar lá, deram-me esta pista, ela vende doces

---

O texto fala da presença altiva e resignada de um pavão na promíscua e miserável companhia de perus e galinhas, em uma prosaica fazendola. A ilustração da Sra. Lemaire é um par de plumas de pavão como que adejando – andando juntas? – em leve coreografia. Texto e plumas deram oportunidade para venenos do crítico Lorrain serem vertidos sobre as páginas que ele julgou superficiais e vazias – "apatias elegíacas".

O veneno espalhou-se até a insinuação de que o próximo livro de Marcel poderia ser prefaciado por Alphonse Daudet, que não recusaria a pena a um "amigo tão chegado a seu filho Lucien". A verrina custou um desafio para duelo. A bala de Marcel cravou-se no solo, aos pés de Lorrain e a do crítico perdeu-se na neblina da floresta do Meudon.

2. O Prof. Schumann também lembra que o idílio dos dois – embora não a amizade – seria quebrado logo depois da temporada, pela ascensão na cena sentimental, exatamente do efebo Lucien Daudet.

e os embrulha naquele papel, foi só o que consegui com muita conversa e pagando um preço que eu não daria por uma centena de seus doces.

Hervé estava muito ocupado recebendo uma família com meninos buliçosos, daí que disse fosse eu mesmo entregar os papéis ao Sr. Marcel e que cobrasse dele pela encomenda, o que fiz, seguindo para o alojamento do castanheiro, orgulhoso de haver cumprido a missão.

O Sr. Reynaldo, o outro hóspede, amigo do Sr. Marcel, abriu a porta, indagou desconfiado de que se tratava, mostrei-lhe o maço de papéis, ele voltou-se para dentro, disse 'é para você', fez-me entrar. O Sr. Marcel estava sentado a uma mesinha, junto da janela, não se levantou, olhou pra mim com cara de sono, entreguei-lhe os papéis.

Ele folheou o maço com dedos finos e alvos, extraiu uma folha, olhou-a contra a luz da janela com uma cara de desgosto e tristeza que os meninos têm quando recebem um presente de que não gostam. Notando sua decepção, apressei-me em justificar-me, já imaginando que ele recusaria os papéis e que eu teria de tentar desfazer o negócio com a Mahé, uma velha aborrecida e irada. 'Foi o que havia de possível aqui na vila', falei com cara de desconsolo que o pudesse convencer, mas que ele não viu, estava olhando pelo vão da janela o quê, exatamente, eu não sabia, só havia lá fora uma cerca tomada por trepadeiras e um grupo de macieiras tapando a vista do mar.

Enfim, ele despertou da contemplação, tamborilou o maço de papel com a ponta dos dedos, disse resoluto: 'Muito bem, então vai ser isso'. Virou-se para o outro: 'Você pode pagar ao homem, meu caro?'.[3]

Acertei-me com o Sr. Reynaldo. Quando fui saindo, deu-me a ideia de perguntar se eles não precisariam também de tinta e penas, mas, depois, considerei que estava passando do limite, mesmo porque a porta já se ia fechando às minhas costas.

Uns dias depois, eu estava na Praia da Rampa reparando um barco quando eles passaram, pararam para ver o trabalho. De longe, cumprimentei-os e eles não me reconheceram, ou melhor, o Sr. Marcel pareceu ter alguma lembrança de mim, pois falou algo ao Sr. Reynaldo que respondeu com algumas palavras

---

3. O Prof. Schumann gosta de brincar com a hipótese de que o papel ordinário foi a limitação para Marcel não começar ali mesmo, naquela vilazinha, a saga dos sete volumes de sua obra de vida. Um esboço manuscrito chegaria a 88 páginas, em duas tentativas, e seria abandonado. Para atingir a transfiguração de seu material, Marcel precisava de melhor insumo – "com menos superfície e mais substância", o professor diz. Em todo caso, ele lembra, tudo se metamorfoseia a partir de Beg-Meil, vai até Cabourg, até Balbec – como de Reynaldo a Agostinelli, até Albertine.

às quais o Sr. Marcel fez que sim, com a cabeça, em feição de recordar, seguindo adiante, calados, o Sr. Reynaldo riscando o chão com a ponta da bengala."

A BARCA ATRACOU NO Cais do Palácio, à sombra da fortaleza de Vauban, depois de uma travessia em mar calmo. As caixas com pinturas, cerâmicas e vidraria de Mme. Sarah foram as últimas a descer, depois dos engradados com móveis e utensílios de cozinha, tanto para o Forte como para as casas de hóspedes que ela estava construindo. Uma parte do material de construção veio junto e foi descarregada pelo pequeno guindaste da barca, foi amontoada no cais à espera da carroça para a Ponta dos Rochedos. Nada deveria dar errado, todos os cuidados foram tomados, porém...

[Ollivier le Bris, funcionário de Georges Clairin, a cargo do transporte dos itens para Bela Ilha]

"OS CARREGADORES PEDIRAM AO operador do pequeno guindaste que erguesse para a carroça um engradado muito pesado de azulejos. Fosse por pouco jeito ou pelo curso limitado da lança do guindaste, a manobra resultou no balanço da carga e colisão com uma das caixas postas à parte e que seguiriam em outro carreto.

Não pensei que a pancada pudesse ter causado algum dano ao conteúdo da caixa. Eu mesmo havia supervisionado a embalagem, a caixa era reforçada, cheia de palha, as peças envoltas em muita aniagem, vidros separados de metais. Livros, terracotas e louças postos em outras caixas.

Segui as três carroças até a Ponta, fiz guardar as caixas no térreo do Forte e os materiais de construção no galpão de almoxarife das obras e voltei para a vila do Palácio, antes do escurecer. Esta era a quarta viagem com materiais para o Forte que eu acompanhava. Praticamente havia me tornado um gerente para estas operações, levando de Paris, importando de Londres e Bruxelas tudo que a Mme. Sarah julgava indispensável para suas estadias de verão na ilha. Tapeçarias, cortinas, roupa de cama e mesa, petrechos de pesca e de cozinha, ferramentaria, material para as esculturas que Madame imaginava ter tempo de produzir, houvesse horas vagas na ilha, dessem-lhe tempo os prolongados serões com amigos e hóspedes fascinados por ela, a corte de visitas, os abelhudos insistentes, invasores curiosos, caçadores de lembranças.

Voltei dois dias depois para abrir as caixas, arrumar os itens. Para meu desgosto e alarme, uma peça estava quebrada. Não uma peça qualquer, um banal vidro de banheiro ou mesa, mas um item especial, um vaso do Mestre Gallé, provavelmente um presente, senão uma aquisição dispendiosa. Fiquei gelado.

O vaso, montado em uma base de marchetaria, tinha o pescoço longo quebrado ao meio. Da parte de cima, do gargalo, pendiam incrustações de vidro, grossas lágrimas feitas para descer para o bojo irisado do vaso. Este quebrado, as lágrimas nada diziam, eram bagas de vidro sem sentido, foram-se a frase e o título da obra: *Pequenos Sorrisos, Grandes Lágrimas*, tornados um rótulo apenas, frase escrita em um cartão sob o pedestal.

Embrulhei o desastre em um cobertor, juntei-o à minha bagagem, de volta a Paris.

Um escritor do círculo do Sr. Clairin, de quem pedi a misericórdia da discrição, explicou-me o título: Uma citação de Maurice de Maeterlinck: 'Pequenas alegrias, pequenos sorrisos e grandes lágrimas, tudo isto ocupa o mesmo ponto no espaço e no tempo', frase cruel, pensei, considerando as outras peças, sobreviventes incólumes da mesma caixa.

Nenhum restaurador, vidreiro, artesão arriscou tentar um reparo do vaso. Aventurei-me em uma solução heroica. Fui a Nancy, às próprias oficinas Gallé, procurando remédio para a peça.

Meu coração encolheu quando um funcionário da fábrica, um alemão velho, viu os restos do vaso. Olhou os destroços, consternado e seu olhar voltou-se para mim com dureza acusatória. 'Eu mesmo fiz o acabamento deste vaso. Como pôde acontecer esta catástrofe?' O seu acento germânico para 'catástrofe' embargou minha explicação para o acidente. Ele disse, ao tempo em que se afastava com os despojos: 'Fique aqui'. E sumiu para o interior da fábrica.

Pouco demorou. Para minha surpresa e maior temor, voltou com o próprio Sr. Gallé.

'Dei esta peça à minha amiga Sarah... O senhor é ...?'

Vou atalhar. Ele foi franco: 'O restauro é impossível, difícil soldar a fratura, há muitas camadas de vidro fundidas. A marca na junção será sempre visível. É uma pena...'. Olhou-me terminativo e pesaroso, como se estivesse me ditando uma sentença de morte. Ia embora, mas voltou sobre os calcanhares – os céus o haviam atingido com algum prodígio, penso hoje. 'Há uma solução, que depende, contudo, de seu completo silêncio.'

Concordei de imediato.

Um mês depois, voltei a Nancy. Um novo vaso, absolutamente igual, estava pronto. Repousava sobre o mesmo pedestal do que foi quebrado, mantinha o mesmo rótulo com o título. Fiquei maravilhado, imaginei como poderia pagar por aquilo, calculei ter que vender uma aquarela que o Sr. Clairin me havia presenteado. Perguntei o preço da peça ao velho alemão. Ele foi para dentro da fábrica, voltou com um cartão que me estendeu: '*Um pequeno sorriso... Vá e não peque mais...*', estava assinado *Gallé*, juro.

Eu mesmo levei o vaso a Bela Ilha, levei-o no colo, no trem, no barco e na estrada. Coloquei-o sobre a lareira, entre dois pratos da Companhia das Índias. Mme. Sarah nunca o moveu dali, nunca soube da troca.

Conto isto agora, tanto tempo depois. A frase de Maeterlinck no vaso quebrado me lembra morbidamente a fratura da perna de Madame Sarah, a amputação que ela disfarçava como possível: 'Tudo ocupa o mesmo ponto no espaço e tempo'.

A propósito: o vaso esteve no inventário dela, foi a leilão, o novo dono ignora que aquele é o segundo vaso, único, a seu modo."

O HOTEL FREMONT AINDA não era o Grande Hotel, lá ainda não chegara a horda de burgueses abonados em férias, as meninas em flor ainda não formavam o séquito de bicicletas pela calçada da praia, as quadras de tênis eram ainda terreiros cercados por pomares, Harrison para lá voltaria, com menos tintas e mais anos...

Ao sul, na Bela Ilha, se construíam as casas de hóspedes de Sarah, ela ainda tinha as duas pernas, Clairin estava rico, Marcel lá não voltaria (mas, Reynaldo sim, por muitos verões). Lágrimas, sorrisos e sonhos, tudo ocupava lá o mesmo espaço e tempo.

Nas bordas dos abismos imprevistos das falésias, algum administrador temeroso e que teve sucessores até os dias de agora, mandou cravar grandes placas exclamativas:

CUIDADO!
ALTO RISCO DE MORTE.

Prestidigitações do cotidiano

*Praticamente era o mesmo truque, dificilmente melhorado:
Dois espelhos em ângulo reto e uma porta de alçapão. Em uma
de suas adaptações, usavam-se os querubins animados da
pintura de Reynolds. As cabecinhas dos anjos recortavam-se
contra um céu enluarado e cantavam com doces vozes infantis.*
Geórgia, o Magneto de Blumenau, em seu diário.

Certamente, certamente. Leváriam uma vida bastante prosaica, difícil é acreditar que assim fosse. Como supor ser normalíssimo dar o braço para mordidas de cascavel, todas as noites, tomar venenos das mais intensas colorações, comer e soprar fogo, sumir para o nada no meio de uma explosão de fumo, na plena ascensão de uma cadeira volante?

O segredo é a repetição. Não que ela, essa repetição, exponha a fragilidade da lógica. Pelo contrário, ela afirma o substrato lógico desenhado, consolida a ilusão, convence (Lat. *illudere, de ludus,* jogo – jogar com – e *convincere* – vencer definitivamente), não deixa dúvidas, isto é, as aceita e ingere como parte da realidade exibida. Dá-se à frente, ao próximo número, que deve ainda melhor surpreender... Nesta cadeia de eventos não se pode estacionar em conclusões ou proclamar um anticlímax cômodo, cada momento é singular, muito embora, como dito, provado na repetição.

Fossem singulares mas, únicos, derrotados no tempo irremissível, seriam anomalias, monstros eventuais, artefatos metafísicos aterradores, peças rejeitadas pelo *show business,* manchadas de charlatanismo e mediunidades escabrosas.

Por exemplo, tome-se uma fatia da vida com seus sucessos de imprecisões, encruzilhadas aleatórias, dispersão de acasos. Nos atos sobre o palco, ela, a vida, vista como simulacro ideal, deve ser consequente, definida e definitiva e, como nas demonstrações científicas, deve ser uniforme e unívoca em suas repetições. Paga-se ingresso para ver a infinita e monótona série de suas cópias e se é gratificado com sua imutabilidade, fixa na arte. A surpresa não está no fecho do ato, mas na sua sintaxe repetível.

O artista pode inserir um erro na ação, uma provocação contingente como espécie de afago ao espectador, mas, logo em seguida, retoma o processo, ilude outra vez. A máxima do espetáculo dita a norma de que há "prazer em enganar e em ser enganado".

O cavalheiro na terceira fila passou o dia imerso na imprecisão, na incerteza e na dúvida (sim, estas entidades têm variada nuance e efeito plural em cada pessoa) e agora ele, em arremedo de sua condição de presa diurna, olhos arregalados em atenção para capturar alguma falha, agora, à noite, flagra, satisfeito, toda a lógica persuasiva da ilusão... Aplaude e aguarda o número seguinte com ansiedade.

Sim, depois ele dormirá, talvez irá sonhar e, então, mais superlativamente, será infeliz, tomado pelo imaginário enganoso e fortuito do espírito. Sonhos são sempre pesadelos por natureza, muito mais incongruentes que a vida e ainda mais vorazes por explicações, exegeses esdrúxulas. Sonhos, acrescente-se, não se repetem *in especie,* requerem reconstrução, com palavras, pelo sonhador recorrente para que se apresentem como símiles racionais. *Wishful dreaming...*

Seria difícil traçar uma biografia de Geórgia não só pela escassez de registros mas, principalmente, pelo que acima foi exposto: um recorte de vida, se possível, seria parte de substância móvel e cambiante, rarefeita – "quântica", diria o Prof. Kellar em um de seus números – cuja própria interpretação com palavras ou gráficos já alteraria sua tessitura, sua dimensão de tempo, seu momento de expressão.

Assim, a biografia de Geórgia – seguido o método acadêmico e cartorial vigente – seria mais retrato do processo de investigação (e de todos os traços aderentes e perturbadores do investigador), do que apreensão da vida ou vidas dela mesma, Geórgia.

Consideremos. No tempo presente, ela está casada, mas já o foi outras vezes, desde muito jovem e esta condição (de estar casada) pode ser sobreposta, pode coincidir com o fato de que casou com homens dos quais foi *partner*, parceira de palco, em performances alusivas ao casal em números que, de certa forma, traçavam ilustração remota das parelhas alquímicas empenhados na gestação de prodígios.

Vejam-se suas primeiras atuações ainda mocinha, muito elástica, dentro do compartimento da caixa que seria serrada em cena. Algumas vezes ela era o tronco, outras vezes, as pernas. Uma segunda garota comprimia-se com ela dentro do aparelho e seus movimentos coordenados davam espaço ao curso do serrote. Ao se separarem no palco as partes serradas, Geórgia era, a um tempo, ela e a garota, do mesmo modo que era ela somente, dividida em duas. A outra moça sumira.

Vivia esta situação ambivalente com naturalidade, fosse pernas ou tronco.

Antes dos números magnéticos, Geórgia esteve casada com o Professor Tagore, um cearense que dividia suas apresentações entre atos de mesmerismo e telepatia. Ela não era muito boa em memorizar as palavras-chaves para as adivinhações e, vez por outra, confundia pulseira com colar, tomava relógio de pulso por lenço. Tagore era hábil em disfarçar as falhas. Repetia as siglas embutindo-as em frases de incentivo: "Vamos, atenta, concentre-se agora, não hesite".

O público parecia apreciar os erros e as pausas de Geórgia, sonâmbula, frágil e bela em um vestido com lantejoulas que davam ao espetáculo um brilho de verdade, um realismo noturno e fosforescente.

Viviam bem, ganhando dinheiro com números de palco, performances privadas, shows em cassinos do Uruguai. Logo quando chegou a televisão, apresentavam-se aos sábados de tarde, com uma plateia barulhenta que aumentava os lapsos de memória de Geórgia. Um dia, ela travou, bloqueou-se, na adivinhação do número de uma carteira de motorista, as pistas não se acertavam, nada fazia sentido. Tagore parecia irritado, repetia a mesma palavra seguidamente, gaguejava.

Ela fingiu um desmaio, para ganhar tempo. Deixou-se tombar, lânguida, sobre o canapé que servia de apoio ao número. Olhou, discretamente, por uma brecha na venda e viu que Tagore, por sua vez, havia desabado no palco, estava sendo atendido pelo pessoal de contrarregra. Tivera um derrame.

O Professor não se recuperaria. Foram tempos difíceis, Geórgia fez pontas com outros artistas. Havia crescido, engordado nem tanto, mas formara corpo de mulher, já não cabia nos espaços exíguos das caixas de serrar. Em compensação, seu talhe ficara adequado a corpetes decotados, maiôs sumários e colantes, longas meias de rede. Era requisitada por isso. Pouco atuava, trazia à cena um aparato, empurrava uma mesinha de rodas, cobria coisas com mantos preparados. Era exibida para roubar a cena, atrair olhares e esta era sua função e virtude.

Enquanto o Professor Tagore definhava, paralítico e as economias minguavam, as contas iam se empilhando, Geórgia seguia nesses trabalhos avulsos. Em uma caravana a Rosário, Argentina, conheceu Ron McKay (Alberto Fanganiello), um *platense* do Tigre com múltiplos talentos – começara a vida de palco como dançarino e ator, mas, apesar do tipo e da plástica, era notável canastrão, seduzindo assim, sempre por pouco tempo, os agentes e empresários. Em todo caso, era alto, louro (só um pouquinho oxigenado para ajudar no tom de mel) e passável como americano.

Quando Geórgia o conheceu, McKay estava no meio de uma carreira mais confeccionada que natural ou instintiva. Tinha sido ajudante de palco de um gringo em fim de carreira e que foi dar com os costados e trastes em Buenos Aires. Com o veterano, ele aprendeu truques e terminou comprando os aparelhos do homem, quando este se aposentou dos palcos.

Os números de McKay eram mecânicos, de levitação e desaparecimentos e ele era até mesmo um tanto desajeitado para manobras. Na verdade, um grupo de auxiliares e aprendizes mais espertos o auxiliava nos ensaios e desempenhos. Como mágico, McKay era mais um empreendedor que artista, valendo-se de sua figura de *simpático e guapo* para levar o espetáculo adiante.

McKay contratou Geórgia para um número de poltrona voadora. Terminaram juntos, por duas longas temporadas. Geórgia engravidou, fez um aborto, atuou com McKay em um show de cruzeiro marítimo, aprendeu uns passos de dança para acompanhar os números, tomou uma bruta queda em Córdoba, em um espetáculo beneficente, na frente da Primeira Dama *Dueña* Eva e de vários próceres.

Uma engrenagem emperrou na coluna oculta de ascensão da poltrona. Forçaram o curso, o assento inclinou-se na altura de uns quatro metros. Geórgia deveria voar, saindo da poltrona, quando tivessem atingido a altura máxima e ela estivesse bem engatada nos arames. Despejada precocemente do assento, ela ainda abanou suas asas de borboleta, mas o fino cabo negro de aço que a sustentava partiu-se (provavelmente moído nas rodas da catraca defeituosa) e ela desabou no centro do tablado, fraturou a escápula do ombro direito e a tíbia esquerda, teve uma concussão que a deixou desorientada por uma semana. McKay despachou-se para o Chile, alegou compromissos seríssimos, sumiu.

Geórgia convalesceu em um hospital público, voltou ao Brasil, soube da morte do Professor Tagore, procurou trabalho, teve dificuldades – a perna esquerda não sarou direito. Manca, Geórgia aprumava o andar como possível, mas a caminhada lhe era penosa, doía. Seu andar claudicante roubava a cena de modo desfavorável para os atos. Algum espectador cruel dizia um chiste, de repente muitos aderiam à pilhéria, uma onda de risos perpassava a plateia. Era humilhante.

Para amainar as dores físicas e morais, ela passou a tomar preparados de láudano. Nesta época, começaram as visitas de seres e espíritos. Vinham-lhe à noite,

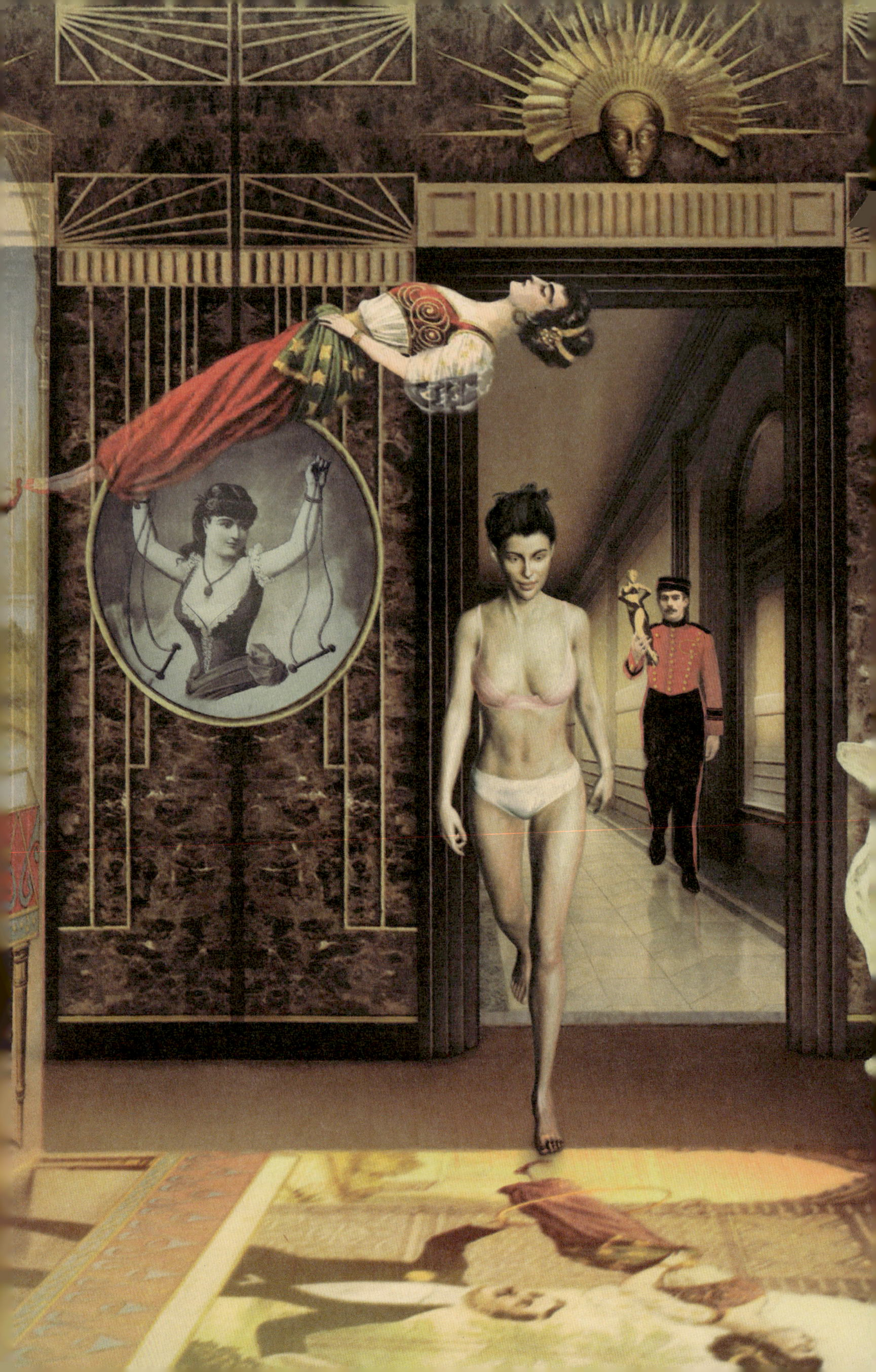

mas, também, depois do despertar permaneciam incorporados, mudavam-lhe o comportamento, falavam-lhe dentro da cabeça. Uma das presenças, marcante, era Fatma, uma personagem que se dizia desencarnada e que teria atuado nos palcos ingleses. Ela ensinou truques de magnetismo que Geórgia estudou com afinco nas revistas de física divertida e em alfarrábios da Biblioteca Nacional.

A princípio, Geórgia usava uma meia peruca que lhe ocultava a placa magnética colada no couro cabeludo. Sua roupa de cena tinha botões imantados, revestidos com seda. Um espartilho *en baleine* levava hastes de ferrite embutidas, com polos opostos à frente e às costas, para a produção de efeitos magnéticos de atração e repulsão mais espetaculares. Aos poucos ela produziu, com a ajuda espiritual de Fatma, um conjunto convincente de números, desde a simples paralização de relógios ao transporte de objetos, flutuações e quedas bruscas.

Ela se apresentava nos intervalos de números mais importantes, mas logo se fez notar, passou a ser reclamada pelo público, atraiu agentes. E encantou o Coronel Branson, um prestidigitador que se dizia de Glasgow, mas que, na verdade, era um mineiro de Juiz de Fora, professor de matemática em colégios – de sobrenome Oliveira e nome de batismo oculto. O professor Oliveira tirava seu principal sustento das aulas. Como *performer*, era perito em disfarces e, no palco, maquilado e com bigodes fulvos, pele rosada e sob uma capa *macintosh*, era um escocês genuíno e convincente. Cortejou Geórgia com dedicação assídua e chegou a total sucesso.

Branson aperfeiçoou os números de Geórgia, disputou com a Fatma a prevalência sobre a mente da amada, foi parcialmente vitorioso tanto por suas naturais armas viris quanto por sua sagacidade mundana e prática.

Para evitar que o andar dificultoso de Geórgia prejudicasse os números, Branson criou para ela um praticável móvel, com rodízios, envolto em gazes transparentes, capaz de mover-se pela cena com fluidez quase flutuante. Geórgia instalava-se ali, hierática, seguida pelo luar de um refletor azulado. Deste andor, Geórgia descia, afastava-se uns poucos e calculados passos, executava seus prodígios. Branson acrescentou um toque de ironia: o praticável era empurrado em cena por uma jovem atriz, morena, uma huri lindinha que levava o nome de palco de Pequena Fatma.

Logo Geórgia iria acreditar que a garota era a encarnação de sua tutora ou, ao menos, uma manifestação física dela.

Houve grande problema quando a huri foi enredada em paixão por um espectador insistente, largou a aventura do palco pela incerteza do romance, sumiu do *show*.

A partir disto, o Coronel Branson guardou as cartas mágicas, apagou dos quadros negros os polinômios e equações, criou um novo tipo – passou a ser o "Sadu de Patna" – coadjuvante integral de Geórgia, não mais ruivo, mas tostado nas tintas da canela indiana, metido nas indumentárias correspondentes e – para uso de Geórgia – guardião físico da Fatma espírito, uma entidade, note-se, pouco incomodada com mudar sua encarnação a forma tão bizarra.

O coronel, porém, não abandonaria completamente os saberes matemáticos. Juntou seus talentos na contribuição a almanaques enigmáticos, com mágicas algébricas, jogos com números, pentagramas, logogrifos e mandalas cifrados em algarismos.

Isto salvou a dupla quando o estado mental de Geórgia foi se complicando e ela passou a pôr a culpa por seu estado de desorientação e delírios nas peças e aparatos magnéticos dos atos, recusando-se a usar qualquer coisa imantada. Subia ao palco como se as portasse e, para desespero do Mestre Sadu de Patna e da encarnação de Fatma, afirmava que estava já em estado magnético perene, passara por uma transformação física completa. Sadu produzia um velho baralho de um bolso oculto repleto de ímãs de reserva, tentava salvar o número com alguma improvisação. Quase nunca dava certo. Passaram a ser vaiados.

Os espetáculos de mágica haviam entrado em decadência e os palcos foram sendo tomados pelo teatro de revista licencioso, picaresco, desnudo.

A carnalidade passou a imperar como forma ilusória suprema, uma concorrência desleal aos números de mágica que induziam sensualidade tímida, apenas desenhada na pele e roupa das *partners*. No *vaudeville,* a única barreira entre a ilusão da sexualidade inalcançável e a vulgaridade objetiva era a altura entre palco e plateia e... atores e público, todos, estavam tentados a ignorá-la a qualquer momento.

Mestre Sadu, Coronel Branson, professor Oliveira recolheram Geórgia a Juiz de Fora, para o que imaginavam ser uma temporada de repouso e cura.

Oliveira criou uma revista de palavras cruzadas, cartas-enigmas, charadas. Viveram disso e não viveram tão mal. A revistinha prosperou, vieram anúncios, edições especiais para empresas, brindes. Não iriam sair mais da cidade. Já não havia mais Branson ou Sadu. Oliveira era o avatar único, o provedor ocupado com gráficas, contratos de distribuição, agências de publicidade.

Geórgia foi piorando (lamenta-se dizer isso e limita-se a certeza desta afirmação apenas a alguns aspectos visíveis de sua pessoa e ao conceito referencial de *melhor,* um item fugidio). Ela sentava-se à mesa da sala com uma resma de papel almaço e lápis de várias cores. Escrevia um relatório, diário ou memória do que vivera e do que lhe ia sendo ditado dentro da alma.

Oliveira, à noite, quando Geórgia já fora dormir, xeretava obliquamente os escritos. A letra era clara, regular, monótona e encadeada, sem pontuações. Ele notou que Fatma havia desaparecido, seu lugar foi tomado pelo espírito de uma serpente, *Manasa*, uma divindade indiana. Oliveira viu o nome em uma enciclopédia. Na mesa, Geórgia punha maços de fotos, ramalhetes, leques e lenços de seus tempos de palco. Ficavam guardados em uma caixa de chapéu. Oliveira gostava do cheiro do estojo. Ficaram impregnadas no papelão as essências caras dos bons velhos tempos e ele era capaz de discerní-las, aspirar cada uma, singularmente. Não sabia como era capaz daquilo.

Algumas folhas tinham fotos coladas junto ao texto. Ou recortes de jornal. Em um deles, amarelado de tão antigo, alguém oferecia 10.000 dólares a quem replicasse o truque da corda indiana, uma mágica lendária em que um *fakir* vê seu ajudante menino subir por uma corda solta no ar, vai em busca do fujão, retraça-o a golpes de sabre, faz pedaços do corpo caírem aos pés da corda, desce, joga os despojos em um cesto. De lá, o menino pula, inteiro e serelepe.

Abaixo do recorte colado havia um texto corrido em letras minúsculas, roxas, como psicografadas. Oliveira foi buscar uma lupa. Sem dúvida Geórgia havia recebido do éter – do *Akasha* –, a fórmula da mágica da corda indiana e, por extensão, os segredos e métodos para recompor a vida. Correu a lente pelas letras. Eram de alguma escrita desconhecida, antiga ou perdida, ele frustrou-se.

"Ainda fossem números...", pensou. Aspirou longamente de dentro da caixa de chapéu... "Jasmim... sândalo... cravo", conferiu. Apagou a luz da sala e foi para o escritório preparar a edição de Natal da sua revistinha.

Porto da Armada

Porto da Armada

Município litorâneo brasileiro do Estado de Caetés, limitado ao Norte pelo Município de Monjolo, ao Sul pelo Distrito Industrial Portuário de Ouriços, a Oeste pelo Município das Fontes. Área de 554,23 km² e 220.029 habitantes (2013).

A sede é Vila d'Armada, 8°43'S 34°28'O, com uma população de 43.023 almas (2017), anteriormente denominada Vila da Enseada do Porto da Armada.

A área do município, em sua parte continental, é característica da planície aluvial quaternária.

O clima é quente e úmido, com temperatura média anual de 25 graus, sendo mais chuvosos os meses de maio e junho. Os ventos são predominantemente de SO, fortes no mês de agosto.

A vegetação é sub-perenifólia, com áreas significativas substituídas pela cultura da cana de açúcar. Parte do aquífero que infiltra o Município das Fontes, abre-se em dois braços na direção da costa, irrompendo em vários pontos da planície de Porto da Armada. Há alguma exploração dessas fontes para estações termais e terapêuticas.

A parte marítima do município, em pleno oceano e onde se localiza sua sede, tem a forma de uma laguna em desenho de ferradura incompleta, com a ponta faltante voltada ao mar. O côncavo da ferradura, a enseada, abre-se para o sul, enquanto a convexa, o arco voltado para o norte, é formada por praias rasas, arenosas.

A plataforma continental é suave em declive, com águas relativamente quentes e salinidade alta. Na enseada propriamente dita, alarga-se um canal que nasce na bacia portuária do Ouriço. A baía é um porto natural, adequado a embarcações de médio porte, na preamar. Já na orla norte, bancos de areia e linhas de recifes tornam precária a navegação ao largo.

Uma faixa rochosa e de restinga liga o continente à laguna. Uma avenida, pavimentada, iluminada e guarnecida por molhes e enrocamentos, substituiu antiga estrada carroçável. Abastecimento de água, vasão de esgoto, fluxo de energia e gás (vindo do complexo de Ouriços), servem-se desta nova via.

Ao leste da ferradura, o relevo vai até as elevações da Pedra Corcunda, debruçada sobre o mar. Estações balneárias desenvolveram-se entre o sopé sul da Pedra e a marina de Vila d'Armada, onde se localiza o Fortim da Vista dos Mastros, velha construção portuguesa. A cidade encaixa-se neste trecho de arco da baía.

A enseada tem este nome por ter dado abrigo à armada espanhola, chamada a combater os invasores belgas, em 1635. Estes, ajudados pelos índios Caetés, em uma noite sem lua, fizeram entrar barcaças e jangadas incendiárias na baía. Houve grandes danos às naus, tendo os espanhóis perdido o galeão *Dionisio del Toboso* e duas carracas com suprimentos e munição. Após a retomada dos territórios e restauração da Coroa Portuguesa, o Rei mandou construir o fortim acima referido.

Ao longo dos séculos XVIII e XIX estabeleceram-se na laguna colônias de pescadores e fábricas para defumação da merúnvia (*merunvia dumerili*), peixe hoje praticamente extinto, e tido, à época, como de efeito afrodisíaco.

A pesca, descontrolada, atraiu aventureiros e oportunistas. Por volta de 1900, esta atividade entrou em decadência, por esgotamento dos cardumes. Aos poucos, Vila d'Armada foi se transformando em local de veraneio e férias. A atividade pesqueira ficou limitada a consumo interno.

A economia de Porto da Armada, na Laguna, baseia-se no turismo. Na parte continental, predomina a cultura da cana de açúcar. A orla costeira, no continente, tem condomínios e *resorts* de veraneio. O desenvolvimento do porto e de indústrias agregadas, no vizinho Distrito de Ouriços, aumentou a oferta de serviços e de moradia para atender os trabalhadores daquele complexo. O crescimento desordenado na faixa litorânea e a ameaça de devastação de áreas da Mata Atlântica remanescente, são preocupações novas para os grupos ecológicos e de preservação. Na laguna, a legislação limitou a altura de novos prédios e demarcou áreas para novas construções. Prédios de arquitetura dita moderna, dos anos 1950 e 60, porém, não foram ainda demolidos, apesar de decrépitos e, até, condenados. Há um debate aceso sobre a manutenção deles.

DESDE O COMEÇO DOS anos 1970, a cidade tem sido orientada por um protocolo especial de proteção cultural e de incentivo ao turismo. A Prefeitura de Porto da Armada nomeia, para tal, por três anos, comitês de assessoramento, em prazo não coincidente, portanto, com os mandatos do Executivo e da Câmara. São membros do comitê, os residentes proprietários na cidade, representantes do comércio, dos serviços, do *trading* turístico, da atividade pesqueira, da Prefeitura, o Secretário de Educação e Cultura, o Vereador presidente da Comissão de Finanças e cidadãos credenciados pelas ligas e clubes de preservação e progresso da cidade.

Os singulares atrativos da laguna, sua tradição e história, determinaram perfil propício para o turismo de conclaves, congressos e convenções, festivais e temporadas de eventos. Os recursos fiscais auferidos são em grande parte reinvestidos na laguna.

Cruzeiros da rota Norte-Nordeste geralmente incluem Porto da Armada em seus planos. Os navios atracam na Estação de Passageiros de Ouriços, havendo traslado em ônibus, tanto para visitas à laguna, quanto para hospedagem nos hotéis e *resort*s do continente. *Charters* aéreos fazem uso do Aeroporto do Monjolo, com hospedagem nesta cidade ou em Porto da Armada.

Na laguna, há hospedagem em pousadas ou em pensões familiares, simples em conforto e serviços. As diárias tendem a ser caras, principalmente durante o verão e nos eventos e festivais.

Barcos podem ser alugados com equipe, para passeio ou pesca esportiva.

Mergulhos guiados podem ser contratados para um sítio de naufrágios programados que fica a 3 milhas a SE da laguna.

Praia dos Amores

A Praia dos Amores é uma faixa costeira privada, delimitada, no dorso norte da laguna. Seu acesso se dá por barcos e lanchas que partem da marina da Praia dos Caniços e contornam a ponta leste, à vista da Pedra Corcunda.

Uma alternativa, proposta recentemente, é alcançá-la pela trilha íngreme, agreste, ao pé da Pedra, em um caminho de 8 km, partindo do Fortim.

A praia tem areias douradas nas quais cintila a madrepérola de conchas moídas pelas marés. O efeito luminoso e irisado é sobretudo notável ao nascer e pôr do sol e nas noites de lua cheia.

O local é o destino e refúgio predileto de namorados e de casais em lua de mel. Bangalôs rústicos, servidos por alamedas, estão dispersos no coqueiral. Um centro de apoio – em curioso formato de templo grego – com um restaurante simples (*Ilha de Citera*) e uma sede para atendimento básico de hotelaria, fica em uma plataforma gramada, com vista para o oceano.

Banhos de mar não são permitidos, porém. Recentes ataques de tubarão (duas vítimas fatais e quatro feridos, nos últimos 16 meses) obrigaram esta restrição. Tudo indica que os animais tiveram suas rotas e hábitos mudados depois da construção do terminal portuário de Ouriços e consequente alteração das correntes costeiras.

Partindo dos empresários que têm o contrato de exploração da praia, há a proposta para a construção de uma piscina "natural", rasgada na faixa de areia e protegida por grade. Esta intervenção, de caráter polêmico, tem suscitado discussões acaloradas e divisão entre os membros do Comitê.

Biblioteca do Congresso

O nome "Biblioteca do Congresso" teve origem, em verdade, no bar e barbearia instalados no térreo de um antigo sobrado da Rua das Redes.

O prédio foi a residência do Desembargador Epaminondas Marques do Amorim (Monjolo, 1892 – Vila d'Armada, 1978).

Viúvo e aposentado, Dr. Epaminondas retirou-se para Vila d'Armada, com sua enorme e vasta biblioteca. Neste período, na laguna, foi conselheiro informal para assuntos jurídicos da Câmara e advogado *pro bono* de moradores pobres. Sua biblioteca era franqueada ao público e, não raramente, expurgada de volumes raros, em furtos encomendados por comerciantes e bibliófilos.

Em seus últimos anos, Dr. Epaminondas ligou-se a Maria Veneziana, conhecida por "Veninha", funcionária já madura da *Maison Florence*. Veninha foi, sucessivamente, amásia, governanta e cuidadora do Dr. Epaminondas, até seu falecimento. O desembargador deixou-lhe o sobrado, por gratidão. A biblioteca, maltratada por cupins e pela maresia da laguna, sobreviveu mal em suas estantes do térreo, do primeiro andar e do sótão.

Veninha alugou o térreo para um seu antigo cliente, Garcia de la Vega, um barbeiro espanhol, também dono de bar. Ele não tardou a juntar os dois estabelecimentos em um só, ocupando o longo salão do piso. Don Garcia deixou parte dos livros nos lugares como decoração e usou as prateleiras para bebidas e materiais da barbearia. O local tornou-se ponto de encontro da população mais idosa, desocupada, e centro de intrigas, tramas e mexericos da política local. Nessa época, ganhou o famoso apelido de Biblioteca do Congresso.

O espanhol, em sociedade com Veninha, foi introdutor de shows de *pole dance* e de outras coreografias *soft core,* para diversão dos frequentadores do bar, após as 20 horas. Outra atração foi a instalação, com grande alarde, da cadeira de barbearia "na qual foi assassinado o 'chefão' mafioso Albert Anastasia, adquirida em um leilão em Nova Iorque".

A cadeira é certamente uma réplica, mas Garcia cobrava uma tarifa extra para nela barbear, ele próprio, com muita espuma, a navalha, turistas e visitantes, com direito a fotos polaroide de recordação.

Parte da biblioteca – livros mais importantes e em melhor estado – foi comprada pela Prefeitura, por sugestão do Comitê, e transferida para o Núcleo Pedagógico de Porto da Armada, uma instalação moderna, no continente.

Garcia de la Vega, velho e doente, regressou à Espanha, tendo passado o ponto para uma rede chinesa de barbearias, em expansão de franquias pelo Nordeste do Brasil. O nome, o caráter do espaço e sua feição nostálgica foram mantidos pelos novos administradores.

Veninha vendeu o sobrado para este grupo, retirou-se para Monjolo. No primeiro andar, em *leasing*, funcionam agora danceteria e karaokê.

A barbearia está em funcionamento, atendendo, principalmente, os turistas. A cadeira "de Anastasia" ainda é atração.

Fundação Emma e Georg Patesko – Atlântico Sul
"Museu de Moby Dick"

As instalações da Fundação Patesko ficam a oeste da enseada, próximas ao istmo. Compreendem uma área de exibição, construída com o aproveitamento e reforma de galpões geminados e câmaras frigoríficas de antiga indústria pesqueira, e um prédio anexo, moderno, onde ficam escritório, reserva técnica e acervo documental.

A história da unidade remonta à visita dos Patesko, em 1938.

O casal de velejadores e entusiastas oceanógrafos, que estava em férias na costa do Brasil, teve notícia dos restos de uma baleia que havia encalhado na restinga. Tratava-se de um cachalote (Physeter macrocephalus) descomunal, incomum naquelas águas.

Emma e Georg eram naturais de St. John, na Terra Nova, tendo se mudado para Boston, após o casamento. A família de Georg estava ligada ao negócio da pesca há muitas gerações. Emma tinha raízes portuguesas e, talvez brasileiras. Era parente de Maurice Brazil Prendergast, o artista. Em Boston, George, inicialmente, empreendeu negócio de pesca, processamento e frigorificação, derivando disso para armação e frete marítimo.

Na laguna, Georg e Emma encantaram-se com a Vila d'Armada, fizeram-na sua base por dois meses e velejaram pelo litoral Nordeste do Brasil. Georg comprou as velhas instalações da pesqueira, mandou reformá-las, adquiriu da

Prefeitura a ossada da baleia, depositou-a nos galpões. Ao partir, fez vir de Rotterdam uma equipe de técnicos para montagem do esqueleto do cetáceo. Este pessoal ficou retido no Brasil após a eclosão da Segunda Guerra. Apoiada por Georg, a equipe foi responsável pelo projeto da área de amostragem nos galpões, reunindo, nestes, material da história da pesca e navegação na região, inclusive da época da exploração da merúnvia.

Após o término da guerra, Georg e Emma voltaram à Vila d'Armada, quando compraram a mansão de veraneio dos Agostini, uma família de usineiros que estava de mudança para os Campos dos Goitacazes. A mansão é vizinha da atual Pousada dos Dois Faróis, debruçada da encosta da Pedra Corcunda, para o sul da enseada.

Em suas vindas de férias ao Brasil, George e Emma fizeram vários melhoramentos ao que já era chamado pelos habitantes de "Museu de Moby Dick". Com a criação da Fundação (1949), os galpões de exibição passaram por qualificação técnica e tratamento museológico.

Emma Patesko faleceu em 1963. Georg sobreviveu-a por cinco anos, durante os quais dedicou-se mais à Fundação que aos negócios e empresas, administradas por uma *holding* de abrangência multinacional.

Emma e Georg não tiveram filhos.

Em 1970, atendendo disposições testamentárias, o *trust* da Fundação iniciou a construção do novo prédio em Vila d'Armada, visando principalmente albergar ali a coleção de manuscritos, compêndios e correspondência de Herman Melville (1819-1891), sobretudo relacionados com a preparação e desenvolvimento de "Moby Dick, acervo que Georg Patesko reuniu, por décadas.

O material físico é disponibilizado apenas para estudiosos da obra de Melville, por agendamento, mas pode ser acessado, em parte, no *site* da Fundação.

A casa na encosta é mantida fechada, cuidada pela Fundação. Apenas seu jardim, ainda chamado pela população de Horto de Dona Emma, é aberto ao público. Uma interessante escultura em bronze, em escala natural, representando o casal Patesko de mãos dadas e voltado para o mar, foi colocado sobre um cerro florido.

Maison Florence

A CASA FLORENCE é um bordel, ou como designado de forma branda, uma "casa de tolerância", tradicional de Vila d'Armada. Está instalada desde os anos 1930, quando a cidade firmou-se como local de veraneio.

Sua primeira "madame" foi uma alsaciana chamada Ivette Florence, embora se diga que ela era, verdadeiramente, polonesa, de sobrenome Mankiewsky e dona de outro bordel, no Monjolo, na Rua das Flores. De lá para cá, a casa da Vila passou por inúmeros donos e donas, mantendo-se, contudo, fiel à sua decoração parcialmente *art-nouveau* e seu velho e pretensioso mobiliário.

Em seus tempos áureos, foi frequentada por governadores, industriais, usineiros, autoridades do Judiciário e da Fazenda. Nos anos 1960-70, seus *happyhours*, com ausência das prostitutas e regado com as melhores marcas de uísque de contrabando, eram obrigatórios para políticos e próceres em férias. As reuniões se encerravam ao principiarem as atividades noturnas da casa. Muitos designavam essas sessões como "os pequenos expedientes da Assembleia". Alianças políticas e desavenças históricas engendraram-se ali.

As mudanças sociais de comportamento, a partir daqueles anos, levaram à diminuição da clientela e número de mulheres residentes. O bordel, contudo, continua a funcionar, servindo, principalmente, turistas de *charters* alemães, atraídos pelo clima evocativo do ambiente e promessas de "ilimitado prazer tropical".

Há oito anos, a Maison Florence oferece, durante o dia, visitas pagas às suas instalações. A intenção é fazer o frequentador sentir como é a vida do bordel durante as horas em que não há clientes.

A entrada é, naturalmente, proibida a menores. Encena-se lá uma performance espontânea, ao tempo que teatral. Algumas das moças são, de fato, atrizes contratadas desempenhando um papel. Recomenda-se seriamente que não se abordem as mulheres com propostas de qualquer tipo.

A casa exibe-se como um cenário roubado das primeiras fases da República ou dos antigos lupanares de Nova Orleans. As fotos *risqué* das mulheres, nas paredes, são de francesas da *belle époque*.

Não são servidas bebidas no bar da casa e as visitas duram 20 minutos para grupos de cerca de 15 pessoas, encerrando-se às 17h30. Não se deve tentar abrir as dependências fechadas e a cozinha é vedada à visitação. Um dos banheiros, com azulejos, louças e metais antigos, está franqueado para olhar, apenas. Poltronas e sofás do salão podem ser usados. Fotos são permitidas, sob uma taxa extra. Ocasionalmente, há performances musicais gratuitas com um pianista vestido às antigas.

A casa fica em uma rua não residencial, de comércio, atrás do prédio da Prefeitura.

Pousada dos Dois Faróis

Somente um dos faróis pertence à Pousada e é mais novo que o outro, da Marinha, construído em 1945.

O farol no terreno do que é hoje a Pousada, foi mandado erigir pelo Dr. Roque Sizenando Dubois, como memorial à sua filha, dada como perdida no mar, com o marido, em 1962. O pequeno barco em que os dois saíram para passeio, foi encontrado vazio, à deriva, já na costa de Lagoas do Sururu. Não houve temporal e mar e ventos estiveram calmos no dia do desaparecimento. No barco, nada havia de anormal, a cestinha com lanche e água, intocada, ainda estava coberta por um impermeável. Jean Pierre, celista, era natural de Marseille e navegador experimentado. Vanessa, violinista, sabia como manejar uma embarcação. O pai a treinara e ao irmão Afonso, desde pequenos.

Vanessa e Jean Pierre tocavam na Orquestra de Câmara de Grenoble, onde se conheceram. Vanessa, uma menina prodígio, fez o Conservatório de Paris, ficando hospedada em casa de parentes do pai. Era a primeira vez que Jean Pierre vinha ao Brasil, após o casamento, na França.

Os dois estavam de férias. Vanessa estava grávida de poucos meses.

Dr. Sizenando era engenheiro e dono de empresa de construções, especializado em pontes e estradas. Foi de sua firma o projeto de ampliação do pátio de armazéns no porto de Monjolo. O engenheiro foi também diretor daquele porto, por dois períodos. A estrada sobre o istmo de Porto da Armada foi obra de sua empresa. No período desta construção, Dr. Sizenando comprou o terreno incrustrado entre a Pedra Corcunda e a Praia dos Caniços, em uma elevação. Ali construiu uma casa para os veraneios da família e que ele emprestava a amigos e parentes, em outros meses. Havia construído a casa, grande, com muitos cômodos, calculando transformá-la em hotel, ao aposentar-se.

    O engenheiro jamais se recuperou do desaparecimento da filha. Construiu o farol, plenamente operacional, e o acendia todas as noites, em delírio, como para mostrar à filha o caminho de casa. Não a acreditava morta, perscrutava o horizonte, por horas, com binóculo. Quando se ausentava da laguna, obrigava o caseiro a seguir a rotina de acender o farol, vigiar o mar seguindo o rastro da luz sobre as ondas. O martírio do Dr. Sizenando cessou com sua morte repentina, por enfarto. A empresa construtora estava então sendo tocada pelo filho

Afonso que, advogado e deputado federal por Caetés, largou estas atividades para cuidar da firma e da mãe, Dona Virgínia, já idosa.

A casa da colina, nomeada pelo irmão "Vila Vanessa", foi, efetivamente, transformada em uma pousada. Na ala sul do terreno voltada para a Praia dos Caniços, Afonso Dubois fez construir um auditório e sala de concertos. Neles, tem sede o Instituto Musical de Vila d'Armada, uma entidade que realiza, bienalmente, o Festival de Música dos Dois Faróis, em parceria com a Prefeitura. O evento – realizado nos meses de novembro – está inscrito entre os mais prestigiados do gênero no mundo, reunindo, como hóspedes da pousada, artistas clássicos e *virtuosi* populares de reconhecida fama

Parada do Gás

NA NOITE DA TERÇA-FEIRA gorda do carnaval de 1999, no posto de gasolina à porta da Estrada do Istmo, do lado do continente, foi assassinado a pauladas o artista tapeceiro Cristiano Poletti e ferido gravemente seu companheiro Ercole Tairovich, fisioculturista e ex-mister Caetés.

A dupla fazia parte dos grupos de homossexuais que se reuniam habitualmente nas frente da lojinha de conveniências do posto, antes e depois de frequentar as boates *gays* próximas, nos fins de semana.

A ação assassina, que deixou paraplégico Ercole Tairovich, foi exercida por seguranças informais e ordenada pelo dono do posto, irritado com o "uso abusivo" do posto como *point* e, segundo ele, "pelos continuados furtos na loja cometidos pelos *gays* e pelos prostitutos e travestis, atraídos por estes ao local". Aduzia o proprietário que o consumo e venda de drogas havia se instalado no local, "desassombradamente", apesar de suas reprimendas aos frequentadores e queixas prestadas à polícia.

Na noite de terça-feira de Carnaval, havia volumoso público reunido no posto, animado para o desfile que percorreria a avenida beira mar. Muitos participantes estavam alcoolizados. O dono do posto e seus seguranças tentaram desalojar pessoas que estavam sentadas na calçada da loja de conveniências. Houve um empurra-empurra desenfreado. Naquele momento, Ercole, um homem muito forte, adiantou-se para enfrentar os seguranças, sendo cercado por eles e espancado a bordoadas. Cristiano partiu em defesa do companheiro, sendo derrubado e atingido por golpes de porrete e chutes. O conflito generalizou-se, com depredação do posto e tentativa de incendiá-lo, sendo controlado, apenas, com a chegada de viaturas da polícia. Cristiano morreu no local. Ercole sobreviveu, após longo coma.

No sábado subsequente, houve, à frente do local do conflito, enorme manifestação em desagravo às vítimas e condenação aos "atos discriminatórios e homicidas de indivíduos e parcelas preconceituosas da população". O movimento foi conclamado e organizado por entidades de defesa da diversidade sexual, dos direitos humanos, das etnias oprimidas.

Na sequência, o posto foi fechado e seu dono e seguranças processados. Um deles, um soldado PM, que fazia "bicos" nas suas folgas, foi preso, condenado e, em seguida, libertado por falha processual. A questão segue percorrendo instâncias dos tribunais. Ações cíveis, de indenização e reparação, foram movidas.

Enquanto isso, tornou-se habitual a manifestação rememorativa daqueles eventos, aos sábados, passado o Carnaval. Há doze anos, organizou-se o primeiro desfile, chamado Parada do Gás, planejado para percorrer com carreata e carros de som a avenida beira mar, partindo do terreno do posto de gasolina.

O desfile ganhou fama e avolumou-se ano a ano, tornando-se uma atração nacional, cujo prestígio e oportunidade comercial não passaram despercebidos pela Prefeitura de Porto da Armada. Ela agora também patrocina o evento. O percurso foi modificado, passando o desfile a iniciar-se no fim da avenida beira mar até o antigo posto de gasolina, local em que são deixados os carros de som e alegóricos, seguindo a pé, pela estrada do istmo, até Vila d'Armada. Lá, na Praia dos Caniços, é montado um palco para um show musical noturno.

A Parada do Gás está inscrita nos roteiros dos cruzeiros marítimos preferencialmente *gays*, podendo a atração ser adquirida como uma extensão aos pacotes de Carnaval.

O anel de ferro

O APARTAMENTO DO GENERAL Priridiano fica em Copacabana, não na beira-mar, mas em uma rua transversal, quase na esquina da praia. A vista é parcialmente vedada pelo hotel moderno, adaptado de um prédio dos anos 50. Um revestimento em vidro fumê reflete a paisagem da baía em um mosaico desconjuntado de mares e céus. Dez anos antes, de sua pequena varanda, o general avistava a praia e o passeio da orla, a vista alcançava o forte na ponta da praia, um agregado de cúpulas de concreto e pátios de pedra com seus canhões desativados. Priridiano serviu ali, quando jovem.

O prédio do general, em tudo igual a seus congêneres construídos pela Caixa de Pecúlio nos bairros das zonas sul e norte, está bem conservado de estrutura, talvez um tanto encardido, sem pintura renovada, mas esfregado, limpo. O elevador cheira à graxa e o corredor a refogado habitual de alho, para o preparo de feijão e carne seca. O apartamento do general é o último, ao fundo, no sexto andar.

A mocinha que abriu a porta indicou um sofá onde eu e o fotógrafo Calisto já nos sentáramos na entrevista anterior. A sala estava em penumbra, somente uma faixa de luz, intensa e estreita, insinuava-se pela fresta nas portas da varanda, rebatia-se em um carpete de padrão indefinido, dava contornos difusos às coisas.

Dona Anilsa veio, saudou-nos com um sorriso de lábios fechados, uma leve inclinação de cabeça, só uma cortesia. Escancarou as portas da varanda. A luz da baía insinuou-se, célere, lavou todo o ambiente, desbotou a cor dos móveis, mostrou quadros e fotos na parede cor de creme, uma toalha rendada sobre o aparador com uma santa – a Conceição –, talvez. O floral do robe de dona Anilsa mostrou-se em seda mortiça, alguma coisa de antigo estilo oriental. Ela nos apontou cadeiras de vime na varanda, um conjunto que se completava com a mesinha de tampo de vidro. "Fiquem aqui, é mais fresco. O general chega logo, está no banho. Os senhores têm sede?"

Agradecemos. "Não, obrigado." Ela se foi, após o mesmo sorriso e meneio. É uma mulher nos primeiros anos da oitava década, alva e pequena. Crê-se que encolheu, com a idade reduziu-se em escala. Vendo-a nos velhos filmes, aparecia grande, espantosamente luminosa, as coxas altas, o púbis estufado com um recheio triangular, o busto apertado no colete de vidrilhos, um cocar de plumas de avestruz, a cauda idem. Dançava requebrando quase no mesmo lugar e cantava com a voz de alguém, sempre fora de sincro. Essas performances, sem o canto, ela repetia nos shows de teatro de revista. Era bela, no rosto ainda se adivinham traços daquela época. Foi o terceiro casamento de Priridiano. Dela, o segundo.

O general ficou viúvo ainda quando na ativa, casou de novo, divorciou-se em litígio complicado, juntou-se com Anilsa – com quem já estivera envolvido após a viuvez. Anilsa havia se separado do primeiro marido, deixou as duas filhas com este – um sujeito muito rico –, acertou-se com um empresário argentino, viveu em Buenos Aires, fez as casas noturnas cumprindo um roteiro de fim de carreira, viu suas joias e economias sumirem nos projetos nebulosos do parceiro, voltou para casa, teve várias ligações com homens da política e de negócios, praticamente foi resgatada desse périplo desgastante por Priridiano. Aquietaram-se.

O general completou cento e um anos. Aparenta a idade.

ELE CHEGOU AMPARADO PELO cuidador, um tipo jovem e forte. Veio recendendo a lavanda, três fios de cabelo emplastrados sobre a calva rosada. Não nos cumprimentou até que foi alojado em uma da cadeiras de vime. Dispensou o moço com um comando de mão.

"Dependo aí do nosso amigo para andar com segurança. Costumava passear na calçada até o forte, ida e volta, todas as manhãs. Isso, até dois anos atrás. Agora, com este joelho estourado...", ele falou, sem nos olhar, fitando a nesga de praia.

"O que mandam, desta vez? Faltou algo? Não disse o bastante?"

"Ah, disse, general. Foi uma contribuição com esclarecimentos importantes, sobretudo sobre a época do suicídio do presidente e a renúncia do outro..."

"Renúncia, pois é... Não devia ser renúncia, foi uma encenação nasseriana que deu chabu. O homem queria sensibilizar, chantagear a população, voltar em triunfo e com mais força. As raposas aproveitaram para livrar-se dele."

"Certamente. O senhor alude Nasser, a nacionalização do Canal. O general esteve lá. Como foi?"

"Está tudo nos livros, não é um mistério faraônico."

"Pergunto sobre o Batalhão Suez. Qual foi sua missão?"

"Estive lá por três termos. No princípio, para organizar, no meio, para fiscalizar – o contrabando estava grassando na tropa – e, no fim, para desmontar nosso aparato. Aquilo lá era incômodo, ia quem ambicionava adubar o soldo, receber em dólar. Disputava-se vaga, usavam-se pistolões civis e influências militares para conseguir um posto, era um vexame. Nós do Anel, de certo modo, tínhamos algum peso naquilo, quero dizer, éramos consultados. Muitos dos nossos tinham experiência internacional."

O ANEL, ANEL DE Ferro, era um clube de caráter militar e, como clube, uma extensão disfarçadamente paisana, onde se podiam discutir temas políticos sem a observância estrita das leis da caserna ou da defesa. Conspirava-se lá? Segundo Priridiano, "até mesmo pedir uma limonada no balcão do bar seria indício de conspiração ou isca de agente provocador, a paranoia tinha mais enredos que a confecção do almanaque de promoções, conspirava-se por natureza e atavismo".

Temiam o Anel quem nele estava, cautela tinham os que não aderiam, os que estavam em comando de tropa, companhia, exército. Até mesmo ministros tinham receios, cuidados em lidar com assuntos que passavam pelo clube. Havia, lá, gente da reserva, mas também da ativa.

E, no entanto, ou por artifício de puro teatro, o ambiente era cordial, até familiar. Festivo, sempre. Com bailes, quermesses, homenagens floridas a quem ia para a reserva. Na maioria, formava um simpático magote de idosos apascentados, avistado de fora como um grêmio de jogadores de pif-paf ou dominó.

A sede era grande, havia cômodos recursos extraídos dos sócios e de convênios com o Ministério e a Caixa de Pecúlio. O pessoal da Cavalaria contribuiu com um arena hípica coberta e uma pista externa, de grama. A inveja de senhoras de outros oficiais produziu um projeto de piscina de hidroterapia, para o que foi demolida parte da biblioteca e um trincho da despensa da cozinha. O restaurante, porém, continuou servindo comida de primeira aos sócios e seus convidados, políticos, banqueiros, gente de empresa.

O Anel de Ferro tornou-se uma instituição sólida, respeitada e com propósitos mais vagos que simples recreação e lazer. Segundo Priridiano era um "clube de pensamento", sem pretensões decisórias, mas influente. "Havia nele várias camadas, vários níveis de crítica e interesses. E os sócios. Havia carneiros, burros de carga e carcarás. Você tem conhecimento tácito da capacidade destes últimos para atos radicais e violentos. Eles são parte da genética da profissão. Genética recessiva, às vezes."

Durante o Regime Militar – a Ditadura – o Anel tentou preservar-se, foi assaltado pelos duros, vencido em alguns setores e diretorias. Uma guerra interna instalou-se, ganharam-na, enfim, alguns marotos e oportunistas de olho grande nos convênios e na proximidade política do clube com a Caixa de Pecúlio. "Sabíamos quem torturava, quem se aproveitava, roubava, mas vivia-se em torvelinho e sob desmando, lideranças eclípticas. Não havia como controlar aquilo com política ou gerência. Pulei fora, dei-lhes uma banana.", Prirídiano nos dissera.

Também disse: "Tomei um prejuízo grande. Foi na época em que se construía este prédio. Um picareta, um civil, infiltrou-se no Anel, por ele chegou-se à diretoria da Caixa de Pecúlio, logrou manipular os fundos do Montepio. Botou o dinheiro em uma mineração de titânio na Bahia. Uma fachada, com galpões vazios e usinas ocas. Deu um rombo dos diabos. O prédio aqui ficou sem dinheiro durante a construção. O que vocês estão vendo foi resultado da injeção de recursos pessoais dos moradores. Torrei um terreno que eu tinha na serra, um pedaço de terra onde queria fazer um sítio para os fins de semana".

Isto nos foi dito na primeira entrevista. Ele contara: "O mesmo safado, em conluio com o Manilha, que estava nas finanças do Anel, teve um puta lucro com a floresta desbastada para fazer Tucuruí. A Caixa pouco viu da grana dessa madeira. Já o Manilha..."

Perguntei, de novo, quem foi "Manilha", citado, recorrentemente, na primeira entrevista. Desta vez ele não se omitiu:

"Manilha era um efedepê da Artilharia, tinha este apelido de caserna por conta do grosso calibre dos torpedos que expelia nos sanitários. Sempre produzia mais volume do que o ingerido no refeitório. Era um animal. Ladravaz por vocação. Já morreu, graças."

Com as recordações ruins veio um franzido na testa, um fole de pregas que ondulou além da linha sumida do cabelo. Ia continuar, mas voltou a vista para dentro de casa, um sorriso começando a desvendar os dentes que sobreviveram. Dona Anilsa vinha trazendo uma bandeja com jarra de suco. Ele olhou atento como ela depositava as coisas na mesinha de vidro, cada copo sendo um tilintar de precariedades.

Calisto levantou-se, encolheu-se junto à grade da varanda para conseguir ângulo mais aberto, clicou uma sequência de fotos. Flagrou Dona Anilsa curvando-se para servir o suco, a mocinha temendo um desastre com a bandeja e tentando uma ajuda tímida. Priridiano com o olhar voltado para a mulher. Ele estava com uma camisa de moletom de gola olímpica, vestimenta juvenil que envolvia desgraciosamente seu tronco alquebrado e sobrava na corcunda.

Nem bem saíram dona Anilsa e a mocinha, o cuidador chegou trazendo copinhos plásticos com remédios. Ele os tomou com método, espaçando a ingestão, olhando para dentro dos copos, checando os comprimidos.

"Tomo uma dúzia deles por dia, às vezes mais", ele nos disse, balançando a cabeça entre resignação e pouca crença nos remédios. Aprumou-se, olhou em torno como a recuperar um assunto que estivesse flutuando na varanda, esquecido ou relegado.

"Onde estava?", arguiu, e ele mesmo achou o fio da resposta:

"Em Suez davam umas folgas de doze dias. Havia os 'Twelve Centers', lugares indicados para as licenças e folgas, onde você gastava o dinheiro com jogo e, principalmente no Cairo, com prostitutas, bebidas clandestinas, essas coisas. Mas, você não era obrigado a ficar somente nos lugares listados, podia escolher para onde ir, contanto que fosse com dinheiro do próprio bolso. Eu e Damasceno... sim Damasceno, o que chegou a Ministro, por um pouco tempo, ele mesmo... Foi comigo para o Egito, no segundo termo. Tivemos folga juntos. Arrumamos uma carona em um avião de suprimentos que voltava para a Holanda, pegamos um trem, fomos tirar os doze dias em Paris. A ideia foi de Damasceno. Era minha primeira vez ali. Sempre me mandavam para os Estados Unidos, sei lá, me achavam com cara de gringo. Servi com o Adido na época da crise de 54, voltei às vésperas do suicídio do homem, do Presidente. Não sei se já contei, mas, na semana crítica, estive com o embaixador americano trocando inteligência sobre a situação. Ele era um alcóolatra e um idiota, mas tinha informações suficientes para perceber a bosta em que aquilo iria dar. A pressão e o desfecho iriam incrementar o idílio dos trabalhistas com as facções mais à esquerda... Questão de sobrevivência, ruim para os americanos. Petróleo, nacionalismo exacerbado, essas coisas. Ele, desatento, não quis botar freio nos jornais, não sinalizou à direita. Propus que falasse com alguns dos nossos, visitasse o Anel, eles tinham boas relações na Aeronáutica. Ele desconsiderou, fingiu isenção, mas continuou espicaçando as feras erradas, esfaimadas. O Presidente até que esperou uma luz que viesse de lá. Deu no que deu. Águas passadas que ficaram movendo moinhos, não é? Até a mudança da capital iria entrar nessa conta. Livrar o Executivo do sufoco dos sindicatos. Levar a política para longe do alcance dos movimentos de massa."

"Pois é, foi isso mesmo, general. E em Paris?", puxei-o de volta.

"Em Paris. Vou lhe dizer... Anilsa bateria em beleza e charme aquelas lá. E dançava melhor e mais animada. Gostava do que fazia, a Anilsa. Não parecia estar representando. Não preciso falar baixo essas coisas. Ela sabe. Em Paris... Paris..."

"Com Damasceno."

"Sim, Damasceno. Coleguinha do Anel. Ele era apaixonado por tudo que fosse equestre, vivo ou em bronze. Tinha uma Leica, fotografava burros puxando carroças, pôneis de carrossel, estátuas de duques, príncipes e reis, contanto estivessem montados. Fomos parar em uma apresentação circense de uma trupe romena de cavaleiros em um Palais des Écuyères, um barracão meio gasto, nos subúrbios. Não sabia onde o Damas – o nome de caserna dele era Damas –, não sabia onde ele tinha ouvido falar do número, mas fomos lá, e foi uma surpresa para mim."

"Esperem", ele disse. Ele se torceu com dificuldade, falou para dentro da sala, chamou a mocinha que estava de plantão junto ao cuidador, num recanto: "Peça a Dona Anilsa, o álbum de fotografias. O de capa verde, na escrivaninha". E, para nós: "Há umas fotos que quero lhes mostrar."

Quando chegou o álbum, ele o pôs no colo, mandou que a mocinha livrasse a mesa de copos e da jarra, colocou-o aberto sobre o vidro. "Aqui, vejam." Puxamos as cadeiras para perto da mesinha. Ele indicou uma foto, fincou a unha nela, como se temesse que ela voasse da folha ou evanescesse.

"A foto é nas instalações do Anel de Ferro. O sujeito com a cara chupada é Péricles. Era o tesoureiro, à época. Ele havia sobrevivido a um derrame, ficou com a cara repuxada e um braço inútil. Ao lado, Damasceno, sempre com o jeitão de escudeiro mor. Morreu moço, o Damas. Que falo? Para mim, todos morreram moços, que lhes parece? Esta, na outra foto – Anilsa riscou a cara dela, com ciúmes injustificados, é claro –, esta é Virgínia Davis, frequentadora do clube, vedete adorada pelo Presidente... ou vocês pensam que o homem era apenas um animal político? Passem as folhas, é mais fácil para vocês, desse lado. Mais para o fim. A mulher com o cavalo, essa."

A foto é de um número de circo. Uma mulher vestida à cigana comanda um cavalo branco, de bom porte, e um renque de cadetes posta-se à frente deles.

"Aí está. Este é Zarif. Aliás, Ismail Tairovich Zarif, como o Damas o fez inscrever no Serviço de Remonta. O nome completo fui eu quem deu, misturei as etnias. Ele era meio árabe, meio cigano", Priridiano soltou, sem querer explicar muito.

"Um cavalo com nome completo de gente? Muita deferência..."

"Mas, era um cavalo mesmo. Completamente equino. Solípede, como diziam no Serviço de Remonta e Veterinária. Era especial, contudo."

"Especial, em que sentido?"

Priridiano pareceu animar-se:

"Rimos muito, eu e o Damas, imaginando que, no futuro, alguém pudesse descobrir o subterfúgio, ou melhor, o atalho burocrático que usamos e que permitiu importar o bicho e a domadora para um projeto secreto de psicologia animal."

"O senhor está brincando."

"Não estou. Olhe a foto com atenção. Zarif está hipnotizando uma fileira de cadetes. Foi uma demonstração que Damasceno levou no Anel, pouco antes de embarcar o animal e a moça cigana para Brumado da Serra, em Minas. Havia lá uma Estação de Cria e Reprodução mantida em convênio com a Policia Militar."

"E este cavalo... Zarif, os senhores o obtiveram no circo dos romenos, em Paris?"

"Sim. Com uma verba especial que o Damasceno arrancou do Ministério, usando de prestígio e cumplicidade de outros oficiais aficionados, conhecedores dos experimentos com animais sábios."

"Existe isso?"

"Já ouviram falar nos cavalos de Elberfeld?"

Calisto e eu nos entreolhamos, angariando socorro mútuo. "Nunca", demos em uníssono. O general tirou a velha foto das cantoneiras do álbum, a mostrou mais de perto a nossos olhos e narizes:

"Zarif era tido como descendente direto de um deles, talvez trineto de Muhamad, o calculador, ou do próprio temperamental Zarif, o original, irrequieto e zombeteiro. Este, como Muhamad, além de calcular raízes quadradas e cúbicas de números cavalares, permitam-me a blague, era capaz de articular frases..."

"Falava, o bicho?", provoquei. Calisto riu.

"Não sejam tolos. Claro que não. Batia com os cascos em um alfabeto especial, pintado em uma prancha. Compunha sentenças assim. Certa vez denunciou ao Sr. Krall, seu dono, ou como dizem hoje, seu tutor, que um jovem cavalariço havia maltratado um dos potros do estábulo. 'Albert bateu em Hanschen!', ele disse."

"Alcaguete..."

"Pois é. Tinham emoções e sintaxe, paixão e lógica, mais que alguns humanos. Os cientistas ficaram abismados. Há um livro que fala deles, dá testemunho. *O Hóspede Desconhecido*, de Maeterlink. Ele esteve lá, em Elberfeld. Testou os bichos. É um livro meio difícil de achar, mas vale a pena ler. Há também um estudo de Claparède, o psicólogo. Os animais eram famosos, muita gente escreveu sobre eles. Houve imitadores. Alguém treinou até um cachorro – Rolf, chamava-se. Também calculava um pouco, nada comparável aos equinos."

"Que aconteceu aos cavalos?"

"Veio a Primeira Guerra, a Alemanha virou de ponta cabeça, a Europa toda, a Rússia também, veio a Segunda Guerra, que tipo de magia ou mistério sobreviveria a esses desastres? Foram esquecidos. Somente gente como Damasceno seguiu as pegadas, puxou as rédeas do assunto, por assim dizer. O Damas e seus amigos descobriram que um empresário circense, exatamente um romeno, arrematou os animais depois da morte de Herr Krall. A aparição de um descendente deles num circo em Paris faz sentido. E o cavalo tinha o dom. Calculava, hipnotizava, transcrevia o que lhe era traçado com o dedo no pelo do seu dorso. Eu mesmo vi estas performances."

"E o Damasceno trouxe o bicho e a tratadora romena para o Brasil."

"De navio. Tudo quase perfeitamente legal, de acordo com o item terceiro do artigo quarto, capítulo segundo do Decreto 22.031, que instituiu o Serviço de Remonta e Veterinária, se não me engano. O item era o dispositivo que regulava processos em segredo. O Serviço foi criado no governo do Dutra. Canrobert era o ministro. Colega nosso, do Anel, aliás."

Ele repôs a foto no álbum, cuidadosamente. Fechou-o. Chamou a mocinha para que o guardasse. Acenou para o cuidador:

"Vamos para dentro, sentar na sala. O vento aqui está começando a incomodar. Lá eu conto o resto da história".

Ninguém sentia vento algum, fazia mesmo um pouco de calor, mas o velho estava certo, antecipara, intuíra, um golpe de vento frio que trouxe do mar uma grossa pancada de chuva. O aguaceiro chegou quando nos instalávamos na sala, a mocinha acendia as luzes, o cuidador cerrava as portas da varanda. Dona Anilsa veio de lá de dentro, sentou-se no sofá, ao lado de Priridiano. Tinha trazido um cobertor e estendeu-o, dobrado, sobre as pernas do general. Ele afagou a mão dela, agradecido.

"Ouça, Anilsa, eles estão curiosos com a história do cavalo do Damasceno, o Zarif. Vejam só! Quem diria que se falaria disso um dia..."

"E você vai contar? Não teme que achem que é uma invenção, uma doidice?"

"Foi uma doidice, afinal das contas. Mas, não me importo em contar, entendam como invenção ou verdade. Se o Damas fosse vivo, contaria, do mesmo modo."

"Ah, não contaria, não. Ele não ia sair bem no filme..." dona Anilsa pontuou.

Dona Anilsa esboçou uma falsa expressão de contrariedade. Nos seus olhos de caramelo havia um quê de brejeirice e troça que a idade não conseguia apagar. Tinha ainda aquele jeito coquete de carioca atrevida, balneária – embora fosse capixaba de nascimento. Sentada em paralelo com Priridiano, fazia valer a diferença de vinte anos entre os dois. O general parecia ainda mais murcho ao lado da velhice algo juvenil de dona Anilsa. Ele foi em frente:

"O projeto de Damasceno e da turma dele – eu não participei muito, além da importação da parelha –, o projeto deles era formar um plantel de bichos sabidos. Pensaram, primeiro, que Zarif poderia ser professor de outros animais, passando a esses seus conhecimentos e dotes. Para isso criaram um estábulo à parte, selecionaram os melhores espécimes, puseram todos em convívio, comendo ração diferenciada, rica em fosfato e outros complementos que um capitão veterinário preparava no laboratório."

"E a domadora, a romena? Qual o papel dela?", eu queria saber.

"Aí é que está. A criatura – chamava-se Vadoma, a moça –, não podia ficar na estação de Brumado. Ficou alojada em Teófilo Otoni. Buscavam-na de jipe, vestida de enfermeira, em assistente de veterinário, todas as vezes que precisavam dela para os experimentos com Zarif. O animal só funcionava com ela e os outros sequer respondiam a seus estímulos. Inteiramente tapados, embora luzidios, gordos, gulosíssimos."

"Quanto tempo durou isso, general?"

"Anos. Três, quase quatro, acho. Perdi um pouco de contato quando fui mandado para o Norte, Amazônia... tempos ruins..."

Priridiano baixou a voltagem da voz, suspirou. Tomou fôlego e retornou:

"Damasceno era teimoso. Resolveu tirar crias de Zarif. Achava que os descendentes dele teriam os dotes mentais e psíquicos fixados nos genes. Achava que, assim, as qualidades seriam intrínsecas. A pedagogia não estava funcionando, isso já fora provado. Mandou buscar o que havia de melhor em éguas no Realengo e no Rio Grande do Sul. Naquele tempo ainda não havia técnicas aperfeiçoadas para fertilização *in vitro*. No princípio, Zarif ficou animadíssimo, cobria as éguas com grande disposição. Mas, exageraram na dose. Queriam muitas crias para formar base estatística, amostragem comparativa, estas coisas. O bicho ficou extenuado, irritadiço, arredio às éguas. Até meio burro, perdoem-me essa, até obtuso ele ficou. Errava nas contas mais simples e na grafia das palavras. Mergulhava no estado de besta ignara. Tiveram que dar-lhe folga, puseram-no a pastar livre, para espairecer. Dizem que ficava filosofando no prado, acho que aliviado."

Anilsa tinha ido comandar uma rodada de cafezinhos, levou a mocinha. Priridiano acompanhara a retirada com uma pausa e um olhar comprido.

"Para complicar, no meio dessas dificuldades, a Vadoma – parece que há um ímã para estes problemas – uma caravana de ciganos passou por Teófilo Otoni, a Vadoma enturmou-se com eles, sumiu na estrada. Damasceno entrou em desespero, o projeto estaria prejudicado sem ela. Por ocasião da fuga, ou deserção, vamos deixar assim, o presidente do Anel era o Camargo Torres, um sujeito cascudo, que criou calo na bunda nas cadeiras das S2 pelo país afora. Damasceno apelou para ele. Soltaram os perdigueiros em campo e a romena foi achada no Paraguai, recambiada sob persuasão amigável, dinheiro, promessas de um apartamento e de assistência para o bebezinho que ela ia ter."

Anilsa voltou. Sem os cafezinhos. Ficou de pé, por trás do sofá, enxugando as mãos:

"Priri, você não acha que nossos amigos aqui vão engolir essa história da fuga da cigana grávida, não é?"

O general tentou girar o pescoço, ver Anilsa, talvez responder. O esforço seria grande. Não quis arriscar um torcicolo. Calou-se. Ela tomou a vez:

"Meus senhores, isto é conversa para boi dormir. Ou para cavalos, vamos falar sério. O fato é que foi Damasceno quem engravidou a moça. Eram amantes há muito tempo, desde o tempo da vinda de Paris, certamente. Foi isso o que fez a Rita pedir o divórcio, acabar com um casamento de quase trinta anos. Não foi o que o Damas alegou. Que ela não tolerava as demoradas ausências dele, as viagens para Minas, o envolvimento com um projeto secreto. Balela."

Ela fez uma rabissaca cênica, voltou para a cozinha. O general nos olhou, sem graça.

"Bom, há essa versão também... é possível. Conversei uma vez com Péricles, na época em que o Damas foi tirado do ministério com uma rasteira. Ele achava que o Damas estava mesmo envolvido com a cigana. A suposição dele era que Damasceno terminou por se convencer de que os dons psíquicos não eram do cavalo, mas da moça. A gravidez dela seria resultado dessa convicção. Damasceno passou, ele mesmo, a fazer parte do experimento. É uma teoria."

Ele calou-se, um tanto amuado. Olhou para o lado da cozinha, Anilsa não voltava. Falei, para quebrar o gelo.

"Algum potrinho saiu com o dom, alguma capacidade?"

"Nenhum. Completamente burros."

"E Ismail Tairovich Zarif, que foi feito dele?"

"Morreu de velho, no pasto, em Brumado da Serra."

"A cigana, Vadoma?"

"Ah, essa teve a criança, cuidou dela por um tempo, abandonou-a, despachou-se para a Europa, acredita-se. O menino foi adotado e criado por parentes distantes de Damasceno, em Minas mesmo. Ficou por lá. A última notícia que tive dele é que foi prefeito, por duas vezes, de uma cidadezinha, São Sebastião não sei das quantas. Tem fazendas, por lá. Enriqueceu. Deve ser bom em cálculos e prosódia."

Os cafezinhos não vinham. D. Anilsa não voltou à sala. Priridiano nos olhou, definitivo, com cara de desculpas:

"Aborreceu-se, a moça. Fazer o quê?"

Vrlina

...foi um ato de desespero...eu estava para sacrificar todas as minhas convicções prévias sobre Física.

Max Planck

VAMOS TRABALHAR COM A hipótese – não com a fantasia, não com aquilo que o Sr. Albert chamaria de *spukhaft Fernwirkund*. Não, nada de fantasmagoria remota. Vamos supor um ponto inserido a giz em um plano, um xis preciso riscado na calçada em uma esquina do Parque Bryant, em New York. São estas as coordenadas, uma referência para uso: 40°45'12"N 73°59'05"O.

Um segundo ponto deve ser marcado (se não localmente, ao menos em um bom mapa), em 38°50'04"N104°48'01"O, um local em Colorado Springs, Estado do Colorado, Estados Unidos. Chamaremos este ponto de Čednos*t*.[1]

O terceiro ponto, que denominaremos *Nevinost*,[2] será marcado em 40°56'51"N 72°54'00"O. O local fica em Shoreham, Long Island, Estados Unidos.

Tracemos uma linha ideal ligando Čednost e Nevinost – uma representação de cerca de 2.725 km. Outra, de Čednost ao xis no Parque Bryant (2.637 km). Fechemos um triângulo com uma linha do parque Bryant a *Nevinost* (93,8 km). Consideremos planar este triângulo, ignorando a curvatura geodésica. Dentro destes limites, o cronômetro será zerado para efeito e âmbito da hipótese.

> Mas, havia um pombo, um belo pássaro de branco puro, com a ponta das asas cinza, era diferente. Era fêmea e eu sempre a reconhecia. Não importava onde eu estivesse, ela me encontrava. Quando a queria, bastava que a chamasse e ela voava para mim. Nós nos entendíamos. Eu amava aquela pomba. Amava-a como um homem ama uma mulher e ela me amava... Enquanto eu a tivesse, haveria um sentido para minha vida. (Nikla Tesla)

---

1. Čednost. Do Croata: Castidade.

2. *Nevinos*t. Do Croata: Virgindade.

Consideremos duas instâncias figuradas por pombas nas coordenadas designadas Čednost e Nevinost. Ambas devem voar para o ponto marcado a giz na calçada do Parque Bryant, lá devendo chegar simultaneamente, o que, efetivamente, não ocorrerá.

Há a tentação imediata de pensar que a pomba Nevinost voaria a uma velocidade muito reduzida para chegar ao ponto, simultaneamente a Čednost. Em oposição a isto, esta teria que ter sido extremamente veloz para lograr simultaneidade.

Invertendo os percursos, coloquemos agora as pombas no mesmo local, o xis no parque Bryant, obtendo uma única instância que vamos designar Vrlina.[3] Façamos Vrlina voar, por suas instâncias, aos pontos de partida. Ela (elas, se assim as querem) tem (têm) a aferição das distâncias incorporadas à sua duplicidade e, portanto, voarão sincronizadas, chegando emparelhadas aos pontos de origem. O cronômetro zerado andará na velocidade relativa aos ajustes entre as instâncias, será o tempo contido em Vrlina.

O fundamental nesta simulação não se satisfaz na velocidade mediana métrica resultante à chegada aos destinos, mas na unidade das duas pombas, sua simultaneidade e atrelamento intrínsecos em Vrlina.

Por corolário, entende-se que Čednost e Nevinost são improváveis sem Vrlina, (conteúdo das variáveis), e que esta, por sua vez ou momento, é improvável sem as duas instâncias, porquanto estática sobre o ponto xis na calçada do parque, estando o cronômetro em zero. Por outro lado, os percursos de convergência não se afirmam sem a contraprova do voo (voos) de regresso, hipotético(s) em si, mas necessário(s). No entanto, em qualquer sentido que as pombas voem, elas deverão ser Vrlina, mesmo se trocarmos os pontos de partida delas, mudando Nevinost para Čednost e viceversa. (Fragmento manuscrito pelo paciente H.C.E., do St. Elizabeths Hospital, com inserções e rasuras.)

> Em voos sobre a terra, pássaros podem alternar o sono para ambos hemisférios cerebrais, dormindo com um hemisfério de cada vez, em resposta a mudanças no ambiente. Durante esta Onda Lenta de Sono Uni-hemisférico (OLSU), os pássaros mantêm o olho conectado ao hemisfério desperto que esteja dirigido a potenciais ameaças. (Revista *Nature*)

---

3. Vrlina. Do Croata: Virtude.

PRESTON FROST JR., UM garoto de onze anos, saiu tarde da escola, um prédio padrão, cor de chocolate, em Limon, Colorado. Os colegas já haviam largado, mas ele ficou retido pois não completara uma pesquisa na biblioteca. A porta principal já estava fechada e ele saiu pelo pátio, atravessou a quadra cimentada, e deveria chegar ao portão da cerca telada. Ali, tomaria a rua 8 e seguiria para casa. No meio do pátio, ele disse, resolveu entrar no conjunto de escorregos recém-instalado, uma estrutura similar a uma escultura moderna, policromada. Sabia que não era permitido usar o brinquedo sem supervisão, mas, mesmo assim, livrou-se da mochila escolar, pulou uma corrente, subiu a escada e chegou à plataforma de acesso às rampas, quinze metros acima do solo. Hesitou entre escorregar pela rampa coberta, um túnel recurvo, ou pela rampa descoberta, um declive igualmente curvo, porém mais abrupto.

Enquanto estava para se decidir, avistou um pombo pousado sobre a guarda da plataforma. O pássaro parecia dormir, imóvel. Somente as penas do dorso ondulavam, tocadas pelo vento. Preston observou que o animal parecia cego de um olho (tinha-o cerrado), enquanto o outro, de um vermelho muito vivo, estava aberto, embora fixo. Era um pombo extremamente branco e Preston relatou que ele parecia fosforescente, declarou que já havia visto outros pombos com irisações, mas apenas nas partes coloridas do pescoço ou nas costas das asas. Este reluzia como a madrepérola de um cinzeiro que havia em sua casa.

Quando ele se aproximou para observar melhor, o pombo como que despertou, agitou-se, tentou voar, mas colidiu com as ferragens da plataforma. Chegou a roçar bruscamente o ombro de Preston.

O menino desequilibrou-se e caiu de costas na rampa descoberta, descendo vertiginosamente. A última coisa que lembra é que viu o pombo desvencilhar-se das grades e alçar um voo para "muito alto e para longe", em uma velocidade que ele descreveu como "impossível".

Preston Frost, teve fratura no braço e luxação severa no ombro esquerdo. O encontro com o "pombo luminoso" foi tomado como uma fantasia pós-traumática, mas o guarda do portão da rua 8, que atendeu Preston, relatou ter visto "um estranho rastro de luz" saindo dos altos dos escorregos, no mesmo momento em que ouviu os gritos do menino e correu em seu socorro.

O rastro de luz, tão intenso que pôde ser visto à luz do dia, foi notado por várias pessoas simultaneamente, observado no sentido oeste/ leste, em uma linha tangente às cidades e vilarejos de Genoa, Flagler, Stratton... (Transcrito do Prairie Apollo Gazette)

NORMA HAYNES, FUNCIONÁRIA DE uma firma de cortinas, havia atendido o pedido de um estabelecimento na esquina de Main com Old Dock, em Kings Park, Long Island. Ao voltar para seu carro, estacionado ali perto, teve sua atenção atraída por uma espécie de papagaio de papel adejando sobre a Igreja Adventista.

Protegendo a vista com a pasta de amostras de tecido – o sol fazia forte contraluz – Norma percebeu que não se tratava de um papagaio de papel, mas de algo com a forma de um pássaro, mais precisamente um pombo. O objeto pareceu-lhe um balão iluminado internamente, pois, mesmo contra a luz do sol, refulgia de modo pulsante.

Ela viu o objeto descer da altura da torre da igreja até o nível do cimo das janelas do prédio. Estava a uns poucos metros dela, sobre um gramado. Norma se surpreendeu com o realismo do "balão" e com sua "autonomia" pois não divisou fio que o prendesse ou guiasse.

Cogitou que se tratava efetivamente de um pássaro, mas estranhou que estivesse como que flutuando, apenas oscilando ligeiramente ao vento. Ela nunca soube que um pombo pudesse permanecer parado no ar daquela maneira. "O voo é mais parecido ao de um besouro", ela lembra ter pensado no momento.

Enquanto observava o objeto, a porta lateral da igreja abriu-se e dela saíram meninos e meninas guiados pelo monitor da escola bíblica. Vendo-a olhar para cima, juntaram-se à sua curiosidade e logo romperam em grande algazarra, apontando para o céu e atraindo transeuntes tanto da Main quanto da Old Dock.

Com o barulho, o pássaro – já reconhecido como um pombo branco estranhamente luminoso, deslocou-se, em um voo normal à sua espécie, até o outro lado da Main, voltando a congelar-se no ar, sobre a padaria Park Shop.

Naquela altura, já havia multidão de curiosos na esquina o que, inclusive, travou o trânsito de veículos.

O pombo demorou cerca de três minutos acima do telhado da padaria, mudando de posição poucos metros por vez, em arrancos, exatamente como um besouro. Após este termo, fez um voo mais longo, perdendo-se de vista, ao sul, sobre telhados e árvores, na direção da Avenida Dawson.

Ninguém estava munido de câmeras na ocasião e os únicos registros visuais do fenômeno são desenhos feitos pelas crianças da Escola Adventista. Publicamos abaixo uma destas artes, riscada pelo menino Preston Frost, morador de Shoreham. (De uma reportagem no Seaview Monitor)

TREZE ANOS SEPARAM O desmonte e demolição das estações/ laboratórios de Nikla Tesla em Colorado Springs e Long Island. Ambas foram vítimas da inadequação financeira e empresarial do inventor, sua incapacidade para lidar com o mundo capitalista, mundo não diria apenas cruel, mas também mordaz para com o fracasso e a ingenuidade.

Com uma Europa idílica e culta acariciada em sua mente jovem, ele não captou a advertência rude que sublinhou o primeiro golpe traiçoeiro, dado por seu empregador e falso associado Alva Edison: "Nada lhe devo, o senhor não entendeu o humor americano".

Efetivamente, não entendeu. Esteve sempre mais próximo da nostalgia, do drama e da angústia que do positivismo juvenil, do heroísmo atlético que a América exige de empreendedores vitoriosos.

A tríade de sentimentos acima citados, amalgamava-se, entretanto, em imagem propícia para sua aparição pública, para seus anos de estrelato: o cientista exótico, romântico e prodigioso, o *showman* do magnetismo e dos raios, o mago futurista...

(Depois disso, a perda das patentes, as dívidas, o delírio senil, os projetos miríficos. A solidão e o oblívio.)

É estranha coincidência que tenha instalado sua estação do Colorado tão perto da Escola para Surdos e Cegos e é também insólito que, ali, acreditasse ter captado sons do espaço cósmico (que a indústria de jornais e revistas logo levaria ao público como sinais de vida no planeta Marte). Raios e trovões saíam de suas enormes bobinas: os cegos ouviam estrondos, os surdos eram ofuscados com relâmpagos. Que diriam uns aos outros?

De Shoreham, da torre Wardenclyffe, quis despejar energia para todo o Globo. O Governo imaginou que a antena fora feita para transmitir segredos militares. Queria sua destruição. Nikla, um amante de pombos – tomados, sabe-se lá por que, como símbolos da paz – planejava um raio direcional militar de descarga letal, ambicionado por todos os governos e por todos os cineastas da ficção científica. Conseguiu?

Gostaria que seus raios fossem o enigma que convergiu para Tunguska, devastando um trato da Sibéria, antecipando o horror nuclear? Talvez sim, talvez pudesse imaginar o espetáculo feérico e o cataclismo de tais desastres na forma platônica, em uma caixa segura hipotética, infinitas vezes maior que a imaginada para o gato de Schrödinger, um *locus* em que tudo explode ou não, concomitantemente.

A estação de Colorado Springs, abandonada, foi à hasta pública para indenização a um zelador igualmente abandonado. Comprou-a um tal de Maddocks, com o fito de aproveitar a madeira em nova construção. Os aparelhos foram encaixotados, deles nada mais se soube.

Em Shoreham, a dinamite começou o serviço em um 4 de Julho, com pirotecnia maior que as da festa da Independência. A torre apenas vergou e adernou, contudo. Foi reduzida lentamente a pedaços, até setembro, quando sumiu, subverteu-se totalmente em sucata para a firma Smiley Steel.

Sic transit gloria mundi, Tesla passou a viver em quartos de hotéis, ele, máquina mental puramente celibatária. (Trecho de "The Eletric Rhapsody", de David W. Holmes)

JOHN. G. TRUMP, tio daquele que viria a ser o Presidente cuja história cômica será difícil de completar-se em registros, chistes e metáforas, pois a América, enrubescida em vexame por muitos anos à frente, deixará que os fatos desbotem, que a memória ocupe escaninhos com eventos mais naturais, refugiando-se na auto indulgência, na...

Bem, foi o tio dele, físico eletricista, quem, a mando da máquina do Governo e de suas mãos secretas, desceu aos porões do Hotel New Yorker para investigar, decifrar, compilar e classificar (na implicação de apor sigilo) os papéis do defunto Tesla, que lograra a condição de alívio às agruras da vida, dois dias antes, no trigésimo terceiro andar do prédio.

Os baús e arcas pesadas, com os cantos guarnecidos com cantoneiras de ferro empilhavam-se, com alguma feição sinistra – que pode ser vista nas fotos tiradas naquele dia – fotos em preto e pouco branco, carbonos de algum filme *noir*...

Baús e arcas poderiam ser um sistema elétrico enigmático, uma bateria poderosa e emissiva, quem sabe dentro delas residisse o Raio da Morte que comandaria poderes e reduziria inimigos a poeira cósmica.

Perto do depósito das bagagens, mais abaixo do porão, estava o gigantesco gerador elétrico do hotel e corria o boato que o velho Nikla escolhera justamente o New Yorker por conta de sua portentosa instalação elétrica e da altura da construção, uma antena em si mesma.

Morto, velho e seco como um pergaminho rasurado e descartado, o homem ainda voltava a seu personagem de cientista excêntrico e amalucado – tudo que o grande público requestava: um simulacro do artista efetivo, aquele que produz efeitos físicos e materiais diretos e impactantes, nada parecido a rarefações sentimentais de sonatas, ou cenas pintadas, ou embutidas nas prosódias beletristas.

Trump tio não encontrou aparatos próprios ao raio da morte. A rigor, havia mais papel que instrumentos, um ou outro protótipo tosco em escala, um que tal diagrama de circuito, banal em seu desenho... e patentes vencidas, quimeras elétricas, plantas magnéticas impraticáveis...

E mais papéis: recibos, contratos, correspondência, livros, apostilas, propostas e projetos, agendas e cadernos de anotações. Dr. Trump folheou alguns destes com interesse e, já no terceiro, desencantou-se: nada de novo ali, ou de velho, percebeu. Tudo evolvia dos princípios básicos em que o inventor foi feliz e inovador e que, agora, se enredavam em incongruências, arborizavam-se como os raios de energia que as famosas bobinas produziam, nada além disso. Era um espetáculo já visto, inconcluso, perdido, melancólico.

Ele guardou para si uma página, destacou-a, subreptício ao olhar aquilino dos agentes que o acompanhavam na vistoria. Nada de física, radiação, magnetismo, mas, talvez, contivesse tudo isso. Era uma pequena memória pessoal, irrelevante para o Governo. Rezava:

> Então, uma noite, quando eu estava deitado no escuro, resolvendo problemas como sempre, ela veio voando pela janela aberta e pousou na minha escrivaninha. Soube logo que ela queria me ver, queria dizer algo importante. Levantei-me e fui até ela. Quando a olhei de perto, vi que ela queria expressar que estava morrendo. Quando percebi esta mensagem, vieram de seus olhos poderosos feixes de luz. Era uma luz real, forte, ofuscante, cegante, uma luz mais intensa que qualquer uma produzida em meu laboratório.

Quando aquela pomba morreu, algo deixou minha vida. Até então eu tinha a certeza que completaria minha obra, não importando quão ambicioso fosse meu programa... Mas, quando aquele algo deixou-me, soube que minha vida de trabalho havia acabado. (Comentário de Paul Gorenstein, com citação de Nikla Tesla, in *The Greenwich Lampoon*)

OS POLICIAIS MULLIGAN E Dingham rodavam abaixo da Penn Station quando se depararam com um táxi estacionado transversalmente sobre a calçada da Oitava. Abordaram o carro imaginando que o motorista poderia ter dormido – era fim da madrugada – mas o homem estava sentado ao volante, em aparente estado de choque, olhos fixos para além do para-brisas.

Após algumas sacudidas e goles de uísque da garrafa de bolso de Dingham, o homem voltou à realidade, disse chamar-se Pavel Leibovič, ser casado, residente no Bronx, exibiu os seus documentos e os do táxi, tudo aparentemente conforme.

Os policiais fizeram-no tirar o carro da calçada, mandaram que encostasse adiante, em um remanso. Mulligan notou que o farol dianteiro direito estava trincado. Apontou isso para Dingham.

Indagado sobre o que acontecera antes do estupor, Leibovič botou a cabeça entre as mãos, sacudiu-a, querendo despertar de vez, pediu mais um gole a Dingham – que negou – e narrou que seguia a 42 na direção da Quinta, pouco depois da meia-noite, não corria, quando, na altura do Parque Bryant, avistou uma revoada de pombos que estranhou muitíssimo. Disse ter achado curioso que estivessem voando àquelas horas, pois sabia que eram aves diurnas. Ainda mais, eles pareciam iluminados por um holofote, alguma fonte de luz que não avistava de onde vinha – o parque tinha poucas luzes e, nas ruas, a iluminação era habitualmente mortiça.

Perseguia os pombos com a vista – eles iam escapando de seu campo de visão, quando, ao voltar sua atenção à rua, já estava quase em cima de um homem alto, em trajes negros, com pombos pousados em seus ombros e outros voando em redor dele, agitados. A visão estranha deve ter travado suas reações, pois, imediatamente, sentiu que havia batido no homem, ouviu a pancada na frente do carro, viu o homem ser projetado metros adiante, percebeu que os pombos chisparam no ar, em todas as direções, acesos como lâmpadas. Brecou.

FOI O QUE PAVEL disse. Mulligan e Dingham entreolharam-se, pouco acreditando na história dele. Estavam indecisos se o levavam a um hospital ou ao

16º distrito, ali perto, para, em uma ou outra situação, avaliar sua doidice. Mas, o homem prosseguiu: "Desci do carro, fui para perto do sujeito. Imaginei que fosse um mendigo, mas, não. Era um velho, muito velho, digo, e estava bem vestido, de sobretudo e terno, gravata. Estava imóvel, de costas no chão, olhos fechados, pálido como cera. Pensei: Meu Deus, matei o homem! Encostei o ouvido no seu peito e senti que ele respirava, com um chiado, e que o coração dele batia, muito acelerado. Resolvi socorrê-lo eu mesmo, levá-lo a um hospital de emergência. Não havia ninguém para ajudar-me, a rua era um deserto. Voltei ao carro, abri a porta de trás, fui ao homem, segurei-o pelos ombros para arrastá-lo, pensei que ele fosse pesado, que eu não desse conta sozinho. Tive um susto quando comecei a puxá-lo. Ele parecia não ter peso, senti que estava arrastando pelo calçamento umas roupas sem corpo, ocas. Meu cabelo ficou em pé, a pele arrepiada.

Nisso, os pombos voltaram em quantidade, uma enfiada de luzes. Formaram uma esteira de bichos, bicando o asfalto, nos seguindo. Estavam comendo grãos, sementes, que iam caindo da mão esquerda, entreaberta, do homem. Outros pombos vinham, pousavam sobre ele, bicavam-lhe a roupa, catavam grãos.

Enfiei o homem no banco, enxotei os pombos, que insistentes, queriam entrar no carro. Pensei qual o hospital mais próximo, peguei a Quinta, ia acelerando quando ouvi que ele gemia ou falava, engrolava algo em uma língua que parecia a de meus finados avós paternos. Os senhores não sabem, mas eles vieram de Liubliana..."

Mulligan interrompeu o taxista, com impaciência. Indagou a qual hospital ele o havia levado. "Aí é que está", falou Pavel Leibowič: "Olhei para trás e ele estava sentado, desfeito, porém vivo, olhos abertos, intensos. Parei o carro. Ensaiei: 'Me desculpe, atropelei o senhor, não tive intenção'. A resposta dele foi: 'Leve-me ao Hotel New Yorker'. Disse que ia levá-lo ao hospital. Ele pousou a mão no meu ombro. De soslaio, vi que era uma mão enorme, magra. Do pulso, pendia, de uma cordinha, um apito de metal, acho que usava aquilo para chamar os pombos. 'Hotel. Hospital não. Estou bem', ele insistiu.

A ordem e a voz me pareceram bastante convincentes, daí que fiz um retorno, segui para o hotel. Quando chegamos, ele dispensou minha ajuda para descer do táxi, pôs a mão no bolso do sobretudo para pagar pela corrida – imaginem! –, eu disse que não, que não queria nada. Veio um *bellboy* ou porteiro de plantão, deu-lhe boa noite como se nada... e ele entrou.

Voltei ao carro, meio tonto, dirigi a esmo. Então, os senhores me despertaram..."

"Você não estava dormindo, meu camarada. Estava 'sonado'. E esta sua história está meio torta..." Dinghan falou. Abriu a porta de trás do táxi, examinou o banco com a lanterna em busca de sangue, talvez. O farol trincado era suspeito. Quando apontou a luz para o piso do carro, havia lá grãos ou ração para pássaros. Ele abaixou-se, colheu algo que parecia uma tirinha oblonga de papel, mas que, em sua palma de mão, revelou-se uma pena branca, muito alva. Ele a mostrou a Mulligan, apontou o foco de luz para os grãos. Mulligan voltou-se para Pavel Leibowič: "Para a viatura, moço. Vamos ao tal hotel ver isso direitinho".

Pavel seguiu cabisbaixo e calado, entre os dois.

JERRY SLOAN ERA O porteiro da noite, *bellboy* também, faz-tudo noturno dos hóspedes. O chefe da recepção costumava tirar um cochilo clandestino em uma poltrona da gerência, quando passava uma da madrugada. Foi o que Jerry disse. Ele atendeu os policiais no saguão, reconheceu o taxista que trouxera o Sr. Nikla, horas antes, explicou aos homens que era costume do velho hóspede sair tarde da noite "para dar uma volta e alimentar pombos no Parque Bryant".

Disse que subiu com o Sr. Nikla até o quarto dele no 33º, que o Sr. Nikla pediu que ele, Jerry, conseguisse arnica, faixas e esparadrapo, falou que havia tomado um tombo. Jerry desceu, buscou os itens na caixa de primeiros socorros, na despensa da sala de massagens e voltou ao 33º. O Sr. Nikla estava vestido apenas com um robe de chambre, pusera as roupas amontoadas, em um canto do quarto.

O Sr. Nikla pediu que ele o ajudasse com o unguento de arnica e que lhe enfaixasse o tórax, dando-lhe instruções de como fazê-lo, onde ajustar com mais força. Jerry o tratou, surpreso, sabia que o Sr. Nikla não tolerava a proximidade de pessoas "e, imaginem só... tocá-lo".

Jerry ainda indagou se ele queria que chamasse o médico do hotel, mas o Sr. Nikla disse não, com firmeza.

"Deitou-se, fez menção de alcançar a carteira na mesinha de cabeceira, para dar-me uma gorjeta, que recusei. Pediu-me que apagasse a luz do quarto e que pendurasse o aviso de NÃO PERTURBE na sua porta. Obedeci."

Os policiais consideraram o acidente sem grande importância, uma coisa aumentada por um motorista impressionável ou estafado. Deram-se por satisfeitos. Na rua, Pavel perguntou se eles poderiam levá-lo de volta a seu táxi. Mulligan disse que ele telefonasse para a sua central, que mandassem buscar o carro, que ele não estava em condições para dirigir: "Vá para casa, descanse, durma algumas horas. Você parece estar em piores condições que o atropelado. (Anotações de Madeleine Strauss para uma biografia revisada de Nikla Tesla.)

... vi o carro se aproximando e imediatamente senti o impacto que me fez voar. Então, caí em um sono, ou no transe de um desmaio, e vi uma nuvem que conduzia figuras angélicas de uma beleza maravilhosa, uma das quais olhou para mim amorosamente e que, aos poucos, foi tomando as feições de minha mãe. A aparição flutuou em torno de mim e desapareceu. (Extraído de uma memória, provavelmente apócrifa, de Nikla Tesla.)

NIKLA TESLA, DEPOIS DO acidente com o táxi viveu ainda seis anos, sem boa saúde. Morreu dormindo, em 1943, aos 86 anos. A camareira do New Yorker abriu o quarto 3327, ao notar que um aviso de NÃO PERTURBE continuara na porta, por toda a noite e todo um dia.

No Parque Bryant, em New York, há uma Esquina Tesla. Alguns pombos ainda pousam no parque.

Maratona

A menina Rosemary é vista no filme do Sr. Abraham. Com sua blusa branca e a saia vermelha, é fácil destacá-la da multidão. Ela corre pelo gramado na direção sudoeste, acompanhando o cortejo da rua do Olmo e então, são 12h30 CST... Ela ouve os estalos de fogos de artifício, um, dois, três. Após algumas imagens borradas, ela para perto do meio-fio e agora, já nítida, olha para um lado, para outro, assustada, os braços pendentes ao longo do corpo. Um solavanco lateral na imagem e ela não está mais lá, dissolveu-se nas faixas de cor abstratas que eram as pessoas, as roupas, os carros, a praça.

James Thomas, vendedor de carros, não aparece no filme. Estava mais ao sul. Havia parado o carro – era um carro novo da agência que ele pegara para impressionar a namorada. Estacionou na rua do Comércio, pois a maratona havia fechado o tráfego. Foi a pé, para alcançar a rua do Olmo e, na altura da passagem de nível, viu que o cortejo vinha em sua direção. Subiu a rampa de um dos contrafortes da ponte para ver melhor o desfile. Eram 12h30 quando os fogos de artifício estalaram e quando ele foi, coincidentemente, picado na bochecha por algum inseto. Quando retomou seu caminho, em meio à confusão da passagem da carreata, um policial afobado viu que o rosto de Thomas sangrava e inquiriu-o sobre o ferimento.

O agente de seguros Louie S. Witt saiu cedo naquela sexta-feira. Poderia ter ficado em casa, no subúrbio, aproveitando o fim de semana alongado pelo feriado da maratona, em vez de cair na mesmice do centro, do tráfego, do almoço frio. Mas, então perderia a oportunidade e a plateia para sua exibição. Que era uma dessas performances pouco ou nada populares. Nada de mímica ou estatuária de rua. Nada acrobático ou mágico, sequer pedagógico – as crianças tinham até certo receio da indumentária e do largo guarda-chuva negro que ele usava no ato, ele já percebera isto, mas sua atuação era inocente, não ofensiva. Exigia apenas o paradoxo do sol e aquela sexta-feira era solar e esplêndida.

Seu guarda-chuva pode ser visto abrindo e fechando, sendo acenado, em sua interpretação críptica de Neville Chamberlain, que, para Louie, foi um

Conciliador Covarde e um fujão da guerra. Logo, à passagem da limusine, Louie saiu de quadro, e só pode ser visto novamente em fotos tiradas do lado oposto, quando então está sentado no meio-fio, com o guarda-chuva fechado a seu lado. Tem o rosto congelado de preocupação – é um pouco o que se pode ver nas fotografias muito ampliadas. Ele confirmou este fácies e ânimo, recordando que às 12h30, ao primeiro estampido, acreditou tratar-se de tiro de fuzil e não fogo de artifício.

Eles tiveram direito a banho, sopa, pernoite, a fazer a barba e desjejum. Trocaram as roupas sujas por outras limpas, embora amassadas por estarem socadas em mochilas e sacos. Dispunham-se a voltar para o vagão, seguir a viagem clandestina, mas uma multidão já se acumulara nas ruas. Havia desfile de bandas, parada de colegiais em trajes típicos e fantasias, alegorias pastoris e agrárias sendo puxadas por tratores, povo no gramado, uma área deste gramado demarcada para alguma coisa dançada ou teatral.

Os guardas ferroviários os chamavam de Três Patetas, acostumados e complacentes com o ir e vir dos três ao longo da rota. Achavam-nos menos nômades, peregrinos, que hesitantes, indecisos, um tanto idiotas, portanto. Eles, os três, sabiam, porém, que a alternância de abrigos em várias cidades lhes garantia comida e trato sem que fossem vistos como recorrentes, exploradores contumazes da caridade. Era como se eles vivessem em um trem perpétuo, fixo sobre uma América que se movia embaixo deles, uma América de Sobras Fartas, infensa aos pequenos desfalques e à mordida ocasional de alguns miseráveis.

Talvez Doyle tivesse alguma parecença com Larry, mas Abrams e Gedney em nada lembravam Moe ou Curley. Tinham pouco dos Patetas, não mais que a maioria dos vagabundos de estrada, caras e corpos massacrados pelo desconforto.

Não sabiam por que foram presos, talvez os tomassem por ladrões, batedores de carteiras infiltrados na massa. A aparência, porém, era de gente pobre e inofensiva. Em todo caso, foram arrebanhados pouco depois dos estampidos. Meteram-nos em um camburão.

OSWALD FOI TRABALHAR, IGNORANDO ou esquecido do feriado. Para sua sorte (ele não gostava desta palavra, sorte), estando o prédio aberto (funcionários queriam ver a parada, das janelas), ele entrou e aproveitou para adiantar o serviço da segunda-feira. Transportou e empilhou caixas de livros no sexto andar, planejando arrumá-las melhor depois do fim de semana.

Lembrava que teve fome e sede, por volta das 12h25 e que desceu para a Sala Dominó, onde havia uma máquina de refrigerantes e nichos com mesas e cadeiras para o lanche dos empregados. Faltava *Dr. Pepper* na máquina, ele comprou uma *Coca* e quando ia sentar, estalaram fogos, pam e pam, pam! Ele percebeu um rumor na rua, alguma agitação nas escadarias e corredores do prédio, mas voltou a seu lanche.

Logo em seguida, às 12h32, mais ou menos, viu irromper na sala um policial que lhe apontou o revólver para o peito. O supervisor do prédio, que acompanhava o policial, esclareceu oportunamente que Oswald era funcionário da casa. A esta explicação, sem mais, o policial, voltou-se, tentou o elevador, sem sucesso, arremeteu para a escadaria, subindo os degraus dois a dois, seguido pelo supervisor esbaforido.

Oswald lembrava que terminou de comer, que desceu, saiu do prédio, tomou um ônibus para casa. O ônibus travou no trânsito, ele lembrava ter tomado um táxi para chegar ao quarto de pensão onde estava morando, lembrava de ter, lá, trocado de camisa, lembrava que saíra de novo, a pé, até que um carro de polícia o abordara, o policial chegara-se à janela da viatura... Depois disso não lembrava bem de quase nada, até quando, um ou dois dias depois, ia sendo levado para uma garagem e tudo se apagou de vez, em uma vertigem de dor.

Muito cedinho havia chovido, mas o tempo limpara, o céu estava claro, a manhã prometia ser linda. O Sr. Abraham queria filmar a maratona, desistira com a chuva, o tempo mudara. Agora, a Srta. Sitzman, sua assistente, o incentivava para que filmasse.

Abraham pensou em assestar a câmera de uma das janelas do Dal-Tex, onde tinha seu negócio de confecções. Testou com o visor, verificou que o ângulo era limitado e um tanto distante das áreas mais movimentadas, em frente do gramado e abaixo da pérgola da rua do Olmo.

Havia, não filmado, mas fotografado, daquela posição, o desfile de veteranos da Guerra da Coreia, fazia tempo. As fotos ficaram boas, amplas, luminosas. O único problema para filmar dali, é que precisaria de um ponto alto e estável, acima das cabeças dos outros espectadores.

Marylin, a Srta. Sitzman, sugeriu que ele subisse em uma das plataformas que serviam de fecho para o arco da pérgola. Disse: "São pontos altos e estreitos, sem espaço para alguém ficar na frente da câmera".

Abraham achou a sugestão boa, mas fez duas observações: "É alto, posso ficar tonto e... teríamos que chegar mais cedo, antes que alguém ocupe o lugar, com a mesma ideia."

Marylin disse que o ajudaria, levaria um banco dobrável para ajudar na escalada e na descida, iria na frente, mais cedo, para garantir o posto, ficaria de prontidão na filmagem, para qualquer eventualidade.

Marylin passou por baixo da fita zebrada que demarcava uma área de apresentação. Carregando o banquinho, foi vista como sendo da equipe de apoio ao espetáculo em preparação. Dois ônibus escolares, grandes canários muito amarelos, despejavam meninos e meninas fantasiados, as professoras tangendo o elenco indisciplinado gramado acima. Para garantir a plataforma de filmagem, Marylin alçou o banquinho, depositou-o no topo, sentou-se à sombra da pérgola e esperou o Sr. Abraham.

Logo, do meio da criançada que estava sendo arrumada em pontos marcados na grama – as professoras em uma azáfama dos diabos para mantê-los nos lugares – de lá, subiu o gramado um casal de adultos, em roupas dezenovescas e pálida maquilagem de teatro. Sentaram-se perto de Marylin e, então, produziram de um saquinho dois baseados que acenderam, rápidos e alegres. Sorriram para Marylin e o cavalheiro, por trás de uma baforada em nuvenzinha, sinalizou para ela a oferta de um trago.

Marylin recusou gentilmente e, com o queixo apontado para a garotada, indagou: "O que vai acontecer ali?"

A mulher explicou: "Vai ser um quadro vivo reproduzindo uma pintura famosa. O domingo na ilha da Grande Jatte."

"Grande quê?", Marylin quis parecer curiosa.

"Jatte... é francês... uma bacia ... um trecho largo de rio... O pintor retratou gente passeando, tomando sol nas margens do rio. A pintura está em Chicago. O artista chamava-se Seurat..."

"O rio fica no Illinois?"

"Não. Fica em Paris. O pintor era francês."

"E as roupas?"

"São da época do quadro... fim do século dezenove. Fazemos cenas históricas também..."

"Ah... São vocês que fazem? Como funciona isso?"

"Apresentamos projetos para os conselhos dos municípios. Para festas, feiras, datas cívicas... para esta maratona, por exemplo."

"As fantasias, as roupas, vocês compram, encomendam?"

"Geralmente não. Isto fica por conta de quem contrata. Alugam, mandam fazer, depende."

"Trabalho para uma firma de confecções. Quem sabe interesse..."

"Estão nos procurando, vamos ter que descer", o homem apressou-se em não responder e a apagar a guimba.

"Meu chefe vai chegar a qualquer momento. Procuro vocês para apresentá-lo, deixar um cartão, quem sabe?"

O CASAL DESCEU E juntou-se à equipe na tarefa de dispor a garotada na rampa do gramado. "São 10h20, temos vinte minutos para terminar", uma professora obesa e suada, com o cadarço do tênis perigosamente desamarrado, apregoou com uma nota de desespero.

Mais para o lado, fora da área demarcada para o quadro vivo, Marylin viu que um casal negro estava forrando o chão com uma toalha para um piquenique.

(Saindo de um carro na Ross Avenue, em frente ao Creciente Plaza.)

"Quem escolheu este hotel?"
"Foi o Jack, Sr. Lansky."
"Qual Jack?"
"Jacob. Jacob Rubenstein. Ele ficou encarregado da recepção do grupo. O hotel é ótimo, senhor. Um dos melhores."

"Mas é seguro?"

"Como? Seguro como?"

"Seguro. Para não dar em trapalhada como no churrasco do Barbera. Baita indigestão."

"Ah, é seguro, sim. À prova de indigestão e outros males. A cidade está em festa, é um momento relaxado, livre de incômodos."

"Que faz este Jack?"

"Peixe pequeno, mas boa praça. Fez pré-graduação nas ligas sindicais. Chicago. Coleta de lixo. Depois, alinhou com Hoffa. Veio para o Sul. Vendeu suprimentos e estoque militares para grupos no Caribe, pouca monta. Coisas do Governo, *joint ventures*. Não dá muito dinheiro e o compromisso é grande. Ficamos nas mãos deles, expostos. É ruim. Coisa de via única."

"Sei. E agora?"

"Tem uma casa de *strip*, para manter o livro caixa limpinho. É útil."

"A quem ele deve?"

"A Sam e Roselli, nessa ordem."

"Ok."

(No deck da piscina do hotel, à sombra de acácias plantadas em potes gigantescos: Marcelo, Roselli, Sam. O Sr. Lansky chega, cumprimenta-os tirando o chapéu num gesto curto, mas o repõe. Puxa uma cadeira para a sombra.)

"Que bebem, senhores?"

"Gim tônica, *mojitos*."

"Bebida de moças. Vou tomar um suco de tomate."

"*Muy macho*. Foi somente sua a ideia dessa reunião?"

"E de quem mais poderia ser?"

"Kansas?"

"Não ofenda minha inteligência, Marcelo. O zoneamento é claro e pacífico. A prova disso é sua tranquilidade no Sul. A reunião vai mostrar que não há desconfianças, nem reserva mental entre nós."

"Se você diz..."

"Digo e insisto. A área é nossa, pactuada, sólida. Mas estamos bloqueados por compromissos mal dosados. Como se não bastasse o erro estratégico com os irlandeses – o pai e os filhos."

"Foi uma traição, não houve erro."

"Certo Sam, chame como quiser, são águas passadas, mas digo como os chicanos: *las papas están friendo*. Dos dois irmãozinhos. Deixem-me dizer, não me tirem da linha: Os cubanos daqui, de N.O. e da Flórida dizem estar conosco, mas têm suas metas próprias, uma nostalgia doentia que atrapalha. Temos que ver Cuba como está, a situação política lá, ideologia, vá lá o que seja... aquilo é definitivo, não é nossa briga."

"Perdemos dinheiro... muito."

"Eu, mais que vocês. Mas, o mundo segue. Não se pode deixar de entender Cuba agora como uma zona de influência em que podemos navegar, antes que mexicanos e colombianos o façam."

"O Clay pensa assim também. Ele imagina um arco no Golfo: América Central, Caribe, Venezuela, Panamá, nossos portos do Sul."

"Pois é. As coisas estão cristalinas. A perspectiva de negócios torna tudo mais claro."

"Pensei em chamá-lo para a maratona, mas ele estava de viagem para a Europa."

"Fez bem em não chamar. É importante que nos mostremos como um grupo central, um núcleo duro... mas, um tipo como o Clay pode ser importante em um segundo momento. Tem escala e variedade empresarial e não tem o rabo preso."

"Tomei a liberdade de contatar dois elementos dele... como observadores."

"E, são confiáveis?"

"Desde que bem vigiados."

"Não me faça rir. São tipos com duas caras? Vão correr conosco?"

"Sim, são bem mesclados com agências federais. E são uns caras maduros. A saúde deles não deve ser melhor que a nossa."

"Fale por você mesmo. Eu sou um atleta..."

"Nem de alcova você é mais atleta, Roselli... se é que o foi, algum dia."

"Vamos correr só um pequeno trecho da rua do Olmo. No grosso da festa, nas rabeiras do Prefeito e do Governador. A uma distância educada. Nossa inserção já foi negociada. O bastante para fotos e filmagem. Um selo documental do acordo."

"Pensei que fosse pedir uma gota de sangue de cada um..."

"Pensei mesmo em pedir, mas pesei os riscos de algum germe humilhante."

O Sr. Abraham demorou para descer. Não era feriado em outras cidades e havia pedidos e faturas. A Srta. Sitzman estava na praça. Ele se pendurou no telefone fazendo o trabalho dela. Quando houve uma pausa e pensou em descer, os elevadores estavam bloqueados. Havia um fogo no terraço do prédio. Gente que estava lá vendo a parada teria deixado uma ponta de cigarro inflamar o entulho que instaladores de *outdoor* haviam varrido para um canto da mureta. A brigada de incêndio do prédio demorou para controlar o fogaréu.

Quando Abraham conseguiu chegar na rua do Olmo, o quadro vivo das crianças estava se dissolvendo, os ônibus as estavam engolindo com ajuda de empurrões das professoras. Ele pensou em filmar aquilo, desistiu quando avistou a Srta. Sitzman acenando para ele do topo do gramado.

Pelo programa, a maratona dos profissionais iria ter largada às 12h45, eles passariam, portanto, pela frente da pérgola, uns dez minutos depois. Abraham tinha tempo, poderia filmar, antes, o carro do Governador e do Prefeito, os carros alegóricos, os corredores seniores, empresários da cidade e o pessoal veterano do corpo de bombeiros. Na testada dos maratonistas de elite viria ainda um carro alegórico surpresa, somente desvelado na curva da Houston.

Abraham subiu o gramado, Marylin Sitzman o ajudou a escalar do banco para a plataforma, resmungando que ele havia demorado, que perdera a oportunidade de um provável fornecimento, ele não entendeu direito o que ela falava, um helicóptero de TV passara por cima deles, Abraham queria filmar o aparelho, ele pairava baixinho, sobre a rua. Abraham conseguiu equilibrar-se e só pôde apontar a câmera no momento em que o helicóptero moveu-se rápido, o bico inclinado pra o lado da passagem de nível... Abraham logo julgou que só conseguira filmar um trecho de grama com uma toalha de mesa e vários petrechos de piquenique voando, varridos pelo remoinho das pás.

(Ferrie e Banister, os "observadores" do Sr. Clay, foram recolhidos por uma *van*, às 11h, em frente a uma casinha em Rockwall. No carro, ao lado do motorista, estava Jack, o contato deles na cidade. Jack estava em roupas de corrida, um conjunto em nylon laranja com uma epiderme tão lustrosa que parecia ter sudorese. Atirou para o banco de trás uma sacola gorda).

"Aí está, meus caros, imagino que não terão pudor em se trocar aí mesmo. Por mim, não se incomodem, tenho uma casa de strip. Deixem suas roupas no carro. Vamos correr um trechinho só. Este mesmo carro nos pega depois. Conhecem bem a cidade?"

"Conheço bem. Pousava aqui para escalas e pernoites. Durante anos..."

"Também conheço, mas só para negócios, vir e ir rápidos."

"Levo vocês no meu Carroussel, hoje à noite. Tudo cortesia da casa, menos meninas... ou rapazes... se for o caso."

"Não sei se devemos... Pode acontecer que nos chamem..."

"Fica o convite."

Paul Dulany e Richard Atkin desgarraram-se dos pais, perturbaram a apresentação do quadro vivo, correndo no meio dos atores, fazendo caretas e tentando quebrar-lhes a imobilidade. Foram expulsos por uma garota maior, mais decidida, que os correu a golpes de sombrinha e que voltou, afogueada, a outra posição qualquer na cena.

Eles subiram até a pérgola, rodearam, chegaram ao declive que dava para o estacionamento, rondaram por ali sem nada achar que os interessasse, voltaram, deram com a cerca de tábuas em piques, acocoraram-se escondidos atrás dela, passaram a assustar os passantes com imitações de rosnados e ladrados.

O Sr. Abraham começou a filmar quando apontou na curva o carro de bombeiros antigo, extremamente bem restaurado, reluzente em rubro e cromados. Abraham tinha alguns amigos entre os veteranos que posavam nos estribos, convenientemente atados com cintos de segurança. Abraham pegou este detalhe com um *zoom*, gozando a zombaria que faria deles. Veio uma banda que ele não pôde identificar e, com batedores em motos, os carros do Governador e do Prefeito com suas esposas. Os aplausos foram modestos, Abraham notou. Atrás, a alguma distância, vinha em passos desencontrados, quase em passeio trotado, um magote de figuras grisalhas, gordas ou escalavradas, entre as quais Abraham reconheceu membros da Câmara de Comércio, do Trade Turístico e da Hotelaria e outros tipos notáveis pelo desajuste entre corpo, idade e vestuário esportivo. Seguia-se um carro conversível com fotógrafos e cinegrafistas de TV, talvez pronto para registrar o carro alegórico velado, quando ele apontasse na curva. O conversível ia lento e um pequeno grupo de corredores – Abraham cogitou que fossem retardatários do bloco de empresários – não ultrapassava a reportagem, mostrando-se muito a cômodo naquela posição.

Ele focou a câmera para a esquina da Houston e viu o carro alegórico sendo descoberto à medida que a curva se completava para a rua do Olmo. Eram bonecos de papel machê sobre uma limusine, mas a perspectiva achatada pela lente não os resolvia bem. Abraham voltou a câmera para o desfile, pronto a retornar ao carro alegórico quando este tivesse avançado mais na rua do Olmo. Flagrou a menina Rosemary correndo em direção à rua e um sujeito soturno com um enorme guarda-chuva preto. Voltou a câmera rapidamente, o carro alegórico já se aproximava...

Uma grande faixa no carro, em letras e estrelas conclamava: "Povo de Dallas: aplausos ao Presidente e ao Vice-Presidente dos Estados Unidos."

Bonecos de cabeção, do tipo do Mardigras de Nova Orleans, representavam os dois próceres e sua respectivas esposas. A roupa da Primeira-dama estava três tons acima da escala razoável para o rosa e cintilava elétrica, no vapor do mormaço que ia se incrementando ao meio-dia. Os dentes do jovem Presidente, exibidos em um sorriso algo equino, eram tão brancos quanto o chapéu texano tipicamente gigante do Vice-Presidente. Todo conjunto, sentado, balouçante, na limusine suspensa, tinha um quê das pinturas dos esquizofrênicos ou dos cenários circenses.

Então, eram 12h30 quando tudo isso se fixou na prata e corantes, no fundo escuro da máquina do Sr. Abraham.

Também, no instante...

No instante em que os meninos Paul e Richard, detrás da cerca de piques, atiraram para dentro do carro alegórico três bombinhas que haviam poupado do Quatro de Julho para uma ocasião igualmente cívica. A primeira bomba estourou entre as pernas do Sr. Greer, um policial aposentado que fazia serviços ocasionais de motorista para a Prefeitura. Após curtíssimo lapso, as outras duas bombas espocaram em sequência: uma, no colo da Primeira-dama, rompendo o tecido de tule em um rombo de um palmo e começando um fogo muito fumacento; a outra aninhou-se na aba do chapéu do Vice-Presidente e, ali, detonou, dilacerando a copa, mas deixando todo o resto da peça dependurada, em frangalhos.

Eram 12h29 e a tropa liderada por Jack corria como podia na direção do viaduto, sob o qual esperava ter a piedade de um resgate, estando a missão pública dos chefes, suados, coesos e amigáveis, já devidamente fotografada e filmada.

Ferrie corria um pouco adiante de Banister e ouvia as passadas pesadas dele até que três disparos soaram pahn, pahn, pahn! Eram 12h30.

Ele viu que, imediatamente, da grama, da calçada, brotaram uns sujeitos que se precipitaram sobre os chefes à sua frente, arrastaram-nos em um bolo de pernas e braços, amontoaram-nos em um canto protegido do gramado.

Voltou-se e viu Banister de bruços no calçamento. Acercou-se cautelosamente, curvou-se sobre ele. Sua peruca caiu sobre as costas de Banister. Estava imóvel, o homem.

Ferrie hesitou em recolher sua peruca. Enfim resolveu-se, colheu-a, ajeitou-a, cofiou os pelos. Compôs-se. Foi até um bolo de chefes que tentava se separar em indivíduos. O Sr. Lansky indagou: "Que houve com ele?"

"Cardíaco, Sr. Lansky. Guy Banister está completamente morto."

Os estampidos paralisaram a praça por segundos, mas logo ela se reanimou como uma cena rodada por manivela... Um arranco, movimentos lentos, pernas movendo, braços acenando normalmente, alguém correndo, cabeças falantes, o som das vozes e de alguns gritos voltando a preencher a brisa morna na rua do Olmo.

No carro alegórico, a figura do Presidente nada sofreu e, quando o Sr. Greer parou o carro e dele desceu aos pulos e imprecações, com as pernas das calças fumegantes, o grande boneco presidencial continuou sorrindo, alvar, vendo comédia em tudo aquilo.

Itararé

Até as 16h, Antunes havia empurrado o grosso da tropa de Calógeras para além de Jaguariaíva. Considerou avançar, mas temeu afastar-se do eixo de suprimentos e da cobertura da artilharia.

Ainda havia umas escaramuças num enclave do Codó, e ele mandou o capitão Paranhos com uma fração do Terceiro de Caçadores atalhar a estrada para Vinhedo e isolar a parcela que resistia. Funcionou. Ao escurecer, veio um tenentezinho da Força com dois praças, sob a guarda do Capitão Paranhos. Estavam se rendendo e disseram que o resto dos homens se agrupara na fazenda Amparo Novo. Não iam mais combater.

"Como se chama, rapaz?"

"Fabrício, coronel."

"Olhe aqui, tenente. Vou aceitar sua palavra, porque já está de noite, mas amanhã cedo, quero todo mundo aqui, desarmado. Você volta, arranja as coisas. Vou mandar vocês para nossa retaguarda, mas seja homem, faça tudo direitinho."

Choveu fino a noite toda e fez frio. Cedinho, veio um cifrado mandando que ele agrupasse os corpos e formasse coluna ao longo do Jaguariaíva. A ordem era perseguir Calógeras, batendo nele para desgaste, tirando-o da rota de Itararé.

"Pode ser tarde. A esta altura, ou fez posição no perímetro da cidade ou entrou para a mata do Corisco", calculou. "Ou fez as duas coisas. Mandou os Krupp para Mocambo enquanto o barro da estrada ainda não estava muito molhado e divertiu com a infantaria para os altos do Corisco. Se eu enfiar a coluna ao longo do rio, posso tomar fogo dos Krupp a descoberto."

"Não tem reconhecimento aéreo, Silvino?"

"Ainda não, Coronel. A pista de Piraí está debaixo de cerração. Não vai limpar tão cedo. Não tem decolagem. Em Resende está limpo, mas sem aeronave disponível."

"Chame Macedo. Diga que quero um reconhecimento da estrada que vai para Mocambo. Se os Krupp passaram por lá, as marcas estão no barro."

LEÔNCIO APRECIOU O TRABALHO de Antunes. Com o Calógeras em retração, ele avançou livre para Vila de Lineu e montou quartel. Arrumou-se em linha, guarneceu o acesso ao sul da Sorocabana e despachou Neiva para tomar a encruzilhada das Quatro Braças – gostava da audácia do sujeito. Não esperava grande resistência. Wesley já não contava com Calógeras e não iria gastar força com atrito ali. Iria enfrentar Neiva minimamente, ganhando tempo para recuar e estruturar as alas. Wesley gostava de jogar na defensiva, ele sabia.

Para Leôncio, Quatro Braças garantia um ponto de pivotagem no *front*. O problema maior era a chuva e o terreno, mas quando o solo secasse, aquele cruzamento em xis seria mão na roda para deslocar tropa a noroeste e nordeste.

Outro problema era evitar que Calógeras somasse massa com Wesley. Ou bem o Antunes enfiava uma cunha separando os dois, ou batia até esmorecer o sujeito. Mas, também não queria o Antunes adentrando demais na ala leste. O terreno ali é encrespado, cheio de grotões e córregos. O risco de fragmentar a coluna seria grande. Poderia precisar dele para um assalto ao flanco direito de Wesley.

"Antunes progrediu?"

"Em reconhecimento para progredir, General."

O TENENTE FABRÍCIO PASSOU, cabisbaixo, pela barraca do coronel Antunes. Atrás dele, uma coluna de duas dezenas de homens e uma carreta puxada a cavalo. Cinco soldados faziam a guarda da carreta carregada com armas e petrechos da tropa rendida. Antunes assomou à frente da barraca:

"Olá, moço, seja bem-vindo, tenha boa estadia..."

Fabrício devolveu com uma continência formal, baixou a cabeça e seguiu, rindo por dentro. Enterrara os Krupp no grotão de um bananal da fazenda Amparo Novo. Seguira as ordens de Calógeras:

"Tenente, vou lhe pedir um sacrifício. Interne-se na fazenda Amparo Novo. O dono, seu Tonico, é o prefeito de Comendador Venceslau e é simpático à causa. Você leva os Krupp e a munição e esconde lá. Leve gente suficiente para a tarefa e leve os artilheiros também. Você vai fazer uma resistência de diversão. Faça o maior barulho possível com fogo real e zoada de matraca. Pare, quando os canhões estiverem seguros e então se renda. Deixe um terço de homens, incluindo os artilheiros, com o seu Tonico. Ele vai acoitá-los. Entendido?"

O CAPITÃO MACEDO INFILTROU-SE com um sargento e dois praças pela margem de uma matinha estreita, uma língua de vegetação que cortava duas lavouras. No vértice da mata, num ponto elevado em barranca, ele avistou a estrada do Mocambo. Varreu o trecho com binóculo. A estradinha não mostrava sulcos de carga pesada. Estava pisoteada, mas por gente ou animais de tropeiro.

De canhão, não viu traço. Não quis se arriscar descendo a barranca para chegar mais perto. Mandou um dos praças subir numa embaúba, para uma olhada mais a fundo.

"Canhão nenhum, meu capitão, mas tem movimento de tropa numas casinhas de fazenda, bem na baixada do morro de São João. Estão cavando trincheiras."

"Sabe ler mapa, praça?"

"Aprendi, senhor, sim."

Macedo puxou do casaco um mapa de ordenança e o dobrou no trecho da frente do morro. Enfiou um lápis no papel.

"Suba lá, sargento. Dê para ele marcar a posição.

"Não dou conta, capitão. A embaúba é fina. Veja meu peso..."

"Ai, Jesus! E você aí, praça?"

"Eu subo."

NEIVA TOMOU AS QUATRO Braças sem oposição de Wesley, que recuou para trás do Morro São João.

Wesley ficou protegido do fogo de artilharia e manteve o trânsito direto a Itararé, em linha reta. Dispôs um grupamento de cavalaria, reforçado com artilharia leve, a oeste. Montou um bloco central, forte, com uma divisão de infantaria e outra de fuzileiros. Assentou a massa de manobra de infantaria em condições de girar rapidamente às alas direita e esquerda. A leste, contava com a chegada de Calógeras, em manobra de diversão nos contrafortes da Morungava ou no Corisco. Ele estava com rádio em silêncio, não dava para saber.

Aproveitando o capinzal da baixada leste, à noite, Wesley aninhou metralhadoras ali, para cobrir avanços sobre três defesas frontais na testada plana: Cerro do *seu* Hugo, a oeste, Cercado do Duque, no centro e Pilão de Papel, a leste. E esperou.

UM GRUPO DE VOLUNTÁRIOS e uma companhia da Força retiraram um Schneider-Canet 150 da bateria de Itaipu, deixaram um tronco no lugar e arrastaram o mostrengo em um trem, com uma plataforma improvisada para tiro. O efeito foi mais alegórico que prático. Difícil assentar mira com o bicho, acostumado ao horizonte naval.

Leôncio riu da tentativa. Mandara dinamitar o parque de manobras e desvios acima da estação ferroviária.

"Se quiserem girar aquela besta, vão ter que carregá-la nos ombros."

A partir de Quatro Braças, ordenou um assalto ao Cerro de *seu* Hugo. A ideia era quebrar a defesa da ala esquerda, bombardear as posições centrais de Wesley e escalar com a tomada das defesas frontais. A guarnição do Cerro de *seu* Hugo, contudo, não se dobrou.

O terreno estava ainda muito molhado para a progressão da artilharia de campanha. Arriscou uma sortida para testar a resistência do centro. Três batalhões, sob o Coronel Erlon, deram-se mal. Atravancaram-se na subida estreita para São João e comeram fogo cruzado do capinzal, até recuarem, atacados pelo flanco por um robusto batalhão de infantaria e sob fuzilaria intensa do Cercado do Duque.

ANTUNES CONSIDEROU QUE, SE Calógeras levara os canhões, estaria penando para puxá-los pelo aclive do Corisco. Isto iria atrasar a marcha. Decidiu persegui-lo, conforme o plano original. Avisou a Leôncio que estava em marcha.

"Mantenha unidade e não vá mais longe que o necessário. Posso precisar de você", foi a resposta.

Antunes e Calógeras tinham uma diferença pessoal, que foi aumentando desde que, jovens, serviram em Ponta Porã. A questão não era militar, todos sabiam. Tinha mulher no meio da história.

Erlon voltou desgrenhado e abatido. Topou com Neiva acantonado com um bando de civis que apoiavam a causa. No meio, um jornalista da capital.

Neiva é o valente dos valentes e gosta de exibir este título para além do risco pessoal próprio e de seus comandados. Estava espichado numa cadeira de campanha, com os coturnos enlameados sobre um caixote de provisões.

"Tomou uma granizada de *shrapnel,* Erlon? Está despenteado. Voltou cedo..."

"Não ia adiantar ficar ali, exposto. O terreno aperta, em gargalo. Não dava manobra."

"Tem que dar uma pontada forte no centro deles. Não pode ser com efetivo grande."

"Sem artilharia, Neiva? Vão varrer a gente da campina."

"Quando o chão secar. Tem que tomar também aquele curral do centro que eles fortificaram. Como é mesmo o nome?"

"É Cercado do Duque. Pois é. Não dá para contornar e deixar que ele despeje fogo na retaguarda."

"Mesmo assim eu vou dar uma sortida , uma estocada no centro deles. Para quebrar o moral..."

"E já combinou isto com Leôncio?"

Neiva riu à parte e mudou de assunto.

JÁ NÃO CHOVIA TANTO, mas veio um estrondo de trovão, sem eco...

Vinte minutos depois, um sargento do 12º, na retaguarda, chegou ao terreiro, arfante com a marcha.

"Que novidade é essa, sargento?"

Leôncio e *staff* foram atraídos pelo alarido que fazia um grupo de recrutas, encabeçados pelo sargento.

"Desculpe, meu general. É que aconteceu uma fatalidade..."

"Qual foi, homem?"

"Os fazendeiros juntaram os rebanhos no pasto do córrego do Lavradio. Para proteção, não sabe? E aí... então... então parece que a Força disparou aquele canhão que trouxeram de trem. O rojão passou por cima da vila e estourou bem no meio da boiada."

Leôncio riu, aliviado.

"Quantas baixas, sargento?"

"Calculo em uns quinze mortos, na hora, e mais de vinte estropiados. Os fazendeiros estão revoltados, senhor."

"Sargento, faça uma lista detalhada das perdas e dê cópias aos fazendeiros. Que eles se acertem com a Força, como puderem."

"E os bichos, senhor?"

"Mande carnear e dar para a nossa tropa."

Antunes largou a ribeira do Jaguariaíva e começou a montar a leste pela subida do Corisco. Guarneceu uma posição de *relais* em uma casinha abandonada na beirada da trilha. Mandou cortar árvores e barrar a picada com abatis. Não queria surpresas de Calógeras descendo da mata para pegá-lo pelas costas.

Decidiu enfiar uma patrulha pela boca do mato, no que parecia ser uma abertura feita por lenhadores. Adiante, havia uma meia clareira. O chão, muito úmido, estava coberto de folhas mortas. Calógeras, certamente, não fora por ali. Pelo menos, não com toda tropa.

Antunes, porém, não confiava. Aquela entrada era a de rampa mais suave, Calógeras não gostaria de perdê-la. E se ele tivesse mandado recobrir o solo com folhas?

Instruiu a patrulha a varrer a abertura, em leque, a partir da clareira. Manteve o rádio em silêncio, até nova ordem.

"Atenção em tudo: Galhinhos quebrados, chão revirado, ponta de cigarro... Sapadores na frente. Olho onde pisam."

A mata soltou pios e uns passarinhos saíram voando rasante para a baixada do rio. No mais, nada. Silêncio.

Depois de uns trinta minutos, veio um cabo acompanhado de um soldado. Este, chegava triunfante com uma garrafa, um troféu.

"O que é isso aí, cabo?"

"Uma garrafa. Estava pendurada por uma cordinha numa galha de árvore, já quase na pirambeira do lado do vale do Corisco."

"E o que tem dentro?"

"Um papel enrolado."

"Tem algo escrito nele?"

"Sei não, coronel. Trouxe direto para o senhor. A garrafa está lacrada."

"Quebre a garrafa e me dê o papel, homem."

Era um papelzinho fino. Antunes desenrolou e reconheceu a caligrafia:

"Deus ficou do nosso lado
nesta batalha malsã...
Estás no caminho errado,
Corno de Ponta Porã!"

O cabo viu Antunes enrubescer e logo ficar pálido.

"É coisa importante, coronel?"

"Não, não... algum recado entre os mateiros ou lenhadores. Coisas lá deles."

Neiva almoçou, arrancando com a colher algo esquentado na lata, sobre um foguinho. Mordeu um toco de pão tirado do bolso, bateu as mãos espanando o farelo, chamou o jornalista.

"Vamos ver, seu moço? Vamos dar uma subidinha?"

"E, eu vou junto?"

"Está com medo, meu camarada? Não queria ver ação? A hora é esta."

O homem armou-se com uma braçadeira – IMPRENSA – sem muita convicção da capacidade de proteção das letras.

Neiva havia reunido um conjunto heterogêneo de brabos e aloprados.

"Vamos subir sem artilharia. Todo mundo de perfil baixo. Fogo, só em resposta. Na vanguarda, vamos eu com o grupo do capitão Pennaforte. Uma linha de fuzileiros vem atrás. Dois morteiros vêm junto para bater o capinzal das metralhadoras. Assim que passarmos o tal Cercado do Duque, os fuzileiros giram e mantêm fogo em cima dele. Os morteiros passam a bater o reduto do Cerro de *seu* Hugo, a oeste. É por lá, nossa rota de saída. Olhem bem: isso não é para ganhar a guerra. Vamos dar um susto neles. Bem na massa do centro. Batemos e saímos."

O jornalista anotou, contudo, que Neiva achava que iria ganhar a guerra daquele jeito mesmo. Deu de ombros, guardou a caderneta e o lápis, amarrou melhor a braçadeira. Subiu o campo com a Brigada dos Insensatos.

Calógeras entrou na mata em grupos pequenos, apagando rastros. Em vez de subir o flanco de Itararé, retrocedeu para o sul, abrigando-se nos altos da Morungava, nos extremos da fazenda de *seu* Tonico. O tempo poderia abrir, trazendo aviões, e ele manteve os grupos sob as árvores.

"Ninguém faz fogueira. Nem para comida, nem para se aquecer."

Recebeu, sem surpresa, a notícia da progressão de Antunes para o norte.

"Ele segue a cartilha. Sabe que Wesley precisa de mim no flanco leste. Só não sabe quando. Ele vai, eu volto."

Pela estrada de barro de Sengés, vinham três homens. Um, mais a frente, com um pano branco agitado na ponta de uma vara, uma bandeira de trégua.

Dois sentinelas barraram o caminho.

"Para onde pensa que vai, cidadão?"

"Preciso falar com o comandante."

"E o assunto?"

"Assunto da administração pública, praça. Só com ele."

Os dois soldados se indagaram, com olhares mútuos de profundo desconhecimento de causa. Um, afrontando as dúvidas, resolveu:

"O senhor aí, da bandeira, vem comigo. Sem a bandeira. Jogue ela no chão. Vocês dois ficam aqui e vão esperar até que eu volte."

O homem da bandeira progrediu, penosamente, pelas indagações de um sargento, de um tenente, esperou que um capitão voltasse de uma expedição fisiológica repentina. Foi inquirido por este, sem que revelasse o cerne do assunto de administração em tese. Enfim, acompanhado do sentinela e do capitão, chegou ao pátio da barraca de Leôncio. O capitão cochichou com o general.

"Quem é você, civil?" Leôncio inquiriu, com maus bofes.

O homem adiantou-se, descobrindo-se.

"Meu nome é Tibúrcio Soares, general. Sou chefe da Coletoria da Fazenda para esta comarca."

"Muito bem. Não me diga que roubaram a burra do Estado."

O homem corou e baixou a voz:

"Não, senhor. Tenho um pedido pessoal..."

"Pessoal como, meu senhor? Disseram-me ser caso administrativo."

"Desculpe, general... usei esse... subterfúgio... para..."

"Escute aqui, seu Tibúrcio, coletor de ...de... das quantas: Estamos no meio de uma guerra e o senhor acha que eu tenho tempo para coisas pessoais?"

"É a minha filha, senhor!"

"Mais uma", pensou Leôncio.

"Foi algum dos nossos homens?"

"Como assim?"

"Algum dos nossos fez... mal...quer dizer... o senhor me entende."

"Ah, não, general. Isto foi há mais tempo. Antes desta confu... desta guerra, digo. E o sujeito fugiu, arribou."

"Lamento. E daí?"

"Daí, senhor, então chegou a hora e eu, a patroa e a menina ficamos retidos em Sengés por conta do tiroteio. E hoje, depois do tiro daquele canhão, com o susto, minha filha começou com dores..."

"Dores? Dores, como?"

"Do parto, senhor general. Do parto."

"Ah, entendo. Mas não sei se nosso capitão médico sabe mexer com isso. Ele é bom em diarreias e amputações. Mas, posso perguntar..."

"Não, senhor, obrigado. Só preciso de um salvo-conduto para levá-la a Itararé. Tem parteira, lá."

"Ó, homem, por que não disse logo... Capitão, capitão... Expeça um salvo-conduto para o cidadão aqui e vá com ele até as trincheiras da Força. Mais alguma coisa, seu Tibúrcio? Não? Então, boa sorte... Pelo amor de Deus!"

Leôncio voltou à mesinha de campanha.

"Neiva deu conta da besteira que fez, major Vaz?"

"Disse que deu errado porque pegaram muito fogo cruzado e pela retaguarda. Tiveram, até, muita sorte. Só houve uma baixa."

"Qual?"

"Um repórter que subiu junto. Levantou a cabeça para ver melhor. O corpo ficou lá. Não dava para trazer, foi o que me disseram."

"Vamos dar um jeito para acabar com aquele reduto no centro, no Cercado. Mande avançar a artilharia, o chão já aguenta. Fogo até arrasar e segurar, depois, com um corpo de infantaria, como base. A artilharia progride até lá e vai a oeste. Precisamos quebrar o outro reduto, o do Cerro. Estão fortes lá?"

"Como o diabo, senhor."

"E Antunes? Cadê o Antunes?"

"Na perseguição ao Calógeras. Sem confronto."

"Diga que eu estou mandando que volte, para concentrar força em cima do Pilão de Papel. Ele é mais útil aqui do que na mata, disperso... aliás, eu avisei... e o Calógeras é enguia ensaboada...

Vamos concentrar os contingentes, inclusive a reserva e a Divisão Farroupilha. Essa coisa já está se alongando muito. Se o tempo abrir mais, a aviação vai nos pegar em campo aberto. Vai cortar a estrada de ferro, no sul. Não é hora de ficar sem suprimentos. Nossas pistas estão mais longe que as deles. Vamos subir, assim que tomarmos o Cercado. Mas preciso do Antunes para o flanco leste..."

WESLEY PRESSENTIU O ATAQUE, principalmente depois daquela sortida maluca tentada pelo Neiva. Sabia que Leôncio não iria permitir que as coisas saíssem de controle. Deixar um bando de aventureiros, voluntários, tropa mal treinada e jejuna de fogo, subir a colina, sem cálculo de risco...

Apostava que ele faria um jogo conservador. Canhoneio de desgaste e massa de ataque para romper o centro e dividir a força, era o que ele faria. E o que Leôncio também faria, calculou.

Ordenou um avanço pelo declive do morro. Antecipava-se para um combate de atrito e tornava a massa central mais rala, menos vulnerável. Pediu ao Bulhões prontidão no regimento de cavalaria, ao fundo da ala leste, na gruta da Barreira: "Ô Bulhões, quando o Leôncio subir – e ele vai subir – você entra em cunha entre o sopé do morro de São João e a defesa no Cerro de *seu* Hugo. Mas, espere até que ele passe com metade do efetivo. Então, você corta o flanco e retrocede para minha posição. Metemos esta fração em bolsa. Vai enfraquecer a frente dele."

Enquanto Antunes se afundava na mata e espalhava sua tropa sem qualquer avistamento, a soldadesca com fome e sede, Calógeras agrupara a tropa descansada, baixara para a sede da fazenda, em Codó.

Mandou desenterrar os canhões, chamou os artilheiros, que chegaram disfarçados a costume, em roupas caipiras, embaraçados com a risadagem da tropa.

"A gente estava melhor que vocês, garanto. A comida estava boa e quente, camaradinha..."

"Sim, é claro, nhô Jeca..."

Antunes esperou. Calculou que Leôncio iria atacar São João antes das 17h. Então...

Leôncio abriu fogo e ordenou o avanço campina acima. Do Cerro do *seu* Hugo veio fogo e também do Pilão de Papel. A tropa já avançara muito, quando ele suspendeu o bombardeio, temendo fazer fogo amigo.

"Cadê o Antunes, diabos?"

O que veio foi um ataque pela retaguarda. Calógeras bateu facilmente a guarnição de um trecho raso do Jaguariaíva. Progrediu, com a artilharia fazendo estragos no flanco de Leôncio...

"Cadê o burro do Antunes, por Cristo? Ele deixou Calógeras nos meus calcanhares, pombas!"

A esta altura, a ala esquerda de Leôncio caíra na armadilha de fundo de saco armada por Wesley: Bulhões entrou e seccionou a vanguarda. A fuzilaria castigou o grupo isolado.

Leôncio mandou retroceder a infantaria para a testada do Cercado. Assim podia voltar a bombardear o morrete. Mas, agora também precisava se opor à artilharia e ao avanço de Calógeras.

Neiva juntou sua Brigada de malucos e fez três cargas seguidas contra a ponta de lança de Wesley. Foi repelido com uma energia que não esperava.

Chegou ao posto de Leôncio. Não desmontou. Ele e cavalo estavam espumando.

Leôncio comandou: "Lance a Divisão Farroupilha."

A Farroupilha era de gente experimentada, veterana da Coluna Prestes e de 1930. Todos cascudos, gente de fronteira, como o Chefe, caudilhosa. Neiva chispou com a ordem.

No meio da fumaça, tiros, gritos e ir e vir das tropas, o capitão Macedo corria com um papel na mão.

"É urgente, cifrado do Comando, para o general Leôncio."

"O que pode ser mais urgente agora, capitão? Estamos levando um couro dos demônios..."

O major Vaz pegou o papel. Engasgou.

"Mas... que merda é essa, capitão?"

O capitão respondeu, mas o major não ouviu. Um avião passou rasante sobre eles.

Todos se jogaram no chão, esperando o impacto da bomba. Em vez disso, uma chuva de papel.

"Pegue um, pegue um, capitão."

"Armistício", leu o major.

"O mesmo que no cifrado para o general: 'Armistício.'"

"Algum truque do inimigo, capitão."

"Não, senhor. Eu mesmo conferi o rádio, com contrassenha. E o avião era um Vermelhinho. Dos nossos."

"Caramba!"

Veio outro avião, em mergulho.

"Este não é dos nossos, capitão. Se abrigue!"

O avião despejou outra chuva de papéis: "Armistício".

Leram todo o panfleto.

"Chegaram a um acordo. Politicagem. Cessar fogo imediato. Preciso avisar ao general."

"Não é preciso, major. Ouça o silêncio. Todo mundo já sabe."

No fundo escuro da mata, Antunes notou que ouvia os passarinhos e as cigarras. O tiroteio e o espocar, ao longe, cessara.

"Ligue o rádio. Aconteceu alguma coisa."

"O que eles querem, Neiva?" Leôncio estava azedo, com dor de estômago.

"Querem lutar. Dizem que não vieram aqui, nesses brejos, a turismo."

"Disse que há um armistício? De ambas as partes, deixou claro para aqueles jumentos?"

"Sim general. Dizem que a Farroupilha não se rende..."

"Andaram bebendo?"

"E muito. Acantonaram na destilaria Santa Helena."

"Diga que continuem, que falo com eles amanhã. Sabe de uma coisa, Neiva?"

"Senhor?"

"Só espero que anoiteça. Tenho horror a pesadelos diurnos."

"Compreendo perfeitamente, senhor."

Terpsicore

Academia

O ESTUDANTE, UM SUJEITO barbudo e malamanhado e que tinha sua claque cativa, foi aplaudido aos gritos, antes mesmo que começasse a desancar o grupo. Ele era um clichê de ativista universitário, mas, mesmo assim, poderia incitar violência. As coisas poderiam desandar de apupos a pancadas, perseguição sob tapas e pontapés.

Hans avaliou se todos alcançariam, incólumes, a Kombi no estacionamento. Não conseguiriam. Enquanto o garoto verberava para a plateia, juntou todos no centro do palco. Formaram uma roda, acocorados, e entoaram um cantochão lamentoso, um choro grave e profundo – os "índios" eram os melhores para esta função – cantaram e gemeram a plenos pulmões até superar o som das vaias e a arenga do estudante. Aos poucos, o barulho cedeu, a estudantada cansou, soltou as últimas vaias, desinteressou-se, foi esvaziando o teatro para ir cuidar da vida. O orador, cercado por moças e moços do seu círculo, lançou um olhar de desprezo para o palco. Foi-se, vitorioso, cumprimentado.

Hans sinalizou que aguardassem um tempo, por segurança. Olhou para Alexander. Ele chorava de verdade, mordendo os beiços, a maquilagem de cena começando a escorrer.

A ideia para se apresentarem ali, fora de Robinson e de um professor de Artes Cênicas, um eventual conhecido dele, de noitada. O sujeito tinha uma cabecinha confusa que achava que tudo era carnaval – "criar uma perspectiva dionisíaca", ele dizia.

Os havia atirado a feras políticas jovens, enervadas e famintas. Hans fora contrário: "Nosso negócio é show, divertimento, Robin". E Robinson: "Não custa ter um verniz cultural... dá mídia, prestígio."

Agora, corriam para a Kombi, os índios carregando os adereços de palco mais portáteis, Hans e Alexander levando com dificuldade a aparelhagem de som, tropeçando, todos descalços pelo pátio escaldante.

Uma garotada que fumava e bebia junto a um trailer decrépito, os viu passar. Eram de outro departamento, não sabiam de onde vinha e o que era aquela revoada de estranhas aves, mas não a poupou de outra gritaria e de ameaças: "Xô, xô, pega, pega, depena..."

Enfiaram-se na Kombi. Terto, um dos índios, teve dificuldade em dar partida. Ouviam-se os soluços de Alexander, logo abafados pelas pancadas e batuques na lataria. Os estudantes rodearam a Kombi, dançando e ululando. A Kombi pegou, arrancou, rompeu o círculo. Dois rapazes correram atrás dando-lhe os últimos tapas e chutes.

Tropicana et al

HANS NASCEU EM PATO Branco, neto de alemães. Fez as primeiras letras e as primeiras danças lá mesmo no Grupo Escolar Schiller e no Círculo de Tradições Germânicas. Rapazote, foi para Curitiba trabalhar e tentar a Escola de Artes.

Era difícil conciliar estudo e sobrevivência. Desistiu de Curitiba e foi para São Paulo. Lá, dançou em shows de boate e fez bicos em balés de programas de auditório de TV.

Um produtor escolheu-o, por seu tipo louro, para um comercial de jeans: vestido de jovem yuppie, desfazia-se das roupas formais, envergava jeans ao lado de outros rapazes, que passaram, também, por transformação de indumentárias – bombeiro, vaqueiro, mecânico – tudo em imitação do *Village People*. O anúncio não foi ao ar, mas Hans foi notado pelo meio e chamado para outros trabalhos.

Sua aparição nos anúncios valorizou seu cachê. Um *outdoor*, com cena de praia carioca em que ele, com um cocar indígena, saltava, ginástico e oleado, sobre dunas ensolaradas, valeu-lhe um número solo no bar *Platine Blonde* e foto de capa no *Equador, Sul*, a revista de cultura noturna alternativa de maior prestígio à época.

Nesse tempo, conheceu Bob Bushansky, um americano que se dizia caça-talentos e que lhe prometeu carreira próspera na Broadway e... até mesmo em Hollywood, "quem sabia?"

Hans juntou as economias e foi fazer a América, sob contrato e condução de Bob. Evidentemente, Bob era mais proxeneta que *impresario*. Os shows em New York eram em boates *gays* de terceira e o contrato incluía insinuações para acompanhamento e cortesia a clientes de Bushansky. Hans sempre arranjava outros trabalhos, em regime clandestino. Garçom, ajudante de decorador, passeador de cães. A "Migra" nunca o incomodava. "Vantagem de ser louro aqui" acreditava.

Man friday

HANS CONHECEU ROBINSON QUANDO foram escalados para um *pas de deux* de sexo falso, sob o som arrastado do bolero de Ravel. Ensaiaram só uma vez, pouco antes da boate abrir. Improvisaram algo sob a direção displicente de um húngaro idoso e coxo que prestava serviço a várias casas de show do West Village.

Robinson nasceu na Irlanda e cresceu na França e Espanha. O pai dele tinha uma empresa de importação e exportação de gêneros. Robinson afastou-se do pai durante a adolescência. A mãe era o "algodão entre cristais", protegia o filho, moderava o marido. Robinson sempre podia contar com algum dinheiro dela. Mesmo quando gritou Independência ao pai, este grito foi um tanto fantasioso. A mãe o assistia. Quando se mudou para New York, ela o ajudou, viu que ele ficasse num apartamento pequeno, afastado, mas decente. Mandava caixas com roupas – que ele trocava por algo mais na moda, mais "descolado" e mais barato. Sobrava sempre um dinheirinho na operação. Robinson dançava *free lance* e trabalhava, às tardes, em um buffet de comedoria para casamentos e *b'nai mitzvah*. Era mais abonado que Hans. E mais livre. Gostava de ler e de correr no Central Park. Aos domingos, deslizava na faixa de patins e *skates*.

No mês seguinte a que ele conheceu Hans, teve notícia da morte da mãe. Viajou para o funeral. O pai havia retornado a Dublin. Foi mal recebido por ele e tratado friamente pelo irmão. Os amigos da família e os parentes afastados não se lembravam de Robinson ou não o conheciam, "crescera fora, vivia na América", explicava para gente pouco simpática ou hostil.

Voltou para New York e para uma rampa de dificuldades. O dinheiro da mãe contava, percebeu. Pegou papel e lápis, fez cálculos. Estaria quebrado e despejado em dois meses. E ia começar o inverno, "como se não bastasse", pensou.

Bucaneiro

ALEXANDER GANHOU UMAS FICHAS de um casal que bebeu com ele depois do show no *Purple Quetzalcoatl*.

Frida Kahlo estava na moda e Alexander dançava um número folclórico, um jovem que ia ser sacrificado à artista, tornada deusa asteca. Haviam-no pintado de pele morena e, quando os dois o convidaram à mesa, ainda estava maquilado: vestira-se com jeans cotelê justo, *t-shirt* de seda, mocassins. Jogara um paletó brilhoso, de *band leader* dos anos 50, sobre os ombros. Eles gostaram, divertiram-se. Disseram que estavam em lua de mel e que eram de Cuernavaca. Ambos advogados. Deram sorte a Alexander. Tarde da noite, ele ganhou um bom dinheiro na roleta.

Alexander morou em San Francisco, estudou balé clássico, desistiu de subir a pirâmide para algum tipo de estrelato. Viveu também em Los Angeles, fazendo pontas em shows que ali agonizavam, depois de esgotados os ecos da Broadway. Esteve no coro de alguns musicais, quando o gênero já estava em declínio em Hollywood, revivido apenas em paródias ou *flashbacks*.

Um outono, foi com um grupo gravar um clip em Las Vegas e lá ficou. Não sabia se gostava da cidade. Tampouco a entendia direito, ela ia muito além da informalidade boêmia de San Francisco, ia mais para lá dos *capricci* profissionais de Hollywood. Era mais insana, falsificada e mais funcional, ele achava. Mas, havia trabalho lá. Todas as noites.

Em um dos testes para elenco, foi notado por Vassili Sulich. Este gostou de sua base clássica, indicou-o para amigos. Foi grande ajuda, mas Alexander não queria voltar para a dança clássica. Sabia seus limites de talento e resistência. Gostava de números étnicos, folclóricos. Gostava dos travestismos selvagens, exóticos. Detestava a disciplina dos estúdios e, sobretudo, os exercícios infindáveis.

Com o dinheiro da roleta, resolveu premiar-se com uma viagem à costa Leste. Era do Kansas e, como todos os garotos não conformes, estranhos, tivera a propensão atrevida de ir para a Califórnia. Agora, queria fazer o caminho inverso, conhecer New York, o outro polo de fantasias.

Kuarup

ALEXANDER ESTAVA TOMANDO UM drinque no Fourth State quando dois rapazes chegaram-se ao balcão. Pediram martini e *bloodmary*. O barman, detectando um sotaque diferente, perguntou de onde eram. "From Brazil", responderam em dueto quase musical. O barman disse-lhes que um dos dançarinos da noite era brasileiro. "Hans, é o nome". "Nós também dançamos", disseram. "Procuram emprego?", perguntou o barman. "Não. Estamos em um grupo, com uma apresentação na Casa de los Pueblos", no Brooklin.

Alexander sentiu-se à vontade para entrar na conversa.

"Desculpem, mas é grande coincidência. Sou dançarino. De Las Vegas. Estou a passeio. Primeira vez em New York... Alexander...", estendeu a mão.

O barman saiu de cena, foi atender gente na outra ponta do balcão. Os dançarinos se entrosaram.

"Conhece o brasileiro que vai dançar?"

"Não. Foi acaso entrar aqui. Estou em um hotelzinho, perto. Achei o nome da casa curioso."

"De fato. Faz pensar que podem existir outros estados, antes e depois. Como se..."

Riram.

"Que tipo de dança fazem? Como é o número?"

"É a recriação de uma cerimônia fúnebre de povos indígenas do interior do Brasil."

"Fúnebre? E dá bilheteria, com este tema?"

"É um espetáculo cultural, gratuito. Patrocinado pela Embaixada e com apoio da Unesco e do Smithsonian."

"Ah, bom... Gostaria de ver. Onde consigo um ingresso?"

"Convidamos você. É colega de arte, não é?"

As luzes diminuíram. Um refletor abriu um círculo rosado no pequeno palco, os primeiros acordes do Bolero soaram, Hans e Robinson entraram sob a luz para seu número.

"Qual é o brasileiro?", perguntaram ao barman.

"O louro alto. O outro é irlandês, acho."

"São um casal?"

"Creio que não. Só na dança."

"Você poderia dizer que estamos convidando para um drinque... e jantar, se quiserem? Diga que somos brasileiros."

"Ok, faço isto."

Alexander retraiu-se à sua bebida e aos compassos de Ravel.

"Convidamos você também, amigo", disse um deles.

"Ah, obrigado. Mas, quero pagar minha parte."

"Melhor ainda, meu caro."

Hans e Robinson foram trazidos pela garota que tomava os pedidos. Robinson aceitara o convite, pela perspectiva de jantar de graça. Hans, quase pelo mesmo motivo, mas também para rever brasileiros. Não sabia ainda que eram dançarinos.

Achou boa a noitada. Foi agradável ouvir a língua natal, saber novidades que não saíam nos jornais ou TV. E, gostou de Alexander. Robinson também gostou, ficou curioso sobre Las Vegas. Marcaram para ver, os três juntos, a dança funerária dos brasileiros.

Tapuias em progresso

A trinca ficou muito impressionada com o espetáculo da trupe do Brasil. Mesmo Hans, paranaense, surpreendeu-se com o que considerou a "novidade" da estilização das danças rituais do Xingu. Quando garoto, havia aprendido mais passos tiroleses que indígenas.

O ângulo sociológico também os marcou. Um debate após o número, em mistura liberal de vozes latinas, europeias e americanas, os esclareceu e os perturbou: no libreto artístico da dança inscrevia-se um discurso político sobre a opressão dos povos autóctones, a luta pelo direito das minorias, a denúncia do sacrifício das culturas nativas.

Marcaram para almoçar juntos, conversar mais sobre o número "dos índios", trocar ideias.

Robinson roubou de um sebo um livro sobre os índios do Brasil. Mostrou para os novos amigos uma revelação: Uma pintura antiga da dança dos Tarairiu. Tratava de outro ritual, outra coreografia: matar e comer gente.

Os três conheciam canibalismo das longínquas aulas de história, tinham lembranças fantasiosas de filmes ou histórias em quadrinhos com canibais em terras exóticas. No quadro, porém, a imagem era vívida, grosseira e realista, tão imediata em sua exposição que parecia contemporânea, era um retrato possível de canibais ordinários, habitantes ainda em alguma aldeia. Um estilista não chegaria perto daqueles tipos, o coreógrafo não se atreveria a endireitar-lhes pernas e posturas. Seriam rapidamente abatidos e comidos.

Alexander teria de voltar ao trabalho, em Las Vegas. O dinheiro estava acabando. Robinson trouxe uma proposta: Morariam todos juntos em seu apartamento, dividindo o aluguel e despesas. Já não tinha como pagar sozinho. Não seria difícil arranjar para Alexander uns números avulsos e trabalho em meio expediente. Em trio, daria para enfrentar os custos.

Toparam, deu certo, encararam o inverno com coragem e dieta compulsória.

Foi Hans quem levou adiante a curiosidade sobre os índios. Talvez ele tivesse um desejo inconsciente de recuperar uma vivência do Brasil, uma experiência sonegada pela formação de família e pela sua partida para longe. Aproveitou a calefação da Biblioteca da Quinta Avenida para confortar-se duplamente: fugir do frio do apartamento e da rua e aquecer-se em imagens tropicais.

Antropofagia.

Hans topou com todo tipo de coisas. O marinheiro cativo Staden, a narrativa de suas viagens, as ilustrações, Crusoé e os canibais na ilha de Daniel Defoe, o bispo comido pelos *Cahetés*... O filho de Rockfeller, devorado na Nova Guiné, novamente a pintura dos Tapuias, que Robinson recortara do livro e pregara na parede da salinha, sobre os colchonetes.

Além disso, mais o impressionou um texto difícil e ambíguo sobre um movimento artístico de escritores modernistas em São Paulo. Hans teve dificuldades em saber se eles falavam, de forma simbólica, da necessidade de assimilar a cultura estrangeira comendo-a, ou se de fato pregavam um canibalismo alimentício. Quanto mais lia, mais tentava se convencer que tudo aquilo era uma pose intelectual, uma política de cultura e uma provocação estética. Mas, de vez em quando, ao ler certos trechos e ver algumas pinturas e as fotos dos autores, duvidava se não haveria rituais secretos em que carne humana seria degustada por eles, com prazer.

Um dia, os três foram à Biblioteca e reviram o que Hans havia pesquisado. Uma bibliotecária veterana havia se tomado de cuidados maternais por Hans. Figurava-o um estudante bonito, talentoso e pobre, lavrando uma tese complexa sobre rituais em terras estrangeiras. Cuidara de separar livros para Hans, deu-lhe acesso a material de imagem que ficava em recessos pouco requisitados do acervo.

Robinson e Alexander brincaram com Hans, chamaram-no de Doutor Canibal, mas na volta para casa, na plataforma de embarque do metrô, Alexander parou, fez um volteio e lançou-se em *grand jeté* entre os outros dois. Fez mais umas piruetas, atraiu o riso dos passantes, alguns pararam, esperando um *show*. Ele pousou, extático, olhos cerrados:

"Tive uma ideia!"

Repasto no deserto

O MAIS DIFÍCIL FOI se livrarem de Bushansky. Tão logo o número deles começou a fazer sucesso, ele cobrou uma participação no cachê, alegando que o contrato com Hans, obrigava igualmente os outros a lhe pagarem comissão.

O roteiro do espetáculo era simples, conciso nos ingredientes. Três homens brancos, de uma companhia de dança, são náufragos capturados por nativos. São transformados em escravos e submetidos a sevícias, principalmente sexuais. Estão destinados a serem sacrificados em rituais canibalescos. Através da dança, entretanto, conseguem encantar e seduzir os captores, sempre adiando o sacrifício. Com o tempo, eles absorvem os costumes dos nativos e passam a viver como eles. Em um *gran finale*, todos se entregam a um frenesi erótico e antropofágico.

O espetáculo juntava exotismo, sexo violento, terror infantil e nudez. Para o último item, nudez, contrataram rapazes latinos, atléticos. Pagavam-lhes pouco, eles não precisavam saber dançar. Alguns deles eram clientes dos frequentadores do meio e a aparição no show lhes rendia mais negócios. Alexander ensinou-lhes o básico, mostrou-lhes a pintura dos Tarairiu: "Façam assim". O resultado foi tosco, mas, por isto mesmo, muito eficaz.

Dançaram em várias casas, em escalada de prestígio, entre a rua Groove e a Décima, até serem convidados para fechar as noites do Blue Cheshire Cat, na Chistopher. Isto despertou mais a cobiça de Bob Bushansky.

Da Sra. Meredith, a bibliotecária, veio a salvação. Conversando com ela na cantina, em torno de xícaras de chocolate quente e lembranças familiares,

Hans soube de um sobrinho dela, Mark, "muito parecido com ele", que trabalhava na Procuradoria da Prefeitura. Visitou-o no trabalho, com circunspecção e formalidade e descobriu que ele era somente um pouco mais velho que ele próprio, Hans, e que os dois partilhavam gostos e preferências na arte e na vida em geral. Convidou-o para o número.

Ele foi numa sexta-feira, a casa estava lotada. Mark bebeu vodca, ficou afogueado e muito impressionado. Os três "náufragos" foram ter com ele, suados e ofegantes, ainda nas poucas roupas de palco. Mark sentiu-se lisonjeado. Hans contou das dificuldades com o "empresário".

BOB BUSHANSKY NÃO TINHA grande poder além dos arredores da rua Christopher. Tivera já umas pedras no sapato com a polícia, por agenciamento de prostituição e agiotagem.

Mark, acompanhado de um policial cascudo, foi ao escritório dele. O muquifo ficava em um prédio maltratado nos confins da rua Belfort. O policial conhecia o lugar. Bushansky também conhecia o policial, olhou assustado para os dois intrusos.

"Que foi?"

Mark não respondeu. Foi direto. Pediu o contrato de Hans. Era uma folha simples, meio amassada. Ele passou a vista.

"Sr. Bushansky, este contrato é irregular, põe sob exigência de trabalho e funções, no mínimo suspeitas, cidadão estrangeiro irregular no País. Sequer foi registrado sob ofício legal, foi lavrado no exterior."

"Mas, é válido, senhor..."

"Sim. Cada uma das pequeninas partes é válida."

Mark rasgou a folha em pedacinhos e os atirou sobre a mesa de Bob Bushansky. Deram-lhe as costas e saíram sem fechar a porta. Bob ficou espumando, os dentes trincados.

Mark disse a Hans que, embora Bushansky fosse uma figura menor, poderia, talvez, estar pagando a alguma rede de proteção, para pressão ou retaliações. Ficassem de olho. Ou, mudassem de pedaço.

Seria difícil, sem agentes e novos como grupo, saírem da área restrita e da cultura específica dos bares e boates do West Village. Sabiam também que, passada a novidade, esgotada a plateia volúvel, cessariam os convites. No ramo, não podiam dançar escada abaixo, voltar aos palcos de início. Seria decadência precoce.

Alexander lia sempre o livro de Daniel Defoe pescando inspirações para o show. Já havia marcado uma passagem com elementos aproveitáveis para coreografia: Crusoé observa Sexta-Feira reencontrando o pai. O nativo narra suas peripécias de filho ausente com danças e mímicas, sendo compreendido, com grande alegria.

Folheando o volume em busca de mais assuntos dançantes, Alexander pôs os olhos em uma frase de apelo místico:

"Pode Deus preparar uma mesa para repasto no deserto?"

Alexander era propenso a revelações luminosas e epifanias salvadoras. Imediatamente, entendeu que a redenção os esperava no deserto. E, em qual deserto estaria a salvação para três dançarinos famintos de comida e glória, senão no deserto de Nevada, senão em Las Vegas, a Terra da Cocagna das artes e dos apetites?

Ajoelhou-se, dramático, agradecendo o Sinal, os braços ao alto. Hans e Robinson se entreolharam, esperando as novidades.

Canaan

ALEXANDER PROCUROU SULICH, APRESENTOU os amigos, falou do show, pediu uma apresentação privada. O coreógrafo foi simpático, achou a ideia de brancos e canibais interessante. Tinha uma percepção mais europeia do tema, via as coisas por um ângulo clássico, poético-mitológico.

Foi difícil conseguir índios para compor um elenco de demonstração. Valeram-se de mexicanos e costa-ricenses. Ensaiaram de madrugada em um pátio de descarga de um dos cassinos, cortesia de conhecidos de Alexander: "Sem barulho", recomendaram.

Apresentaram-se para Sulich nas instalações do estúdio do Balé de Nevada. O homem foi franco:

"O número, como está, serve para algumas boates, apenas. Precisaria ser muito aprimorado e enriquecido para ser mostrado em um palco de hotel e cassino. Está muito cru e é sexualmente grosseiro. Entendo, é claro, que foi feito para plateia determinada, ok, entendo isso."

O trio encolheu-se, murchou envergonhado e tomado por desencanto. Alexander sentiu um nó na garganta, percebeu que poderia vir a chorar. Olhou para o teto, prendeu a respiração, tentando conter as lágrimas. Sulich prosseguiu:

"O tema tem potencial, porém. Já havia notado, quando me descreveram o quadro geral. Teria que ser reescrito e reconformado para um balé verdadeiro, em palco. Com cenário, coreografia, indumentária e, sobretudo um corpo de baile profissional. E música, é claro. Percussão, sim, mas música também."

Sulich esperou que se manifestassem. Eles continuavam retraídos, mãos entre os joelhos, sentados nos tamboretes de cena como alunos advertidos. Ele ajuntou, procurando uma conclusão piedosa:

"Bem, rapazes, isto seria trabalho para um a dois anos. Escrever o roteiro, desenhar coreografia, obter fundos e patrocínio, orçar a pré-produção, contratar elenco, compositor, figurino, cenário, agenciar o espetáculo... Ensaiar, ensaiar. Mas, já disse... gostei da ideia. Tenho uma sugestão."

A trinca se endireitou nos banquinhos, atenta.

"Vocês continuam levando o show como está, nos lugares habituais. Vou pedir a uns amigos que ponham vocês na agenda. Nada de primeira linha, entendam. Só para sobreviver por aqui. E vão precisar de um agente. Posso ajudar nisso, também. Agora... a minha compensação... Vocês vão me contratar como autor e garantir-me os direitos sobre o espetáculo que resultar do projeto. Cinquenta por cento, livres. E, uma vez por semana, quando possível para mim, reunião de trabalho com um de vocês ou até com os três. Não pretendo fazer tudo sozinho, certo?"

ELES CONCORDARAM E AGRADECERAM com júbilo o que era, sem dúvida, uma proposta rara e generosa. Mas, quando chegaram ao apartamento de quarto e sala de Alexander, já estavam sendo tomados pelo desânimo. O pior é que não era um desânimo causado por frustrações ou dificuldades. Era um estado de depressão ditado pela alma, uma quebra de energia como se o espírito os estivesse avisando que não tinha potencial para o que se apresentava, que o estavam pondo em risco de colapso.

Hans olhou pela janela a fulguração de Las Vegas formando um halo, uma cúpula distante. A cem metros do conjunto de prédios caixotes onde ficava o apartamento, alastrava-se o deserto. Hans vira na TV um documentário sobre os testes atômicos admirados da cidade. Gente de óculos escuros olhava o sol adicional que incandescia o céu com um relâmpago absurdo. Por que tanta energia concentrada? E, de onde vinha? As luzes de Vegas, de que se alimentavam? Virou-se para os amigos:

"Sabem de onde vem a energia para Vegas?"

"Não, de onde?", perguntou Alexander.

"De gente como nós. Somos consumidos aqui."

"Você deve estar com fome. Sobrou um sanduíche. Pegue, antes que você apague", disse Robinson.

Bombordo, estibordo

Segundo Alexander, que cuidava das finanças, as coisas iam "assim, assim". Havia algum trabalho, mas pouco dinheiro. Levaram o show até Denver, Santa Fé, Albuquerque. Apresentações curtas, público limitado. Esticaram a Los Angeles, San Francisco. O mesmo. O esforço mal pagava as despesas.

Robinson achava que a emoção pelo exótico estava se diluindo. A Oceania já não era o mesmo palco, o terror dos King Kong virara videogames. Leu, não lembrava onde, que o fascínio pelas terras distantes havia morrido na guerra do Vietnam. Ainda mais longínquo era o tempo das aventuras idílicas ou bélicas no Pacífico, nas florestas de Burma... Difícil achar ilhas desertas, quem diria canibais... A África era um campo político minado para qualquer incursão de sarcasmo ou liberdade ofensiva. Achebe tirara o couro imperialista de Conrad e o esticara em varas, nos *campi* do mundo.

Foram levando, como podiam. O fato de serem um trio, lhes dava melhor oportunidade para contratos por dois ou três fins de semana. Era melhor do que tivessem de batalhar por trabalho, cada um por si. O número os escravizara nesta comodidade, mas os arrastava para a falência.

Depois de alguns meses, tiveram de pegar trabalhos extras, nem sempre de dança. As idas de Alexander às reuniões com Sulich foram se tornando raras e quase nada produtivas. Sulich entrara em conflito com a nova direção do Balé e andava envolvido com essas querelas. Questão de dinheiro, investimentos. O Balé se transformara em um negócio grande que exigia conduta de empresa.

E, então, ele, Sulich, de repente, deixou o Balé, foi-se sem amargor, mas disparando ironias crepusculares. Voltou à Europa, começou a produzir por lá.

Os canibais dançantes ficaram à deriva. E, perigosamente, à beira da fome.

Sul do Equador

Robinson não estava mais falando com o professor que os induzira ao vexame na Universidade de Campinas. Ele acenou para Robinson do fundo do salão enfumaçado por gelo seco. Robinson o ignorou. Uma coisa era serem vaiados, ironizados em uma boate, debochados pela performance ou por terem saído de moda. Fazia parte do show, era o risco dos divertimentos. Outra, era serem ameaçados como agentes brancos do imperialismo cultural, julgados sumariamente como fascistas e opressores da cultura de povos indefesos e explorados. Poderiam ter sido espancados até a morte.

Sabia que a claque do estudante que os humilhou seria a mesma que dançaria frenética, assistindo o mesmo show, na boate. Não havia ali uma problema de ideias, havia um problema de palco. O professor, "aquele idiota, tinha por obrigação discernir esta nuance local. Lançá-los à sanha dos acadêmicos selvagens foi leviano e desonesto", diria isso, tivesse estômago e paciência para conversar com ele.

FORAM PARAR EM SÃO PAULO por convencimento de Hans, que alegou conhecer a praça. Haviam chegado ao Brasil a convite de Sulich, que se instalara com armas, bagagens e precipitada senectude no Rio de Janeiro. Ele ainda tinha prestígio e talento suficientes para trabalhar com o Balé do Teatro Municipal.

"Venham para o Rio. vamos tocar o projeto, do mesmo jeito", ele disse.

Não deu certo. Sulich estava mais interessado em reviver sua experiência europeia, clássica, retomar a imagem de sua juventude. O Teatro, por sua vez, não queria outra coisa senão o verniz de alta cultura que o velho coreógrafo poderia emprestar a seus projetos. Pouco ou nada estava interessado em coisas étnicas ou folclóricas. "Não é nossa praia", demarcou, séria, uma jovem assistente da diretoria.

O trio viu-se confinado nos mesmos guetos famélicos de qualquer metrópole. A diferença era que, no Rio, o dinheiro dançava mais rápido que eles. Mal o viam, já estava no bolso de algum sabido, algum simpático agente noturno, escorregadio e dificilmente reencontrado.

Da Lapa ao Alaska, do Leme ao Posto Seis, a coreografia era a mesma, uma pauta de labanotações viciosas, sempre contra eles. A última experiência e desgosto foi em um ensaio de escola de samba. Alguém sugeriu que encabeçassem uma ala de desfile.

Foram tratados como gringos desajeitados e intrusos. Foram enquadrados, empurrados, expelidos.

Deram adeus ao Rio.

Impromptu

ROBINSON ESTAVA TENTANDO ESQUIVAR-SE do professor idiota – ele não entendera que Robinson o evitava – quando começou uma discussão na pista de dança.

Estavam se apresentando, havia uma semana, naquela casa da baixa Augusta. Robinson estava encostado no bar, depois do número. Esperava Alexander, que estivera trocando de roupa e despachando os "índios" com o pagamento da sessão. Hans já havia saído com um amigo.

Logo quando Alexander chegou, a discussão na pista aumentou, passou a gritaria e bate boca e, de repente, ouviu-se um tiro. Deu-se a correria para a porta de saída, estreita, congestionada. Robinson e Alexander conseguiram chegar à calçada e ficaram no meio da gente, muito assustados, mas curiosos com o que se passara.

Dois seguranças forçaram entrada para dentro da boate, afastando a braçadas os restantes que fugiam, quando estalaram mais dois tiros lá dentro. O povo na calçada, apavorado, espalhou-se e Alexander precipitou-se para o outro lado da rua "para abrigar-se detrás de uma banca de revistas, na calçada oposta".

Não chegou lá. Uma motocicleta colheu-o, em cheio.

Ele fraturou a bacia e a perna em dois lugares. O tornozelo direito foi esmigalhado.

Depois da Emergência, foi transferido para a Santa Casa. O Consulado americano ajudou, sob insistência de Robinson e Hans.

Foram visitá-lo. Estava com polias, pinos. Coisa feia. Ele chorou.

"Não danço mais, não é?", ele perguntou, mesmo sabendo a resposta. O silêncio grave de Hans e Robinson confirmava isso, até em excesso.

Cartas de prego

HANS GOSTAVA DE CORRER no fim da tarde na trilha do C&O Canal. Ia para lá, voltava, a pé, para casa, em Georgetown.

Estava ainda claro quando chegou, foi tomar uma longa chuveirada, vestiu um roupão, fez um turbante para enxugar o cabelo, resolveu preparar um drinque e ver o noticiário da TV, estariam dando a resenha do Congresso naquele horário.

Quando foi chegando ao living, ouviu um barulho a que não deu pronta atenção. Atraíu-o mais um pacote esguio que estava sobre a mesinha de centro, entre os sofás.

Acercou-se para ver o que era, quando... "Bum!", uma voz farsante ecoou e Mark emergiu de trás do balcão do barzinho.

Hans fingiu que não havia se assustado, desfez o turbante, ajeitou os cabelos, os dedos em pente.

"Como foi o seu dia, senhor?", indagou, brejeiro, a um Mark que se livrava do paletó e afrouxava a gravata.

Mark sentou-se em um sofá, esticou as pernas, apoiou os pés na mesinha de centro, como a chamar atenção para o pacote.

"Você, sabe... A família de tia Florence, a banda dos Meredith é completamente *detraquée,* mas o senador é o mais aloprado. Dá trabalho..."

Mark largara New York. Era assessor do Senador Gregory, do Maine e estava escalando a vida política em Washington.

"...mas não tenho do que me queixar, fora o trabalho de remendos jurídicos aqui e acolá.", ajuntou.

"Ia preparar um drinque, quer um?", Hans foi até o bar.

"Quero. E..."

"E, o quê?"

"Não vai abrir o pacote?"

"Ah, é mesmo. Há um pacote sobre a mesinha, se você não me diz..."

Hans preparou dois drinques com gelo. Trouxe, envoltos em guardanapos, pousou-os junto ao pacote.

"Devo abrir, de verdade?"

"Por favor."

Hans desfez um laço de seda, rasgou o papel. Uma estatueta mostrou-se, um bronzinho *art nouveau,* com pedestal em jade.

"Quem é a *signorina?*"

"A senhorita é Terpsicore, a deusa da dança. É para você. Presente de nosso primeiro aniversário."

Hans levantou a estatueta, girou-a explorando-lhe os ângulos. Não era uma peça barata. Ele disfarçou a emoção:

"Ela é um tanto rígida, mas parece que pode dançar bem... Onde vamos colocá-la?"

"Você escolhe."

"Penso que ficará bem no aparador, em frente ao espelho veneziano. O dorso dela aparecerá, em reflexo."

Hans levou Terpsicore para o aparador perto do hall de entrada. Afastou a bandejinha de prata onde ficavam chaves e correspondência. No meio dos envelopes de contas e propagandas, dormiam duas cartas, fechadas. Uma era de Alexander. Estava no Rio. Aceitara o trabalho de secretário pessoal de Sulich e acumulara, com o tempo, as funções de cuidador e enfermeiro do velho.

A outra era de Robinson. Estava em Dublin, lutava judicialmente com o irmão na partilha da herança do pai. Dizia ter saudade do tempo de danças e aventuras.

Hans não saberia dessas coisas. Conservaria as cartas, mas decidira não as abrir. Nas missões marítimas envoltas em segredos e mistérios, o capitão recebe uma Carta de Prego, lacrada. Nela está o destino traçado, mas a carta só pode ser aberta longe do porto, já sem retorno possível, em alto mar.

Faca, punhal, faca

"Marquei com ele junto da estátua de José de Alencar. Ele não deve demorar."

"A estátua foi mudada de lugar."

"Ele sabe, é quase novato, mas não é idiota."

"Que Marca ele tem?"

"Uma mancha sanguínea sob a pele da cara. Movente. Às vezes na fronte, às vezes na bochecha, na nuca…"

"Eu tenho os dedos dos pés soldados."

"Menos mal. Dá para esconder. Minha mão esquerda não fecha. Dá mais trabalho. Meto no bolso o tempo todo."

O Hotel dos Estrangeiros fica na Praça José de Alencar. Tem 120 apartamentos de duas e três peças, cozinha internacional, água quente e fria, está localizado próximo do estabelecimento hidroterápico do Dr. Brandão e das casas de banho do Flamengo.

Mantém contrato com a Companhia Viatura Mendes para qualquer tipo de transporte necessário aos hóspedes. Uma cozinha especial atende clientes em tratamento dietético ou médico, sob prescrição.

Situado em zona residencial amena, de alto padrão, não está distante do Centro, porém, e está servido pelos bondes da Companhia Jardim Botânico.

Hospedam-se no Hotel viajantes internacionais em negócio ou lazer, famílias de fino trato em visita ao Rio e eminentes representantes políticos da Re*pública*.

"Por que devemos companhia a ele? É incapaz, sem método, algo assim?"

"Não sei. Esteve aqui há muito tempo, em missão que foi suspensa. Deve ter perdido as referências desde então. As coisas mudaram, precisam de alguém do nosso tipo, com a permanência que somamos aqui, para encaminhá-lo em tempo e espaço. Você já teve confusões na orientação, nas sequências? Comigo acontece o tempo todo. Jamais consigo discernir se isto é defeito meu ou se faz parte do jogo."

"Depois de muitos eventos, sobretudo os rumorosos, me acontece. Acha que, mesmo assim, poderemos orientá-lo?"

"Depende mais dele que de nós... Veja... ele chegou na praça."

"Onde?"

"Por trás da palmeira, uma que foi abatida quando fizeram a obra do metrô."

"Vejo. Vamos a ele?"

"Não. Vamos testar-lhe a visão. Que nos descubra. Temos tempo."

"Não temos. Já nos viu. Vamos a ele?"

"Não, deixe que venha..."

"Salve, mestre Sitoj."

"Salve, irmão Pinih. Fez boa travessia? Este é o irmão Nasu."

"Saudações, irmão Nasu. Fiz, mestre. Fiz boa travessia. De barca. Há uma ponte agora. Enorme. Mas, preferi a barca, como antes."

"Tem sede? Quer beber algo?"

"Nesse restaurante aí? Planalto? Não sei... muito vidro e fórmica."

"Podemos ir ao hotel. Há um bar americano nos fundos, uma pérgola."

"Ah, sim, gostaria. Nunca estive neste hotel, em nenhum tempo. O mestre sim, sei que esteve... todos nós sabemos, claro. É famoso..."

"O que é famoso, irmão?"

"Bem, o caso... o hotel... o evento."

"Nada de mais, irmão Pinih. É da natureza dessas coisas gerar barulho."

Às quatro e meia da tarde o telefone soou na redação do Correio do Rio.

"Houve um crime no Hotel dos Estrangeiros. Tem um homem esfaqueado, muita gente em redor, uma agitação."

"Quem está falando?"

"Sou mensageiro. Eu tinha acabado de saltar do bonde e entrar no hotel. Aconteceu pouco antes, acho. Olha, não dá para falar mais, estão pedindo o telefone."

Um repórter foi despachado para o Hotel, e, logo depois, um tropel subiu a escadaria, irrompeu na sala da redação. Era um só homem, um dos nossos, esbaforido, fazendo barulho de dez:

"Acabaram de assassinar o Senador Pinheiro Machado!"

"Nossa! Onde foi isso? No Senado?"

"Não. Foi no Hotel dos Estrangeiros!"

O SENADOR PINHEIRO MACHADO foi ao hotel procurar o Sr. Rubião Júnior. No saguão encontrou os deputados paulistas Cardoso de Almeida e Bueno de Andrade. Convidou-os para irem, todos, ver o deputado Rubião e "dar umas risadas". Soube então, pelo Sr. Bueno que o deputado Rubião havia saído, mas que "está aí o Sr. Albuquerque Lins".

"Vamos ver o Albuquerque, então", Pinheiro Machado convidou e insistiu com os dois.

"Já falei com o Albuquerque Lins", escusou-se Bueno. "Suba sozinho."

O senador dispôs-se a subir, atravessou o saguão ainda ladeado pelos dois deputados.

Francisco Manso de Paiva vestia roupas escuras, chapéu de palhinha, paletó aberto, sem colete. Entrou no hotel...

Teria perguntado qual seria o Sr. Pinheiro Machado. Há dúvidas sobre este ponto. Em todo caso, acercou-se do senador, pelas costas.

Os deputados Cardoso e Bueno viram quando o homem se aproximou e "deu um murro" nas costas de Pinheiro Machado. Este exclamou, sentindo que o golpe fora mais que um murro: "Canalha!"

Bueno de Andrade, aturdido indagou: "Que quer dizer isto?"

"Estou apunhalado", respondeu o senador.

Já Manso de Paiva havia corrido para fora e alcançado a praça. Foi perseguido por Cardoso de Almeida e gente atraída pelo alarme. Detido, entregou-se sem resistência.

No hotel, Pinheiro Machado, tombado em uma poltrona, nada mais falou e expirou ali mesmo, sem que houvesse tempo para socorro.

"VOU QUERER UM CÁLICE de conhaque com canela", Pinih ordenou ao garçom, um sujeito moço e pálido, com um bigodinho de vaudeville.

Sitoj e Nasu pediram porto. Pinih olhou em torno.

"É bonito aqui. Está do mesmo jeito de quando aqui esteve, mestre?"

"Sim, sim. Não mudaram muito. Depois do ataque ao senador, fizeram modificações no hall de entrada. Nada mais mudou até a demolição."

"Esteve na cena, mestre?"

"Claro. Não poderia perder. Introduzi uma representação. Dei um telefonema, passando por mensageiro. Foi divertido. Segui o Cavalo, entrei no hotel sobre os passos dele. Também temia qualquer erro, um desvio na sincronia... Cuidados, pretensão minha, mas isto não me larga. Nunca."

"Nem a mim. E olha que já me ocorreu. Demora a entender que faz parte..."

"Parte de quê?"

(A interrogação foi de Pinih, ao tempo que mexia o conhaque com um pau de canela. Os dois não responderam, fingiram concentrar-se nos cálices de porto. Sitoj retomou.)

"Foi interessante. O senador, um aristocrata, percebeu, em um relance, que fora agredido por alguém de classe inferior. Pela roupa ou pelo tipo de Manso, ele julgou rapidamente e estigmatizou: 'Canalha!'. E, aos seus pares, não disse 'fui apunhalado'. Disse: 'Estou apunhalado'... quase uma afirmação endógena, um flagrante do seu Ego. Talvez lhe repugnasse a ideia de ter sido atingido por um plebeu.

E mais não falou. Logo morreria."

"O mestre viu?"

"Sim. Ele evanesceu em uma poltrona. Dividi-me para acompanhar a perseguição de Manso de Paiva pela turba. Seguraram-no ali, na altura de onde estávamos, na calçada do restaurante... Tremia um pouco, mas estava controlado, pacífico."

Pinih não havia desistido de inquirir. Elevou a voz, mas logo corrigiu a impaciência.

"Ah... sempre flui bem, não é?... Quando se planeja..."

Nasu interrompeu. Achou que cumpria esclarecer.

"Há dois planos nas ocorrências. Um se desenvolve com método e aplicação de programas. Outro, se constrói no desígnio. Só há conflitos no operador. Você tem que aprender esta condição."

Pinih fez que havia entendido. Sorveu o conhaque, reflexivamente. Nasu percebeu que fora muito vago e que estava devendo melhor didática.

"Por exemplo. Trabalhei um Cavalo por muito tempo. Na ação, ele falhou em acertar a vitima assinalada e, incidentalmente, fez outra. Não houve falha no evento. O plano foi correto, foi a secção de desígnio que, oportunamente, atravessou o processamento."

"O caso de Marcelino Bispo com o Presidente."

"Sim, Sitoj, esse mesmo. Foi uma falha? Não foi."

"Não assim. Há o caso interessante, o de Sarajevo. A granada do Cavalo Cabrinovic não alcança o Arquiduque, mas fere outros. O Arquiduque quer ver os feridos no hospital. É desaconselhado, dizem que é perigoso. O General Potiorek apoia a pretensão: 'Pensam que Sarajevo está cheia de assassinos? Assumo a reponsabilidade'. O carro segue para o hospital, entra em via errada. Ao tentar voltar, o motorista emperra o carro. Princip, um dos Cavalos, está à frente... vamos dizer... por acaso... encostado na parede de uma loja. Julgava que o atentado havia fracassado. Dá-se a oportunidade. Aproxima-se do carro e atira. Mata o Arquiduque e a Duquesa.

Missão cumprida? Não. O tiro que matou a Duquesa Sophie era endereçado ao General Potiorek, Princip iria lamentar. Aí está. Mesmo que houvesse muitos assassinos em Sarajevo, ainda mais desígnios se entrecortavam ali."

"Quem operou esta ação?"

"Uma equipe grande. Mitokht presidiu. A ação de influência e possessão foi indireta, passou por infiltração na *Unificação ou Morte*, uma Sociedade que se imaginava secreta, a *Mão Negra*."

"No caso do Marcelino Bispo, também peguei uma diversão, um alvo indireto. Agi no Diocleciano Mártir, instilei no *Jacobino*, seu jornal..."

"É o padrão. Funciona. Aplicou-se bem no caldeirão anarquista. Em fins do século XIX e começos do XX, os magnicídios incluíram um czar russo, um presidente americano, dois primeiros ministros espanhóis, um presidente francês, um rei italiano. Não estou pondo na conta o Czar Nicolau Segundo e família. Há dúvidas se Jacov Yurovsky era um Cavalo ou foi meramente um burocrata ideológico e míope."

"Pois é. Há uma diferença sutil aí. O operador trabalha na contingência da fragilidade de espírito do Cavalo. Ou da rebeldia dele. Um perigo... e uma emoção."

"Situação limite. Quer ver? Luigi Luchini deve eliminar o Príncipe Henri de Orleans. Vai a Genebra e em lugar do Príncipe – fortuitamente –, tenho que usar esta palavra –, por acaso, encontra a Imperatriz da Áustria, Elizabeth, a Sissi. Mata-a com a estocada de uma lima pontuda. Luchini estava sendo operado por Niyaz. Para Luchini, uma Imperatriz, embora afastada, meio maluca, seria um alvo tão satisfatório quanto o Príncipe. Segundo o Cavalo idiota, 'matar qualquer soberano servia de exemplo para os outros'. Nyiaz teria depressão por décadas, coitado."

Pinih inquietou-se. Não sabia quando teria dados concretos para organizar, para agir. A frustração da velha missão suspensa estava voltando a assomar, provocada pelo discurso enervante. Quis chamar a atenção.

"Posso pedir outro conhaque?"

"Quantos queira. É como se fossem de graça."

(Na redação do Correio do Rio, conversam Nava e Correia, dois jornalistas tarimbados.)

"Acertaram as contas do dândi, *seu* Nava. Agora, é saber se o homem estava em ceroulas de seda para a autópsia, conforme previra."

"É muito provável. Era homem de acertos, partilhas e combinações precisas. Até o próprio assassinato aparecia em seus cálculos."

"Você já estava aqui no Rio quando houve o duelo com o chefe Castro Pereira?"

"Ainda não. Estava em Minas."

"O chefe antecipou-se à contagem de dez e atirou no três. Errou. Pinheiro Machado não se perturbou. Atirou, por sua vez, mirando de lado. Quiseram dar o duelo por encerrado. Ele insistiu em outra rodada. Então, Pereira repetiu. Atirou no três e errou. O senador abaixou a mira e acertou o chefe no quadril..."

"Ouvi dizer que foi nas nádegas."

"Bom, no quadril... cá entre nós... nas nádegas, se o chefe estivesse fugindo... quem sabe?"

"Diga–me uma coisa: Na casa tem muito material sobre o atentado a Prudente de Morais?"

"Um monte. Eu mesmo cobri o julgamento do Marcelino, entrevistei o advogado Evaristo. Melhor: tenho o rascunho de uma matéria não publicada sobre o Diocleciano Mártir, o maluco capenga. Havia reuniões em um sobrado na rua da Alfândega. Fui a uma delas. Um matilha de florianistas ensandecidos. Publicavam um pasquim, *O Jacobino*, vitríolo puro, até contra os lusos."

"Estou pensando em trazer o assunto para dentro da cobertura do caso do senador. Há fios condutores nos dois casos. Floriano, pica-paus, maragatos, Custódio e Saldanha. O Hermes como criatura de Pinheiro Machado... O papel do Dr. Nilo Peçanha nisso aí... do Ruy..."

"A contenda do Dr. Ruy Barbosa com Pinheiro Machado era olímpica, retórica."

"Será?"

"E ENTÃO, IRMÃO PINIH, como a cidade está lhe tratando?"

"Com mais calor do que eu imaginava, senhores."

Pinih juntou-se a Sitoj e Nasu na pista de *jogging*, no Aterro. As roupas, muito novas e justas, uma epiderme cítrica, contrastavam com a indumentária gasta dos outros dois, mas casavam bem com o cartão postal da baía. Fazia um calor luminoso. Sitoj abriu a conversa.

"Soube que chegaram instruções."

"Pois é. Com uma pitada de humor ou zombaria."

"De fato?"

"Sim. O Cavalo designado chama-se Bispo também... Bispo, como o seu Cavalo Marcelino, irmão Nasu."

"Coincidência."

"Há coincidências?"

"Bom, se há humor..."

"Tive que ir, tarde da noite, na Praça Marechal Âncora, na entrada do pequeno píer. Haveria uma pedra virada no pavimento. Havia, de fato. Virei-a. As instruções estavam gravadas na pedra. Li. Atirei no mar, como estava instruído."

"E então? Grande projeto?"

"Devo dizer que estou frustrado. É a melhor expressão, agora. Mas de fato, estou magoado. Esperava algo mais importante."

"Tudo é importante, irmão Pinih."

"O alvo é apenas um Candidato. Um sujeito do terceiro time, uma caricatura."

"Bem... Quer dizer..."

"Quer dizer... que entendi como uma espécie de punição. Estou sendo punido por algo que não fiz nem determinei. Não foi culpa minha que cancelassem aquela missão... Naquele tempo..."

"Calma, irmão Pinih. Culpa não é palavra bem-vinda em nossas equações ou sentimentos. Olhe pelo lado certo e devido, faça-nos essa gentileza."

Um vácuo escuro abriu-se dentro de Pinih. Ele queria responder gritando, mas a voz, como nos piores sonhos, era uma gosma retida na garganta. Quando conseguiu falar...

"Desculpe, mestre. Exaltei-me. Não tem sido fácil."

"Nunca é. O importante é o foco na missão, a eficiência..."

"Nunca me considerei um soldado. Encaro as ações como rituais..."

"Sim, certo. Mas lembre: Missões ou rituais, tudo é presidido pela obediência. Estabeleça isto como princípio. Em todo o resto, podemos lhe ajudar."

NAVA ESCOLHEU UM CANTO quieto da redação. Um birô pesado, vetusto, de tampa larga, um legado da sala da diretoria, muito certamente trocado por coisa mais vistosa. Encostou-o, em T, na parede, junto a uma janela para a avenida. Começou a juntar papéis. E a ler.

Acabavam de desembarcar na ponte do trapiche do Arsenal de Guerra o Presidente da República Dr. Prudente de Moraes, ladeado pelo Marechal Carlos Machado Bittencourt, Ministro da Guerra e pelo coronel Luiz Mendes de Moraes, chefe da Casa Militar. As bandas de música fizeram ouvir o Hino Nacional. As últimas notas acabavam de soar, quando um clamor se elevou.

O soldado Marcelino Bispo de Miranda, da Terceira Companhia do 10º Batalhão de Infantaria, fez um disparo de garrucha contra o Sr. Presidente da República, tendo errado o tiro. A arma engasgou na tentativa do segundo disparo. O anspeçada Marcelino sacou de uma faca e carregou no Presidente. Neste momento, o Marechal Bittencourt, em um rasgo de heroísmo, colocou-se entre o agressor e o Presidente, protegendo com seu corpo o mandatário máximo. O Marechal recebeu várias facadas no peito e veio a falecer destes ferimentos.

O coronel Mendes de Moraes, também procurando defender o Presidente da República, teve lesões graves, mas escapou da morte. O soldado foi contido, subjugado.

Oficiais ameaçaram matá-lo in situ. O criminoso deveu a sua vida ao Presidente da República, que declarou que o "assassino pertencia à Justiça."

Nava anotou: "Prudente de Moraes pensou rápido. Os militares poderiam estar agindo assim para silenciar o criminoso, ocultar, apagar qualquer traço de possível trama."

Orgulhoso da sua missão e do seu papel, ele (o regicida) pratica o atentado à luz meridiana, em público, de um modo ostensivo e quase teatral. Também não se serve do veneno, arma dos covardes e astutos, a mais das vezes é a um instrumento cortante que recorre, tendo o cuidado de escolher uma lâmina acerada e por vezes de dimensões excepcionais.

Anotação de Nava: "A qualificação deste criminoso como 'regicida' é certamente arcaica... e, no mínimo, pouco republicana. Melhor é o termo de mais moderna psicologia que o designe como magnicida. Pequeno detalhe, porém..."

"*Por três caracteres se revela em Marcelino Bispo a degeneração física dos regicidas:*

Um: Pelo desequilíbrio ou desarmonia mental. Bispo é um fraco de espírito em que a mais exagerada energia e firmeza de execução voluntária se combina com a mais ingênua boa fé.

Dois: Pela instabilidade doentia, adotando uma vida errante. Aos 15 anos fugiu da casa paterna e vagou de Alagoas a Pernambuco, ocupando-se em vários misteres, como soem fazer os descendentes dos índios, para satisfazer, parece, os instintos nômades de seus avós selvagens. Alistou-se no exército e, de Pernambuco, foi para Maceió, de onde seguiu para o Rio de Janeiro...

Três: Pelo misticismo exagerado – a nota mais saliente do caráter de Marcelino Bispo. Entendendo-se por misticismo, não somente uma exageração dos sentimentos religiosos, mas uma tendência instintiva a exaltar as coisas da religião ou da política, alimentar com eles um espírito já doente.

...o silêncio inicial do anspeçada quanto às suas motivações indicava o respeito a 'um pacto de sangue' prestado em nome de 'alguma coisa sagrada'. As desconfianças oficiais dirigiram-se ao capitão honorário gaúcho Diocleciano Mártir, cuja prisão fora solicitada no dia seguinte ao crime. Quando Bispo finalmente rompeu seu sigilo, as autoridades confirmaram que fora o diretor de O Jacobino o principal responsável pela 'sugestão lenta' que tornara 'um honesto e bravo soldado um assassino'."

Correia chegou da rua. Havia almoçado no Catete, foi ao Hotel dos Estrangeiros ver se pescava alguma coisa mais. Fumava uma cigarrilha cara, presente da gerência do hotel. Deu com Nava escrevinhando a pleno vapor.

"E aí seu Nava, aninhou-se?"

"Pois é... Estou juntando algumas coisas aqui. Do Dr. Nina e do Dr. Evaristo. Estou ainda no primeiro ato da peça... Não é nenhuma *Júlio César*. A jovem ciência arrogante toma o espetáculo e ofusca os personagens, rouba a cena."

"O Marcelino se matou, enforcou-se na cela. Isto não é drama bastante?"

"Poderia até ser, mas veja... tem esta coisa do Diocleciano, o mentor, o hipnotista político, o florianista venenoso..."

"Que tem?"

"Teatro grego ou farsa romana. Em pleno desfile da República, dia 15 de novembro de 1903, a mãe de Diocleciano conseguiu abordar o Presidente Rodrigues Alves, no Quartel General. Pediu pelo filho e abiscoitou um perdão presidencial. Foi, rápido, fácil e intrigante, não foi, Correia?"

"Nava, você é das Minas. Isso aqui é o Rio... é a Corte, meu velho."

"Por favor, Correia. Não me imponha a lógica desse seu argumento. Estou pensando em viver aqui nessa cidade por um tempo."

"Fiquei preocupado com a atitude de Pinih."

"Eu também, mas logo que ele ponha o processo em prática, os fatos vão se alinhar, ficar mais claros. Você sabe, Nasu... ele se crê mais Protagonista que a Cena escrita. Há uma passagem no Júlio César muito boa para o nosso Pinih."

"Qual?"

"Cassius pergunta se Brutus consegue ver o próprio olho e Brutus responde: 'Não, Cassius, porque o olho não se vê senão por reflexo em outras coisas'. Então Cassius diz: 'É certo, Brutus, e é uma pena que espelhos não mostrem o mérito oculto em teus olhos.'"

"Poderíamos dizer isto a ele? Dar-lhe estímulo?"

"Quem sabe? Talvez gravar em uma pedra, emborcá-la, deixar no caminho dele."

"Ah, Sitoj ...ele não parece sensível ao humor."

"Talvez nos julgue apenas zombeteiros o que, de certo modo, seria sempre um elogio. Ou, talvez ache que somos condescendentes."

"Penso que sim. Há algo de rebelde nele, de birra pueril. Que aconteceu na tal missão suspensa?"

"Aí é que está. Não sei se foi suspensa por julgarem a condução de Pinih falha, ou se houve uma mudança qualquer, até mesmo uma indeterminação singular. Em todo caso, não foi dada importância nem ao processo nem a Pinih. Talvez seja o que o irrita mais, que não houve explicação para a suspensão. Deixaram-no congelado, no escuro."

"O que era a missão?"

"Até onde sei, rapto com morte do menino Pedro... O Imperador melancólico... o 'Já Sei', o Cabeça de Castanha, como diziam os republicanos."

"Ah... foi?"

Pelo anoitecer Nava ainda escrevia e lia. A redação estava esvaziando. Havia mais movimento na sala da diretoria, visitas importantes, ir e vir de contínuos, a porta abrindo e fechando. Bebiam, ruidosos. Correia saiu de lá sorrindo, já de chapéu, pronto para se despachar. Viu Nava, o birô atulhado de papéis...

"Então, grande Nava, concluiu a epopeia da República?"

"Estou no meio, naufragando entre Cila e Caríbdis. Há prazo para entrega? Acho que não vai caber tudo em uma matéria só... no mínimo três..."

"Não se preocupe com isso. Pelo que entendi, o pessoal lá dentro está satisfeito com o que já publicamos. O homem está morto, o assassino preso, um infortúnio etc e tal, a vida segue. O Brasil é robusto, as instituições, sólidas."

"Seria bom que fosse assim, Correia. A punhalada foi só um sintoma. As coisas não vão parar por aí. São Paulo e Minas que se acautelem. Há rumor nos quartéis, oficiais jovens inquietos, tenentes..."

"Isto é o de sempre, quarteladas, muita prosódia..."

"Correia, escute. O tempo é outro. Desde que Floriano meteu a Esquadra de Papel em cima dos revoltosos, a regra britânica perdeu força, os americanos passaram a ter peso na balança. Vai chegar um tempo de conflito nacional. Modernidade versus oligarquias. A República tem se garantido pela força da inércia, pela oratória antimonarquia. Isto está esmorecendo. Há uma guerra roendo a economia europeia, que vai sair disto em frangalhos... os americanos..."

"Espere... Está botando estas coisas no texto?"

"Estou procurando mostrar as incidências e desenvolvimentos políticos do crime..."

"Nava, meu caro, eles não vão publicar isso, sabe como é... Eles preferem dar fim ao assunto, evitar sequelas e polêmicas."

"Estou perdendo meu tempo, então?"

"Não, não. Continue. Vai ser um texto importante, estou certo. A Diretoria vai gostar."

"Mas, será... impublicável?"

"Nava, meu amigo... somos pagos principalmente pelo que não é publicado."

"Você sabe, Nasu, que Manso, o Cavalo – aliás ele preferia e assinava Manço – ficou calado um tempão, discreto sobre detalhes do ataque ao Senador. Depois de solto, cobrava um dinheirinho para dar entrevistas. Em uma delas, falou de reuniões na casa de Ruy Barbosa, de tramas diárias lá. Não é verdade. Tratavam de política, embora discutissem o anacronismo e a violência do senador. Vi e ouvi as reuniões e não havia conspiração lá. Agora, uma coisa ficou em eclipse, mesmo a mim, não sei se me sonegaram isso, se estava fora de meu alcance..."

"Lapso restrito, Sitoj..."

"Isso mesmo. Que Manso dormiu na véspera do crime no Palácio do Governo... não tenho registro deste fato, por mais que me esforce, volte no tempo, refaça os passos. Caio sempre na Praça, são quatro e vinte da tarde, estou nos calcanhares do Manso, entro no hotel..."

"Essas coisas também me enervam. Os bloqueios. Fazem parte da necessidade de nos preservar, mas mesmo assim..."

"E não há jeito de desenhar isto para Pinih."

"Nem isso, nem convencê-lo de que Cavalos não são criados... são conduzidos."

"Disse onde nos encontraria?"

"Quem?"

"Ora... Pinih."

"Vai nos encontrar em uma lanchonete, dentro de uma Galeria. Não é longe."

"Lanchonete? Ele não vai estar de muitos bons bofes..."

Eles avistaram Pinih na Galeria. Não havia entrado na lanchonete. Andava de um lado para outro do corredor.

"Salve irmão Pinih. Vamos entrar?"

"Poupem-me, por favor. Podemos dar uma volta na Cena, sentar em uma praça, algo assim."

"Parece bom. Vamos."

...

"Em três dias o Candidato fará uma passeata, aqui pelo centro. Bispo, o Cavalo, já chegou. Está em uma pensão. Tem a faca."

"Não seria à bala? E o curso de tiro?"

"O dinheiro dele só deu para o curso, não dava para comprar a arma, pagar o ônibus, a pensão, comer. Vai ser com faca."

"Nada contra, é até mais clássico."

"Não há nada de clássico nisso, me perdoem. É uma coisa rastaquera."

"Como?"

"Rastaquera. Alvo e Cavalo, boçais ambos."

"Não. Não. O 'me perdoem'. Expressão imprópria, você deveria saber."

"Excedi-me. Estou sob pressão. O Cavalo é um burro, ora vejam. Galopa entre a idiotice e o senso comum. Atende aos jargões políticos e às palavras de ordem como axiomas."

"Sem cabresto."

"Sabem? É como se ele estivesse sendo montado por seu símile com sinal trocado, outro tipo de besta ignara."

"Muito bem, já deu para entender. É tedioso, sabemos. Procure não se contagiar com a bizarria do bestiário. Diga, viajou? Fez todo o processamento pretérito, todo *corso* e *ricorso*?"

"Sim. Pela cartilha. Primeiro, o tal pastor, depois, o evangelho da luta de classes, a filiação a partido, a ambição de ser deputado. Leram as mensagens que ele escreve e como escreve, as patacoadas que elabora?"

"Sim. Dentro do padrão. Clichês fronteiriços, raivosos, confusos e obtusos. Tudo favorável ao quadro, parabéns."

...

"Parece que será em um cruzamento de ruas como este. A confluência vai engrossar o séquito. Mais fácil para o Cavalo se aproximar, despercebido."

"Bom. Parece bem... Seguindo esta rua... ah...sim, rua... Halfeld... no fim, há um parque que parece bem agradável. Sentamos lá, na sombra, detalhamos tudo, combinamos quando devemos voltar aqui e de onde vamos observar o evento. Você deve ficar na cidade, irmão Pinih. Vai ficar de olho no seu Cavalo, no seu Bispo. Jogue um pouco de xadrez: Bispo na casa do Cavalo, Cavalo ataca Rei..."

"Não brinquem. Isso é um castigo..."

"O irmão é incorrigível. Não use a palavra castigo em voz alta."

Na redação do Correio, por volta das dez da manhã.

"Ô, Correia. Correia..."

"Diga, *sô* Nava. O que manda?"

"Mando nada, Correia. Tem um tempinho?"

"Sempre tenho tempo. Dinheiro, é que não."

"Vamos descer, dar uma saidinha. Quero lhe contar uma coisa."

"Mas, é claro. Vamos."

(O prédio do Correio do Rio está fincado entre casas de comércio, no meio de sobrados gêmeos. A calçada, larga, é ensombrada por gordos pés de *ficus* indianos, plantados pelo Imperador Número Dois, quando jovem. Os *ficus*, com melhor sorte, sobreviveram a ele, enraizaram na República. Um passeio bordeja o renque de árvores, separando aquele trecho da nova avenida que obliterou o caminho para a praia. Há uns bancos de pedra, em uma espécie de ilhota ajardinada, no limite do tráfego. Os dois sentam-se lá.)

"Fui ontem almoçar, sozinho, na Rua do Ouvidor. Sentei, no fundo, em uma mesinha encostada na parede. Na mesa vizinha, do corredor, estavam dois sujeitos, uns maganos, velhuscos, com jeito de comerciantes, com sotaque turco, árabe, algo assim. Brincaram com o garçom por causa da demora em trazer a comida. Diziam que ele queria que se embebedassem. Já haviam tomado umas pingas, estavam perto disso, notei. Puxaram assunto comigo, simpáticos."

"Foi a pinga... ou queriam lhe vender alguma coisa?"

"Não foi só a pinga. Um deles disse notar que eu era novo na cidade... e o outro... o outro disse ter a impressão de que já me conhecia..."

"Ah, queriam mesmo vender..."

"Não. O mais estranho é que perguntaram o que eu fazia. E antes que eu abrisse a boca, bateram na mesa com os copinhos, olharam minha cara e disseram em meio a gargalhadas: 'Jornalista!'"

"Caramba!"

"Também me assustei e fechei a cara. Eles voltaram, com mesuras: 'Desculpe, desculpe-nos, é um joguinho de adivinhação que fazemos. Por acaso, acertamos?' Tive que aceder que sim. Apertaram-se as mãos em regozijo cômico. Apresentaram-se: Nicolau não sei quê e Ariel das quantas, não sou bom em guardar sobrenomes estrangeiros. Ofereceram-me pinga. Não gosto de recusar uma pinga e a comida ia mesmo demorar. A casa estava lotada."

"Não era um golpe, vigarice, Nava?"

"Antes fosse. A conversa desdobrou-se, disseram que de certo modo eram sócios, que já estavam no Rio há muitos anos, embora a natureza dos seus negócios os obrigasse a viajar pelo mundo, seguidamente. Quando, ao meu turno, perguntei o que faziam e disse-lhes, 'Não sou adivinho, como os senhores'. Responderam-me de pronto: 'Somos Representantes'. Assim. Sérios, com alguma empáfia."

"Que coisa... Seriam maçons? Percebeu algum sinal, algum símbolo? Anel?"

"Nada. Bom, lá para as tantas, começamos a falar sobre o país, a política... Tinham um conhecimento fundo da Monarquia e da República. Chegamos ao assassinato do Pinheiro Machado e... um deles, acho que foi o tal de Nicolau, disse ter conhecido o Manso de Paiva, disse ter falado com ele muitas vezes."

"Não diga."

"Puxei caderneta e lápis para anotar, poderia haver ali alguma novidade. Ele fez 'Não!' Espalmou uma mão aberta sobre a caderneta. Parecia mão de manequim ou paralisada por derrame. Deu-me um calafrio..."

"Pudera!"

"E não foi só isso. O outro me encarou e disse: 'Mineiro, esta cidade é surpreendente. Tempos atrás, eu mesmo conheci outro assassino. Certamente já ouviu falar de Marcelino Bispo, não é?' Dei um pulo da cadeira, muito enraivecido. Falei alto e grosso: 'Que tipo de brincadeira é essa, meus senhores?'. Quase todo o restaurante se virou para ver o que ocorria."

"E eles?"

"Absolutamente impassíveis. Um risinho riscado na cara de cada um. Olhei em torno, queria mudar de mesa. Não havia uma sequer, vazia. Nisso, chegou um moço, muito bem vestido, veio até eles, respeitoso, curvou-se, confidenciou-lhes alguma coisa, ouvi apenas sussurros. Eles se levantaram, jogaram dinheiro na mesa... bastante dinheiro... foram embora, seguindo o moço. Ah... mas, antes, o tal Nicolau me olhou e disse baixo, somente para que eu ouvisse: 'Vai acontecer de novo, daqui a cem anos. Se você fosse viver tanto, iria ver'."

"Minha nossa. E você?"

"Perdi o apetite e, de noite, o sono..."

"Pensou que poderiam ser espiões?"

"Espiões do quê, se já pareciam saber de tudo? Mais provável que fossem mesmo Representantes de alguma coisa, sei lá... Povo esquisito. Como é que você consegue viver nesta cidade, Correia?"

EM JUIZ DE FORA, Minas Gerais, uma sexta-feira, 7 de setembro. Nasu e Sitoj tomam sorvete encostados em um quiosque no Parque Halfeld.

"Tem notícias de Pinih?"

"Nenhuma, Sitoj. Como dizem, escafedeu-se."

"Parece que, de novo, não aceitou a situação... nem o quadro."

"Na melhor das hipóteses."

"No meu entender, tudo correu bem... quero dizer, na conformidade."

"O Candidato vai sobreviver, o Cavalo foi preso."

"Melhor dizendo, O Cavalo deixou-se prender, este era, talvez, seu único desejo lúcido. Já o Candidato... melhor ir se acostumando a dizê-lo Presidente."

"Voltamos para o Rio?"

"Mas é claro! Não me imagino em outra cidade."

"Nem eu."

Províncias

Não lembro se lhe contei da visita à casa de Rubem. Foi há muitos anos. O Rio era mais ameno então. Rubem plantou não um jardim, não alguns canteiros, mas um verdadeiro pomar na cobertura do prédio, em Ipanema. Naquele andar havia apenas um apartamento, provavelmente destinado a zelador, mas Rubem o comprou, isolou, habitou. Tudo em redor do pequeno apartamento era terraço e, em uma camada de terra da qual nunca calculei a espessura, cresciam fruteiras e arbustos – hortaliças e plantas ornamentais, umas tantas flores também. Um tipo de Éden (de nenhuma estética e simplificação japonesa, bem pelo contrário), um quintal elevado e ancorado na encosta do Cantagalo, misturando sua verdura ao mato da encosta.

Do cimo do morro, suponho, este quadrado de vegetação, o telhado da cobertura abraçado por trepadeiras e pelo folharal, seria visto como diverso do entorno, estranho às lajes vizinhas cobertas com impermeabilizantes, eriçadas de antenas, incrustadas com caixas d'água e telheiros de amianto. A olho de pássaro, a cobertura seria térrea, terrestre, ensombrada, um parque no recesso da rua movimentada, nem um pouco parte de edifício com garagem, elevadores, salão de festas, síndicos e reuniões de condomínio.

O Rio era mais ameno. Quando descrevi, dia desses, esta miragem verdadeira a um tipo expedito, um carioca de meia idade com larga experiência em São Paulo, ele reagiu com: "Por que o cara não comprou logo um sítio?"

Não quis argumentar que existia humor, jogos e poesia na ação do Rubem lavrador, o sujeito sequer sabia quem ele foi. Tudo o que eu dissesse apenas acrescentaria mais azedume à convicção dele.

Doces eram as pitangas. Pois eram.

Rubem mostrou-me a pitangueira que crescia arrimada na parede do lado sul, pegando sol matinal de frente, o que lhe espicaçou a floração, ele mostrou: havia florezinhas brancas salpicando as ramas mais antigas. No alto havia pitangas, não muitas, quê? – cinco ou seis, lustrosas de maduras, provocantes.

Devo dizer que as colhi e comi? Sim. Se lembro o gosto? Delas todas, desde a eclosão da doçura silvestre ao resíduo de travo de quando só lhes deixei os caroços. Claro, joguei-os no canteiro mais próximo, uma semeadura que julguei educada.

Se eu lhe contei isso um dia, certamente omiti o que havia registrado da cara de Rubem no momento em que comi as pitangas. A expressão dele, de nenhum modo contrariada, ou surpresa, ou de censura, era mais para o risonho, devo dizer, um riso levemente desenhado, trazido do fundo de alguma resignação. Se quisesse dizer algo, o esboço do riso era a aceitação do destino prosaico das pobres pitangas. Foram sorvidas assim, entre a displicência e a curiosidade, sem a mínima celebração de seu milagre de nascimento, sem reserva nem sensibilidade de sabê-las reservadas aos pássaros.

Era o que ele esperava? Que os pássaros viessem, atraídos pelo rubor das frutinhas, adivinhando-lhes o mel sob a pele, prontos para bicá-las em festa e sagrações? Certamente, sim.

Em todo caso, não posso imaginar que ele juntasse uma bacia de pitangas como troféu, colheita vaidosa. Ou as pusesse à mesa para – deixe-me usar essa expressão horrenda: para degustá-las.

Não é a mesma coisa. Não há terraço e o sol chega filtrado pela claraboia zenital. O que comecei em um canto do estúdio é uma insanidade controlada. É um comentário com objetos, simulacros e artefatos, uma extensão figurativa à frase que disse em uma entrevista a Frederico – você lembra de Frederico? –, uma frase de que ele gostou muito e que repetiu em vários textos como uma chave que abriria mundos e fecharia limites na vida e obra dos artistas. Enfim, uma frase simples, saída de alguma intuição, ou mecanismo de escape. Que o estúdio do artista é sua província particular, essa era a frase, lembra? Não estou certo se dei à província conotação de reino, de controle ou domínio sobre o território. Também nela nada há da infame aldeia universal de Tolstoi. "Pinta tua aldeia e pintarás o mundo", corrigido para "pinta tua aldeia e terminarás pintando a tabuleta da barbearia, de graça", eu disse.

Júlio Cortázar já havia admitido que há um laboratório central no processo artístico e que neste espaço a cronologia é particular, assincrônica, um tanto ou quanto irresponsável, tudo implicando em uma latitude permissiva que beira a contravenção ética ou tentativa de pretensão a uma lógica à parte, licenças poéticas autoritárias, relógios e calendários com mecanismos peculiares.

Na maioria dos casos, porém, artistas são logo humilhados pela vida, pela falta de dinheiro ou pelo prosaísmo visível que apagou o fogo de seu entusiasmo juvenil. Max Ernst fez uma obra a que chamou "Pintura para Jovens". Lógica surrealista em que o irracional é axioma e sintaxe inabalável. Ele usava esta técnica, uma conformidade, enfim. E, uma "pintura para jovens"... Como se houvesse alguma outra para outras idades, como se tudo não fosse uma questão de juventude, quero dizer, de vitalidade mantida ou simulada a duras penas, cosméticos, cinismo.

Se você quer mesmo saber, a casa é solida, não é de papelão, material de maquetes, essas coisas. Antes de coberta, via-se que os quartos, cozinha e banheiro, repartidos com paredes de verdade, todos tinham seus aparatos próprios. Para o telhado, hesitei entre telhas, ardósia. Decidi-me por madeira lavrada, em placas, casca para fora, sem desbaste.

O resultado foi uma construção algo lúgubre. O teto também vedou a intimidade, a natureza habitável da casa, tornou-a mais conceito que moradia. Pretendo corrigir isso dando cores mais alegres às paredes e criando um jardim, não, mais precisamente uma horta, quero estender um terreno cultivável para o lado norte.

Veja que estou dando coordenadas de existência geográfica ao projeto, tornando-o mais veraz por esse simples artifício. Há um norte, pois.

Sinto-me Bouvard e Pécuchet, imagino-me traçando o plano da plantação: dois caminhos cruzados cortando o terreno em quatro partes. Legumes em canteiros alternados com touceiras de manjericão. Um caramanchão para maracujás, quem sabe, uma videira. Um muro de pedras defendendo os pés de tomate. Um raso com capins de cheiro por onde se vai ao pomar – ponho aí uma pitangueira em memória de Rubem –, um bosque, talvez, adiante, com um caminho entre as árvores.

Conforme se adiantem as coisas, se a ideia vingar, vou registrar o progresso e os agregados e lhe envio as fotos.

Saúde!

J.

Gamma-Inseli, 13 de julho de 1943

NOTE QUE NÃO ESTOU lhe escrevendo de Sempach, mas desta ilhota pouco conhecida, somente um tanto de terra com um tufo de árvores. Venho sempre aqui, não me pergunte a razão, não a consigo formular, nem mesmo ao doutor McKay. Sim, continuo tratando-me com ele – "tratamento" sendo a palavra cômoda para demarcar essa contingência. Aliás – e isto talvez seja a causa de minha reticência em justificar as visitas à ilha –, bem na parede de trás da poltrona dele há uma reprodução da Ilha de Böcklin, essa pintura sinistra e hipnótica. Ela nada tem a ver com a topografia da Ilha Gamma. Nesta não há rochedos nem ciprestes majestosos, mais parece uma coisa vegetal que flutua no lago, pouco sólida.

Vim de Sempach na lancha e trouxe a reboque um bote de madeira, com remos, precaução para qualquer falha no motor. Isto aconteceu uma vez e pude pernoitar em Sursee graças a essa previdência. Teria que dormir na lancha ou na ilha, ao relento.

Até Gamma são seis quilômetros, que faço devagar, espairecendo. Nesta época, durante o dia, o tempo é lindo, o percurso é plácido, sem ventania nem friagem. Atraco em um ancoradouro precário, uma extensão do trato de clareira onde há algumas tendas abertas, com troncos de árvores servindo de bancos e mesas. Fazem piqueniques sob essas tendas. Hoje não há ninguém, pelo menos deste lado. Vez por outra, há casais de namorados que aproveitam a discrição da ilha. Não parecem ligar para o desconforto, talvez isso lhes aumente o apetite. Hoje, quando me acerquei da ilha não vi barcos próximos. Andei um pouco para dentro do arvoredo, voltei. Escolhi a mesa mais larga com um sentimento de posse. Respondo sua carta.

Antes da resposta estrita, devo escrever algumas coisas que você ignora. Quero dizê-las porque lembrei-me que aqui vim com Elsa – ela estava grávida – e foi aqui na ilha que ela me disse que não queria mais ficar na Suíça, que iria para a França, não via sentido enterrar a carreira dela em um vilarejo de beira de lago onde o único piano, em melhores condições, era o da igreja. Partiu, apesar de minha resistência e conselhos – que tomou por alarmistas. Veio a guerra e a ocupação. Lina nasceu em uma Paris vigiada, sob racionamento, cerceada. Elsa teima em não voltar, manda fotografias muito raramente – entendo as dificuldades com a correspondência – mas, ano passado, relaxaram a fronteira para alguns casos e o dela se aplicaria: mãe e filha pequena com residência certa. Ela cortou qualquer esperança de que eu veria Lina enquanto durasse a guerra e teimasse ficar em Sempach. Sequer escreveu isso. Um regressado, parente de um vizinho, deu-me o recado com uma cara que fingia piedade.

Estou lhe contando isso para que você reavalie a impressão que teve de Elsa: "a melhor coisa que poderia lhe acontecer", você quis me fazer acreditar. Muito bem. Você não teve culpa. O erro de julgamento foi meu, é claro.

As coisas estão se complicando. Há notícia do desembarque dos americanos na Sicília e de que tropas inglesas tomaram Siracusa. O curioso é que a nova me foi dada, com grande desgosto, por um suíço de língua francesa. Esses são mais simpáticos à Alemanha que os suíços de fala germânica. Todos afetam neutralidade, porém, uma posição que garante negócios e sobrevivência. Um engenheiro de Lucerna que veio pescar no lago e passou no estúdio para uma visita recomendada por amigos, disse-me que metade do carvão importado da Alemanha gera energia exportada para lá. E o fornecimento de material técnico e químico está mantido em escala regular.

As notícias do desembarque aliado, porém, me preocupam. Medidas mais drásticas e restrições de fronteira serão tomadas, por certo. Ficará ainda mais difícil chegar a ver a pequena Lina. De Elsa não quero nem devo manter aspirações ou desejos.

Você contou-me da visita a Rubem e disse-me algo sobre a reação dele ao fato de você ter comido as pitangas da "sagração da primavera". Não gravei com precisão como o rosto dele respondeu à sua afronta irresponsável, mas creio que deva ter sido próxima da suavidade eclesial que você desenhou.

Há frutas vermelhas aqui e, mesmo nesta ilha, na borda da mata, crescem uns morangos com sua carne sensível à podridão, uma turgência mais de cogumelo que de fruta ensolarada. Cerejas são comuns, groselhas cultivadas, tudo – escuse o vício do pintor – de um vermelho que vai ao espectro do carmim, nada é francamente escarlate como as pitangas, tudo vai ao fim do arco íris, caindo ao púrpura... veja os mirtilos, por exemplo, azuis e arroxeados, emitindo a advertência de que podem ser venenosos, valha-nos Deus!

Não quero dizer que tenho saudades do trópico, do sol corrosivo, estou bem aqui, gosto do vilarejo e da luz prateada do estúdio – há toda uma quietude que me apascenta – e que, pelo contrário, parecia mortificar Elsa –, embora, confesso, crises de insônia me atormentem. Insônia da qual não aproveito a vigília, improdutivo e deprimido que fico.

Doutor McKay, que acrescenta aos dotes de psiquiatra o talento para terapeuta do sono, quero dizer, dos distúrbios do sono, reza que o paciente deve "extenuar" a percepção, sobretudo a visual, "saturando-a" de tal modo que, à noite, já não haja espaço e circuito para troca de imagens, sonhos ou fantasias, todas essas "construções miríficas" indutoras de "anipnia".

Digo-lhe que, não tendo obrigações de trabalho com horário preciso, apreciaria dormir a qualquer momento do dia. A noite é irrelevante para meu sono. Insisto que as fantasias e construções me são benéficas e mesmo lucrativas, levando em conta meu ofício. Ele anotou estes pontos, mas não voltou a eles.

O Doutor segue à risca a prescrição de esgotamento visual dos pacientes, sejam eles da anipnia – insônia – ou meramente melancólicos. A estes, a excitação perceptual seria benéfica, por óbvio. A sua sala de espera é de feitio caleidoscópico. Não sei se há outro ambiente na clínica para os casos de mania, compulsão ou exacerbação psicótica. Mais provável é que o doutor McKay exime-se a atender esses tipos de patologias.

Creio que ele teme os doidos violentos, prefere as bizarrias produtivas. Você seria um bom candidato a cliente. Sua demiurgia de tabuleiro, seu jardim de aldeão primal, sua agricultura nefelibata, garantiriam lugar no "freak show" de McKay. Mande as fotos e a permissão para que as mostre ao doutor. Foi assim que começou meu tratamento. Fui em busca de cura para a insônia e cometi a temeridade de mostrar ao homem reproduções de minha obsessão com o "Julgamento de Paris" (hoje com mais de cinquenta pinturas e três montanhas de cadernos de esboços). Acho que ele, o doutor, é atraído pelas manias e rotinas compulsivas. Ao lado e um pouco acima da Ilha de Böcklin, está pendurado um quadro com tiras do Pequeno Nemo em Dormilândia, recortadas do New York Herald. Indaguei se o desenhista era parente dele. Ele fez que não, somente com a cabeça, mas depois falou que seu sobrenome, diversamente de McCay, é grafado com K.

De qualquer modo, a coincidência é intrigante. O desenhista com C e o psiquiatra com K tratam dos reinos recorrentes e maníacos do sono e eu não consigo deixar de considerar que os desenhos do cartunista, carregados de fragmentações e profusões de detalhes e pedaços de sonhos, não tenham parentesco com as ideias do doutor.

Cuide-se. Tome sol. Saia para a rua. Esta sua vida de agricultor de câmara não parece muito saudável.

J.

Você pode não acreditar, mas o trabalho na Aldeia – é assim que chamo agora o projeto – tem me ajudado a recompor o esqueleto e os escassos e entrevados músculos. Abri espaço desfazendo-me de móveis e petrechos e fiz isso eu mesmo, carregando tudo para fora do estúdio, levando a tralha para um quarto de despejo, para onde foram também os manequins.

Havia dado nomes a eles, nomes de mulher – quase todos são de padrão feminino – e, por terem estado no estúdio por tantos anos, já a eles me dirigia em colóquio amigável ou irascível, prosódia doméstica que fazia a crônica do progresso, acertos e fracassos no trabalho. Deixo claro que, a essas senhoras, não atribuí valor ou sentimento de fetiches, nada parecido ao que Sr. Kokoschka fez animar na boneca da Sra. Alma, quando esta, em lindas carnes e elegantes ossos, o deixou, refratária que era à monotonia marital.

O fato é que guardei meus manequins, que tanto me serviram, para trabalho e companhia. Kokoschka, em um dia de desespero, atirou o simulacro, a boneca em tamanho natural da Sra. Alma, pela janela do estúdio, coisa que determinou a chegada da polícia, alertada de que uma mulher havia saltado ou fora atirada à rua. A réplica da Sra. Alma foi moldada sob orientação detalhada de Kokoschka, com desenhos e descrições da pele, sinais, cabelos. Certamente ele muito a amava para chegar ao desatino de defenestrá-la. Seu Dr. McCay ou McKay deve conhecer o caso.

Outra providência que tomei foi vedar qualquer visita à Aldeia. Somente eu a ela tenho acesso, ao menos enquanto está a se desenvolver. Temo tanto a curiosidade quanto o pisoteio. Li nas memórias de Charles Perrault – sim, o próprio, o autor de *A Bela Adormecida* – que ele, enquanto diretor de obras públicas sob o gabinete Colbert, foi chamado pelo ministro para uma visita ao jardim das Tulherias, recém-reformado para uso de Luís XIV. Queriam cercar e fechar o jardim para evitar estragos pelo populacho. Perrault foi contra, considerando que a população fazia uso da área para lazer e mesmo terapia, invocando o testemunho dos jardineiros em favor da frequência. De fato, estes disseram que os visitantes tinham o maior respeito com plantas e flores, andavam obedientes pelos caminhos traçados... Isto convenceu Colbert e o rei veio a partilhar o jardim com os súditos. Bom, isto foi cento e poucos anos antes da Bastilha. Paris valia bem um jardim, então, note-se.

Quando eu saía à rua e tinha amigos no governo aos quais tentava ajudar, presenciei um entrevero feroz entre uma líder comunitária e o diretor da empresa de urbanização. Discutia-se gradear as praças da cidade com o fito de protegê-las de estragos por passantes indisciplinados, ocupações com barracas e vendedores ambulantes. Alegava a líder que as grades eram um símbolo infamante da propriedade privada e que não só eram inadequadas a espaços públicos como seriam um desaforo ao povo, supondo-o predador. O diretor argumentava que as grades, discretas e franzinas de estilo, eram apenas uma defesa física do espaço comunitário e um benefício à propriedade pública. O bate-boca increpou-se, o poder popular versus a opressão do estado de elite, estas coisas, até que alguém – já não lembro quem, um funcionário veterano da prefeitura, acho – puxou da gaveta um livro, abriu-o na página onde se reproduzia a sede do Partido Comunista em Paris, e apontou, sem qualquer comentário, as grades que circundam o conjunto. Que eu saiba, Oscar Niemeyer, um comunista fiel e constante, jamais reclamou que sua obra – que contém um *foyer* do proletariado e que ele projetou de graça – estivesse guardada por grades.

A discussão não foi amainada pela intervenção, contudo. Não sei como ela terminou. Grades enferrujaram e restaram banguelas em algumas praças e outras ficaram carecas, seus canteiros raspados e esturricados. A sede do Partido continua vistosa.

Isso faz um tempo. Foi antes que me internasse cada vez mais, quando muitos amigos e conhecidos estavam vivos, ainda não faziam parte do acervo de meus pesadelos, devem ter ido para a ilha na parede do seu terapeuta do sono (eterno?), e de lá se irradiam, quem sabe?

Montei um andaime de onde posso fotografar a Aldeia com uma grande angular em panorama, quase o efeito de vista aérea. Subi nele, um arrojado Solness, – apesar do medo da queda, fiquei orgulhoso de meu desempenho alpinista – e fiz fotos de teste. Ainda há muitas clareiras. Tenho dificuldade com os tomateiros. Uma virose os ataca, constantemente. Um manual do Ministério da Agricultura lista 60 tipos de doenças que afetam os pés de tomate nas raízes, florezinhas, folhas ou frutos. É um mato simples, cresce fácil e facilmente morre.

Enviarei fotos tiradas do alto do andaime quando houver mais vegetação e construções no terreno.

Você diz que continua trabalhando nos Julgamentos de Paris? É uma escolha. Cada doido com sua mania, não é?

Cuide-se, também. Cuidado com o frio, esse inimigo aristocrático.

J.

Sempach, 23 de maio de 1927

Chegou um magote de americanos e fêmeas destes, alguns formando casais, vindos de Boston, New York e Chicago – há um do Kansas pelo que entendi – e todos parecem estar em uma espécie de férias, se é que trabalham, estudam, têm negócios, os tipos.

De início, vieram uns quatro ao estúdio e pareciam legião. São filhos e sobrinhos de conhecidos do meu *dealer* nos Estados Unidos. Gente esportiva e pouco cerimoniosa. Visitaram-me para cumprir o roteiro, mas como a vila é tacanha em socializações e dedicada a solilóquios agrários e artesanais, aderiram a mim, tomando-me como cônsul.

Dizem estar de passagem, portanto suponho que logo partirão sem mais incômodos. Por enquanto, tendo achado, na minha casa, um deque debruçado sobre o lago, um pátio agradável que eu mesmo construí para contemplação e retiro, aboletaram-se por lá, trouxeram bebidas e o resto do enxame, transformaram o lugar em um clube. O deque tem um portão lateral, de modo que entram e saem muito à vontade a qualquer hora. Ontem, enfim descobriram a lancha – pensaram que ela fosse do meu vizinho, pois estava fundeada mais à frente do jardim dele, onde a margem é livre de pedras. Foram até o homem, pretendendo alugar o barco. Ele desfez o equívoco e a tropa americana voltou sorridente, procurou-me com a mesma proposta. Disse-lhes que não a alugaria, mas que teria prazer em levá-los em passeios. Pareceram desapontados, porém não recusaram a oferta.

Passam mais tempo no deque que na pousada da vila. O dono dela é um italiano chato, avesso à balbúrdia de hóspedes jovens. É simpatizante fascista e anda distribuindo a Carta do Trabalho de Mussolini para todos que encontra no caminho ou entrem em sua pousada. Domingo retrasado houve um plebiscito e ele estava em plena agitação, entregando folhetos. Foi chamado à atenção pelo Escrivão do Conselho da cidade, amuou-se, mas logo estava de volta à ação. O plebiscito foi para decidir sobre a compensação de tributos federais aos cantões, taxações aduaneiras. Passou. Um outro quesito estabeleceria legislação unificada para o tráfego de carros e bicicletas. Não passou. Cada cantão decide sobre trânsito e infrações. São 23 legislações diferentes, nenhuma garantia discernível para vítimas de acidentes. Em certos lugares, veículos particulares devem ceder passagem para carros da Confederação. Devem encostar na estreita faixa do talude – comum nas estradas alpinas –, e correr o risco frequente de derrocarem aos abismos. Assim é também a Suíça, não desmereça as emoções que ela pode suscitar.

Falei aos ianques destes riscos, quisessem alugar um carro, como insinuaram. Houvesse carros para tal, ficassem cientes dos rigores díspares das leis de trânsito. Não que adiantasse advertir. São aventureiros. Do que mais falam é da travessia aérea do piloto Lindbergh, aterrissado sábado, na França, depois de voo solitário sobre o Atlântico.

Não acho muita graça em aeroplanos. Muita mecânica, esforço antinatural. Prefiro barcos, sobretudo em lagos. Aqui no Sempach, a 500 metros acima do nível dos mares, navego como estivesse voando, aéreo.

Dizer isto aos rapazes foi despertar sarcasmo e desprezo, olharam-me como mais velho do que sou, já não me consideraram um cônsul confiável. Não ligo. Quero que partam.

Duas das garotas enfiaram-se pelo estúdio em demanda do banheiro, que, enfim, acharam sem minha indicação, depois de abrir armários, o depósito de petrechos de pesca e a cozinha. Aliviadas, na volta, detiveram-se em frente a um dos quadros do Julgamento, que eu envernizara recentemente e que secava, exposto ao ar. Uma delas, uma sardenta, quis saber por que as mulheres estavam nuas. "É um tipo de concurso de beleza", facilitei. A outra examinou os rostos das figuras.

"São retratos? Quer dizer, são pessoas de verdade?"

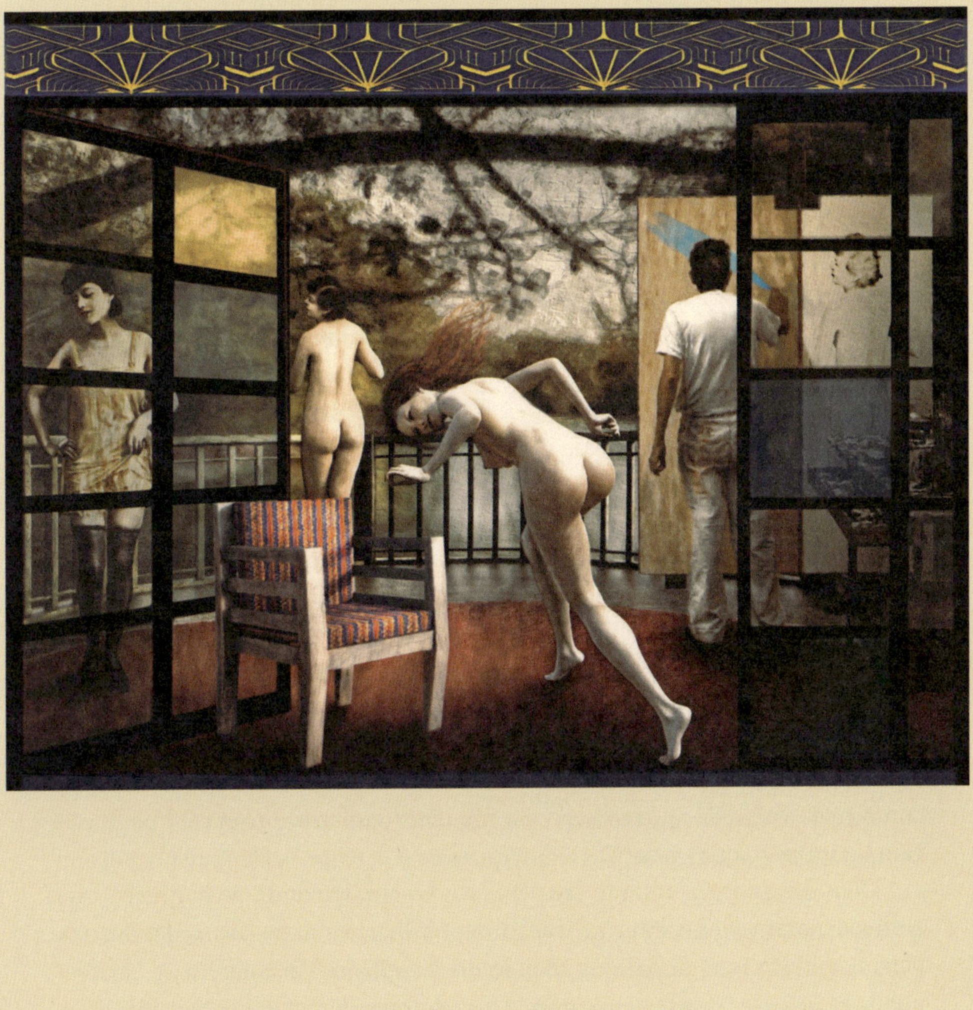

"Sim, são pessoas de verdade, ou, ao menos, pensam que são", compliquei, um tanto perverso.

"Como se chamam?"

"Hera, Atena e Afrodite."

"E aquela outra, no canto escuro, em baixo da árvore, com a maçã dourada na palma da mão? É Eva?"

"Não, o nome dessa é Eris."

Elas devem ter se entediado, afastaram-se, e a sardenta falou para a outra, consegui ouvir-lhe o inglês anasalado:

"Esquisitos os nomes das garotas suíças, não é?"

Quarta-feira. Retomo a carta:

LEVEI-OS NA LANCHA ABARROTADA para um passeio pelo lago e, inevitavelmente, tentei mostrar-lhes Gamma. Não poderiam impressionar-se com a modéstia singular da ilhota. Mark, um grandalhão arruivado, tomou-me o timão e deu uma volta espetaculosa em torno dela. Partiu para uma estirada, em uma velocidade que jamais imprimi. Custou-me recuperar o comando, sem arranhar meu orgulho de marinheiro cauteloso. Ele devolveu-me a direção, decepcionado, talvez, com a pouca velocidade que conseguiu do barco. Perguntou:

"Que cidadezinha é aquela?", apontou para a margem.

"Sursee", respondi com pressa e bons pressentimentos.

"Tem um bar em Sursee?", ele confirmou minhas esperanças.

"Vários."

"Vamos para lá.", ele comandou.

Deixei-os em Sursee, recusei o vago convite para beber com eles, perguntei se queriam que os buscasse. Disseram que não, voltavam de algum jeito. Fui-me.

ALGUMA COISA ACONTECEU EM Sursee. Voltaram no fim da tarde, calados. Uma lancha de frete deixou-os ao lado do meu deque. Instalaram-se, acabrunhados e bêbedos. Mark veio a mim e perguntou se havia médico na vila. "Um para 'o juízo', bem entendido", ele completou. Disse-lhes do Dr. McKay. "Posso levá-los lá".

"Não vamos todos, homem. Uma das garotas teve um surto, está bizarra. Outras duas vão com ela, por companhia. Mulheres. É melhor."

"Certo, levo-as até a clínica. Dr. McKay é meu psiquiatra."

Ele olhou-me com cara impassível. Creio que já me julgara o paciente contumaz, o maluco de cidadezinha suíça.

No fim das contas, tudo não passou de uma crise de ciúme doentio, com apelo histérico, coisa causada pelos teoremas amorosos deles lá. A garota, pálida, mas medicada, saiu do consultório para o regaço do grupo. No caminho de volta, as duas acompanhantes foram conversando e eu ouvi uma fatia de fala de uma delas, a mais velha, uma de uns 27, 28 anos. Ela dizia para a outra: "Você acha que este doutor McKay é o mesmo McKay de Chicago? Aquele McKay?".

Infelizmente não ouvi o que a outra possa ter respondido.

Felizmente, porém, parece que a trupe "de los gringos" partirá depois de amanhã, esverrumando mais cidades, com Zurique por destino. De lá, segue para a Alemanha. Vai em busca da propalada diversão e vida noturna de Berlim. Não vai encontrar somente isso. A costura feita em Weimar está se esgarçando, o brilho cabareteiro, a cultura feérica e agoniada apenas ofusca as más condições da economia e da política. O que se passou na Itália vai parecer uma opereta inocente ao que se promete pelo jogo do poder na Alemanha. Quem viver, verá.

Sou mesmo um correspondente pouco atencioso. Sequer perguntei como você está.

Como está?

Tome cuidado, sempre.

J.

DIGO-LHE, SEM NENHUMA RESERVA ou pudor, que sempre invejei o seu lago. Tenho o mar aqui, a alguns passos, mas lhe digo: quase dele não me sirvo. Aprecio que esteja ali, que se abra para o horizonte e confirme e imponha a escala finita e diminuta de meu mundo e minhas ambições. Para isto serve e o mar. O seu lago, porém...

Você pode singrá-lo comodamente, alcançar cidades e até uma ilha, tudo em poucas horas, minutos mesmo. Invejei-o, decididamente, e este sentimento veio em paralelo ao desejo que tive de prover minha Aldeia com um trato de água, essa necessidade paisagística, lógica e vital.

O pintor Constable, que quis levar a paisagem para o mundo da gente grande, aumentou o tamanho das telas, deixou-as grandes o suficiente para que a escala desse ao espectador a sensação de imersão real no campo, não mais as pequenas janelas intimistas para o *voyeur* citadino olhar pastos e vaquinhas de uma distância higiênica.

Claro que, para pintar estas telas maiores, ele fez esboços guias, obras menores, portáteis, que pôde pintar *in situ*. E, mais. No estúdio, produziu cenários que replicavam as paisagens: arranjos com pedregulhos tornados complexos de rochedos, arbustos feitos árvores, palha na aparência de prados maduros. E as águas?

As águas eram feitas de espelhos. Simplesmente.

Eu havia pensado em um regato, antes de invejar seu lago. Um curso d'água, porém, exige uma dinâmica de fluxo, uma calha e um curso em declive. Um circuito fechado como a Aldeia (ela é assim, em sua gênese mental) não comportaria admissão e vasão de água dependentes do mundo exterior, ou de bombeamentos, empuxos hidráulicos escravos de eletricidade ou baterias, o que fosse. Espelhos oferecem magia barata, usam a luz como energia, simulam efetivamente, isto é, revelam a profundidade e a distância.

Com espelhos pude criar não um lago único, mas vários. Isto parece ter saciado minha inveja do seu lago e me permitiu uma cartografia sentimental e cômica que furtei das chamadas "cartes du tendre", os mapas da ternura preciosistas que divertiam as senhorinhas de há muitos séculos. Há um lago do Desgosto, um das Alegrias... Reservei o maior e mais destacado para ser o da Inveja e nele, para evocar suas alusões e ilusões a ilhas, estou manufaturando uma fidelíssima e muito sólida réplica da Ilha de Böcklin, baseada na versão mais famosa das que ele pintou, aquela que o Dr. Freud tinha no consultório. O seu Dr. McKay imitou o mestre.

Nenhum problema nisso, imitação. Constable imitava a natureza, eu imito os espelhos de Constable, você imita os pintores de mitologia, a mitologia imita os atos humanos com as paixões dos deuses, a água de seu lago quer imitar as montanhas do entorno, virando-as de ponta cabeça.

Hoje lhe escrevo pouco. Tenho todo um renque de eucaliptos para plantar.
Bons dias, boas tardes, boas noites.
J.

Sempach, 12 de agosto de 1984

É DOMINGO, DE NOITE, puxei mesinha e cadeira para a ponta do deque, escrevo sob a luz do poste de sinalização e de um resto de luar – a lua já esteve mais plena, agora definha de um lado. O ar está claro, as montanhas se recortam com nitidez contra o céu de cetim azul profundo onde só as estrelas maiores se insinuam. A limpidez da cena parece feita para realçar o cheiro ruim que vem do lago. Houve uma mortandade de peixes, percas principalmente, aos milhares. Isso foi há dois dias.

Dentro de casa o cheiro fica mais forte, entranhado em cortinas, sofás, roupas de cama. No deque, o ar, embora empesteado, circula, sempre vêm umas golfadas mais limpas, alguma corrente reversa desce das montanhas, varre provisoriamente os miasmas. Estão a fazer algo semelhante no lago, correndo redes pela superfície para recolher os peixes. À tarde fui ver esta operação. Dois barcos iam, em paralelo, uma rede enorme tendida entre eles. À medida que passavam, porém, subiam mais peixes mortos. De onde eu olhava, parecia-me que se liberavam lantejoulas do fundo do lago. Elas subiam, rebrilhando, formavam um tapete que ondulava atrás dos barcos da colheita.

Apocalipse. Houve uma mudança de temperatura na água, dizem. Formou-se uma cultura anormal de algas azuis, venenosas. Foi-se o oxigênio. Os peixes estão morrendo por falta de ar, como morrem alguns humanos. Apocalipse. Duas máquinas gigantescas bombeiam oxigênio para o fundo do lago. Sobem borbulhas trazendo à superfície mais peixes em agonia.

Passou a metade do ano de George Orwell e o que se vê é a prevalência da natureza em provocar desastres, ameaças, mudanças no mundo físico por estritos métodos estocásticos. Uma humilhação às pretensões positivistas de homens, nações, cantões e vilarejos. O que esperar quando relógios – o orgulho em bem fazê-los – de nada valem? Estaria você certo em realçar a afirmação de Cortázar sobre tempos peculiares, singularidades da mente que podem se estender do campo débil, quebradiço, das artes, para a geologia robusta que conforma o planeta e subjuga nossas vontades, vaidades, votos de conquista?

Nem tudo cabe na conta destas questõezinhas debulhadas na beira do deque sob o luar fugidio. Há insanidades de gosto artístico – aquilo que você chama de "latitude permissiva", chistes revestidos de terror.

Ontem, o Presidente Ronald Reagan, (o homem foi ator, artista, ele ensaia, não sabe?), ele, preparando-se para uma entrevista televisiva a ser transmitida dos páramos do seu "Rancho del Cielo", na Califórnia, testou o microfone com estas palavras singelas: "Compatriotas americanos: tenho o prazer de lhes dizer que hoje assinei leis que proscreverão a Rússia para sempre. Começaremos a bombardear em cinco minutos."

A sentença monstro não saiu ao vivo, mas vasou para a imprensa do mundo, formando com seu fantasma nuclear uma onda de choque e náusea onde chegou. Os Republicanos sentiram o prurido de vantagem bélica oportuna, os Democratas apreciaram um momento de irresponsabilidade útil pra barrar a reeleição do "cowboy". Os russos, eu acredito, aumentarão seus gastos com a defesa, irão ao colapso e à falência, tudo porque seu fatalismo e sua burocracia absorvem como prováveis as facécias e artefatos mentais de um presidente confortavelmente leviano. Estivesse eu a folhear o "1984", nada encontraria que se comparasse.

NÃO PENSE SER VOCÊ o único amante da natureza. No seu caso, de uma natureza retificada pelos seus princípios e idiossincrasias. Eu a aceito com os sinais e marcas de nascença. Devo dizer-lhe que sou, há algum tempo, membro da Sociedade Ornitológica de Sempach. Lá estudamos os pássaros da região, nativos ou adaptados, as aves migratórias, os danos da ocupação pela agricultura no habitat e nidificação das espécies. Sou o responsável pela Gamma-Inseli, nomeado para registro e cuidados com as aves e pássaros que ali se abrigam ou fazem pouso nas migrações. Digo que me sinto como um guarda-matas de castelo, com poderes policiais delegados.

Há alguns estrangeiros residentes que são associados, mas a maioria é nativa, e há muitos idosos. Jovens, poucos, moças predominam. Os rapazes parecem não se interessar por pássaros. Gostam de pesca. Estão alarmados com a morte dos peixes.

Dr. McKay aprova essa minha atividade. Diz que devo fotografar os pássaros, aprender a diferençá-los pelo padrão da plumagem, cada um deles, se possível. Dar-lhes nomes, números seriados de controle, marcar o deslocamento deles e suas preferências por locais da ilha. Acha que devo desenhá-los, também. Fazer um portfolio catalográfico com anotações de curiosidades e eventos excepcionais, a presença de predadores e as relações interindividuais de variedades. Disse-lhe que são os naturalistas formados que exercem essas tarefas... na Guiné e Nova Zelândia, por exemplo. Ele me disse sério: "É uma grande oportunidade iniciar a compilação e registro na Gamma-Inseli, você não deveria deixá-la passar." Faço o que posso para seguir as orientações do doutor. A insônia persiste. Minhas anotações sobre os garganta-branca das plantações vai em cinquenta páginas, com ilustrações.

Na clínica foram internadas, há pouco tempo, três pacientes, mulheres ainda jovens, que vieram de Boston por recomendação de um famoso Dr. Prince. Tudo se sabe naquela clínica (menos o currículo completo do Dr. McKay), bastando uma caixa de chocolates para abrir o livro de registros e até os apontamentos do próprio doutor. A gulosa chama-se Bertha, a enfermeira, secretária, gerente e chaveira da clínica. Ela me forneceu o *briefing* das senhoritas.

São solteiras sim, de Boston, as três, e chamam-se: Madeline Beauchamp, Sally alguma coisa (não decifrei a escrita) e "Livia", assim, entre aspas. Sob a entrada das três, em vermelho, com a letra do doutor, está sublinhado: "Fusão de personalidades?"

Para meu espanto, diversamente do que vemos em filmes e romances, pródigos em casos de personalidades múltiplas, dissociadas – *doppelgänger*, Hide e Jekyll, As três faces de Eve... – as moças imaginam-se... não, não, têm a convicção de que são uma só: Madeline Beachamp. Esta, por sua vez, sabe que é ela mesma, Madeline, reconhecendo as outras duas, ditas Sally e Livia, como ela própria, embora possam estar fisicamente exteriorizadas.

Esta equação ainda não se havia resolvido na minha mente duas semanas atrás, quando McKay saiu-se com a proposta de que um trabalho em grupo seria mutuamente proveitoso para a terapia do meu sono – do pouco sono, digo, e para o manejo terapêutico do ensimesmamento (não leia ironia no termo) das três pacientes, sempre imersas em uma unidade inextrincável.

Perguntei por que minha insônia teria sentido na tal prática terapêutica em grupo. "Foco", ele disse. "Um exercício estrênuo de focalização sobre três personalidades amalgamadas que devem ser deslindadas. O esforço contribuirá para desestruturar sua vigília anômala, funcionará como um hipnótico."

"E para ela, quero dizer, para as três, a que serve meu foco?"

"Ora, meu caro, o senhor é obcecado pelo mito de três mulheres que um só homem deve julgar como beleza ideal. Não é proposto a Paris o discernimento humano sobre a real variedade da beleza, é-lhe imposto um veredito de exclusão, um arbítrio impossível. Tanto assim que ele só se decidiu, isto é, ele deu a vitória a quem melhor o subornou. Revele isso a elas, exiba a dialética da diversidade, rompa a idealização, leve-as a ver seus quadros, por exemplo. Tome-as por modelos. Faremos duas sessões por semana, com meu acompanhamento."

E eu, que pensei que a vida em Sempach seria tranquila.

Dê-me notícias da Aldeia.

Mandarei novidades, caso sobreviva.

J.

Tive a sensação de me haver perdido no meio das árvores. Era noite, estava um breu na Aldeia. As janelas estão fechadas com tapumes e havia pintado as paredes e o teto de preto. A única luz é da claraboia, de dia. Retirei dela quase todos seus vidros foscos para que entre mais sol e também orvalho e chuva.

Senti-me perdido principalmente porque, de um lado, havia os troncos das árvores – elas estão crescendo e começando a entremear os galhos – e do outro, às minhas costas, o muro cego, também negro, que me separa do vizinho. Fui tateando de banda, acompanhando a parede até que topei com o Poço da Providência, um buraco largo guarnecido com pedras. Por ele, ao modo dos mosteiros medievais, sobem os víveres para meu trabalho e subsistência – ainda não logrei autonomia de comida e a água é insuficiente. O poço também é serventia para descarte de refugos, mas resíduos de meu processamento orgânico são usados como adubo, com excelente resultado. O poço é a única passagem prática para o mundo exterior. A escada de madeira que usei para trabalhar na claraboia, atirei-a pelo buraco. Uma paráfrase a Wittgenstein: "É preciso, por assim dizer, atirar fora a escada depois de ter *descido* por ela".

Iniciei os trabalhos para armazenamento de água de chuva. Uma composteira que faz imitação de cerro está coberta por uma rede de pés de jerimuns. Não gosto tanto da carne deles, mas aprecio a profusão das folhas carnudas, amarelas, sedutoras de insetos. Consegui a sobrevivência de uns pés de tomate, depois de calcinar e adubar a terra. Dou-lhes pouca água, nas raízes apenas. Os pelos do caule e folhas retêm as gotículas, servem de cultura para fungos.

Apareceram alguns gafanhotos, roeram os brotinhos de milho. Logo, passarinhos se infiltraram, muito pouco tímidos, deram-lhes caça, para minha alegria. Raramente passarinhos entram nas casas, contrariamente aos morcegos, afoitos a qualquer coisa que lembre caverna, socavão. Os passarinhos não se orientam depois de terem entrado em uma casa. Ao tentar sair, esbatem-se nos vidros das janelas. Morcegos não. Montam um mapa de entradas e saídas, jamais se estatelam em vidraças. Os passarinhos morrem do impacto no "false azure in the windowpane" tentam varar um céu que lhes parece crível e etéreo.

Nos tempos de colégio, vi passarinhos entrarem na igreja, até na hora da missa, voarem alucinados pela nave, chocarem-se com os vitrais. Buscava-se um padre muito velhinho, um francês que dormitava sob o pé de uma jaqueira, o breviário pendente da pinça nodosa dos dedos. Ele vinha, gastava um século para chegar do fundo do pátio até a igreja. A um sinal de sua mão, porém, os pássaros ganhavam a saída da passagem da sacristia, achavam uma porta aberta, iam-se. Vi isto muitas vezes, até que o milagre dissolveu-se em fato comum, passei a acreditar que a conversa de Francisco de Assis com os bichos era um acordo natural entre seres vivos.

As primeiras minhocas, gordas e luzidias, com seus anéis de carne vermelha e reflexos de azul venoso mostraram-se quando escavuquei um canteiro de couves. Ainda não sei a linguagem delas, o melhor que pude fazer foi voltar a cobri-las de terra. Que laborem.

Desisti de fotografar a Aldeia. A ferragem do andaime desceu pelo poço. Tenho a impressão que a fotografia, para as plantas, é o mesmo que o roubo de alma que os povos primitivos alegam que os ameaça quando *bwanas* assestam-lhes as lentes. Além do mais, "as árvores escondem a floresta" e essa, as intenções e segredos.

Você terá de se conformar com a narração que lhe faço do progresso da Aldeia. E, não autorizo que a repasse ao seu Dr. McKay.

Desejo-lhe saúde e sorte.

J.

Neuchâtel (visto da janela, em passagem), 12 de janeiro de 2006.

Só um bilhetinho ao qual vou, depois, juntar uma carta de verdade.

Novidades! Estou em um trem, a caminho de Genebra. Saí cedo de Lucerna, vou chegar lá no meio da manhã.

Depois de muitas negociações que tiveram até a participação do Dr. McKay, como fiador, Elsa concordou que eu pudesse estar com Lina. Minha pequena está em um colégio interno, "uma instituição de primeira linha", segundo a advogada que acompanhará o encontro. Elsa – convenientemente –, alega ter concertos em Londres.

Lina terá permissão para almoçar comigo. Estou nervoso... inquieto, isto é. Levo para ela um álbum de aquarelas que fiz dos pássaros.

Paro agora, por enquanto. Minhas mãos estão suadas. Deve ser porque estou feliz.

J.

Rapto de Europa

*Realeza e amor não se sentem a cômodo
e não habitam por muito tempo a mesma casa.*
                    Ovídio – *Metamorfoses*

OS BIÓGRAFOS POUCO SABEM da infância e juventude de Marie-Hélène Duliban. Sua fortuna e posses na vida adulta empanaram maior curiosidade por suas origens e formação.

Não só a grande riqueza ofuscou seu passado, como ela própria, mutante em identidade e títulos, contribuiu para o mistério, um enigma mais enredado quando se tenta investigar a fonte de seus recursos, a multiplicação de suas posses.

Persiste a tentação de atribuir-lhe a condição de cortesã, amante do Imperador e de outros poderosos. Isto serviria a resolver, comodamente, a equação faltante da sua riqueza, mas, também, seria contabilidade simplista, falso e improvável cálculo. Nenhuma das camas do *demi-monde* daquele período, nenhuma Danae foi capaz de amealhar a fortuna que ela juntou, desdobrou e aplicou em coleções de arte, propriedades e, no fim da vida, em atos de caridade, civismo e filantropia.

Ela viveu até os noventa anos, morreu na cidadezinha em que nasceu, envolta em santidade aldeã, próxima a amigos simples, longe das luzes de Paris.

Guillermo Lorente e García Martínez, os principais estudiosos de Marie-Hélène, coincidem em suas poucas informações sobre os primeiros anos de vida da futura colecionadora – seus estudos são notáveis e minuciosos apenas no levantamento de posses, dos itens que ela comprou e alienou, são precisos na avaliação pecuniária e cultural de algumas das obras de arte. A importância destas obras, seu *pedigree*, podem fornecer informações e pistas sobre a proprietária, seus hábitos e gostos e, até mesmo, revelar invejas e maledicências suscitadas, mexericos pululantes no pequeno grande mundo em que ela viveu e brilhou.

Os dois pesquisadores espanhóis debruçaram-se sobre a vida de Marie-Hélène atraídos pelo fato de ter sido ela a dona de obras importantes do artista Fortuny, como o *Rapto de Europa* e, principalmente *A Sacristia*, esta última uma obra-prima de gênero realista que causou acesa admiração ao ser exibida na vitrine do galerista Goupil. A pintura teria longa vida de belo ícone preciosista e burguês.

Deve-se dizer que Marie-Hélène possuiu Rembrandts, Corots, um esplêndido Veronese – a Bela Nani. Dela foi também a radiante *Salomé*, pintada pelo jovem Regnault, pranteado herói, abatido pelos prussianos no cerco de Paris. A posse dessa obra pela "hetaira miliardária", ampliaria os desconfortos e as ciumeiras.

As pinturas adornavam os vastos cômodos do palacete de Marie-Hélene, erguido no anel do Arco do Triunfo, à época em que o Prefeito Haussmann mudou a face e as entranhas de Paris.

ORA, HAVIA NO LÍBANO uma praia de areias de ouro pálido que continha um manso mar de safira. Essa praia deitava-se em um arco preguiçoso lambido pela brisa e as ondas ali chegavam ordeiras, apenas sussurrando um marulho tímido.

Acima da praia, em doces colinas, havia o pasto, o rebanho, a trilha que levava à casa do senhor das terras. Na orla do caminho, os arbustos se multiplicavam, flores abriam-se todas as manhãs, perfumavam a noite, dormiam, despertavam com outras cores.

Não que o Deus do Tridente de Raios, aquele que abalava o mundo com um simples gesto, invejasse aquilo. De mais dispunha e outros mundos já aniquilara por enfado ou traição de súditos, perfídia de reis, conspirações bastardas, irreverências juvenis. Um aceno seu, um indício de desgosto... e qualquer mundo voltaria às trevas e ao incriado, apagado de toda memória, ser ou espírito. Tal seu poder. E fraqueza, ditada pelo vórtice do tédio, ausência de revés ou de culpa, de surpresas na tessitura no destino. Criara algo mortal, contingente, melhor e maior que ele? Se assim era, nada o impediria de tomá-lo a si... e sendo nuvem, chuva de ouro, homem, besta ou capricho, em tudo isso se tornaria e nisto viveria, usufruindo a brevíssima vida das criações.

Não se conhece a janela por onde ele observava o mundo, talvez janela nunca houve, tudo existindo como Olhar e Consciência instantaneamente embutidos nos átomos e no acaso das coisas.

Era assim que a bela Europa, mocinha filha de Agenor, rei de Tiro e senhor também daquela praia tranquila, ia sendo espreitada e sorvida em desejo pelo Deus dos Raios e dos homens. Ela ia descendo a trilha – talvez para banhar-se na safira das águas, talvez apenas para olhar longe, por sobre o poente, onde

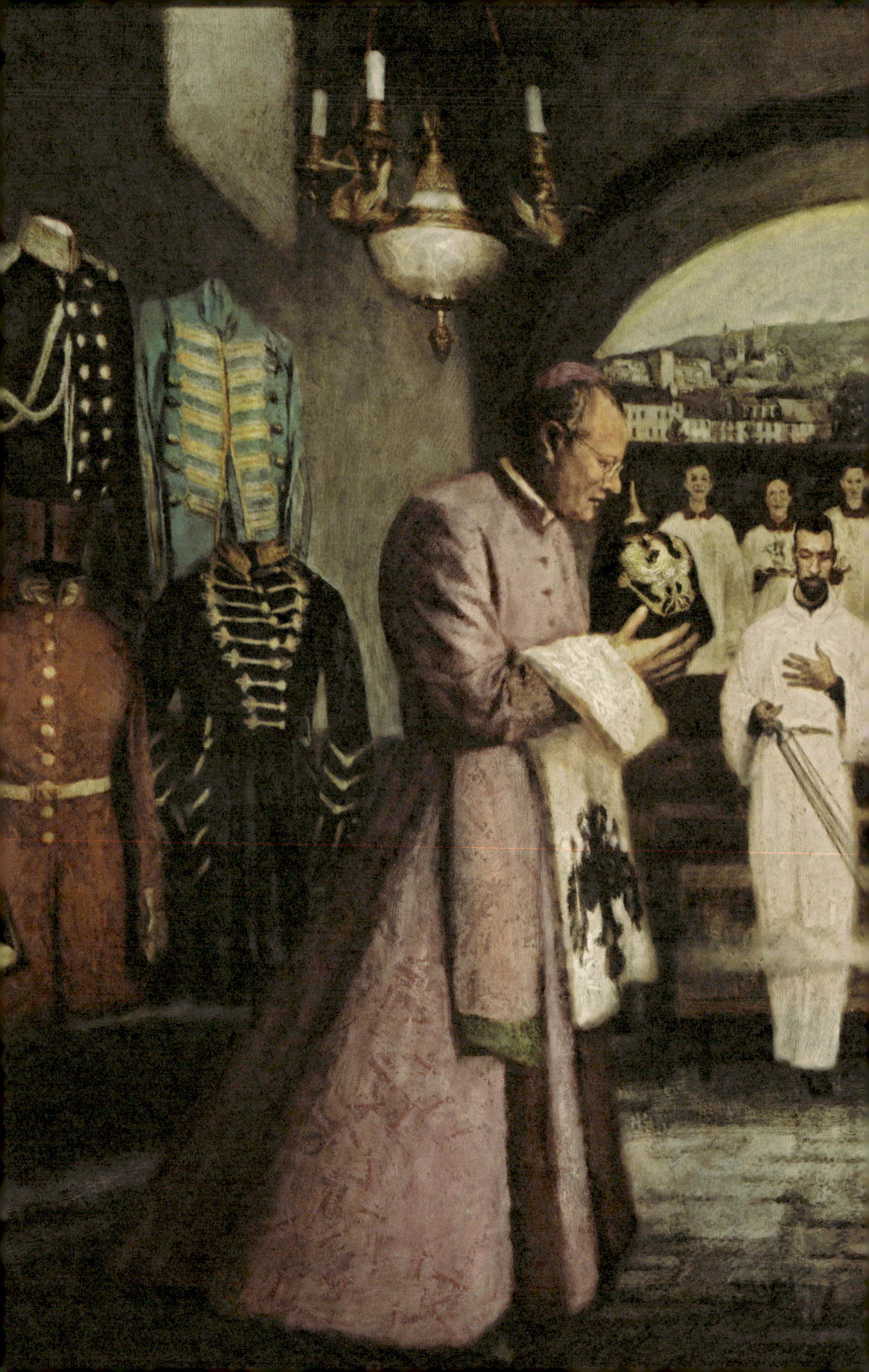

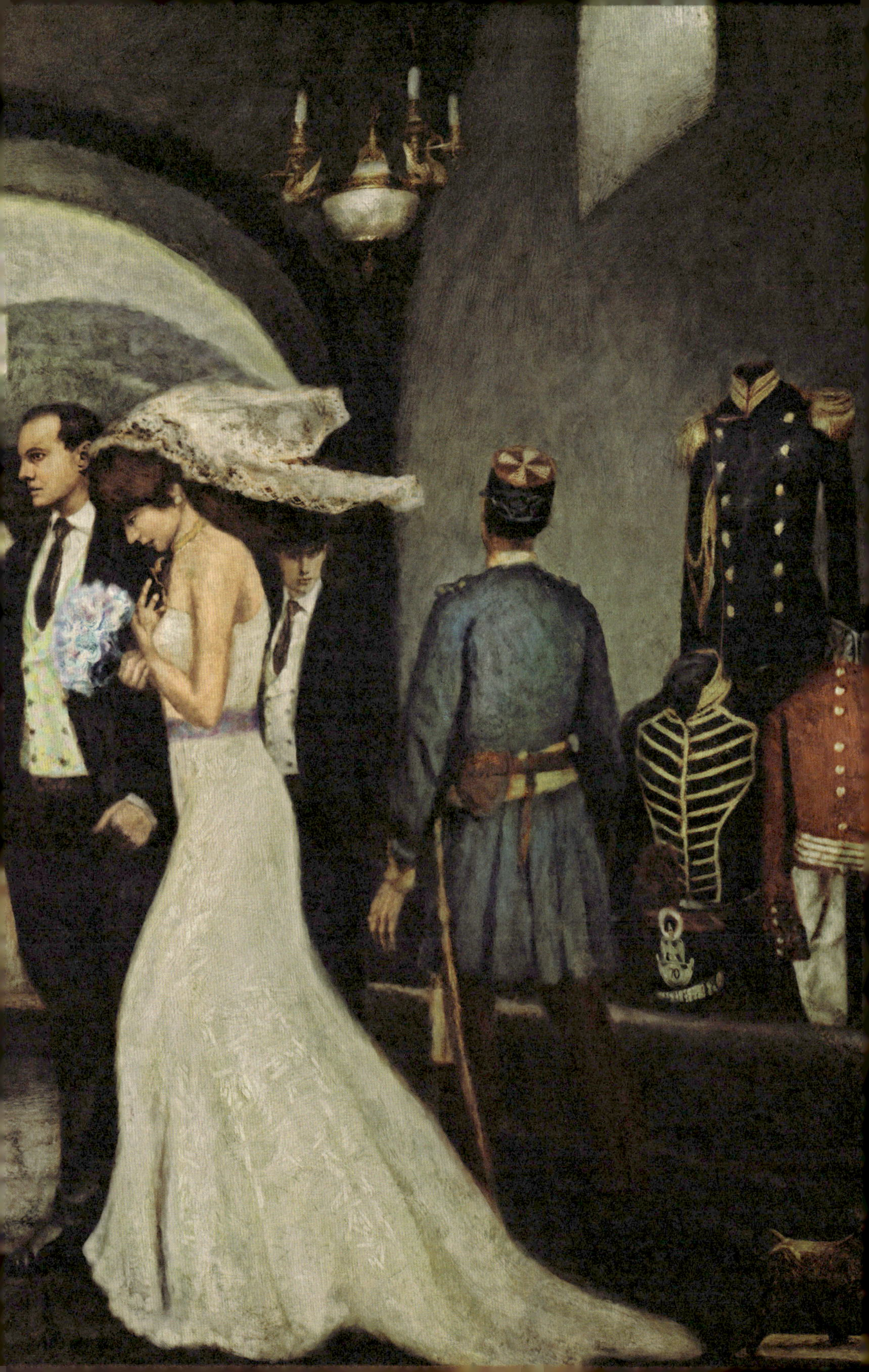

queria adivinhar seu destino. Ia descalça, velada em inconsútil e fina veste, virgem de vergonhas e reservas, seus cabelos urdidos em tranças pelas criadas, seus braços ornados pelas argolas do ouro cavado nas montanhas.

Hermes, filho do Deus, ele mesmo cambiante em desejos e misteres, foi o pastor que, naquela manhã, por comando do pai, tangeu para a praia o gado bulhento e animado. No meio do rebanho, mudado em um touro branco, tão branco como a mais branca neve jamais despejada do Olimpo e nunca pisada, ia Zeus, portentoso, alegre, livre de cetro e do tridente de raios. Ia impelido por dominante lascívia.

MARIE HÉLÈNE NASCEU EM Rarécourt, um vilarejo do Meuse, filha do meio, entre dois irmãos. Seu nome era Anne Marie Descassins, seu pai tintureiro, a mãe costureira, gente pobre que morava nos fundos da oficina paterna, uma casa com serventia de saída para a rua de trás, da Igreja do Santo Espírito.

Ali viveram em penúria, depois da morte do pai, a família dependendo da parca renda do aluguel da antiga oficina, a mãe fazendo trabalhos de costura e reparos em capotes, casacas e chapéus. Marie Hélène/Anne Marie tinha oito anos ao falecimento do pai e desde esta idade trabalhou ajudando a mãe, principalmente com os chapéus. O irmão mais velho trabalhava no campo e o mais novo, ainda tenro, pouco podia ajudar, ficava aos pés da mãe ou da irmã, brincava com retalhos de pano e restos de linhas e fios.

Anne Marie estudou as primeiras letras na escolinha da igreja, roubando do trabalho caseiro as horas necessárias ao estudo. Era boa em contas e em organização. O pároco notou estes talentos, dando-lhe a tarefa de cuidar dos papéis do batistério e proclamas e, depois, das compras para manutenção e serviços do templo. Cresceu uma menina esguia, lourinha, de olhos cinza-celeste tirados ao melancólico, reflexiva, mas expedita.

Aos quinze anos, resgatou parte da oficina do pai, separou-a com parede falsa da área alugada e instalou uma chapelaria e um pequeno ateliê de costura para a mãe, por trás de um biombo. Nesta época, o irmão mais velho havia já descido para Marselha, onde engajou-se na vida de marinheiro. O caçula assumiu os trabalhos de campo do irmão.

Tudo seguiria nesse compasso medido pela letargia da aldeia não fosse pela passagem ali de Mariangela de Monforte, uma matriarca italiana que havia herdado terras na região, em uma sucessão complexa e cruzada de legados antigos, viuvez e usurpações. Tal senhora adoeceu no trâmite da posse e venda (ela pouco desejosa em manter a propriedade), restando, sim, acamada por duas semanas com dores atrozes nos rins e assistência ineficaz do farmacêutico. Uma outra semana passou em convalescença, abandonada por lacaio e dama de companhia, aventureiros fugidos com um punhado de suas joias, talvez para Paris.

Como o Destino enlaça os nós de suas teias? Soubéssemos, seríamos senhores do acaso. O fato é que a Senhora Mariangela, hospedada na casa do prefeito, soube, pela mulher deste, de uma moça da aldeia boa para reparos em roupas e chapéus. Tratava-se de Anne Marie. Contratou-a para cuidar das roupas amarfanhadas e úmidas, socadas nos baús de viagem.

Muito pouco demorou para que a *signora* percebesse as qualidades e utilidades de Anne Marie. Nos dias que se seguiram e no termo final do resgate de sua saúde, esta a ajudou, inclusive, a pôr ordem nos papéis do negócio das terras, procedeu uma *mise en jour* de um arcaico chapéu milanês, foi leitora noturna de romances e folhetins. A duquesa (sim, a senhora era Duquesa de Monforte-Panerole), não quis mais dispensar os serviços da moça e ficou mesmo dependente da companhia dela para sobreviver à reclusão forçada no vilarejo e ao medo de ser novamente roubada – morta, talvez? – naquele fim de mundo.

Os biógrafos de Marie Hélène consideram este período e este encontro como fundamentais para seu nascimento, determinantes do limite em que ela deixaria a crisálida de Anne Marie, romperia um universo limitado pela geografia da aldeia e pelos apertados laços de família. Tinha ela dezessete anos quando deixou o Meuse, seguiu para Milão com a Duquesa de Monforte, uma precoce secretária particular, uma singularidade para a época.

A débil vingança dos mortais é infligir comédia aos deuses, revide pouco contundente às tragédias com que aqueles os ferem. Assim, as aventuras de Zeus são descritas com pobre ânimo humano e suas encarnações tidas por jocosas e ridículas. Que ao deus seja dada a forma de touro – majestoso embora – é desaforo menor que supô-lo assim disfarçado por temer o ciúme de Hera, sua consorte, tomando-se a medida da ira desta, pelos castigos que costuma aplicar a deusas rivais e menores, heróis ambiciosos ou beldades humanas. Mas, a Zeus, o que ela poderia?

Melhor pensar que o deus toma formas precárias como dádiva e substância para suas criaturas e ao enredo com que elas se comprazem, carentes de ciência e engenho para se apropriarem da verdadeira matéria e desígnio da divindade. Benigno era Zeus na forma do touro, primeira feição em que Europa poderia amá-lo.

Era preciso que o Touro não afrontasse a beleza humana com disparidades de besta. Ei-lo, portanto, em resplandecente alvura, aspas de madrepérola torcidas como por mãos humanas, o forte peito com barbelas em suntuosos drapejados. Obra de arte era, e não fera animal, bruta e obtusa.

Volteou solene na praia, riscando a areia com desenhos e volutas, nela se espojou, brincalhão como um cãozinho de casa, seu enorme tamanho mudado pela gentileza que suas graças ofereciam. Já não seguia preceitos de sedução, deixava-se levar por instinto crescente, desde o momento em que pisou a terra e em que a grácil menina Europa dele se acercou, olhos amplos embebendo-se na maravilha que ele era, Touro, suas mãozinhas cautelosas tentando tocar o corpo luminoso.

Ela trouxe-lhe flores, oferecendo-as à boca obediente, pasto perfumoso e oferenda, prenúncio de manjar, primícias dela própria, quem sabe, esta volúpia de entrega já tomando espírito em seu corpo.

Ele ficou quieto, as carnes tremendo sob a alva pele, uma ondulação de prazer e arrepio percorreu seu couro (sensações que dispensara aos homens, a ele retornavam, caprichosas) e a ponta dos dedos dela roçaram seu dorso a contrapelo, pequenas unhas rútilas abrindo trilhas na neve.

O Touro sentiu-se em desmaio, os joelhos fraquejaram, dobraram-se em reverência ao desejo, e ele pensou – sim, ainda havia nele um fio de pensamento, embora não de pura lógica ou cálculo – ele avaliou a quanta tentação e regozijo da carne havia exposto suas criaturas e, ao mesmo tempo, soube que era impossível resistir àqueles impulsos, percebeu que havia despencado dos céus como um dos raios que arremessava em fúria ou puro divertimento, precipitava-se naquilo que dera aos homens como término, finitude... Morria? Então era isso que havia outorgado aos homens, insciente do que se tratava, incapaz de manusear a incorpórea dimensão daquele éter?

Tomou um fôlego profundo e voltou à vida da praia, da areia, dos ares e nuvens. Phebo era agora um disco ofuscante, nunca o vira assim... Mas, sob a luz dele, viu que a moça voltara e lhe trançava os cornos com uma guirlanda de flores silvestres, uma rédea, ele percebeu, e mais ainda tremeu, sentiu que ela passava a perna sobre suas costas e que, num salto ágil, já estava montada, ele sentiu mornas coxas o abraçarem em um arco de captura e domínio. Fechou os olhos, ergueu-se, arremeteu para o mar...

Quem foi Almerico Fuscaldo? Nenhum retrato completo dele há, nenhuma imagem confiável. Registros escassos o dão em Viena, jovem, alternando entre nada fazer e portar uniforme de algum regimento, diletante oficial júnior, bem educado, bom dançarino e cavaleiro, vivendo confortavelmente do dinheiro da família, sob aposta esperançosa desta de que seria recompensada com a ascensão do moço na política e em negócios grandes, passados os arroubos juvenis, resolvidos os contenciosos e convulsões da Itália setentrional.

Melhores dados há na correspondência de Mariangela de Monforte-Panerole, sua tia avó, a Duquesa e principal provedora do rapaz. Das cartas se extraem não só as cifras dos dispêndios, como os ditames, regras e conselhos lavrados por mãe postiça, Mariangela, toda a minuciosa informação dos negócios, boatos e suposições afetas à família, vizinhos e próceres amigos e inimigos.

Depreende-se que a senhora cuidava de Almerico como filho, talvez herdeiro, que nele confiava, que o instruía, que o amava, enfim.

De outras cartas dela a amigas – poucas amigas, poucas cartas – tiram-se mais traços do mancebo. Que era alto e forte – "nisto saiu diferente de pais e avós", ela dizia –, resoluto e inteligente, intuitivo também, ela afirmava, e acreditava que este caráter, com o tempo, evoluiria para uma sabedoria consolidada e provada.

Estas cartas pareciam prospecto e propaganda, talvez insinuassem ser o moço um bom partido ou, talvez, não, seriam apenas jactância e orgulho da *signora*.

OUTRA CARTA – DE Anne Marie – foi descoberta (v. Guillermo Lorente, *Apontamentos sobre a Marquesa Larici-Frontino*) dentro do livro de orações da mãe. Esta missiva, além de nos dar um outro retrato de Almerico, também nos permite ver a jovem Anne Marie, sua vida diferente naquele tempo e lugar, sua mudança de espírito, o despertar de sua paixão de mulher, suas esperanças.

A carta fala da chegada a Milão do jovem Fuscaldo – "*envergando um uniforme vermelho e negro, debruns e alamares trançados, botões em ouro reluzente sobre o peito*"... "*apeou de uma montaria possante, descobriu-se, atirou o chapéu para um criado, subiu as escadarias vencendo os degraus dois a dois, abraçou a Senhora Duquesa levantando-a do chão, levando-a a gritos e risos de protesto e alegria*".

A escrita miúda de Anne Marie narra como foi apresentada a Almerico Fuscaldo: "*estava no escritório, copiando as notas do merceeiro para o livro de contas, quando ele entrou, pus-me de pé abobada, ele me olhou risonho, curvou-se para ver o livro, fingiu que o examinava e disse que minha letra parecia comigo, pequenina e bonita*".

Anne Marie diz que, duas semanas depois, estavam em Panerole, Almerigo, a Duquesa, o notário de Monforte d'Alba, o cura de San Giuseppe e Anne Marie. Havia uma questão de terras com um posseiro...

"Ele (Almerico) tratou o homem com cortesia, mas com energia e autoridade, foi de tal modo decidido e prático que o notário ficou calado, o cura pouco interveio, a Duquesa somente anuiu, tácita, tudo foi posto em acordo".

A pedido de Almerico o posseiro trouxe uma parelha de seus melhores cavalos e, para surpresa de Anne Marie ...*"o Senhor Fuscaldo, digo, Almerico,"* convidou-a *"a conhecer a propriedade, cavalgando com ele".*

Ela escreve que escondeu dele o fato de que sua única e rara montaria fora um jumento, nas terras em que seus irmãos trabalharam, mas que, mesmo assim, montou, *"erguida pelas suas fortes mãos que cingiram minha cintura, levantaram-me como em voo até o selim".*

A temporada no campo durou um mês, em passeios e escapadas até perto da noite. Vieram as chuvas, a Duquesa ditou a volta para Milão, Almerico ficou alguns dias na cidade, partiu para Viena. Anne Marie, decididamente imersa em paixão, escreve que *"ele prometeu voltar em dois meses, assim que se livrar de uns aborrecimentos em Viena"* e que ela contava os minutos, horas e dias para o regresso *"da sua secreta felicidade".*

Três dias e duas noites durou a travessia do mar e, no entanto, para Europa, o tempo não se mostrou. Somente as vagas, que se abriam ao peito do Touro, e o vento, que varria seus corpos, marcavam a jornada. Ela tinha medo, agarrava-se ao touro fincando as unhas em sua corcova, o sal das águas picava-lhe a pele, ela cerrava os olhos em abandono, deixava-se levar, o temor sendo um rastro que ia se apagando na viagem e se ia renovando à frente, quisesse ela voltar a ver para onde era levada.

Pássaros brotaram dos arbustos, revoaram sobre a praia de Amatos, alertas ao vulto que surgiu do mar, o grande animal e a mulher que o montava.

O touro venceu o trato de espuma, sargaço e areia, chegou ao capinzal da orla. De seu dorso desceu Europa, tocando o chão com a ponta do pé, tateando a substância do chão, não a sabendo miragem ou terra firme. Olhou em torno a terra agreste, voltou a vista ao mar, onde só viu as ondas e o horizonte vazio, sua casa lá não estava, nenhum vestígio de costa havia e o céu era um deserto sem nuvens, azul como ela jamais vira. Andou. O Touro seguiu-a, cordato, e, de repente, fez-se noite, como em um eclipse. Quando a luz voltou e o céu tornou a suas cores, Europa não mais viu o touro, senão um homem que ia a seu lado e que a ela logo se adiantou, como guia. Nome não disse, nem falou, mas ela o seguiu como se há muito o conhecesse e nele pudesse confiar a vida.

Caminharam terra adentro e, aos passos do homem, uma senda foi se criando, verdejante e florida. Europa viu que ao cabo da estrada, em uma elevação, havia um templo aberto, delicadas colunas suportavam uma cúpula que mais parecia de cristal que de outra matéria. Cortinas finas, quase um casulo, envolviam o templo.

Quando lá chegaram, Europa ouviu que ali a brisa soprava um hino, um epitalâmio era a melodia que a transportava a pacífico langor.

O homem estava deitado a seu lado quando ela despertou. Ele levantou-se, de um gesto dissipou as cortinas do templo e com outro fez escurecer o orbe. Ele riscou com um dedo o vazio entre duas colunas. Desenhou-se um touro feito de estrelas. Ao comando do homem, o touro lançou-se ao céu, estampou-se no alto do firmamento.

Europa sentiu que sonhava isto, seu corpo pedia um sono maior, como se houvesse mais sonhos embutidos em outro sono mais profundo. Ela sentiu frio – o mar soprava um silêncio escuro sobre a terra. Europa aconchegou-se ao próprio corpo, dormiu o novo sono para dentro dos ventos e da noite.

PROSPER AMADOU CHEGOU A Gênova vindo da Turquia onde passara um ano, vindo da região de Zonguidak. Estudara ali as minas de carvão, reunindo material para sua tese de Engenharia à Escola de Minas de Saint Ettiénne. Em Gênova, mudaria de embarcação, na rota para Toulon.

Grandes aventuras se devem à Fortuna e ao Acaso, parentes consanguíneos que, por conjunção enigmática, decidem, vez por outra, casar seus nomes apenas para dar sentido lógico às interpretações que os mortais insistem em produzir.

Com passagem para o mesmo barco, chegou Anne Marie Descassins, expelida com frieza da Casa dos Monforte, em Milão, despejada do amor de Almerico Fuscaldo, ferida no coração, no espírito e na dignidade, um coraçãozinho pulsando amedrontado em seu ventre, dando ânimo ao que viria a ser Emma Augustine, a filha da "francesa ambiciosa e fria", segundo o desprezo e ódio da Duquesa.

A expulsão, a viagem por terra e o desgosto a haviam massacrado. No barco, temia que o mar lhe incrementasse a náusea, pensava em matar-se, talvez, jogar-se às águas, mas nem esta má ideia lhe vencia o desânimo, prostrada de alma e corpo era levada adiante, olhava as vagas, andava pelo convés, autômata.

Uma tarde, veio-lhe uma tontura, caiu e bateu com a cabeça nas barras da amurada. Acordou com tapas no rosto, logo um homem a puxava com garras cravadas sob suas axilas, arrastava-a para um monte de cordame e lonas, junto a um escaler. Quis gritar, repelir o que imaginou ser um assalto, estava fraca, a voz lhe morria ao fundo da garganta, ela debateu-se frouxamente, desistiu, entregou-se, vencida.

O homem, Prosper Amadou, acalmou-a: "Quieta. Você caiu, bateu a cabeça, tem um corte na testa, fique calma, venha" – ele disse. Levantou-lhe o tronco, apoiou-a contra o monte de cordas, produziu um lenço, prensou-o contra o corte. Chegaram passageiros e um grumete. Ele pediu água para ela, explicou: "Caiu. Enjoos de barco, certamente, vai ficar bem", completou, olhando os olhos assustados de Anne Marie, percebendo a beleza do rosto embaçado pela pátina de melancolia e temores.

Lorente e García Martínez concordam em seus textos que foi Prosper Amadou, o novo protetor de Anne Marie, quem mudou ou sugeriu a troca do nome dela para Marie-Hélene Duliban, talvez para lhe dar uma nova vida, um recomeço, desembaraçá-la de memórias amargas.

Os dois autores, porém, divergem sobre o papel afetivo de Prosper na vida de Marie-Hélène. Eles viveram juntos, é certo, mas apenas a intervalos: Em Lyon, onde nasceu Emma Agustine e foi registrada por Amadou, e depois, em Paris, onde Marie-Hélène ficaria famosa. Jamais se casaram. Prosper iria casar-se anos depois, e o casamento dela, Marie-Hélène, seria com o homem que lhe deu o título de Marquesa Larici-Frontino. Ela aos 58 anos, ele, o Marquês, um homem bem mais velho, diplomata veterano, ambicionando a quietude da aposentadoria e o conforto que a riqueza de Marie-Hélène adicionaria ao título.

Lorente registra a ida de Anne Marie de Lyon a Rarécourt, levando Emma Augustine para os cuidados da avó. A menina ali ficaria até os cinco anos – é o que acrescenta Garcia Martínez. Sabe-se que a menina estudou em Paris e na Suíça, sempre distante da mãe, embora assistida financeiramente por ela. Voltamos a encontrar Emma quando da velhice de Marie-Hélène em sua aldeia natal. Ela cuidará do legado filantrópico da mãe. Curiosamente, Emma Augustine casou-se, na Itália, com um pequeno nobre arruinado nos entreveros e contradições do *Risorgimento*. Bela ironia.

Europa acordou sozinha. Vagou pela ilha, ouviu o balir de cabras, desceu uma ravina, encontrou pastores que muito se surpreenderam com a beleza da moça e mais ainda com o que ela lhes contou do Touro, da viagem sobre o Mar, do templo na colina, do nascimento da Constelação. "Sempre esteve ali, o Touro caminhante e suas estrelas", um dos pastores tentou convencê-la.

Levaram-na a Asterion, senhor da ilha, das cabras, de toda Creta.

"Do Líbano vim", ela disse. Ele a teria por mulher, dali em diante.

Os três rebentos de Europa, Asterion tomou-os para si. Cada um teve história própria, aventuras e rapsódias que se espalharam por todas as águas e ilhas. Dessas sagas, poetas e artistas urdiram fantasias difíceis de deslindar, cada caprichoso fio que eles puxavam enredando-se em mais nós, tecendo-se em tapeçaria de fragmentos, trama de ilusões.

Mariano Fortuny, o pintor que era objeto dos estudos de Lorente e G. Martinez, antes de dedicar-se aos temas do exotismo colonial, enquanto em Roma, ensaiou uma pequena pintura mitológica, um *Rapto de Europa* (v. correspondência do artista a Federico de Madrazo, seu sogro) pintura esta que falhou à crítica do próprio artista, embora praticamente completa e acabada.

Anos depois, em Paris, o pintor trabalhou sobre a tela uma nova figuração, uma cena de casamento com personagens não identificáveis, obra de encomenda, ou, mais provavelmente, um estudo para pintura deste tipo. Estranhamente, o artista não rasurou o antigo título grafado no verso da tela e ela ficou conhecida, inclusive no seu catálogo de produção, como *Rapto de Europa*, portando o monograma *M.F.* abaixo da data: *1859*.

Lorente conjectura que foi o resultado da comédia de erros entre título e tema o que provocou o interesse da Marquesa Larici-Frontini, (Marie-Hélene / Anne Marie) em adquirir a pintura. Nota ele que a famosa obra *Sacristia* de Fortuny, comprada depois por escandaloso preço pela Marquesa, trata o mesmo tema nupcial. Ele, Lorente, contrariamente a García Martínez, acredita que motivos psicológicos, com um fundo de trauma, estão contidos na atração da Marquesa pelo tema do conúbio, do rapto e do abandono. Martinez refuta por simplista esta hipótese que não explica a aquisição, igualmente rumorosa e cara da *Salomé*, de Regnault, obra de gênero sensualista, provocadora, em nada insinuante de remorsos e dramas, mitológicos ou pessoais.

A esta contestação, Lorente encrespa o argumento que o próprio título, *Salomé*, indica crueldade e vingança feminina, sob capa de beleza física e feição estrangeira, intrusa, uma projeção, ele aventa, da jovem Anne Marie nos tempos da Itália...

Destaque-se, que a compra da *Sacristi*a e da *Salomé* e o altíssimo valor pago aos galeristas, fizeram chover sobre a Marquesa a bile da inveja e o vitríolo das ofensas.

Ela viveria sob este temporal insidioso, uma prosódia de venenos, intrigas e calúnias que animava as cortes do Segundo Império à Terceira República.

Como se fez a fortuna da Marquesa? Nem Lorente ou G. Martínez dão satisfatória explicação a isto. Cedem, mesmo, a aceitar o rumor, pouco provado, de que ela foi cortesã bem-sucedida e previdente, exceção a tantas outras meio-mundanas, cuja velocidade em adquirir riquezas somente se comparava à rapidez com que as dispersavam.

Martinez quer dar prova da retribuição de favores dados por ela a poderosos, com um achado obscuro. Em um leilão londrino, foi oferecido um *"relógio de mesa presenteado por S.M. Napoleão III à Marquesa de Larici-Frontino"*. Sempre há dúvida se houve favor de tipo sensual embutido no presente. A Marquesa tinha fortuna suficiente para ter negócios com Imperadores ou grandes burgueses. Um obséquio financeiro dela não excluiria retribuição com um mimo certamente luxuoso, mas irrelevante em valor relativo.

Foi Robert Pinkney, um professor de Economia em Norwich, autor somente de modo tangencial interessado em arte, leilões e mitologia, quem aportou a melhor explicação para o patrimônio e capacidade financeira da Marquesa, uma figura que ele confessa no prólogo de seu estudo – *O Ouro nos Esgotos de Paris* – foi-lhe revelada por sua filha, uma estudiosa da arte orientalista, dentro da expansão colonial francesa do século XIX.

O *glamour* urbano produzido pela reforma empreendida por Napoleão III e seu prefeito do Sena, Barão Haussmann, ofusca até hoje a realização do plano de águas e esgotos que se desenvolveu simultaneamente e sem o qual a reurbanização de Paris teria sido pura cenografia.

Pesquisando os trabalhos realizados pelo engenheiro Eugène Belgrand para a rede de abastecimento de águas e a vasão dos esgotos da cidade, o professor Pinkney topou com o nome do jovem engenheiro de minas Prosper Amadou, o parceiro da Marquesa colecionadora de Fortuny e Regnault.

A pesquisa do professor incidia principalmente sobre a mecânica financeira necessária para a reforma urbana de Haussmann, a aplicação de normas e procedimentos sob financiamentos inovadores – e mesmo autoritários, pouco ortodoxos – para a consecução do plano. Tratava da introdução precursora da "terceirização" de serviços do Município e do Estado.

O moço Prosper, tendo iniciado timidamente suas atividades como projetista, aproveitou-se da franquia e da latitude abertas às obras, para criar empreitadas pessoais que englobavam desapropriações e obras físicas para as redes d'água. O novo eixo da rede de vasão orientada à Asnières, por exemplo, foi "um filão de ouro" para suas empresas. Prosper cresceu com base nas Letras Delegadas, os papéis emitidos por bancos de crédito fundiário, com suporte do governo e absoluta ausência de fiscalização pelo Parlamento. Ele duplicou, triplicou seus empreendimentos para firmar, inicialmente, contratos de trechos da rede hidráulica e, depois, na construção dos novos blocos residenciais. É dele a introdução das primeiras vigas estruturais metálicas nos pisos daquelas unidades.

Que papel teve Marie-Hélène nessas venturas? Segundo Pinkney, ela agiu, de início, como uma espécie de contadora das firmas de Prosper Amadou. Há registros, porém, de que, em uma segunda fase das reformas de Haussmann, ela estabeleceu uma empresa – talvez um desmembramento de uma das firmas de Prosper – uma agência para captação e câmbio de letras fundiárias. Atesta isto a frequência negocial dela com o Banco dos irmãos Pereire e com o *Crédit Foncier*, este último, supõe o professor, talvez até a tivesse como sócia silenciosa ou como fachada para potentados e políticos que desejavam um *low profile* ou, mesmo, invisibilidade.

A Dra. Roberta Moses, a filha de Pinkney, acredita que a relação Marie-Hélene /Prosper Amadou, na época, era puramente societária. Esta segunda fase, em que Marie-Hélene torna-se uma mulher de negócios, é também a época em que ela se torna uma *salonnière* prestigiada, com relações políticas e empresariais importantes. Muito provavelmente, foi este o tempo em que os negócios dos parceiros se separaram em definitivo.

Pouco se sabe da vida de Prosper Amadou, após a demissão de Haussmann e o irromper da Guerra Franco Prussiana. Foi para a Espanha, casou-se, investiu em um fracasso ferroviário nas Astúrias, um empreendimento especulativo dos Rothschild. Desapareceu.

Anne Marie, tornada Marie-Hélène, enobrecida como Marquesa, ainda se mostrou por muitos anos, exibiu o interior de sua mansão palacial em reportagens para revistas, emprestou – muito a contragosto – suas obras de arte para exibições no estrangeiro, continuou a, vez por outra, ser invejada, mal compreendida e ofendida.

A pintura *A Sacristia* de Fortuny, renaturalizou-se, está em Barcelona, guardada em museu. A *Salomé* de Regnault agora é nova-iorquina, está no Metropolitan.

Não se conhece o destino da tela *O Rapto de Europa*. A Doutora Roberta imagina que ela esteja esquecida em uma das salas da antiga casa na Place de l'Étoile, o palácio da Marquesa, agora embaixada de um emirado do Oriente Médio.

Já Lorente... acha que ela foi destruída durante a Segunda Guerra. Garcia Martinez discorda, supõe que ela ficou com Prosper Amadou e, como ele, apagou-se da História.

Um dia na caça

Donaueschingen é uma cidadezinha na Floresta Negra com um castelo e uma fonte da qual nasce o Danúbio. Na verdade, a fonte do Danúbio é disputada por outras localidades, cada qual com um candidato a olho d'água.

A fonte de Donaueschingen é, de longe, a mais famosa e celebrada. Jorra um fluxo subterrâneo que aflora, sob um pórtico, na corrente do Brigach. Este segue, junta-se ao Breg, quilômetro e meio adiante. A partir daí, até chegar ao Mar Negro, 2.800 km depois, as águas são o Danúbio. Passam por dez países, da Alemanha à Ucrânia.

No seu borbulhar inicial, as águas azuis estão contidas por um círculo em balaustrada e outro em ferro, arrematados por uma escultura alegórica de mãe e filha, no caso Baar e Donau, planalto e rio, femininos, portanto. A Mãe mostra à Filha o caminho que ela deve tomar na vida. A peça é de feição comum e acadêmica, de fins do século XIX.

O conjunto da fonte foi modificado e restaurado várias vezes, assim como o castelo, em cujo pátio ele se insere. A família senhorial, da casa dos F. com parte de sangue Hohenzollern, voltou a morar no castelo há poucos anos. O Príncipe não é muito estimado pelos habitantes da cidade. Os antepassados dele, eles dizem, amavam e melhoravam a cidade, protegiam as artes e a cultura. Este, vendeu tesouros de família e empresas tradicionais da cidade – inclusive a cervejaria – suprema heresia!

Em todo caso, o grão senhor não fica lá toda a temporada. Há um período em que o Castelo pode ser alugado para eventos de empresas, retiros para *think tank*, essas coisas. Nessas ocasiões, fica mais fácil o acesso à fonte, a Donauquelle. O Príncipe criou empecilhos para a visitação ordinária de turistas.

Servimos em tempos desiguais, eu e Pedro SN, nas Alemanhas. Eu na Federal, ele na Democrática. Ambos, sempre cuidamos das áreas de Comércio. Não só nas Alemanhas. Em mais países da Europa e da América do Sul. Nos víamos quando em férias ou quando coincidiam nossas permanências na base. Somos cariocas, eu de Ipanema, ele da Lagoa. Somos Flamengo e Fluminense, Mangueira e Portela, respectivamente. Minha mulher é Maria das Graças, a dele, Maria da Penha... Para não enferrujar, dou aulas em um cursinho pré-

-vestibular. Pedro faz uns bicos em consultoria para importação-exportação. Vamos levando.

Da Penha tem por *hobby* colecionar e estudar encadernações de livros. Agora, todos nós, meio aposentados e perfeitamente ociosos, passamos a nos ver com mais frequência e a viajar juntos. Somamos cerca de 280 anos. Digo cerca, porque as mulheres subtraem os números formais da conta: nunca fechamos a cifra.

Sempre proponho aos agentes de viagem trocar idade por milhagem. Eles demoram a entender a brincadeira, ruminam se há alguma promoção para isso.

Ano passado, fomos à Alemanha, a primeira vez lá, depois da Reunificação. Os alemães são bons em remendar coisas, refazer, reconstruir. Tanto quanto destruir, espedaçar, rasgar, dirão os germanófobos. No momento, estão quietos, porém. Uma que outra ressurgência emblemática de direita ebuliente nas juventudes, mas nada que perturbe o progresso. Sussurra uma espécie de motor discreto, que parece ter evoluído silenciosamente e se aperfeiçoado desde o estado de choque do pós-guerra. Na gerações intermediárias havia mesmo se estampado uma espécie de reserva e timidez – não me atrevo a chegar à palavra vergonha –, mas estes sentimentos não embargam uma energia tácita capaz de lhes priorizar a vida. São felizes? Isto não parece estar em primeiro plano para elas... não de forma irreprimida, um revivalismo à República de Weimar, aquela histeria culposa a que temem tanto quanto ao atavismo marcial e autoritário. A Reunificação chegou como um festival agendado nas planilhas da economia e instalou-se sem grandes traumas, sem alvorecer nem crepúsculo de deuses. Quase um território cartorial, Olimpo de advogados.

TOMAMOS, POR PRETEXTO, UMA Feira de Livros em Leipzig, com pacotes baratos. A feira está abaixo da linha da outra, em Frankfurt, e vimos que vai girando para o mercado de publicações eletrônicas. Mas, ainda há atrações nos eventos paralelos e, sobretudo, na cidade em si. A ideia era fazer Leipzig, alugar carro, visitar Bayreuth (projeto das mulheres), pegar a estrada para Nuremberg (plano meu), encerrar em Stuttgart, onde Pedro queria fazer um contato com uma indústria de injetores para plástico, assunto de um genro dele.

Da Penha e SN – Pedro pegou esse nome pelo costume de assinar estas iniciais em forma caligráfica e ornamental, uma facécia que incomodava o Itamaraty – eles dois gostam de mercados de pulgas, bricabraques e sebos. Eu e Das Graças somos mais frequentadores que compradores, mas apreciamos a diversão. Gente da carreira, ao longo da vida, junta tralha multinacional. Filhos e netos abominam receber as sobras no Natal e aniversários. Mas a compulsão pelo exótico nos persegue, as falsificações e imitações também, um tanto de *kitsch* perdoável, um mal julgamento de uma jarra, uma estatueta, e de repente a casa habitável fica exígua, os itens transbordam para a área de serviço, para a varanda.

Leipzig tem um monte de feiras de antiguidades e coisas de segunda mão. Naturalmente, os *experts* filtraram e retiveram o que havia com idade e *pedigree*. Mas, sempre escapa alguma coisa curiosa.

Fomos na feira do Parque Agra. Foi lá que Da Penha achou o livro.

DISSE LIVRO? NÃO. LIVROS, dois volumes.

Enquanto eu e Pedro olhávamos relógios de algibeira em uma barraquinha externa, as duas Marias foram longe, ao fundo do galpão. Não gostam de comprar conosco. Dizem-nos apressados e impacientes para regatear. De fato, demoraram até que os relógios, expostos nas estantes e balcões de vidro, ficaram desinteressantes.

Voltaram com sua caça, quero dizer, com a presa de Da Penha, que vinha acenando alegre.

"O que foi, desta vez?", Pedro perguntou com um tom de falsa curiosidade e uma nota de resignação que não conteve o "quanto custou? que veio a seguir, muito rápido para ser afável".

"Seriam trinta, mas consegui por vinte euros", Da Penha não colocou matiz de desculpas na resposta. Pelo contrário, exibiu a compra triunfalmente: "Não são uma belezura?"

Não tanto. Dois livros em oitavo, encadernados em tela azul, atados com um laço de fita que foi de seda há uns cem anos.

"Estas encadernações em juta tingida são muito raras . Estragavam fácil..."

"Isto se vê," Pedro interrompeu. "De que tratam?"

"O quê?"

"Os livros, ora."

Da Penha oscilou entre o desconcerto e a irritação:

"Ah... sei lá, Pedro... comprei porque as encadernações são raras, americanas. Estavam no fundo da cesta. Pesquei... um achado."

Da Penha não se importa muito com o assunto ou conteúdo dos livros. Ficção ou Poesia, História ou Filosofia, livros-caixa, tanto faz. Importam-lhe o couro, o tecido, as guardas, a lombada, a costura. Tem uma intuição apurada para estilos, épocas, modas. Sequer tentou desatar ou romper a fita do atado

"Não importa o que está dentro", ela pontifica. "Importa como se vestem."

"Como as pessoas" – eu e Pedro gostamos de provocar.

"Exatamente. Dá para conhecer muito das pessoas pelo que vestem."

Chesterton conta, em *O homem que foi quinta-feira*, que o personagem induzido a uma ação terrorista, deve se esconder sob a aparência de um bispo anglicano. As instruções se completam com o perfil dado para o Bispo: "um homem que guarda enorme segredo". Imbuído do papel, o terrorista compulsório é preso pela polícia, já ao dobrar a esquina. Descontado o catolicismo de Chesterton, convém desconfiar tanto da impostura das roupas quanto do caráter dos tipos. Não nos ensinam isso no Rio Branco. Há que aprender nos livros. Por exemplo incidental... nos livros que Da Penha comprou.

SÓ VOLTAMOS AOS LIVROS no fim da tarde, sentados para chá na varandinha do hotel. Eles passearam por Leipzig no fundo da sacola de Da Penha, sob novas pequenas compras – nenhum livro mais –, somente coisinhas para presentear amigos, parentes.

Pedro perguntou pelos livros azuis e Da Penha os resgatou, os pôs sobre a mesa. Eles não lhe pareceram tão maravilhosos então, ali, sobre o límpido tampo de vidro. O tecido, agora via-se, era um tanto esfolado e o azul, em alguns pontos desmaiava em nódoas claras. A fita estava lá, Pedro propôs desatá-la:

"Vamos ver como estão de fato e de que tratam. A lombada é cega, sem título, sem nada..."

A fita resistiu ao desenlace, afinou-se, apertou-se no nó.

"Melhor, cortar. Vai marcar a lombada, se forçar", Da Penha alertou.

Forneci um canivete suíço, minha contribuição à descoberta. Funcionou. Pedro separou os volumes, passou-os, cortês, às mulheres.

"Façam a honra. Revelem o grande mistério de vinte euros."

Que enfim, era traduzido do inglês:

"*Memória Secreta da Corte de Berlim sob Guilherme II...*
Memórias secretas do Kaiser e da Kaiserina da Alemanha..."

E, na segunda folha de rosto, em vermelho e preto:

"*Vidas Privadas do Príncipe Guilherme II e Sua Consorte*
Dos papéis e diários de Úrsula Condessa de Eppinghoven
Dama do Palácio para Sua Majestade a Rainha Imperatriz"
Por
Henry W. Fischer
Fred de Fau & Companhia Editores New York

No verso: "*Palace Edition*", a informação que a tiragem fora de 1000 exemplares e que aquela era a cópia (em manuscrito, tinta vermelha) nº 005. Dava o *copyright* para 1909, extensivo à Inglaterra, França, Áustria, Suíça, Itália...

Os dois volumes traziam as mesmas informações.

Da Penha levantou-se, tomou um volume em cada mão, ergueu-os e nos encarou, vitoriosa:

"E agora, o que dizem, senhores? Não são mais que o *Código da Vinci*?"

NÃO MUITO. NOSSO BRAVIO mundo novo, sua tecnologia, resolvem interrogações sob a ponta de nossos dedos. Se um besouro tonto cair rodando sobre a mesa do entomologista em férias, logo será dissecado, classificado, comparado e identificado como um coleóptero banal, encontradiço naquela área e estação. Tudo pela internet, naturalmente.

Sacamos os telefones, eu e SN, em disputa pelos dados, que logo foram chegando:

"Os dois volumes estão *online* na Universidade da Califórnia, em L.A. Parecem ser desta mesma edição..."

"Num sebo virtual, vendem-se por 155 dólares os três volumes em couro, de uma edição limitada a 500 exemplares a cargo de JR Smith & Co, também de 1909."

"Quase nada sobre o autor, o tal de Henry W. Fischer e muito menos sobre Úrsula Condessa de Eppinghoven..."

Uma pausa, enquanto os dedos deslizavam no plasma da curiosidade e as mulheres nos olhavam, entre condescendentes e piedosas. Fisguei primeiro e exibi a pesca, como um vencedor algo pueril:

"Henry William Fischer... Escreveu vários livros sobre as cortes europeias, Alemanha e Áustria, principalmente. Mexericos de alcova, anedotas, essas coisas."

SN bateu-me:

"Olha aí, profi (ele tem esse costume pérfido de me chamar *profi*. De professor ou *profiteur*, sempre fico em dúvida). Há outro livro do sujeito... Este é baseado nos relatos de uma baronesa ... *von* Larisch-Reddern. Um volume só... do nascimento ao exílio do Kaiser."

"O homem é pródigo em damas brasonadas... ao menos, em criá-las..."

"Esta, ele diz ter conhecido em uma festa na corte dos Romanov, da Rússia..."

"Como assim?"

"Está no prólogo. O livro também está *online*."

Aventuramos se Mr. Henry poderia ter sido correspondente americano na Alemanha. Há um telegrama dele para *The Journal* de Nova York, em 1896, com o relato do duelo no qual o Chefe do Cerimonial do Kaiser, Lebrecht von Kotze, matou um barão. O texto pormenoriza antecedentes do duelo. Kotze foi acusado de ser o autor de cartas obscenas que escandalizaram a corte por vários anos.

"As cartas implicavam membros proeminentes em perversões sexuais..."

"Membros proeminentes... perversões sexuais... há senhoras à mesa... pelo amor de Deus, SN!"

Nossas mulheres são republicanas, certificadas por militância universitária, passeatas na juventude. E, no entanto, cada uma com um volume, foram mergulhar com apetite na sopa das bisbilhotices imperiais. Das Graças instalou-se num sofá, arrumou as pernas sobre as malas, dispôs-se a ler noite adentro. Por volta de uma da madrugada tocou o telefone. Era Pedro, convidou-me para um drinque no bar do hotel – estava aberto, ele verificara. Licença especial durante a feira de livros.

"Da Penha está lendo há horas, luz acesa. Pergunta coisas. Tenho que ver na internet... reclama que sou prolixo, quer fatos e datas tabulados..."

MEXERICOS DE SEXO, AMORES e ódios da realeza rendem prosa até hoje. Apesar das derrocadas, colapsos, fracassos ou, talvez, por isso mesmo.

Na Alemanha, o Nazismo e a guerra puseram os tempos monárquicos em oblívio. O militarismo prussiano tornou-se caricatura após a Queda, embora o sentimento de belicismo másculo, de *Männerbund*, tenha persistido nas direitas alternativas contemporâneas e em seus ramos *gays*. Tudo muito parecido ao gregarismo machista da época de Guilherme II, a liturgia gremista acentuadamente misógina, inclusive na política.

O Kaiser parecia atrair escândalos, comédias e dramas para este seu teatro particular de áulicos, bajuladores ou apaixonados.

Parte disso se devia a sua instabilidade mental – sempre se pensou, sobretudo após sua deposição, se, de fato, ele era doido.

Eça de Queiroz anotou, nos três anos que serviu na Alemanha, as encarnações, o travestimento do Kaiser. Um dia, soldado em elmo e couraça, achando que o sargento dos exercícios é o salvador da Pátria; no outro, despido do uniforme, vestindo a indumentária do trabalhador, é o Rei Reformista, libertador do proletariado; já depois, passa a ser o Rei por Direito Divino, pomposo, mundano, imerso no suntuoso da etiqueta, e, presto! Torna-se o Rei da Modernidade, criando templos fabris, eletrificando toda a Alemanha!

Certamente ele era tudo isso, de forma muito confusa, com oscilações de voltagem mental, também humores sádicos, histerias disfarçadas, incompetência camuflada por rudez e impulsos patéticos de virilidade.

A bordo do seu iate Hohenzollern, sempre em companhia radicalmente masculina, Guilherme exercia jogos privados de crueldade em seus subservientes convidados. Obrigava-os a ginásticas matinais incapacitantes.

Uma dupla de nobres anfitriões planejou um divertimento que os elevaria no apreço imperial: Um deles seria fantasiado de cão *poodle* de circo. As patas de trás raspadas, a cabeça com longos cachinhos de lã preta e branca, uma cauda genuína de poodle, abaixo da qual um ânus aberto estaria delineado. Quando ficasse em duas patas, ver-se-ia seu tapa-sexo de folha de figueira.

As, digamos, ambiguidades bizarras do Kaiser atraíam propostas de clubes e confrarias exclusivamente masculinas: do Clube Vienense dos Razoáveis, dos *Ignoranti* de Roma, dos cavalheiros do Rosário na Bélgica. Chegavam em cartas convites, algumas perfumadas. Ele ordenou ao Barão de Richthofen que prevenisse, nos países que pretendia visitar, as ameaças de assédio por esses "gregos". O Barão relatou a dificuldade da tarefa, assaz dilatada: "Majestade, dizem que os tais gregos na Espanha são os cavalheiros, na Franca e Áustria os mais importantes, uns poucos na Alemanha, mas, na Itália, todos".

O BARMAN DE PLANTÃO era um sessentão sólido, rubicundo, com uma disposição insone que certamente o qualificou para o emprego naquele turno. Serviu-nos doses alentadas de uísque, para que não o incomodássemos por um bom tempo. Espalhou um jornal de esportes sobre o balcão e afundou a vista nele, mui compenetrado.

SN puxou assunto. Não ouvi direito. Estava fixado nas fotografias nas paredes. Uma Alemanha de antes das guerras, mais pastoril que urbana. Tudo, aliás, como os outros países da Europa sempre desejaram que ela fosse. Crianças louras com gansos, porquinhos, as mamães fortes, braços nus, roliços, a paisagem de campos cultivados fechando-se, ao longe, com alpes nevados, miragens idílicas. Havia algo perverso na exposição daquele passadismo ou uma provocação agressiva a turistas preconceituosos.

SN insistiu: "Vi mais sobre os duelos. Da Penha pediu. Houve uma festa no pavilhão de caça do palácio Grunewald. Em 1891. A irmã do Kaiser organizou com o marido. A coisa virou farra e orgia, com troca de casais e sodomia. Logo, começaram a aparecer cartas anônimas para os convivas e para a corte. Com ilustrações, nomes e lista das práticas. Isso durou quatro anos. Botaram a culpa no Mestre de Cerimônias, que, aliás, esteve na festinha. Um diário da Princesa-Irmã havia sumido ou fora roubado. Hoje, suspeita-se dela e do marido, como autores das cartas, o sujeito era meio escroto, mas, enfim, o Mestre de Cerimônias foi denunciado, foi preso, julgado, inocentado. Aí, ficou irado. Quis desafiar cerca de 18 inimigos denunciadores. 'Mato ou morro, tentando'. Matou um tal barão von Schraden, com um tiro nas tripas, no segundo duelo. Foi preso por isso. O Kaiser deixou as coisas esfriarem e mandou soltá-lo, no quinto mês de cana. Parte disso está no livro de Da Penha. Mas, há pouco tempo, um jornalista historiador desencavou várias das cartas. Estavam num Arquivo Reservado e foram liberadas. Estão na internet. Voltaram a ser *porno-hits*, ao menos para *scholars*. A autoria delas continua duvidosa, mas certamente foi alguém da corte.

"E a festa foi em um pavilhão de caça..."

"Sim. No Jagdschloss Grunewald, perto de Berlim..."

"Eles gostam de caça, nossos Germanos. Sabe quem instituiu o código de caça da Alemanha, ainda vigente, ao menos em parte?"

"Guillherme II?"

"Qual Guilherme, homem. Foi Göring."

"O Göring?"

O *barman* levantou a vista do jornal, olhou-nos com censura, sério. Captara uma palavra incomodativa que se realçou em nossa palração alienígena.

"Fala baixo, SN. As feridas ainda ardem. Ele mesmo: 'G'. O homem também gostava de caçar, de se vestir bem, de usar um tantinho a mais de maquilagem..."

O *barman* retornou a seu jornal. Estimei nossa reserva de uísque, para ver se precisava reforço. Hesitei. Voltei a SN:

"Gostam de caça. Franz Ferdinand, que, por sua vez, foi caçado em Sarajevo, matou mais de 250 mil bichos. Veados, cinco mil deles. Um dia, em suas terras, matou um veado branco e comentou, apontando o corpo: 'Olhem, ele não parece o tio Ludwig?'"

Enfim, resolvi emborcar logo o resto do uísque e arrisquei chamar o *barman*. Ele veio, serviu de cara dura, pôs o balde com gelo sobre a mesa com energia exagerada. Só não bateu os calcanhares. Foi-se. Bebi meio copo, num instante.

"Esse tio Ludwig era o Príncipe Lutzi-Wutzi, um homossexual notável que a corte austríaca exilou depois que ele apalpou as armas de um oficial pouco afeito e muito esbofeteador. Isto foi em um banho turco de luxo. Ainda hoje é uma sauna para *gays*, a maior de Viena. Lutzi-Wutzi era irmão de Maximiliano I, que também foi caçado e abatido em sua aventura imperial mexicana. E, veja: Maximiliano queria casá-lo com nossa princesa Isabel, com o propósito de consolidar um Eixo: Áustria-México-Brasil..."

"Isabel escapou dessa..."

"Sim, caçaram para ela o Conde d'Eu, que, a seu turno, veio a caçar paraguaios... O conde francês tinha ascendência materna alemã e, também uma quota inglesa, de Albert & Victoria: seria primo remoto de ambos. Já Guilherme II, era neto direto de Victoria e nasceu com um braço defeituoso, mesmo problema que afetou o filho de nossa Isabel com o Conde, o menino herdeiro Pedro de Alcântara, o Mão Seca... Aliás, Guilherme II e Augusta Vitória, sua Imperatriz, os protagonistas das *Vidas Privadas,* que o acaso nos trouxe, eram primos em segundo grau... ela, Augusta, por ser neta da meia-irmã da Rainha Victoria da Inglaterra."

"Um cipoal, isso aí."

"Próprio para caçadas. É cômica..."

"Quê?"

"Essa quadratura que antecede e constitui a *belle époque* ... Parece um fundo dos quadros de Klimt. Uma interpretação dos sonhos do Dr. Freud. Tudo se entremeia e tudo se convulsiona. É tempo de alianças secretas, acertos de casamentos, muito sexo oculto, espionagem... obviamente secreta... E uma enorme concentração de tratados, legislações, salvaguardas... positivismo público universal... a ânsia de guerrear entalando um bolo histérico na garganta de todos e um balde escandaloso transbordando sexo não ortodoxo: O *boudoir* no pavilhão de caça que você pesquisou; o julgamento de Oscar Wilde em 1895; o caso Dreyfus em 1894 com a revelação dos amorezinhos entre os Srs. Schwartzkoppen e Panizzardi; o suicídio em 1902 de Fritz Alfred Krupp, após as delícias de Capri; a denúncia de homossexualismo lançada sobre Eulenburg, o amigo querido do Kaiser, com o julgamento em 1907 do namorado, general Kuno Graf von Moltke, conhecido por 'Doçura'. Neste caso, Guilherme amolou a pena e, amargurado, demitiu e afastou parte do Gabinete, lotado de 'gregos'. Faltaria tinta para despachar os cerca de cem nomes de uma lista que lhe foi escamoteada por covardia, decência ou auto-preservação dos assessores... Bom... Bem... Em todo caso, anos depois, Hitler mandaria matar seu ex-amigo Röhn, por traição e pederastia. E olhe que os nazistas eram tolerantes com variáveis, não davam importância ao sexo a não ser o de tipo reprodutivo."

"O homem do bar levantou as orelhas novamente, *profi*. Melhor dar um tempo ao uísque", SN advertiu.

"É mesmo. Está subindo fácil e rápido. Não jantei bem."

DORMI MAL, ACORDEI COM uma enxaqueca miserável. Com certeza o *barman* maligno havia posto algo na bebida. Perguntei ao SN se ele havia dormido direito.

"Dormi nada, *profi*. Da Penha leu até muito tarde... E estou com dor de cabeça."

Pulamos o café da manhã, fomos caçar o almoço. As mulheres queriam andar pela cidade, ao acaso.

Pedro e eu consideramos que elas estavam apreciando melhor a viagem que nós. Tinham capacidade para não se deixar envolver pela possível cidade subjetiva, eram positivas quanto a ambiência, modos de vida e formalismo do povo. Em algum momento, sentíamos um timbre de solidariedade e simpatia em um comentário, um elogio à limpeza, organização, eficiência nos serviços, nas instalações.

SN resolveu zombar desse espírito otimista.

"Estão recolhendo e anotando padrões para a administração do lar, *profi*. Prepare-se para a volta."

A reação foi rápida e enérgica:

"Vocês olham o lado negativo de tudo. São uns velhos entupidos de nostalgia, vivem revirando o sótão, até o passado sofrido dessa gente vira ensaio de História."

"Culpem os livros azuis. Estaríamos vendo as coisas de modo mais agradável se não nos tivessem mostrado os livros. Eles são veneno. Intoxicam, evocam um pretérito anunciador de desastres, equívocos, guerra... holocausto. Mostram como este povo foi lançado em dois conflitos, na hecatombe física e moral que obrigou os sobreviventes, os descendentes deles, estes de aqui, agora, ao esforço e ao sacrifício de reconstruir casas, ruas, cidades, vidas, para que turistas, como nós, nos sintamos bem e paguemos por isso."

Ganhei um safanão corretivo de Das Graças. As costas arderam.

"Não seja palhaço. O livro é apenas diversão. Contos de toucador e cenas de cozinha, seu idiota."

Uma cidadã com sua filha, viu a pantomima. Baixou a vista e, cautelosamente, tocou a menininha para a calçada oposta.

Depois do almoço, eu e SN fomos alugar o carro.

AS MULHERES DEVEM ESTAR certas. O povo sorri pouco, mas a odontologia aqui é boa, os dentes estão ótimos. E também as estradas, perfeitamente cortadas em campos arados, de geometria precisa, econômica, racional. Não há lixo nos acostamentos. Nas cidades – nos meios-fios – também não há. Há um certo temor a estrangeiros não turistas, a gente mal vestida e um completo temor a imigrantes e refugiados. Mas o Estado proverá, julgam... e se isentam. Intimamente receiam a pecha de xenofobia, esta logomarca persistente que atravessa as roupas e fixa-se na pele. Estão limpos e bem vestidos. Abrigados do frio, mesmo quando desempregados. Todos os grandes problemas de economia, saúde e destino, estão encapsulados em um ente abstrato, uma polifonia harmônica, sem solos nem árias. As minorias dissonantes são abafadas pela orquestração portentosa, são expelidas das salas de concerto, suas vozes definham abandonadas nas esplanadas vazias.

Gesamtkunstwerk, uma arte totalizada evoluída em sincronia. Todos os gêneros, energias e singularidades canalizados a ideias e conceitos monumentais. Do biscoitinho da delikatessen aos dramas de Eros e Tanatos. Ambições tornadas habituais e prosaicas.

Saímos da autoestrada, estávamos em Bayreuth.

Pedro II, o nosso, esteve aqui na inauguração da *Festspielhaus* de Wagner.

Foi contribuinte e lesado na ação entre amigos e reis para erguer o monumento ideológico e musical. Não se sabe bem o que ele achou de tudo aquilo. Nosso "desde sempre velho homem" seria beatificado, facilmente, no meio das feras coroadas e rasas daquela plateia. Nietzsche, que ainda não revisara a estética do Sr. Wagner, lá esteve, e, claro, o Cisne Ludwig II, que pagou o grosso da empreitada e que chegou incógnito para evitar Guilherme I. O Cisne e seu psiquiatra morreriam afogados nos rasos de um lago manso, pouco wagneriano. Como? Perguntem ao vento.

Quinze anos depois, em 1891, os negócios e a arte da família Wagner estavam engrenados e o festival nada deveria a um show de *rock* de século após. O visitante Mark Twain embarcaria de Nuremberg a Bayreuth, *tickets* para o festival comprados com trinta dias de antecedência.

"*Em Nuremberg topamos com uma inundação de melômanos estrangeiros que estavam indo para Bayreuth. Há tempos não víamos multidões tão excitadas, em esforço. Foi preciso meia hora para enfiá-las dentro do trem e era o trem mais longo que já vi na Europa*", ele disse.

Arte total. Todo o povo. Em quarenta anos, o eixo Nuremberg-Bayreuth, também concentraria multidões de fanáticos, formaria corais sinistros sob batuta do Führer. E os trens? Bem, estes carreariam regimentos e divisões épicas, voltariam com estropiados ou... devo dizer isto em *smorzando*?... levariam judeus para acampamentos nos quais "O Trabalho Liberta", onde seriam saudados, à chegada no pátio, pela música de cameratas roufenhas e famélicas. *Gesamtkunstwerk*.

Passamos três dias – nos quais fui vigiado, censurado e reprimido por qualquer reflexão ou comentário deprimente – e em três dias rodamos no entorno de Bayreuth, comendo de tudo nos vilarejos, passeando pelos campos, visitando fazendinhas bonitas. Foi muito agradável. Há uma política de reflorestamento e aflorestamento que está expandindo as matas, faz algum tempo. Isto tem reduzido as áreas para agricultura e pecuária. As áreas para cultivo de cereais equivalem às de pasto nativo e um quarto da superfície plantada é de forragem. Há hortas e cultivo de lúpulo, um pouco de frutas e flores, também batatas e cenouras, naturalmente. Procuram compensar a diminuição de área de cultivo com melhorias da produtividade. O turismo é fonte de renda afluente e visível. As instalações de restaurantes, padarias, pousadas, pequenos bares, são novas, muito bem cuidadas.

Este quadro foi se pintando até Nuremberg, para onde aproamos, lentos, navegando pelos vergéis, bordejando as matas, lavando as almas em laguinhos pitorescos, compondo églogas a pastores e pastoras, vaquinhas, tratores e colheitadeiras.

Em Nuremberg, como já esperavam as senhoras e como SN vaticinou ainda antes de chegarmos aos portões da cidadela, o anjo sinistro voltou a adejar em torno do meu espírito. Era noite, procurei calar-me, guardar segredo de meus projetos. De nada adiantou. Foram rudes e diretos comigo, principalmente Das Graças:

"Olhe aqui. Se vai fazer o itinerário mórbido do Terceiro Reich, você vai sozinho. Fique com o carro. Nós vamos às compras, pelo lado ensolarado da cidade!"

O anjo deve ter escutado, porque amanheceu chovendo. Uma chuvinha fina, penetrante, cinzenta como o mapa da Alemanha, que entretanto não arrefeceu o ânimo dos turistas. Nem o meu. Sob uma capa plástica, com o anjo coxo ali também abrigado, corremos para o carro e partimos para minha expedição.

Nuremberg teve restaurações bem sucedidas, luminosas, recuperada do cariado urbano que lhe roeu e arrasou mais da metade dos prédios de 1941 a 1945. Os bombardeios aliados pareciam punir a cidade como símbolo político, mas a estavam visando como estrutura industrial-militar.

É curioso, porém, que um bombardeio, sem vítimas, tenha sido feito, já antes, em fins de 1940, na área em que se realizavam as gigantescas convenções do Partido Nacional Socialista.

O centro antigo da cidade foi moído e pulverizado mas, irônica ou fatalmente, o conjunto do Palácio da Justiça ficou de pé, apenas levemente ferido. Ali seriam julgados, condenados e enforcados vários dos destituídos deuses do Valhalla.

Foram dois, os lugares que visitei.

Primeiro, fui em um *tour* à famosa sala 600 do julgamento. Tudo está como nos dias das sessões, preservadas as modificações necessárias, feitas na época, para comportar mais gente e pessoal de documentação e imprensa. Sala sóbria, presidida pela Cruz.

Havia muitos jovens no *tour*. Suas roupas pintalgadas, mochilas coloridas, davam a sensação de que uma arribação de pássaros estivais entrara pelas altas janelas, revoava, inquieta e curiosa, pela sala. Mas não piavam. Olhavam os detalhes de marcenaria e estuque com curiosidade e estranheza, inspecionavam agilmente um mundo que lhes foi narrado como longínquo, mas que agora, convertido em visualidade, oscilava entre o real, o cenográfico e a irrealidade.

Como se estivessem voando dentro de um cinema, varando o feixe da projeção, esbatendo-se nas imagens fugazes da tela, no cenário fantasma, vindos de outros tempos e espaços futuros.

Detive o meu olhar nos pesados e escuros pórticos que levam aos elevadores e, por eles, às celas e ao patíbulo. Há baixos-relevos do Gênese e do Êxodo. Adão e Eva condenam-se em pecado. A balança da Justiça apoia-se nas Tábuas da Lei.

Não quis demorar-me no pequeno museu memorial, acima da sala. A sintaxe e a clareza das fotos pareceram-me tão óbvias quanto insuficientes. Os antigos relevos dos portais na sala dos julgamentos, sua imagética judaica, o estilo arcaico, a nêmese ali impregnada, contaram-me mais que a didática tímida ou escrupulosa dos curadores.

Seguindo o mapa, dirigi para o segundo local. O céu se abrira para um sol ameno. Senti que o anjo coxo ficou pelo caminho ou se encafuou em um desvão da sala 600. Gastei uns vinte minutos para este meu novo destino.

Havia uma área para estacionamento atrás do Campo do Zeppelin, em um setor desolado próximo da linha férrea. Deu para caminhar até a cerca enferrujada, achar um portão, entrar no conjunto pelo vasto pátio escalavrado. O mato crescia em tufos, nas gretas. Adiante, estava a lagoa onde se refletiram os fogos de artifício do Congresso e em cujas margens elevaram-se os fachos da catedral de luz criada por Albert Speer em sua liturgia delirante. Wagner da pedra e cal, tentando juntar o classicismo helênico ao pathos pangermânico, ele usou nas construções um quase mármore, uma pedra calcária que se mostrou friável sob o clima bávaro. Já havia trincas à época do Congresso de 1934 e agora... agora discutem se valerá a pena restaurar a ruína ou se ela, ruína, é um monumento por seu próprio mérito e condição.

Setecentos mil nazistas reuniram-se ali, desfilaram em roupas típicas, em fardas, uniformes do Partido. Portavam estandartes, armas, alegorias, insígnias, badulaques artísticos. Renderam tributo ao Líder, hierático na arquibancada, tantalizado ele também pela percussão das botas, pela polifonia marcial, pela estridência de clarins, cornetas, gritos e urros de ira. hinos de lealdade e vingança entoados por colunas, fileiras, esquadrões, divisões, falanges, hordas, exércitos.

Poucos meses antes, com a ponta de longos punhais, o Líder mandara matar Ernst Röhn e uma centena de desviados. Naquele congresso, estabeleceria a norma do Ódio e Extermínio geral. A bela Leni, com câmeras ao rés do chão, no alto dos praticáveis, nas nuvens, tudo captou e ordenou com poesia, invenção e tempestade, transportada pela impudência irresponsável da arte. O Triunfo da Vontade, ela chamou. *Gesamtkunstwerk*.

Poderia ter andado mais, adentrado o Corredor de Ouro. Quase não havia ninguém no complexo. Uns poucos funcionários, algum que veio tratar de serviço, papéis à mão, vindo de outra instalação ou departamento. Olharam-me como se eu estivesse perdido, mas não ofereceram ajuda e nada indagaram.

Voltei ao carro, rodei mais para dentro dos subúrbios. Achei um bar quietinho, onde tomei uma ótima cerveja e comi petiscos sortidos, fiz hora, montei uma estratégia de pacificação pessoal para exibir no hotel.

FORAM POUCOS MOMENTOS DE tranquilidade. Pelo meio da tarde, tocou o telefone. Da Penha convocou uma reunião extraordinária.

"Em meia hora, no Café do hotel, no mezanino. É importante."

E, mais, não disse.

Arrumamo-nos, descemos no prazo. Da Penha e Pedro já estavam instalados. Os dois livros azuis na mesa. Um bule, uma lupa, hastes com postas de algodão, em feixe, sobre um guardanapo. Uma espátula de manteigueira.

"Alguém se feriu?", perguntei, puxando uma cadeira.

"Não seja bobo", disse Da Penha pondo-se de pé e tomando um dos livros. "Algo notável, no segundo volume. Descobri depois do almoço, mas não tive coragem, nem achei justo ir adiante sem vocês."

Ela fez uma pausa e eu olhei para Das Graças, buscando pistas como em um jogo de *bridge*. Da Penha retomou, de pé, em conferência ou aula:

"Verifiquei que a folha do colofon estava colada na guarda da capa pelas margens. Passei a mão, senti um leve relevo. Olhei com luz rasante. Tinha alguma coisa entre as folhas, algo quadrado. Não era grosso como um cartão..."

"Tentou abrir?"

"Claro que não. Todos devemos saber do que se trata. Estamos juntos, nessa."

"E, então?"

"Então, vou abrir agora. A cola parece ser goma arábica. Vou dissolver com água quente. Toma um tempinho, mas dissolve. Permitam-me..."

Abriu o livro pelo fim, deitou-o cirurgicamente no guardanapo, procedeu a operação, aplicando hastes molhadas e secas, alternadamente, ao longo das margens. Foi rápido. A folha colada começou a despregar-se, ondulando as beiradas. Da Penha aguardou que o processo agisse em toda folha. Munida com a espátula, levantou as bordas. Examinou, doutoral, com a lupa. Produziu uma pinça, até então oculta sob algum passe mágico. Inseriu-a, sob lupa, cuidadosamente no meio das folhas descoladas e extraiu um retângulo de papel de carta, dobrado, muito fino. Viam-se letras manuscritas, em transparência. Ela o deitou sobre o guardanapo, ao lado do livro, como um recém-nascido frágil.

"Ha, ha!", prorrompi. "Formidável, Da Penha. Como conseguiu tempo para armar a peça, meter o papel aí dentro?"

Os três me olharam como se eu tivesse acabado de conspurcar o berço do menino Jesus.

LOGO ME PENITENCIEI. O papel era velho, de fato. Uma folha só, longa, dobrada em quatro, papel fininho, parecia papel japonês de arroz. Era uma carta, via-se, mas era difícil de ler. A tinta estava um pouco borrada, mas o pior era a escrita, tão regular e miúda que tudo se mostrava indeterminado, teimosamente ilegível.

Recolhemo-nos, com nosso segredo, para o quarto de Pedro e Da Penha. O Café foi invadido por uma pá de turistas americanas e nossa cena laboratorial lhes pareceria estranha.

Da Penha esticou a folhinha sobre o criado mudo. Fotografei-a com o celular e despachei por e-mail para Josias, pedindo que a decifrasse e traduzisse. Josias ostenta a qualificação de Paleógrafo, na Divisão de Documentação e Tratados do Itamaraty. Aguardamos. Retomamos nossas atividades de expedicionários aplicados.

Josias respondeu, dois dias depois:
"Caros espiões e abelhudos,
Segue a tradução da missiva. Espero que não alterem, com ela, a ordem natural da História, como nos filmes de viagem no tempo. Devem-me uma garrafa de bom vinho alemão. Ou, mais de uma, para tomarmos, juntos, quando voltarem. Abraços, Josias."

A carta:

Minha muito amada Pauline,
Estou te remetendo os dois volumes recém-publicados deste livro que me tem dado tantas preocupações, que também se estendem a ti, infelizmente.
Quando aceitei colaborar com o Sr. Henry e editores na América, não pude imaginar as complicações que viriam desta decisão. Precisava muito do dinheiro prometido, mas procurei garantir-me legalmente com cobertura de

pseudônimo para que usassem as minhas anotações (despretensiosas e ocasionais, ajunto) e trechos do Diário que mantive para memória da avalanche de pequenos fatos e momentos importantes da vida na corte.

O comportamento instável do Kaiser e a irritação persistente e doentia da minha ex-senhora Augusta Victoria, somadas às intrigas e desavenças no Palácio, as suspeitas lançadas sobre mim (quiseram até me envolver na imundície das cartas de Grunewald), tudo me fez partir para este exílio cruel que, dolorosamente, me afasta ainda mais de ti.

Aqui na América, estou guardada contra os perigos da insanidade da Corte, mas também sou refém da circunstância, dependendo da continuação do meu contrato com a Editora e de trabalhos eventuais de tradução e aulas privadas de etiqueta e de Alemão. Podes perceber como esta mudança de vida foi difícil, mas não podes imaginar – e que Deus de proteja de que vivas esta experiência – como é terrível a sobrevivência de uma mulher sozinha em uma cidade primitiva e grosseira como Nova York.

Sei que aí, em Leipzig, minha irmã cuida de ti, como sempre cuidou, com ternura e como a Mãe presente que não pude ser. Agradeço aos Céus porque tens maturidade e equilíbrio para aceitar o que o destino nos deu e o que as convenções nos tomaram: que pudéssemos viver regularmente como mãe e filha. Logo estarás casada, terás teus filhos, irás criá-los legitimamente e à vista de todos. Isto, espero em Deus.

Preocupo-me muito com o que querem para o terceiro volume. Via de regra, não fazem alterações no teor dos fatos narrados. Sempre têm mais interesse em lhes dar colorido exagerado – o vulgo imagina a vida dos nobres e da realeza como um festival pirotécnico, sabes.

O escândalo judicial do pobre Eulenburg, esse período, interessa-os muito e creio que há mais razões políticas que literárias envolvidas na exposição enfática que querem dar ao assunto. Claro, fiz anotações precisas sobre isso, mas as tenho reservadas em segurança e não desejo revelá-las a qualquer.

Amargurou-me a insistência deles no episódio da morte de teu pai. Insistem em que têm fontes que corroboram a versão burlesca corrente do travestimento dele. Guarde isto bem, sublinho: não sabem que Dietrich é teu pai. Desconhecem minha relação com ele... e tive a sorte e a bênção de que nosso amor, clandestino mas verdadeiro, jamais fosse descoberto na Corte ou fora dela. Devo isto à discrição de Bertha e de Anton, teus tios, desde teu nascimento. E muito ao meu Dietrich – que Deus o tenha – amoroso, sempre, nosso cuidadoso protetor.

Temo que publicarão alguma versão grotesca e mentirosa do que sucedeu em Donaueschingen. Livros do tipo firmam-se apenas com o escândalo e a vulgaridade.

O fato é que, desde o episódio da entrevista do Telegraph, em Londres, quando o Kaiser chamou os ingleses de "coelhos doidos de março", ele próprio enlouqueceu de vez, vendo suas fraquezas e ridículo expostos, desacreditado por seus próprios apoiadores.

Na festa da caçada, Dietrich exausto, sob tensão política, foi obrigado pelo Kaiser a dançar – teu pai era notável dançarino – com uma ballerina que buscaram em Paris. Para agradar o imperador ele se excedeu nos passos, tentando acompanhar a jovem. Foi isto que o matou. Seu coração fracassou sob esforço, cansaço e preocupações. Reitero a ti esta verdade. Não creias em mais nada que não seja ela.

Tenho certeza de que prevalecerá, no livro, a versão mentirosa elaborada pela maldade e pelos jogos sujos da Corte e dos inimigos da Alemanha, mas estou íntima e pessoalmente tolhida para revelar e tentar impor a verdade.

Faço encomenda e carta chegarem a ti por mãos amigas. Por razões de segurança, para ti e para mim, não quis postá-las. A carta, podes escondê-la ou destruí-la, como achares melhor.

Fiques tranquila e forte. A tudo superaremos com nosso amor.

Tua mãe, Ethel.

A carta mudou o calendário de nossa viagem. Resolvemos esquivar Stuttgart, deixá-la para depois, descer mais ao sul até a misteriosa Donauseschingen, tocados pela curiosidade e pelos subsídios que a internet nos deu sobre o Sr. Dietrich, pai de Pauline, amante de Ethel, exímio dançarino.

Tratava-se do Marechal de Campo Conde Dietrich von Hülsen-Haeseler, na ocasião de sua infausta morte aos 56 anos, um homem robusto, do círculo próximo ao Kaiser, a quem ajudou, inclusive, com tentativas malsucedidas de reduzir as ondas de vexame no processo Eulenburg/ Kuno Moltke e, no qual, esses cavalheiros foram expostos às penas humilhantes do Artigo 175, para homossexuais.

Este processo, com repercussão internacional, somado à patacoada dos "coelhos de março", idem, teria levado Guilherme II a profunda depressão, somente curável pelo exercício da caça, sendo a Floresta Negra o campo terapêutico indicado para tal e o castelo de Donauseschingen a perfeita casa de repouso.

Reza então a Pequena História, que para diversão e desanuviamento do Kaiser, após uma jornada de tiros e flechadas aos javalis, foi montado, no pavilhão de caça, um espetáculo de *ballet*, cuja estrela foi o Marechal de Campo

Dietrich, que envergava garboso tutu rosa e adereços de pluma para a cabeça. Informam, também, comentários paralelos, que esta não foi a estreia de tal performance, tendo o Conde sido requestado, antes, várias vezes para solos audaciosos, a que jamais negou aquiescência.

Naquela tarde, porém, von Hülsen, após as piruetas e volteios, com beijinhos para a plateia, desabou desastradamente, vítima de um enfarto fulminante e definitivo.

Fez-se tardia a presença de legista e, tendo se manifestado o *rigor mortis*, resultou extremamente penoso desnudá-lo das vestes bailarinas e, ainda muito mais difícil, enfiá-lo no uniforme militar de gala, adequado às cerimônias da câmara ardente e do sepultamento.

Encontramos este evento bizarro narrado de várias formas coincidentes, por autores e fontes de diferentes índoles. A carta – a "nossa" carta da senhora Ethel, digo, apresentava uma versão diversa para a morte do Marechal. Talvez fosse apenas uma narrativa piedosa de mãe para filha, talvez preenchesse quesitos verossímeis – a presença da *ballerina* importada sendo um deles. Quem sabe?

EM DONAUESCHINGEN, DISSERAM-NOS QUE o senhor do Castelo estava no Canadá, a negócios. Os portões estavam fechados, embora o acesso à fonte, à Nascente, estivesse franqueado para visitas.

Investidos em nosso papel de investigadores da História, da pequenina História, claro, depois de ver a Fonte, queríamos ver o Pavilhão de Caça do Palácio, o palco do último ato do Conde von Hülsen.

Pela estradinha lateral do Castelo, chegou uma *van* com abastecimento. Trazia caixas com gêneros que eram recebidos e anotados por uma mulher de meia-idade, uma daquelas senhoras capazes de agadanhar e servir vinte canecas de chope na Oktoberfest. Ela estava de avental, saia abaixo dos joelhos e tinha pernas fortes, com meias brancas cobrindo as canelas. Antes que a *van* desse partida, nossas mulheres já a haviam cercado, abriram conversa, logo estavam rindo, as três.

"Mais diplomáticas que *nosotros*, hein, SN?", comentei satisfeito.

A mulher nos fez entrar pela portinha de lado, um acesso à despensa e à copa da criadagem, ao lado da moderna cozinha, enorme. Estavam no prédio ela e o jardineiro, apenas. Ela pediu que o homem nos mostrasse as dependências do castelo que estivessem abertas. Ficou organizando as compras.

É um castelo decepcionante. De tão restaurado e reformado, aparelhado com o unanimismo de estilos falsos, novos papéis de parede *vintage,* cópias caras e banais de mobiliário, estofamentos e dourações, assemelha-se a muitos outros primos seus, com a feição burguesa de hotéis pretensiosos.

Perguntamos ao jardineiro onde ficava o pavilhão de caça. Ele nos levou à uma galeria de troféus cheia de tristes bichos empalhados. Não era aquilo, explicamos. Era mais como uma pérgola, talvez fosse um anexo, talvez ficasse no exterior, nos jardins. Ele entendeu. Voltamos ao térreo, atravessamos um salão vazio com chão de granito bruto, demos em outra portinha, saímos, chegamos ao quintal do palácio, do lado oposto de onde havíamos entrado.

Ele apontou um grande telheiro montado sobre postes de ferro forjado.

"Ficavam ali, antigamente, bebendo depois das caçadas. Na reforma, o novo senhor Príncipe mandou usar como depósito de estrume para a adubagem do jardim e da horta."

Pedimos para fotografar. Ele concedeu, surpreso em ver que queríamos uma foto daquilo.

Da Penha deu para a mulher uma bijuteria bonitinha. Enfiei 20 euros no bolso do macacão do jardineiro. Eles riram, agradecidos.

Saímos do pátio do castelo em silêncio. No carro, na viagem para Donaueschingen já havíamos decidido que iríamos dar a carta à Alemanha. De nada ela nos serviria, tínhamos já sua história gravada em nossa viagem. Revolver os ditos e contraditos da morte do Marechal de Campo não iria mudar nada, iria talvez, apenas, estimular algum ensaio acadêmico obscuro e vaidoso.

Um exemplo: Maximilian Harden, o jornalista que moveu o processo contra Kuno Moltke e Eulenburg, dizia ter se arrependido. A exposição do homossexualismo na corte exacerbou a resposta viril e belicosa do Exército. O sacrifício político de Eulenburg, a perda deste elemento moderado e racional, pode ter contribuído para a precipitação da Alemanha na Primeira Guerra.

Descemos a margem do Brigach até um pontilhão. Sob ele, começa nominalmente o belo e melancólico Danúbio. Ali, solenes, Da Penha e Das Graças rasgaram a carta em pedacinhos e lançaram na corrente os segredos de Ethel e Pauline.

Clube dos canibais

Elsa

É INVENÇÃO O QUE dizem do Clube. Marina falou que ia casar e morar em Anápolis. China sempre disse que queria voltar para o emprego em São Paulo porque, lá, ganhava mais. E Madalena morreu, mas foi em desastre, quando o caminhão de soja bateu no ônibus que ia para Goiás Velho. E, não morreu só. O motorista e mais dois passageiros, também.

Uma vez perguntei para Felinto por que os homens falavam mal do Clube. Com as mulheres não falo sobre isso, mas elas devem dizer o mesmo, ou pior, Felinto é da polícia, e ele não saberia, se tivesse alguma coisa errada lá? Ele me disse que era inveja e despeito de quem não era convidado. "Está com medo de quê?", ele perguntou, rindo... "Não sabia que você tem medo de homem."

É Cristóvão quem vem me buscar na pensão da Dione, aí pelo finzinho da tarde, todas sextas-feiras. Não sei bem para quem ele trabalha. Cada vez, vem em um carro diferente. Talvez ele trabalhe para todos eles, talvez seja empregado do Clube, não sei como funciona isso. Quando chega na pensão, já vem com o carro cheio das coisas que comprou no armazém e na distribuidora de bebidas. Não vai mais ninguém no carro, somente ele e eu. Na primeira vez que veio me pegar, perguntei se ele não queria levar mais umas meninas. Ele ficou calado, sério, depois disse: "Fique na sua, garota".

Está sempre bem vestido, o Cristóvão. De terno e gravata. Os sapatos engraxados. Muito diferente dos rapazes e dos outros homens da cidade. Tem poeira de barro vermelho neles e nas roupas. Os sapatos e as botas, então... tudo fica da mesma cor. E não é só no povo dos sítios e fazendas. Até o gerente do banco é empoeirado. Eu tomo banho duas vezes por dia e ando com uma caixa de lencinhos úmidos na bolsa. Só não gosto do cheiro deles. Disfarço com perfume, não quero ficar cheirando a desodorante comum.

Cristóvão, todas as vezes, pede que eu abra a bolsa, vasculha com a mão e diz: "Sem celular, ok?". Todas as vezes. Eu digo: "E eu já não sei?". "Sem celular", ele diz de novo.

O Clube fica em uma fazenda, uns trinta quilômetros na direção de Cesárea, mas é longe da pista, tem que se entrar por uma estrada de barro, se passa um córrego por uma ponte para um carro só. Tenho medo, porque já vai ficando escuro naquelas horas e Cristóvão põe velocidade no carro, acho que é para passar logo a ponte, sem pesar muito. Tem mais uns cinco minutos de barro, até a estrada virar um corredor com árvores dos dois lados, e terminar num pátio forrado de brita fininha.

Ele estaciona e vou para uma casa, perto, por uma calçada coberta. A porta dos fundos está aberta e a luz da cozinha está acesa. Tem uma mesa com comida quente, a mesa tem pano de forro, tudo limpinho. Cristóvão volta depois. Parece que marca o tempo que eu passo para comer. Manda que eu me troque e faça a maquilagem num banheiro ao lado da cozinha. Parece um camarim, com luzes, cômoda, espelho grande, pia e cabides de pés.

As roupas para as sessões não são sempre as mesmas, parecem novas para cada vez, e nunca vêm com o número do manequim errado. Sempre cabem, justinhas. As etiquetas de marca foram tiradas, mas as roupas parecem ser estrangeiras. Às vezes vêm sapatilhas de dança, outras vezes, enfeites para os tornozelos, com um desenho mostrando a posição e o jeito de amarrar. Tem para os braços e pulsos, também. Uma vez, veio um coque de penas. Outra vez, uma meia-máscara. O material para maquilagem fica em umas caixinhas de plástico, na cômoda, e são de muito boa qualidade, mas tudo está sem marca, até o batom, que eu aplico com um bastãozinho de ponta de espuma.

Passo quase uma hora me preparando e me sento em um banquinho, vendo revistas velhas até que o Cristóvão chega para me buscar. Tem noite que faz frio e ele traz um casaco de pele daqueles de cinema, antigo e bem comprido. Manda que eu vista, para não pegar friagem no caminho e não ficar arrepiada. Eu chego no galpão do Clube vestida no casaco, mas logo Cristóvão tira dos meus ombros e leva embora.

Quando eu fazia *strip* em Americana, tinha que ensaiar de tarde, pelo menos para saber a música que iam botar, acertar o sincro das luzes e a entrada em cena das outras garotas. No Clube, quando entro, a música já está rodando e a trilha é maluca, muda de todas maneiras. Começa com *jazz* de academia básico, passa para *techno*, aí entram umas coisas afro... Quando me acostumo com a batida, começam uns clássicos com arranjo de discoteca. Uma doideira.

Na primeira vez, ainda não tinha chegado ninguém, a música estava rolando uma coisa que parecia salsa. Eu perguntei para Cristóvão: "E, aí?"

Ele disse: "Mande ver", e saiu. Subi no praticável e rebolei uns quinze minutos até que dois deles chegaram, me olharam de relance e foram conversar no fundo do salão. Quando, muito tarde, todos tinham chegado, a trilha já entrara em *loop* duas vezes, minhas pernas estavam cansadas e eu morta de sede. Aproveitei uma música lenta para começar a despregar o velcro e abaixar o corpete. O som baixou de repente, Cristóvão apareceu na beirada do palco, me chamou com o dedo: "Sem *strip*, moça. Somente dança" e, mais baixinho: "Termina em uns vinte minutos, dance".

Mais ou menos em torno disso, a música parou, a luz do palco apagou, os homens saíram sem mais. Fiquei ali, em pé, esperando.

Cristóvão voltou, me acompanhou de volta à casinha. "Tome banho, se troque, tem lanche na mesa da cozinha. Quando estiver pronta levo você para a cidade."

Chegamos na porta da pensão quase às duas da madrugada.

Perguntei: "Vão me contratar?"

A resposta foi a mão de Cristóvão com um envelope de pagamento e o carro indo embora.

Peter

Aqui, a fronteira da soja veio subindo para o norte e o gado foi perdendo pasto. No Tennessee foi o mesmo, há muito mais tempo. A mudança é até maior nas pessoas. Senti isso na minha família, quando o plantel foi reduzido e nossas finanças ficaram mais dependentes da plantação. Parece que lidar com bichos faz a gente ter uma medida de tempo mais vagarosa para a vida. A coisa é que, em um rebanho, mesmo enorme, discernem-se os indivíduos. Os rebanhos se contam por cabeças. Eles só formam números quando passam a bifes, hambúrgueres. Numa lavoura, quem vai atribuir individualidade a um pé de milho? As safras ditam uma cadência própria, os gráficos da bolsa de *commodities* são cardiogramas neuróticos, as tomadas de financiamento, corridas sem fôlego após cada colheita. Seca ou chuva, chuva ou seca, geada...

Sofri estas coisas menos que Billy meu irmão, que ficou à frente da propriedade, depois que os nossos pais foram viver perto da mana e dos netos, em Saint Louis. Quando dei baixa da Força Aérea, peguei umas economias, combinei com os velhos receber adiantado, em grana, a minha parte na herança. Juntando, deu pra comprar um Grumman Cat forte, em bom estado, e sobrou para acertar o término de um casamento imaturo e, por sorte, sem filhos. Minha mãe irritou-se: "Largou faculdade, largou Força Aérea, largou a fazenda, o casamento...". Tampei os ouvidos. Montei um serviço de pulverização e fui levando.

Como vim parar aqui?

Foi fácil. Há cinco anos, houve uma feira de companhias de defensivos agrícolas em Nashville. Arrumei dois bicos para fazer um caixa extra: voos de pulverização para demonstração de um preparado novo e corridas de táxi aéreo. Visitantes endinheirados não querem perder tempo rodando nas estradas rurais.

Conheci Dr. Paulo assim. Ele foi à feira com a mulher e filha. Levei-os a umas fazendas que ele queria conhecer. As duas iam junto, no Piper, muito a contragosto, até que foram para New York e ele ficou para o resto da feira. Quase no fim, houve um voo de demonstração perto de Laguardo. Fiz o voo, passei no alojamento, tomei uma chuveirada e vi que estavam servindo coquetel, petiscos e refrescos num gazebo improvisado. Fui até lá na expectativa de uma boquinha. Dei de cara com Dr. Paulo. Ele me reconheceu e perguntou se eu estava fazendo táxi. Disse que tinha feito o voo de demonstração e que aquele era meu trabalho principal. Ele ficou interessado e me convidou para um drink:

"Diga lá, como vai este negócio de pulverização por aqui?", ele indagou.

Dr. Paulo, fui sabendo, naquele momento e depois, é muito diferente dos fazendeiros que conheci nas relações de família ou para os quais trabalhei. Primeiro, é muito mais rico. Depois, é mais moderno, quer dizer, não é um conservador republicano com os trejeitos de patriotismo, de terra, coisa e tal. Olha para a vida rural americana de modo divertido, com simpatia, mas com consciência de que aquilo tudo está decaindo, se acabando, apesar dos jogos de Washington, da encenação da *Alt Right*. O fato de ter, viver e produzir em uma gleba remota, do tamanho de um estado, lhe deu autonomia e distância para enxergar esses movimentos de agonia lenta. E consegue ver isso tanto na erosão financeira dos fazendeiros menores quanto na confusão, esquizofrenia e perda de influência política dos grandes grupos.

Digo a ele:

"Este negócio de pulverização de lavouras está azedando. Há pressão ambientalista – esse produto que estou demonstrando é bem o exemplo: promete menos danos. Há os defensivos via solo, sistêmicos, principalmente contra fungos. E estão investindo muito na resistência a pragas por modificação genética. Meus contratos encolheram uns trinta por cento. Estou fazendo estes bicos..."

Eu ia desfiando essas queixas, enquanto ele falava automaticamente com a mulher, pelo celular. Ele se despediu dela, olhando para um horizonte abstrato e, do mesmo jeito, emendou nas minhas falas:

"Foi ruim para vocês a hegemonia militar, a força dissuasória absoluta. A mente do Estado ficou capenga, a ginástica de fazer negócios da máquina empresarial demenciou. Os outros povos passaram a olhar de lado para vocês, querem lhes tornar invisíveis, rapar vocês fora da equação. Para completar, vem um grupo de jumentos arrogantes e elege a China como inimiga, por mesquinhez e incapacidade para negociar e, imagine, para ter uma bandeira doméstica de salvação... Meu caro, aquele povo lá, confucionista, mandarinista ou comunista, vendeu palanganas para o ocidente até que os ingleses passaram a chamar sua própria louça de *china*."

No fim das contas, Dr. Paulo sugeriu que viesse pulverizar por estas plagas, onde há menos restrições a venenos, mais áreas contínuas, mais dinheiro com impostos suscetíveis a melhor cosmética, palavras dele. E, um clima melhor, ajuntou, sem tornados, "essas coisas do demônio".

Quer saber? Oito meses depois, vim mesmo. Vendi o Grumman e comprei – isto foi feito com a ajuda de Dr. Paulo e de seus "chapinhas", como ele falou – comprei um AirTractor turbo, entregue no Paraguai, com papéis brasileiros, limpinho. Fui buscá-lo numa pista de terra, numa fazenda em Horqueta. Voltei voando baixo pelo Pantanal, feliz da vida.

Marcos e Paulo

Professor Marcos fez dinheiro com cursinhos preparatórios para vestibulares, com creches e colégios, concursos públicos para toda gama de carreiras de Estado, escolas de Línguas, de *marketing*, de Relações Públicas.

Meteu-se em especulação com gado e, firme e confiante, ao birô de sua luxuosa sala de diretoria, em São Paulo, tendo ao fundo um painel fotográfico com uma manada Nelore que se perdia de vista nos sertões dos Gerais, quebrou vergonhosamente duas vezes e baixou sua ira telefônica e eletrônica sobre todos os consultores financeiros, jurídicos e agro-técnicos que o tinham lançado naquelas "aventuras de faroeste".

Enviuvou aos setenta anos, vendeu as empresas para um grupo evangélico que queria montar uma Universidade. Deu dinheiro para os dois filhos, para que não o importunassem, viajou pelo planeta até chegar na Austrália, conheceu e ficou amigo de um *tycoon* brasileiro desiludido da pátria, que fechara lá a vida empresarial e se retirara, senil e rosado para um confim remoto no deserto, instalado com todos confortos médicos e ambulatoriais.

Professor Marcos não revelou quais orientações teve do ancião guru, mas o fato é que, com sede de revanche, na terceira vez, ele acertou em cheio tanto no gado, quanto na soja, no milho e no sorgo. E na venda de tratores, combustível, fertilizante, estivas. Em turismo e hotelaria, progressivamente. Saiu de São Paulo debulhando contra a cidade um rosário de pragas ingratas, mas justificáveis, veio para o Oeste, instalou-se, com lazer e trabalho, em um triângulo de propriedades, tendo Aolândia por eixo.

A perturbação nesta geometria produtiva irrompeu de modo endógeno e exógeno, simultaneamente. De dentro do professor Marcos veio uma insônia insistente, vencida apenas pela exaustão do corpo, tomado, depois, por um sono ruim, mais propriamente um transe habitado por pesadelos cabeludos. Nas suas propriedades, os entes cabeludos eram os javaporcos, em horda, fuçando e refocilando-se nas nascentes, devastando hectares de soja e milho, roendo a mandioca de subsistência dos moradores e meeiros, chegando na madrugada das fazendas para repasto em lixo, sobras e sacas de ração estocada.

Demorou um pouco, em tentativas de aproximação, para que os diabos, insônia e pesadelos, chegassem a conúbio e a regozijo nos miolos do professor. Mas, uma vez acoplados, proclamaram pandemônio para ninguém botar defeito.

De início, insone e manifestado, o Professor Marcos organizou *safaris* noturnos, juntando um *comando* de empregados. Estes, sonolentos e estuporados pela labuta diurna, mas, coitados, obedientes às ordens táticas do patrão, seguiam a varredura desenfreada da matilha de perdigueiros e labradores que o chefe importou para as caçadas.

O resultado foi quase bom. Conseguiram matar um número razoável de animais, a tiros, golpes de chuço e foiçadas, próximo às sedes e nas bordas dos campos arados. Arrastavam os corpos para um descampado, amontoavam, deitavam querosene e a pira ardia em oferenda ao sol nascente.

"A carne desses diabos, não se come", era o édito do professor à uma tropa consternada, de olho grande nas carcassas e de narinas picadas pelo incenso do sacrifício.

Mas, o número de porcos era legião. Estavam mais adentro das plantações. As imagens de *drone* mostravam clareiras escuras, poços de conspurcação e ignomínia. Os bichos entocavam-se nos grotões, de onde saíam, à noite, em expedições famélicas. Espertos, evitavam as construções das sedes e o alarme da cachorrada. Tinham, provavelmente, ciência das baixas já sofridas pelos seus efetivos.

Em seus surtos, montado em um bugre, Marcos ia à caça e lograva abater, a rifle, um ou outro bicho de olhos em brasa transviado pelo facho dos faróis. O barulho do veículo espantava os porcos, eles fugiam, derrubando renques de plantação, riscando *crop trails* ilegíveis.

Com sua coluna de vértebras e discos estropiados por décadas de exercício sedentário, Marcos impedia-se das peripécias equestres, próprias de seus colegas nativos ou naturalizados, velhos centauros muito exibidos. Cavalos estavam fora de questão.

Assim, de noite, sob a luz da Via Láctea e do pálido fogo lunar, Professor Marcos, nu, camuflado de barro dos pés à cabeça, bolsa de couro a tiracolo com cantil e pentes de munição, uma Sig Sauer 9mm empunhada, ele, escapado do seu leito de insônias e avantesmas, passou a vagar pelas lavouras, beiras de córregos e pirambeiras, à caça dos Inimigos. Ouviam-se os estampidos, noite afora.

Manhãzinha, exaurida a possessão, era encontrado pelos trabalhadores, adormecido, encostado em um tronco ou em um matacão. Cobriam-no de algum jeito, chamavam o pessoal da sede para buscá-lo, dormente, cambaleando. Uma tristeza.

Um dia, quem veio resgatá-lo, junto com o capataz, foi Peter, o Gringo, que estava na sede para acertar uma pulverização. E foi Peter quem, depois, conversou com Dr. Paulo sobre o estado do Professor Marcos, cujas sortidas noturnas já estavam se tornando folclóricas.

Dr. Paulo é médico mesmo, ou foi, já não exerce. No Clube, dizem que é um fazendeiro de xoxotas. Ele era ginecologista, teve uma clínica de fertilidade que se expandiu em rede de laboratórios. Introduziu no país uma técnica, de patente indiana, para fecundação humana com base em protocolos de zootecnia. Daí que, curioso, montou uma unidade no Centro Oeste para inseminação de gado, criou um banco de sêmen bovino modelo, super informatizado. Logo passou a criar gado reprodutor com DNA certificado, formou um plantel de referência nacional, comprou terras, plantou soja, principalmente, apostando na expansão da fronteira, comprou mais terras, plantou muito, até os negócios atingirem uma massa crítica auto-propelida. Acresceu o bolo com abatedouros e frigoríficos para exportação e passou a namorar oportunidades em estradas e logística.

Dr. Paulo achou completamente cômica a narrativa que lhe foi dada das agruras do Prof. Marcos.

"Peter, fale com o pessoal do Professor, diga que é para marcar uma consulta comigo, que eu quero muito ver o Professor. Daí você pega o Cessna, vai com o Cristóvão buscar o homem na fazenda em que ele estiver, traz ele aqui numa sexta de manhã. De noite, vamos levá-lo para o Clube e fazer para ele uma sessão de admissão. Ele vai esquecer os porcos."

E riu.

João e Lucas

EM UMA MESINHA QUIETA, nos fundos do bar do hotel, emoldurados por folhas envernizadas de palmeira fincadas em cestas de vime, *seu* João e *seu* Lucas bebericam uísque. O hotel, o único que presta na cidade, foi comprado e reformado pelo Professor Marcos, o Terror dos Javalis, para abrigar os turistas de pescaria que a sua própria agência traz em *charters* para Goiânia e, de lá, até o hotel, em ônibus refrigerados.

João e Lucas não se hospedam no hotel, mas tomam um *drink* lá, ao fim da tarde, quando há reuniões locais da Federação de Fornecedores de Cana. Eles são dos poucos que ainda cultivam cana na região. Ambos vieram das Minas e o pessoal brinca dizendo que eles bebem tudo o que destilam das safras...

Conversam:

"Olhou bem a nova garota que foi dançar no clube?"

"Olhei, assim, assim. O que é que tem?"

"A de antes era mais gostosa."

"Como é que você sabe? Você não provou esta..."

"Falo sério, homem. Ela tem um jeito meio duro..."
"De dançar? Ela estava nervosa, quem sabe? Era a primeira noite."
"Não. O corpo todo. Muito musculoso."
"Aquela dança toda... é como um exercício. Enrijece."
"A outra era mais fofa..."
"Gorda, você quer dizer."
"Não. Cheinha. Nos lugares certos."
"Essa, de onde veio?"
"Do mesmo lugar. Da Dione. Cristovão contratou."
"Estão garantindo?"
"Claro. Paga-se a Dione por fora, para a garota não fazer programas. Para ficar zerada..."
"Como chama?"
"A garota? Elsa, Elsinha..."
"Ah..."
"Então..."
"O que?"
"O Marcos também não gostou..."
"E aquele velho doido entende de mulher? O negócio dele é com porco."
"Você sabe... ele não come os porcos..."
"Vai ver, não são *kosher*..."
"E não são mesmo."
Silêncio.
"Diz uma coisa..."
"Quê?"
"Você confia no gringo, o aviador?"
"Até agora..."

Mateus

MATEUS É O ÚNICO nativo puro do Clube. Descende de gente do tempo dos vice-reis que veio procurar ouro e ficou, criou gado, varreu os índios para as sombras das matas, comprou terras, grilou outras tantas extensões.

O clã é grande, diversificado em primos de quantos graus se imaginem e em cruzamentos tão complexos que sequer os laboratórios genéticos de Dr. Paulo seriam capazes de deslindar. Estão entranhados na terra e suas atividades e seus processos: do posto de gasolina à magistratura, da Assembleia Legislativa ao mercadinho. No time de futebol, nas concessionárias de automóveis, nos cartórios, em Piracanjuba, Goiânia, Brasília...

Mateus tem fazendas, mas terceiriza a administração pontual delas. Cuida do genérico, deixando as coisas mais ou menos em piloto automático, intervindo apenas quando há turbulências de mercado ou atritos e emperramentos nas gerências.

É advogado. Isto o atraiu para a órbita dos negócios do Dr. Paulo, o primeiro que chegou. Quando os outros vieram, Mateus enxergou um padrão. De certa maneira, foi dele a ideia de uma interligação societária silenciosa e cruzada entre todos, um mosaico intrincado de proteção mútua, um tabuleiro de transferências de fundos e alquimia de capitais, ágil e evasiva.

Em essência, isso seria o Clube. Um espelho de seu próprio clã, contudo bilionário. E que dava para abrigar em um galpão.

Mateus trabalhou a lenta absorção e participação dos ativos do seu clã pelo grupo de "estrangeiros", montou propriedades visíveis no mapa a partir de retalhos de terra. Ninguém saiu perdendo. Terras ganharam em liquidez, negócios estagnados tomaram ar fresco. A rede do clã, sua longeva teia de presenças e influências, facilitou essa transição.

De Mateus também foi a ideia de provincianizar os empreendimentos, estabelecendo os escritórios das *holdings* em cidades menores, sob um manto de perfil discreto. Naturalizou os estrangeiros, ensinou aos exilados as trilhas da terra e os atalhos ocultos. Dizia: "Em algum tempo, vocês vão parecer tanto com a gente, que não vai dar para ver qualquer diferença, ou melhor, como disse o outro: vocês vão ser muito mais iguais".

Elsa, Elsinha

ELSA PASSOU UM TEMPÃO na manicure proseando, passou na lojinha de conveniência do posto de gasolina, comprou um pacote de biscoitos, pediu que a moça do caixa o abrisse, não queria estragar o esmalte das unhas. Foi pela rua extraindo as rodelas com cuidado, comendo-as a mordiscadas.

Quando chegou na pensão, havia um bilhete pregado na porta de seu quarto. Dona Dione queria falar com ela. Elsa se perguntou qual seria a bronca, sempre havia bronca, ou era bronca ou Dona Dione queria mais dinheiro pelo aluguel do quarto, certamente estaria de olho na grana das danças de Elsa no clube, mas isso não era certo, ela estava sem fazer programas, Dona Dione mesmo havia proibido. Ela ficava no quarto vendo televisão até dormir, não ia para sala e Dona Dione não queria que saísse da pensão à noite, achava que ela iria faturar por fora.

Elsa deu meia volta, saiu, irritada. Dona Dione morava no fim da rua numa casa tipo sobrado de fachada moderna, rebocada com massa de quartzo rosa e com as portas, janelas e grades verdes, as cores da escola de samba em que Dione reinou no Rio dos Anos Setenta.

Tocou a campainha e Dona Dione abriu uma janela do primeiro andar:

"É recado do Cristóvão, vai passar na pensão para lhe pegar às cinco horas. É para você estar pronta no horário."

"Mas hoje é quinta, a dança é nas sextas-feiras."

"Vai passar hoje, às cinco, é para estar pronta."

A janela fechou. Ela podia ter passado o recado para o celular, mais cedo, Elsa pensou. Já eram três e meia da tarde, não havia almoçado, só comera biscoitos, teria ainda que tomar banho para tirar a poeira da rua, escolher roupa, passar a ferro, ajeitar o cabelo e pintar-se pelo menos um pouco... Não queria que Cristóvão a encontrasse desarrumada.

Cristóvão chegou meia hora atrasado, de cara fechada. Revistou a bolsa de Elsa como de costume, pescou de lá um celular, pôs no bolso do paletó, olhando feio para Elsa.

"Esqueci, desculpe."

"Foi mesmo? Entre no carro."

O trânsito estava pesado de caminhões. Rodaram a pista sem uma palavra, até a entrada do caminho de barro.

A estrada para o clube estava escura. Garoava e, longe, acendiam-se uns relâmpagos intermitentes. Demorava para ouvir trovões abafados, alguns misturados ao ronco do motor do carro.

"Vai ter temporal?" Elsa arriscou puxar assunto.

"Talvez não. Às vezes, desce para o Pantanal."

"Por que a dança vai ser hoje? Não era nas sextas?"

"Uma vez por mês, a dança é nas quintas. Agenda deles, lá."

"Ah, ok. Era só para saber. Para mim não faz diferença, eu danço qualquer dia, qualquer hora. Quando eu era pequena, minha mãe dizia..."

"Segura no estribo. Vou passar a ponte."

Os faróis mostraram a ponte, as tábuas brilhando, envernizadas pelo chuvisco. Cristóvão acelerou e enfiou-se ali com decisão, dentes trincados.

No pátio de pedrisco, estavam outros carros e uma caminhonete caçamba. Elsa desceu e caminhou atrás de Cristóvão com passinhos precavidos, para não arranhar os sapatos novos na brita. Quando chegaram na calçada coberta, Elsa viu que armavam uma fogueira, do outro lado da casa de apoio. Estavam lá dois vultos que pareciam índios ou peões acaboclados e, encostados numa parede, sob uma lâmpada mortiça aureolada de chuva e mosquitos, Elsa viu o Dr. Paulo, de chapéu Panamá meio desabado e com um avental que parecia coisa de médico ou de padeiro. Com ele estava o professor, o homem dos porcos, copo de bebida na mão. Elsa parou e esticou-se para ver melhor, mas Cristóvão puxou-a pelo braço.

"Vem, garota, anda!"

Na cozinha da casa tudo igual, tinha comida na mesa, tudo limpo, como sempre. A diferença era uma geladeira frigorífico grande, num canto, com portas de madeira e frisos inox. E uma índia velha, vestida de chita, sentada em um tamborete, descalça, os pés sujos de barro ou tingidos de urucum, não dava para saber.

Elsa acenou para ela, sem retorno. A índia velha nem mexeu, nem tossiu. Elsa tinha fome e avançou na comida.

No banheiro, ela encontrou a roupa de dança pendurada no cabide. Era uma malha colante verde escuro com apliques de plumas e peninhas em tons de amarelo, cana e esmeralda. Elsa achou graça...

"Nossa, vou ser a *Miss* Jandaia, vestida neste troço."

Estava muito cansada para tomar banho. Despiu-se, buscou a bolsa, tirou um frasquinho de perfume, borrifou recônditos e dobras.

"Miss Jandaia, mas cheirosa."

Vestiu a malha. Pinicava um pouco, mas dava para aguentar, pensou. Passou ao trabalho de maquilagem.

"Vou fazer uma coisa escandalosa, super estilizada. Eles vão gostar."

Estava com sono. Teve que lavar o rosto e recomeçar a pintura do zero. Com a mão pesada, limpou uns traços bêbedos do delineador. Bocejou, apoiou os braços no tampo da penteadeira, dormiu ali mesmo, sentada, torta, no banquinho.

Em voo, Peter

NÃO GOSTO DE VOAR aos domingos, mas também não gosto de recusar serviço. Principalmente para o pessoal do Clube, devo a eles, sei, e pago as quotas do AirTractor com trabalho. Moleza.

Cristóvão ligou cedo: "É uma pulverização na fazenda Gessiron, de seu Lucas."

A fazenda, eu conheço, fica para as bandas de Iporá. Vou por cima da estadual 320 e depois quebro para o norte. A pista serve também uma propriedade vizinha, do professor Marcos, os custos são divididos.

"Ok. Vou lá, pode deixar."

"Passe antes no Clube. Tem encomenda para levar."

"Pesa muito?"

"Nem tanto."

"Combinado, você manda."

Fui ao Clube a caminho da pista, peguei a encomenda, um malote de lona com cadeado. É dinheiro dos trambiques deles, vai ver. Eles confiam, fosse um outro, sumia com a grana, *bye, bye*... Mas, não é dinheiro, o malote chacoalha... Quem sabe? Joias?

Choveu na quinta e na sexta. No sábado começou a limpar, hoje está um verão fresquinho, com sol. Dá para sair voando batendo os braços, como nos sonhos.

Passei no galpão, vesti um impermeável e peguei máscara, por causa dos venenos. Abasteci, chequei o motor, rolei para pista, decolei aproando para Aurilândia. É bom voar por aqui, sem *transponder* nem satisfações ao radio, é o mesmo que voar em redor do quintal.

A chuva deixou as plantações verdinhas e limpas de poeira e, nessa pouca altura, dá para sentir o cheiro da terra molhada.

Há áreas em que tudo é de um verde só, depois há uma tapeçaria de quadrados e círculos irrigados e terrenos raspados com trator, pelados e esfolados como em carne viva.

Segui um trecho asfaltado da 320, avistei a igreja de Aurilândia, azulzinha, quebrei para N-NW, endireitei-me para a pista das fazendas, nivelei, passei por cima de uma boiada branca que se abriu em duas alas, comitê de honra para minha chegada.

Pousei.

A turma, aqui, é meio trancada. O Júlio, capataz, adiantou-se. É um sujeito grande, fortão, com uma barba grisalha que, eu acho, ele apara com faca, vistas as cicatrizes na cara.

"E a encomenda?"

Destranquei o bagageiro:

"Aí".

Ele pegou e levou, sem obrigado.

Deram-me as coordenadas para a pulverização. Trouxeram a mistura e encheram os botijões. Mandei que se afastassem e testei a pressão dos bicos. Ok. Gritaram por cima do barulho do motor:

"Quando terminar, volte aqui para reabastecer. Tem coisa para levar."

Rolei para a reta da pista, decolei, abrindo de novo em duas bandas o rebanho Nelore.

Voltei quase às 13h30.

Pensei que iam me oferecer almoço. Nada. Enquanto reabasteciam e punham solução de limpeza nos botijões, veio o Júlio, com um saco plástico.

Um daqueles de ração para cachorro. Com menos da metade cheio, a boca fechada com barbante.

"Para quem é isso?"

"Quando passar pelo rio Turvo, perto da Monjolo, despeje pela janela."

"E o que é?"

"Por que quer saber?"

"Vou botar no avião, não é?"

"É farelo de osso moído e fosfato."

"Para que?"

"Vai ver, é para clarear as águas do rio Turvo. Não sei para que é. Os homens mandaram. Coisa lá deles. Eu cumpro ordens, você não?"

"Eu não. Eu faço serviços."

"Então faça este serviço, homem. Despeje lá. Se mande. Boa viagem."

Não despejei. Aquilo ia entranhar na fuselagem, travar coisas. O que é que aquele cara estava pensando?

Logo depois do pouso, fui atrás do galpão e joguei o farelo nas valas de uns canteiros de verduras. Abri a água do tonel de reserva. A terra bebeu tudo, ligeirinho.

Fui procurar onde almoçar.

Rita

Dona Dione me chamou na salinha do escritório.

"Rita, você vai se mudar para o quarto da Elsa."

"Ah, Dona Dione, eu e Elsa, juntas? Não vai dar certo, Elsinha implica porque eu fumo, reclama do cheiro."

"Ela não vai reclamar mais. Mudou-se."

"Ahn... Ela deixou a casa?"

"Não. O Clube deu para ela uma viagem prêmio para o Chile, gostaram muito da dança da moça. Viagem de avião e tudo. Coisa *chic*. Já mandei esvaziar o quarto. Mude-se para lá, você foi promovida, meu bem. E, ainda, tem uma surpresa para você."

"Surpresa? Qual?"

"O pessoal do Clube quer outra garota para um teste, nesta sexta-feira. Indiquei você. Já vi você sacolejando embaixo da luz negra. Você leva jeito. Só é meio baixinha, mas se usar uns saltos mais altos... De qualquer jeito, isto não tem muita importância para eles. Lá já dançaram altas, gordas, magras, ruivas... o importante é ser gostosa, está me entendendo?"

"Não sei não, Dona Dione... falam mal daquilo lá. É gente esquisita, tem até um velho que corre pelado atrás dos porcos..."

"Histórias. Pense direitinho. Pagam bem. Tenho que dar resposta para o motorista deles, hoje de tarde."

A grana viria bem. A estação está em baixa e os turistas já trazem com eles umas meninas de São Paulo e do Paraná, contratadas para os fins de semana.

Fiquei tão nervosa que saí para tomar um sorvete... Gosto de coisas doces quando fico ansiosa. Quando fui chegando na porta da sorveteria, topei com o Felinto, o policial que frequenta a pensão quase todas as noites. Chamei ele num canto, embaixo do toldo da entrada.

"Diz, baixinha."

"Estão querendo que eu faça um teste para dançar lá naquele Clube... Eu não sei..."

"Eles pagam bem, garota. Está com medo de quê? Não sabia que você tem medo de homem... Se é por isso, me pague um sorvete, que eu lhe dou proteção, ok?"

E foi, cutucando minhas costas, me tangendo para dentro da sorveteria.

Pedro, Pedro

Seriam os perfumes, a insistência dos cheiros nas roupas, três, quatro dias depois. Alguns cheiros somente. O cheiro de mar levemente apodrecido, por exemplo, o odor de coisas mexidas pelo marulho na ponta da Ilha Fiscal, mariscos, algas, a lama. Este cheiro já se evaporara, agora não mais estava composto com as fragrâncias francesas das vestes de baile, no suor dos dançantes, no recôndito dos vestidos, nas carnes mais escondidas. De fora da baía, soprava outro vento, trazendo o aroma seco de sal, mas que chegava ali muito fraco, somente marinheiros experimentados poderiam senti-lo, separá-lo das essências das graxas e óleos das casas de máquinas e dos despejos perto da armação e do arsenal. Certamente havia a catinga do mercado de peixes, junto às torres do mercado. Lavava-se com água do mar, mas aquilo já estava entranhado no rejunto das pedras, alguma química se processava no recesso do lajeado, era como se aquelas construções estivessem fadadas à condição marítima, séculos depois seriam coral, arrecife cariado com vida própria. Poderiam isto a água, o sal, o vento, o tempo e o abandono?

Morno era o aroma da alfazema guardada no travesseiro, um sachê gordo, ridículo, com suas abas rendadas, o monograma imperial bordado em seda, a depressão em molde da augusta cabeça. Tudo risível, a cabeça, menos augusta que enorme castanha de caju, uma testa dada por sinal de inteligência a aduladores, mas de fato, algo limítrofe da degenerescência, das consanguinidades obscuras. Tivesse o corpo menos altura, boa fronte de anão teria, um jogral da corte em vez de imperador, sob escárnio dos áulicos e das damas de companhia da Senhora.

Voltava à Ilha. O perfil mimoso do castelo dava-se como nos contos para crianças. Miniatura de fortim que à guerra não servia. Repartição de aduana, muito frívola de feitio para parecer exatora de algo, nenhuma autoridade exibia, bela e coquete daquele jeito. O vento (com os cheiros, os sais, o horizonte do alto mar) varria seus salões, soprava pelas janelas góticas uma melodia contínua.

Seria assim? À noite, não. O castelo era fechado, o vento pairava sobre ele, retido sob um luar fosco, a baía metálica e congelada como em uma má pintura. Alguém poderia imaginar uma festa naquele cenário gótico? Acenderam archotes na língua de pedras que ia do porto à ilha, carruagens atravessaram a trilha navegando o corredor de rochedos. Os cavalos bufavam, narinas arregaçadas para aspirar o cheiro do mar.

O navio chileno, ao largo, estava aceso. No tombadilho a banda tocava valsas, os acordes se propagavam para dentro da cidade, esbatiam-se nas casas escuras. A Ilha, contudo, iluminava-se como um relâmpago fixado e durável, um fantasma fosforescente flutuando entre naus e guindastes, mastros e cordames.

Na esplanada, para o jantar, montaram-se mesas em ferradura, o cheiro da comida juntou-se a miasmas e perfumes, ao estrume fresco que as parelhas dos coches liberaram nas pedras do pátio.

Escorregara na pele de espermacete da pista de danças, caíra, tentara pilheriar com o fato – "o Imperador cai, o Império está de pé" –, palavras miseráveis, veria em seis dias, mas, por enquanto, deixara-se sentar, ouvira discursos e brindes, ficara em jejum, nem um pouco tentado pelas iguarias, mais sedento de água que do champanhe. Olhara os pares em dança, oficiais de marinha convidados, a pouco passos de perderem a sobriedade, não como os ingleses, os bêbedos defendidos pelo embaixador Christie, descontrolados, arrogantes e arruaceiros pelas ruas do Rio. Esses andinos ali, apenas galantes, avoados, algo licenciosos, vigiados pelo Almirante chileno, um sujeito magro em uniforme de escasso luxo, nada comparado ao que envergara naquela noite de gala e fastio, ruídos e maus presságios disfarçados em apoteose.

Voltava agora o estampido do "tiro louco" do rapazote bêbedo – foram um ou dois tiros? O que gritou o garoto? *Viva o Partido Republicano*? *Viva a República*? Diferença havia. No segundo caso, platônico, nada havia a fazer, deixava-se ir, resultado do absinto que o moço tomara, juventude... Quem urdia maior teia, proclamando complô de portugueses, era gente contrariada do café, do gado e da cana, do diabo? O rapaz chegara pequeno, era carioca de fato, aprendera a bravatear nas ruas do Rio, no meio da estudantada. Aumentavam a ameaça, queriam-na conspiração regicida. Cansado daquilo, há tempos. Sequer havia mirado a carruagem, o rapaz. Por certo, gritou, disparou para cima, foi beber com os companheiros, jactando-se.

Pouca importância tinha, sabia. O corpo se estava arruinando, sua alma distante de ambições, o poder era coisa de jovens, nos velhos era coisa perversa e sabida que agia contra eles e contra os que deles dependiam. Ainda tinha coragem ou desrespeito ao risco?

Em Uruguaiana, qualquer soldado paraguaio humilhado o teria derribado. Um tiro de fuzil teria bastado. Nada lhe veio, como se, terminada a batalha, vencedor, ele nada valesse, alvo desprezado, inútil. Tomara a rendição ou dera-lhes alívio das provações? Misérias da Guerra. Aquilo não terminaria ali.

Lucraram os militares, engrandeceram-se. Os feitos, a mecânica e a economia de guerra foram vertidas na retorta positivista. Oficiais ganharam um decantado para untar o engenho republicano e vasar o excesso para as engrenagens das prensas liberais. No interior de Minas, para dentro dos Gerais, uma família imagina o filho alferes, com saúde e com soldo garantido. Novas tropas, novos comandos semeiam-se. A messe de Cadmo estava por rebrotar. Soldados e letras, velhos novos tempos.

Via-se ancião, nas caricaturas. Abobado, mais das vezes. Devia se divertir com isso, personagem dos Punch e dos Charivari da terra, seu papo de tucano estufado, a cabeçorra, a barba provecta, anacrônico. E, portanto, era feliz em ser alvo de balas que o acertavam, jetons de bílis que explodiam no seu peito, fuzarca jacobina que, afinal, lhe dava importância e atenção. O tratavam por igual, um igual monárquico, ampliado em poder, diferente. Projetaria ser Presidente de República, ao invés. Ou professor, gostaria. Aposentado, talvez. Tudo isto melhor que a alternância de cor no Gabinete, a permuta contínua entre liberais e conservadores. Sobrevivência a uma crise para afundar-se em outra. Enquanto se aguçavam penas e espadas, retrocedia-se à recriação da Guarda Nacional, uma velharia incapaz de conter a rebeldia e os sueltos, mas que custava aos cofres.

Sonhava, sim, com as viagens de curiosidade. Bulevares, a civilização mecânica e elétrica – tempo não haveria para trazê-la toda ao trópico.

O primo-irmão fora varado em balas de fúria, fuzilado em Querétaro. Um dia, hóspede, falara mal de seu reino "provinciano". Voz de um ingênuo, ambicioso, futuro intruso, odiado. A República regressou em vitória e vingança, pisoteou seu cadáver. Vivesse, mesmo devolvido em vergonha à sua Áustria, teria notícia de uma terra tropical onde o Imperador era amado, onde havia escolas, iluminação e esgotos, estradas de ferro?

Ambicionava resposta a isso, queria a confirmação, o gosto infantil de que vencera, fosse imperador, presidente fosse, conselheiro apenas. Medo não tinha e ninguém o temia. Haveria ingratidão? Como pensá-la? Não tinha grandes posses, fortuna, orgulho... Trono ou cadeira, o povo o via em qualquer assento, pouco se lhe dava, também. De que poderiam destituí-lo?

Não terminaria como López nem se penitenciava por tê-lo morto, *in extremis*, indigente. A filha temia a morte do marido, mandado àquela missão, sedento do sangue e de glória. A menina o imaginava suave cavalheiro, um moço que não poderia tomar sol, sereno, chuva, a quem ela não sabia ansioso por degolar, queimar, arrasar aldeias guardadas por chuços e meninos descalços.

Pouco ela temera, contudo, libertando escravos, pisando o limite do rancor belicoso de fazendeiros e donos de glebas.

Mas, agora, o limite minado era castrense e melindroso. Pouco tinha de marcial, era esgrima política, arena de conspiratas e contubérnios malignos, conciliábulos, pactos interesseiros.

Subira a serra para dormir sem que o ruído das maquinações o perturbassem. Mesmo em São Cristóvão parecia ouvir rodas e catracas rolarem pelos corredores, reconhecia os passos dos que as conduziam no escuro. O professor dos netos, o mestre da álgebra, era um deles. Este, calculava os passos, a dinâmica e os termos da Queda.

Era inerte? Deram-lhe ou se emprestara o Poder Moderador, uma debilidade aos olhos das águias do Império, um trunfo para as corujas ardilosas da República. Rei cidadão, vivia aquela ambiguidade. Primos e pares olhavam da Europa um reino tropical que ia à perdição, miravam a corte cor de café que os nauseava. Sabia que não o entendiam, que o invejariam até que, a qualquer pretexto, um conflito nos Bálcãs, o crescimento de uma armada, um desarranjo de um trato de comércio, isso os levaria aos pescoços uns dos outros, encarniçados, águias tornadas abutres, harpias. Tivera uma guerra, queria crer que a vencera, embora soubesse que elas, guerras, apenas se fecham em silogismos históricos, textos e memórias, anais, mapas e estatísticas.

Dormira até tarde e sonhara aos pedaços. Remara na baía, à vista da ilha, o baile encerrado pela madrugada. Um bote com um sujeito à proa, um anão, por falta de gárgula, carranca... Pouca afronta faria aquilo ao mínimo leviatã, aos emissários horrendos de Netuno.

Bateram-lhe à porta como a derrubá-la. Engano. O som, invadindo o pesadelo, alçara-se acima da pancada do mar. Agora, não se percebia desperto, nem em sono. O que lhe diziam, era como se já o soubesse de há muito. Estava acontecendo em atraso, esticado e deformado no tempo, mostrava uma fisionomia apenas reconhecível sob caricatura, farsa, esgar burlesco.

República. Pensara fazê-la melhor que aquilo que se anunciava. Era como se o Golpe fosse duplo. Contra a Monarquia e contra ele, como se lhe tivessem roubado um anseio e um mérito. Escorraçado, naquela farsa de pretextos, cumpria o papel reservado aos coadjuvantes. Que saísse em silêncio, sem roubar a cena, sem espernear, sem deixas impertinentes, sem pontapés na mobília. Conheciam-no cordato. Disso se aproveitavam, essa era a Injustiça. Caísse o pano.

PEDRO AUGUSTO TRANCOU-SE NA cabine, arranhou um papel com uma mensagem de desespero, meteu-a em uma garrafa, arrolhou com força temendo que as palavras escapassem, que o capitão assassino as lesse e precipitasse a morte de todos.

Vira quando o neto, em um gesto furtivo, jogara a garrafa ao mar. Estava agitado, o moço. Em febres, os olhos inquietos pressentindo adagas pelas costas, marinheiros manietando-o, atirando-o aos tubarões. Iria tranquilizá-lo, que se acalmasse, tomasse os remédios, aquilo passaria, ninguém estava marcado para matar nem morrer. Os ventos se congregavam no cabelo e na roupa do neto, um remoinho o seguia, próprio para realçar o transe do rapaz, uma gravura de angústias e desatinos. Augusto parara, tomara abrigo ao lado de caixotes e engradados que sobraram dos porões, baús prenhes de livros, álbuns de fotos, volumes com ervas secas. Urinara ali, copiosamente, um charco espalhara-se sobre o tabuado, lago de loucura que drenou lentamente pelos rejuntes, choveu no deque inferior.

Era noite, parecia sempre noite e já não havia as luzes da costa, farol nenhum, mas havia a lua, uma lua intensamente acesa em prata, capaz de cegar as estrelas de sua vizinhança. Pela meia-noite, ouvira o apito de um vapor, sinalizando que passaria a bombordo. Os viam, mas não se enxergava nau por perto, o piloto respondeu como se soasse às baleias ou a fantasmas perdidos, soou redução de marcha.

Sentira a diminuição na velocidade, uma tontura branda o tomara, como se estivesse girando e afundando, a concha do navio acomodando-se nas águas, somando inércia ao próprio peso, sentindo as ondas. Ouvira o apito voltar, mais grave e próximo. Estivera, insone talvez, guardado sob cobertores em uma espreguiçadeira, levantara-se com dificuldade, fora à mureta observar o mar, já chegavam outros passageiros – ninguém dormira. Pedro Augusto viera também, vestido como se fosse ao *footing* na Ouvidor, achegara-se ao avô, tomara-lhe a mão: "Salvam-nos", ele dissera. Olhara-o nos olhos, completara com convicção lunática: "A Marinha não nos faltou".

O vapor de passageiros surgiu como um espectro, passou grande e iluminado. Uma festa se produzia a bordo, avistaram-se silhuetas de cinematógrafo. Veio a onda propagada do curso, bateu-lhes o casco, balouçou-os de forma humilhante. Mais ainda, vieram apitos de saudação parecidos a apupos fanhosos, grasnados de zombaria.

Pedro Augusto uivara para o vulto, praguejara rouco e desconsolado.

Tentara apaziguá-lo, ele respondera com um repelão, correra para se encafuar na cabine.

Preferia ficar no tombadilho, olhar o mar mesmo quando o vento soprava forte e uma chuva riscava-se oblíqua, feria a coberta. O horizonte ficava então indistinto, navegava-se sem destino, parecia.

Temia Portugal e os portugueses, seria incômodo a eles e a si próprio, calculava. Lá não teria conforto d'alma, não teria porto nem exílio, uma espécie de limbo, aquela terra seria... um reino que se tornara tão estranho. À França, então, que fosse. "Paris bem vale essas exéquias", escrevera, amargo, nas guardas de um livro. Lia? Fizera subir uma ruma de livros. Puseram-na em uma mesa sob um oleado negro, catafalco. Lia, sem preferências, nada concluía, passando de livro a livro sem notar que aquele já lera, que a outro, detestara.

De um deles desabrochou uma carta de Luíza Margarida. Sonhara com ela, uma das noites. Um perfil desnudo, jovem e vivaz, um corpo que tanto desejara e que agora ele vestia com tristeza e inapetência. Envelheceram, os dois. Não relera a carta. A caligrafia bastava como evocação de amor, de ansiedades, uma pauta lilás, melodiosa e alegre, uma provocação à vida, rapto e transporte para além da corte, dos achaques, das dúvidas. Iria vê-la de novo? Quanto tempo ainda lhes restaria senão para despedidas, um adeus, uma conversa amena ao entardecer?

Não fossem os pesadelos, piores que a insônia, dormiria. Muito mais para entregar-se aos sonhos que ao repouso. À véspera, fora assaltado por ele mesmo, jovem, inteiramente despido de contenção e majestade, um estudante era, um liberal panfletário discursando em botequim. Faltavam-lhe apenas a arma e a copa de absinto para que fosse sua nêmese falhada, o executor inexperiente, o boêmio inconsequente que fora banido de seu espírito, um íncubo imaturo.

Às gargalhadas, John Bull tudo via, o patife residia no sonho como persistira na vida e no destino da Casa e do Império. Fora a guarda e escolta do avô, agora, para o neto, era Caronte oculto, remando zombeteiro ao setentrião.

UMA MANHÃ, AVISTARAM-SE OS rochedos das Últimas Ilhas, a derradeira e extrema posse do Reino. Dali em diante, não mais retorno, somente o abismo abrindo-se por léguas e léguas, a dor da perda estrangulando a voz de todos.

Buscaram um pombo na capoeira de bordo. Trouxeram o mais robusto deles, capaz de vencer as águas, chegar à terra com a mensagem: "Saudade". O bicho voou alguns metros, mais empolgado pelos ventos que pelas asas, despencou, em pesado mergulho, para não ressurgir.

O resto do dia passou-se em silêncio e vexame. A linha do equador estava à frente, o Alagoas singrava a ela, lento, o coração de suas máquinas em pulsação abafada.

PORTO NÃO SE VIA. A bordo, os vivos começaram a roer as bordas do exílio, a provar a realidade dele, consumindo seu veneno, degustando o amargor das lembranças e dos faustos. Duros biscoitos de bordo, ração que era castigo, único alimento servido a suas almas. Claro que havia os mortos, mais felizes, talvez. Iam no porão, enfardados nos bens e salvados do degredo, clandestinos na bagagem dos vivos.

De repente, mesmo as roupas e uniformes perderam as feições. O talhe e adereços se foram, o aprumo quebrou-se, o brilho lhes foi roubado, tudo era saco e lona, aniagem em lugar de cetim ou veludo.

"O Rei está nu, está nu, está nu..." O espelho negava o eco e a vergonha, mas o mostrava fosco, em trajes de peregrino em farrapos, judeu errante, condenado a uma viagem que não se concluía, na qual os dias se alongavam em semanas, os meses em anos, em séculos acumulados.

Pedro Augusto envergava o fraque amarfanhado sob um colete salva-vidas. Saía a vagar pelo deque com esta indumentária, as reatas pendentes, desatadas, uma camisa de força, assemelhava-se, sua nova e futura veste. Não falava com ninguém e, à vista de algum da tripulação, escondia-se, fugia tapando os olhos, ia, aos trambolhões, de volta à cabine. A avó, arrastando suas próprias mazelas, queria assisti-lo. Em vão. De dentro vinham gritos, imprecações obscenas vomitadas em jorro.

Quantos se arrependeram de embarcar, solidários? Ou nem tanto. Alguns fugiam de modo estrito, temiam penas e cadenas, inquéritos dolorosos. Tempo tiveram de precaver-se, pôr a salvo o dinheiro? De qualquer modo, todos giravam ao rondó melancólico das noites intermináveis, aquela ainda exibindo um camafeu atávico, o outro cravando à lapela alguma ordem ou grau de distinção. Comédia macabra, os engolisse os mares, queria.

Mas, somente a calmaria ditava ordens ali, as ondas eram longas, a nau acompanhava o ritmo preguiçoso, o sol subia devagar, demorava-se, a prumo, em um meio-dia comprido e quando se lembrava de decair, seguia vagaroso para sua tarde de ferrugem e luz mortiça. Quando a noite chegava, era como se apenas estivesse oculta a um canto, invejosa, espreitando uma oportunidade para tudo velar, assumir o tempo, durar mais que o dia.

Sonhou com as luzes de Paris, mas a elação pouco durou. As luzes se apagaram em um surto, um colapso.

Foi tragado mais uma vez à baía. O barco era o mesmo de sempre, mas, na proa, um guia cerimonial assentava-se inútil, sem bússola nem sextante. E, sem remos. Deixava-se levar pela maré, uma estranha e contrária corrente o levava para fora da barra. Voltara-se para ver o cais da Ilha Fiscal. Não havia mais cais, nem ilha. Onde deveria estar a Ilha, somente uma cúpula de luz persistia, fátua e, de dentro dela, irromperam fogos de artifício, um fogaréu de relâmpagos que explodiram em completo silêncio.

Que diabos comemoravam?

Esforçara-se para responder, mas a razão se paralisara como se não mais encontrasse as palavras certas.

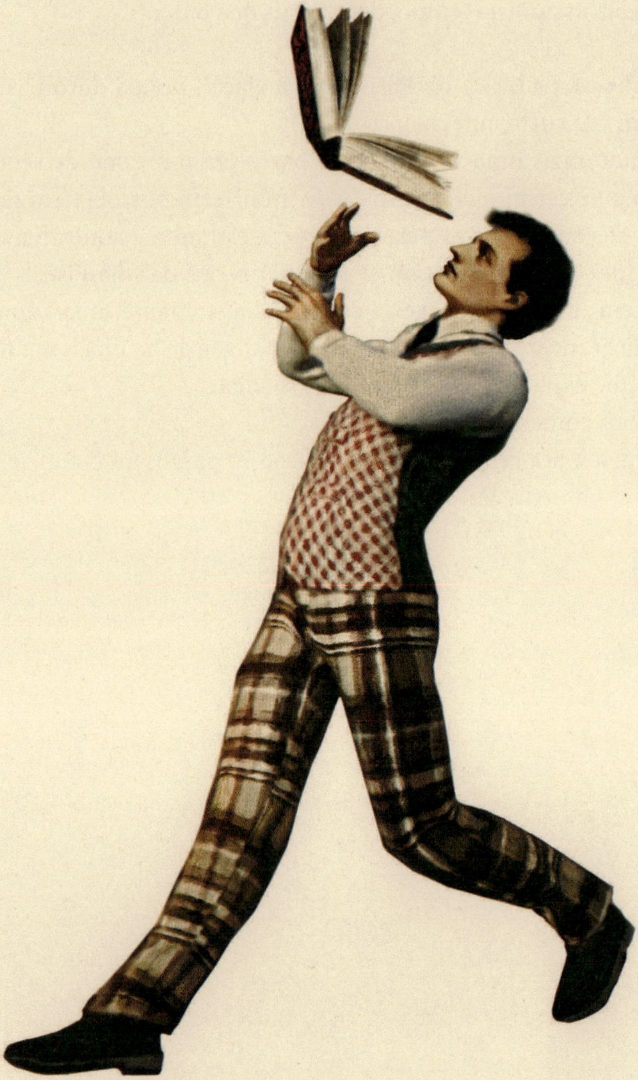

Este livro, composto nas fontes Minion e RNS Camelia,
foi impresso em papel Polen Natural, 80g/m²,
na Gráfica Santa Marta, em julho de 2022.